[清] 王闿运 著 — 朱汉民 主编

王闿运集续编

(一)

岳麓書社·长沙

湖湘文庫
续编

《王闿运集续编》编委会

全书总目录

前　言

《诗经》相传经孔子删订，定为三百五篇。传至西汉，既有朝廷立学的鲁、齐、韩三家今文《诗》，又有兴起于河间国的古文《毛诗》。东汉末年，郑玄作《诗笺》，以毛为主，兼采三家，此后三家渐微，《毛诗》盛行。唐初孔颖达等撰《毛诗正义》，进一步奠定毛传、郑笺在后代《诗》学中的地位。清代不少学者通过辑佚等手段竭力兴复三家《诗》，但《毛诗》之学仍居主流，胡承珙《毛诗后笺》、马瑞辰《毛诗传笺通释》、陈奂《诗毛氏传疏》等尤为突出。王闿运虽有今文学家之誉，《诗经补笺》也有纠毛传、补郑笺之意，但全书旨趣与内容并未逸出毛、郑之外，因此不能划入近代今文《诗》学的范围。

根据王代功编《湘绮府君年谱》，咸丰九年（1859）记“是岁治《诗经》，作《诗演》数卷”，同治十二年（1873）记“始作《诗补笺》”，光绪元年（1875）又说：“三月，《诗补笺》成。府君之于《诗》，初作《诗演》，旋毁之。后二十年，乃作《诗补笺》。属稿未定，命功、丰兄弟依新义讲之，遇有驳难，即行更正。凡手抄五通，至老犹有定正焉。”但翻检《湘绮楼日记》，王闿运从同治八年（1869）七月起开始授读、抄写《诗经》，每有所悟所疑，即自作解释，形成新说。如八月、九月所记论“《桑中》诗不似刺奔之词”，评《渭阳序》云秦康公“赠送文公”为“失礼甚矣”，以及同治九年（1870）正月十九日、十一月廿六日，同治十年（1871）二月廿五日、六月十五日所记有关《诗经》各篇训诂、义理的见解，即全部或部分见于今本《诗经补笺》。由此可知，《诗经补笺》并非起始于同治十二年（1873）四月。《诗经补笺》成稿后，王闿运又连年给子女及孙辈授读《诗经》，也相继在成都尊经书院、衡阳船山书院讲授《诗经》，因此对书稿屡次续补、改作或重抄校定。即使光绪十九年（1893）、三十一年（1905）两次刊行，他仍不懈怠，反复修改，直到光绪三十二年（1906）第三次刊刻后，还对某些诗篇“未达其旨”而不能释然。事实上，王闿运遍笺诸经，唯对《诗经》最为用心。

《诗经补笺》共有二十卷，对十五《国风》、三《颂》的分卷与通行本有异。王闿运笺注的具体做法是：先写录经文，次列举异文或汉唐间所引字句，再抄录毛传、郑笺，最后以“补曰”发抒所见。所录经文，不全用《毛诗正义》，时有改字。如《关雎》“君子好逑”“参差荇菜”，王闿运改“逑”作“仇”，改“荇”作“莕”。又如《羔羊》“退食自公，委委蛇蛇”，他标注“诸家并读云‘委蛇委蛇’，此从沈重读”。所举《诗经》异文，主要是今文三家用字，或群经传记、《说文解字》《经典释文》、唐石经、蜀石经等存录的经字，所列汉以来引《诗》字句，也多源自汉人经史著作，尤以《说文》为最。如《樛木》“南有樛木，葛藟累之”，标出“樛，《韩》作‘朻’。藟累，又作‘累虆’”；《葛覃》“归宁父母”句下，举《说文》引“以晏父母”；《君子偕老》“玼兮玼兮，其之展也。蒙彼绉絺，是绁袢也”下，更是详列异文，“《周官注》引‘玼’作‘瑳’，今本或作‘瑳’，上仍作‘玼’，非。《说文》引‘绉’‘绁袢’，又引‘亵袢’”。王闿运补笺的内容主要是：训释字词，考证名物、地理、礼制，稽核史事，串讲经义。他的笺解详略不定，或旁征博引，或直下己意。对于毛、郑之说，王闿运既有指斥与纠补，也有接受与推阐，有时也注意分辨毛、郑之异，以讲明经文本义，维护《诗》教传统。

王闿运于《诗》，几乎篇篇有新解。如《关雎》“窈窕淑女，君子好逑”，毛传未指明“淑女”为谁，解“逑”为配偶，郑笺指“淑女”为三夫人以下众妃妾，又解“逑”为众妾之怨者。王闿运承孔疏之说，以“窈窕”指“宫庭幽空”，以“淑女”为新婚入宫之后妃，以“君子”为君王，以“仇”为后妃自指，将全句解为后妃渴求贤媵自辅以备母仪天下的心理活动，并引申到“世子嗣位，学士入官”均可效法，由此教化天下，较郑笺等从宫中众妾感于后妃之德而“不妒不淫”，始终停留于称颂“后妃之德和谐”，诗义全新，意境更深。又如《采蘩》，序称“夫人不失职也。夫人可以奉祭祀，则不失职矣”，毛传、郑笺即依“奉祭祀”解全诗。对首句“于以采蘩？于沼于沚”，毛传“蘩，皤蒿也……公侯夫人执蘩菜以助祭”，郑笺“执蘩菜者，以豆荐蘩菹”，王闿运却指出“豆实、铏芼皆有典制，无用蒿者”，另外提出：“蘩，由胡，垂蕤似马蘩，蒿类也，以栖蚕子，使闻香毕出。”又解次章“公侯之宫”为桑宫，将序所谓后夫人职事指为“率嫔妇蚕公桑”，并总结“《诗》三言采蘩，皆女功”。其实《豳风·七月》“采蘩祁祁”，毛传“蘩，白蒿也，所以生蚕”，可见王闿运新解仍是源自毛传。

王闿运补笺的一大特点是以礼说《诗》，因而不乏创解。如《汉广序》颂美文王之道化行南国，江汉之域“无思犯礼，求而不可得也”，毛传以为“纣时淫风遍于天下，唯江汉之域先受文王之教化”。对“南有乔木，不可休息。汉有游女，不可求思”，郑笺以为“喻贤女虽出游流水之上，人无欲求犯礼者，亦由贞洁使之然”。王闿运却反其道作解：“不可者，可也。乔木多荫，岂不可依以止息乎？游女知礼，岂不可求昏乎？言旧俗已变，皆用文王昏礼，待求而嫁也。”并循婚礼之说，认为“之子于归，言秣其马”“之子于归，言秣其驹”两处是说文王“始制往嫁之礼”，诸侯、卿大夫、士、庶皆亲迎，从而批评序、传：“求女者，备礼之词，非淫风也。奸不可得，亦非美化。传每以男女之俗说上政治，皆失之。”王闿运善于发掘《诗经》各篇蕴含的礼制、礼仪、礼俗，并娴熟地援引三礼作解，因此别开生面。皮锡瑞即称誉他精通礼经，“说《易》、说《诗》皆以礼证之，故其说虽新而有据，异于宋、明诸人”。

当然，王闿运解《诗》过于求新，甚至一凭胸臆，颇多文人说经的习气，尤其训解某些字词时滥用通假、转注，发掘某些诗句礼学意蕴时顾此失彼，推求某些诗篇史事本源时流于牵强附会。如《芣苢》三章每章两言“采采芣苢”，王闿运根据《礼纬·含文嘉》《周书·王会解》，认为芣苢无花而实，“喻取女不以容色，但求有子”，并以芣苢为夏后氏得姓之祥，“故以采芣苡喻昏礼也。言采采者，重其事也。六采者，六礼也”，从而将“采之”“有之”“掇之”“捋之”“袺之”“襭之”分别解作纳采、问名、纳吉、纳徵、请期、亲迎，极为新奇，可惜失之穿凿。江瀚评说王闿运“说经好为异说”，可谓切中其弊。

《诗经补笺》有光绪十九年东洲讲舍初刻本（书名作《毛诗王氏补笺》）、光绪三十一年江西官书局木活字本（书名作《毛诗补笺》）、光绪三十二年东洲讲舍重刻本。1923 年汇印《王湘绮先生全集》，所收即为东洲讲舍重刻本。此次整理，依据重刻本，以标点为主，仅对少数影响文义的错误文字作了校改。

吴仰湘

二〇二三年十月

目　录

诗卷八

诗卷九

诗卷十

诗卷十一

诗卷十二

诗卷十三

诗卷十四

诗卷十五

诗卷十六

诗卷十七

诗卷一

周南关雎毛诗诂训传第一　国风一

《关雎》，后妃之德也。补曰：后，君。妃，匹也。君之匹曰后妃，君谓天子也。《记》曰："天子之妻曰后。"省去妃字，周以后之词也。《雅》曰"王、后"，则文、武时不以后为妇人。《周官经》乃以王、后对言，至今为女爵，且以夫人、嫔妇、妻为群妾之称也。

风之始也，补曰：此经所录诗，唯风、雅、颂三体。风之所由起，盖在雅、颂之后，故独先明其用，非连上《关雎》为文也。此下李善等以为子夏《大序》，每篇题句乃国史本文，谓之《小序》。以文多少为大小，亦诗例也。孔颖达说"四始"为每类第一篇，则不待更言，故改其义。所以风天下而正夫妇也，故用之乡人焉，用之邦国焉。补曰：大雅不用之乡，颂不用之邦国，唯风通用。风，风也，补曰：上"风"谓《诗》。下"风"，风霆之风。教也。风以动之，教以化之。诗者，志之所之也。在心为志，发言为诗。补曰：诗字，古文从言、之，言字似心，故又作志。许慎字书无"志"字，诗、志一字也。本从言、之，后加"寸"，分为二字。情动于中而形于言，言之不足，故嗟叹之，嗟叹之不足，故永歌之，永歌之不足，不知手之舞之、足之蹈之也。补曰：言礼、乐生于诗。情发于声，声成文，谓之音。发，犹见也。声，谓宫、商、角、徵、羽也。声成文者，宫、商上下相应。治世之音，安以乐，其政和。乱世之音，怨以怒，其政乖。亡国之音，哀以思，其民困。故正得失，动天地，感鬼神，莫近于诗。补曰：言诗之教捷也。先王以是经夫妇，补曰：先王，文王。夫妇，男女也。男女之志，以诗持正之。成孝敬，补曰：敬即忠也，兼君长言之曰敬，孝效敬警以事上。厚人伦，补曰：父子、君臣所难言者，诗足以达。美教化，移风俗。补曰：言在上者之用。故诗有六义焉：补曰：义，古仪字，形也。诗有六形，分六体也，大师所谓六诗。一曰风，二曰赋，三曰比，四曰兴，补曰：赋，若荀卿、宋玉之作，托物为隐语，汉以后以为讽谏之文者也。比者，《楚词》类也，以芳草、美人比君子，冰雪、径路比小人，亦谓之赋，而体大文多，后分为七，及《客难》《连珠》诸体，总为词赋也。兴者，诗不分章，不叙事，随事兴咏，若舜《元首》、伊尹《薄》、箕子《麦秀》、孔子《龟山》，及枚乘、苏武以后五、七言诗是也。此三者，与风殊体而同意，雅、颂与风异意而同体，国史并采以教育子，至周更大录焉。异体者别编之，故三百余篇唯取同体者也。毛误以风之首为兴，则不足六数，非也。五曰雅，六曰颂。补曰：雅、颂皆王朝巨制，然与风章句相近，形式大同，故共为一编。孔子访于列邦，求其正什，或皆全有，至成、康以后遂多散亡，计百廿国，各得二《南》、正《雅》、《周颂》，不啻万篇矣。故曰周诗三千，去其重复为三百，非虚传也。然若《邠颂》《邠雅》《狸首》《肆夏》《采荠》，则先代之章，虽相传诵，不得入此。其兴、比、赋三者，体制大殊，亦不得附存，且得失之迹已备，亦无取兼收也。孔子曰："诵《诗》三百，不达者，多亦奚为？"又曰："《诗》三百，一言蔽之，曰思无余。"盖答时人言宜多录者也。合三诗为一集，其总集之所始乎？先师不识六仪，故说之错然。上以风化下，下以风刺上。风化、风刺，皆谓譬喻，不斥言也。补曰：雅之陈言，不及风易入。主文而谲谏，主文，主与乐之宫、商相应也。谲谏，咏歌依违，不直谏。补曰：所以异于雅。言之者无罪，闻之者足以戒，故曰风。补曰：本制风诗以代奏议，故唐虞圣世亦有刺诗也。至于王道衰，礼义废，政教失，国异政，家殊俗，而变风、变雅作矣。补曰：兼言雅者，变雅与变风不相远。国史明乎得失之迹，补曰：言变诗存于太史，存其迹也。自非习于朝政，与闻密议，待事成而言之，则为诽讦幸祸，无关得失矣。故诗非疏贱所能作，与上书陈言异。伤人伦之废，哀刑政之荷，补曰：荷，重也。后或改作“苛”。吟咏情性，以风其上，补曰：言诗必由太史上之，非径达也。达于事变而怀其旧俗者也。故变风发乎情，止乎礼义。补曰：发乎情者，中心恻怛而后言之也；止乎礼义，以礼义止君，令其改政行也。唯言风者，雅属王政，不敢斥之，举一可知。发乎情，民之性也；补曰：民即人也。人必情相通，而后言易入。正言民者，虽疏远，不隔也。止乎礼义，先王之泽也。补曰：上乱而下治，见流泽之长久也。是以一国之事，系一人之本，谓之风。补曰：一人，谓君也。君行一事，系在一国，故当刺也。若小失德，非太史之所谏也。若非国君之事，则孝如舜，不足美，不遇如孔子，不足伤也。言天下之事，形四方之风，谓之雅。补曰：雅则王国之风也，主于正教，故词意明显。雅者，正也，言王政所由废兴也。补曰：政不能形四方则废。政有小大，故有《小雅》焉，有《大雅》焉。补曰：王政行天下为大，王一身一事为小。颂者，美盛德之形容，以其成功，告于神明者也。补曰：唯颂无刺，但主化下，故不变也。是谓四始，《诗》之至也。始者，王道兴衰之所由。补曰：在心为志，有志而后有诗，有四诗故有四始也。因此四始而可以正人之志，则《诗》更治志，故为《诗》之所至也，赋、比、兴比之则隘矣。三仪生四始，六诗中之至极者，故专为一经也。《齐诗》说：四始五际生于律。《泛历枢》曰：“《大明》在亥，水始也；《四牡》在寅，木始也；《嘉鱼》在巳，火始也；《鸿雁》在申，金始也。”又说：“午亥之际为革命，卯酉之际为改政。辰在天门，出入候听。卯，《天保》也。酉，《祈父》也。午，《采芑》也。亥，《大明》也。”据此，四始起于《小雅》，终于《大雅》，以象四时。故分大、小《雅》卅六篇，三篇直一辰，十二辰为十二月，分为水、木、火、金。数自寅起，《鹿鸣》之三，举中篇言，故《四牡》寅始，《常棣》《天保》《伐木》为卯，《采薇》《出车》《杕杜》为辰，《鱼丽》《嘉鱼》《南山》为巳，《六月》《采芑》《车攻》为午，《蓼萧》《湛露》《彤弓》为未，《吉日》《鸿雁》《庭燎》为申，《沔水》《祈父》《白驹》为酉，《黄鸟》《行野》《斯干》为戌，以《无羊》下为变雅不数。数《大雅·文王》三为亥，《棫朴》三为子，《皇矣》三为丑，《生民》以下为先王之诗，不复取也。《小雅》中《菁莪》《鹤鸣》当以代《黄鸟》《行野》，乃为尽美。《南陔》六篇则并无其目，故次弟或与《毛传》不同。《常棣》之三、《沔水》之三言诸侯盛衰，故曰卯、酉改政。《六月》之三征伐夷狄，《文王》之三伐纣，故曰午、亥革命。《采薇》之三方伯出师，故出入候听。此五辰为五际也，知亦不以首篇为始，略存而说之。

然则《关雎》《麟趾》之化，王者之风，故系之周公。补曰：此下自下己意，不承上序，故加“然则”别之。南，言化自北而南也。自，从也。从北而南，谓其化从岐周被江汉之域也。《鹊巢》《驺虞》之德，诸侯之风也，先王之所以教，故系之召公。先王，斥太王、王季。补曰：东西分陕，周、召二伯，以赅四海，传不知而意说。《周南》《召南》，正始之道，王化之基，是以《关雎》乐得淑女以配君子，忧在进贤，不淫其色。哀窈窕，思贤才，而无伤善之心焉，是《关雎》之义也。哀，盖字之误也，当为“衷”。衷，谓中心恕之。无伤善之心，谓好仇也。补曰：此以《论语》二句四字分配，盖传误以乐为义。

关关雎鸠，在河之洲。兴也。关关，和声也。雎鸠，王雎也，鸟挚而有别。水中可居者曰洲。后妃说乐君子之德，无不和谐，又不淫其色，慎固幽深，若关雎之有别焉，然后可以风化天下。夫妇有别则父子亲，父子亲则君臣敬，君臣敬则朝廷正，朝廷正则王化成。笺云：挚之言至也，谓王雎之鸟，雌雄情意至，然而有别。补曰：《左传》说：雎鸠以当司马。《淮南子》说：关雎雌雄不乘居。杨雄、许慎皆以为白鷢。《尔雅》："杨，白鷢。"杨即鹞也。鹞声和，不好鸣。郭璞以雎为雕类。陆机云："深目，目上骨露，幽州人谓之鹫。"吴敏树说："雎，从目、佳，会意，从且声。"误也。雎鸠挚搏，众鸟畏之，如妾之畏嫡，鸠又夫人之德，故取喻焉。河洲，谓莘国城南河中渚也。《水经注》："河水径郃阳城东，故有莘邑，为太姒之国，城南瀵水与汾阴瀵水夹河，河中渚上又有一瀵水，皆潜相通。"吕忱曰："《尔雅》'异出同流为瀵水。'"本述太姒，因以其国言之，言太姒嫁时二国来媵，如河洲、肥泉异出同流。凡《诗》言山川，不越国境。周京去河远矣，雎鸣河洲，经过所见，喻太姒宽和，志在求贤也。窈窕淑女，君子好仇。仇，《释文》本作"逑"。窈窕，幽闲也。淑，善。仇，匹也。言后妃有关雎之德，是幽闲贞静之善女，宜为君子之好匹。笺云：怨耦曰仇。言后妃之德和谐，则幽闲贞专之善女，宜为君子和好众妾之怨者。言皆化后妃之德，不嫉妒，谓三夫人以下。补曰：窈窕，宫庭幽空也。淑，清也。女者，新嫁之词。君子，谓君。仇者，后妃自谓也。与君匹敌，而无德以配之，则不好矣。当赖深宫闲静之媵女为之和好，使己无愆也。初笄之女起家为后，总六宫之事，母仪天下，虽圣哲生知，有所不足，既不胜任，又不可辞，故诚于求贤以自辅也。世子嗣位，学士入官，依此以推，何患不济。是以颁之邦国，歌之乡学，每有礼会，则以此教。而说者乃以为不妒不淫，此儒生之浅识矣。

参差荇菜，左右流之。荇，又作"莕"。《说文》引"槮差莕菜"。荇，接余也。流，求也。后妃有关雎之德，乃能共荇菜，备庶物，以享宗庙也。笺云：左右，助也。言后妃将共荇菜之菹，必有助而求之者。言三夫人、九嫔以下，皆乐后妃之事。补曰：此言必求助之意也。后夫人主于荐加豆，加豆之菜有芹菹、深蒲、菭、笋。芹、菭、笋皆园囿所有。深蒲水生，或在池涧，则川衡共之，九嫔掌焉。《尔雅》："荇，接余，其叶苻。"苻即蒲也，以同于昌蒲而改字。郑《周官注》云：“深蒲，随水深浅。许慎说：“莕，蒲蒻之类。”其字从杏，盖根似杏也。叶抽茎直上似蒲，盖凫茈耳，食其根，故更名莕。诸家皆以莼菜当之，故改字从行。浮行水面非参差也，似凫茈者，有台澈则食其茎，皆今豆实所通用矣。菜生于水，当求于流，非得助不可致。**窈窕淑女，寤寐求之**。寤，觉。寐，寝也。笺云：言后妃觉寐则常求此贤女，欲与之共己职也。补曰：言寤寐者，中心之诚也。旦夕行事时或时遗忘，至寤寐则思之熟矣。专己当尊邦家之责望至重，求淑女者，所以自救也。

求之不得，寤寐思服。服，思之也。笺云：服，事也。求贤女而不得，觉寐则思己职事当谁与共之乎。补曰：贤者难进，知人又难，故求之恒不得也。以名位诱人，人争自进，则非求矣。己居尊位，事无可诿，虽求不得，当思己事。位尊事繁，不胜其劳，故思之尤勤也。**悠哉悠哉，展转反侧**。展，又作“輾”。悠，思也。笺云：思之哉，思之哉，言己诚思之。不周曰展。补曰：勤思己职关国家之兴衰、身之荣辱，故忧之而不能寐也。展，转也。转而又转，反侧之皃。求贤非好名也，亦非知礼崇德，以为圣人之道当如此也，凡以自为耳。使在位者皆思此，尚何娼嫉之有？故劳于求贤，以自逸也。

参差莕菜，左右采之。笺云：言后妃既得莕菜，必有助而采之者。补曰：言已得助也。采，捋也，助理之，喻同治事也。**窈窕淑女，琴瑟友之**。宜以琴瑟友乐之。笺云：同志为友。言贤女之助后妃共莕菜，其情意乃与琴瑟之志同也。共莕菜之时，乐必作。补曰：琴瑟，燕礼所用。嫔妾有劳者，则燕劳之。依朋友之礼，言情好也。《周礼》工歌唯有瑟，盖宾主自歌则有琴，琴在堂上，瑟在堂下。许慎说：神农作琴，洞越、练朱、五弦；庖羲氏作瑟。《吕氏春秋》说：瑟五弦，瞽瞍拌为十五弦，舜益八弦为廿三弦。《史记》：瑟本五十弦，破为廿五弦。《世本》云：瑟之制四十五弦。盖若今洋琴之制，故可破也。

参差莕菜，左右芼之。《说文》引“覒”。芼，择也。笺云：后妃既得荇菜，必有助而择之者。补曰：芼，搴也。铏和曰芼。《礼》言芼者皆配羹。言不但为豆，且可和鼎，喻其用大，当有爵位也。许慎说“芼”为“草覆蔓”，盖作菹讫覆之。窈窕淑女，钟鼓乐之。唐石经“钟”作“锺”，《韩外传》引“鼓钟”。德盛者宜有钟鼓之乐。笺云：琴瑟在堂，钟鼓在庭，言共荇菜之时，上下之乐皆作，盛其礼也。补曰：三夫人、九嫔依公卿之秩，有子分封，则为小君，有飨礼也。凡乐，钟鼓奏则为间歌，在位列者皆可以和，以喻嫡妾相应也。有功者友之，功大者屈己宾之，故可以用贤矣。许慎说：钟，秋分之音，物种成。鼓，春分之音，万物郭皮甲而出。古者垂作钟。《史记》云：“伊耆氏造鼓。”《世本》云：“夷作鼓。”

《关雎》五章，章四句。故言三章，一章四句，二章章八句。

《葛覃》，后妃之本也。补曰：无本而求贤，贤者不至，故本于在室自修治。后妃在父母家，则志在于女功之事，躬俭节用，服浣濯之衣，尊敬师傅，则可以归安父母，化天下以妇道也。躬俭节用，由于师傅之教，而复言尊敬师傅，欲见其性亦自然。可以归安父母，言嫁而得意，犹不忘孝。补曰：自《小序》以下推说《诗》意，所谓训传也。传即《小序》，诂即释字义者，总谓之传，有得有失。

葛之覃兮，施于中谷，维叶萋萋。覃，《鲁》作“蕈”。维，《韩》作“惟”。兴也。覃，延也。葛所以为絺绤，女功之事烦辱者。施，移也。中谷，谷中也。萋萋，茂盛皃。笺云：葛者，妇人之所有事也，此因葛之性以兴焉。兴者，葛延蔓于谷中，喻女在父母之家，形体浸浸日长大也。叶萋萋然，喻其容色美盛也。补曰：葛者，宗族之喻，言女子有宗也。施，移，相依倚也。蔓于中谷，言外成也。叶萋萋然，母家光荣。黄鸟于飞，集于灌木，其鸣喈喈。黄鸟，抟黍也。灌木，丛木也。喈喈，和声之远闻也。笺云：葛延蔓之时，则抟黍飞鸣，亦因以兴焉。飞集丛木，兴女有嫁于君子之道。和声之远闻，兴女有才美之称，达于远方。补曰：《尔雅》：“皇，黄鸟。”又曰：“鷅，其雌皇。”许慎字书鷅在鶨、鷐之间。鷅，小也。黄鸟即黄雀也。旧以抟黍为黄鹂，亦雀类也，黄雀群飞在丛灌。喈喈然，喻妇人无远志，虽贵女犹与婢妾杂作。

葛之覃兮，施于中谷，维叶莫莫。莫莫，成就之皃。笺云：成就者，其可采用之时。补曰：莫莫，幂幂。是刈是濩，为絺为绤，服之无斁。刈，又作“艾”。《说文》引“殬”。濩，煮之也。精曰絺，粗曰绤。斁，厌也。古者王后织玄紞，公侯夫人纮綖，卿之内子大带，大夫命妇成祭服，士妻朝服，庶士以下各衣其夫。笺云：服，整也。女在父母之家，未知将何所适，故习之以絺绤烦辱之事，乃能整治之无厌倦，是其性贞专。补曰：濩、镬，古今字。煮葛为之，则知其劳矣。斁，污泽也。言能洁清整治之，使鲜明也。

言告师氏，言告言归。言，我也。师，女师也。古者女师教以妇德、妇言、妇容、妇功。祖庙未毁，教于公宫三月。祖庙既毁，教于宗室。妇人谓嫁曰归。笺云：我告师氏者，我见教告于女师也，教告我以适人之道。重言我者，尊重师教也。公宫、宗室，于族人皆为贵。补曰：此言教女当豫也。女告于师氏，在将嫁之时，受教之日浅，不比国子久在学也，故下勉以平居浣濯之事。薄污我私，薄澣我衣。澣，又作“浣”。污，烦也。私，燕服也。妇人有副袆盛饰，以朝事舅姑，接见于宗庙，进见于君子，其余则私也。笺云：烦，烦撋之，用功深。澣，谓濯之耳。衣，谓袆衣以下至褖衣。补曰：薄，《尔雅》作“魄”，词也。孔、薄、载、诞、言、斯，皆诗歌所以足词。兮、只、哉、嗟，则声之余也。私，女私服也。衣，父母衣也。士礼：事父母，衣裳垢，和灰请浣。贵女而用士礼教之恭勤也。私衣不役使人而亲洁其污泽者，谦也。浣衣以朝，君子所讥。污浣者，皆深衣以下。害浣害否，归宁父母。《说文》引“以晏父母”。害，何也。私服宜浣，公服宜否。宁，安也。父母在，则有时归宁耳。笺云：我之衣服，今者何所当见浣乎？何所当否乎？言常自洁清，以事君子。补曰：害浣者，言非以浣衣为贤也。害否者，不浣衣亦其宜也。贵欲习恭谨，于嫁后安父母，无忧辱耳，非如民女当执事也。夫人无归宁之道，《左传》因此妄作其名。

《葛覃》三章，章六句。

《卷耳》，后妃之志也。补曰：怀之而不敢言，述其志耳。又当辅佐君子，补曰：吴嘉宾说：旧《序》自为一篇，此承上“化天下以妇道”，故曰“又”。求贤审官，知臣下之勤劳。内有进贤之志，而无险诐私谒之心，谒，请也。朝夕思念，至于忧勤也。

采采卷耳，不盈顷筐。忧者之兴也。采采，事采之也。卷耳，苓耳也。顷筐，畚属，易盈之器也。笺云：器之易盈而不盈者，志在辅佐君子，忧思深也。补曰：卷耳，虎耳。郭璞说：鼠耳，丛生，如盘，色青白，有毛如枲，又名枲耳，一名苍耳。陆玑以为药中苍耳，则非也。《说文》又有“菤，卷耳”。虎耳生石间，为阶庭石砌之玩，可治耳疾，以喻贤才可备寮位，君宜广听纳也。非种植蔓生之草，故不满半畚，喻贤才非众中可求，当须选进之，不易得也。嗟我怀人，寘彼周行。怀，思。寘，置。行，列也。思君子官贤人，置周之列位。笺云：周之列位，谓朝廷臣也。补曰：我，我周。彼，彼殷也。我人置于彼行，言服事殷周列也。

陟彼崔嵬，我马虺隤。《释文》引《说文》“瘣颓”，《玉篇》引“虺㿉”，《鲁》作“虺颓”。陟，升也。崔嵬，土山之戴石者。虺隤，病也。笺云：我，我使臣也。臣以兵役之事行，出离其列位，身勤劳于山险，而马又病。君子宜知其然。补曰：崔嵬，高位。陟，喻朝也。诸侯乘马，言服事不懈。我姑酌彼金罍，维以不永怀。《说文》引“及酌”。姑，且也。人君黄金櫑。永，长也。笺云：我，我君也。臣出使，功成而反，君且当设飨燕之礼，与之饮酒以劳之，我则以是不复长忧思也。言且者，君赏功臣，或多于此。补曰：金櫑，二尊，诸臣之所昨也。赐爵禄必于太庙，一献后策命之，因举奠觚赐焉。臣卒爵，易爵洗，不敢酌君尊，故酌罍也。燕礼亦设櫑，则不盛酒，但盛水，非此罍也。《礼图》说：天子玉饰，诸侯大夫金饰，士以梓。皆盛水者，酒罍惟君设之，象施不穷。每言彼者，求贤凡以为王室。

陟彼高冈，我马玄黄。山脊曰冈。玄马病则黄。补曰：玄黄、眩晃，古今字。我姑酌彼兕觥，维以不永伤。觥，角爵也。伤，思也。笺云：此章为意不尽，申殷勤也。觥，罚爵也，燕飨所以有之者。礼，自立司正之后，旅酬必有醉而失礼者，罚之，亦所以为乐。补曰：设觥者，大比宾贤能之典也，闾胥掌之。言当更选士，以备任使。上章言爵有功，此言宾兴贤能，则用人之道尽矣。皆言姑者，嫌以妃后言外政也。兕，如野牛而青角，可以为饮器。选士入学则必养老，故《豳风》《周颂》皆言兕觥。沈东美说：酌以大斗为兕，觥容五升，是也。饮燕皆举觯，不谓之觥，笺失之。

陟彼砠矣，我马瘏矣，我仆痡矣，砠、瘏、痡，又作"岨""屠""铺"。《说文》引"痡"。石山戴土曰砠。瘏，病也。痡，病也。补曰：砠之言阻，喻危难也。瘏，堵也，堵住不得前。仆，使马者，喻大臣也。云何吁矣！吁，忧也。笺云：此章言臣既勤劳于外，仆马皆病，而今云何乎其亦忧矣。深闵之词。补曰：务尽臣力，则君亦劳。君臣俱困，吁嗟无如何矣。反复言之，明赏功求贤之不可缓。

《卷耳》四章，章四句。

《樛木》，后妃逮下也。言能逮下，而无嫉妒之心焉。后妃能和谐众妾，不嫉妒其容皃，恒以善言逮下而安之。

南有樛木，葛藟累之。樛，《韩》作"朻"。藟累，又作"累虆"。兴也。南，南土也。木下曲曰樛。南土之葛藟茂盛。笺云：木枝以下垂之故，故葛也、藟也得虆而蔓之，而上下俱盛。兴者，喻后妃能以意下逮众妾，使得其次序，则众妾上附事之，而礼义亦俱盛。南土，谓荆、扬之域。补曰：南喻君位，言女君也。樛、朻，通用字。《尔雅》："下句曰朻。"又曰："朻者聊。"藟，藤也。虎櫐，今藤花。山櫐，今蒲桃。其引蔓皆高于葛，而不如葛之用，喻众妾有才者，有但以容色进者，妃后皆当接待之。乐只君子，福履绥之。履，禄。绥，安也。笺云：妃妾以礼义相与和，又能以礼乐乐其君子，使为福禄所安。补曰：嫡之和妾，以安乐其君子也。只，语已词也。福履，女君之福禄也，乐喜也。言嫡不怨其夫，相与安于福禄。

南有樛木，葛藟荒之。荒，奄也。补曰：言众妾并进。乐只君子，福履将之。将，大也。笺云：此章申殷勤之意。将，犹扶助也。补曰：嫡、妾相妒，则夫妇之道乖。故不妒可以助进其福，非独乐君子。

南有樛木，葛藟萦之。《说文》引"萦"，又引作"藥"。《释文》又作"帶"。萦，旋。补曰：萦，营也。言众妾乐就女君，日盈于前。乐只君子，福履成之。成，就也。补曰：嫡、妾和，则家道成，无陵僭废立之祸，同于福也。

《樛木》三章，章四句。

《螽斯》，后妃子孙众多也。言若螽斯不妒忌，则子孙众多也。忌，有所讳恶于人。

螽斯羽，诜诜兮。《释文》云：《说文》"诜"作"䛷"。螽斯，蚣蝑也。诜诜，众多也。笺云：凡物有阴阳情欲者无不妒忌，唯蚣蝑不耳，各得受气而生子，故能诜诜然众多。后妃之德能如是，则亦宜然。补曰：蚣蝑，蚱蜢。所在有之，朝暮纷然飞跃，以喻诸子嫡庶年相若，小大为群，三时问安，嬉戏于前也。传、笺不妒义迂。宜尔子孙，振振兮。振振，仁厚也。笺云：后妃之德宽容不疾妒，则宜女之子孙，使其无不仁厚。补曰：其母宜则其子孙亦宜，故振振有礼容也。《颂》曰："振振鹭。"言威仪可观，能习礼。

螽斯羽，薨薨兮。薨薨，众多也。补曰：薨薨，飞而下，喻退出之时。宜尔子孙，绳绳兮。绳绳，戒慎也。补曰：嫡子不陵，庶子不僭，是能戒也。

螽斯羽，揖揖兮。揖揖，会聚也。补曰：揖、辑，古今字。宜尔子孙，蛰蛰兮。蛰蛰，和集也。补曰：蛰蛰，聚皃。公子相争，由分宫不恒见，故长大若路人。今嫡能和众妾，故恒聚会，教以礼让，则无异母之嫌。

《螽斯》三章，章四句。

《桃夭》，后妃之所致也。不妒忌，则男女以正，昏姻以时，国无矜民也。老而无妻曰矜。补曰：妒不能使民矜，昏姻时亦不足美，传皆失之。

桃之夭夭，灼灼其华。《说文》引“枖枖”，又引“媄媄”。兴也。桃有华之盛者。夭夭，其少壮也。灼灼，华之盛也。笺云：兴者，喻时妇人皆得以年盛时行也。补曰：夭、芺、媄、笑，古今字。桃，榹桃也。《夏小正》：正月，梅桃则花。桃花似女子之笑，以其灼灼相照也。喻贵女有容色以来媵者美盛也。之子于归，宜其室家。之子，嫁子也。于，往也。宜以有室家，无逾时者。笺云：宜者，谓男女年时俱当。补曰：之子，犹公子也。见其如桃之笑，则知其和说顺礼，嫁则宜也。丈夫有室，女子有家。宜，犹和也。

桃之夭夭，有蕡其实。蕡，实皃。非但有华色，又有妇德。补曰：蕡，蔼也。桃易成实，喻不妒易多子。之子于归，宜其家室。家室，犹室家也。

桃之夭夭，其叶蓁蓁。蓁蓁，至盛皃。有色有德，形体至盛也。补曰：蓁蓁，戴也。谓众妾奉戴女君，如花叶相承荫。之子于归，宜其家人。一家之人尽以为宜。笺云：家人，犹室家也。补曰：家人，女君所得治之人。

《桃夭》三章，章四句。

《兔罝》，后妃之化也。补曰：《关雎》，求贤之化。《关雎》之化行，则莫不好德，贤人众多也。补曰：诗无众多之义。

肃肃兔罝，椓之丁丁。兔，又作“菟”。罝，又作“罝”“罜”。肃肃，敬也。兔罝，兔罟也。丁丁，椓杙声也。笺云：罝兔之人，鄙贱之事，犹能恭敬，则是贤者众多也。补曰：兔者，士腊，又豆实之主，喻士初仕也。兔善走易逸，设罝者，喻治民庶外政也。椓，击也。击杙丁丁以固其罝，言豫练其材也。肃静待之，喻当沈毅，戒躁急。**赳赳武夫，公侯干城**。赳赳，武皃。干，捍也。笺云：干也，城也，皆以御难也。此罝兔之人，贤者也，有武力，可任为将帅之德，诸侯可任以国守，捍城其民，折冲御难于未然。补曰：武夫，贤大夫也。诗之称贤曰孔武。大夫孔武，则可为公侯，言选材建国也。公侯，诸侯为二伯，列三公者。

肃肃兔罝，施于中馗。馗，又作"逵"。馗，九达之道。补曰：九达者，容九车也。大道有兔，众所必争，喻乱世当先得民也。**赳赳武夫，公侯好仇**。笺曰：怨耦曰仇。此罝兔之人，敌国有来侵伐者，可使和好之。亦言贤也。补曰：能为公侯和敌国也。

肃肃兔罝，施于中林。中林，林中。补曰：中林，兔所跧伏，喻得民有道。**赳赳武夫，公侯腹心**。可以制断，公侯之腹心。笺云：此罝兔之人，于行攻伐，可用为策谋之臣，使之虑无。亦言贤也。补曰：言非独为外捍，乃可以寄腹心，谋机密也。《左传》不识武夫，乃谬言乱则制腹心。

《兔罝》三章，章四句。

《芣苢》，后妃之美也。补曰：美其备六礼，仪文盛也。**和平则妇人乐有子矣**。天下和，政教平也。补曰：诗无乐子之事。

采采芣苢，薄言采之。苢，《韩》从隶作"苡"。采采，非一辞也。芣苢，马舄。马舄，车前也，宜怀妊焉。薄，词也。采，取也。笺云：薄言，我薄也。补曰：《礼·含文嘉》："夏姒氏以薏苡生。"许慎字书，"薏"在"菩"后。菩薏、芣苢，古今字。贾逵说㠯为意，㠯实是也。"菩"又作"萯"。《月令》："王萯生。"字又作"瓜"。王萯，今无花果。《周书·王会解》说：康民贡芣苡，其实如李，令人宜子。为夏后得姓之祥，如虦为请子之祥，故以采芣苡喻昏礼也。言采采者，重其事也。六采者，六礼也。芣苡无花而实，喻取女不以容色，但求有子。首言采之者，昏礼最先纳采也。男先求女，故曰我采。采采芣苢，薄言有之。有，臧之也。补曰：言有者，问名时主人对之词也。曰某夫妇所生，年若干岁也。问女谁氏，于是乃知有女。

采采芣苢，薄言掇之。掇，拾也。补曰：三采者，纳吉也。词曰：加诸卜，占曰吉。主人曰：有吉，我与在，不敢辞。若拾而取之易也。采采芣苢，薄言捋之。捋，取也。补曰：四采者，纳徵也。捋从二手相承，喻奉币也。玄纁、束帛、俪皮，主人曰：敢不承命。

采采芣苢，薄言袺之。袺，执衽也。补曰：执衽谓之拮。拮、袺，古今字，即丮也，象手持衽之形，读如“吉”，故又作“拮”。袺、结，文皆从吉。五采请期，有吉日矣。主人辞请，遂以告也。采采芣苢，薄言襭之。襭，又作“撷”。扱衽曰襭。补曰：六采亲迎，六礼备矣。襭、结、衿、紟，声转通用。以襟盛物，结之于带以为固，如舅姑承子授婿，婿受而亲之也。六礼文王所定，故亲行于渭，而此以六采歌之，明其次弟，阙其一为不备礼也。

《芣苢》三章，章四句。

《汉广》，德广所及也。文王之道被于南国，美化行乎江汉之域，无思犯礼，求而不可得也。纣时淫风遍于天下，唯江汉之域先受文王之教化。补曰：求女者，备礼之词，非淫风也。奸不可得，亦非美化。传每以男女之俗说上政治，皆失之。

南有乔木，不可休息。汉有游女，不可求思。《说文》引“乔”。《韩》“休息”作“休思”，“乔”又作“桥”。兴也。南方之木美。乔，上竦也。思，词也。江上游女，无求思者。笺云：不可者，本有可道也。木以高其枝叶之故，故人不得就而止息也。兴者，喻贤女虽出游流水之上，人无欲求犯礼者，亦由贞洁使之然。补曰：南，汉南也。小枝上缭为乔。自终南入山，陵谷盘亘，界今陕西、四川、湖北之间，所谓老林唯多，巨木其旁，则郧、施、巫、夔，徭僮杂居，其俗男女春游，歌而自配，故汉有游女，言土俗所有也。不可者，可也。乔木多荫，岂不可依以止息乎？游女知礼，岂不可求昏乎？言旧俗已变，皆用文王昏礼，待求而嫁也。汉，漾也，《水经》以为沔。漾水出陇西氐道，东至武都为汉。沔水出武都、沮县，受氐道水为沔。岐周始通甘肃、徼外，遂及四川、云南，顺江、汉而下，至于江夏，反在南山之南也。汉之广矣，不可泳思。江之永矣，不可方思。永，《韩》作"羕"。《说文》引"永"，又引"羕"。潜行为泳。永，长。方，泭也。笺云：汉也，江也，其欲渡之者，必有潜行乘泭之道。今以广长之故，故不可也。又喻女之贞洁，犯礼而往，将不至也。补曰：泳、永，羕、洋，一字也。随水长行为泳。方、舫、航、泭，声转通用，或又以编木为泭、航，刳木连舟为方、舫。此言文王之德广，异俗丕变，天下归心，如江、汉广长。涉济者，利也。通辟万里，故叹其广永。

翘翘错薪，言刈其楚。翘翘，薪皃。错，杂也。笺云：楚，杂薪之中尤翘翘者。我欲刈取之，以喻众女皆贞洁，我又欲取其尤高洁者。补曰：翘翘，危也。薪，荛。下国之喻。楚，荆薪中之强韧者。杂薪攲危，喻民俗荒梗也。我先刈治其楚，言治其君长不从政令者。之子于归，言秣其马。秣，养也。六尺以上曰马。笺云：之子，是子也。谦不敢斥其适己，于是子之嫁，我愿秣其马，致礼饩，示有意焉。补曰：乘马者，诸侯也。《公羊》："礼，天子乘龙，诸侯乘马。"《周礼》："大夫乘马，诸侯乘騋。"《诗》每以马、驹对言，驹读为"骄"，则马即騋，七尺者。驹六尺，凡马五尺也。行礼当自上率下，始制往嫁之礼，诸侯皆亲迎。餗、秣，古今字，食马以禾穗，故谓之末。《说文》改作"餗"，以为饲谷之专名。汉之广矣，不可泳思。江之永矣，不可方思。

翘翘错薪，言刈其蒌。蒌，草中之翘翘然。补曰：《尔雅》："购，商蒌。"《说文》"蒌"在"蔽""藸"之间，云"可以烹鱼"。今有蒌蒿，根可食，长大即荻也。荻实蒌空，故曰萴荻刈蒌，言治其虚懦者。楚木喻君，蒌草喻臣也。之子于归，言秣其驹。五尺以上曰驹。补曰：驹、骄，通用字。卿大夫乘骄，士、庶人亲迎，礼同大夫。汉之广矣，不可泳思。江之永矣，不可方思。

《汉广》三章，章八句。

《汝坟》，道化行也。补曰：导诸侯以服事殷之化也。文王之化行乎汝、坟之国，补曰：汝、坟，二水名。坟，又作“濆”。郭璞说：《尔雅》汝为濆。郦道元说：濆水，大㶏水。今郾城、商水间之地。能闵其君子，犹勉之以正也。《正义》本“能”上有“妇人”，定本、《释文》本均无。言此妇人被文王之化，厚事其君子。

遵彼汝坟，《韩》“坟”作“濆”。遵，循也。汝，水名也。坟，大防也。补曰：汝水出天息山，入淮。许慎说：出弘农卢氏还归山，今卢氏地。遵坟，循汝水而东也。文王既得荆南之地，因通豫、徐及殷畿南。伐其条枚。枝曰条，干曰枚。笺云：伐薪于汝水之侧，非妇人之事，以言己之君子贤者，而处勤劳之职，亦非其事。补曰：王引之读“条”为“樤”。樤，山樻坚韧材也，性耐湿，宜阳产者尤良，汝、坟土宜也。伐之者，喻纣虐用之，如自斩其桢干。言汝旁诸国防捍东南，民力竭也。条为枝条，则文不具。《尔雅》又有：柚，条。东南嘉果，其树不可用，非此所伐。未见君子，惄如调饥。《韩》作“愵如朝饥”。《说文》引“朝饥”，“惄”又作“愵”。惄，饥意也。调，朝也。笺云：惄，思也。未见君子之时，如朝饥之思食。补曰：君子，汝旁国君臣也。方见斩伐，故未见其朝聘也。惄，寂也。寂然忧思，如朝饥之思食，言虚怀待之。

遵彼汝坟，伐其条肄。肄，余也。斩而复生曰肄。补曰：复生又当见伐，言余民休息，仍当为王用。既见君子，不我遐弃。既，已。遐，远也。笺云：已见君子，君子反也，于己反得见之，知其不远弃我而死亡，于思则愈，故下章勉之。补曰：既见者，皆通使于周也。周在西戎，故言我遐，劳勉之也。诸君子不以僻在西戎而弃我，则愿同奖王室，三分有二以服事殷之时也。

鲂鱼赪尾，王室如燬。燬，《鲁》作“毁”，《韩》作“焜”。

《说文》引"焜赪"。赪，赤也。鱼劳则尾赤。燬，火也。笺云：君子仕于乱世，其颜色瘦病，如鱼劳则尾赤。所以然者，畏王室之酷烈。是时纣存。补曰：鲂、鲋，声转通用。礼，鱼俎用鱄或鲋。《尔雅》谓之"魾"，今鳊也。鳊弱不胜网，血入尾则赪也。使臣之来，飧食皆有鱼俎，故指言焉，喻其困也。燬、烜，古一字，《周官》"司烜氏"又作"司燬"。如燬，照灼，言政暴烈也。虽则如燬，父母孔迩。孔，甚。迩，近也。笺云：辟此勤劳之处，或时得罪，父母甚近，当念之，以免于害，不能为疏远者计也。补曰：父喻天王，母喻方伯也。以为王室则可自绝，得罪父母则天下莫容，故甚近也。避祸不朝，负不臣之名，敌国侵之，臣民叛之，进退无利，故当事殷。

《汝坟》三章，章四句。

《麟之趾》，《关雎》之应也。补曰：应，求助之义，而王子入学。《关雎》之化行，则天下无犯非礼，虽衰世之公子，皆信厚如麟趾之时也。《关雎》之时，以麟为应，后世虽衰，犹存《关雎》之化者，君之宗族犹尚振振然，有似麟应之时，无以过也。

麟之趾，兴也。趾，足也。麟信而应礼，以足至者也。补曰：麟，大牡鹿也。鹿，牡麚，牝麀，其大者则谓之麟。《玉篇》"麟，大麚"是也。磷磷行相待之皃。《礼·射》："士布侯，画鹿豕。"谓天子士画鹿，诸侯士画豕。言趾者，画兽蹲踞见前足也。振振公子。振振，信厚也。笺云：兴者，喻今公子亦信厚，与礼相应，有似于麟。补曰：振振，入学之容也，字亦作"伮""祇"。公子，王子也。自未受命时言之，故曰公子。公子入大学，与于择士之射，见大侯之画鹿而有志焉，则为下射备三耦，其仪振振也。于嗟麟兮！于嗟，叹词。补曰：于嗟之者，美其向学也。麟兮者，王子入学为成均之长，如麟为群鹿长也。王子不以入官为贵，故常射鹿侯。

麟之定，定，题也。补曰：题，额也。定、题，声转字，又作"顶"。射必命中，故志其额端。振振公姓。公姓，公同姓。补曰：公姓，公孙也。文王之子称公孙。《豳》曰："公孙硕肤。"谓周公也，此亦兼言虢叔矣。成均之法，王子弟皆在。凡赐姓分氏，以祖为别，故言子孙皆曰子姓也。**于嗟麟兮！**补曰：王子孙世入学，则世为士，既不患贵而骄，亦不患无位也。

麟之角，麟角，所以表其德也。笺云：麟角之末有肉，示有武而不用。补曰：鹿以角为美也。《春秋》书“西狩获麟”，传曰：“仁兽也，有王者则见。”许慎书为二字，以麟为大鹿，以麐为牝麒。麒则《尔雅》之麟也。《记》曰：“麟、凤、龟、龙谓之四灵。”圣人在位，祥鸟瑞兽亦即常种而加驯耳，不得以奇怪为灵也。麟、麐不当异字，以一角者为麟，则两角者麢。《尔雅》无麢，其以麒麟为麢与？侯画鹿头，故见角。**振振公族。**公族，公同祖也。补曰：五庙之孙为公族。**于嗟麟兮！**补曰：学制一定，贵族皆知尚才德，不竞于爵位。丁宁美之，重教化也。

《麟之趾》三章，章三句。

周南之国十一篇，卅六章，百五十九句。

召南鹊巢毛诗诂训传第二　国风二

《鹊巢》，夫人之德也。补曰：召公主陕西，故皆诸侯之诗。**国君积行累功以致爵位，夫人起家而居有之，德如尸鸠，乃可以配焉。**起家而居有之，谓嫁于诸侯也。夫人有均壹之德如尸鸠然，而后可配国君。

维鹊有巢，维鸠居之。兴也。鸠，尸鸠，秸鞠也。尸鸠不自为巢，居鹊之成巢。笺云：鹊之作巢，冬至架之，至春乃成，犹国君积行累功，故以兴焉。兴者，尸鸠因鹊成巢而居有之，而有均壹之德，犹国君夫人来嫁，居君子之室，德亦然。室，燕寝也。补曰：居鹊巢者，今谓之鹳鸽。郭璞以布谷为尸鸠。**之子于归，百两御之。**御，又作“讶”。百两，百乘也。诸侯之子嫁于诸侯，送御皆百乘。笺云：之子，是子也。御，迎也。是如尸鸠之子，其往嫁也，家人送之，良人迎之，车皆百乘，象有百官之盛。补曰：两，国中常车驾两马者。凡乘四马者，从车两马。昏礼从车亦曰乘，此并乘车皆曰两。然则大夫以下不敢言两，诸侯以上昏取嘉名，改乘为两，如帛之改束为两也。昏礼亲迎，主人乘墨车，从车二乘，妇车亦如之。此大夫子女昏车六乘也。推之大夫自昏，属官当从诸侯，则陈四路，妇车皆如之。路必有贰，则亦有从。公娶夫人，二乘车及从车当八十八乘。云百两者，举盈数也。天子则百二十两与？

维鹊有巢，维鸠方之。方，有之也。补曰：方，傍也。之子于归，百两将之。将，送也。补曰：送之者，侄娣也。车半夫人之数，合之亦百两也。其赍送女器物，有司以官车致之，不在此数。

维鹊有巢，维鸠盈之。盈，满也。笺云：满者，言众媵侄娣之多。之子于归，百两成之。能成百两之礼也。笺云：是子有尸鸠之德，宜配国君，故以百两之礼送迎成之。补曰：成之者，二国之媵也。半夫人之数，其侄娣又半媵数，合六女乃成百两。

《鹊巢》三章，章四句。

《采蘩》，夫人不失职也。补曰：率嫔妇蚕公桑，为妇职也。夫人可以奉祭祀，则不失职矣。奉祭祀者，采蘩之事也。不失职者，夙夜在公也。

于以采蘩？于沼于沚。蘩，又作“緐”。《说文》引“沚”。蘩，皤蒿也。于，於。沼，池。沚，渚也。公侯夫人执蘩菜以助祭，神飨德与信，不求备焉，沼沚溪涧之草，犹可以荐。王后则荇菜也。笺云：于以，犹言“往以”也。执蘩菜者，以豆荐蘩菹。补曰：蘩，由胡，垂蕤似马繁，蒿类也，以栖蚕子，使闻香毕出。沼沚者，公桑宫傍水也。《记》曰：“蚕室，近川而为之。”所以便涤弃，使洁清也。豆实、铏芼皆有典制，无用蒿者。《诗》三言采蘩，皆女功。蚕桑，春月之候。于以用之？公侯之事。之事，祭事也。笺云：夫人于君祭祀而荐此豆也。补曰：用之，用蘩于桑宫也。公侯，分陕之伯有封国者，其职则公，其爵则侯也。采二伯之诗，故曰公侯。

方伯教蚕，五等诸侯皆化之。《大雅》以蚕织为妇公事，故曰公侯之事。

于以采蘩？于涧之中。山夹水曰涧。补曰：欲从浴种时言之，故必本于采蘩。于以用之？公侯之宫。宫，庙也。补曰：宫，桑宫也。《记》曰："筑宫仞有三尺，棘墙而外闭之。"

被之僮僮，夙夜在公。被，首饰也。僮僮，竦敬也。夙，早也。笺云：公，事也。早夜在事，谓视濯溉饎爨之事。《礼记》："主妇髲髢。"补曰：被，斥世妇也。《记》曰："卜世妇吉者，入蚕。"是世妇自始浴蚕入郊宫，至献茧乃出，故夙夜在公所也。髲髢，大夫妻祭服，即妇人朝天子见宾客之首饰，其命服则饰编。被之祁祁，薄言还归。祁祁，舒迟也，去事有仪也。笺云：言，我也。祭事毕，夫人释祭服而髲髢，其威仪祁祁然而安舒，无罢倦之失。我还宫者，自庙反其燕寝。补曰：献茧，故更服，被鬄衣、展衣也。夫人于是副袆翟服受之。专言被者，以督劝妇功为职，不以自亲烦辱为职也。还归，还宫中。《豳风》曰："公子同归。"

《采蘩》三章，章四句。

《草虫》，大夫妻能以礼自防也。补曰：妇有礼，则不见薄。

喓喓草虫，趯趯阜螽。兴也。喓喓，声也。草虫，常羊也。趯趯，跃也。阜螽，蠜也。卿大夫之妻，待礼而行，随从君子。笺云：草虫鸣，阜螽跃而从之。异种同类，犹男女嘉时以礼相求呼也。补曰：此南仲出征之诗，以喻邦交者。草虫，负蠜。蟋蟀纯雄无雌。蠜，阜螽，三尾，纯雌无雄，相为求应。言异国为昏姻也。喓非古字，呦、嚶，声又不类。古者要、交形近，当为"交交"。未见君子，忧心忡忡。《说文》引"忡"。忡忡，犹冲冲也。妇人虽适人，有归宗之义。笺云：未见君子者，谓在涂时也。在涂而忧，忧不当君子，无以宁父母，故心冲冲然。是其不自绝于其族之情。补曰：忧其辞家远嫁，未习于妇礼。言君子者，明嫁于大夫也。亦既见止，亦既觏止，我心则降。止，辞也。觏，遇。降，下也。笺云：既见，谓已同牢而食也。既觏，谓已昏也。始者忧于不当，今君子待己以礼，庶自此可以宁父母，故心下也。《易》曰："男女觏精，万物化生。"补曰：见者，婿见于外舅姑也。覯者，舅姑承子以授婿。无相见之礼，但若会遇于长者之前也。自此从夫，则当降心下之。此见、覯，谓在女家。

陟彼南山，言采其蕨。南山，周南山也。蕨，鳖也。笺云：言，我也。我采者，在途而见采鳖，采者得其所欲得，犹己今之行者欲得礼，以自喻也。补曰：南山以喻高位。陟，犹起家也。蕨、薇荒年所以佐食，谦言承乏耳。未见君子，忧心惙惙。《说文》引"惙"。惙惙，忧也。补曰：惙惙，意不定，明为妇不易。亦既见止，亦既覯止，我心则说。说，服也。补曰：见于舅姑，覯姑姊妹于堂下，谓昏之明日。

陟彼南山，言采其薇。薇，菜也。补曰：薇垂水似藿。藿，鹿豆苗。薇，(踠)［豌］豆苗，以芼豕铏。未见君子，我心伤悲。嫁女之家，不息火三日，思相离也。笺云：维父母思己，故己亦伤悲。补曰：伤，已不知礼，为父母忧。悲，已远嫁也。亦既见止，亦既覯止，我心则夷。夷，平也。补曰：见于庙，覯于外内宗也。谓三月承祭，以顺为孝，故悲感之心平。

《草虫》三章，章七句。

《采蘋》，大夫妻能循法度也。补曰：能修宗室之法，教女以礼。能循法度，则可以承先祖，共祭祀矣。女子十年不出，姆教婉娩听从，执麻枲，治丝茧，织纴组紃，学女事以共衣服。观于祭祀，纳酒浆笾豆菹醢，礼相助奠。十有五而笄，二十而嫁。此言能循法度者，今既嫁为大夫妻，能循其为女之时所学所观之事，以为法度。补曰：妇法以能教为度，非但自循。

于以采蘋？南涧之滨。蘋，大萍也。滨，涯也。补曰：蘋、蕡、荓、萍、苹、苄，古今字，蒲类也，以芼鱼，亦可为席及帚。《月令》："季春，苹始生。"非浮萍也，浮萍不可食，可食者莼耳。北方或无之，非妇礼所可通用。采蘋者，喻学妇礼也。南涧，南山之涧，喻贵女嫁大夫者。于以采藻？于彼行潦。《说文》引"薻"，或作"藻"。藻，聚藻也。行潦，流潦也。笺云：古者妇人先嫁三月，祖庙未毁，教于公宫；祖庙既毁，教于宗室。教以妇德、妇言、妇容、妇功。教成祭之，牲用鱼，芼之以蘋藻，所以成妇顺也。此祭，祭女所出祖也。法度莫大于四教，是又祭以成之，故举以言焉。蘋之言宾也，藻之言澡也。妇人之行，尚柔顺，自洁清，故取名以为戒。补曰：藻，今谓之发菜，干而用之。行潦无源，喻民庶女及造士妻也。兼此二者，明妇教修明，家有法度。《韩诗》说：沈者曰蘋，浮者曰藻，误以为一类。

于以盛之？维筐及筥。方曰筐。圆曰筥。补曰：盛之者，宗子妻也。往饎爨，盛黍稷，将嫁女盖从主妇，故必曰“于以”。备二器者，列国皆行礼，盖周之新国用筐，旧国用筥也。筐、筥皆容五升。《聘礼》：君馈宾，米用筥；大夫馈宾，米用筐。诸侯必避天子，是知筐贵，大夫用公器无嫌也。于以湘之？维锜及釜。湘，《韩》作“鬺”。湘，烹也。锜，釜属，有足曰锜，无足曰釜。笺云：烹蘋藻者于鱼湆之中，是铏羹之芼。补曰：往湘者，往雍爨也。士礼饎爨在东壁，牲、鱼、腊各一爨，在门外。大夫礼皆在门东。士礼祭日夙兴，主妇视饎爨，主人于门外视杀，则士主妇礼不出门。大夫礼盖主妇先出视二爨，主人乃与有司即位门外。此教女，未必出门，设爨盖如士礼，皆在东壁。依特牲礼，以鱼为主，腊次，鲜次，为三牲。爨，执爨者，老之妇主饎，群有司之妇主牲，其载之乃有司耳。湘、享，通用字。享，即亯也，隶作“烹”。主妇视饎后视烹鱼，教女亦从也。锜，銙，鬲也，今字作“锅”。锜乃鬵属，耳鬵谓之銙。《匪风》“釜鬵”，此釜锜，一也。《少牢》谓之“镬”，《考工记》釜作“鬴”，镬、鬴声转通用。锜盖先代之器，凡烹牲者曰镬，烹鱼、腊者用锜，或用鬵也。行礼兼言列国，故与筐、筥俱用二器。

于以奠之，宗室牖下。奠，置也。宗室，大宗之庙也。大夫士祭于宗庙，奠于牖下。笺云：牖下，户牖间之前。祭不于室中者，凡昏事，于女礼设几筵于户外，此其义也与？宗子主此祭，维君使有司为之。补曰：往奠者，往宗庙也。教女从群公子之舍而往，主妇从寝而往。其祭于堂，故筵几于户牖间。设扆之地奠之者，女主奠铏也。主妇既荐豆敦，则女设铏。

此士特牲礼也。大夫之祭，佐食设铏在延尸之后。**谁其尸之？有齐季女。**齐，又作“斋”。尸，主。齐，敬。季，少也。蘋、藻，薄物也。涧、潦，至质也。筐、筥、锜、釜，陋器也。少女，微主也。古之将嫁女者，必先礼之于宗室，牲用鱼，芼之以蘋、藻。笺云：主设羹者季女，则非礼也。女将行，父礼之而俟迎者，盖母荐之，无祭事也。祭礼主妇设羹，教成之祭更使季女者，成其妇礼也。季女不主鱼，鱼俎实男子主之，其粢盛盖以黍稷。补曰：大夫而用士礼，故问谁其也，此祭主为谁乎？乃所以齐饬季女，使敬于祀。不以其伯仲者，宗子之称嫁女，必其女弟也。若宗子年小，当有摄之者，不以幼童统宗人。其祭之时，使女三献，不以宾，其嗣举奠自若常也，而馂盖使女及女兄弟之长。

《采蘋》三章，章四句。

《甘棠》，美召伯也。补曰：美其开垦生聚。**召伯之教，明于南国。**召伯，姬姓，名奭，食采于召，作上公，为二伯，后封于燕。此美其为伯之功，故言伯云。

蔽芾甘棠，芾，《韩》作“茀”。蔽芾，小皃。甘棠，杜也。补曰：蔽芾，盛也。芾、沛，通用字。棠，杜，道旁树也，言行道则咏焉。杜，柰也，李类。棠，楂也，梨类。林禽、沙果、苹果、花红，皆楂之甘者，故谓之甘棠，又以赤白别为名。**勿翦勿伐，召伯所茇。**翦，《韩》《鲁》作“划”，一作“笺”。召，《鲁》作“邵”。茇，又作“废”，《说文》引“废”。翦，去。伐，击也。茇，草舍也。笺云：召伯听男女之讼，重烦劳百姓，止舍小棠之下而听断焉。国人被其德，说其化，思其人，敬其树。补曰：所茇，所立草舍，谓民初来无所居，方伯为立舍也。今有道树，则成聚落，田舍整齐矣。故本召伯之功而以甘棠寄其爱，戒人毋翦断伐去之也。听讼非方伯之职，庐舍有定地，公家供其委积，不待经过时乃烦劳民办也。传无此意，笺盖以三家旧说增之，非王政太平之事。

蔽芾甘棠，勿翦勿败，补曰：败，毁也。**召伯所憩。**憩，息也。补曰：憩之文从舌、息，盖俗字也，喘息则吐舌，从自，已足得声，或以为当作“愒”，愒亦俗字，但字书有耳。憩者，劳息之谓。流亡新附之众，当保安之，使得休息，如召伯意。

蔽芾甘棠，勿翦勿拜，笺云：拜之言拔也。召伯所说。《说文》作“税”“脱”。说，舍也。补曰：说、舍者，侨寓客民令与土著相安杂耕也。

《甘棠》三章，章三句。

《行露》，召伯听讼也。补曰：方伯巡行，戒民无讼，以靖民志。衰乱之俗微，贞信之教兴，强暴之男不能侵陵贞女也。衰乱之俗微、贞信之教兴者，此殷之末世，周之盛德，当文王与纣之时。补曰：俗以无强暴为贞，不以不能侵为贞也。方伯又不宜听此讼，传失之。

厌浥行露，浥，又作“挹”。兴也。厌浥，湿意也。行，道也。补曰：露，地气蒸发润物者，喻王泽也。宜于草木，而徒湿行道，则更有沾濡蒙犯生疾者，以喻方伯奉布王化，若下侵有司，则非德意。岂不夙夜，谓行多露。岂不，言有是也。笺云：夙，早也。厌浥然湿，道中始有露，谓二月中嫁娶时也。言我岂不知当早夜成昏礼与？谓道中之露太多，故不行耳。今强暴之男，以此多露之时，礼不足而强来，不度时之可否，故云然。《周礼》：仲春之月，令会男女之无夫家者，行事必以昏昕。补曰：夙夜，大夫奉职之词。方伯为天子之吏，以夙夜为职也。岂不者，心欲之而不可也，谓勤也。方伯听讼，有似奉职，乃实勤行多露之中，有害而无利也。都家狱讼各有专官，方伯察吏而已。若以申枉发覆为事，则民气嚣然，上下无等，情伪滋生，是亵王泽于草莽，非政体也。

谁谓雀无角，何以穿我屋？不思物变而推其类，雀之穿屋，似有角者。补曰：雀，依人小鸟。角，咮也。谁谓者，驳词也。《谷风》：“谁谓荼苦。”《河广》：“谁谓宋远。”雀本无角，穿屋则害甚于角。谁谓女无家，何以速我狱？速，召。狱，埆也。笺云：女，女强暴之男也。人皆谓雀之穿屋似有角，强暴之男，召我而狱，似有室家之道于我也。物有似而不同，雀之穿屋不以角，乃以咮，今强暴之男召我而狱，不以室家之道于我，乃以侵陵。物与事有似而非者，士师所当审也。补曰：女，谓女子。家，即夫也。有夫而来自讼，如雀穿屋，害于政也。《韩诗》“女”作“尔”，以为“尔女”之“女”，非也。**虽速我狱，室家不足。**昏礼缁帛不过五两。笺云：币可备也。室家不足，谓媒妁之言不和，六礼之来强委之。补曰：室家，朝廷大体也。方伯听讼则狱官虚设，君、大夫皆失职，朝廷亦为无人，故喻遣之，因饬士师各举其职。

谁谓鼠无牙，何以穿我墉？墉，墙也。视墙之穿，推其类，可谓鼠有牙。补曰：牙，牡齿也，无臼者为牙。凡啮者以牙，唯鼠以齿也。《鄘风》曰：“相鼠有齿。”鼠穴虫，喻小民阴贼者。无牙而能穿穴，其害又甚于雀。**谁谓女无家，何以速我讼？**女，《韩》作“尔”。补曰：敢疾讼于方伯，即可讼方伯于天子。**虽速我讼，亦不女从。**不从，终不弃礼而随此强暴之男。补曰：从、纵，古今字。纵民讼上，是无等也。恐喜事干誉者，以听理为能，故以义决之。《书》曰：“罔攸兼于庶狱，文王罔敢知于兹。”

《行露》三章，一章三句，二章章六句。

《羔羊》，《鹊巢》之功致也。补曰：聘使结昏，记公食礼之异。**召南之国，化文王之政，在位皆节俭正直，德如羔羊也。**《鹊巢》之君，积行累功，以致此《羔羊》之化。在位卿大夫竞相切化，皆如此羔羊之人。补曰：羔、羊二种，如犊、牛，豚、豕不可连言，又不称羊有德，传义非。

羔羊之皮，素丝五它。它，又作“佗”“紽”。小曰羔，大曰羊。素，白也。它，数也。古者素丝以英裘，不失其制，大夫羔裘以居。补曰：凡言皮者，币也。《昏礼》：“皮帛必可制。”故不用虎豹珍异之皮，而用羔羊。不用麑者，避俪皮也。羔裘，聘使韦弁服，羊裘不裼则常服也。公食礼致侑币，于宾设乘皮，其以此为裘材乎？聘礼，皮弁服，素丝衣。礼，公食诸侯，宾主皆朝服，衣布。此专言丝，据天子朝也。天子朝服无布衣，然则正聘及食、燕同皮弁。五它者，侯伯上卿，五介。授币时，以皮加束帛，宾受币，上介一人，士介四人受之，上介受束帛，士介各执一皮，逆退出门也。它，加也。荣宾得礼，故言其所加皮。**退食自公，委委蛇蛇**。诸家并读云“委蛇委蛇”，此从沈重读。《韩》作“逶迤”，又作“祎禕”。公，公门也。委蛇，行可从迹也。笺云：退食，谓减膳也。自，从也。从于公，谓正直顺于事也。委蛇，委曲自得之皃。节俭而顺，心志定，故可自得也。补曰：委佗，安顺之容，偕老以美夫人。此言昏礼，故借妇仪以显焉。食，公食大夫也。退食，食退也。宾既三饭，设侑币，介逆退，宾出，是为退食。公，公门也。出如舒雁翔且行，故见其委蛇。

羔羊之革，素丝五緎。《说文》引“五黬”。革，犹皮也。緎，缝也。补曰：执皮者摄毛于内，故见革缝也。《礼》曰：“皮则摄之，毛在内。”致命张皮受者，坐摄之。《昏记》曰：“摄之，内文。兼执足，左首。致命，释外足，见文。”受者自东出，于后摄皮，逆退。此谓全兽也。今以裘材，则必缝数皮为衣形。《尔雅》曰：“緎，羔裘之缝。”羔小缝尤多，故彼不言羊耳。四皮而言五者，承上为文，以五为介之称。**委委蛇蛇，自公退食**。笺云：自公退食，犹退食自公。补曰：自公退食，自公退而复入食，亦承上言之也。受皮出之，后宾与五介复入，宾入门左没霤，再拜稽首，五介立门西，北面，西上，示不敢复入食也。公辞升宾，宾升西阶，降，辞公，公揖，退于箱，宾卒食。此之谓自公退食。

羔羊之缝，素丝五总。缝，言缝杀之大小得其制。总，数也。补曰：缝，缝为衣也。凡言总者，总马也。聘使正礼成，请觌，总乘马以献主。国君而曰五总，言五介皆将为卿颂祝之词。**委委蛇蛇，退食自公**。补曰：食礼成也。宾卒食，捝手兴。公出，复东阶位，宾再拜稽首。公降，再拜，介逆出，宾出。公送大门内，再拜，宾不顾矣。正言食者，待聘使一食再飨。燕无常，数食者，主国之重礼。

《羔羊》三章，章四句。

《殷其雷》，劝义也。又作“劝以义”，非。补曰：文王三分有二，以服事殷，分使大夫，劝督侯国。召南之大夫远行从政，不遑宁处。其室家能闵其勤劳，劝以义也。召南大夫，召伯之属。远行，谓使出邦畿。补曰：妇人不劝夫义，夫亦不能辞役也。从政勤否，上自考绩，何与其室家乎？大夫待劝而后义，大夫妻见役而勉夫，皆不足作诗，传失之。

殷其雷，在南山之阳。殷，《韩》作“㶁”。殷，雷声也。山南曰阳。雷出地奋，震惊百里。山出云雨，以润天下。笺云：雷以喻号令，于南山之阳，又喻其在外也。召南大夫以王命施号令于四方，犹雷殷殷然发声于山之阳。补曰：殷其者，动物之声。雷以喻威神。南山，终南，周所治地。在阳者，其化南行也。率叛国以奉王室，皆动于天子之威神，是西伯之职也。何斯违斯？莫敢或遑。何，此君子也。斯，此。违，去。遑，暇也。笺云：何乎此君子，适居此，复去此，转行远从事于王所命之方，无敢或闲暇时。闵其勤劳。补曰：斯，斥王室也。王室不道，来归时在斯，又叛则违斯矣。故方伯怪问之，为之调和，不敢自暇逸也。《商颂》曰：“不敢怠遑。”遑，谓不朝事天子。振振君子，归哉归哉！振振，信厚也。笺云：信厚之君子，为君使，功未成，归哉归哉！劝以为臣之义，未得归也。补曰：振振，礼容。君子，诸侯也。归，归王朝也。教以事君之礼，故望其来归化也。

殷其雷，在南山之侧。亦在其阴与左右也。补曰：侧，山之东西，分陕方伯之所治。何斯违斯？莫敢遑息。本又无“或”。息，止也。补曰：息，止不朝贡。振振君子，归哉归哉！

殷其雷，在南山之下。或在其下。笺云：下，谓山足。补曰：下，谓王命已行于下国。何斯违斯？莫或遑处。一本无“或”，一本无“敢”。处，居也。补曰：安居不从政役也。振振君子，归哉归哉！

《殷其雷》三章，章六句。

《摽有梅》，男女及时也。补曰：文王始制六礼，士民皆遵行之。召南之国，被文王之化，男女得以及时也。

摽有梅，其实七兮。摽梅，《韩》作“莩楳”。《说文》引“摽有梅”。兴也。摽，落也。盛极则隋落者，梅也。尚在树者七。笺云：兴者，梅实尚余七未落，喻始衰也。谓女二十，春盛而不嫁，至夏则衰。补曰：梅之言媒也。实，俎实也。少牢俎以七为节。馈食之笾有梅䕩，燕食谓之梅储。取笾，房中主妇之职。梅言摽，则新梅，夏祭所用也。主妇亚献，尸始荐笾，笾实枣、栗、桃、䕩、榛，凡五果。盖桃、䕩以时相代，士馈食但举枣、栗二者。下大夫则兼有羞笾之糗，加笾之脯，备四数。然则纯用馈食四果者，天子下大夫与？尸俎用祭俎七体，臑、臂、肫各一，脊、胁各二，鱼七，腊胖，盖亦七断之也。新妇初承祭，于进尸笾时，见其俎实七。言下大夫依礼庙见。求我庶士，迨其吉兮。吉，善也。笺云：我，我当嫁者。庶，众。迨，及也。求女之当嫁者之众士，宜及其善时。善时谓年二十，虽夏未大衰。补曰：我，媒氏也。庶士，未授职之士，无庙者皆造士也。適士以上，媒各遣其臣，庶士以下，乃掌于媒氏耳。吉者，祭礼之专名。取妇承祭，故《春秋传》曰：“娶者，大吉也。”太平备礼，庶士皆及时婚也。

摽有梅，其实三兮。在者三也。笺云：此夏乡晚，梅之隋落差多，在者余三耳。补曰：此谓士祭礼也。特牲三俎，故其实三。上言牲体，此言俎数耳。《礼》曰：“佐食盛肵俎，俎释三介。”余皆盛于肵，以待归尸。此以三俎共盛于肵俎。少牢则唯盛羊、豕七体，鱼七、腊胖于肵俎，而别有一鱼、腊俎，取所余鱼、腊盛焉以出，亦俎释三介。羊、豕所释，则不止三介也。或者七兮主所盛，三兮主所释。求我庶士，迨其今兮。今，急辞也。补曰：士皆备礼。庶士宜及今太平时婚，劝乐之词。

摽有梅，顷筐墍之。墍，取也。笺云：顷筐墍之，谓夏已晚，顷筐取之于地。补曰：顷筐，畚属，民家采撷之器。墍，仰涂也。民人无庙，于昏时亦涂墍寝堂，执顷筐以即事，非取梅也。墍，仰取，非俯取。用筐又不待言，亦不宜用顷筐。**求我庶士，迨其谓之。**不待备礼也。三十之男、二十之女，礼未备则不待礼会而行之者，所以蕃育民人也。笺云：谓，勤也。女年二十而无嫁端，则有勤望之忧。不待礼会而行之者，谓明年中春，不待以礼会之也。是时礼虽不备，相奔不禁。补曰：谓之，媒氏通词也。庶人亦得用士礼，所谓下达，非杀礼，而以言相约也。

《摽有梅》三章，章四句。

《小星》惠及下也。夫人无妒忌之行，惠及贱妾，进御于君，知其命有贵贱，能尽其心矣。以色曰妒，以行曰忌。命，谓礼命贵贱。补曰：诗言妾不上僭，不以不妒为美。

嘒彼小星，三五在东。《说文》引"嘒"或作"嚖"。嘒，微皃。小星，众无名者。三，心。五，噣。四时更见。笺云：众无名之星，随心、噣在天，犹诸妾随夫人以次序进御于君也。心在东方，三月时也。噣在东方，正月时也。如是终岁列宿更见。补曰：三五，八女贵妾之象也。诸侯以左右媵与夫人当三。左右媵者，二同姓国媵也，与夫人皆各有侄、娣二人，是为六女，合二国媵为八，其等则二国媵及夫人侄为三贵妾，夫人娣及二国侄娣为五次妾，本国群妾皆为贱妾。贱妾多君所自置，幸故常上僭，而豫严其等，不得齿于八女，亦无员数，又所以优君也。八女之秩，盖视三卿、五大夫。《曲礼》以为世妇、妻、妾三等，妾即贱妾，然则世妇三人，妻五人矣。世妇比大夫妻，妻比士妻，故有妻名。《周官》正其名，改为女御，而《诗》犹称剡妻。天子女御视元士，诸侯视下大夫，亦犹天子之士也。凡内患起于陵僭，不生于妒忌。妒忌专宠，无子当出，即君溺之，亦自有宗子入嗣之义。易代之后，妃、后自毙，无大祸也。唯陵僭则恣意坏纪，小者擅政，大者篡弑，故必多等以防之。使三夫人辅嫡而下统嫔妇，嫔妇更统群妾，虽有采进褒、妲之嬖，不能朝夕接御，干后嫔之分。乃有申后、庄姜与妾争宠，激成废立，由不自贵故也，非妒之害也。小星嘒然，视三五以辨方。东者，日月所出，唯三五得在，喻贵妾乃能接君主内政也。**肃肃宵征，夙夜在公，寔命不同。**寔，《韩》作"实"。肃肃，疾皃。宵，夜。征，行。寔，是也。命不得同于列位也。笺云：夙，早也。谓诸妾肃肃然夜行，或早或夜，在于君所，以次序进御者，是其礼命之数不同也。凡妾御于君，不当夕。补曰：夙夜，卿大夫勤政之词，言妇官也。宵之言稍也。夜将末，鸡鸣前，则肃肃早行，治其内政，言其有职事专任，不可同于群妾但侍夜而已。

嘒彼小星，维参与昴。参，伐也。昴，留也。笺云：此言众无名之星，亦随伐、留在天。补曰：维、唯，通用字。唯有参、昴，言小星不见也。伐在东方，四月时。昴在东方，五月时。上言春，此言夏，以明岁政耳。言宫中但闻八女之政，贱妾无所与。肃肃宵征，抱衾与裯，寔命不犹。衾，被也。裯，禅被也。犹，若也。笺云：裯，床帐也。诸妾夜行，抱被与床帐，待进御之次序。不若，亦言尊卑异也。补曰：衾，大被。被，寝衣也。裯，衣袂，字当为"帱"。帱谓之帐，禅帐韬覆，以安寝蔽形者。抱之者，贱妾也。为君夫人及贵妾执床第之役，言其但供劳辱，不闻内政，以其无命，位不若八女也。

《小星》二章，章五句。

《江有汜》，美媵也。勤而无怨，嫡能悔过也。文王之时，江沱之间，有嫡不以其媵备数，媵遇劳而无怨，嫡亦自悔也。勤者，以己宜媵而不得，心望之。

江有汜，《说文》引"汜"，又引"洍"。兴也。决复入为汜。笺云：兴者，喻江水大，汜水小，然而并流，似嫡媵宜俱行。补曰：《荆州记》："江津东十余里，中有夏洲，洲之首，江之汜也。"江津在今江陵，《周书》所谓南国洲，即枚回洲也。江水自此两分，左为夏水，右至巴陵，后楚都所在。之子归，不我以。蜀石经并作"之子于归"。笺云：之子，是子也。是子，谓嫡也。妇人谓嫁曰归。以，犹与也。补曰：以者，亲爱之词。嫁后而不见亲，如江之流而复决也。旧说不以备数，为嫡不迎媵，非也。凡媵皆其国备礼致之，非嫡所能主。不我以，其后也悔。嫡能自悔也。补曰：嫡不我亲，不可自绝，唯可待其后悔耳。

江有渚，渚，小洲也。水歧成渚。笺云：江水流而渚留，是嫡与己异心，使己独留不行。补曰：江渚者不必大决，但小坻则成歧矣。言事嫡易于见同异也。之子归，不我与。补曰：此谓媵妾先在宫者，新夫人嫁来，则不与之，谓妒也。不我与，其后也处。处，止也。笺云：嫡悔过自止。补曰：待其后乃得相安也。

江有沱，沱，江之别者。笺云：岷山导江，东别为沱。补曰：沱，今金沙江也。同源异流，终于会合。喻嫡、媵无绝道。之子归，不我过。补曰：过，责也。嫡不责媵，则相和顺，言事嫡常兢兢，求免过也。不我过，其啸也歌。《说文》引"歗謌"。笺云：啸，蹙口而出声。嫡有所思而为之，既觉，自悔而歌。歌者，言其悔过，歌以自解说也。补曰：啸，有忧者之声也。《列女传》："漆室女，倚柱啸。"言怀思不敢言也。歌，咏也。人喜则咏。言嫡不责己，故先忧后乐。

《江有汜》三章，章五句。

《野有死麕》，恶无礼也。补曰：言化民亦有用刑杀时。天下大乱，强暴相陵，遂成淫风。被文王之化，虽当乱世，犹恶无礼也。无礼者，谓不由媒妁，雁币不至，劫胁以成昏，谓纣之世。补曰：强暴多，则贞节愈见，不能成淫风也，劫胁成昏之说失之。

野有死麕，白茅苞之。麕，又作"麏""麐"。郊外曰野。苞，裹也。凶荒则杀礼，犹有以将之。野有死麕，群田之获而分其肉。白茅，取洁清也。笺云：乱世之民贫，而强暴之男多行无礼，故贞女之情，欲令人以白茅裹束野中田者所分麕肉，为礼而来。补曰：麕，獐也。其有香者为麝，无角，善奔突。《春秋传》曰："有麐而角者。"是麕似麟而无角，喻无礼者不复抵触也。必死之者，恶其惊众。言民犯令者不可赦也。白茅，野菅，喻野人。洁柔者则采之，以供茵苞。言无礼者死，则秀良可用，昏贽不用死，亦不可以麕肉行聘。死者，行法之词，《相鼠》曰："不死何为。"有女怀春，吉士诱之。怀，思也。春，不暇待秋也。诱，道也。笺云：有贞女思仲春以礼与男会，吉士使媒人道成之。疾时无礼而言然。补曰：怀，至也，安也。有女，所谓白茅者，野人之女也。春二月绥多士女，野人之女皆安然至春时嫁娶，言民得安其配耦也。吉士，自乡学升朝者。诱、羑，古今字，导也。乡士兴学，则民庶知礼，皆进于善矣。《卷阿》曰："王多吉士。"《书》曰："庶常吉士。"谓俊选进士。

林有朴樕，野有死鹿。白茅纯束，朴樕，小木也。野有死鹿，广物也。纯束，犹苞之也。笺云：朴樕之中及野有死鹿，皆可以白茅裹束以为礼。广可用之物，非独麇也。纯，读如"屯"。补曰：野外谓之林，言教更及远也。朴樕心似松柏之多尖，喻远乡细民有节操也。鹿抵触甚于麇，今亦死矣，言无礼者皆殄戮也。纯，纯帛。昏礼纳徵者白茅束之，喻野人皆备礼。有女如玉。如玉，德如玉也。笺云：如玉者，取其坚而洁白。补曰：玉者，贵女之称。诸侯取夫人，词曰"请君之玉女"是也。如玉者，非玉女而如玉女，言有贵家之礼法。

舒而脱脱兮，舒，徐也。脱脱，舒迟也。笺云：贞女欲吉士以礼来，脱脱然舒也。又疾时无礼，强暴之男相劫胁。补曰：舒，舍也。脱、兑，通用字。《雅》曰："行道兑矣。"言新氓来舍，兑兑道通，所谓召伯所说。无感我帨兮，感，动也。帨，佩巾也。笺云：奔走失节，动其佩饰。补曰：帨，女生门外之所设，戒人无入门者。感、撼、撼，古今字。无撼者，内外有别，女以礼嫁也。无使尨也吠！《说文》引"尨"。尨，狗也。非礼相陵则狗吠。补曰：尨者，民家畜狗毛色不纯者。言农安其野，乡里无盗窃也。

《野有死麇》三章，二章四句，一章三句。

《何彼襛矣》，美王姬也。虽王姬，亦下嫁于诸侯，"虽"下，一本有"则"。补曰：帝女馆甥，今始出嫁也。车服不系其夫，下王后一等，犹执妇道，以成肃雍之德也。下王后一等，谓车乘厌翟，勒面缋总，服则褕翟。

何彼襛矣，唐棣之华。襛，《韩》作"茙"。《说文》引"襛"。

兴也。襛，犹戎戎也。唐棣，移也。笺云：何乎彼戎戎者，乃移之华。兴者，喻王姬颜色之美盛。补曰：唐棣，郁李，今樱桃也，白者谓之移，微风自摇，花小而繁。何彼者，惊叹词也。何乎彼小树而有襛花，喻帝女幼少而有盛礼也。曷不肃雍？王姬之车。肃，敬。雍，和也。笺云：曷，何。之，往也。何不敬和乎？王姬往乘车也。言其嫁时，往乘车则已敬和。补曰：帝女之尊，辞家适人，故见其往车而知其敬和也。黄帝居姬水，而后稷后以为姓，盖自以喾元子。

何彼襛矣，华如桃李。补曰：桃李之花相映而美，喻女以出嫁有配为荣华。平王之孙，齐侯之子。平，正也。武王女，文王孙，适齐侯之子。笺云：华如桃李者，兴王姬与齐侯之子颜色俱盛。正王者，德能正天下之王。补曰：王孙者，王女也。女不嫌可以祖天子。武王元女妻陈胡公，此盖仲女耳。不言宁王女者，武王尚在。凡风诗不称谥，故以平言之。齐侯，吕伋也。其子乙公得王女，当嫁诸侯而嫁世子，亦谦也。

其钓维何？维丝伊缗。伊，维。缗，纶也。笺云：钓者以此有求于彼，何以为之乎？以丝为之纶，则是善钓也。以言王姬与齐侯之子以善道相求。补曰：钓，钩鱼也。缗，钓鱼生丝缕。言钓者，喻取妇也。鱼者，妇教成之俎，故以网笱钓丝为昏姻之词。钓者先缗，昏者先礼。齐侯之子，平王之孙。补曰：此言必往嫁之义也。既正夫妇，则齐子为尊，不可使妇不系夫也。齐代周公为东伯，故附《召南》。

《何彼襛矣》三章，章四句。

《驺虞》，《鹊巢》之应也。补曰：大夫得士以备官，如夫人以八女成百两。《鹊巢》之化行，人伦既正，朝廷既治，天下纯被文王之化，则庶类蕃殖，蒐田以时，仁如驺虞，则王道成也。应者，应德自远而至。补曰：田以讲武，不可教仁。驺虞不食生物，岂应杀而至乎？传失之。

彼茁者葭，《说文》引“茁”。茁，出也。葭，芦也。笺云：记芦始出者，著春田之早晚。补曰：葭者，处士之喻也。《秦风》曰：“蒹葭苍苍。”言周之贤材。葭茁，仲春时也。卿大夫以春秋会民而行乡射，选髦士，宾贤能，贡草泽之才，因记其时。**壹发五豝**。豕牝曰豝。虞人翼五豝，以待公之发。笺云：君射一发而翼五豝者，战禽兽之命。必战之者，仁心之至。补曰：一发者，大射张三侯，正礼毕而复射，则不必射己侯，士大夫可射大侯，君可射干、参，但四矢必射一侯，不得或远或近耳。此《乡射》所无，故举以明礼也。豝者，豕侯也。士布侯，天子士画鹿，诸侯士画豕。许慎引此说云：“豝，豕。”三岁能相把拿者，则大豕也。五者，三耦之五也。五人中豝，所谓中多者与祭。不言六者，六反不见多也。**于嗟乎**，笺云：于嗟者，美之也。**驺虞！**虞，《齐》作“牙”，《说文》引“虞”。驺虞，义兽也，白虎黑文，不食生物，有至信之德则应之。补曰：驺虞，白虎。天子大夫之虎侯也。方伯三大夫皆王官，故射虎侯，圻内亦贡士，乡遂大夫皆虎侯也。射者各志其事，贡士得人，其可谓称王官之职，志于驺虞者乎！

彼茁者蓬，蓬，草名也。补曰：蓬之俦，秋为蒿，无葭之用，喻凡民也。卿大夫秋射，不但贡秀士，亦教育凡庸者。**壹发五豵**。一岁曰豵。笺云：豕生三曰豵。补曰：许慎说：“豵，六月豚。”豵之言从也。乡之凡材亦从贤者习礼，而与于贡，大夫率以与选士之射，言能教也。**于嗟乎，驺虞！**补曰：大夫能进贤，化不肖，乃得以人事君之道，称驺虞之职。于嗟乎，深美之。《记》曰：“散军而郊射，左射狸首，右射驺虞。”右者，西郊，虞庠造士之所升，故歌天子之诗。武王时歌之，是此诗文王作也，或从其后豫言之。要之，此乡射之典，诸侯贡士，而方伯大夫率以大射，具征于此。

《驺虞》二章，章三句。当为四句，嗟、虞为韵。

召南之国十四篇，卌章，百七十七句。

诗卷二

邶柏舟毛诗诂训传第三　国风三

《柏舟》，言仁而不遇也。卫顷公之时，仁人不遇，小人在侧。不遇者，君不受己之志也。君近小人，则贤者见侵害。补曰：此邶、鄘、卫三国，皆卫诗也。始周公定三监之乱，收殷圻内千里地，南营成周，北建侯卫，以康叔监沬土，居今淇县地，殷朝歌故都也。其地北至邺，东至浚，西至辉，在淇北、漳南。邶言寒泉，则今濮州地，盖邑于滑而东北至濮，西南界郑，有今长垣、延津之地，东南至东明，与曹隔河，故泲渎也。北与晋界，东与齐界，其分监者则未闻，盖康叔选置之也。鄘地相传在今新乡，则在卫南、邶西，西极太行，南界大河，北以淇为界，亦别置监，而皆王官，仍三监之制，而小革之，皆统于康叔，与唐叔兼监魏同制，非封康叔为卫侯。《世家》言康叔子康伯髦，传考伯、嗣伯、疌伯、靖伯、贞伯，贞伯子顷侯，厚赂夷王，始列为诸侯。其先曰伯，盖大夫以字谥耳。邶、鄘、卫与周、召、王、豳、唐、魏同，皆以邑系诗，采风者题而存之。至东周，诗旧篇无存，卫已改国，而陈诗之旧典未改，仍以地断分为三编，盖各就诗人之乡里分焉。黎侯在鄘而诗入邶，楚丘在邶而诗入鄘，知非歌其土风也。顷公，即卫开国君。

泛彼柏舟，亦泛其流。兴也。泛，流皃。柏木所以宜为舟也。亦泛泛其流，不以济渡也。笺云：舟，载渡物者，今不用，而与物泛泛然俱流水中。兴者，喻仁人之不见用，而与群小人并列，亦犹是也。补曰：柏以喻贞信。亦者，亦舟也。人泛之舟亦自泛，言不能自用也。舟不能去水，犹臣不能去君。**耿耿不寐，如有隐忧**。隐，《韩》作“殷”。耿耿，犹儆儆也。隐，痛也。笺云：仁人既不遇，忧在见侵害。补曰：耿、炯，通用字。**微我无酒，以敖以游**。非我无酒，可以敖游忘忧也。补曰：微，亦无也。《语》曰：“微管仲。”《记》曰：“虽微晋。”微我无者，无曰我无也。酒以燕飨通君臣之情，今我君非无酒，言久不以燕也。《伐木》曰：“无酒酤我。”言殷勤则有无酒时敖出游也。有酒而但以敖游，是荒宴之甚。

我心匪鉴，不可以茹。鉴，又作“监”。鉴，所以察形也。茹，度也。笺云：鉴之察形，但知方圆白黑，不能度其真伪。我心非如是鉴，我于众人之善恶外内，心度知之。补曰：言我心岂非镜乎？其度人之明同也。**亦有兄弟，不可以据**。据，依也。笺云：兄弟至亲，当相据依。言亦有不相据依以为是者，希耳。责之以兄弟之道，谓同姓臣也。补曰：兄弟，谓僚友也。亦有者，虽不同志，亦与之亲，谓其可据，当助己也。**薄言往诉，逢彼之怒**。彼，彼兄弟。补曰：诉，告也。以己能茹彼可据，有事则告焉，而彼怒以为干与也。

我心匪石，不可转也。我心匪席，不可卷也。石虽坚，尚可转。席虽平，尚可卷。笺云：言己心志坚平，过于石、席。补曰：言我心岂非石、席乎？亦知转卷以避害也。《语》曰：“邦无道，则可卷。”**威仪棣棣，不可选也**。棣，又作“逮”。君子望之俨然可畏，礼容俯仰各有威仪耳。棣棣，富而闲习也。物有其容，不可数也。笺云：称己威仪如此者，言己德备而不遇，所以愠也。补曰：棣棣、遂遂，通用字，作也。选，巽也。富贵权势可以巽群小，威仪所以自持，方自振厉，不能巽以求免也。

忧心悄悄，愠于群小。《说文》引“悄”。愠，怒也。悄悄，忧皃。笺云：群小，众小人在君侧者。**觏闵既多，受侮不少**。觏，《鲁》作“遘”。闵，病也。补曰：觏，见也。侮，傷也。远虑谋国，见为可忧者多，小人则侮傷之也。**静言思之，寤辟有摽**。辟，又作“擘”。《说文》引“晤辟”。静，安也。辟，拊心也。摽，拊心皃。笺云：言，我也。补曰：静、靖，通用字，谋也。寤，读为“牾”，逆也。摽、芆、妥，古字同。妥，饥色也。心逆则辟以止之，而益芆然，言不能自已。

日居月诸，胡迭而微。迭，《韩》作“𢧐”，常也。笺云：日，君象也。月，臣象也。微，谓亏伤也。君道当常明如日，而月有亏盈，今君失道而任小人，大臣专恣，则日如月然。补曰：居，日所次舍之躔度也。诸者①。胡、何声转，通用字。迭，更也。日、月，喻君、夫人也。夫人代君听政，如月之代日，然国乱则夫人亦危，是又相代而微。心之忧矣，如匪浣衣。如衣之不浣矣。笺云：衣之不浣，则愦辱无照察。补曰：刺夫人，故以浣衣喻。浣衣者，治内职也。静言思之，不能奋飞。《说文》引“奋翚”也。不能如鸟奋翼而飞去。笺云：臣不遇于君，犹不忍去，厚之至也。补曰：三谏不从则去，故自明其欲飞。

《柏舟》五章，章六句。

《绿衣》，卫庄姜伤己也。绿，当为“褖”，故作“缘”，转作“绿”，字之误也。庄姜，庄公夫人，齐女，姓姜氏。补曰：绿衣，御妻之命服，《内司服》字本作“绿”，郑见“绿”则改“褖”，非也。妾上僭，夫人失位而作是诗也。妾上僭者，谓公子州吁之母，母嬖而州吁骄。

绿兮衣兮，绿衣黄里。兴也。绿，间色。黄，正色。笺云：褖兮衣兮者，言褖衣自有礼制也。诸侯夫人祭服之下，鞠衣为上，展衣次之，褖衣次之。次之者，众妾亦以贵贱之等服之。鞠衣黄，展衣白，褖衣黑，皆以素沙为里。今褖衣反以黄为里，非其礼制也，故以喻妾上僭。补曰：内司服掌王后六服，六曰绿衣，当士妻之命服。《丧大记》曰：“士妻税衣。”《昏礼》：“女纯衣，当婿爵弁。”又曰：“女从者袗玄。”是女纯衣色玄也。妇人不宜缁，外命妇改玄，故内命妇改绿，又通谓之绿衣，主后服色绿言之也。天子自后至女御六等，女御绿衣。诸侯自夫人至妾四等，则妾绿衣。里者，

① “者”下有脱文。

中衣也。中衣或素或沙，素白缯，则沙白纱也。丧服练衣黄里，盖诸侯中衣吉用丹朱，故练用黄，其后夫人之服无朱里，则亦无黄里。妇命服既皆素里，冕服亦不得有朱、黄之里，黄、朱二里专言皮弁里衣也。绿衣之妾，当君丧黄里之时，将有他变。言州吁依母宠而骄，嗣君不能逾年即位也。**心之忧矣，曷维其已？**忧虽欲自止，何时能止也？补曰：维，当为"惟"，思也。何尝思及止乱之道？

绿兮衣兮，绿衣黄裳。上曰衣，下曰裳。笺云：妇人之服，不殊裳，上下同色。今衣黑而裳黄，喻乱嫡妾之礼。补曰：黄裳，世子禫服也。释禫礼曰"玄衣黄裳"，郑说黄裳未大吉。《易》曰："黄裳元吉。"坤六五代乾位也。玄端三裳，君当朱裳。今以大夫之裳，是未大吉，非黄裳不吉也。欲显其意，故继练而言禫服之裳。**心之忧矣，曷维其亡？**笺云：亡之言忘也。补曰：丧三年以为极。亡，言君何不思身后之事。

绿兮丝兮，女所治兮。绿，末也。丝，本也。笺云：女，女妾上僭者。先染丝，后制衣，皆女之所治为也，而女反乱之，亦喻乱嫡妾之礼，责以本末之行。礼，大夫以上衣织，故本于丝也。补曰：丝衣，纯衣，女嫁服也。夫人衣锦，八女从士礼衣纯。纯者，玄丝耳。言绿衣之妾，若其从嫁初来，则可治之。今州吁之母非己媵妾，故不能治也。女，夫人自谓也。初嫁称女，追其始而言之。**我思古人，俾无訧兮。**訧，又作"尤"。俾，使。訧，过也。笺云：古人，谓制礼者。我思此人定尊卑，使人无过差之行。心善之也。补曰：古人制礼必贵八女之子，所以使其尊夫人，无过僭之心。

絺兮绤兮，凄其以风。凄，寒风也。笺云：絺绤所以当暑，今以待寒，喻其失所也。补曰：絺绤，夫人之职也。凄风言孤危也。**我思古人，实获我心。**古之君子，实得我之心也。笺云：古之圣人制礼者，使夫妇有道，妻妾贵贱各有次序。

《绿衣》四章，章四句。

《燕燕》，卫庄姜送归妾也。庄姜无子，陈女戴妫生子名完，庄姜以为己子。庄公薨，完立，而州吁杀之。戴妫于是大归，庄姜远送之于野，作诗见己志。补曰：《世家》言庄公又取陈女为夫人，是庄姜无子已出也。礼，诸侯不再娶，异姓不相媵。今姜妻、妫妾，盖庄姜犹留卫宫，陈女死而复为夫人。

燕燕于飞，差池其羽。燕燕，鳦也。燕之于飞，必差池其羽。笺云：差池其羽，谓张舒其尾翼。兴戴妫将归，顾视其衣服。补曰：重言燕燕者，喻两人同居也。燕去识巢，喻去者不忘卫也。差池、蹉跎，古今字。妾去己留，俱孤飞矣。子死母去，伤心之事，故深以情感之。之子于归，远送于野。之子，去者也。归，归宗也。远送过礼。于，於也。郊外曰野。笺云：妇人之礼，送迎不出门。今我送是子乃至于野者，舒己愤，尽己情。补曰：于归者，嫁词也。言无以为大归，今乃以卫为母家可矣。夫家可绝，母家不可绝也。于野者，有谋也。谋因陈力以定卫，故远送之。瞻望弗及，泣涕如雨。瞻，视也。补曰：弗及者，妫恐事泄遽去也，故寄诗以申约之。

燕燕于飞，颉之颃之。飞而上曰颉，飞而下曰颃。笺云：兴戴妫将归，出入前却。补曰：颉，直项也。亢，鸟咙。喻仲氏直去不顾，而己延颈以望。之子于归，远于将之。将，行也。笺云：将亦送也。补曰：将诗送之。瞻望弗及，伫立以泣。伫立，久立也。补曰：伫立，待命望速成所谋也。无声出涕曰泣。

燕燕于飞，下上其音。飞而上曰上音，飞而下曰下音。笺云：下上其音，兴戴妫将归，言语感激，声有小大。补曰：言内外应和，传声相闻也。之子于归，远送于南。陈在卫南。补曰：言寄诗至陈，如己亲至。瞻望弗及，实劳我心。补曰：言己徒忧劳，未知仲氏之意。

仲氏任只，其心塞渊。终温且惠，淑慎其身。仲，戴妫字也。任，大。塞，瘗。渊，深。惠，顺也。笺云：任者，以恩相亲信也。

《周礼》六行：孝、友、睦、姻、任、恤。温，谓颜色和也。淑，善也。补曰：此推测其不待己送之意也。仲氏，女兄弟之词。任，言其自任也。其心静深，能谋大事也。温，蕴也。蕴藏其迹而惠助我，其亟去乃慎密耳。**先君之思，以勖寡人。**勖，《鲁》作“畜”。勖，勉也。笺云：戴妫思先君庄公之故，故将归犹劝勉寡人以礼义。寡人，庄姜自谓也。补曰：寡人，诸侯自称。庄姜以国家之计托仲氏，故欲以助卫侯勉之也。戴妫有谥，盖后以君母卒之，而葬于卫。

《燕燕》四章，章六句。

《日月》，卫庄姜伤己也。补曰：此谏庄公宜及时去州吁，言夫人不能定卫也。次在《燕燕》后者，彼庄姜自作，此大夫所作。**遭州吁之难，伤己不见答于先君，以至困穷之诗也。**庄公，武公子扬，立二十二年卒。补曰：庄姜不出，盖倚其材以定乱，非不答也。

日居月诸，照临下土。日乎月乎，照临之也。笺云：日月，喻国君与夫人也，当同德齐意以治国者，常道也。补曰：居、诸不可同为乎？日居月诸，谓日月同次舍也。**乃如之人兮，逝不古处。**逝，逮。古，故也。笺云：之人，是人也，谓庄公也。其所以接及我者，不以故处，甚违其初时。补曰：乃如之人，谓州吁也，甚恶之词，不可以斥庄公。逝，往也。改“故”言“古”者，嫡庶古今之通义，今州吁于君往时，则不能依古。**胡能有定？宁不我顾。**胡，何。定，止也。笺云：宁，犹曾也。君之行如是，何能有所定乎？曾不顾念我之言，是其所以不能定完也。补曰：夫人不尊，则完不成嫡，故不能定位也。后事曰顾。君不念后事，则是不念夫人，故以此感之。

日居月诸，下土是冒。冒，犹覆也。笺云：覆，犹照临也。**乃如之人兮，逝不相好。**不及我以相好。笺云：其所以接及我者，不以相好之恩情，甚于己薄也。补曰：言君逝，则州吁兄弟不能相好。**胡能有定？宁不我报。**尽妇道而不得报。笺云：报，答也，顾也。补曰：言夫人屡请而不报也。待命之词。

日居月诸，出自东方。日始月盛，皆出东方。笺云：自，从也。言夫人当盛之时，与君同位。补曰：完为夫人所子，即君太子，宜正东宫也。乃如之人兮，德音无良。音，声。良，善也。笺云：无良，无善恩意之声语于我也。补曰：德音，君命。良，首也。乃如之人所以然者，乃君命之。无太子，言非州吁之过，不禁制之之过。胡能有定？俾也可忘。笺云：俾，使也。君之行如此，何能有所定？使是无良可忘也。补曰：也、繄，通用字。繄，是也。使是可忘，忘其窥伺之心也。

日居月诸，东方自出。补曰：言完虽非太子，义同嫡出，可正名也。父兮母兮，畜我不卒。笺云：畜，养。卒，终也。父兮母兮者，言己尊之如父，又亲之如母，乃反养遇我不终也。补曰：此托于完言之也。庄公、庄姜既养之为子矣，不可令恩不终也。胡能有定？报我不述。述，《韩》作“术”。述，循也。笺云：不述，不循礼也。补曰：述、遹，通用字。不遹，不道也。前但不我报，终报我不道耳。

《日月》四章，章六句。

《终风》，卫庄姜伤己也。补曰：托为庄姜之词，劝其遂定州吁。遭州吁之暴，见侮慢而不能正也。正，犹止也。

终风且暴，《说文》引“暴”作“瀑”，疾雨也。兴也。终日风为终风。暴，疾也。笺云：既竟日风矣，而又暴疾。兴者，喻州吁之为不善，如终风之无休止，而其间又有甚恶。补曰：日出而风为暴，喻州吁已立，又不能定也。先言终风，谓其弑立也。顾我则笑。笑，侮之也。笺云：其在庄姜之旁，视庄姜则反笑之，是无敬心之甚。补曰：笑者，教人之容。《颂》曰：“载色载笑。”《语》：“夭夭如也。”言庄公顾我，则可教诸子。谑浪笑敖，言戏谑不敬。补曰：戏谑者，欲使从教，则必敖慢不受，故先不能教也。中心是悼。笺云：悼者，伤其如是，然而已不能得而止之。补曰：悼其至危亡，而己亦与焉。

终风且霾，霾，雨土也。补曰：言其昏乱甚。惠然肯来。言时有顺心也。笺云：肯，可也。有顺心，然后可以来至我旁，不欲见其戏谑。补曰：诚有顺心，亦可进之以为子，不必讨吁，以为桓报母子兄弟相杀无已也。《春秋》之义，篡立者功足覆过，仍为之讳。吴札以不杀光为仁，与讨贼义得两通也。莫往莫来，悠悠我思。人无子道以来事己，己亦不得以母道往加之。笺云：我思其如是，心悠悠然。补曰：此又刺庄姜也。吁虽不道，姜宜教之。今莫往，以其莫来，故思之而忧。

终风且曀，不日有曀。阴而风曰曀。笺云：有，又也。既竟日风，且复曀，不见日矣。而又曀者，喻州吁暗乱甚也。补曰：不日，言吁不能君卫也。又曀者，吁死，国又乱。寤言不寐，愿言则疐。《说文》引"疐"作"嚏"，悟解气也。疐，跲也。笺云：言，我。愿，思也。疐，读当为不敢咳嚏之嚏。我其忧悼而不能寐，女思我心如是，我则嚏也。今俗，人嚏，云"人道我"，此古之遗语也。补曰：寤，牾也。牾逆我则不安寐，思讨之，则疐碍不能行，徒愿思耳。州吁拥兵，庄姜失助，故不能废之。

曀曀其阴，虺虺其雷。《韩》作"壇壇"。《说文》引"壇"，天阴尘也。如常阴曀曀然。暴若震雷之声虺虺然。补曰：言母子相猜，且将震惊夫人。寤言不寐，愿言则怀。怀，伤也。笺云：怀，安也。女思我心如是，我则安也。补曰：两遇国变，又将有乱，故思之伤怀也。此与下篇不主讨贼之义，皆欲保全州吁，谋国之至忠，非众人所识。《春秋传》曰："内乱不与焉。"《左传》曰："谁非君之子。"

《终风》四章，章四句。

《击鼓》，怨州吁也。补曰：言民怨师危，止其远出也。州吁既立为君，合三国以出征，大夫以国事为重，相维持使不散败，乃人臣之大义也。既无空国而去之礼，不可徒怨而已。卫州吁用兵暴乱，使公孙文仲将而平陈与宋，国人怨其勇而无礼也。将者，将兵以伐郑也。平，成也。将伐郑，先告陈与宋，以成其伐事。《春秋传》曰："宋殇公之即位也，公子冯出奔郑。郑人欲纳之。及卫州吁立，将修先君之怨于郑，而求宠于诸侯，以和其民，使告于宋曰：'君若伐郑，以除君害，君为主，敝邑以赋与陈、蔡从，则卫国之愿也。'宋人许之。于是陈、蔡方睦于卫，故宋公、陈侯、蔡人、卫人伐郑。"是也。伐郑在鲁隐公四年。补曰：州吁弑君，何足与之论礼，传非。

击鼓其镗，踊跃用兵。《说文》引"镗"，又引作"鼞"。镗然，击鼓声也。使众皆踊跃用兵也。笺云：此用兵，谓治兵时。补曰：踊，跣。跃，迅。兵，械也。击鼓征众，奋迅欲用兵以立威。伤其愚也。**土国城漕，我独南行**。漕，卫邑也。笺云：此言众民皆劳苦也，或役土功于国，或修理漕城，而我独见使从军南伐征郑，是尤劳苦之甚。补曰：土，读为"土齐"之"土"，鄙野之名也。漕在河、濮之间，卫东大都。城之者，盖以防齐也。城漕而役国人，是土之也。南，谓陈也。我，我州吁也。不知陈之将图己而独结之，轻去其国，南行至陈，必见害也。军士之行不得言独。

从孙子仲，平陈与宋。孙子仲，谓公孙文仲也。平陈于宋。笺云：仲，字也。平陈于宋，谓使告宋曰："君为主，敝邑以赋与陈、蔡从。"补曰：与，犹亲也。从者，言听命于孙子也。方杀陈甥，故当平之。以宋为重，故云与宋。《左传》说非。**不我以归，忧心有忡**。忧心忡忡然。笺云：以，犹与也。与我南行，不与我归期。兵，凶事，惧不得归，故豫忧之。补曰：倚陈自固，陈且谋之，则不得归矣。忧之甚，故心忡忡。

爰居爰处？爰丧其马？有不还者，有亡其马者。笺云：爰，于也。不还，谓死也，伤也，病也。今于何居乎？于何处乎？于何丧其马乎？补曰：居处者，安乐之词也。丧马者，先有马而今无之。大夫之失职者，盖石踖也。踖隐居独处，由州吁丧其马，言其开衅于大臣。**于以求之？于林之下**。山木曰林。笺云：于，於也。求不还者及亡其马者，当于山林之下。军行必依山林，求其故处，近得之。补曰：求之者，求而用之也。野外谓之林。往林下，自往强起之，或可以定国。

死生契阔，与子成说。契阔，勤苦也。说，数也。笺云：从军之士与其伍约，死也生也，相与处勤苦之中，我与子成其相说爱之恩，志在相存故也。补曰：子，大夫之称。说者，平陈之说也。言死生危亡之时，当赖大夫以成邦交。吁虽不君，大夫不可误国。执子之手，与子偕老。偕，俱也。笺云：执其手，与之约，示信也。言俱老者，庶几俱免于难。补曰：执手者，离别殷勤之容也。大夫致政曰老。石子请老，当执手留之，与之偕老，不可听其退老。

于嗟阔兮，不我活兮。不与我生活也。笺云：州吁阻兵安忍，阻兵无众，安忍无亲，众叛亲离。军士弃其约，离散相远，故吁嗟叹之。阔兮，女不与我相救活。伤之。补曰：于嗟之者，知其必败也。阔，远也。大夫不契阔而相远，言不为之用也。活，当为佸，会也，不能为我约会与国。于嗟洵兮，不我信兮。洵，又作“询”，《韩》作“夐”。洵，远。信，极也。笺云：叹其弃约，不与我相亲信。亦伤之。补曰：言众心所以远我者，以不信我之故，刺其自用而不能结士。

《击鼓》五章，章四句。

《凯风》，美孝子也。补曰：诗词言赖母氏以得国，盖刺惠公奔齐，复还因齐人，复以宣姜嫁公子顽，以散太子之党也。云美孝子者，朔大不孝，隐其词以止其事，是时齐谋犹未成。卫之淫风流行，虽有七子之母，犹不能安其室，故美七子能尽其孝道，以慰其母心，而成其志尔。不安其室，欲去嫁也。成其志者，成其孝子之意。补曰：如传所言，民妇以贫欲嫁，七子留之为孝，事非卓绝，何可作诗，彰其欲嫁之过乎？夫死妻嫁，前代通典，子强母留，何以慰心？《孟子》书亦说，亲有小过，欲嫁不得为过也。旧说皆失之。且七子则曰“有子七人”，若六子、八子，皆依数说之，不词甚矣。欲嫁，又不关淫风也。

凯风自南，吹彼棘心。兴也。南风谓之凯风，乐夏之长养。棘，难长养者。笺云：兴者，以凯风喻宽仁之母。棘犹七子也。补曰：凯风，王者顺之以行爵赏。周在卫南。棘，侯伯之班位也。心、尖，古今字。《记》

曰："松柏有心。"《易传》曰："坚多心。"棘之始生，唯见多尖，喻卫君初立，恃王命以自安。盖谓出朔而立黔牟之事也。**棘心夭夭，母氏劬劳**。夭夭，盛皃。劬劳，病苦也。笺云：夭夭以喻七子少长，母养之病苦也。补曰：棘盛者，黔牟定立也。母氏，母家，谓齐也。齐则忧劳于朔之不得归。

凯风自南，吹彼棘薪。棘薪，其成就者。补曰：风方长之，而人欲薪之，喻齐欲复朔而伐去黔牟。**母氏圣善，我无令人**。圣，睿也。笺云：睿作圣。令，善也。母乃有睿知之善德，我七子无善人能报之者，故母不安我室，欲去嫁也。补曰：圣，通也。善，犹仁也。通谋国事而甚爱子，乃为嫁顽之谋，是我之不善，陷母忧辱。

爰有寒泉，在浚之下。浚，卫邑也。在浚之下，言有益于浚。笺云：爰，曰也。曰有寒泉者，在浚之下浸润之，使浚之民逸乐，以兴七子不能如也。补曰：泉水原下国，以喻王室，若下泉、氿泉、滥泉是也。浚在卫东，《水经注》：瓠子河会濮水枝津，东径浚城南，城西北去濮阳卅五里，城侧有寒泉冈，即《诗》所谓"在浚之下"者也，世谓之高平渠。今开州地。寒泉伤物，而下于浚，不利于卫，喻王以兵助黔牟，欲废朔也。**有子七人，母氏劳苦**。补曰：七子者，《鸤鸠》亦取以喻曹、卫。盖文昭七国蔡、郕、鲁、卫、郜、曹、滕，当时有七子之称，故言卫则曰七子。伋、黔牟、顽、泄、职、寿、朔亦七人，同为宣公子，因感而咏焉。《春秋传》言"王人子突救卫"，卫侯朔入为犯命，是王恶朔甚，故母氏劳苦也。

睍睆黄鸟，载好其音。睍睆，《韩》作"简简"。睍睆，好皃。笺云：睍睆，以兴颜色说也。好其音者，兴其词令顺也，以言七子之不能如也。补曰：睍，出目。睆，大目。惊惧之皃。黄鸟，妃后之喻。言夫人惊惧而有好音，安国之谋也。当时君废母归，有再嫁之道，若邾娄颜夫人亦嫁叔术，不计前夫亲也。公子顽则亲为之子，故必不可，而齐人劫之。其事不详，大要顽亦艳宣姜，故卒娶之。其后文公虽顽子，未必宣姜生也。卫人必欲奉夷姜之后，知文公非宣姜子矣，嫁顽复朔，阴谋之尤狡者。**有子七**

人，莫慰母心。慰，安也。补曰：正母之名，兼以刺止顽。

《凯风》四章，章四句。

《雄雉》，刺卫宣公也。补曰：刺其欲要姜女。淫乱不恤国事，军旅数起，大夫久役，男女怨旷，国人患之而作是诗。淫乱者，荒放于妻妾，烝于夷姜之等。国人久处军役之事，故男多旷，女多怨也。男旷而苦其事，女怨而望其君子。补曰：宣公有贤名，众欲立之，其嫡母庄姜，生母陈妫无容，有夷姜在宫也。夷姜有谥，自其前夫人。《左传》云"烝"者非，诗中亦无军旅数起之事。大夫既仕而怨役，民妇望其夫，皆非公义也。

雄雉于飞，泄泄其羽。兴也。雄雉见雌雉，飞而鼓其翼泄泄然。笺云：兴者，喻宣公整其衣服而起，奋迅其形皃，志在妇人而已，不恤国之政事。补曰：雉不容两雄，以刺君与太子争妻也。泄泄然，急欲往要之。我之怀矣，自诒伊阻。诒，遗。伊，维。阻，难也。笺云：怀，安也。伊，当作"繄"。繄，犹是也。君之行如是，我安其朝而不去。今从军旅，久役不得归，此自遗以是患难。补曰：言我怀异于君之怀也。阻，犹拒也。言不顺而见阻拒，岂非自遗是辱乎？

雄雉于飞，下上其音。笺云：下上其音，兴宣公小大其声，怡悦妇人。补曰：言传于境内外，非好音也。展矣君子，实劳我心。展，诚也。笺云：诚矣君子，诉于君子也。君之行如是，实使我心劳矣。君若不然，则我无军役之事。补曰：辱国启羞，朝廷之大耻，非我一人劳，诚君子所同忧也。

瞻彼日月，悠悠我思。悠，《鲁》作"遥"。瞻，视也。笺云：日月之行，迭往迭来。今君子独久行役而不来，使我心悠悠然思之。女怨之词。补曰：日月，喻君与夫人也。正配光明，众人所瞻，今乃不然，故深长忧之。道之云远，曷云能来？笺云：曷，何也。何时能来，望之也。补曰：道远者，远于夫妇之道也。众皆言能来，不知其何以来之，盖当时唯慕苟荣，不崇节信。

百尔君子，不知德行。笺云：尔，女也。女众君子，我不知人之德行何如者可谓为德行，而君或有所留。女怨，故问此焉。补曰：非礼之事，君不能自行，故责朝臣也。诸人岂不知德行乎，何为陷君于大恶之地？不忮不求，何用不臧？忮，害也。臧，善也。笺云：我君子之行，不疾害，不求备于一人，其行何用为不善，而君独远使之在外，不得来归？亦女怨之词。补曰：忮者，将以害太子。求者，求媚君也。诸臣贪此禄位，用成大不善之事。疾时昏佞，反复以悟之。

《雄雉》四章，章四句。

《匏有苦叶》，刺卫宣公也。补曰：止其往要齐女。公与夫人并为淫乱。夫人，谓夷姜。补曰：《左传》言"烝于夷姜"，不得称夫人。

匏有苦叶，济有深涉。匏，杜子春引作"苞"。兴也。匏谓之瓠，瓠叶苦不可食也。济，渡也。由膝以上为涉。笺云：瓠叶苦而渡处深，谓八月之时，阴阳交会，始可以为昏礼，纳采、问名。补曰：匏，壶可系以泅水者。苦，萎也。叶始萎，瓜将熟之候。言将以匏济水而犹未采，喻君将行无礼，而犹未行也。凡犯难之事，则以涉水喻焉。匏之济渡，仅可在由膝以上之水。今有深涉，则匏不能渡。喻犯礼深也。深则厉，浅则揭。《说文》引"厉"作"砅"，"沥"本又作"砅"。以衣涉水为厉，谓由带以上也。揭，褰衣也。遭时制宜，如遇水深则厉，浅则揭矣。男女之际，安可以无礼义？将无以自济也。笺云：既以深浅记时，因以水深浅，喻男女之才性贤与不肖及长幼也。各顺其人之宜，为之求妃耦。补曰：厉者去衣持之，揭者但褰之，皆为恐濡衣也。人之有礼，如身之有衣，故当量之。

有弥济盈，有鷕雉鸣。《说文》引"弥"作"浟"，引"鷕"。浟，深水也。盈，满也。深水，人之所难也。鷕，雌雉声也。卫夫人有淫泆之志，授人以色，假人以辞，不顾礼义之难，至使宣公有淫昏之行。笺云：有弥济盈，谓过于厉，喻犯礼深也。补曰：见其浟而必济盈，喻君不顾礼。

雌雉应和，喻姜女已许昏也。济盈不濡轨，雉鸣求其牡。濡，渍也。由辀以下为轨。违礼义，不由其道，犹雉鸣而求其牡矣。飞曰雌雄，走曰牝牡。笺云：渡深水者必濡其轨，言不濡者，喻夫人犯礼而不自知。雉鸣反求其牡，喻夫人所求非所求。补曰：言不濡者，佞人之谩词也。牡即雄也。《书》曰："牝鸡。"《尔雅》："雄鹖，牝庳。"牝牡，雌雄通称耳。雉当求其匹，欲姜女使告太子以止其事，君不可谏，当求所以免。

雍雍鸣雁，旭日始旦。旭，《韩》作"煦"，姚信引作"盱"。雍雍，雁声和也。纳采用雁。旭日始出，谓大昕之时。笺云：雁者随阳而处，似妇人从夫，故昏礼用焉。自纳采至请期用昕，亲迎用昏。补曰：言太子已备五礼，和顺光明，因事不可止，而欲显拒之。故其事愈丑，其文愈美。士如归妻，迨冰未泮。迨，及。泮，散也。笺云：归妻，使之来归于己，谓请期也。冰未散，正月中以前也，二月可以昏矣。补曰：士，婿也。归妻者，妻不来归，我则从之，欲伋自迎姜女也。及此冰未泮，父未陷非礼之时，可以止之，虽怒而见杀，可谓孝矣，后死无名也。伋当自请亲迎，亦可从父而往新台。

招招舟子，人涉卬否。卬，又作"仰"。招招，号召之皃。舟子，舟人，主济渡者。卬，我也。笺云：舟人之子，号召当渡者，犹媒人之会男女无夫家者，使之为妃匹。人皆从之而渡，我独否。补曰：此又告姜女当少待也。舟子之性，唯招人急渡，犹媒者唯劝女济河也。事有权有义，女可以持正不行。人涉卬否，卬须我友。人皆涉，我友未至，我独待之而不涉。以言室家之道，非得所适，贞女不行，非得礼义，昏姻不成。补曰：我友，谓太子伋。诗人咏此，盖已言之伋，然而不行者，命也。

《匏有苦叶》四章，章四句。

《谷风》，刺夫妇失道也。补曰：亦刺宣公，托为前夫人之词。卫人化其上，淫于新昏而弃其旧室，夫妇离绝，国俗伤败焉。新昏者，新所与为昏礼。补曰：民妇不足作诗。

习习谷风，以阴以雨。兴也。习习，和舒皃。东风谓之谷风。

阴阳和而谷风至，夫妇和则室家成，室家成而继嗣生。补曰：谷风生长，喻已有子。**黾勉同心，不宜有怒。**黾，又作“偭”，《韩》作“密勿”。言黾勉者，思与君子同心也。笺云：所以黾勉者，以为见谴怒者，非夫妇之宜。补曰：黾、偭、勔，通用字。勉勉、蠠没、黾勉，各随所用，丁宁自勉之词。夷姜来自微时，故叙其曾经劳苦也。**采葑采菲，无以下体。**体，《韩》作“礼”。葑，须也。菲，芴也。下体，根茎也。笺云：此二菜者，蔓菁与葍之类也，皆上下可食。然而其根有美时，有恶时，采之者不可以根恶时并弃其叶。喻夫妇以礼义合，颜色相亲，亦不可以颜色衰，弃其相与之礼。补曰：葑，蔓菁，有二种，其子多油者，根叶不能肥大，谓之油菜，甜者谓之白菜。菲，息菜，冬生者，根不能美，盐压为大头，经久不败，益鲜美，今谓之坎菜。皆所在有之。菲尤贱，故凡薄曰菲。采之者，常蔬也。体，当为“礼”，《韩诗》用正字。蔬不取下根者，农家也。不但惜葑、菲，又与诗意不合。《记》曰：“君子不以菲废礼。”言待宾客，供祭祀，虽采葑、菲，可以成礼。初不以薄而下之，喻微时所娶，足以君一国。**德音莫违，及尔同死。**笺云：莫，无。及，与也。夫妇之言无相违者，则可与女长相处至死，颜色斯须之有？补曰：德音，君命也。违，回也。言君命不可违邪。今娶不以正，生则可矣，及死当配庙，不可以同也。

行道迟迟，中心有违。《说文》引“迟”。迟迟，舒行也。违，离也。笺云：违，徘徊也。行于道路之人，至将离别，尚舒行，其心徘徊然。喻君子于己不能如也。**不远伊迩，薄送我畿。**畿，门内也。笺云：迩，近也。言君子与己诀别，不能远，维近耳，送我裁于门内。无恩之甚。补曰：畿、圻一字，圻、垠亦一字，境也。夷姜周女，自言泾渭，则家华山之西北，今送之才出卫境，故言我归岂不远乎，而君犹以为甚近，诉之也。**谁谓荼苦？其甘如荠。**荼，苦菜也。笺云：荼诚苦矣，而君子于己之苦毒又甚于荼，比方之荼，则甘如荠。补曰：荼者，杂菜。荠，疾黎也。姜女不可娶，非独苦，且有刺伤人，而君甘之。**宴尔新昏，如兄如弟。**宴，又作“燕”。宴，安也。补曰：安者，不可安也。兄弟，二姓之词。《记》曰："不得嗣为兄弟。"如兄弟者，本非其昏姻也，而君安之，是可安乎？

泾以渭浊，湜湜其沚。《说文》引"湜""止"。泾、渭相入而清浊异。笺云：泾水以有渭，故见渭浊。湜湜，持正皃。喻君子得新昏，故谓已恶也。己之持正守初如沚然，不动摇。此绝去所经见，因取以自喻焉。补曰：泾出泾阳幵头山东南，入渭。渭出渭原鸟鼠同穴山，东入河。时渭南入秦，渭北为晋，夷姜周女，若赋所经见，则家于秦晋，盖在周娶之耳。泾之见浊以渭，犹夷姜之见贱以配卫君，然己持正，实不浊也。宴尔新昏，不我屑以。屑，洁也。笺云：以，用也。言君子不复洁用我当室家。补曰：屑，犹频数也。言君安心取姜女，不频数思我言。毋逝我梁，毋发我笱。我躬不阅，遑恤我后。逝，之也。梁，鱼梁。笱，所以捕鱼也。阅，容也。笺云：毋者，喻禁新昏也。女毋之我家，取我为室家之道。躬，身。遑，暇。恤，忧也。我身尚不能自容，何暇忧我后所生子孙也。补曰：此四句，废申后、太子之词，引之以切致其意，知伋当废。

就其深矣，方之舟之。就其浅矣，泳之游之。舟，船也。笺云：方，泭也。潜行为泳。言深浅者，喻君子之家事无难易，吾皆为之。补曰：游泅，行水也。就之者，喻当度可否，不可自溺，与匏叶同意。何有何亡，黾勉求之。有，谓富也。亡，谓贫也。笺云：君子何所有乎？何所亡乎？吾其黾勉勤力为求之，有求多，亡求有。补曰：何有何亡者，言天下多美妇人。求之者，夫人非妒也。凡民有丧，匍匐救之。匍匐，《礼记》引作"扶服"。笺云：扶服，言尽力也。凡于民有凶祸之事，邻里尚尽力往救之，况我于君子之家事难易乎，固当黾勉。以疏喻亲也。补曰：云有丧者，明此大凶将亡国也。言凡民，以明此朝廷之事，当共救止之。

不我能慉，反以我为雠。《说文》引"能不我慉"。慉，兴也。笺云：慉，骄也。君子不能以恩骄乐我，反憎恶我。补曰：慉、畜，古今字。畜，止也。许慎从毛云"起"，非也。雠，仇也，怨也。言不能从我言而止，反以我为怨望。**既阻我德，贾用不雠**。阻，难也。笺云：既难却我，隐蔽我之善，我修妇道而事之，觊其察己，犹见疏外，如卖物之不售。补曰：既，尽也。尽以我德言为阻难其新昏，言不见听也。贾用，远行商贾之称。《酒诰》曰："远服贾用。"雠、酬，通用字。酬，答也。言求娶齐女，恐其不酬我言。**昔育恐育鞫，及尔颠覆**。鞫，又作"諊"，蜀石经"恐"下无"育"字。育，长。鞫，穷也。笺云：昔育，育，稚也。及，与也。昔幼稚之时，恐至长老穷困，故与女颠覆尽力于众事，难易无所辟。补曰：育，育子也。昔生子时，常恐居穷，与尔俱颠覆。言君及我旅困相劳。**既生既育，比予于毒**。笺云：生，谓财业也。育，谓长老也。于，於也。既有财业矣，又既长老矣，其视我如毒螫。言恶已甚也。补曰：生，进也。已进伋为太子，而比伋母如毒也。

我有旨蓄，亦以御冬。蓄，又作"畜"。旨，美。御，禦也。笺云：蓄聚美菜者，以御冬月乏无时也。补曰：蓄，牛蘈，字亦作"蓫"。《雅》曰："言采其蓄。"与葍、菲皆昏姻之喻。凡言旨者，草也。《陈风》有旨苕、旨鹝，曹植《七［启］》有霜蓄，今雪蕻，湘人谓之排菜。御，犹进也。冬则进之，以霜雪唯此可采，言公当时无与婚也。**宴尔新昏，以我御穷**。笺云：君子亦但以我御穷苦之时，至于富贵，则弃我如旨蓄。**有洸有溃，既诒我肄**。《说文》引"洸"。洸洸，武也。溃溃，怒也。肄，劳也。笺云：诒，遗也。君子洸洸然，溃溃然，无温润之色，而尽遗我以劳苦之事，欲穷困我。补曰：有者，言非尽君之过也，如水之洸漾溃决，有使之者。佞巧之人皆尽遗我，以忧劳困苦我。**不念昔者，伊余来塈**。塈，息也。笺云：君子忘旧，不念往昔年（得）［稚］，我始来之时安息我。补曰：塈，仰涂也，与企同意。始晋以公子出奔，其娶我犹仰塈，我欲以故恩感之，此其所以洸溃。

《谷风》六章，章八句。

《式微》，黎侯寓于卫，其臣劝以归也。寓，寄也。黎侯为狄人所逐，弃其国而寄于卫。卫处之以二邑，因安之，可以归而不归，故其臣劝之。补曰：述黎臣之词，以谏卫君。盖当懿公之初，狄势已张，齐侯未伯，知卫之将为狄灭，欲存黎以捍之。黎在卫西北，《书》所谓"河朔黎水"。许慎说：𩓡，殷诸侯，国在上党东北，《商书》西伯戡𩓡是也。字又作"阢""耆"。盖尧之后。伯宗数潞罪，言夺黎氏地，亦其国与？《水经注》以黎阳为黎侯国，则在卫东百里，与狄远矣，或寓卫之城耳。

式微式微，胡不归？式，用也。笺云：式微式微者，微乎微者也。君何不归乎？禁君留止于此之词。式，发声也。补曰：言卫已微矣，寓之者愈微，唯有归耳。述其言，明卫已失黎心而示狄弱。微君之故，胡为乎中露？露，刘向引作"路"。微，无也。中露，卫邑也。笺云：我若无君，何为处此乎？臣又极谏之词。补曰：君，谓卫君也。露，盖潞也。今潞在卫西北二百里而近，今黎城在潞东南百余里，《水经注》所谓河水自武德东北过黎阳县南。晋灼云黎山在其南者，今浚县地。胡为乎者，言狄迫中露，何为乎？非以君之故，欲窥伺卫乎？盖黎贫小，卫庶富，狄意有在。

式微式微，胡不归？微君之躬，胡为乎泥中？泥中，卫邑也。补曰：躬者，言祸及身也。《春秋传》："躬足以亡耳。中国不救，狄人不有。"《水经注》：瓠河又东径黎城南，世谓黎侯城。《诗》所谓泥中，今郓城地，在濮南淇东，去卫东二百里。言狄将益东，则卫不能守矣。西北可阻固太行，东则无险矣。

《式微》二章，章四句。

《旄丘》，责卫伯也。卫康叔之爵称侯，今曰伯者，时为州伯也。周之制，使伯佐牧。《春秋传》曰"五侯九伯"，侯为牧也。补曰：康叔先为监，监殷故都之半，盖佐周公，为东伯之大夫，所谓建牧立监。监为孤卿，仍王官也。其时行伯之事者，周公以伯摄王，康叔以孤摄伯也。周公老，或立康叔为公，而仍未有国，至顷公列诸侯，则不为监矣。此本其先职耳。狄人迫逐黎侯，黎侯寓于卫。卫不能修方伯连率之职，黎之臣子以责于卫也。补曰：己不能存而反责人，不足以垂训也。此卫臣之作，欲以御狄。

旄丘之葛兮，何诞之节兮？兴也。前高后下曰旄丘。诸侯以国相连属，忧患相及，如葛之蔓延相连及也。诞，阔也。笺云：土气缓，则葛生阔节。兴者，喻此时卫伯不恤其职，故其臣于君事亦疏废也。补曰：葛节宜密叶相覆。今见其延远，则势孤气散，喻卫无黎以相声援，必有狄患也。如旄丘前高后下，陵迟以亡。**叔兮伯兮，何多日也？**日月以逝而不我忧。笺云：叔、伯，字也。呼卫之诸臣，叔与伯与，女期迎我君而复之。可来而不来，女日数何其多也？先叔后伯，臣之命不以齿。补曰：叔，康叔。伯，方伯也。多日，言古昔之盛不可复见。

何其处也？必有与也。处也，《韩》作"处兮"。言与仁义也。笺云：我君何以处于此乎？必以卫有仁义之道故也。责卫今不行仁义。补曰：处，喻守国也。有与，有以，特牲嗣子馂，主人拜祝之词。彼先言有以，此先言有与者，义取广祖惠以与邻国也。当继先业，恤与国，乃可以守位。**何其久也？必有以也。**必以有功德。笺云：我君何以久留于此乎？必以卫有功德故也。又责卫今不务功德。补曰：久者，久长有国也。以，用也。必用道乃能久，知卫之不久安也。

狐裘蒙戎，匪车不东。大夫狐苍裘。蒙戎，以言乱也。不东，言不来东也。笺云：刺卫诸臣形皃蒙戎然，但为昏乱之行。女非有戎车乎，何不来东迎我君而复之？黎国在卫西，今所寓在卫东。补曰：狐裘，斥君。君皮弁、锦衣、狐白裘，朝聘之服也。蒙戎，昏乱之皃。匪车，狄人之车也。既破黎，岂不能东及卫？**叔兮伯兮，靡所与同。**无救患恤同也。笺云：卫之诸臣行如是，不与诸伯之臣同。言其非之特甚。补曰：言康叔之子孙，他日无与同患者，伤之至也。

琐兮尾兮，流离之子。琐尾，少好之皃。流离，鸟也，少好长丑。始而愉乐，终以微弱。笺云：卫之诸臣，初有小善，终无成功，似流离也。补曰：流离，《尔雅》作"鹠鷅"，黄莺也。琐，小。尾，美。言其翩翻也。子，谓雏也。雏莺春时好声，老不能鸣，自蛰于泥，喻卫终当避狄。此时朝论变易，举措轻躁也。**叔兮伯兮，褎如充耳**。褎，一作“裒”。褎，盛服也。充耳，盛饰也。大夫褎然有尊盛之服，而不能称也。笺云：充耳，塞耳也。言卫之诸臣颜色褎然，如见塞耳，无闻知也。人之耳聋，恒多笑而已。补曰：褎，当为褒。褒，衣博裾，弁服侈袂者。充耳，象邸接朝聘之饰。言徒有其服，无交邻国之礼。

《旄丘》四章，章四句。

《简兮》，刺不用贤也。补曰：盖刺庄姜不立晋而立完，使晋居周，而有州吁之乱。**卫之贤者仕于泠官，皆可以承事王者也**。泠官，乐官也。泠氏世掌乐官而善焉，故后世多号乐官为泠官。补曰：贤者苟仕而反刺君，何视贤之轻。

简兮简兮，方将《万》舞。简，大也。方，四方也。将，行也。以干羽为《万》舞，用之宗庙山川，故言于四方。笺云：简，择。将，且也。择兮择兮者，为且祭祀，当《万》舞也。《万》舞，干舞也。补曰：简简，鼓声也。《商颂》曰：“奏鼓简简。”始入学时，大昕鼓徵，知其方且大，合乐而往观礼。**日之方中，在前上处**。教国子弟，以日中为期。笺云：在前上处者，在前列上头也。《周礼》：“大胥掌学士之版，以待致诸子。春，入学，释菜合舞。”补曰：日方中者，明盛之象，喻嗣君也。前，大学前堂也。上处，冕而总干，亲在舞位，养老之礼也。时石碏请老，因入学，见而感焉，知完不能定。**硕人俣俣，公庭《万》舞**。俣，《韩》作“扈”，《说文》引“俣”。硕人，大德也。俣俣，容皃大也。《万》舞非但在四方，亲在宗庙、公廷。补曰：硕人，庄姜也。俣俣、嚄嚄，通用字，相姁妪之皃。言庄姜恩养子完，故立之也。公庭，太庙庭也。不独在学，且将祭庙，言桓自公子承大统。

有力如虎，执辔如组。组，织组也。武力比于虎，可以御乱。御众有文章，言能治众，动于近，成于远也。笺云：硕人有御乱、御众之德，可任为王臣。补曰：此见《万》舞而托意也。秉干画虎，故言如虎。夹振驷伐，故言执辔。《郑风》曰“执辔如组”，言叔段，此言州吁也。**左手**

执籥，右手秉翟。籥，六孔。（笛）［翟］，翟羽也。笺云：硕人多才多艺，又能籥舞。言文武道备。补曰：言定乱当以文，且宜躬秉文德也。赫如渥赭，公言锡爵。赫，赤皃。渥，厚渍也。祭有畀辉、胞、翟、阍、寺者，惠下之道也，见惠不过一散。笺云：硕人容色赫然如厚傅丹，君徒赐其一爵而已，不知其贤而进用之。散受五升。补曰：赫如，人君之容也。《秦风》曰："颜如渥丹。"言既有文德，又有威容，乃可以立，盖完无威仪也。公，公庭。言，我也。锡爵，立君之词。谏庄姜宜更择贤，舍完立晋。

山有榛，隰有苓。榛，木名。下湿曰隰。苓，大苦。笺云：榛也苓也，生各得其所。以言硕人处非其位。补曰：山，高位。榛，女贽。喻庄姜主朝政也。苓，卷耳，《周南》以喻审官。隰在下僻，喻当求在外者。云谁之思？西方美人。笺云：我谁思乎？思周室之贤者，以其宜荐硕人，与在王位。补曰：西方，王朝之称。虽东迁，亦以西言之。时公子晋在周。美人，宜为君者。彼美人兮，西方之人兮！乃宜在王室。笺云：彼美人，谓硕人也。补曰：彼者，对此之词。言完不得为美人，晋乃美人也。犹在西方，故叹。人兮，人未得位列者。

《简兮》三章，章六句。

《泉水》，卫女思归也。补曰：思归者，忧宗国也。齐以宣姜嫁公子顽，欲离黔牟之党，黩母子、君臣之大伦，故托词于嫁女。嫁于诸侯，父母终，思归宁而不得，故作是诗以自见也。以自见者，见己志也。国君夫人，父母在则归宁，没则使大夫宁于兄弟。卫女之思归，虽非礼，思之至也。补曰：篇中言"女子有行"，与《竹竿》《蝃蝀》同，非思归也。父母终而思姑姊、嫂侄之谈宴，此凡女耳。《春秋》书女往他国多矣，既不至思归不得，亦不足以砭归者。传皆失之。

毖彼泉水，亦流于淇。毖，《韩》作"祕"，《说文》引作"泌"。兴也。泉水始出，毖然始流也。淇，水名也。笺云：泉水流而入淇，犹妇人出嫁于异国。补曰：泉水，朝歌西北泉原水，东南流，合马沟水，东西二原俱注淇水。淇水出今林县西大号山，东为清河，入海。泉水小流亦助大川，喻嫁女虽妇人，有助国议。**有怀于卫，靡日不思。**笺云：怀，至。靡，无也。以言我有所至念于卫，我无日不思也。所至念者，谓诸姬、诸姑、伯姊。补曰：言其思之熟而言之难也。宣姜阴谋，言之则多伤，不言又不可，故恒自怀思。**娈彼诸姬，聊与之谋。**娈，好皃。诸姬，同姓之女。聊，愿也。笺云：聊，且略之词。诸姬者，未嫁之女。我且欲略与之谋妇人之礼，观其志意，亲亲之恩也。补曰：诸姬，内宗适大夫者。齐女欲乱我家，卫女岂无谋以定国？哀其无人也。

出宿于泲，饮饯于祢。祢，《韩》作"坭"。泲，地名。祖而舍軷，饮酒于其侧曰饯，重始有事于道也。祢，地名。笺云：泲、祢者，所嫁国适卫之道所经，故思宿饯。补曰：泲、济，通用字。济，渡也。嫁者遇津渡，则止宿以待迎，故有"天子造舟"以下之制。言女嫁诸侯，行止当由夫家也。出宿，已为嫁矣，故先于祢庙饯之，示与父母辞也。昏礼，父筵几于祢庙，醴女以俟迎者，是谓饮饯。**女子有行，远父母兄弟。**笺云：行，道也。妇人有出嫁之道，远于亲亲，故礼缘人情，使得归宁。补曰：止齐人主嫁女之昏也。女子既嫁，远其父母，况兄弟乎？《蝃蝀》《竹竿》俱以此切致其意，所谓言之重、词之复，不可不察也。礼家因有邻家、里尹主丧之言，至今犹踵之。**问我诸姑，遂及伯姊。**父之姊妹称姑。先生曰姊。笺云：宁则又问姑及姊，亲其类也。先姑后姊，尊姑也。补曰：诸姑、伯姊，姬姓女嫁诸侯者。不言妹者，妹容有未嫁，不可闻此谋也。诸侯姊妹尊同乃称焉。嫡长曰伯，明所问者皆夫人也。嫁女多矣，焉有夫人为公子妻者乎？欲播告之。

出宿于干，饮饯于言。干、言，所适国郊也。笺云：干、言，犹泲、祢，未闻远近同异。补曰：干，岸，水涯，即济渡处也。言，我也。饯祢者，专饯我，故我不能无言，如岸之可止水也。**载脂载舝，还车言迈。**脂舝其车，以还我行也。笺云：言还车者，嫁时乘来，今思乘以归。补曰：舝，车辖专键也。于文从舛嵩，嵩即楔也。既施轮两端，以铁楔轴。

载，则也。我欲有言，则我当往将脂辖车而还卫，于是遂行也。**遄臻于卫，不瑕有害？**遄，疾。臻，至。瑕，远也。笺云：瑕，犹过也。害，何也。我还车疾至于卫而返，于行无过差，有何不可而止我？补曰：救密谋，故当速至也。不远则有害，言轻往发人阴私，非徒无益，害且及身，又不可还也。

我思肥泉，兹之永叹。肥，又作"淝"。所出同所归异为肥泉。笺云：兹，此也。自卫而来所渡水，故思此而长叹。补曰：兹，从二玄，黑也。肥泉同出异归，如己与卫异趣也。然国有内耻，女亦与焉，如泉之被污也，无可如何，故长叹也。《雅》曰："况也永叹。"不能为力之词。**思须与漕，我心悠悠。**须、漕，卫邑也。笺云：自卫而来所经邑，故又思之。补曰：《水经注》：濮渠自长垣东分为二渎，又东径须城北，《诗》云"思须与漕"者也。漕，顽采邑也，在卫都东南楚丘之南，其后戴公庐漕是也。明言漕者，斥言以警悟之，然而不能止者，时齐强卫乱，顽懦而贪惑，以成凶祸。**驾言出游，以写我忧。**写，除也。笺云：既不得归宁，且欲乘车出游，以除我忧。补曰：出游者，欲有别谋也。卫能改谋，则可以除我忧。妇人无出游之道。

《泉水》四章，章六句。

《北门》，刺仕不得志也。补曰：盖仕于黔牟者，又仕惠公，不能止伐王之役，故刺其反覆。**言卫之忠臣不得其志尔。**不得其志者，君不知己志而遇困苦。补曰：不择主而仕，窭贫而怨天，何得为忠？传义非。

出自北门，忧心殷殷。殷，又作"慇"。兴也。北门背明乡阴。笺云：自，从也。兴者，喻己仕于暗君，犹行而出北门，心为之忧殷殷然。补曰：卫北门唯通燕、狄，出之者往燕也。《世家》言惠公廿五年，怨周之容舍黔牟，与燕伐周。周惠王奔温，卫、燕立王子颓。盖惠公之入，齐襄公率诸侯纳之，王子突来救，反与诸侯共出黔牟，故《春秋》贬称王人而名朔也。黔牟在周，则王不欲立朔明，故朔又假立颓以正王，诗人忧之。**终窭且贫，莫知我艰。**窭者，无礼也。贫者，困于财。笺云：艰，难也。君于己禄薄，终不足以为礼，又近困于财，无知己以此为难者。言君既然矣，诸臣亦如之。补曰：《氓》曰“三岁食贫”，惠之人，财力竭矣。我，我卫也。兴师伐王，是不恤民而又不量力，莫知难也。**已焉哉，**《韩外传》引“亦已焉哉”。补曰：止其无出兵也。**天实为之，谓之何哉！**笺云：谓，勤也。诗人事君无二志，欲自决归之于天。我勤身以事君，何哉？忠之至。补曰：君犹天也。先犯王命以出，又犯王命而入，乃以仇王，人其谓之何？不可之甚！

王事适我，政事一埤益我。适，之。埤，厚也。笺云：国有王命役使之事，则不以之彼，必来之我；有赋税之事，则减彼一而以益我。言君政偏，己兼其苦。补曰：适，谪也。言王立黔牟之事，所以谪朔也。政事，征役、盟会之政。一埤者，更立一君，以助不及，乃欲益卫，非损卫也。**我入自外，室人交遍讁我。**讁，责也。笺云：我从外而入，在室之人更迭遍来责我，使己去也。言室人亦不知己志。补曰：讁，亦“谪”也，或作“適”，或加“言”，写者异之。入自外者，假兵力自齐入也。有恶曰入，无恶曰归。室人，左右。公子之党多所诛罚，故交遍怨谪。**已焉哉，天实为之，谓之何哉！**补曰：三言天者，切谏之。

王事敦我，政事一埤遗我。敦，厚。遗，加也。笺云：敦，犹投掷也。补曰：敦，怒意。《雅》曰“燂燂焞焞”，言王怒也。遗，忘也。既立一君埤卫，遂忘朔也。**我入自外，室人交遍摧我。**摧，《韩》作“誰”，《说文》作“催”。摧，沮也。笺云：摧者，讥刺之言。补曰：摧，挤。《世家》言卫人怨惠公之杀太子伋，常欲败之。告以宗室怨恨，不可更起衅以受挤。**已焉哉，天实为之，谓之何哉！**

《北门》三章，章七句。

《北风》，刺虐也。补曰：刺惠公复入，仍行酷虐。**卫国并为**

威虐，百姓不亲，莫不相携持而去焉。

北风其凉，雨雪其雱。兴也。北风，寒凉之风。雱，盛皃。笺云：寒凉之风，病害万物。兴者，喻君政教酷暴，使民散乱。补曰：北风杀物，喻朔杀兄得国。凉，薄也。立不以正，其为凉德乎？雱、旁一字。旁，溥也。已凉矣，雨雪溥及于物，喻旁及左右公子之徒也。其旁云者，刺其意也。惠而好我，携手同行。惠，爱。行，道也。笺云：性仁爱而又好我者，与我相携持同道而去。疾时政也。补曰：好我者，齐、鲁也。以昏姻之力，故曰携手，亦言其假人力携持乃能归也。同行者，同行阵。其虚其邪，既亟只且！虚，虚也。亟，急也。笺云：邪，读如“徐”。言今在位之人，其故威仪虚徐宽仁者，今皆已为急刻之行矣，所以当去，以此也。补曰：邪、余，通用字。其虚其余，威仪容止也。《芄兰》曰：“容兮遂兮，垂带悸兮。”惠公习仪容而内忌刻，其能虚余耶？其亟也，兄弟之祸亦以数矣。

北风其喈，雨雪其霏。喈，疾皃。霏，甚皃。补曰：鲁、齐、宋、陈、蔡伐卫纳朔，在庄五年冬，故每言雨雪以致意。惠而好我，携手同归。归有德也。补曰：归，谓反国，在六年夏。其虚其邪，既亟只且！补曰：只，嗟者痛叹之词。

莫赤匪狐，莫黑匪乌。狐赤乌黑，莫能别也。笺云：赤则狐也，黑则乌也，犹今君臣相承，为恶如一。补曰：狐以喻君，乌喻民也。丧一君，复立一君，言不独黔牟可立。乌集无定，言民乱忽然可至，难防禁也。黄狐卑服，故改言赤，赤即黄也。惠而好我，携手同车。携手就车。补曰：言同车者，盖入国新娶。其虚其邪，既亟只且！

《北风》三章，章六句。

《静女》，刺时也。卫君无道，夫人无德。以君及夫人无道德，故陈静女遗我以彤管之法。德如是，可以易之为人君之配。补曰：刺人者不能易人之妻，焉有以静女配无道者？此讽喻宣姜无以愧畏生恶心，告以女史解释耻恶之法。云刺时者，宣姜不足刺，存其说耳。

静女其姝，俟我於城隅。於，当作“于”。《说文》引姝作“袾”，又作“袾”。静，贞静也。女德贞静而有法度，乃可说也。姝，美色也。俟，待也。城隅，以言高而不可逾。笺云：女德贞静，然后可畜；美色，然后可安。又能服从，待礼而动，自防如城隅，故可爱也。补曰：姝然，初昏之皃。俟我者，亲迎礼也。诸侯城隅七雉，高七丈，覆以罘罳。夫人来时，止于农郊，君则出城迎之。据当时之礼，故以城隅为正。**爱而不见，搔首踟蹰**。《说文》引“爱”作“僾”，郭璞引作“薆”。踟蹰，《韩》作“踌躇”。言志往而行正。笺云：志往谓踟蹰，行正谓爱之而不往见。补曰：爱，行也。宣姜婚于河上，故行来而不见正礼。搔、戚、蹙，通用字。蹙首，忧思。踟蹰，不进。疑惧于非礼，且惭于太子。

静女其娈，诒我彤管。既有静德，又有美色，又能遗我以古人之法，可以配人君也。古者后夫人必有女史彤管之法，史不记过，其罪杀之。后妃群妾以礼御于君所，女史书其日月，授之以环，以进退之。生子月辰，则以金环退之。当御者，以银环进之，著于左手；既御，著于右手。事无大小，记以成法。笺云：彤管，笔赤管也。补曰：娈，顺也。宣姜顺君意耳，未为淫也，犹可主宫中之法度。**彤管有炜，说释女美**。《说文》引“炜”。炜，赤皃。彤管，以赤心正人也。笺云：说释，当作“说怿”。赤管炜炜然，女史以之说怿妃妾之德美。补曰：说释，解释也。女为父舅二君所诱胁，君子原情不深责之也。既为夫人，当修妇德。彤管炳睹，以善覆过，则前耻解释，女犹可美也。恐其愧负太子，防他日代立而不见容，必先谗害之，故进此诗，排众说以消隐祸，为论事之后法。

自牧归荑，洵美且异。牧，田官也。荑，茅之始生也。本之于荑，取其有始有终。笺云：洵，信也。茅，洁白之物也。自牧田归荑，其信美而异者，可以供祭祀，犹贞女在窈窕之处，媒氏达之，可以配人君。补曰：郊外谓之牧。共萧茅者，甸师氏也，掌隐刑，因以微讽焉。自比于君宫之甸徒，可言其家事，诗人自喻也。荑，萌也。言己所陈乃社稷安危之萌，故美夫人，且异于众论也。众方恨耻之，己反美之，疑于不信以立异。**匪女之为美，美人之贻**。非为其徒悦美色而已，美其人能遗我法则。笺云：遗我者，遗我以贤妃也。补曰：为，犹伪也。非为女为夫人而故美之，乃美其人，而后诒以彤管之说，诱之使至善也。宣姜虽不足以语此，而救谏之道，舍此无由。

《静女》三章，章四句。

《新台》，刺卫宣公也。补曰：知其作台之意，欲止其事也。伋娶有日矣，盖夷姜死，故更告齐以公娶夫人之意，亦必托于更求他女，而齐以得君为喜，因遂许焉。女止于齐境，公往居新台，必宫中有丧而不成丧礼也。伋□□多知夷姜有媵，其事迟久，故谏诗尤多。**纳伋之妻，作新台于河上而要之。国人恶之而作是诗也**。伋，宣公之世子。

新台有泚，河水弥弥。泚，《齐》作"跐"，《韩》作"玼"，《说文》引"玼"。泚，鲜明皃。弥弥，盛皃。水所以洁污秽，反于河上而为淫昏之行。补曰：《水经注》：河水径鄄城北，濮东地也，北岸有新台，卫宣公所筑，诗齐姜赋也。盖亦托于故夫人之词，或与《谷风》同为媵女所作。河水平满，防其泛溢。**燕婉之求，籧篨不鲜**。燕，《韩》作"嬿"，《说文》引作"曕"。燕，安。婉，顺也。籧篨，不能俯者。笺云：鲜，善也。伋之妻，齐女，来嫁于卫。其心本求燕婉之人，谓伋也，反得籧篨不善，谓宣公也。籧篨口柔，常观人颜色而为之辞，故不能俯也。补曰：籧篨，粗竹席，作庐舍及藉地用之，新台所有，故以喻无文理而藉成君恶者。求昏不拒，以为安顺，是口柔谄君，其意不善。

新台有洒，河水浼浼。洒、浼，《韩》作"漼""浘"。《说文》引"浼"。洒，高峻也。浼浼，平地也。补曰：浼浼，水新生也。凡新者为免。有洒者，喻在高位。**燕婉之求，籧篨不殄**。殄，绝也。笺云：殄，当作"腆"。腆，善也。补曰：殄、珍，通用字。言不爱重君。

鱼网之设，鸿则离之。言所得非所求也。笺云：设鱼网者宜得鱼，鸿乃鸟也，反离焉。犹齐女以礼来求世子，而得宣公。补曰：鱼网，喻求女也。鱼者，教成之牲。鸿，雁也。昏礼用雁。野雁为鸿。言以正聘而以野昏。燕婉之求，得此戚施。戚施，《韩》作"䑟䵷"，《说文》引同《韩》。戚施，不能仰者。笺云：戚施面柔，下人以色，故不能仰也。补曰：戚施、去酋、蝤蠹、屈造，音转通用，蟾诸也。似蛙而癞，其行舒迟，以喻女无节行者必鄙陋也。若齐女不守礼而来，是面柔丑恶，何为美乎？

《新台》三章，章四句。

《二子乘舟》，思伋、寿也。补曰：伋、寿取高名以成卫乱，刺之不可，追思而闵之，正流俗之偏议，所以为后鉴。盖作于懿、戴之世。卫宣公之二子争相为死，国人伤而思之，作是诗也。

二子乘舟，泛泛其景。二子，伋、寿也。宣公为伋娶于齐女而美，公夺之，生寿及朔。朔与其母诉伋于公，公令伋之齐，使贼先待于隘而杀之。寿知之，以告伋，使去之。伋曰："君命也，不可以逃。"寿窃其节而先往，贼杀之。伋至，曰："君命杀我，寿有何罪？"贼又杀之。国人伤其涉危遂往，如乘舟而无所薄，泛泛然迅疾而不碍也。补曰：《史记·世家》言记伋、寿之死同于《左氏》，《春秋》削而不书，罪伋之义，多于申生，不可以文实予夺也。孝子不成父之恶，宣公之欲杀伋，非君父也。伋不走以成其恶，身死而罪专在父，己取名焉，非臣子也。寿告伋是矣，知伋甘死，则当直请于父母，昌言以发其谋而止伋行，逢怒而见诛，正命也。不敢，则先遣谕盗，伺伋行而从之，盗见朔母兄之偕行，必不敢并杀二子，即或并杀，亦正命也。又不敢，则何为轻死以取名，是非狷褊之过与？罪伋则无以治宣，予伋则无以教孝，深没其文，亦伋志也，而非伋所料也。使伋、寿知身死之为罪，则父子、兄弟之恩全矣。争死为名，世人嗟叹，卫臣民痛心疾首，晳败朔。后君母再嫁，宣恶益彰，大乱五世，寻仇未已。卫之祸，二子为之也。乘舟者，渡湿水也。《水经注》：漯水绝莘道，在今莘县南、（南乐）[乐平] 北东之地。阳平故城西北有莘亭，伋、寿继殒于此。望新台于河上，正在其南百里，盖俟其渡而挤杀之。泛泛，瞢瞢然不计利害也。愿言思子，中心养养。愿，每也。养养然，忧不知所定。笺云：愿，念也。念我思此二子，心为之忧，养养然。补曰：养养，洋洋，思也。每言卫乱，则思二子之致乱，心洋洋然，闵之、罪之不能定。

二子乘舟，泛泛其逝。逝，往也。补曰：逝，去也。可俱去则合义，负背父之名，如夷、齐、伯、雍。愿言思子，不瑕有害。言二子之不远害。笺云：瑕，过也。我思念此二子之事，于行无过差，有何不可而不去也？补曰：不远去，则害义也。瑕，当作“遐”。此与《泉水》俱作“瑕”。

《二子乘舟》二章，章四句。

邶国十九篇，七十一章，三百六十三句。

诗卷三

鄘柏舟毛诗诂训传第四　国风四

《柏舟》，共姜自誓也。补曰：《世家》言卫釐侯太子共伯余立为君，共伯弟和攻共伯于墓上，共伯入釐侯羡自杀，卫人因葬之釐侯旁。和即武公，有圣善之德。盖共伯有不明之罪，母杀之也。礼，夫死子不立，则夫人归宗。共姜誓死以雪夫冤，卒得追谥、礼葬。存此诗者，以劝勇义。卫世子共伯早死，其妻守义，父母欲夺而嫁之，誓而弗许，故作是诗以绝之。共伯，僖侯之世子。补曰：此传非也。不嫁由己，何必作诗扬父母之过？且诸侯之女，何必夺嫁，父母亦不可以绝，皆以乡曲细民所行测之耳。

泛彼柏舟，在彼中河。兴也。中河，河中。笺云：舟在河中，犹妇人之在夫家，是其常处。补曰：柏舟坚贞，不以济载，喻夫死妻无妇职也。舟不能去河，犹妇不能去夫家。中河风波冲漂，喻夫家方有危难也。髧彼两髦，髧，又作“髡”，《说文》引“髦”作“鬏”。髧，两髦之皃。髦者，发至眉，子事父母之饰。补曰：礼，既殡，脱髦。共伯父已葬，犹言髧两者，本其初事父母时言之，时盖诬以不孝而讨之也。实维我仪，仪，匹也。笺云：两髦之人，谓共伯也。实是我之匹，故我不嫁也。礼，世子昧爽而朝，亦栉縰，笄总，拂髦，冠緌缨。补曰：言己宜保证，或连坐也。既是我夫，无容不知其行事。之死矢靡他。矢，誓。靡，无。之，至也。至己之死，信无它心。补曰：之，往也。往死者，愿与俱死，不辟祸也。靡他者，无加以他罪也。誓保明共伯，不令受诬。**母也天只，不谅人只。**谅，又作“亮”。谅，信也。母也天也，尚不信我。天，谓父也。补曰：母，共伯母也。人，斥共伯也。呼天者，诉辨之词。夫，妻之天也；父，子之天也。共伯父死，而为母所冤，其妻诉之，以为此母之不谅耳，非无天也。共者，能知其过之文，共伯盖本有小罪。

泛彼柏舟，在彼河侧。补曰：故夫人不得留宫中，则在侧也。**髧彼两髦，实维我特，**特，《韩》作“直”。补曰：言世子无嫔御，唯夫妇相配，事无不知。**之死矢靡慝。**慝，从唐石经，又作“慝”。慝，邪也。补曰：慝，隐也。誓不自慝，可案考也。**母也天只，不谅人只。**补曰：妇无雠姑之礼，亦无甘视夫冤之道，本其母而诉于天，斯其所以善处变。

《柏舟》二章，章七句。

《墙有茨》，卫人刺其上也。补曰：上，谓执政者。此盖黔牟之时，齐请以宣姜更嫁公子顽，卫人喜得齐援，因遂许之，故刺上。**公子顽通乎君母，国人疾之而不可道也。**宣公卒，惠公幼，其庶兄顽烝于惠公之母，生子五人：齐子、戴公、文公、宋桓夫人、许穆夫人。补曰：顽娶君母，若晋文取怀嬴。当时诸侯女如后世帝女，唯其所配，非不可道之事。既作诗矣，又自言不可道，是为妄说。

墙有茨，不可扫也。茨，《韩》作“荠”，《说文》引“荠”。兴也。墙所以防非常。茨，蒺藜也。欲扫去之，反伤墙也。笺云：国君以礼防制一国，今其宫内有淫昏之行者，犹墙之生疾藜。补曰：墙，垣蔽也，盖覆垣以御雨雪者。桑宫及狱禁人攀越，则以棘刺苦之。不可扫去，使无防遏也。《桑中》曰：“期我乎桑中。”顽之取姜，定议桑宫，故指棘墙以喻意焉。**中冓之言，不可道也。**冓，又作“遘”，《韩》《鲁》作“篝”。中冓，内冓也。笺云：内冓之言，谓宫中所冓成顽与夫人淫昏之语。补曰：冓，读为“讲”。长短书凡“讲”皆为“冓”，字亦作“媾”，邻国修好之词。盖惠公出，齐女当归，卫、齐失好，因请与顽婚以讲和也。宣姜此时过四十矣。**所可道也，言之丑也。**于君丑也。补曰：所者，要约之词。《左传》：“凡盟约，必先言所。”所可道者，对齐使之言也。丑，雠也，匹也。直告之曰其言丑，以拒绝之，言不可为匹。

墙有茨，不可襄也。襄，除也。补曰：襄，今“攘”字。**中冓之言，不可详也。**详，《韩》作“扬”。详，审也。补曰：不可审其利害也。**所可详也，言之长也。**长，恶长也。补曰：怵于齐威，则后患方长。

墙有茨，不可束也。束而去之。补曰：履棘者束，则可践。**中冓之言，不可读也。**读，抽也。笺云：抽，犹出也。补曰：聘礼，若有言束帛加书，将命主人与客读诸门外。此秘事，故使者传辞，无书也。**所可读也，言之辱也。**辱，辱君也。补曰：直告以两国俱辱也。

《墙有茨》三章，章六句。

《君子偕老》，刺卫夫人也。补曰：盖宣姜之傅姆、女史止其更嫁公子。**夫人淫乱，失事君子之道，故陈人君之德，服饰之盛，宜与君子偕老也。**夫人，宣公夫人，惠公之母也。人君，小君也，或者“小”字误作“人”耳。补曰：传意似刺宣纳伋妻，则非夫人失道。笺意似言夫死始乱，宣又非君子。

君子偕老，副笄六珈。能与君子俱老，乃宜居尊位，服盛服也。副者，后夫人之首饰，编发为之。笄，衡笄也。珈，笄饰之最盛者，所以别尊卑。笺云：珈之言加也。副，既笄而加饰，如今步摇上饰。古之制所有，未闻。补曰：言偕老者，吊其不偕也。夫虽先亡，已服夫人之上服，奉宗庙社稷矣。首服，首副，终笄，盖六种制以配六服。六珈，即加服也。**委委佗佗，如山如河，**他，《韩》作“佗”。委委者，行可委曲踪迹也。他他者，德平易也。山无不容，河无不润。补曰：山河，言不改易也。已成尊，无所恐畏，又不可诡谋。**象服是宜。**象服，尊者所以为饰。笺云：

象服者，谓揄翟、阙翟也。人君之象服，则舜所云“予欲观古人之象，日月星辰”之属。补曰：言他服不宜也。嫁公子，则当改服矣。象，法也。君之服用皆曰象，若象尊、象觚。子之不淑，云如之何？有子若是，何谓不善乎？笺云：子乃服饰如是，而为不善之行，于礼当如之何？深疾之。补曰：子，自母家称之也。虽为邻国夫人，犹曰子伯姜。不淑者，吊词也。《记》曰：“吊者北面，曰：寡君使某如何不淑。”吊宣姜夫死子奔。

玼兮玼兮，其之翟也。玼，又作“瑳”。玼，鲜盛皃。揄翟、阙翟，羽饰衣也。笺云：侯伯夫人之服，自揄翟而下，如王后焉。补曰：翟衣，祭服尚鲜明者。言顷犹为夫人，承祭祀。鬒发如云，不屑髢也。《说文》引“㐱”，或作“鬒”。鬒，黑发也。如云，言美长也。屑，洁也。笺云：髢，髲也。不洁者，不用髲为善。补曰：发稠美，言年尚壮盛也。不切切于髢，言不宜更服大夫妻之髲。玉之瑱也，象之揥也，《说文》引“瑱兮”。瑱，塞耳也。揥，所以摘发也。补曰：揥、摘，古今字。象揥，夫人之揥。《魏风》曰：“佩其象揥。”言瑱者，以喻勿听非礼。揥以喻能自理治。扬且之皙也。扬，眉上广。皙，白皙。补曰：言见人无愧色也。胡然而天也？胡然而帝也？尊之如天，审谛如帝。笺云：胡，何也。帝，五帝也。何由然女见尊敬如天、帝乎？非由衣服之盛、颜色之庄与？反为淫昏之行。补曰：胡然，亦吊词也。帝，谓周王也。卫惠奔齐之年，桓王已崩一年矣。练而祔庙，《记》曰：“措之庙，立之主，曰帝。”宣公之死，天不吊也。惠公之奔，王命出之，故曰帝也。皆无可如何，当安于命。

玼兮玼兮，其之展也。蒙彼绉絺，是泄袢也。《周官注》引“玼”作“瑳”，今本或作“瑳”，上仍作“玼”，非。《说文》引“绉”“绁袢”，又引“亵袢”。礼有展衣者，以丹縠为衣。蒙，覆也。絺之靡者为绉，是当暑袢延之服也。笺云：后妃六服之次，展衣宜白。绉絺，絺之蹙蹙者。展衣，夏则里以绉絺。此以礼见于君及宾客之盛服也。“展衣”字误，《礼记》作“襢衣”。补曰：展衣之中衣，冬素夏沙，皆丝也。絺，细葛。亵袢之服，不可为里。泄、绁、暬、亵，通用字，常服也。袢、普声转。袢，衣无色。普，日无色，烦辱之皃。今以展衣蒙其上，喻私亵之事，不可遣使公言也。**子之清扬，扬且之颜也**。清，视清明也。扬，广扬而颜角丰满。补曰：颜，眉目之间也。重言扬者，有靦面目见人，当求无愧怍。**展如之人兮，邦之媛也**。媛，《韩》作“援”。《说文》引“媛兮”。展，诚也。美女为媛。笺云：媛者，邦人所依倚以为援助也。疾宣姜有此盛服，而以淫昏乱国，故云然。补曰：言清扬有颜之人乃为援也。宣姜欲援惠公，故以悟之。

《君子偕老》三章，一章七句，一章九句，一章八句。

《桑中》，刺奔也。补曰：不以礼嫁为奔，刺宣姜嫁公子之事。**卫之公室淫乱，男女相奔，至于世族在位，相窃妻妾，期于幽远，政散民流而不可止**。卫之公室淫乱，谓宣、惠之世，男女相奔，不待媒氏以礼会之也。世族在位，取姜氏、弋氏、庸氏者也。窃，盗也。幽远，谓桑中之野。补曰：世族窃妻，讳之不暇，而何为刺，且其人不足刺。公室既乱，不得畏世族之淫、男女之奔也，迂矣。

爰采唐矣？沬之乡矣。爰，于也。唐蒙，菜名。沬，卫邑。笺云：于何采唐？必于沬之乡。犹言欲为淫乱者，必之卫之都。恶卫为淫乱之主。补曰：爰矣者，急迫警寤之词，言齐谋已成也。唐蒙，女萝，兔丝也。结昏之喻。乡，都邑采地，公子所封，而采女萝，言公子许妻齐女也。**云谁之思？美孟姜矣**。姜，姓也。言世族在位，有是恶行。笺云：淫乱之人，谁思乎？乃思美孟姜。孟姜，列国之长女，而思与淫乱，疾世族在位有是恶行也。补曰：庶长曰孟。孟姜，诸侯之庶女，当为君媵及大夫妻者。每思孟者，公子继娶，宜长女也。我思公子自有正配，何为而取再嫁者？**期我乎桑中，要我乎上宫，送我乎淇之上矣**。桑中、上宫，所期之地。淇，水名也。笺云：此思孟姜之爱厚已也，与我期于桑中，而要见我于上宫，其送我则于淇水之上。补曰：我，我齐使也。述其得请自喜之情，知其有阴谋也。桑中，公桑蚕室，夫人所主，斥宣姜也。上宫，诸父诸兄之所守，斥公子顽，惠公兄也。《氓》曰：“送子涉淇。”送我者，顽许昏也。齐谋既遂，所当急防也。警黔牟之词。

爰采麦矣？沬之北矣。补曰：采麦者，记时也。麦言采，犹芑言采耳。沬，北漕也，顽之采邑。云谁之思？美孟弋矣。弋，姓也。补曰：弋，姒，夏后后。《春秋》“定弋”，《左传》作“定姒”。莒，姒姓也。思莒、郯者，盖因近齐及之。期我乎桑中，要我乎上宫，送我乎淇之上矣。

爰采葑矣？沬之东矣。笺云：葑，蔓菁。补曰：蔓菁耐冬，喻妇节也。漕在沬东北。云谁之思？美孟庸矣。庸，姓也。补曰：《世本》言“庸以国为氏”，是即鄘也。阎、庸通用，厉王后。阎又作“剡”“艳”，或者郯国少昊之后乎？鄘在沬西，未闻有国。期我乎桑中，要我乎上宫，送我乎淇之上矣。

《桑中》三章，章七句。

《鹑之奔奔》，刺卫宣姜也。补曰：刺其始终欲败太子之党。卫人以为，宣姜，鹑鹊之不若也。刺宣姜者，刺其与公子顽为淫乱，行不如禽鸟。补曰：鹑鹊不若，何屑作刺。

鹑之奔奔，鹊之彊彊。奔，《礼记》《左传》引作“贲”。鹑则奔奔然，鹊则彊彊然。笺云：奔奔、彊彊，言其居有常匹，飞则相随之皃。刺宣姜与顽非匹偶。补曰：鹑，当为“雗”，鹌属，鷻则雕也，隶通为一字。贲，贲勇皃。鹊巢，国君积累以遗夫人、长子孙者，喻宣姜君母也。彊彊，依依无所往之皃。雗挟雌妒雄，斗死不止。喻顽既妻姜氏，未必复奉惠公，姜谋不成，终失所归也。人之无良，我以为兄。之、我，《韩》作“而”“何”。良，善也。兄，谓君之兄。笺云：人之行无一善者，我君反以为兄。君，谓惠公。补曰：良，首，谓太子伋也。顽忘伋仇，是无兄也。诸侯之尊，弟兄不得以属通。今惠公出奔，故以顽为兄，望其助己恐不可得，所以刺止姜谋。虽不如所虑，而情事当有，此特存其说。

鹊之彊彊，鹑之贲贲。补曰：言国失势，顽益骄也。人之无良，我以为君。君，国小君。笺云：小君，谓宣姜。补曰：《记》曰："天子受命于天，士受命于君。故君命顺，则臣有顺命；君命逆，则臣有逆命。"以为君者，国人将从顽也。顽被劫，贪荣华，无远志，若挟姜以结齐，其君卫不难，故直言之。

《鹑之奔奔》二章，章四句。

《定之方中》，美卫文公也。补曰：《世家》言宣公晋子惠公朔，朔子懿公赤。《年表》：八年，狄灭卫，卫立黔牟弟戴公。《世家》以为黔牟弟昭伯顽子申，元年卒，弟燬为文公，二十五年卒，子成公郑立。案：文公居楚丘，成公迁帝丘，此美其创基也。卫为狄所灭，东徙渡河，野处漕邑。齐桓公攘戎狄而封之。文公徙居楚丘，始建城市而营宫室，得其时制，百姓说之，国家殷富焉。《春秋》闵公二年，冬，狄人入卫，卫懿公赤及狄人战于荧泽而败。宋桓公迎卫之遗民渡河，立戴公以庐于漕，戴公立一年而卒。鲁僖公二年，齐桓公城楚丘而封卫，于是文公立而建国焉。补曰：楚丘，齐所城，三十年而迁帝丘，盖未遑营建。若得时制，未十年而去之，则此当为刺成公，传误其地。

定之方中，作于楚宫。定，营室也。方中，昏正四方。楚宫，楚丘之宫也。仲梁子曰："初立楚宫也。"笺云：楚宫，谓宗庙也。定星昏中而正，于是可以营制宫室，故谓之营室。定昏中而正，谓小雪时，其体与东壁连正四方。补曰：楚，当为"滍"，字亦作"沮""鉏"。《尔雅》"泲为滍"，泲别也，在濮阳，与楚丘隔河，即帝丘也，颛顼居之。京相说：濮阳城西南十五里有沮丘城。六国时沮、楚同音，以为楚丘。《水经注》作"鉏丘"。其丘在今曹县东，城武西，定陶南，则入曹地。《郡国志》、杜预说非也，当在今菏泽东北，郓城西南，今黄河之南。暂阻河以拒狄，故又逼于邢而灭之，乃渡河作滍宫焉。《春秋》书卫迁于帝丘是也。楚丘城时犹无门材，若季年作之，未几而迁，又不足美。揆之以日，作于楚室。揆，度也。度日出日入，以知东西。南视定，北准极，以正南北。室，犹宫也。笺云：楚室，居室也。君子将营宫室，宗庙为先，厩库为次，居室为后。补曰：但作宫室，明城郭先已完固。**树之榛栗，椅桐梓漆，爰伐琴瑟**。椅，梓属。笺云：爰，曰也。树此六木于宫者，曰其长大，可伐以为琴瑟。言豫备也。补曰：树之者，文公先所树也。爰，于也。于是可伐，言豫之于三十年前以待迁也。榛、栗，女贽，备昏嫁。梓，楸也，漆汁可以髹，为丧葬备，琴瑟之材亦用之。专言琴瑟者，时安平可燕乐也。自文公时谋之，至今迁时材用皆具，故本其功。

升彼虚矣，以望楚矣。望楚与堂，景山与京，虚，又作"墟"。虚，漕虚也。楚丘有堂邑者。景山，大山。京，高丘也。笺云：自河以东，夹于泲水，文公将徙，登漕之虚，以望楚丘，观其旁邑及其丘山，审其高下所依倚，乃后建国焉。慎之至也。补曰：虚，颛顼之墟，所谓帝丘也。澾，泲之别流，即濮水也。《水经注》濮水上承泲水于封丘县，又东径匡城、长垣、须城、襄丘而至濮阳，为帝丘南水，则堂盖北界水也。《水经注》：菏水分泲，自已氏北径景山东，又北径楚丘城西。《郡国志》曰："成武县有楚丘亭。"则由今曹县而至城武，正当定陶之南，为误证矣。《商颂》曰"陟彼景山"，其大伾乎，在帝丘之西，然则京在濮东。升望者，文公也。山川阻固，可以限戎马，蓄生聚也。**降观于桑**，地势宜蚕，可以居民。补曰：谓濮上桑间。**卜云其吉，终然允臧**。然，又作"焉"。龟曰卜。允，信。臧，善也。建国必卜之，故建邦能命龟，田能施命，作器能铭，使能造命，升高能赋，师旅能誓，山川能说，丧纪能诔，祭祀能语，君子能此九者，可谓九德，可以为大夫。补曰：卜者告文公以吉，文公既薨乃迁，故曰终也。迁而信善，民乐利之。

灵雨既零，命彼倌人。星言夙驾，说于桑田。《说文》引"倌"。零，落也。倌人，主驾者。笺云：灵，善也。星，雨止星见。夙，早也。文公于雨下，命主驾者：雨止，为我晨早驾。欲往为词说于桑田，教民稼穑。务农急也。补曰：迁帝丘，由于克邢，故追美其事。灵，犹神也。《左传》说卫旱伐邢，"师兴而雨"。零，余雨也。雨余则命待晴而驾，言其备也。倌、辖声转。巾车谓之辖人，侯国官名也。星，依笺本作“晴”，写者误之。见星行非吉事，或者借“星”为“晴”耳。说桑者，讲蚕事。说田者，课农功。新得邢地，故自往经画。匪直也人，非徒庸君。补曰：也、繄一字。繄人，即伊人也。直，特也。非特为民谋也。秉心塞渊，騋牝三千。秉，操也。马七尺以上曰騋。騋马与牝马也。笺云：塞，充实也。渊，深也。国马之制：天子十有二闲，马六种，三千四百五十六匹。邦国六闲，马四种，千二百九十六匹。卫之先君，兼邶、鄘而有之，而马数过礼制。今文公灭而复兴，徙而能富，马有三千，虽非礼制，国人美之。补曰：騋、骊、丽，声转通用字。《尔雅》“騋牝，骊牝”，明非七尺以上之騋也。《校人》曰：“驽马三良马之数，丽马一圉，八丽一师。”言牝马者曰丽，言牡马者曰乘，此牧马计数之词耳。凡马特居四之一，故诸侯齐、道、田马三种为三闲，驽马一种为三闲，所谓六闲四种者也。王马六系为厩，邦国盖四系为厩，四厩成校。厩马百卌四匹一校，则五百七十六匹，三之，千七百廿八匹，为三种之数。其牝马又三之，为五千一百七十八匹，为丽牝二千五百八十九。言三千者，明有羸也。此为诸侯千乘及良驽之数。《左传》言卫文公季年三百乘，乃千乘之一分，未知据何计之。文公之心充密深远，乃使国马蕃育，故能成富庶之业。

《定之方中》三章，章七句。

《蝃蝀》，止奔也。补曰：亦刺宣姜，与《桑中》同意。卫文公能以道化其民，淫奔之耻，国人不齿也。不齿者，不与相长稚。补曰：此编在《定中》之后，盖亦卫女所作，传望文说之。

蝃蝀在东，莫之敢指。《说文》引“蝃”作“螮”。蝃蝀，虹也。夫妇过礼则虹气盛，君子见戒而惧讳之，莫之敢指。笺云：虹，天气之戒，尚无敢指者，况淫奔之女，谁敢视之。补曰：东，谓齐也。不正之气起于齐，而莫敢指言者，危暗之甚。女子有行，远父母兄弟。笺云：行，道也。妇人生而有适人之道，何忧于不嫁，而为淫奔之过乎？恶之甚。补曰：嫁当远父母，齐、卫君臣曾此之不知。故凡刺者，必明此义。

朝跻于西，崇朝其雨。跻，升。崇，终也。从旦至食时为终朝。笺云：朝有升气于西方，终其朝则雨，气应自然，以言妇人生而有适人之道，亦性自然。补曰：跻，日旁气也。《眂祲》十辉，一曰跻，喻阴气将不利君也。于西，使西行至卫，雨则应之，言宣姜与相应和。不崇朝者，不再计也。女子有行，远兄弟父母。补曰：是时当齐襄之世，与宣姜为兄弟，齐新失鲁，故必欲得卫。

乃如之人也，怀昏姻也。人也，《韩》《鲁》作“人兮”。乃如是淫奔之人也。笺云：怀，思也。乃如是之人，思婚姻之事乎？言其淫奔之过恶之大。补曰：乃如之人，谓齐君也，甚恶之词。先君与为昏姻久矣，此之不怀而讲好，何益？大无信也，不知命也。不待命也。笺云：淫奔之女，大无贞洁之信，又不知昏姻当待父母之命。恶之也。补曰：此告以拒齐之词也。信，使也。所言无礼，大无信，使之道我，诚不敢闻命也。

《蝃蝀》三章，章四句。

《相鼠》，刺无礼也。卫文公能正其群臣，而刺在位承先君之化，无礼仪也。

相鼠有皮，人而无仪。《说文》引“相”。相，视也。无礼仪者，虽居尊位，犹为暗昧之行。笺云：仪，威仪也。视鼠有皮，虽处高显之处，偷食苟得，不知廉耻，亦与人无威仪者同。补曰：鼠盗窃，夜动，喻小人乘暗政而攘取位禄也。鼠皮光泽，犹足自覆，此人则不如鼠矣。仪，度也，不度其可取与否。人而无仪，不死何为！笺云：人以有威仪为贵，今反无之，伤化败俗，不如其死，无所害也。补曰：卫自惠公好饰容，遂而国乱民玩，大臣不知有君，上下无等，三经大乱。今欲正之，非用严法，不可得治，故数其罪而赐之死。曰何为者，法有所不贷。

相鼠有齿，人而无止。止，所止息也。笺云：止，容止。《孝经》曰：“容止可观。”无止，则虽居尊，无礼节也。补曰：鼠之用以齿。止，犹足也。贪冒不知止，以自取祸。人而无止，不死何俟！俟，待也。补曰：言其在国乱国，在家破家，不可宥也。

相鼠有体，体，支体也。补曰：虽处污陋，骨备十二体。人而无礼。补曰：不度不止，由无礼也。人而无礼，胡不遄死！遄，速也。补曰：不速自死，则必刑之。言法行于亲贵。

《相鼠》三章，章四句。

《干旄》，美好善也。补曰：美其不徒用刑，而能举贤兴学也。卫文公臣子多好善，贤者乐告以善道也。贤者，时处士也。

孑孑干旄，在浚之郊。孑孑，干旄之皃。注旄于干首，大夫之旃也。浚，卫邑。古者臣有大功，世其官邑。郊外曰野。笺云：《周礼》"孤卿建旃，大夫建物"，首皆注旄焉。时有建此旄，来至浚之郊。卿大夫好善也。补曰：郑注《礼记》以旄为麾。《书》曰："白旄以麾。"《雅》曰："建彼旄矣。"谓大将所建，旄即麾也。干、竿，通用字。不旆则见竿孑孑然，所谓"德车结旌"者。浚即楚丘，卫文所都也。《水经注》：浚城西北去濮阳卅五里。郊统于乡，采邑不得有郊，浚即国都。在者，州长也。州长建旟，此建旄者，建旄以田，因而选士。州射于序，此于郊者，举近郊之贡，与下都里远地互见境内学校之盛。素丝纰之，良马四之。纰，所以织组。总纰于此，成文于彼，愿以素丝纰组之法御四马也。笺云：素丝者，以为缕，以缝纰旌旗之旒縿，或以维持之。浚郊之贤者，既识卿大夫建旄而来，又识其乘善马。四之者，见之数也。补曰：素丝，皮弁衣，大射服之，因以喻贡士。纰，采罽也，《礼记》以为纰纯之名。比次之者，长吏教成之，又选举之也。士车驾二，乡礼主人如宾服，则州长亦驾二，宾主各二马，故曰"良马四之"，谓乡射初选士时。彼姝者子，何以畀之？姝，顺皃。畀，予也。笺云：时贤者既说此卿大夫有忠顺之德，又欲以善道与之，心诚爱厚之至。补曰：姝，初昏之女，以喻处士初仕也。承礼见举，当思何以助政。

孑孑干旟，在浚之都。鸟隼曰旟。下邑曰都。笺云：《周礼》州里建旟，谓州长之属。补曰：旟，乡吏所建。州长，党正、族师、闾师、比长是也。都者，公子之封邑。遂之所统，遂吏、县正、鄙师、酇里、邻长也。县鄙建旐，都当建旗，今建旃者，盖侯国变天子乡建旐，遂建旃也。《周官》自族酇以下，皆不言旗物帅民，则邻、里、比、闾并无旗。彼州里当为州党，旧以为自州至里，兼乡遂言，与经制乖。素丝组之，良马五之。总以素丝而成组也。骖马五辔。笺云：以素丝缕缝组于旌旂，以为之饰。五之者，亦谓五见之也。补曰：五之者，遂属吏从其长行乡。礼，长吏驾二，属吏则驾一，《觐礼》所谓偏驾也。《王度记》：天子驾六，诸侯与卿同驾四，大夫驾三，士驾二，庶人驾一。此不应经典，《毛诗》师说天子至大夫同驾四，士驾二是也。今谓从车有减杀之礼，从四马者则驾二，从二马者则驾一。天子巡守，公侯从，故天子驾六，从车得驾四驾二以为等也。士在国，或驾一役车，或有驾三驾五者与？宾驾二，主人驾二，属吏驾一，乃得有五马。彼姝者子，何以予之？

孑孑干旌，在浚之城。析羽为旌。城，都城也。补曰：浚城即卫都也。建旌者，用为大夫，以旌招之，因建旌以入国也。大射亦有旌。以言孑孑，是结之而建于车，知非服不所负。素丝祝之，良马六之。祝，织也。四马六辔。笺云：祝，当作"属"。属，著也。六之者，亦谓六见之也。补曰：将授官，则与之饮酒，其礼盖亦同乡饮，使其长吏主之，或如冠有祝词乎。六之者，君驾四，士驾二，君为僎者也。彼姝者子，何以告之？补曰：初见君，当有所延问，故有告也。

《干旄》三章，章六句。

《载驰》，许穆夫人作也。补曰：《列女传》：许夫人，懿公女。初，许求之，齐亦求之，女因其傅母而言系援于大国。其后，翟人攻卫，而许不能救，卫侯于是悔不用其言。《左传》以为公子女，则诸侯不应娶之，况又以为奸生，其诬甚矣。此作诗谢齐，采其存国之功。闵其宗国颠覆，自伤不能救也。卫懿公为狄人所灭，国人分散，露于漕邑。许穆夫人闵卫之亡，伤许之小，力不能救，思归唁其兄，又义不得，故赋是诗也。灭者，懿公死也。君死于位曰灭。露于漕邑者，谓戴公也。懿公死，国人分散，宋桓公迎卫之遗民渡河，处之于漕邑，而立戴公焉。戴公与许穆夫人，俱公子顽烝于宣姜所生也。男子先生曰兄。补曰：兄不能救，往唁何为？传言思归，皆委巷民女之情。

载驰载驱，归唁卫侯。载，词也。吊失国曰唁。笺云：载之言则也。卫侯，戴公也。补曰：驰驱奔丧，急行也。不言奔丧，祸又大于父死。曰唁者，明国亡也。戴公立一年死，弟文公立。此言芃麦，盖春末，时已过懿公卒哭矣，故但曰唁。卫侯者，邻国之词。初不得奔丧，而今归者，急宗国之难。驱马悠悠，言至于漕。刘向引"漕"作"曹"。悠悠，远皃。漕，卫东邑。笺云：夫人愿御者驱马悠悠乎，我欲至于漕。补曰：卫本有都，今我乃至漕，故且行且思，伤其祸亟也。大夫跋涉，我心则忧。草行曰跋，水行曰涉。笺云：跋涉者，卫大夫来告难于许时。补曰：卫大夫徒奔走而不能救祸，故嫁女代之忧也。

既不我嘉，不能旋反。不能旋反我思也。笺云：既，尽。嘉，善也。言许人尽不善我欲归唁兄。补曰：我，我卫也。旋反，反其国都也。诸侯尽不善卫，必不能反故都也。视尔不臧，我思不远。不能远卫也。笺云：尔，女。女许人也。臧，善也。视女不施善道救卫。补曰：尔，亦尔卫也。对他国言，则卫为我。由己言之，则卫为尔。我不能坐视尔之不臧，思其策不在远，在齐也。

既不我嘉，不能旋济。济，止也。补曰：济，渡也。漕在河南，当倚河自固。不能还沫，故不可济河。视尔不臧，我思不閟。《韩》引"尔"作"我"。閟，闭也。补曰：言己有怀难閟，为画请齐之策也。齐先请昏不成，今急而求之，又即齐先所请女之谋，故言之也难。

陟彼阿丘，言采其蝱。偏高曰阿丘。蝱，贝母也。升至偏高之丘，采其蝱者，将以疗疾。笺云：升丘采贝母，犹妇人之适异国，欲得力助安宗国也。补曰：阿丘高而有容，以喻齐能容卫，不以未成昏为恨也。蝱，《尔雅》作"莔"，盖性散血，傅恶创能愈虻啮，因名焉。喻卫新破残，当请兵助完守。女子善怀，亦各有行。行，道也。笺云：善，犹多也。怀，思也。女子之多思者有道，犹升丘采其蝱也。补曰：此明以己意谢齐，使其无辞也。我女子耳，但怀善意，不知大国之猜怒也。有行者，当远父母兄弟，而今以大义来请救乱存亡，亦一道也。卫之嫁女，婚许却齐，亦各其宜，岂绝邻好乎？许人尤之，众稚且狂。尤，又作“訧”。尤，过也。是乃众幼且狂，进取一概之义。笺云：许人，许大夫也。过之者，过夫人之欲归唁其兄。补曰：尤之者，其夫也。云许人者，托大夫以言之。卫请救而不得，许夫人乃以诗往，故以为少不谙事，似狂惑妄言也。懿公父即位三十一年，其初犹曰童子，则即位乃生懿公，懿立八年灭死，时近四十岁耳。夫人又其幼女，此时年十八九，而建大计，故众皆稚而狂之。

我行其野，芃芃其麦。愿行卫之野，麦芃芃然方盛长。笺云：麦芃芃者，言未收刈，民将困也。补曰：言无城以守，狄来刈麦，则不可救。控于大邦，谁因谁极？控，引。极，至也。笺云：今卫侯之欲求援引之力助于大国之诸侯，亦谁因乎？由谁至乎？闵之，故欲归问之。补曰：大邦，齐也。齐、卫失好，今引之归齐，将因谁往乎？言非因许不可也。极，穷也。齐不肯救卫，又以谁穷之而遂止乎？大夫君子，无我有尤。笺云：君子，国中贤者。无我有尤，无过我也。补曰：君子，公子，亦托之以斥卫侯也。有，又也。许不肯遣使，欲卫更遣使，而以此诗往，其事骇俗，故丁宁之曰：许人已尤我矣，卫大夫毋又尤我，而忽至计也。百尔所思，不如我所之。不如我所思之笃厚也。笺云：尔，女。女众大夫君子也。补曰：百尔，在位者，言廷议也。之，往也。在位者思力已穷，不如从我谋，更往齐也。夫人盖亦齐甥，齐桓于卫懿为父舅之子，又纳卫女为媵。《左传》说卫姬子无亏帅师戍漕，明年城楚丘，盖此诗之力也。

《载驰》五章，一章六句，二章章四句，一章六句，一章八句。

鄘国十篇，卅章，百七十六句。

卫淇奥毛诗诂训传第五　国风五

《淇奥》，美武公之德也。补曰：《世家》言顷侯子釐侯太子共伯余自杀，弟和为武公，佐周平戎，平王命为公。有文章，又能听其规谏，以礼自防，故能入相于周，美而作是诗也。

瞻彼淇奥，绿竹猗猗。奥，又作“澳”，《礼记》引作“隩”。绿竹，《韩》作“菉薄”，《说文》引“菉竹”。兴也。奥，隈也。绿，王刍也。竹，萹竹也。猗猗，美盛皃。武公质美德盛，有康叔之余烈。补曰：绿、菉、莀、菿，一字异文。《尔雅》：“菿，勃菿。”苕帚类也。《本草》：“荩草，俗名菉蓐。”吴普云：一名黄草，染綟色者。郝懿行说：今淡竹叶取汁点黛苋。今谓之水竹。二草皆似竹，而无竹用，喻武公相幽王，群小盈朝，仅能使之粗自树立，不足以为桢干。有匪君子，如切如瑳，如琢如磨。匪、琢，《韩》作“邲”“错”。匪、瑳、磨，又作“斐”“磋”“摩”。匪，文章皃。治骨曰切，象曰瑳，玉曰琢，石曰磨。道其学而成也。听其规谏以自修，如玉石之见琢磨也。补曰：言其能矫时敝，自治勤苦也。切，刌也。郑众读为“砌”，云珠谓之切。瑳，今字作“擦”，礳研石硙也。瑟兮僩兮，赫兮咺兮。咺，《韩》作“宣”。《说文》引“僩”“愃”。瑟，矜庄皃。僩，宽大也。赫，有明德赫赫然。喧，威仪、容止宣著也。补曰：瑟僩，恂栗。赫咺，威仪。许慎说：“僩，武皃。愃，宽娴心腹皃。”咺、喧、吅，通用字，此通作“宣”。亘，遍也，明也。瑟，密。僩，武。赫，盛。宣，明。言其以威仪自持，故小人不敢侮。有匪君子，终不可谖兮。谖，忘也。补曰：终，谓薨后也。武公薨而西周亡，无功可言，而其功要不可忘，以为处乱世事暗君之法。盖请谥之词。

瞻彼淇奥，绿竹菁菁。菁，又作“青”。菁菁，茂盛皃。有匪君子，充耳琇莹，会弁如星。《说文》引“琇莹”。充耳谓之瑱。琇莹，美石也。天子玉瑱，诸侯以石。弁，皮弁。会，所以会发。笺云：会，谓弁之缝中，饰之以玉，皪皪而处，状似星也。天子之朝服皮弁，以日视朝。补曰：此美其入王朝接诸侯之功也。冕服谓之瑱，弁服谓之邸。邸亦谓之充耳，瑱谓之塞耳也。充耳用象、石、玉三等，以别尊卑。许慎说：琇，石之次玉者。莹，玉色也。然则王皮弁象邸，公卿大夫以石，诸侯玉充耳，孤卿大夫亦以石。武公以卫侯入为王卿，故琇而有玉色耳。会，许慎引作"髻"，云骨擿之可会发者，髻而加弁。《士丧礼》曰："鬠用组，乃笄。"此以骨不以组，盖死生之异。必言会者，王之朝服乃有会，余皮弁但有笄也。如星者，朝仪盛也。周室之衰，王朝失政，武公入，乃始厘政，朝臣济济复会。瑟兮僩兮，赫兮咺兮。有匪君子，终不可谖兮。

瞻彼淇奥，绿竹如箦。箦，积也。补曰：箦，床栈。如箦者，言整理条达。有匪君子，如金如锡，如圭如璧。金、锡炼而精。圭、璧性有质。笺云：圭、璧亦琢磨。四者亦道其学而成也。补曰：金五色，黄为之长，锡，银、铅之间，即今铅也。今谓铅为锡，锡为铅。金、锡齐者，铜、铅和也，和锡则败矣。金刚，锡柔，圭方，璧圆，言其才备。宽兮绰兮，倚重较兮。宽能容众。绰，缓也。重较，卿士之车。笺云：绰兮，谓仁于施舍。补曰：较，当作"較"，车輢上曲铜钩也。《巾车》："孤乘夏缅。"缅、楯、軓，篆通用字，阑楯也。立乘优尊者，则于车箱輢上更施横木，恐防上下，曲其木向外，施铜固之。輢已交木，軓又重交，故曰重較。从交，则当作"校"。车交非古字。言倚者有所忧思之皃。善戏谑兮，不为虐兮。《说文》引"谑"。宽缓弘大，则虽戏谑，不为虐矣。笺云：君子之德，有张有弛，故不常矜庄而时戏谑。补曰：戏谑者，小人侮慢君子者也。善之者，武公也。幽王侮慢诸侯，小人在朝，尤媟狎轻肆，不敬正士，言国政如戏，加之以谑也。武公与之同列，处无道之世，非但孤立，且能善之，是以难也。《雅》曰"不醉反耻"，又曰"无俾大怠"，所谓善戏谑。如笺所言，乃是称美戏谑矣。

《淇奥》三章，章九句。

《考槃》，刺庄公也。补曰：《世家》言武公子庄公扬。不能继先公之业，使贤者退而穷处。穷，犹终也。

考槃在涧，硕人之宽。涧，《韩》作“干”。《汉书》引“考盘”。考，成。槃，乐也。山夹水曰涧。笺云：硕，大也。有穷处成乐在于此涧者，形皃大人，而宽然有虚乏之色。补曰：此贤者知卫乱将起于嫡庶，而先自退处，石踖俦也。硕人，庄姜也。言己在山水间，得成其乐者，赖夫人宽容，州吁乱乃不作耳。若亟请黜责之，必致生变。独寐寤言，永矢弗谖。汉《薛君碑》引“不愃”。笺云：寤，觉。永，长。矢，誓。谖，忘也。在涧独寐，觉而独言，长自誓以不忘君之恶。志在穷处，故云然。补曰：骨肉之间，猜嫌易起，虽独寐，犹恐寤时泄言，戒夫人勿轻言也。谖忘者，刺君也。夫人虽不言，长誓愿君之弗忘，此谋所以安全之道。

考槃在阿，硕人之薖。薖，《韩》作“俻”。曲陵曰阿。薖，宽大皃。笺云：薖，饥意。补曰：薖、窠、窝，古今字。窠，犹安也。夫人安，国乃安也。独寐寤歌，永矢弗过。笺云：弗过者，不复入君之朝也。补曰：歌者，不敢明言，冀歌之而君悟也。过，责也。长誓愿夫人之无督过州吁也。《江汜》曰：“不我过。”

考槃在陆，硕人之轴。轴，进也。笺云：轴，病也。补曰：大陵曰陆。在陆者，不安之象，而犹可考槃，甚言国之危也。轴，持轮者，言夫人持国权，则卫可不乱。独寐寤宿，永矢弗告。无所告语也。笺云：不复告君以善道。补曰：宿，止也。寤而留止，有言不敢告人，慎之至也。自述其情，以悟庄公。

《考槃》三章，章四句。

《硕人》，闵庄姜也。补曰：闵其骄贵，自生危患，欲以刺止之。《列女传》以为其傅姆所作，故详述容体。庄公惑于嬖妾，使骄上僭，庄姜贤而不答，终以无子，国人闵而忧之。

硕人其颀，衣锦褧衣。其，从岳本，各本作“颀”。褧，《鲁》

作“絅”。《说文》引“褧”，又引“檾”。颀，长皃。锦，文衣也。夫人德盛而尊，嫁则锦衣加褧襜。笺云：硕，大也。言庄姜仪表长丽佼好，颀颀然。褧，禅也。国君夫人翟衣而嫁，今衣锦者，在途之所服也。尚之以禅衣，为其文之大著。补曰：颀、欣，古今字。欣欣，自得不降意之皃。《猗嗟》曰：“颀若长兮。”非颀为长也。本于锦衣者，言其初嫁时已然。凡嫁，服不从其命，士用大夫礼，女纯衣，则大夫妻无展鞠，夫人及后亦无翟袆，以初嫁不可遽命，故皆锦纯而已。并加纇以御尘，登车加之，及门说之，示有行也。纇、絅、褧、檾通用，“檾”为正字，麻荧荧光白之衣也。恶文之说，礼家推衍之，嫁贵文也。齐侯之子，卫侯之妻，补曰：《左传》说：庄姜，僖公姊妹。《世家》言：僖公父庄公购。言以嫡女为夫人，骄贵无比也。东宫之妹，邢侯之姨，谭公维私。《白虎通》引“覃公”。东宫，齐太子也。女子后生曰妹。妻之姊妹曰姨。姊妹之夫曰私。笺云：陈此者，言庄姜容皃既美，兄弟皆正大。补曰：复言东宫妹者，嫡庶太明，衅之所由起也。庄公嬖妾有子矣，夫人新来而黜之，宜夫妇之不睦。《左传》说：齐东宫得臣，后无所见，《世家》：齐庄更无长子，盖左氏诡为之名。谭子称公者，盖先薨矣。

手如柔荑，肤如凝脂。如荑之新生，如脂之凝。补曰：字书“荑”在“万”“薛”之间，未详其类。旧以荑为茅茹，盖状其纤长，今芦笋也。《尔雅》：“冰，脂。”冰、凝，正俗字。脂，牲膏，凝者嫫白也。领如蝤蛴，齿如瓠犀。螓首蛾眉，蝤，《鲁》作“蟦”。蛴，又作“齐”。蛾，又作“娥”。领，颈也。蝤蛴，蝎也。瓠（栖）[犀]，瓠瓣。螓首，颡广而方。笺云：螓，谓蜻蜻也。补曰：蝎，今作蜡。蜡虫凝白，瓠瓣长白匀细。螓、蜻，古今字。蜻、蛚，蝉属，皆广颡者。许慎云《诗》有“頱首”。頱，好皃，不取虫象。蛾、蝨，同用字，亦作“蝨”。蚕化蛾，眉明画而曲。蛾罗则蚁耳，其皆从我，未闻。巧笑倩兮，美目盼兮。倩，好口辅。盼，白黑分。笺云：此章说庄姜容皃之美，所宜亲幸。补曰：倩、婧，通用字。婧，赤白色，言靥辅天然，若傅朱粉。此章述其容色者，以耻庄姜恃贵自矜，而又与妾争容饰之美，失夫人之正，巧笑、美目，为群妾所轻也，亦以刺庄公非能重色，但负气耳。

硕人敖敖，说于农郊。说，又作“税”。敖敖，长皃。农郊，近郊。笺云：敖敖，犹颀颀也。说，当作“襚”。《礼》《春秋》之“襚”，读皆宜同。衣服曰襚，今俗语犹然。此言庄姜始来，更正衣服于卫近郊。补曰：敖敖，傲也。礼简于大夫，故直言其傲。说，舍也。农郊，藉田之郊，东门外廿里。是时亲迎礼废，将至乃迎，故舍以待。四牡有骄，朱幩镳镳，翟茀以朝。《说文》引“幩”。骄，壮皃。幩，饰也。人君以朱缠镳扇汗，且以为饰。镳镳，盛皃。翟，翟车也。夫人以翟羽饰车。茀，蔽也。笺云：此又言庄姜自近郊既正衣服，乘是车马以入君之朝，皆用嫡夫人之礼，今而不答。补曰：马衔、缨鞦皆饰以朱，谓之为幩。《巾车》：后重翟、朱总。侯伯妻当厌翟、缋总。言朱者，刺其僭侈也。言车马饰者，盖送女之车簟茀，迎车乃翟茀。以夫人傲，故迎者见其车马喧阗，亦以为骄也。翟茀以朝，则夫人至时，用诸侯相朝之礼，亦设七傧，与士昏不同，或诸侯礼然，或庄姜独异。大夫夙退，无使君劳。大夫未退，君听朝于路寝，夫人听内事于正寝，大夫退，然后罢。笺云：庄姜始来时，卫诸大夫朝夕者皆早退，无使君之劳倦者，以夫人新为妃耦，宜亲之故也。补曰：此言夫人失人心之故也。大夫于朝时，皆有见夫人之礼。君，谓小君也。言劳者，谢不见之词。使内小臣劳谢大夫，其词乃言君劳，是简于礼，嫚于词也。《春秋》书鲁庄夫人丁丑入，戊寅大夫觌。《士昏礼》：明日见于舅姑，兄弟、姑姊妹皆立堂下见焉，见诸父，各就其寝。然则夫人明日朝于君，大夫皆在，夫人各以贽觌，今乃使之早退，傲不觌大夫也。故失外廷之心，而其后不助夫人。

河水洋洋，北流活活。施罛濊濊，《说文》引“罛濊”，又引作“罟泧”。洋洋，盛大也。活活，流也。罛，鱼罟。濊濊，施之水中。补曰：此章闵其将遇患之词。河水自卫北流至齐，卫夫人之安危，即齐之荣辱也。罟，婚姻之喻。濊濊，碍流。言夫人当制于夫，不能得母家力也。

鳣鲔发发，葭菼揭揭。发，《韩》作"鱍"。鳣，鲤。鲔，鮥也。发发，盛皃。葭，芦。菼，薍也。揭揭，长也。补曰：鲔，今谓之时鱼。鱼者，女俎之正。葭菼，盖喻群妾。《雅》曰"萑苇淠淠"，褒姒宠也。发发，鱼跳不受制也。揭揭，骄也。言夫人不顺公，则贱妾亦不顺夫人。庶姜孽孽，庶士有朅。孽、朅，《韩》作"㜸""桀"。孽孽，盛饰。庶士，齐大夫送女者。朅，武壮皃。笺云：庶姜，谓侄娣。此章言齐地广饶，士女佼好，礼仪之备，而君何为不答夫人。补曰：庶姜，众媵也。孽、巘，通用字。孽孽，戴也。庶士，宫臣守卫者，宫正所掌，凡在版之士庶子也。言内变将作，必八女合心，宫士设备，乃可以自安，闵其孤危也。明言庶士，意微而显。

《硕人》四章，章七句。

《氓》，刺时也。补曰：刺宣姜嫁公子而资其力，又以为罪。宣公之时，礼义消亡，淫风大行，男女无别，遂相奔诱，华落色衰，复相弃背。或乃困而自悔，丧其配耦，故序其事以风焉。美反正，刺淫泆也。补曰：氓庶奔弃，何足作诗？淫人反正，亦无可美。此传失之。

氓之蚩蚩，抱布贸丝。氓，民也。蚩蚩者，敦厚之皃。布，币也。笺云：币者，所以贸买物也。季春始蚕，孟夏卖丝。补曰：氓，客民也。贸，易财也。蚩、欰、歋，通用字。蚩蚩然笑者，齐使托为客民，来卫买丝，以诱公子，故觉其蚩蚩自笑。匪来贸丝，来即我谋。笺云：匪，非。即，就也。此民非来买丝，但来就我，欲与我谋为室家也。补曰：既见通情，知其特就我议婚也。送子涉淇，至于顿丘。丘一成为顿丘。笺云：子者，男子之通称。言民诱己，己乃送之涉淇水，至此顿丘，定室家之谋，且为会期。补曰：子者，大夫之称。既知其非氓，且知其为大夫，久留恐泄，故要之送至淇，而在道言其情。盖顽贪于厚币，不忍举发，故后见劫持也。《水经注》："淇水东北径帝喾冢西，世谓之顿丘台。"《皇览》曰："淇水西转，径顿丘北。"顿丘即帝丘，后为卫都，在今开东濮西，而皆在北清丰地也。近顽采邑，故至此谋。必言顿丘者，取一成之义与？**匪我愆期，子无良媒。**愆，又作"諐"，籀文。愆，过也。笺云：良，善也。非我欲过子之期，子无善媒来告期时。补曰：过期者，虽见胁许，犹过为远期也。良，首也。齐先不遣媒来，而诱劫之，使娶君母，是无良媒。**将子无怒，秋以为期。**将，愿也。笺云：将，请也。民欲为近期，故语之曰：请子无怒，秋以与子为期。补曰：怒者，《左传》所谓强之。秋，喻成也。

乘彼垝垣，以望复关。《说文》引"垝"，或作"陒"。垝，毁也。复关，君子所近也。笺云：前既与民以秋为期，期至，故登毁垣，乡其所近而望之。犹有廉耻之心，故因复关以托号民云，此时始秋也。补曰：垣，墙也。垝垣，喻犯礼者。《国语》云："君有短垣，而自逾之。"乘之者，公子也。言扫其墙茨，亲犯非礼，以谋复惠公。云关者，喻出竟也。蘧伯玉从近关出者，急欲出境。**不见复关，泣涕涟涟。既见复关，载笑载言。**言其有一心乎君子，故能自悔。笺云：用心专者，怨必深。则笑则言，喜之甚。补曰：言夫人守而请之，及己谋国之忠也。**尔卜尔筮，体无咎言。**体，《韩》作"履"。龟曰卜，蓍曰筮。体，兆卦之体。笺云：尔，女也。复关既见此妇人，告之曰：我卜女筮女，宜为室家矣。兆卦之繇无凶咎之辞。言其皆吉，又诱定之。补曰：卜、筮并用者，大事也。凡卜君占体无咎者，言惠公归则定位。**以尔车来，以我贿迁。**贿，财。迁，徙也。笺云：尔，女复关也。信其卜筮皆吉，故答之曰：径以女车来迎我，我以所有财迁徙就女也。补曰：尔，尔齐人也，对使者之词。车，兵车也。齐合诸侯兵，送惠公入卫。贿，赠邻国之财也。礼有赠贿。《记》曰："贿在聘而贿。"我贿，所以犒军谢齐。迁者，移兵也。《左传》曰："迁大国之迹。"

桑之未落，其叶沃若。桑，女功之所起。沃若，犹沃沃然。笺云：桑之未落，谓其时仲秋也。补曰：本期桑中，故以桑记时。未落，姜尚存时。于嗟鸠兮，无食桑椹。于嗟女兮，无与士耽。于，《韩》作“吁”。《说文》引“耽”。鸠，鹘鸠也。食桑椹过，则醉而伤其性。耽，乐也。女与士耽，则伤礼义。笺云：于是时，国之贤者刺此妇人见诱，故于嗟而戒之。鸠以非时食椹，犹女子嫁不以礼，耽非礼之乐。补曰：鸠喻夫人。桑葚字或从“黮”，此作“椹”，皆以意加，古字但作“甘”耳。食葚者，化鹰之鸠也，不复搏鸷，喻夫人亦失势也。女、士，新昏之词。耽，犹溺也。吁嗟者，顽以误昏而为罪，非其本意。女以喻臣，士喻君也。士之耽兮，犹可说也。女之耽兮，不可说也。笺云：说，解也。士有百行，可以功过相除。至于妇人无外事，维以贞信为节。补曰：说者，直言之也，直说而释其过。若郑厉杀傅瑕，晋惠杀里克，卫献杀宁喜，皆人而数之，以功为罪，三臣皆不能言冤，故不可说也。顽娶君母，尤不可说，悔无及矣。

桑之落矣，其黄而陨。自我徂尔，三岁食贫。陨，隋也。笺云：桑之落矣，谓其时季秋也。复关以此时车来迎己。徂，往也。我自是往之女家，女家乏谷食，已三岁贫矣。言此者，明己之悔，不以女今贫故也。补曰：桑落，姜死后也。黄陨，公子得罪也。食，采邑也。《记》曰：“子之食奚当？”以我贿迁，故贫也。三岁，丧期也。徂，存也。尔，斥惠公。言己有存君之功。淇水汤汤，渐车帷裳。汤汤，水盛皃。帷裳，妇人之车也。笺云：帷裳，童容也。我乃渡深水，至渐车童容，犹冒此难而往。又明己专心于女。补曰：淇，卫都也。汤汤，水盛。言国中议己者多也。帷裳，柩车之饰，国君道死，则素锦帷裳。盖惠公迎姜柩入国合葬，故仍谥宣，是其证也。骨未寒而顽得罪，是曰渐之。女也不爽，士贰其行。《说文》引“士”。爽，差也。笺云：我心于女故无差贰，而复关之行有二意。补曰：贰，读如“我贰也”之“贰”，污腻也。自诉己本不可见强被污之事，乃君腻我之行，非己有爽忒。士也罔极，二三其德。极，中也。补曰：呼天诉之，以功为罪也。

三岁为妇，靡室劳矣。笺云：靡，无也。无居室之劳，言不以妇事见困苦。有舅姑曰妇。补曰：再言三岁者，著其事也。靡室者，无家也，食贫则靡室矣。劳矣，自述其功。言妇者，明不失臣礼。**夙兴夜寐，靡有朝矣**。笺云：无有朝者，常早起夜卧，非一朝然。言己亦不解惰。补曰：夙夜，大夫勤职之词。**言既遂矣，至于暴矣**。笺云：言，我也。遂，犹久也。我既久矣，谓三岁之后，见遇浸薄，乃至见酷暴。补曰：大夫无遂事，利国家则可专之。故既遂也，暴著其罪，不为之讳大恶。**兄弟不知，咥其笑矣**。《说文》引“咥”。咥咥然笑。笺云：兄弟在家，不知我之见酷暴。若其知之，则咥咥然笑我。补曰：兄弟，婚姻，谓齐也。诉于齐，而齐辞以不知，咥然而笑，犹前之蚩蚩也。齐阴谋以败顽，而卒得其志。存此诗者，著人心之险，垂戒周防也。**静言思之，躬自悼矣**。悼，伤也。笺云：静，安。躬，身也。我安思君子之遇己无终，则身自哀伤。补曰：静，谋也。我无可谋思，惟有自悼。

及尔偕老，老使我怨。笺云：及，与也。我欲与女俱至于老。老乎，女反薄我，使我怨也。补曰：大夫致政曰老。及尔者，君前与要约也。偕老者，不夺其政也。老者今听令退也，又欲罪之，故使我怨。**淇则有岸，隰则有泮**。泮，坡也。笺云：泮，读为“畔”。畔，涯也。言淇与隰皆有涯岸，以自拱持。今君子放恣心意，曾无所拘制。补曰：岸，水涯。泮，坼卤也。淇以喻国，隰喻私邑。有岸者防制臣下，有泮者溉而见坼。言食贫无可归也。既不得在国，又不能还私邑，故穷困无所往。**总角之宴，言笑旻旻**。宴，又作“丱”。总角，结发也。晏晏，和柔也。笺云：我为童女未笄，结发宴然之时，女与我言笑晏晏然而和柔。补曰：晏从宀、旻，安。晏从日、安，天清也。此“宴”当依一本作“丱”，“旻”当作“宴”，即宴字加宀耳。总角者，子事父母之饰，盖谓顽子女也。《世家》言昭伯子戴公申、文公燬。此时盖已有贤名，故言其言笑柔顺，不当令其失所，或更生他心也。**信誓旦旦，不思其反**。《说文》引“旦”作“怛”。信誓旦旦然。笺云：我其以信相誓旦旦耳。言其恳恻款诚。反，复也。今老而使我怨，曾不念复其前言。补曰：反，翻也。前与誓，而更翻覆，不思其将生衅。反是不思，亦已焉哉。笺云：已焉哉，谓此不可奈何。死生自决之词。补曰：惠甫得入，而又不思难，故谏其当已止此意也。顽卒得美谥，而二子终有卫，盖因此谏而止。此篇前五章皆代顽，末乃自显其意，疑文公所作。

《氓》六章，章十句。

《竹竿》，卫女思归也。补曰：此与《泉水》同，亦托为嫁女之词。适异国而不见答，思而能以礼者也。补曰：此传非也。守礼而不见答，义自可归，势不能归，亦可静处，而不必求答。居其家而怨思，何云以礼乎？

藋藋竹竿，以钓于淇。兴也。藋藋，长而杀也。钓以得鱼，如妇人待礼，以成为室家。补曰：竿，竹梃也。钓，婚姻之喻。言媒有正。岂不尔思？远莫致之。笺云：我岂不思与君子为室家乎？君子疏远己，己无由致此道。补曰：远，远于礼也。岂不思至淇水，以正昏礼乎？尔行远礼，莫能致我也。

泉原在左，淇水在右。泉原，小水之原。淇水，大水也。笺云：小水有流入大水之道，犹妇人有嫁于君子之礼。今水相与为左右而已，亦以喻己不见答。补曰：泉原水即肥泉，所谓美沟水者，女以自喻。淇水，卫望，喻宗国也。泉与淇左，心不同也。此诗词意微婉，似非宣姜之事，未知所指。女子有行，远父母兄弟。笺云：行，道也。女子有道当嫁耳，不以不答而违妇礼。补曰：女子外父母家，乃其道也，故己不归卫。

淇水在右，泉源在左。补曰：深明己志之不同。巧笑之瑳，佩玉之傩。《说文》引"傩"。瑳，巧笑皃。傩，行有节度。笺云：己虽不见答，犹不恶君子，美其容皃与礼仪也。补曰：言一笑一步，当有礼节。必言笑者，以刺媚惑之所由。

淇水滺滺，桧楫松舟。滺、楫，又作"浟""檝"。滺滺，流皃。桧，柏叶松身。楫，所以棹舟也。舟楫相配，得水而行。男女相配，得礼而备。笺云：此伤己今不得夫妇之礼。补曰：滺、汥、攸，古今字。攸从人、支，水省。不省，当作“汥”耳，隶写改之。松木宜舟，桧香为楫，喻己有妇礼。驾言出游，以写我忧。出游，思乡卫之道。笺云：适异国而不见答，其除此忧，维有归耳。补曰：出游，欲有谋也。

《竹竿》四章，章四句。

《芄兰》，刺惠公也。骄而无礼，大夫刺之。惠公以幼童即位，自谓有才能，而骄慢于大臣，但习威仪，不知为政以礼。补曰：君既立，不可斥为童子，此刺当未为太子时。

芄兰之枝，芄、枝，又作“丸”“支”。兴也。芄兰，草也。君子之德，当柔润温良。笺云：芄兰柔弱，恒蔓延于地，有所依缘则起。兴者，喻幼稚之君，任用大臣，乃能成其政。补曰：芄兰，雚也。雚，莞蒲属。君祭祀、朝位皆设莞筵，故指以喻太子。草本无枝，枝则其根也蔓地。芄兰，未详其类。童子佩觿。《说文》引“觿”。觿，所以解结，成人之佩也。人君治成人之事，虽童子犹佩觿，早成其德。补曰：角锐专为觿，锥类也。子事父母，左佩大觿，右佩小觿。言立为世子。虽则佩觿，能不我知。不自谓无知，以骄慢也。笺云：此幼稚之君，虽佩觿与，其才能实不如我众臣之知为也。惠公自谓有才能，而骄慢，所以见刺。补曰：知，匹也。此童子之能，不匹卫国，不可长人。容兮遂兮，垂带悸兮。悸，《韩》作“萃”。容仪可观，佩玉遂遂然，垂其绅带，悸悸然有节度。笺云：容，容刀也。遂，瑞也。言惠公佩容刀与瑞，及垂绅带三尺，则悸悸然行止有节度，然其德不称服。补曰：子事父母，未冠、笄者佩容。容者有佩象，无佩用也。遂、璲，古今字。以瑞玉为佩，盖君佩也。言此未冠者可为君，盖更少于朔之公子。垂带者，朝聘之服。臣束带，君垂之，谓佩玉有结有鸣也。悸，动也。言容者佩璲，则可以承祭祀，接朝聘。

芄兰之叶，童子佩韘。《说文》引“韘”，或作“弽”。韘，玦也。能射御则佩韘。笺云：叶，犹枝也。韘之言沓，所以弡沓手指。补曰：

叶之言世也，立太子所以继世。韘者，决内韦藉也。决有玉、象、棘三种，皆用韦藉佩之，喻决国政。虽则佩韘，能不我甲。甲，《韩》作“狎”。甲，狎也。笺云：此君虽佩韘与，其才能实不如我众臣之所狎习。补曰：言未习其事，不可使决断。容兮遂兮，垂带悸兮。

《芄兰》二章，章六句。

《河广》，补曰：此下当有序，盖亦刺时，而后脱之，传见有宋字，以意为说。宋襄公母归于卫，思而能止，故作是诗也。能，一作“不”。宋桓公夫人，卫文公之妹、襄公之母，生襄公而出。襄公即位，夫人思宋，义不可往，故作诗以自止。补曰：文姜孙齐，《春秋》不与念母，然无不能还之制也。即义不还，思子恒情，何足录乎？又无故加人以见出之事，可谓虚造也。卫自文、成以来，南即于楚，而疏中国，忘齐桓之德，启晋文之衅。楚围宋，而晋伐卫，卫遂破败，国危君执，又几亡国。此云“宋远”，有见于后患，陈诗忧其事耳，无取去妇思子之说。

谁谓河广？一苇杭之。杭，又作“抗”，当作“斻”。杭，渡也。笺云：谁谓河水广与？一苇加之，则可以渡之。喻狭也。今我之不渡，直自不往耳，非谓其广。补曰：《春秋》僖廿七年，楚围宋，明年，晋伐卫。《左传》说：晋假道于卫，不许。还自南河济，侵曹，伐卫，以救宋。此时卫都帝丘，与曹、宋隔河，晋从温原出师，不直，循河救宋，而反北至长垣，欲渡河围曹。故卫人谓晋军不能渡，是河广也。一苇者，一伐苇作筏也。《吴志》：“徐琨母请伐芦苇，渡当利江口。”今北方犹以苇为泭。抗、杭、航、斻，通用字，方舟也。谁谓宋远？跂予望之。跂，依字当作“伎”。笺云：予，我也。谁谓宋国远与？我跂足则可以望见之。亦喻近也。今我之不往，直以义不往耳，非为其远。补曰：跂、企、伎，通用字。企，举踵。伎，倾望也。晋不能救宋，是以卫谓宋远，而伐卫救宋，则相响应，故倾望其亲宋，以纾晋兵。

谁谓河广？曾不容刀。笺云：曾不容刀，亦喻狭。小船曰刀。补曰：南河可济，是不容刀。谁谓宋远？曾不崇朝。笺云：崇，终也。行不终朝，亦喻近。补曰：晋救宋，不必至宋，一日还师，掩不备而至卫矣。自曹渡河即至卫，先不伐卫者，兵机也。卫不虞晋，以为必伐曹而救宋，故一举而克，君遂出走也。

《河广》二章，章四句。

《伯兮》，刺时也。补曰：此卫宣十二年从王伐郑之时，刺其不能和王室。其编于此，盖非孔子之旧，或者以得诗为次。言君子行役，为王前驱，过时而不反焉。卫宣公之时，蔡人、卫人、陈人从王伐郑。伯也为王前驱久，故家人思之。补曰：此传非也。思妇之怨，有伤于忠义。

伯兮朅兮，邦之桀兮。朅，《韩》作“偈”。伯，州伯也。朅，武皃。桀，特立也。笺云：伯，君子字也。桀，英桀，言贤也。补曰：伯，卫先公之官，《旄丘》所谓卫伯，三监王官，五官之长也。朅，去也。去不再计，而诸侯桀然。言心各离散桀裂，必致败也。伯也执殳，为王前驱。殳长丈二而无刃。笺云：兵车六等，轸也、戈也、人也、殳也、车戟也、酋矛也，皆以四尺为差。补曰：执殳者，旅贲氏之职。言卫当道，王以文治，无所用兵也。王怒不解，伯当前驱，喻意下所谓“为容”是也。《春秋传》曰：“桓公之于戎狄，驱之尔。”

自伯之东，首如飞蓬。妇人，夫不在，无容饰。补曰：自东，自京师东行，伐郑也。首，王室也。飞蓬无定，言王政乱，不能率先诸国。岂无膏沐，谁适为容？适，主也。补曰：膏沐，犒师请和之仪。《国语》鲁乙喜以膏沐犒齐师，请其回师，将以致词焉。“犒”从牛者，后起字也。容，先容也。谁适者，卫不敢主，兼望陈、蔡也。三国有能为郑先容者，则郑不敢距，将奉膏沐来迎，而王威不损也，一言而存五国。

其雨其雨，杲杲出日。杲杲然日复出矣。笺云：人言其雨其雨，而杲杲然日复出。犹我言“伯且来，伯且来”，则复不来。补曰：雨以喻君臣和协，王泽普润也。杲，日在木上。杳，日在木下。皆对东为文，西斜之日，非盛明也。王灵不振，以忿出师，从王者皆不明矣。**愿言思伯，甘心首疾**。甘，厌也。笺云：愿，念也。我念思伯，心不能已，如人心嗜欲，所贪口味，不能绝也。我忧思以生首疾。补曰：思伯者，卫人尤忧卫也。甘心于郑，言必战也。将为首疾，败则为王生危害也。《左传》曰："请受而甘心焉。"

焉得谖草？言树之背。《说文》引"安得藼草"，《韩》作"諠草"。谖草令人忘忧。背，北堂也。笺云：忧以生疾，恐将危身，欲忘之。补曰：谖，忘者，忘郑也。背，言背叛也。自来皆以树萱、北堂为事母之词，盖《韩诗》旧说。许慎说：藼，或作"蕿""萱"，令人忘忧草也。崔豹说为丹棘，则今紫荆、月季之类。《本草》无萱，后增入，以为鹿葱，今金针。妄说也。盖喜暄之草，四时有花，故树之北堂，令向阳也。言王诚能忘郑，则郑虽背叛，将回向天子。**愿言思伯，使我心痗**。痗，病也。补曰：痗、晦，通用字。心晦昧不开，如有疾也。

《伯兮》四章，章四句。

《有狐》，刺时也。补曰：诗言淇，在懿、惠以前，未详其词旨。**卫之男女失时，丧其妃耦焉。古者国有凶荒，则杀礼而多昏，会男女之无夫家者，所以育人民也**。育，生长也。补曰：诗无凶荒之词，乱不杀礼，民遂不昏，殆无此乱国。

有狐绥绥，在彼淇梁。绥，《齐》作"夂"。兴也。绥绥，匹行皃。石绝水曰梁。补曰：狐者，君象。绥、夂、施，通用字。夂夂，行迟曳夂夂然，两胫有所躧也。淇者，卫望。在梁者，欲济也。言君将入国，而迟留不进。**心之忧矣，之子无裳**。之子，无室家者。在下曰裳，所以配衣也。笺云：之子，是子也。时妇人丧其妃耦，寡而忧。是子无裳，无为作裳者，欲与为室家。补曰：无裳者，私居之服。之子，大夫公子之称。之子不朝，则君不能定，故心忧也。盖刺君不能任臣。

有狐绥绥，在彼淇厉。厉，深可厉之旁。补曰：厉者，以衣涉水。言君亲犯难也。心之忧矣，之子无带。带，所以申束衣。补曰：皮弁服则言带。《语》曰："束带立于朝，可使与宾客言。"无带者，不能定邦交。

有狐绥绥，在彼淇侧。补曰：淇侧者，不能渡淇也。心之忧矣，之子无服。言无室家，若人无衣服。补曰：服，佩也。礼服亦曰服。言不能自治。

《有狐》三章，章四句。

《木瓜》，美齐桓公也。补曰：追美齐桓，以刺卫文也。《春秋》僖十七年，齐侯小白卒，逾月卫人会宋公伐齐，宋师独及齐战于甗。传曰"与襄公之征齐"，则不与卫人之不战也。《左传》曰易牙立无亏，卫盖私助其甥，而非欲定齐，故述齐先定卫之功。卫国有狄人之败，出处于漕，齐桓公救而封之，遗之车马器服焉。卫人思之，欲厚报之，而作是诗也。

投我以木瓜，报之以琼琚。木瓜，楙也，可食之木。琼，玉之美者。琚，佩玉名。补曰：凡果不可食者为木，今语犹然。楙，木瓜，非瓜，有瓜名耳。喻齐桓救卫，虽不及事，然有定卫之名也。琼，赤玉。琚，锯也。刻作锯齿，所谓冲牙也。盖君佩则曰琚耳。报之者，齐定卫，卫亦定齐也。公侯之佩山玄玉，而此及著必先言琼，盖以赤玉为环琚。匪报也，笺云：匪，非也。我非敢以琼琚为报木瓜之惠。补曰：报者，当令物相当，而今过厚，故自明非报。言定齐亦所以自安。永以为好也。笺云：欲令齐长以为玩好，结己国之恩也。补曰：齐、宋大援，卫文皆疏之，而南结楚，北灭邢，以和狄，自谓达时变，又简于晋。其后晋伐之，楚不能救，齐、宋不为请，不永好之祸也。

投我以木桃，补曰：木桃，痝冬桃，《尔雅》字本亦作"楙"，亦不可食，然是桃类也。喻齐虽未救卫，而城楚丘，同于存亡国。报之以琼瑶。琼瑶，美玉。补曰：琼琚加瑶也。瑶，青玉，喻齐君之位。匪报也，永以为好也。

投我以木李，补曰：木李，所谓休李无实者，《尔雅》字亦作“林”。李而无实，喻齐无適子。报之以琼玖。琼玖，玉石。补曰：玖，石之次玉黑色者，盖世子之佩也。《（北）［丘］中》曰：“诒我佩玖。”亦谓郑世子，君存则佩瑜玉也。匪报也，永以为好也。孔子曰：“吾于《木瓜》，见苞苴之礼行。”笺云：以果实相遗者，必苞苴之。《书》曰：“厥苞橘柚。”

《木瓜》三章，章四句。

卫国十篇，卅四章，二百三句。

诗卷四

王黍离毛诗诂训传第六　国风六

《黍离》，闵宗周也。周大夫行役，至于宗周，过故宗庙宫室，尽为禾黍，闵周室之颠覆，彷徨不忍去，而作是诗也。宗周，镐京也，谓之西周。周，王城也，谓之东周。幽王之乱而宗周灭，平王东迁，政遂微弱，下列于诸侯。其诗不能复《雅》，而同于《国风》焉。补曰：王、邠皆周京也，旧采风编于《雅》。邠以周公采邑，同于二伯之南。王则异矣，以得自东迁以后，故夷于卫、郑。谓之不能《雅》者，政不及于天下，无天子之权。

彼黍离离，彼稷之苗。彼，彼宗庙宫室。笺云：宗庙宫室毁坏，而其地尽为禾黍。我以黍离离时至，稷则尚苗。补曰：王子余臣据故京不能守，而入于秦，遂因毁基为官田，故城中见黍稷实苗也。黍，大暑而种。离离，实皃。稷，今小米，早于黍，不得尚苗也。此以黍稷喻立王耳。黍者，受嘏之啬。稷者，子卯凶灾之食。彼幽王当传子诒福，而今为祸苗。言平之遘闵凶也。许慎引孔子曰："黍可为酒，禾入水也。"今高粱。稷，穄也，粱之疏不黏者。行迈靡靡，中心摇摇。迈，行也。靡靡，犹迟迟也。摇摇，忧无所诉。笺云：行，道也。道行，犹行道也。补曰：言王东迁也。知我者，谓我心忧；笺云：知我者，知我之情。补曰：我，王也。心忧，畏西戎。不知我者，谓我何求。笺云：怪我久留不去。补曰：求位而弑父以立。悠悠仓天，此何人哉！仓，又作"苍"。悠悠，远意。仓天，以体言之。尊而君之，则称皇天。元气广大，则称昊天。仁覆闵下，则称旻天。自上降下，则称上天。据远视之仓仓然，则称仓天。笺云：远乎仓天，仰诉欲其察己言也。此亡国之君，何等人哉！疾之甚。补曰：悠悠，思也。欲咎幽王，平实不子，欲罪今王，幽实不父，无所归咎，委之天命耳。

彼黍离离，彼稷之穗。穗，秀也。诗人自黍离离，见稷之穗，故历道其所更见。补曰：苗已穗，喻太子已嗣位。行迈靡靡，中心如醉。醉于忧也。补曰：不能解。知我者，谓我心忧；不知我者，谓我何求。补曰：再三言之，欲天下之谅王。悠悠仓天，此何人哉！补曰：凡彼此者，内外之词。此，平王也。何人使至此，伤其祸。

彼黍离离，彼稷之实。自黍离离，见稷之实。补曰：实，喻已成也。东迁定矣，稷不如黍，犹东不如西。行迈靡靡，中心如噎。噎，忧不能息也。补曰：礼有祝噎。噎，饭窒。知我者，谓我心忧；不知我者，谓我何求。悠悠仓天，此何人哉！

《黍离》三章，章十句。

《君子于役》，刺平王也。补曰：刺其立不以正，而去宗周。君子行役无期度，大夫思其危难以风焉。

君子于役，不知其期，曷至哉？笺云：曷，何也。君子于往行役，我不知其反期，何时当来至哉？思之甚。补曰：君子，王朝卿大夫也。王无下聘诸侯之道，今微弱，故重臣出使，不依旧礼遣宰士也。期，地期也。诸侯不肯来会，皆托以不知所期，是以不至。鸡栖于时，日之夕矣，羊牛下来。时，又作“埘”。凿墙而栖曰时。笺云：鸡之将栖，日则夕矣，羊牛从下牧地而来。言畜产出入，尚使有期节，至于行役者，乃反不也。补曰：鸡、羊、牛，家畜，识其栖宿常处。喻诸侯皆宗，京师朝会有常地。今弃旧都，故疑惑不从政役也。下，外也。《七月》传以外为下，言自外来归。君子于役，如之何勿思。笺云：行役多危难，我诚思之。补曰：勿思栖来之义也。如之何者，言无如诸侯何。

君子于役，不日不月，曷其有佸？《说文》引“佸”。佸，会也。笺云：行役反无时月，何时而有来会期？补曰：日月，喻君臣也。王臣轻出，朝则不君，聘则不臣，何以会致诸侯？鸡栖于桀，日之夕矣，羊牛下括。鸡栖于杙为桀。括，至也。补曰：此言有佸之道也。括，洁也。往系洁之也，无埘亦可椓杙，不来亦可括之。喻驭之以道，不必居旧京也。君子于役，苟无饥渴。笺云：苟，且也。且得无饥渴，忧其饥渴也。补曰：苟、假，通用字，且略之词也。庐舍不供张，委积、酒浆不备，免饥渴为幸耳。刺其亵威辱国，适以生事。

《君子于役》二章，章八句。

《君子阳阳》，闵周也。补曰：贤者不仕平王，闵其无臣遂衰。君子遭乱，相招为禄仕，全身远害而已。禄仕者，苟得禄而已，不求道行。补曰：相招以禄，而欲害之，则宜亟去，不可苟仕以求免。

君子阳阳，左执簧，右招我由房。阳阳，无所用其心也。簧，笙也。由，用也。君子有房中之乐。笺云：由，从也。君子禄仕在乐官，左手执笙，右手招我，欲使我从之于房中，俱在乐官也。我者，君子之友自谓也，时在位，有官职也。补曰：君子，大夫也。阳阳然意气发舒，国亡而无忧耻也。簧，中笙，《礼》所谓和。左、右，庭中之位。执簧者，笙师也。瑟歌毕，管三终，笙师自县中至堂左建鼓之间，取笙簧执而吹之，以和间歌，合乡乐，于是命安彻俎，卿大夫皆坐，乃献士矣。房，左房也。荐、豆皆馔焉，士长升受献荐，司正、射人、司士、执幎者，皆西方之士。旅食者在门西，就而献之，皆有脯醢。故右招从房荐也，则此贤人无位。其乐只且。笺云：君子遭乱，道不行，其（自）［且］乐此而已。补曰：且、嗟，通用字。乐只者，《南山有台》颂君子之词，闻笙歌而嗟之也。窃位遗贤，其可谓乐只之君子乎？嗟其不能为邦家之基。

君子陶陶，陶陶，和乐皃。笺云：陶陶，犹阳阳也。补曰：喜则斯陶，不知忧危也。左执翿，《说文》引"翳"。翿，纛也，翳也。笺云：翳，舞者所持，谓羽舞也。补曰：翿，获旌也。《记》曰：君国中，以翿获五色，析羽为旌，糅朱白二羽为翿。左，谓射侯之左。执翿者，服不氏也。《礼》曰：服不自侯东出，执旌以负侯。此言大射选士之礼，刺其诬贡举。右招我由敖。笺云：君子左手持羽，右手招我，欲使我从之于燕舞之位，亦俱在乐官也。补曰：敖，《骜夏》也。《大射》曰："公入，《骜》。"《大司乐》：王出入奏《王夏》，宾出奏《陔夏》。不言公出入，以此证之，则诸侯与射仍奏《敖》也。郊射以旌获，而上言纛，亦天子之制与？右，亦西方也。士旅酬于西阶上，宾、公卿出，降自西阶。奏《敖》之时，士自阶下从出。其乐只且。

《君子阳阳》二章，章四句。

《扬之水》，刺平王也。不抚其民，而远屯戍于母家，周人怨思焉。怨平王恩泽不行于民，而久令屯戍，不得归，思其乡里之处者。言周人者，时诸侯亦有使人戍焉。平王母家申国，在陈、郑之南，逼近强楚，王室微弱而数见侵伐，王是以戍之。补曰：怨戍未为知义，不戍则以委楚矣，周人亦无利也。此传失之。

扬之水，不流束薪。扬，又作"杨"。兴也。扬，激扬也。笺云：激扬之水至湍迅，而不能流移束薪。兴者，喻平王政教烦急，而恩泽之令不行于下民。补曰：扬水喻叛国也。束薪，楗也，所以塞决河。湍悍之水，得楗则势杀不流矣。言服叛有道，非屯兵所能遏也。彼其之子，不与我戍申。戍，守也。申，姜姓之国，平王之舅。笺云：之子，是子也。彼其是子，独处乡里，不与我来守申，是思之言也。其，或作"记"，或作"己"，读声相似。补曰：彼，彼诸侯。我，我王也。申，今信阳州，汉汝南成阳地，在王城东南七百余里。不与者，不以为可也。申结戎弑君，而王戍之，故诸侯皆不与。怀哉怀哉，曷月予还归哉？笺云：怀，安也。思乡里处者，故曰今亦安不哉，安不哉？何月我得归还见之哉？思之甚。补曰：怀，思也。军事以月言，《采薇》曰"一月三捷"是也。诸侯不与，王师不罢归，则是代申受祸，故思其危难。

扬之水，不流束楚。楚，木也。笺云：束楚，薪坚韧者。彼其之子，不与我戍甫。甫，诸姜也。补曰：甫即吕也。刘昭、郦道元并云吕在新蔡，今汝宁属县，在申西二百里，于王城为甸服，言兵寇更近。怀哉怀哉，曷月予还归哉？

扬之水，不流束蒲。蒲，草也。笺云：蒲，蒲柳。补曰：蒲以包薪束之柔者。彼其之子，不与我戍许。许，诸姜也。补曰：许，今许州，在甫北二百里。许慎说甫侯所封，盖许、吕同祖也。春秋时役于郑、楚，距王城三百里。怀哉怀哉，曷月予还归哉？

《扬之水》三章，章六句。

《中谷有蓷》，闵周也。补曰：闵平王受篡弑之名，欲诸侯存救之，亦以恶诸侯。夫妇日以衰薄，凶年饥馑，室家相弃尔。补曰：凶年弃家，不为衰薄。当行荒政，亦不但闵之。

中谷有蓷，暵其干矣。《说文》引"蓷"，又引"暵"作"灘"。兴也。蓷，鵻也。暵，烟皃。陆草生于谷中，伤于水。笺云：兴者，喻人居平安之世，犹鵻之生于陆，自然也。遇衰乱凶年，犹鵻之生谷中，得水则病将死。补曰：鵻草，斑文似鵻，与鹝绶为类，庭院玩草也。《韩诗》说以为茺蔚、益母。陆机引魏博士等云：萑、蓷味苦，生川谷道边，二草并治水气，在《本草》上品。暵，水濡而干也。乾、倝，古字今。倝，日光也。后又以从乙者为乾坤，增漧为漧湿字。蓷以治水，反为水濡，日暴而死，喻王居京师治诸侯，今居东都反为诸侯所困辱，将复见灭亡。有女仳离，慨其叹矣。《说文》引"仳"，引"慨"。仳，别也。笺云：有女遇凶年而见弃，与其君子别离，慨然而叹，伤己见弃，其恩薄。补曰：仳之字，盖从匕、北，比叙者，背去也。女以喻臣。臣叛离而不能讨，唯吞声而叹也。慨其叹矣，遇人之艰难矣。艰亦难也。笺云：所以慨然而叹者，自伤遇君子之穷厄。补曰：此为王解释之词也。申戎构乱，国遇屯阻，非平王所能救。见其叹，当哀其遇之穷也。

中谷有蓷，暵其脩矣。脩，又作“蓨”。脩，且干也。补曰：脩，萧干也。有女仳离，条其歗矣。歗，又作“啸”。条条然歗也。补曰：忧不能自明，故长啸也。条其歗矣，遇人之不淑矣。笺云：淑，善也。君子于己不善也。补曰：不淑，吊丧之词。幽王见杀，天下以宜臼为与弑，君子方且吊之也。

中谷有蓷，暵其湿矣。鵻遇水则湿。笺云：鵻之伤于水，始则湿，中而脩，久而干。有似君子于己之恩，徒用凶年深浅为厚薄。补曰：湿，幽湿也。干而脩，脩更湿，则腐矣。有女仳离，啜其泣矣。《说文》引“啜”，又引“惙”。《韩》作“惙”。啜，泣皃。补曰：平王负咎，不敢公言讨叛，徒啜啜自泣而已。啜其泣矣，何嗟及矣。笺云：及，与也。泣者，伤其君子弃己。嗟乎，将复何与为室家乎！此其有余厚于君子也。补曰：嗟者，不及悔之词，言非嗟所能及也。君子之赦平王也，闵其遇之穷，而伤诸侯之幸乱。忠厚之至，故东周赖以存。

《中谷有蓷》三章，章六句。

《兔爰》，闵周也。补曰：闵公卿甘于苟安。桓王失信，诸侯背叛，构怨连祸，王师伤败，君子不乐其生焉。不乐其生者，寐不欲觉之谓也。补曰：传似言周、郑交恶之事，然君子不宜乐生。

有兔爰爰，雉离于罗。兴也。爰爰，缓意。鸟网为罗。言为政有缓有急，用心之不均。笺云：有缓者，有所听纵也。有急者，有所操蹙也。补曰：兔喻小人求自免者。雉，耿介死节士也。罗，密网也。芒氏初作罗，以丝为之，网则以绳耳。小人狡而避事，不与国家之忧。耿介不避死者，则动见牵率也。我生之初，尚无为。尚无成人为也。笺云：尚，庶几也。言我幼稚之时，庶几于无所为。谓军役之事也。补曰：生初幽、平之际，天下方乱，尚曰人力无可为。我生之后，逢此百离，离，又作“罹”。离，忧也。笺云：我长大之后，乃遇此军役之多忧。补曰：逢者，执政大臣。东迁已定，故百可忧。百，谓百官。凡言朝廷，则曰凡百。尚寐无吪。吪，又作“讹”。《说文》引“吪”。吪，动也。笺云：今但庶几于寐，不欲见动。无所乐生之甚。补曰：寐，不觉也。不觉其忧，无所动作，昏诞之甚。

有兔爰爰，雉离于罦。《说文》引“雹”，或作“罦”。罦，覆车也。补曰：《尔雅》罦即罿罬。此分罦、罿为二，盖以罦为网罦，包取之。我生之初，尚无造。造，伪也。补曰：无造，不造也。造，遭也。《颂》曰：“遭家不造。”言不遇时。我生之后，逢此百忧，尚寐无觉。补曰：觉，警悟也。《传》曰：“叔术觉焉。”

有兔爰爰，雉离于罿。罿，罬也。补曰：罿，冲也，橦也。施橦，椓杙冲出，则网絓取之。我生之初，尚无庸。庸，用也。笺云：庸，劳也。补曰：初仕未见用也。我生之后，逢此百凶，笺云：百凶者，王构怨连祸之凶。补曰：凶，谓札丧凶荒。尚寐无聪。聪，闻也。补曰：聪，察也。觉之而不察。

《兔爰》三章，章七句。

《葛藟》，王族刺平王也。平，又作“桓”。《正义》云“平”误。《周本纪》：平王太子泄父早卒，立其子林为桓王。周室道衰，弃其九族焉。九族者，据已上至高祖，下及玄孙之亲。

绵绵葛藟，在河之浒。兴也。绵绵，长不绝之皃。水涯曰浒。笺云：葛也，藟也，生于河之涯，得其润泽，以长大而不绝。兴者，喻王之同姓得王之恩施，以生长其子孙。补曰：绵绵，微弱皃。《雅》曰：“绵绵瓜瓞。”河者，虢境也。平王立，而虢公立余臣，其后乃归于东。王喜得虢而宠亲之，又以失郑，故以葛喻郑，以藟喻虢。葛可织，藟不可用，皃同而材异。言虢不能扶王室，而郑失政，亦曰微也。在河浒者，王心在虢，政将在虢也。终远兄弟，谓他人父。兄弟之道已相远矣。笺云：兄弟，犹言族亲也。王寡于恩施，今已远弃族亲，是我谓他人为己父。族人尚亲亲之词。补曰：兄弟，谓郑也。谓、为，通用字。他人，虢也。为之父者，畀以政也。《左传》说：平王贰于虢，王崩，周人畀虢公政。是远郑也。谓他人父，亦莫我顾。笺云：谓他人为己父，无恩于我，亦无顾眷我之意。补曰：我，我王也。郑近而强，虢远而弱，虢不能顾王也。

绵绵葛藟，在河之涘。涘，厓也。终远兄弟，谓他人母。王又无母恩。补曰：亲虢，是为之母。谓他人母，亦莫我有。笺云：有，识有也。补曰：有，爱也。

绵绵葛藟，在河之漘。漘，水隒也。补曰：漘，夷上洒下。终远兄弟，谓他人昆。昆，兄也。补曰：亲兄为翼。郑桓公，幽王母弟，故本其亲言之。虢本携王之臣，故直谓之他人。谓他人昆，亦莫我闻。笺云：不与我相闻命也。补曰：虢之于王，本无功义，今伪亲以间郑，有急仍不相恤。每言“亦莫”者，以悟之。

《葛藟》三章，章六句。

《采葛》，惧谗也。桓王之时，政事不明，臣无大小，使出者则为谗人所毁，故惧之。补曰：《左传》说：郑伯不朝，王遂伐郑，郑伯射王中肩，将重有幽王之祸。惧之者，将谏救之也。出使遇谗惧，则可不仕而已。

彼采葛兮，兴也。葛所以为絺绤也。笺云：兴者，以采葛喻臣以小事使出。补曰：彼，彼虢也。葛以备服用，喻郑在县内供给王政。彼采者，虢从而指摘之。一日不见，如三月兮。事虽小，一日不见于君，忧惧于谗矣。补曰：见，朝见也。言郑不朝也。三月改时，天道变易，言郑一不朝，则知其有异心。

彼采萧兮，萧所以共祭祀。笺云：彼采萧者，喻臣以大事使出。补曰：萧以爇合馨香，喻郑有安宗庙之功。一日不见，如三秋兮。补曰：秋，禾谷熟时也。《左传》王、郑隙成于取禾麦，故主言秋。

彼采艾兮，艾所以疗疾。笺云：彼采艾者，喻臣以急事使出。补曰：艾之治疾，犹臣之箴君，盖以自喻。一日不见，如三岁兮。补曰：岁星满三百六旬六日而一周天，运复始也。三岁，以为极亡。

《采葛》三章，章三句。

《大车》，刺周大夫也。补曰：东周大夫从平王者。刺之者，盖西周旧臣也。《纪年》云：平王立于雒，虢公翰立王子余臣于携，两王并立廿一年。时幽、宣旧臣以平王为篡，故刺其大夫贪天祸而苟富贵。礼义陵迟，男女淫奔，故陈古以刺今大夫不能听男女之讼焉。补曰：诗无听讼之意，古人畏而不奔，亦不足陈，且不宜咏车服。

大车槛槛，毳衣如菼。《说文》引"𦀚"，帛骓色。大车，大夫之车。槛槛，车行声也。毳衣，大夫之服。菼，鵻也，芦之初生者也。天子大夫四命，其出封五命，如子男之服。乘其大车槛槛然，服毳冕以决讼。笺云：菼，薍也。古者天子大夫服毳冕，以巡行邦国，而决男女之讼，则是子男入为大夫者。毳衣之属，衣缋而裳绣，皆有五色焉，其青者如鵻。补曰：大车，役车从东迁者。毳衣，子男之服，其色宜赤，不得如鵻青也。如，读为"而"。菼、𦀚，古今字，行衣也。毳衣而𦀚，言以从迁受封，其毳从𦀚来也。或者县内侯、伯、子、男同毳冕，县外同鷩冕，故毳衣有二色。岂不尔思？畏子不敢。畏子大夫之政，终不敢。笺云：此二句者，古之欲淫奔者之辞。我岂不思与女以为无礼与？畏子大夫来听讼，将罪我，故不敢也。子者，称所尊敬之词。补曰：尔，斥毳衣者。子者，未逾年之君，谓平王也。弛负担，受封爵，我岂不思如尔之为乎？畏嗣王之忍于先君，故不敢来。

大车啍啍，毳衣如璊。《说文》引"啍"，引"璊"作"𤣓"。啍啍，重迟之皃。璊，赪也。补曰：啍啍然迟，谓后至者也。许慎说：璊，"以毳为𦆽，色如虋"，故谓之璊。盖行衣韦弁服，其上更以𦆽衣御雨尘，亦从爵分色为等。六服之次，玄、青、赤、黄、白、黑。赤次于青，故璊次于菼也，则毳衣为毛衣，非毳冕之衣。岂不尔思？畏子不奔。补曰：奔，犹赴也。《左传》说：天子蒙尘，奔问官守，言己当赴难。

榖则异室，死则同穴。榖，生也。生在于室则外内异，死则神合同为一也。笺云：穴，谓冢圹中也。补曰：榖，禄也。《语》曰：“邦有道，榖。”异室者，各事一主，不同朝位九室也。死可以对先王，同为周臣也。**谓予不信，有如皦日**。皦，《韩》作“皎”。皦，白也。笺云：此章言古之大夫听讼之政，非但不敢淫奔，乃使夫妇之礼有别。今之大夫不能然，反谓我言不信。我言之信，如白日也。刺其暗于古礼。补曰：不信者，疑其不利东王也。指日设誓以明之。言己无私心，光明如日。亦刺平王不为人信，绝其招致己。

《大车》三章，章四句。

《丘中有麻》，思贤也。补曰：思郑桓、武之贤，而周、郑交恶，以至于俱弱。**庄王不明**，《本纪》言桓王廿五年崩，子庄王他立。**贤人放逐，国人思之而作是诗也**。思之者，思其来，己得见之。

丘中有麻，彼留子嗟。留，大夫氏。子嗟，字也。丘中墝埆之处，尽有麻、麦、草、木，乃彼子嗟之所治。笺云：子嗟放逐于朝，去治卑微之职而有功，所在则治理，所以为贤。补曰：麻，九谷之一，喻在九卿之位者。留子，郑武公也。为王官，故称子。《春秋传》曰：“昔者郑国处于留。”在河雒之间。嗟者，惜其功也。**彼留子嗟，将其来施**。施，又作“施施”。施施，难进之意。笺云：施施，舒行伺间独来见己之皃。补曰：来施，来王朝施政教也。《书》曰：“施于有政。”

丘中有麦，彼留子国。子国，子嗟父。笺云：言子国使丘中有麦，著其世贤。补曰：麦者，民食。言畿内乃留子之国。**彼留子国，将其来食**。子国复来，我乃得食。笺云：言其将来食，庶其亲己，己得厚待之。补曰：食，采邑也。冀其复为卿。

丘中有李，彼留之子。笺云：丘中而有李，又留氏之子所治。补曰：李者，嘉果藏种者，故以喻郑子孙。**彼留之子，诒我佩玖**。诒，又作“贻”。《说文》引“玖”。玖，石次玉者。言能诒我美宝。笺云：

留氏之子，于思者则朋友之子，庶其敬己而遗己也。补曰：诒我者，在远之词也。玖，世子缁衣之佩。言郑先公有善政，当用其子也。

《丘中有麻》三章，章四句。

王国十篇，廿八章，百六十二句。

郑缁衣毛诗诂训传第七　国风七

《缁衣》，美武公也。父子并为周司徒，善于其职，国人宜之，故美其德，以明有国善善之功焉。父，谓武公父桓公也。司徒之职，掌十二教。善善者，治之有功也。郑国之人皆谓桓公、武公居司徒之官，正得其宜。补曰：《世家》言郑桓公友封三十六年，死幽王之难，郑人共立其子掘突，是为武公。此美之者，上诗王朝也。周东迁依郑，欲王留武公以自卫，非颂其善职、谀其君长也。世子立不待请，王官善又无关郑国。

缁衣之宜兮，敝予又改为兮。缁，黑色，卿士听朝之正服也。改，更也。有德君子，宜世居卿士之位焉。笺云：缁衣者，居私朝之服也。天子之朝服，皮弁服也。补曰：缁衣，韦弁、爵弁所同服也。《士冠》则曰纯衣，言用丝也。敛亦云纯衣。唯《论语》言缁衣，《羔裘》诗言羔裘，皆指大夫韦弁服也。天子哭诸侯缁衣，盖从世子来朝之服。此缁衣谓郑世子也。世子初除丧服，缁衣以见，因此士命服避缁名而谓之纯。宜者，宜立也。敝者，初冠缁布，冠则敝之。此衣而言敝，言初立也。予，我，我王朝也。世子立，则不复缁衣矣。改为者，更作韦弁服之缁衣，使典军事也。适子之馆兮，还予授子之粲兮。适，之。馆，舍。粲，餐也。诸侯入为天子卿士，受采禄。笺云：卿士所之之馆，在天子之宫，如今之诸庐也。自馆还在采地之都，我则设餐以授之。爱之，欲饮食之。补曰：诸侯未逾年称子。馆，客舍也。《周礼》：五十里有市馆，馆有积。侯伯之礼，出入三积，则三馆也。郑世子既见，辞归其国，已行五十里至馆矣，乃召还，授之以粲。言王召用之，故令还也。以稻粟二十斗舂作米六斗余，谓之为粲，精美之食也。言王卿之禄美于郑君之食。以诗上王以感悟之，荐贤之义，陈诗之正也。故曰：“好贤如《缁衣》。”

缁衣之好兮，敝予又改造兮。好，犹宜也。笺云：造，为也。补曰：好者，和好诸侯，同奖王室。适子之馆兮，还予授子之粲兮。

缁衣之席兮，敝予又改作兮。席，大也。笺云：作，为也。补曰：席，有余之意。言嗣父业有余。适子之馆兮，还予授子之粲兮。

《缁衣》三章，章四句。

《将仲子》，刺庄公也。不胜其母，以害其弟。弟叔失道而公弗制，祭仲谏而公弗听，小不忍以致大乱焉。庄公之母，谓武姜。生庄公及弟叔段，段好勇而无礼，公不早为之所，而使至骄慢。补曰：不胜者，庄之诬词，传误信之。

将仲子兮，无逾我里，无折我树杞。将，请也。仲子，祭仲也。逾，越。里，居也。二十五家为里。杞，木名也。折，言伤害也。笺云：祭仲骤谏，庄公不能用其言，故言请，固距之。无逾我里，喻言无干我亲戚也。无折我树杞，喻言无伤害我兄弟也。仲初请曰：“君将与之，臣请事之。君若不与，臣请除之。”补曰：请者，国人请之也。仲子欲杀段，以成君恶。相臣而谋骨肉，是逾里也。树杞，良材，言段可教而用，故禁其折。岂敢爱之？畏我父母。笺云：段将为害，我岂敢爱之而不诛与？以父母之故，故不为也。补曰：岂敢者，谢君之词也。君犹不爱弟，国人岂敢爱之乎？但畏我君安忍无亲，无以对父母。仲可怀也，父母之言，亦可畏也。笺云：怀私曰怀。言仲子之言亦可私怀也，我迫于父母有言，不得从也。补曰：危词密谋中人主之意，故可怀也。清议纷然，以父母恩义为言是不，又可畏。

将仲子兮，无逾我墙，无折我树桑。墙，垣也。桑，木之众也。补曰：墙，垣，蔽也。垣无屋，则以瓦或茅苫之，因置棘以防登逾。其文从啬、爿，以麦草覆廪牂，止行人也。桑者，夫人之职，喻段与夫人相依倚，甚亲爱。岂敢爱之？畏我诸兄。诸兄，公族。补曰：诸兄，大小宗也。庄不爱弟，故专言诸兄。仲可怀也，诸兄之言，亦可畏也。补曰：诸父、诸兄，君所尊事，与共守国者。亲戚离心，故又可畏。

将仲子兮！无逾我园，无折我树檀。园，所以种木也。补曰：园者，近宅游观之地，喻母弟分邑，可为藩辅。檀木强坚，喻养成其势。岂敢爱之？畏人之多言。补曰：外臣而与骨肉，是多言也。仲可怀也，人之多言，亦可畏也。

《将仲子》三章，章八句。

《叔于田》，刺庄公也。补曰：刺公诱使为乱，而先示弱。叔处于京，缮甲治兵，以出于田，国人说而归之。缮之言善也。甲，铠也。补曰：段有内援，犹一战而败，国人不归也。《左传》诬，传误据之。

叔于田，巷无居人。叔，大叔段也。田，取禽也。巷，里涂也。笺云：叔往田，国人注心于叔，似如无人处。补曰：往田者，喻封段于外也。巷，里中道，喻庄公在国也。无居人者，示虚静诱之。岂无居人？补曰：言谋段者多。不如叔也，洵美且仁。笺云：洵，信也。言叔信美好而又仁。补曰：叔贪位而乱，犹可恕也。公富贵而不能容其弟，是不美又不仁，乃不如段，众论不与之甚。

叔于狩，巷无饮酒。冬猎曰狩。笺云：饮酒，谓燕饮也。补曰：狩，喻守邑也。乡饮酒之礼，以正齿位。言其不教段以正礼。岂无饮酒？补曰：言固欲正之，但非所以正。不如叔也，洵美且好。补曰：言段犹恃兄弟之好。

叔适野，巷无服马。笺云：适，之也。郊外曰野。服马，犹乘马也。补曰：之郊外者，将入国也。服马，制御之也。岂无服马？补曰：庄公蒐乘选卒，以待其变。不如叔也，洵美且武。笺云：武，有武节。补曰：有弟而使当国，虽胜之不武。

《叔于田》三章，章五句。

《大叔于田》，刺庄公也。补曰：文多，故加大，刺止其欲因田猎谋杀叔段。叔多才而勇，一作"而好勇"。不义而得众也。叔于田，乘乘马。叔之从公田也。补曰：叔为公御，故曰乘乘。上乘谓调习之也。《语》曰："借人乘之。"马兼黄、鸨，一公乘，一己乘。执辔如组，两骖如舞。骖之与服，和谐中节。笺云：如组者，如织组之为也。在旁曰骖。补曰：凡田主射，此言御者，公使为御，欲以劳之也。如组者，交而不乱。言不悟阴谋，而自炫其能。叔在薮，火烈具举。薮，泽，禽之府也。烈，列。具，俱也。笺云：列人持火俱举，言众同心。补曰：薮者，公田后，段自田也。火弊者，大夫杀之节。列，遮也。具举者，不弊火则久而不罢也。使段行围，伺倦以图之。襢裼暴虎，献于公所。襢，又作"袒"。《说文》引"膻"。襢裼，肉袒也。暴虎，空手以搏之。笺云：献于公所，进于君也。补曰：以其好勇，激之使入危地。将叔无狃，戒其伤女。无，又作"毋"。狃，习也。笺云：狃，复也。请叔无复者，爱也。补曰：见弟搏虎而不戒，意可知矣。人犹请之，明发郑伯之阴谋也。

叔于田，乘乘黄。四马皆黄。补曰：乘黄，上公所乘。庄常为王相，此言御公之事。两服上襄，两骖雁行。笺云：两服，中央夹辕者。襄，驾也。上驾者，言为众马之最良也。雁行者，言与中服相次序。补曰：襄、骧，古今字。上襄，言行疾也。雁行，喻随兄行也。叔在薮，火烈具扬。扬，扬光也。补曰：言叔在，明公不在。叔善射忌，又良御忌。忌，辞也。笺云：良，亦善也。忌，读如"彼己之子"之

“己”。补曰：刺其亟肄以疲之也。射、御不兼任。抑磬控忌，抑纵送忌。骋马曰磬，止马曰控，发矢曰纵，从禽曰送。补曰：抑、噫，通用字，叹其不寤也。磬、控、纵、送，皆谓御也。磬折者，五御所谓“逐水曲”。送者，逐旁左。磬则控，纵则送，言骋能自得。

叔于田，乘乘鸨。骊白杂毛曰鸨。补曰：乘鸨，叔所自乘马。两服齐首，马首齐也。两骖如手。进止如御者之手。笺云：如人左右手之相佐助也。补曰：齐首，喻同母兄弟。如手，言易制也。叔在薮，火烈具阜。阜，盛也。补曰：具火于陵阜也。叔马慢忌，叔发罕忌。慢，迟。罕，希也。笺云：田事且毕，则其马行迟，发矢希。补曰：言人马俱疲也。抑释掤忌，抑鬯弓忌。《说文》引“掤”。掤所以覆矢。鬯弓，韬弓。笺云：射者盖矢韬弓，言田事毕。补曰：鬯，《秦风》作“韔”，字从韦，张省，张而韬之也。噫乎！释矢韬弓，弛其武备，则可危矣。言将有拉干抽戈谋杀之者。发公阴谋，以刺止之。

《大叔于田》三章，章十句。

《清人》，刺文公也。补曰：文公捷，庄公孙，厉公突子。十二年狄入卫，郑弃其师，刺其不能救卫。高克好利而不顾其君，文公恶而欲远之，不能，使高克将兵而御狄于竟，陈其师旅，翱翔河上，久而不召，众散而归，高克奔陈。公子素恶高克进之不以礼，文公退之不以道，危国亡师之本，故作是诗也。好利不顾其君，注心于利也。御狄于竟，时狄侵卫。补曰：恶将，当时之事，非经所刺也。列国覆师叛国多矣，独书弃师，明师可用而君弃之。高克非卿，从将卑例称师，非文公所不能去之人也。传所言不合事情，以非经旨，不论。

清人在彭，驷介旁旁。清，邑也。彭，卫之河上，郑之郊也。介，甲也。笺云：清者，高克所帅众之邑也。驷，四马也。补曰：清，郑东地。《水经注》："渠水受清池水。清池水出清阳亭西南平地，东北流数十里，径清阳亭南。"此有两亭，郦道元说：后亭即故清人城，在今阳武西，距郑北百里，盖即彭也。云清人城者，据诗名之。卫、郑相去二百里而遥，郑不得有河北地。彭，卫邑也。卫败于荥泽，郑当西防，而调东人出师于北，示狄以不战也。旁旁，盛皃。介，甲。马旁旁然，兵力有余。**二矛重英，河上乎翱翔**。重英，矛有英饰也。笺云：二矛，酋矛、夷矛也，各有画饰。补曰：二矛，车兵也。既建而见其朱英高下相重，似欲战矣，乃唯阻河自固，不当狄锋，是徒陈兵裴回耳。

清人在消，驷介麃麃。消，河上地也。麃麃，武皃。补曰：《水经注》：北沛自荥泽东，径卷县修亭南，《左传》郑子然盟于修泽者也，郑地矣。杜预曰在卷东。盖此消也。在消者，又移兵还守境。**二矛重乔，河上乎消摇**。乔，《韩》作"骄"。消摇，又作"逍遥"。重乔，絫荷也。笺云：乔，矛矜近上及室题，所以县毛羽。补曰：乔、鐈，古今字。鐈似鼎，长足。矛受刃处为三足形，下以县英，上以函室题，室题所以韬矛刃也。见英而复韬之，则英藏乔显，故知其消摇。

清人在轴，驷介陶陶。轴，河上地也。陶陶，驱驰之皃。补曰：轴，盖浩油也。《春秋》定四年盟浩油，《左传》作"皋鼬"。鼬音如竹。杜预说：即成皋。今汜水郑地也，在河南荥泽西。狄去而还兵屯轴，故陶陶无忧也。狄自怀庆至卫辉，并河东行。郑师自阳武、原武渡荥泽，还汜水，皆西行，兵缀狄后，初无援卫之势。**左旋右抽，中军作好**。《说文》引"抽"作"搯"。左旋讲兵，右抽抽矢以射。居中军为容好。笺云：左，左人，谓御者。右，车右也。中军，谓将也。高克之为将，久不得归，日使其御者习旋车，车右抽刃，自居中央，为军之容好而已。兵车之法，将居鼓下，故御者在左。补曰：好，读若"好器"，谓玩也。言左右皆共命，唯将无能，但作玩器耳。盖又假避狄之罪，以逐高克。

《清人》三章，章四句。

《羔裘》，刺朝也。补曰：刺出聘之大臣，盖谓祭仲。云刺朝者，刺相臣也。

言古之君子，以风其朝焉。言，犹道也。郑自庄公而贤者陵迟，朝无忠正之臣，故刺之。

羔求如濡，洵直且侯。求，又作“裘”。《韩》“洵”作“恂”。如濡，润泽也。洵，均。侯，君也。笺云：缁衣、羔裘，诸侯之朝服也。言古朝廷之臣，皆忠直且君也。君者，言正其衣冠，尊其瞻视，俨然人望而畏之。补曰：羔裘，韦弁服。缁衣之裘，出疆在道之服。濡，润，言有光辉也。祭仲执在九月，为周十月，始裘之时。且侯者，有君之权也。《春秋传》曰：“宋人执仲，曰：为我出忽而立突。”又曰：“祭仲存则存矣。”出见劫胁，逐君以行权，是不直也。贤而无望，列国轻之，不得为如濡。彼其之子，舍命不渝。其，《韩》作“己”，“渝”作“偷”。渝，变也。笺云：舍，犹处也。之子，是子也。是子处命不变，谓守死善道、见危授命之等。补曰：言彼以驳此也。舍，释也。释命者，释国命以应邻邦。不渝其直，讥仲见执而改节也。《春秋》贤仲，因事立法耳。仲之出忽，实亡人以自存。

羔求豹饰，孔武有力。豹饰，缘以豹皮也。孔，甚也。补曰：豹似虎圜文，卿大夫以饰羔裘之袖。此言饰，则袂、边皆缘，盖孤卿之服也。治功曰力，言祭仲不武，故无治功，不称豹饰也。饰豹者，取其武而有文。彼其之子，邦之司直。司，主也。补曰：直，正也。文武之材，乃能主国政。

羔求晏兮，三英粲兮。晏，鲜盛皃。三英，三德也。笺云：三德，刚克、柔克、正直也。粲，众意。补曰：晏，晏然柔也。三英，三卿也。粲，列也。传曰：“智者虑，勇者行，仁者守，然后可以出会。”有三卿而又有三德，粲然布列，无所用战争，然后可用柔。彼其之子，邦之彦兮。彦，士之美称。补曰：刺其独执朝权，不求国士。

《羔裘》三章，章四句。

《遵大路》，思君子也。补曰：思大国执政之见恤。庄公失道，君子去之，国人思望焉。补曰：去国不可言恶丑，传义非。

遵大路兮，操执子之祛兮。操，又作“掺”。遵，循。路，道。操，揽。祛，袂也。笺云：思望君子，于道中见之，则欲揽持其袂而留之。补曰：有祛者，弁服也。大路，通邻国之道。子，大夫也。操祛者，言好也。《左传》曰：“郑牺牲、玉帛，待于二境。”来则请盟，反复之甚。无我恶兮，不寁故兮。故兮，又作“故也”。寁，速也。笺云：子无恶我揽持子之袂，我乃以庄公不速于先君之道，使我然。补曰：故，旧盟也。俄服俄叛，故大国恶之，乃犹自以为能念故也。寁，当为“啑”，字亦作“歃”。盟者必喋血也。

遵大路兮，操执子之手兮。笺云：言执手者，思望之甚。无我魗兮，不寁好兮。《说文》引“𩰫”，又作“𣪘”，一本作“魗”。魗，弃也。笺云：魗亦恶也。好，犹善也。子无恶我，乃以庄公不速于善道，使我然。补曰：魗，讨也。惧大国之见讨，不待歃盟而讲好也。述其无以立国，欲其自强也。

《遵大路》二章，章四句。

《女曰鸡鸣》，刺不说德也。陈古义以刺今，不说德而好色也。德，谓士大夫宾客有德者。

女曰鸡鸣，士曰昧旦。笺云：此夫妇相警觉以夙兴，言不留色也。补曰：女、士者，新昏之词。周衰，世大夫幼少在位，不知邦交之谊，故托戒以风焉。昧，日未出时。旦，日出时。鸡鸣，女兴之节。昧，私朝之节。旦，公朝之节。子兴视夜，明星有烂。言小星已不见也。笺云：明星尚烂烂然，早于别色时。补曰：士虽朝昧旦，而鸡鸣当兴也。子者，大夫之称。视夜，又不待鸡鸣也。将翱将翔，弋凫与雁。闲于政事，则翱翔习射。笺云：弋，缴射也。言无事则往弋射凫雁，以待宾客，为燕具。补曰：翱翔，退朝之容。家畜曰鹜雁，在野者凫雁，形类性殊。雁作“鴈”者，非也。凫、雁以供鲜腊，充飧食。

弋言加之，与子宜之。宜，肴也。笺云：言，我也。子，谓宾客也。所弋之凫、雁，我以为加豆之实，与君子共肴也。补曰：言礼待宾客，当须内助也。主国大夫于聘宾，有飧食、燕食。燕皆有内羞，此所谓宜加也。弋不独取凫、雁，有可羞者，皆以与内子。宜言饮酒，与子偕老。笺云：宜乎我燕乐宾客而饮酒，与之俱至老。亲爱之言也。补曰：大夫致仕曰老。饮酒者，乡饮宾贤能也。荐贤退老，然后功成福备。琴瑟在御，莫不静好。君子无故不彻琴瑟。宾主和乐，无不安好。补曰：莫不者，凡介及众宾也。凡乐，有瑟无琴，琴盖在堂上，宾主所自御。无算乐时，以和歌诗，故曰在御。

知子之来之，杂佩以赠之。杂佩者，珩、璜、琚、瑀、冲牙之类。笺云：赠，送也。我若知子之必来，我则豫储杂佩，去则以送子也。与异国宾客燕时，虽无此物，犹言之，以致其厚意。其若有之，固将行之。士大夫以君命出使，主国之臣必以燕礼乐之，助君之欢。补曰：宾客主于外邦，故以来、顺、好为主。知，匹也。匹子者，外大夫也。来，来聘也。杂佩，集五采为绣佩，在事佩、德佩之外，女工所成也。王逸说有佩芳、佩觿、佩玦，传记有佩韦、佩弦。赠，赠贿也。以其所有。知子之顺之，杂佩以问之。笺云：顺，谓与己和顺。补曰：顺，循也。循正礼，发币于大夫，谓此大夫自出聘也。问小聘大，故于大夫曰问。以杂佩者，正币之外。知子之好之，杂佩以报之。笺云：好，谓与己同好。补曰：好，好献也。尝使至相善再来，则又好献。宾有好，主有报也。邦交之谊，赅于三者，欲世臣之家，知体国睦邻也。

《女曰鸡鸣》三章，章六句。

《有女同车》，刺忽也。郑人刺忽之不昏于齐。太子忽尝有功于齐，齐侯请妻之。齐女贤而不取，卒以无大国之助，至于见逐，故国人刺之。忽，郑庄公世子，祭仲逐之而立突。

有女同车，颜如舜华。《说文》引“蕣”。亲迎同车也。舜，木槿也。笺云：郑人刺忽不娶齐女。亲迎与之同车，故称同车之礼，齐女之美。补曰：有女，陈女也。婿御妇车，故曰同车。言忽已娶于陈也。许慎说：舜朝开暮落，今踯躅，有春、夏、秋三种，高二三尺，喜生道旁，故文从炎、舛。《月令》木堇五月荣者，高或寻丈，花不能美也。踯躅不中材用，喻小国不足倚托。**将翱将翔，佩玉琼琚**。佩有琚瑀，所以纳间。补曰：翱翔，不进之意。琼琚，君佩，喻太子未能定位。**彼美孟姜，洵美且都**。孟姜，齐之长女。都，闲也。笺云：洵，信也。言孟姜信美好，且闲习妇德。补曰：彼者，对此之词。庶长曰孟。盖嫌其非嫡而辞昏也。都对鄙为文，鄙野都雅也。陈女美矣，彼齐女则诚美而又都。言大国仪容异于小国，刺其失援也。其后突果以宋力入。

有女同行，颜如舜英。行，行道也。英，犹华也。笺云：女始乘车，婿御轮三周，御者代婿。补曰：同行者，已娶而还也。荣而不实曰英。**将翱将翔，佩玉将将**。将将，鸣玉而后行。补曰：将将鸣玉，夫人起之节。言已立也。**彼美孟姜，德音不忘**。笺云：不忘者，后世传其道德。补曰：德音，齐君命也。昏虽不成，请昏之好不可忘，欲其结齐援也。

《有女同车》二章，章六句。

《山有扶苏》，刺忽也。所美非美然。言忽所美之人，实非美人。

山有扶苏，隰有荷华。兴也。扶苏，扶胥，小木也。荷华，扶渠也，其华菡萏。言高下大小各得其宜也。笺云：兴者，扶胥之木生于山，喻忽置不正于上位也。荷华生于隰，喻忽置有美德者于下位。此言其用臣颠倒，失其所也。补曰：山，喻君位也。扶苏，《尔雅》所谓"辅，小木"，郑《周官注》以扶苏为藩盾。《书传》作"储胥"，亦藩篱之名，以辅编篱也。荷华，函臽，喻臣下怀逆谋者。《泽陂》曰："有蒲菡萏。"言君无大材，臣有阴贼。**不见子都，乃见狂且**。子都，世之美好者也。狂，狂人也。且，词也。笺云：人之好美色，不往睹子都，乃反往睹狂丑之人。以兴忽好善，不任用贤者，反任用小人，其意同。补曰：见，谓朝夕接见者。子，大夫也。都，犹美也。《孟子书》："不知子都之姣，无目者也。"盖当时称美男为子都。《左传》因云："郑有子都。"狂、往，且、徂，通用字。往徂者，群公子之党也。《诗》多言佼童、狂童。箕子称禄父曰佼童。童，盖公子之称，若周称孺子、小子也。大夫无美德，而往徂于外，交结公子，希进用，以为国谋。

山有槁松，隰有游龙。槁，又作"桥"。松，木也。龙，红草也。笺云：游，犹放纵也。槁松在山上，喻忽无恩泽于大臣也。红草放纵枝叶于隰中，喻忽听恣小臣。此又言养臣颠倒，失其所也。补曰：龙，天龠蘥、雀麦，似苋，今雁来红、鸡冠之类，高可至丈余，茎空脆，秋时，黄紫炫烂，霜则腐烟矣。槁松虽枯，游龙亦不久，言皆无成。不见子充，乃见狡童。子充，良人也。狡童，昭公也。笺云：人之好忠良之人，不往睹子充，乃反往睹姣童。姣童有皃而无实。补曰：充，崇也。狡、佼、姣，通用字。佼，交也。大夫不能尊崇君位，乃与童幼相佼往，而欲朝事之。

《山有扶苏》二章，章四句。

《萚兮》，刺忽也。君弱臣强，不倡而和也。不倡而和，君臣各失其礼，不相倡和。补曰：君臣不可言倡和，传非。

萚兮萚兮，风其吹女。兴也。萚，槁也。笺云：槁，谓木叶也。木叶槁，待风乃落。兴者，风喻号令也，喻君有政教，臣乃行之。言此者，刺今不然。补曰：萚，喻危亡也。凡草木皮叶落堕地者为萚。萚之言择，可择而用也。风又吹之，喻君已将危，又有为乱者。风喻急兵也。叔兮伯兮，倡予和女。人臣待君倡而后和。叔伯，言群臣长幼也。君倡臣和也。笺云：叔伯，群臣相谓也。群臣无其君而行，自以强弱相服。女倡矣，我则将和之。言此者，刺其自专也。叔伯，兄弟之称。补曰：叔伯，谓诸大夫。予，群公子谋篡夺者。女，女叔伯也。予将倡乱，女其和之。言结连相响应。

萚兮萚兮，风其飘女。飘，又作"漂"。漂，犹吹也。补曰：

飘风暴疾，喻事在仓卒。**叔兮伯兮，倡予要女**。要，成也。补曰：要，约也。约其不和者。

《萚兮》二章，章四句。

《狡童》，刺忽也。补曰：童，皆谓群公子。或狡或狂，谓其党也。狡狂，今作“交往”。**不能与贤人图事，权臣擅命也**。权臣擅命，祭仲专也。补曰：祭仲亡而忽亡，非擅命也。《世家》言高渠弥杀昭公，祭仲不敢入，厉公乃立子亹，齐杀子亹，渠弥亡归，与祭仲谋召子婴立之。十二年，祭仲死，则以为祭仲与弑，然渠弥首恶也。祭仲专者，《左传》之言在厉公时，非忽也。

彼狡童兮，不与我言兮。昭公有壮佼之志。笺云：不与我言者，贤者欲与忽图国之政事，而忽不能受之，故云然。补曰：《书大传》箕子歌《麦秀》曰：“彼狡童兮。”谓三监与王子叛周。此用其言，以斥叛党交结公子也。我，我君也。与，预也。失职不预谋议，故交于公子童幼者。**维子之故，使我不能餐兮**。忧惧不皇餐也。补曰：维，唯也。子，盖斥突也。故者，突之旧臣，据邑拥兵，暗结旧臣，交童中之最窥伺者。

彼狡童兮，不与我食兮。不与贤人共食禄。补曰：食，采邑也。言当以爵邑收人心。**维子之故，使我不能息兮**。忧不能息也。补曰：息，呬也。屏息待祸耳。

《狡童》二章，章四句。

《褰裳》，思见正也。狂童恣行，国人思大国之正己也。狂童恣行，谓突与忽争国，更出更入，而无大国正之。补曰：国君公子不得以为狂童，传、笺不知礼体而误说。

子惠思我，褰裳涉溱。惠，爱也。溱，水名也。笺云：子者，斥大国之正卿。子若爱而思我，我国有突篡国之事，而可征而正之，我则揭衣渡溱水，往告难也。补曰：子，郑公子。惠，顺也。我，我大国也。托其词以要之。摳、褰、搴、攐，古字通用。攐，抠衣也。溱，郑国城外水，出郐城西北鸡络坞，南入洧，亦谓之柳泉水。《说文》《水经》字皆作“溍”，盖战国恶秦而改之。临武肄水亦为溱，则又因秦加水耳。涉之者，以兵力送之入国也。言大国乘乱以要利。**子不我思，岂无他人？**笺云：言他人者，先乡齐、晋、宋、卫，后之荆楚。补曰：言公子顺己者则可立，明宋非诚助突。**狂童之狂也且！**狂行童昏所化也。笺云：狂童之人，日为狂行，故使我言此也。补曰：狂，往也。往童，郑人党于公子者。大国不正，故各随所党而往也。且、徂，通用字。徂，亦往也，或者读为“嗟咨”之“嗟”。

子惠思我，褰裳涉洧。洧，水名也。补曰：洧水出阳城山，过郑南，合溱入颍。下言洧外为栎邑，突所居。此涉洧，盖助突者，谓宋人。**子不我思，岂无他士？**士，事也。笺云：他士，犹他人也。大国之卿，当天子之上士。补曰：世子未立，服士服也。**狂童之狂也且！**补曰：言又舍突，而他往也。

《褰裳》二章，章五句。

《丰》，刺乱也。**昏姻之道缺，阳唱而阴不和，男行而女不随。**昏姻之道，谓嫁娶之礼。补曰：邦交反覆，故国君亲迎不行而改使大夫，以有卫宣、楚平、鄫季姬之祸，故刺之。

子之丰兮，俟我乎巷兮。丰，丰满也。巷，门外也。笺云：子，谓亲迎者。我，我将嫁者。有亲迎我者，面皃丰丰然丰满，善人也，出门而待我于巷中。补曰：昏礼，父醮子而命之迎，受命于庙，虽即位可称子也。之，往也。丰、䊀、封、邦，古今字，谓境外也。巷，宫中道也。受雁庙中，醴女于寝，婿至庙，入寝奠雁，降出，妇从，父母、庶母乃戒之，是婿先出俟也。俟巷在俟堂之后，而此先言者，俟巷乃亲迎之专礼。大夫、士之家，宫或无巷。**悔予不送兮！**时有违而不至者。笺云：悔乎！我不送是子而去也。时不送，则为异人之色，后不得耦而思之。补曰：予者，不得亲迎之女也。亲迎既废，无俟女者，女亦无可送。其行若媵，必悔之也。凡亲迎，主人不降送，女代送也。

子之昌兮，俟我乎堂兮。昌，盛壮也。笺云：堂，当为枨。枨，门梱上木近边者。补曰：昌、闾，古今字。闾，辟门也。之昌者，婿初至，主人迎门外时。俟堂者，女醴在堂，俟醴毕乃入奠雁。悔予不将兮！将，行也。笺云：将亦送也。补曰：《礼》曰："以兹初昏，使某将。"将，迎也。悔不待其迎。

衣锦褧衣，裳锦褧裳。衣锦、褧裳，嫁者之服。笺云：褧，禅也，盖以禅縠为之。中衣裳用锦，而上加禅縠焉，为其文之大著也。庶人之妻嫁服也。士妻，缁衣纁袡。补曰：锦衣，夫人之嫁服。褧，《礼》作"頴"，字又为"景""絅"，正字当为"苘"，麻也。昏礼，女登车，姆加頴乃驱，为尘雨，故加以覆嫁服，脱之于下车时，可知也。大夫以下，各服其命服，夫人在道不可服三翟，则特制锦衣裳，与臣妻异。异者，锦也，非褧也，言褧以见嫁服耳。叔兮伯兮，驾予与行。叔伯，迎己者。笺云：言此者，以前之悔。今则叔也伯也来迎己者，从之，志又易也。补曰：叔伯，大夫之称。君不亲迎，昏不可废，故改遣大夫迎，而夫人不能不与行也。在女为自贱，在婿为无等，甚刺之。

裳锦褧裳，衣锦褧衣。补曰：重言裳衣者，刺时以臣逆君妻，上下不别。叔兮伯兮，驾予与归。补曰：妇人谓嫁曰归。

《丰》四章，二章章三句，二章章四句。

《东门之坛》，刺乱也。坛，唐定本作"墠"。男女有不待礼而相奔者也。时乱，故不待礼而行。补曰：诗无男女奔之词。

东门之坛，茹藘在阪。东门，城东门也。坛，除地町町者。茹藘，茅蒐也。男女之际近而易，则如东门之坛，远而难则茹藘在阪。笺云：城东门外有坛，坛边有阪，茅蒐生焉。茅蒐之为难浅矣，易越而出。此女欲奔男之词。补曰：东门，藉田之地。坛，祭场也。茹藘，染韐兵服，所谓韎韦也。阪喻险难。言兵争不田作。其室则迩，其人甚远。迩，近也。得礼则近，不得礼则远。笺云：其室则近，谓所欲奔男之家。望其迎己而不来，则为远。补曰：室，公室也。皆君之子，非疏远也。兵争相仇，是人相远。旧说皆以为思贤，非。

东门之栗，有践家室。践，《韩》作“靖”。栗，行上栗也。践，浅也。笺云：栗而在浅家室之内，言易窃取。栗，人所啖食而甘（者）［耆］，故女以自喻也。补曰：栗，列。《左传》所谓行栗，所以荫行人，限戎马。东门通宋，言当防宋也。践之言翦，治也。《伐柯》曰：“笾豆有践。”言立君，当外御戎寇，内治家室。岂不尔思？子不我即。即，就也。笺云：我岂不思望女乎？女不就迎我而俱去耳。补曰：尔，尔栗践者。子，群公子也。人思得君，公子不能即位。言不用礼而兵争也。

《东门之坛》二章，章四句。

《风雨》，思君子也。乱世则思君子不改其度焉。

风雨凄凄，鸡鸣喈喈。《说文》引“风雨湝湝”。兴也。风且雨，凄凄然，鸡犹守时而鸣，喈喈然。笺云：兴者，喻君子虽居乱世，不变改其节度。补曰：风雨，喻危难、兵寇也。《鸱鸮》曰：“风雨所漂摇。”凄，寒也。鸡鸣，家居夙兴之节。喈喈，和也，喻守道不与乱。既见君子，云胡不夷？胡，何。夷，说也。笺云：思而见之，云何而心不说？补曰：夷，平也。言用贤可以平乱，不患外侮内争之难。

风雨潇潇，鸡鸣胶胶。潇潇，暴疾也。胶胶，犹喈喈也。补曰：潇潇然雨风渐定也。胶、嘐，通用字。嘐嘐，声闻远。既见君子，云胡不瘳？瘳，愈也。补曰：可愈顽懦之俗。

风雨如晦，鸡鸣不已。晦，昏也。笺云：已，止也。鸡不为如晦而止不鸣。补曰：如、而，通用字。晦冥风雨而日又夕，喻乱成而无君，甚言其危也。鸡鸣，夜有二候，昼有三候，可依以定时。喻贤者之道不坠。既见君子，云胡不喜？补曰：喜，兴也。国亡犹可兴也。《书》曰：“股肱喜哉。”

《风雨》三章，章四句。

《子衿》，刺学校废也。郑国谓学为校，言可以校正道艺。补曰：学、校，城、乡之异名。此刺学废，连言校耳。公子之争，由国学不立，故正其本。乱世则学校不修焉。

青青子衿，悠悠我心。青、衿，又作"菁""襟"。青衿，青领也，学子之所服。笺云：学子而俱在学校之中，己留彼去，故随而思之耳。礼，父母在，衣纯以青。补曰：衿、约，通用字。衿交衽，衾大被，皆非其义。《尔雅》："衿谓之袸，佩衿谓之褑。"郭璞注："袸，衣小带。褑，佩玉之带。"昏礼施衿结帨，谓佩玉下组可结者。《礼记》直谓之结，"绅、韠、结三齐"，谓此约也。许慎说"约，衣系"，则今衣裳上小带以结纽者，亦以为饰。子，世子也。青约，綦组绶，世子之佩。青又青者，言世子不入学，非一世矣。思之悠悠，忧国本之不豫。纵我不往，子宁不嗣音？嗣，《韩》作"诒"。嗣，习也。古者教以诗乐，诵之歌之，弦之舞之。笺云：嗣，续也。女曾不传声问我，以恩责其忘己。补曰：我，掌国学者，所谓父师也。纵、从，古今字。从，随也。宁，愿词，字或作"慭"。嗣音者，君岁再视学，先习舞，后合声也。礼无往教，故我不往。君视学，则世子入学矣，欲正其本。

青青子佩，悠悠我思。佩，佩玉也。士佩瓀珉而青组绶。补曰：青佩，即青约也。公庶子、大夫士之子皆士，佩士缊组绶，非青也。或者瓀珉玉青色。纵我不往，子宁不来？不来者，言不一来也。补曰：礼闻来学，显言以致意。

挑兮达兮，在城阙兮。《说文》引"挑"，又引"岦"。挑达，往来相见皃。补曰：挑挑，行道之容。《雅》曰："佻佻公子。"达，道路也。阙，鈌也。在城阙者，乘闉以防敌。言使公子交通邻国，则启兵争也。一日不见，如三月兮。言礼乐不可一日而废。补曰：学分四时，故言三月。兵役亦以月计也。一日入学，则知重学矣，故望之。

《子衿》三章，章四句。

《扬之水》，闵无臣也。君子闵忽之无忠臣良士，终以死亡，而作是诗也。

扬之水，不流束楚。扬，激扬也。激扬之水，可谓不能流漂束楚乎？笺云：激扬之水，喻忽政教乱促。不流束楚，言其政不行于臣下。补曰：扬水，平王倚舅之词，以喻突以宋甥倚宋也。彼先言薪，此先言楚，明当自强也。束楚，下楗以御扬水，言突入于栎，制之有道，非用兵之事。终鲜兄弟，维予与女。笺云：鲜，寡也。忽兄弟争国，亲戚相疑，后竟寡于兄弟之恩，独我与女有耳。作此诗者，同姓臣也。补曰：予，昭公。女，祭仲也。祭仲亡，则我君亡，刺其不用贤。无信人之言，人实迋女。迋，诳也。补曰：迋、往一字。往，亡也。人，国人也。信人之言，使人可信之言。实，是也。忽无信，故人欲亡女。《左传》说：高渠弥之徒，盖迋之者。

扬之水，不流束薪。补曰：言凡薪皆可塞河，喻贤人皆可托国。终鲜兄弟，维予二人。二人同心也。笺云：二人者，我身与女忽。补曰：二人，二君。天子曰一人。二人，则王命不定。无信人之言，人实不信。补曰：言人将为突间谍。

《扬之水》二章，章六句。

《出其东门》，闵乱也。公子五争，兵革不息，男女相弃，民人思保其室家焉。公子五争者，谓突再也，忽、子亹、子仪各一也。补曰：民不保家，刺时何及？传义非。

出其东门，有女如云。如云，众多也。笺云：有女，谓诸见弃者也。如云者，如其从风，东西南北，心无有定。补曰：东门喻群公子。出者，无君之词。女喻迎新君者。如云从之，盖欲往齐迎子亹立之也。昭公死，不迎突，是将生乱。虽则如云，匪我思存。思不存乎相救急。笺云：匪，非也。此如云者，皆非我思所存也。补曰：虽则者，驳众议也。我，我郑也。无故启衅，非存国之道。缟衣綦巾，聊乐我云。云，又作“员”,《韩》作“魂”。《说文》引“縪巾”。缟衣，白色，男服也。綦巾，苍艾色，女服也。愿室家得相乐也。笺云：缟衣綦巾，所为作者之妻服也。时亦弃之，迫兵革之难，不能相畜，心不忍绝，故言且留乐我云。此思保其室家，穷困不得有其妻，而以衣巾言之，(思)［恩］不忍斥之。綦，綦文也。补曰：缟衣，殷之朝服，斥宋也。綦巾，綦佩。世子綦组绶。言突亦君子，可立也。云、䡝，古今字。䡝，乱也。乐，疗也。聊，且也。从宋立突，聊可救乱，欲止争息民也。

出其闉阇，有女如荼。《说文》引“闉”。闉，曲城也。阇，城台也。荼，英荼也。言皆丧服也。笺云：阇，读当如“彼都人士”之“都”，谓国外曲城之中市里也。荼，茅秀，物之轻者，飞行无常。补曰：堙陼，城阙，以御敌兵。出之者，欲通栎罢兵也。荼，毒也。群臣毒害民，更兴兵端也。虽则如荼，匪我思徂。徂，从唐石经。《正义》本作“且”。笺云：匪我思徂，犹匪我思存也。补曰：徂，存也，往也。我思往迎突。缟衣茹藘，聊可与虞。虞，又作“娱”。茹藘，茅蒐之染女服也。虞，乐也。笺云：茅蒐，染巾也。聊可与虞，且可留与我为乐。心欲留之言也。补曰：茹藘，爵弁之韐。《瞻雒》曰：“韎韐有奭。”世子朝王韠也。虞，度也。欲与宋谋度，以突见于王，则可立也。

《出其东门》二章，章六句。

《野有蔓草》，思遇时也。补曰：突树党，思伺时而动。君之泽不下流，民穷于兵革，男女失时，思不期而会焉。不期而会，谓不相与期，而自俱会。补曰：方不保家，而又思会，非也。

野有蔓草，零露漙兮。漙，又作“团”。兴也。野，四郊之外。蔓，延也。漙，漙然盛多也。笺云：零，落也。蔓草而有露，谓仲春之时，草始生，霜为露也。《周礼》：“仲春之月，令会男女之无夫家者。”补曰：蔓草，喻公子乱国者。零露，王泽。盖突请于周以自助也。居栎阻兵，故曰野蔓。有美一人，清扬婉兮。《鲁》“扬”作“阳”。《韩》“婉”作“婉”。清扬，又作“青阳”。“婉”作“宛”。清扬，眉目之间婉然美也。补曰：美人可为君者。清、睛，通用字，又作“精”，目童子也。扬，颡也。言君容者曰清扬。**邂逅相遇，适我愿兮**。遘，又作“逅”。邂逅，不期而会，适其时愿。补曰：邂，当为“解”。凡邦交，和讲曰遘。解遘即讲解也。《绸缪》曰：“见此解觏。”谓约立君也。盖与宋和解，约许立突，故相遇者如愿，言为内应。

野有蔓草，零露瀼瀼。瀼瀼，盛皃。补曰：零露瀼瀼，蓼萧之泽。言天子许助突矣。**有美一人，婉如清扬。邂逅相遇，与子偕臧**。臧，善也。补曰：子，谓大夫也。臧者，武之善。言大夫结约用兵也。

《野有蔓草》二章，章六句。

《溱洧》，刺乱也。补曰：刺大夫与突为乱。**兵革不息，男女相弃，淫风大行，莫之能救焉**。救，犹止也。乱者，士与女合会溱、洧之上。补曰：士女正昏之词。诗言游乐，无兵革之事，非弃而后淫。

溱与洧，方涣涣兮。涣，《韩》作“洹”，《说文》引作“汍”。溱、洧，郑两水名。涣涣，盛也。笺云：仲春之时，冰已释，水则涣涣然。补曰：涣涣，浩汗。二水合流，喻内外合谋，其势盛也。方，始也。欲及其始谋折之。**士与女，方秉蕳兮**。蕳，又作“简”。蕳，兰也。笺云：男女相弃，各无匹偶，春气并出，托采芳香之草，而为淫泆之行。补曰：士女初昏之词，以喻事新君者。蕳，简隶字，竹草一也。简，牒也。秉简，太史之职，言要盟也。相约新定君臣之分。**女曰观乎，士曰既且**。笺云：女曰观乎，欲与士观于宽间之处。既，已也。士曰已观矣，未从之也。补曰：观，观国也。聘礼，既聘，明日请观，讶帅之自下门入。且、徂，通用字。徂，往也。既，尽也。臣约以奉迎入宫，君则期以尽往相结也。**且往观乎！洧之外**，补曰：且往，臣往也。栎在洧外，言暗使交通。**洵訏且乐**。洵訏，《韩》作“恂盱”。訏，大也。笺云：恂，信也。女情隐，故劝男使往观于洧之外，言其土地信宽大又乐也。于是男则往也。补曰：讦，诡讹也。诡谋既成，君臣俱利，故乐矣。惟士与女，伊其相谑，赠之以勺药。勺药，香草。笺云：伊，因也。士与女往观，因相与戏谑，其别则送女以勺药，结恩情也。补曰：谑，君臣相结之词。《记》曰："诸侯入诸臣之家，是谓君臣为谑。"勺药，芗臐膮之和，有陪鼎则具之。赠之者，以和邻国，通使问，言相招诱也。

溱与洧，浏其清矣。《说文》引"浏"，《韩外传》引作"漻"。浏，深皃。补曰：浏，溜也。水盛则有大溜，溜过而水定，复澄清矣。言乱后遂可定君。士与女，殷其盈矣。殷，众也。补曰：盈矣，朝臣之词，言皆突党。女曰观乎？士曰既且。且往观乎！洧之外，补曰：重言以警觉之。洵訏且乐。维士与女，伊其将谑，笺云：将，大也。补曰：将，送也。送之而入国为谑，则突入矣。赠之以勺药。

《溱洧》二章，章十二句。

郑国廿一篇，五十三章，二百八十三句。

诗卷五

齐鸡鸣毛诗诂训传第八　国风八

《鸡鸣》，思贤妃也。哀公荒淫怠慢，故陈贤妃贞女夙夜警戒，相成之道焉。补曰：《世家》言：丁公汲，子乙公得，子癸公慈母，子哀公不辰。纪侯谮之，周烹之。

鸡既鸣矣，朝既盈矣。鸡鸣而夫人作，朝盈而君作。笺云：鸡鸣、朝盈，夫人也、君也，可以起之常礼。匪鸡则鸣，苍蝇之声。苍蝇之声，有似远鸡之鸣。笺云：夫人以蝇声为鸡鸣，则起早于常礼，敬也。补曰：苍蝇有声，辨色时，言晏起失晓，方以为鸡鸣，而已旦明矣。礼，太师奏鸡鸣于阶下，夫人鸣佩玉于房中。荒怠废礼，虽奏鸡鸣，匪其时也。宫庭洁清则无蝇，此闻其声，亦所以刺。

东方明矣，朝既昌矣。《说文》引"东方昌矣"。东方明，则夫人缅笄而朝，朝已昌盛，则君听朝。笺云：东方明、朝既昌，亦夫人也、君也，可以朝之常礼。君日出而视朝。补曰：鸡鸣之节废，则唯视夜色辨明而已。昌，谓辟门也。大门谓之阊阖，谓一阖一辟。匪东方则明，月出之光。见月出之光，以为东方明。笺云：夫人以月出为东方明则朝，亦敬也。补曰：此又太早起。以前失晓，故戒之甚，见光即起，暂寐而恒寤也。君虽在群寝，夫人朝必起矣。故君起早晏，专由夫人，于是修挈壶氏之职。

虫飞薨薨，甘与子同梦。古之夫人配其君子，亦不忘其敬。笺云：虫飞薨薨，东方早明之时，我犹乐与子卧而同梦。言亲爱之无已。补曰：此以早起警君，解君之意，托君言以达己情也。子，君，谓夫人也。虫，苍蝇类也。人情甘寝，虽天明犹欲暂蒙而安。君甘之，夫人亦宜甘之。会且归矣，无庶予子憎。唐定本“予”作“与”。会，会于朝也。卿大夫朝会于君，朝听政，夕归治其家事。无庶与子憎，无见憎恶于夫人。笺云：庶，众也。虫飞薨薨，所以当起者，卿大夫朝者且罢归故也，无使众臣以我故憎恶于子，戒之也。补曰：此又言君爱己之意，当以早朝为爱，不以甘寝为爱也。且归，欲归也。久待欲归，众必憎子。子，谓夫人也。是以予晏朝之故，而憎及夫人，故予不为。因其爱而引之于礼，盖贤妃所自作，故婉而正，谏而媚也。

《鸡鸣》三章，章四句。

《还》，刺荒也。荒，谓政事废乱。哀公好田猎，从禽兽而无厌。国人化之，遂成风俗，习于田猎谓之贤，闲于驰逐谓之好焉。

子之还兮，遭我乎猺之间兮。还，《韩》作“嫙”，《汉书》引作“营”。猺，一作“巙”，《说文》引“于猺”。还，便捷之皃。猺，山名。笺云：子也、我也，皆士大夫也，俱出田猎而相遭也。补曰：之，往。遭，遇也。还、旋、营、琼，古字同声。之还，往营丘也。水出其前，左为营丘。《水经注》说：在临淄城中，丘高九丈，淄水出其前。《齐乘》说：猺山在临淄南十五里。盖游营丘而遂至猺。并驱从两肩兮，揖我谓我儇兮。儇，《韩》作“婘”。《说文》引“肩”作“豜”。从，逐也。兽三岁曰肩。儇，利也。笺云：并，併也。子也，我也，并驱而逐二兽。子则揖耦我，谓我儇，誉之也。誉之者，以报前言还也。补曰：肩，大兽，以逐之为隽。从禽之时，不必皆值。两言两者，明各有所获。揖者，朝会相揖也。朝言不及犬马，以荒于田，故众中揖谓。

子之茂兮，遭我乎猺之道兮。茂，美也。补曰：茂、旄，通用字。前高曰旄丘。三言往丘，盖因有事祈祀而往。并驱从两牡兮，揖我谓我好兮。笺云：誉之言好者，以报前之言茂也。补曰：牡兽尤奔突，故言从两牡，刺其不讳，非喜其得报。

子之昌兮，遭我乎猺之阳兮。昌，盛也。笺云：昌，佼好皃。补曰：途出其后昌丘。并驱从两狼兮，揖我谓我臧兮。狼，兽名。臧，善也。补曰：狼，獾牡，猛捷难得。君左服狼裘，以言君亦好田。臧，武也。

《还》三章，章四句。

《著》，刺时也。时不亲迎也。时不亲迎，故陈亲迎之礼以刺之。

俟我于著乎而，充耳以素乎而，俟，待也。门屏之间曰著。素，象瑱。笺云：我，嫁者自谓也。待我于著，谓从君子而出至于著，君子揖之时也，我视君子则以素为充耳。谓所以县瑱者，或名为紞，织之，人君五色，臣则三色而已。此言素者，目所先见而云。补曰：亲迎，妇从婿降，婿俟车前，不俟著也。著，门内屏。《聘礼》：宾入门，介皆入门左。此谓使大夫亲迎，用聘礼，众介立门左，而实为迎女来也。云俟我乎而者，深讶之。充耳、瑱以贵贱异名，冕服曰瑱，弁服曰充耳。《弁师》谓之邸，五冕玉瑱、皮弁象邸是也。盖以士用象，故异其名。大夫用石，君仍用玉，亦从弁服名之。充耳有象、石、玉三等，瑱唯玉一等。《士丧》亦云瑱者，欲文易晓耳。以素者，士介以象邸者也。讶其何以俟我。尚之以琼华乎而。琼华，美石，士之服也。笺云：尚，犹饰也。饰之以琼华者，谓县紞之末，所谓瑱也。人君以玉为之。琼华，石色似琼也。补曰：琼，赤玉。华，玉色。用赤玉为瑱，盖夫人尚文饰也。尚，读若“汉尚主”之“尚”，犹进御也。士介俟而夫人行，岂象邸得配琼华乎？讥之。

俟我于庭乎而，充耳以青乎而，青，青玉。笺云：待我于庭，谓揖我于庭时。青，紞之青也。补曰：俟庭者，上介也。上介摈，宾升堂，摈退于庭，《聘礼》曰“摈者退中庭”，是其节也。中大夫充耳青石。尚之以琼莹乎而。琼莹，石似玉，卿大夫之服也。笺云：石色似琼似莹也。补曰：莹，玉色。夫人唯用赤玉瑱，故三章皆琼。

俟我于堂乎而，充耳以黄乎而，黄，黄玉。笺云：黄，紞之黄。补曰：俟堂者，正礼也。亲迎奠雁堂中，父醴女于堂上以俟。黄玉，冕服之瑱，玉色之次。盖白、赤、青、黑、黄，言黄以上兼五等。尚之以琼英乎而。琼英，美石似玉者，人君之服也。笺云：琼英，犹琼华也。补曰：英，玉光。言正礼相尚，则夫人有光也。

《著》三章，章三句。

《东方之日》，刺衰也。刺衰，一作“刺襄公”。君臣失道，男女淫奔，不能以礼化也。补曰：诗无淫奔之词。

东方之日兮，彼姝者子，在我室兮。兴也。日出东方，人君明盛，无不照察也。姝者，初昏之皃。笺云：言东方之日者，诉之乎耳。有姝然美好之子，来在我室，欲与我为室家，我无如之何也。日在东方，其明未融。兴者，喻君不明。补曰：我室，夫人之寝。姝子初嫁，嫔御、媵女也，皆以次叙御于君，则在夫人之室。在我室兮，履我即兮。履，礼也。笺云：即，就也。在我室者以礼来，我则就之，与之去也。言今者之子不以礼来也。补曰：嫔御备列，当以礼就而次序之。刺今夫人不妒则纵。

东方之月兮，彼姝者子，在我闼兮。月盛于东方。君明于上，若日也。臣察于下，若月也。闼，门内也。笺云：月以兴臣，月在东方，亦言不明。补曰：月喻夫人，东方喻配君也。闼，房外之箱也。宫人居箱以侍贵妾，贵妾居房以侍夫人。在闼者，贱妾。在我闼兮，履我发兮。发，行也。笺云：以礼来，则我行而与之去。补曰：发者，自内施外。

《东方之日》二章，章五句。

《东方未明》，刺无节也。朝廷兴居无节，号令不时，挈壶氏不能掌其职焉。号令，犹召呼也。挈壶氏，掌漏刻者。补曰：将晏朝则故夙兴，乃有词以坏先王之制。

东方未明，颠到衣裳。上曰衣，下曰裳。笺云：挈壶氏失漏刻之节，东方未明而以为明，故群臣促遽，颠到衣裳。群臣之朝，别色始入。补曰：颠到失节而具衣裳，言群臣不敢懈。**颠之到之，自公召之。**自，从也。笺云：群臣颠到衣裳而朝，人又从君所来而召之，漏刻失节，君又早兴。补曰：未辨色，可少俟也，而必使人往召朝者，知君非勤于政，故以早起杜晏朝之谏也。

东方未晞，颠到裳衣。晞，明之始升。补曰：晞、昕，声转通用。昕，旦明也。日出视朝，君之礼也。裳衣，衣同裳异，以裳辨等。玄端，燕见之服也。未昕而召臣燕见，若曰朝已散矣。**到之颠之，自公令之。**令，告也。补曰：已有使令，言不必见。

折柳樊圃，狂夫瞿瞿。柳，柔脆之木。樊，藩也。圃，菜园也。折柳以为园藩，无益于禁矣。瞿瞿，无守之皃。古者有挈壶氏，以水火分日夜，以告时于朝。笺云：柳木之不可以为藩，犹是狂夫不任挈壶氏之事。补曰：狂夫，方相氏也，掌索室。瞿，左右视。瞿，鹰隼之视。言伺察朝臣也。君不朝，则必猜疑大臣，委任近侍，使之伺察，如方相索室。是欲以折柳樊圃。**不能辰夜，不夙则莫。**辰，时。夙，早。莫，晚也。笺云：此言不任其事者，恒失节数也。补曰：君欲晏朝，故不听挈壶报时，而故以失时责群臣，且曰吾数期而数失，今不能复夙矣。君既责臣以不夙，臣遂不敢言君之暮也。

《东方未明》三章，章四句。

《南山》，刺襄公也。补曰：刺其纵女以为二国祸。**鸟兽之行，淫乎其妹，大夫遇是恶，作诗而去之。**襄公之妹，鲁桓公夫人文姜也。襄公素与淫通。及嫁，公谪之。公与夫人如齐，夫人诉之襄公。襄公使公子彭生乘公而搤杀之，夫人久留于齐。庄公即位后乃来，犹复会齐侯于禚，于祝丘，又如齐师。齐大夫见襄公行恶如是，作诗以刺之，又非鲁桓公不能禁制夫人而去之。补曰：文姜，齐襄女也。《檀弓》云：齐襄夫人，鲁庄外祖母。明文章灼，而《左氏》《毛传》造为不根之词，直以《公羊》同非吾子而影附之。鲁桓知其淫纵，不能出之，而反从之会襄，随之入国。《春秋》不为内讳，诗人歌而咏之，无礼甚矣。《公羊》《穀梁》俱无襄、文兄妹之文，鲁桓之言出于谮口，极其悖慢，以激襄怒。杀婿阴谋，非姜所料，庄之念母，亦谅其情。《春秋》但贬讥之，未尝绝之，非母杀父而可不仇也。鸟兽之说，不知所自来，大要同于囚尧、杀伊尹之类耳，但知大夫不可刺君阴私，其诬自明。

南山崔崔，雄狐绥绥。绥，《玉篇》引作“夊”。兴也。南山，齐南山也。崔崔，高大也。国君尊严，如南山崔崔然。雄狐相随，绥绥然无别，失阴阳之匹。笺云：雄狐行求匹耦于南山之上，形皃绥绥然。兴者，喻襄公居人君之尊，而为淫泆之行，其威仪可耻恶如狐。补曰：南山，牛山。《水经注》云：牛山一名南郊山，天齐渊出焉。崔崔，高峻，喻齐自矜大也。狐者，君象，喻鲁君也。绥绥然行迟，言疑齐也。鲁桓十八年，会齐侯于泺，公、夫人遂如齐。去年方战于奚，今期会再朝，鲁、齐相猜，必成邦衅。必言雄者，鲁未可弱也。其后桓公割地纳女，乃仅得鲁。诗先忧之。**鲁道有荡，齐子由归。**荡，平易也。齐子，文姜也。笺云：妇人谓嫁曰归。言文姜既以礼从此道嫁于鲁侯也。补曰：明言之以切谏也。荡荡，宽大，言能容文姜也。子，对父母之称，言本以鲁宽容，而后嫁女于其国。**既曰归止，曷又怀止？**怀，思也。笺云：怀，来也。言文姜既曰嫁于鲁侯矣，何复来为乎？非其来也。补曰：言女已嫁，不当复与其事。

葛屦五两，冠緌双止。葛屦，服之贱者。冠緌，服之尊者。笺云：葛屦五两，喻文姜与侄娣及傅姆同处。冠緌，喻襄公也。五人为奇，而襄公往，从而双之。冠、屦不宜同处，犹襄公、文姜不宜为夫妇之道。补曰：葛屦，君夫人之盛服，冠礼得一用焉。《周官》屦人掌王、后服屦，有葛屦，命夫、命妇屦三等则无葛屦，是其贵也。五两者，昏礼纳帛之数。冠緌，亦诸侯世子初冠所施。《记》曰：“玄冠紫緌，自鲁桓始。”盖桓即位而后冠，故指以言。双者，夫妻同行之词。传曰“双双而俱至”，言夫人初嫁而桓与俱来，是有他心可疑也。**鲁道有荡，齐子庸止。**庸，用也。补曰：用礼见于庙矣。**既曰庸止，曷又从止？**笺云：此言文姜既用此道嫁于鲁侯，襄公何复送而从之为淫泆之行？补曰：妇人有三从之义。又从者，既嫁，又从父也。诘以正之。

艺麻如之何？衡从其亩。衡，一作“横”。从，《韩》作“由”。艺，树也。衡猎之，从猎之，种之，然后得麻。笺云：树麻者必先耕治其田，然后树之。以言人君取妻，必先议于父母。补曰：上二章刺齐，此二章刺鲁，皆加诘难之词。以鲁桓轻率，欲其三思也。麻者妇功，以喻内治。或衡或从，随亩而艺，言齐家有道，刚柔有宜，要在治之耳。娶妻如之何？必告父母。既曰告止，曷又鞠止？必告父母庙。笺云：取妻之礼，议于生者，卜于死者，此之谓告。鞠，穷也。笺云：鞠，盈也。鲁侯，女既告父母而取，何复盈从命至于齐乎？又非鲁桓。补曰：鞠、籁，通用字。籁，穷理罪人也。鲁桓至齐，盖欲出文姜，故曰穷之。

析薪如之何？匪斧不克。克，能也。笺云：此言析薪必待斧乃能也。补曰：析薪，父子之喻，言齐侯父女不相为。娶妻如之何？匪媒不得。笺云：此言取妻必待媒乃得也。补曰：媒但合好，不可离婚也。既曰得止，曷又极止？极，至也。笺云：女既以媒得之矣，何不禁制，而恣极其邪意，令至齐乎？又非鲁桓。补曰：极，亦穷也。《孟子书》曰：“极之于其所往。”此盖会泺后上诗，并以止鲁桓。

《南山》四章，章六句。

《甫田》，大夫刺襄公也。无礼义而求大功，不修德而求诸侯，志大心劳，所以求者非其道也。补曰：诗刺不能及远以有近忧，非求诸侯之过。

无田甫田，维莠骄骄。甫，《韩》作“圃”，“骄”作“乔”。兴也。甫，大也。大田过度，而无人功，终不能获。笺云：兴者，喻人君欲立功致治，必勤身修德，积小以成高大。补曰：甫田，夫田岁取十千者，以喻齐方伯之国，如天子甸师也。无田之者，不治其事也。莠，禾粟下扬生者，喻子弟骄纵，将败国。无思远人，劳心忉忉。忉忉，忧劳也。笺云：

言无德而求诸侯，徒劳其心忉忉耳。补曰：远人，方伯所统之国。无思之者，不恤诸侯也。诗人忧之则心忉忉然，刺襄公不忧耳。必言远者，明近亦有变。《左传》曰："东至于海，西至于河，南至于穆陵，北至于无棣。"

无田甫田，维莠桀桀。桀桀，犹骄骄也。补曰：言内有不顺。无思远人，劳心怛怛。怛怛，犹忉忉也。补曰：怛，憯也，痛也。内将有变，则必借邻国之力。今襄不思远，则远亦不思齐。

婉兮娈兮，总角丱兮。娈，《说文》引作"嫡"。补曰：总角，子事父母之饰。丱，古"卵"字。《左传》云：卵，予翼之。谓爱养之也。婉、娈，对乔、桀言之。人见谓乔、桀，君见谓婉、娈。谓公孙无知也。无知少养宫中，衣服礼秩如適，故曰"总角卵兮"。未几见之，突若弁兮。之，一作"兮"。若，一作"而"。婉娈，少好皃。总角，聚两髦也。丱，幼稚也。弁，冠也。笺云：人君内善其身，外修其德，居无几何，可以立功，犹是婉娈之童子，少时修饰，丱然而稚，见之无几何，突耳加冠为成人也。补曰：弁，外事之服。突、𠫓，通用字。不孝子忽出也。若，顺也。突若犯顺弁兮，有外心，言无知将生变也。未几见之者，言襄公绌无知，不令进见，此则近忧。

《甫田》三章，章四句。

《卢令》，刺荒也。补曰：卢、驴，古今字。驴似马，长耳，刺其荒废，不顾内难。襄公好田猎毕弋而不修民事，百姓苦之，故陈古以风焉。毕，噣也。弋，缴射也。补曰：陈古放犬之美，所谓愚矣。

卢令令，其人美且仁。令，《韩》作"泠"，《说文》引作"獜"。卢，田犬。令令，缨环声。言人君能有美德，尽其仁爱，百姓欣而奉之，爱而乐之。顺时游田，与百姓共其乐，同其获，故百姓闻而说之，其声令令然。补曰：卢之名犬，起于战国，以色黑呼之，与卢弓、卢矢同，非犬可名卢也。经典唯《尔雅》有"驴"字。卢即驴矣。驴，民家贱畜，而施缨铃，喻无知公孙衣服礼秩如嫡。其人者，非其人也。美且仁者，郑以刺叔段，此亦以刺无知，皆庶宠并嫡之词。令者，人君缨饰，今岂其人美仁耶？

欲君自悟也。

卢重环，重环，子母环也。补曰：环施于靷以系骖。马长辔、重环、长靷，将以制远。今驴而须重环，喻远之于外。**其人美且鬈**。《说文》引“鬈”。鬈，好皃。笺云：鬈，当为权。权，勇壮也。补曰：鬈，发好也。《雅》曰：“卷发如虿。”《记》：女子二十未嫁，则鬈首，喻无知，长大未封邑，犹在公宫也。

卢重鋂，《说文》引“鋂”。鋂，一环贯二也。补曰：鋂，大琐也。合环琐之，是门琐耳。卢、马无在门中施锁之法，而今重鋂，喻养之宫中，非其地。**其人美且偲**。《说文》引“偲”。偲，才也。笺云：才，多才也。补曰：偲、䚡、思，古今字。䚡，理也。言多析条理，分别治之，乃不为患。君有道，其人自有理。

《卢令》三章，章二句。

《敝笱》，刺文姜也。补曰：刺其与弑夫而和齐、鲁，恐徒为国辱。**齐人恶鲁桓公微弱，不能防闲文姜，使至淫乱，为二国患焉**。补曰：齐人不自闲女，而反刺鲁，非诗义也。姜淫又无文言之，桓又无不防之事，传皆诬加之。《春秋》责姜与弑，不责桓与姜如齐也。终文姜之世，齐、鲁亟战而夫人数会，其不能主和验矣。然后齐桓以女诱庄，乃得鲁也。

敝笱在梁，其鱼鲂鳏。兴也。鲂鳏，大鱼。笺云：鳏，鱼子也。鲂也，鳏也，鱼之易制也，然而敝败之笱不能制。兴者，喻鲁桓微弱，不能防闲文姜，终其初时之婉顺。补曰：敝笱，弃妇人之词。笱以拘鱼者。妇职能修之，则曰发，笱敝则不职矣。在梁，言仍在夫家也。鲂，鲋，女俎之正，喻夫人也。鳏、鲩声转通字，非鳢鲩之鲩也，今之草鱼贱，不登俎。云其鱼者，齐女已出，本鲂而今为鳏。粗恶之鱼，人不复重之，言不能复得鲁。**齐子归止，其从如云**。如云，言盛也。笺云：其从，侄娣之属。言文姜初嫁于鲁桓之时，其从者之心意如云然。云之行，顺风耳。后知鲁桓微弱，文姜遂淫恣，从者亦随之为恶。补曰：此本其初嫁时媵妾备礼，以起其今日党众分散。

敝笱在梁，其鱼鲂鲊。鲂鲊，大鱼。笺云：鲊，似鲂而弱鳞。补曰：鲊，鲢也。昔鲂今鲊，愈益卑小。《春秋》等文姜于妾母，此其义。齐子归止，其从如雨。如雨，言多也。笺云：如雨，言无常。天下之则下，天不下则止。以言侄娣之善恶，亦文姜所使止。补曰：此归谓夫死归夫家也。云散为雨，君薨，则八女或嫁、或归、或从子。

敝笱在梁，其鱼唯唯。唯，《韩》作“遗”。唯唯，出入不制。笺云：唯唯，行相随顺之皃。补曰：唯唯，小鱼喚喁，言徒与媵妾相呴濡而已。齐子归止，其从如水。水，喻众也。笺云：水之性可停可行，亦言侄娣之善恶在文姜也。补曰：雨降为水，言不能复上。

《敝笱》三章，章四句。

《载驱》，齐人刺襄公也。补曰：人者，大夫以下之称。杀人之君而与亟会，人皆危之，恐鲁人之复仇。无礼义故，盛其车服，疾驱于通道大都，与文姜淫，播其恶于万民焉。故，犹端也。补曰：《春秋》书夫人会齐侯于郜、防、榖、(丘祝)[祝丘]、齐师，与公会内女同文，初无讥讳之词，何有淫恶乎？诗刺齐子，亦不刺襄公疾驱，且宜讳国耻，传失之。

载驱薄薄，簟笰朱鞹。笰，隶作“茀”。薄薄，疾驱声也。簟，方文席也。车之蔽曰茀。诸侯之路车，有朱革之质而羽饰。笺云：此车，襄公乃乘焉而来与文姜会。补曰：载，犹乘也。驱者，车初发之节。薄薄然，迟回皃也。妇人安车曰辎軿，命车则有翟茀，茀以革，蔽以竹也。簟而曰茀者，与革路同制，在国戒行之饰。不言前輗及御者，据齐人见其既发而言之。鞹，革也。既用竹簟，复用朱革者，谓翟车，朱总络马。今在道用革车而马饰同，刺其仍用夫人礼归鲁。鲁道有荡，齐子发夕。发夕，自夕发至旦。笺云：襄公既无礼义，乃疾驱其乘车以入鲁境。鲁之道路平易，文姜发夕由之往会焉，曾无惭愧之色。补曰：荡荡然宽平，言鲁无仇齐之心也。君母矣，而犹称齐子，对父言之也。夕发昏礼，言今之往亦如初昏时，更结二国之好。

四骊济济，垂辔尔尔。尔，一作“泲”。四骊，言物色盛也。济济，美皃。垂辔，辔之垂者。尔尔，众也。笺云：此又刺襄公乘是四骊而来，徒为淫乱之行。补曰：四骊，行役所乘。《雅》曰：“比物四骊。”济济，齐也。行容济济，言其暇也。垂辔缓行，尔尔然有文饰，刺其不知忧惧。**鲁道有荡，齐子岂弟。**齐子岂弟，言文姜于是乐易然。笺云：岂弟，犹言发夕也。岂，读当为闿。弟，《古文尚书》以弟为圛。圛，明也。补曰：岂弟，发也。发明而行，刺其不知丧礼。《春秋》庄元年三月，夫人孙于齐。二年十二月，夫人会齐侯郜。盖文姜留齐逾年，至于三月，庄公念母而迎之。桓犹未练，而朱鞹徐行，故讥其岂弟。

汶水汤汤，行人彭彭。鲁道有荡，汤汤，大皃。彭彭，多皃。笺云：汶水之上盖有都焉，襄公与文姜时所会。补曰：《水经注》：汶水南径巨平故城东，有鲁道，《诗》所谓“鲁道有荡”者也，夹水有文姜台。今泰安东、莱芜西南，徂徕之阳。汶水受嘶马、新泰诸水而西南流，距鲁都二百里而近，盖留居以待鲁迎。汤汤，水怒。彭彭，气盛。恐鲁人不服也。**齐子翱翔。**翱翔，犹仿佯也。补曰：未入鲁，故心彷徨。

汶水滔滔，行人儦儦。《说文》引“儦”。滔滔，流皃。儦儦，众皃。补曰：《水经注》：汶上夹水有文姜台。汶水又西南流，《诗》云“汶水滔滔”矣。其地在今宁阳县东。汶水西流，行人南迈，自此入鲁。汶滔滔去，不复为难，言鲁不仇齐也。儦儦，武壮，言鲁国人犹怒。**鲁道有荡，齐子游敖。**补曰：敖，犹戏也。齐、鲁二国皆无人，齐女往来如游戏耳。鲁忘仇则齐利，而作刺者，若鲁臣民假义愤或生他变，徒为国辱，故欲止之。

《载驱》四章，章四句。

《猗嗟》，刺鲁庄公也。补曰：刺鲁公以止齐昏，以女诱人，君子耻之。管仲阴谋虽行，而正论不可废。**齐人伤鲁庄公有威仪技**

艺，然而不能以礼防闲其母，失子之道。人以为齐侯之子焉。补曰：此诗在文姜薨后，传望文误说也。淫乱阴私，讳之不暇，而以我甥为巧诋，是诗人亦罪人也。齐侯之子，鲁桓之言，齐人所深耻，不正己女而反刺其子，颠到甚矣。此皆市井不忍道之言，岂容以说经乎？齐南伐以鲁为主，而文姜存时，鲁三伐齐，一劫桓公，终不得逞志，故管仲因社以女诱之。庄惑而请昏，《春秋》不深责者，成桓之功，存鲁之危，皆赖同盟，不宜以诛心绝庄也。然而存诗之论，以正人心，盖国耻齐，犹当刺鲁，可知矣。

猗嗟昌兮，颀若长兮。猗，一作“猗”。若，唐定本作“而”。猗嗟，叹辞。昌，盛也。颀，长皃。笺云：昌，姣好皃。补曰：猗嗟者，叹齐、鲁大国，而以女诱和也。昌、颀，不肯降意之皃。言鲁庄先自矜持，颀颀然不甘下齐。抑若扬兮，抑，美色。扬，广扬。补曰：抑，下。扬，举也。抑扬，登降之容。美目扬兮。好目扬眉。补曰：两君相见，瞻视非常，有人君之美。巧趋跄兮，射则臧兮。跄，巧趋皃。笺云：臧，善也。补曰：跄，动也，行而鸣玉跄然。则臧者，射虽善，而人不武也。

猗嗟名兮，美目清兮，目上为名。目下为清。补曰：名、眳，清、睛，古今字。专言目者，刺其好女来观社也。庄公尝曰：“寡人之生，则不若死。”今乃靦然。仪既成兮。笺云：成，犹备也。补曰：仪，纳币之仪也。始以为不成，今既成矣。终日射侯，不出正兮，二尺曰正。笺云：正，所以射于侯中者。天子五正，诸侯三正，大夫二正，士一正，外皆居其侯中参分之一焉。补曰：纳币礼成而燕，燕而射，故终日也。侯，大侯。诸侯鹄画虎头，谓之兽侯。其宾射则三采、三正，谓以朱、白、苍分三色，画侯中为的也。君一正，大夫、士各一正，故三正也。燕当用乡射之礼射鹄，两君燕则以宾礼射正。不出正者，燕礼许射三侯，鲁侯则必射大侯，九十步以远为隽，故不出其正也。能射而不以复仇，亦谓之不出正。展我甥兮。外孙曰甥。笺云：展，诚也。姊妹之子曰甥。容皃技艺如此，诚我齐之甥。言诚者，拒时人言齐侯之子。补曰：鲁庄于齐桓为姊妹之子，哀姜盖桓女也。女婿亦谓之甥。言展者，喜得鲁之词，刺齐图伯而以诡谋，欲正其事。

猗嗟娈兮，清扬婉兮。娈，壮好皃。婉，好眉目也。补曰：既为女婿，故见其婉娈，不复前之昌颀也。舞则选兮，射则贯兮。选，《韩》作“纂”，又作“簨”。选，齐。贯，中也。笺云：选者，谓于伦等最上。贯，习也。补曰：舞，谓以弓矢舞也。选，巽也。庄为宾，为上射，当射舞时，则执弟子之礼，常巽于下射，所谓婉娈也。射者，正射毕，复射也。初射时，不贯不释获，复射则中离维纲，扬触捆复。中三侯皆获，而庄犹必贯。四矢反兮，以御乱兮。反，韩作“变”。四矢，乘矢。笺云：反，复也。礼，射三而止。每射四矢，皆得其故处，此之谓复。射必四矢者，象其能御四方之乱也。补曰：复射复中四矢，故曰反兮。庄初志报齐，故精武事，今既结昏，反为齐御乱，故喜之也。然以好女之故，弃国大计，终必危败，虽得之何益？其后果有内难，烦齐城之，且自杀哀姜以谢鲁、莒。言御乱者，知其乱也。

《猗嗟》四章，章六句。

齐国十一篇，卅四章，百四十三句。

魏葛屦毛诗诂训传第九　国风九

《葛屦》，刺褊也。补曰：刺晋献公将以骊姬为夫人。魏地狭隘，其民机巧趋利，其君俭啬褊急，而无德以将之。俭啬而无德，是其所以见侵削。补曰：狭隘者，山川使然。齐表海亦趋利，不可独刺魏也。魏为晋诗，与邱、鄘为卫诗同例。唐叔亦以王官监唐、魏，唐则故王畿之地，魏则毕公高之采邑，初无君也。其诗当与唐同为雅，及改唐封晋侵地，得魏而封毕万，则为晋私邑，故皆晋诗，因其旧题，分为唐、魏。《左传》虽言灭魏，竟无魏君之名。至其论魏诗，“大而婉，俭而易行，以德辅，则盟主”，盖亦知其为晋诗矣。

纠纠葛屦，可以履霜。《说文》“孅”下引“纠纠葛屦”。纠纠，犹缭缭也。夏葛屦，冬皮屦。葛屦非所以履霜。笺云：葛屦贱，皮屦贵。魏俗至冬犹谓葛屦可以履霜，利其贱也。补曰：葛屦，君夫人之贵屦。履霜，征役之事，非妇人所职，喻此夫人无妇德也。《易》曰：“履霜，坚冰至。”言将乱国。掺掺女手，可以缝裳。掺，《韩》作“纤”，《说文》引作“攕”。掺掺，犹纤纤也。妇入三月庙见，然后执妇功。笺云：言女手者，未三月未成为妇。裳，男子之下服，贱，又未可以缝。魏俗使未三月妇缝裳者，利其事也。补曰：女，新嫁之称。言手者，本妾媵执事者耳。缝裳，女御之事。礼，诸母不漱。裳可以缝者，明已有世子，而此女未可为诸母也。要之襋之，好人服之。《说文》引“襋”。要，褼也。襋，领也。笺云：服，整也。要也、襋也在上，好人尚可使整治之。谓属著之。补曰：好人，盖新妇之称。言君欲立夫人，当择玉女服絅衣来者。深衣之制，要缝半下，苘衣制同，故以要言。襋则黼领，中衣之领，君夫人缟黼也。将止其立妾，故陈正昏礼以劝之。

好人提提，宛然左辟，佩其象揥。《说文》引“宛如左僻”。提提，安谛也。宛，辟皃。妇至门，夫揖而入，不敢当尊，宛然而左辟。象揥所以为饰。笺云：妇新至，慎于威仪如是，使之非礼。补曰：此陈亲迎正礼，欲君更求淑女，故重言好人，以致其意。象揥右佩，《内则》所谓遰也。夫人则象揥，余盖以骨。《偕老》曰“象之揥兮”，翟衣之佩也。妇升自西阶，故辟而左。维是褊心，是以为刺。是，《鲁》作“此”。笺云：魏俗所以然者，是君心褊急，无德教使之耳，我是以刺之。补曰：维之言唯也。今立骊姬，初无失德，唯是我心褊狭，不欲以妾当尊，是以作刺耳。言己褊，明骊姬实褊，不能容太子也。显言切谏，故献公卜之，又筮之。

《葛屦》二章，一章六句，一章五句。

《汾沮洳》，刺俭也。补曰：刺赵盾以俭收人心。其君俭以能勤，刺不得礼也。其君，一作“其君子”。

彼汾沮洳，言采其莫。汾，水名。沮洳，其渐洳者。莫，菜也。

笺云：言，我也。于彼汾水渐洳之中，我采其莫以为菜。是俭以能勤。补曰：《水经注》说：汾水出管涔山，径赵夙邑。汾，斥赵氏也。《序》云刺俭者，赵氏方盛，题者微其词，非有刺俭之言也。沮洳下泾，犹言居河之湄，恶之，故彼之。陆玑说：莫，似柳，赤节。言采之者，晋君也。赵盾似有节操，不可任。彼其之子，美无度。笺云：之子，是子也。是子之德美无有度，言不可尺寸。补曰：之子，赵盾也。度，越也。国人莫能逾之。美无度，殊异乎公路。路，车也。笺云：是子之德美，信无度矣。虽然，其采莫之事，则非公路之礼也。公路，主君之輅车，庶子为之，晋赵盾为輅车之族是也。补曰：殊异者，言非人臣之度也。公路，掌中军。

彼汾一方，言采其桑。笺云：采桑，亲蚕事也。补曰：一方，有外心自远之词。《秦风》曰："在水一方。"桑，宫中树，以喻赵穿为公婿。彼其之子，美如英。万人为英。补曰：英，草木之华荣而不实者。美如英，殊异乎公行。公行，从公之行也。笺云：从公之行者，主君之兵车之行列。补曰：《左传》说赵盾为公行，盖其前官。

彼汾一曲，言采其藚。《说文》引"藚"。藚，水舄也。补曰：藚，牛脣，今泽泄香草也。藚之言续，喻赵氏以括嗣衰为卿。彼其之子，美如玉。补曰：玉者君德，言权将拟君。美如玉，殊异乎公族。公族，公属。笺云：公族，主君同姓昭穆也。补曰：《左传》说赵括为公族，言赵氏有异心。

《汾沮洳》三章，章六句。

《园有桃》，刺时也。补曰：刺晋灵公信用赵穿。大夫忧其君国小而迫，而俭以啬，不能用其民，而无德教，日以侵削，故作是诗也。补曰：诗词皆无其意。

园有桃，其实之殽。殽，一作"肴"。兴也。园有桃，其实之殽。国有民，得其力。笺云：魏君薄公税，省国用，不取于民，食园桃而已。不施德教，民无以战，其侵削之由，由是也。补曰：《左传》说：灵公欲攻赵盾，走未出山，赵穿弑公于桃园。此言其谋，故曰“园有桃”也。桃园在华山之阳，潘岳赋所谓休牛故林。晋昔赂秦河外列城，南及华山。盖灵公追盾至桃园，故盾不出华山也。实，喻军实也。殽，相杂错也。军实杂错，言弑械已成。**心之忧矣，我歌且谣。**曲合乐曰歌，徒歌曰谣。笺云：我心忧君之行如此，故歌谣以写我忧矣。补曰：大乱将起，不敢明言，故托于歌谣。**不知我者，谓我士也骄。**笺云：士，事也。不知我所为歌谣之意者，反谓我于君事骄逸故。补曰：此代君驳己以忧者，为不知也。士，婿也。我，晋君自我也。赵穿，晋之公婿，灵公亲之，以为无他。今谓其骄，是不知我君与公婿之恩。**彼人是哉，子曰何其？**夫人谓我欲何为乎？笺云：彼人，谓君也。曰，于也。不知我所为忧者，既非责我，又曰君俭而啬，所行是其道哉。子于此忧之，何乎？补曰：此亦述君拒己之词。彼人，赵盾也。是哉，是君所恶也。子，谓大夫言赵穿者。曰何其者，言何为复论及穿也。**心之忧矣，其谁知之？其谁知之，盖亦勿思。**汉石经“知□之”，“知”下多一字，原石误字镌空。笺云：如是则众臣无知我忧所为也。无知我忧所为者，则宜无复思念之以自正也。众不信我，或时谓我谤君，使我得罪也。补曰：乱将作，而君臣不知，故忧之深而不敢思。

园有棘，其实之食。棘，枣也。补曰：棘有刺伤人，不可近。言非桃园，乃棘园，食者将甘心于君。**心之忧矣，聊以行国。**笺云：聊，且略之词也。聊出行于国中，观民事以写忧。补曰：行国，观民心向背。**不知我者，谓我士也罔极。**极，中也。笺云：见我聊出行于国中，谓我于君事无中正。补曰：言君以谏者不知己意，故谓公婿无中正之心。**彼人是哉，子曰何其？心之忧矣，其谁知之？其谁知之，盖亦勿思。**

《园有桃》二章，章十二句。

《陟岵》，孝子行役思念父母也。补曰：此托为孝子之词，言父在，子不可求仕也。《左传》说：狐突之子毛及偃从重耳在秦，怀公命无从亡人，突不召子，遂见杀。以富贵功名致伤父子之恩，述其情以刺之。国迫而数侵削，役乎大国，父母兄弟离散，而作是诗也。役乎大国者，为大国所征发。补曰：以迫役而离散，不宜作诗思念。

陟彼岵兮，瞻望父兮。山无草木曰岵。笺云：孝子行役，思其父之戒，乃登彼岵山，以遥瞻望其父所在之处。补曰：《尔雅》："多草木，岵。"许慎书："岵，山有草木也。"此以山生草木，喻父母慈养，不能取一有一无分属父母。无，非"有无"之"无"。无，从林、㮇，丰也。岵，古也。古山，故多草木。屺，广也。广平，故草木蕃无。汉人误仞"无"字，改"多"为"有"以对之。岵、屺之分，盖以竦拔、平夷为异。故喻父母。父曰嗟予子，行役夙夜无已。汉石经"父"下镌空一字。无，《韩》作"毋"。笺云：予，我。夙，早。夜，莫也。无已，无解倦。补曰：夙夜，大夫之职，欲其匡佐匪懈。上慎旃哉，犹来无止。上，《鲁》作"尚"。旃，之。犹，可也。父尚义。笺云：上者，谓在军事作部列时。补曰：上慎，以慎为上。犹，若也。来，归也。若不夙夜而来归，则将见止辱，故托父言以戒之。

陟彼屺兮，瞻望母兮。山有草木曰屺。笺云：此又思母之戒，而登屺山而望之也。补曰：屺，《尔雅》作"峐"。峐，荄也。屺、配，古今字。配、戺皆广也，字又作"纪"。《终南》："有纪有堂。"登陟广平之山，草木长养，当思望慈母。母曰嗟予季，季，少子也。补曰：晋文在狄，唯狐偃从，后归国，乃让狐毛。盖毛先归，故指言嗟季，以显其意。行役夙夜无寐。无寐，无嗜寐也。补曰：言不安席也。上慎旃哉，犹来无弃。母尚恩也。补曰：若来归，得无弃事乎？故嗟其宜慎。

陟彼冈兮，瞻望兄兮。补曰：冈脊相连，故喻兄弟。兄曰嗟予弟，行役夙夜必偕。偕，俱也。补曰：必偕者，本同在行，今始分离耳。明其兄弟俱违父母。上慎旃哉，犹来无死。兄尚亲也。补曰：

若来，则是惧死，劝其无归之词。

《陟岵》三章，章六句。

《十亩之间》，刺时也。补曰：刺亟战而废农。言其国削小，民无所居焉。补曰：国小民多，必其防制严峻，乃无逃亡。如此则未必削，若削小而更暴敛之，将立溃矣，何暇刺之？

十亩之间兮，桑者閑閑兮。閑閑，一作“闲闲”。闲闲然，男女无别，往来之皃。笺云：古者一夫百亩，今十亩之间，往来者闲闲然。削小之甚。补曰：十亩，井田之公田八家，所治者，家各十二亩有奇，举成数言十亩耳。《左传》说：晋惠公既见获于秦，乃作爰田。谓以公田赋民而征民之兵，故一家增十亩也。间，公、私田之间也。桑者，妇女也。男务于战，则桑者尽出，闲闲杂作而不任劳。行与子还兮。或行来者，或来还者。补曰：行，谓行爰田之法也。子，大夫也。大夫不能还，君而行苟且之政，故刺之。

十亩之外兮，桑者泄泄兮。泄泄，多人之皃。补曰：外，公田之外，即民田也。公田不耕，私田亦不能耕。桑者力不胜，则泄泄废业也。行与子逝兮。笺云：逝，逮也。补曰：爰田法行，国终无以自立，民当逃亡，大夫亦唯去耳。文公入而舆颂每每，其改法与？

《十亩之间》二章，章三句。

《伐檀》，刺贪也。补曰：刺君重敛以养游士。在位贪鄙，无功而受禄，君子不得进仕尔。补曰：诗无欲仕之意。

坎坎伐檀兮，寘之河之干兮，河水清且涟漪。汉石经“坎”作“欿”，“漪”作“兮”。寘之，郑、班引并作“寘诸”。坎坎，伐檀声。寘，（直）［置］也。干，涯也。风行水成文曰涟。伐檀以俟世用，若俟河水清且涟。笺云：是谓君子之人不得进仕也。补曰：檀车，行役之车，贤人来客，故托喻焉。涟、澜一字。风水成文者，水清乃见文也。《尔雅》“大波为澜”，对“沦”言之耳。坚车而不行，欲俟河清，以喻贤不肯仕，以待明主。不稼不穑，胡取禾三百廛兮？不狩不猎，胡瞻尔庭有县貆兮？穑，汉石经作“啬”。种之曰稼。敛之曰穑。一夫之居曰廛。貆，兽名。笺云：是谓在位贪鄙，无功而受禄也。冬猎曰狩。宵田曰猎。胡，何也。貉子曰貆。补曰：廛禾，致饔之礼。饔致禾三十车，故云三也。郑《周官注》：“廛，田百亩。”三百廛，三万亩也。次国大夫禄二千八百八十石，举大数三千，故三百廛取什一也。《说文》以廛为一亩半之居，据城中言之尔。庭者，公馆也。貆，禽羞之献。貆好睡，喻贪昏者。君子用则县之，将食其肉矣。彼君子兮，不素餐兮！素，空也。笺云：彼君子者，斥伐檀之人，仕有功乃肯受禄。补曰：彼者，他国之词。餐，饔也。盛礼供客，君子不肯留，当俟河清也。盖晋武惠之世，厚结宾客，欲以致游士。

坎坎伐辐兮，寘之河之侧兮，河水清且直漪。辐，檀辐也。侧，犹涯也。直，直波也。补曰：辐，轮轑也，小材任重者。直，当为径，《尔雅》：“直波为径。”无风则波直。漪，皆当为“猗”，误加水旁。不稼不穑，胡取禾三百亿兮？不狩不猎，胡瞻尔庭有县特兮？万万曰亿。兽三岁曰特。笺云：十万曰亿。三百亿，禾秉之数。补曰：一车禾二百秉，致宾飧饔及出入六积。凡致禾二百三十车，共二十七万六千秉，举大数故三亿。加百者，隐其词，故从上下文。特，豕子之强者，亦喻贪暴。彼君子兮，不素食兮！补曰：食，致食之礼也。致食如饔禾，亦三十车。《聘礼》曰：“车禾视死牢，车三秅。”四百秉为一秅。郑注：盈手刈禾为秉。

坎坎伐轮兮，寘之河之漘兮，河水清且沦漪。《说文》引“寘河之漘”，又引“沦猗”。檀可以为轮。漘，涯也。沦，小风水成文，转如轮也。补曰：轮人为轮，斩三材以时。轮，车辋边也。有辐曰轮，无辐曰辁。轮者，车之所以转，故以喻用贤也。夷上洒下为漘。不稼不穑，胡取禾三百囷兮？不狩不猎，胡瞻尔庭有县鹑兮？圆者为困。鹑，鸟也。补曰：受禄有家，则收禾囷之三百廛，故三百囷也。言亿者，一时之礼，廛囷长久之禄。鹑、鶉，古今字。鶉鹌、牝鹌，争之而斗者。鹑则鷟之省文。彼君子兮，不素飧兮！熟食曰飧。笺云：飧，读如“鱼飧”之“飧”。补曰：飧，餔也，夕食也。客至曰致飧，不飧则即日当去也。

《伐檀》三章，章九句。

《硕鼠》，刺重敛也。国人刺其君重敛，蚕食于民，不修其政，贪而畏人，若大鼠也。补曰：诗刺君任用贪吏，非以鼠比君。

硕鼠硕鼠，无食我黍！樊光引硕作“鼫”。笺云：硕，大也。大鼠大鼠者，斥其君也。女无复食我黍，疾其税敛之多也。补曰：硕鼠，樊光以为五技鼠。许慎说：能飞，不能过屋；能缘，不能穷木；能游，不能渡谷；能穴，不能掩身；能走，不能先人。此则《荀子》所谓鼫鼠，今松鼠也。陆玑说：能人立，交前脚颈上跳舞，善鸣，魏国河北方物。郭璞说：头似兔，尾有毛青黄色，好在田中食粟豆。此则礼鼠也。今案，食苗鼠，田鼠，即鼢鼠也。能行地中，伯劳所化，复化为鴽。一曰偃鼠，产田间，深目，短尾黑色，长鼻，肥而匾身。以喻大夫有田禄者。重言之，遍刺大夫也。黍以为酒，供祭祀、宾客，言其民无以备礼，比间不能供吉凶器。三岁贯女，莫我肯顾。贯，汉石经作“宦”。贯，事也。笺云：我事女三岁矣，曾无教令恩德来顾眷我，又疾其不修政也。古者三年大比，民或于是徙。补曰：三岁，考绩之期。逝将去女，适彼乐土。笺云：逝，往也。往矣将去女，与之诀别之辞。乐土，有德之国。补曰：明言去女，讽君当去之也。适彼乐土，爰得我所！各本作“乐土乐土”，此从《韩外传》《新序》引。笺云：爰，曰也。

硕鼠硕鼠，无食我麦！补曰：麦，笾实所用，又以佐食，用急于黍。三岁贯女，莫我肯德。笺云：不肯施德于我。逝将去女，适彼乐国。适彼乐国，爰得我直！直，得其直道。笺云：直，犹正也。补曰：言得直，则将讼之。

硕鼠硕鼠，无食我苗！苗，嘉谷也。补曰：苗，嘉谷，粟也，今小米。日食所须，不可一餐无，又急于麦。三岁贯女，莫我肯劳。逝将去女，适彼乐郊。适彼乐郊，谁之永号！号，呼也。笺云：不肯劳来我。郭外曰郊。之，往也。永，歌也。乐郊之地，谁独当往而歌号者。言皆喜悦，无忧苦。补曰：三去者，诡词也。有乐土则早逝矣。今将谁之乎？亦唯有长号耳。礼，事父母三谏，不听，则号而随之。为此诗者，盖宗臣也。

《硕鼠》三章，章八句。

魏国七篇，十八章，百廿八句。

诗卷六

唐蟋蟀毛诗诂训传第十　国风十

《蟋蟀》，刺晋僖公也。补曰：唐叔虞，子晋侯燮，子武侯宁族，子成侯服人，子厉侯福，子靖侯宜臼，子僖侯司徒。《世家》言僖侯当共和之世。刺其不忧王室。俭不中礼，故作是诗以闵之，欲其及时以礼自虞乐也。补曰：诗三言“无已太康”，非欲其乐也。俭则示之以礼，未闻教之以乐。此晋也，而谓之唐，本其风俗，忧深思远，俭而用礼，乃有尧之遗风焉。忧深思远，谓“宛其死矣”“百岁之后”之类也。补曰：凡陈诗皆因旧题，唐本以王官监魏，故叔虞不称侯，子燮乃封耳。与卫题邶、鄘同，不可以风俗改国号也。豳述后稷，不本而书邰；秦居周京，不本而题镐。传乃望文生义，失之。

蟋蟀在堂，岁聿其莫。今我不乐，日月其除。蟋蟀，蛬也，九月在堂。聿，遂。除，去也。笺云：我，我僖公也。蛬在堂，岁时之候，是时农功毕，君可以自乐矣。今不乐，日月且过去，不复暇为之。谓十二月，当复命农计耦耕事。补曰：《尔雅》：“悉蟋，蛬。”蛬，即蠽省文。蠽，阜螽、草虫、负蠽，皆悉蟋也。二尾为蠽，三尾为负蠽，以雌雄分之。其性得穴而居，寒则入内，鸣声随时大小。喻晋君居国偷安，无出疆之志也。今我云云，述君意也。见王室乱，则曰岁其暮矣，且为乐耳。无已大康，职思其居。已，甚。康，乐。职，主也。笺云：君虽当自乐，亦无甚大乐。欲其用礼为节也，又当主思于所居之事，谓国中政令。补曰：无已者，箴君之词，无乃大自安耶。既居君位，当有所思。好乐无荒，良士瞿瞿。荒，大也。瞿瞿然顾礼义也。笺云：荒，废乱也。良，善也。君之好乐，不当至于废乱政事，当如善士瞿瞿然顾礼义也。补曰：士，卿士也。本唐叔先职以箴之。瞿瞿，俭也。言王官忧国，当先习俭。

蟋蟀在堂，岁聿其逝。今我不乐，日月其迈。迈，行也。无已大康，职思其外。外，礼乐之外。笺云：外，谓国外至四境。补曰：思外者，言不可徒自守，将有邻国侵侮之患。好乐无荒，良士蹶蹶。蹶蹶，动而敏于事。补曰：蹶蹶，兴起赴难。

蟋蟀在堂，役车其休。笺云：庶人乘役车。役车休，农功毕，无事也。补曰：役车，行役给使之车。刺其不供亿王室。今我不乐，日月其慆。慆，过也。补曰：慆、由、邮、尤，通用字。无已大康，职思其忧。忧，可忧也。笺云：忧者，谓邻国侵伐之忧。补曰：见乱不忧，是不肯思忧耳。好乐无荒，良士休休。休休，乐道之心。补曰：休休，俭也。俭，敛也。休，兴也。言兴起自敛束。

《蟋蟀》三章，章八句。

《山有枢》，刺晋昭公也。补曰：刺其徒务富强，不任贤臣。《世家》言：僖侯子献侯籍，子穆侯费王，子文侯仇，子昭侯伯也。不能修道以正其国，有财不能用，有钟鼓不能以自乐，有朝廷不能洒扫，政荒民散，将以流亡，四邻谋取其国家而不知，国人作诗以刺之也。补曰：曲沃乃昭公封之，必非荒散之主。诗又不可教人钟鼓、酒食以救流亡。

山有枢，隰有榆。枢，《鲁》作"蓲"。兴也。枢，荎也。国君有财货而不能用，如山隰不能自用其财。补曰：枢，刺榆，《齐民要术》所言可为犊车材者。荎、梐，通用字，今梐木，所在有之，大者绝难得。榆，白枌，亦坚韧可任之木。山，喻晋。隰，喻曲沃。言枢不如榆也。子有衣裳，弗曳弗娄。弗，又作“不”。娄，《韩外传》作“屡”，《玉篇》作“搂”。娄，亦曳也。补曰：子，大夫也。言大夫以斥君耳。大夫不能有廷内，托子以言之。衣裳，朝聘之服，以裳异贵贱者。曳，臾。曳搂，曳聚也。《玉藻》曰：“弁行，剡剡起屦。”又曰：“圈豚行，不举足，齐如流。”则衣曳地，升阶、即席、降堂皆抠衣，则谓之娄。子有车马，弗驰弗驱。补曰：驰，国外。驱，国中也。凡田，诸侯晋马，大夫驰。《记》曰：“车驱而驺，至大门。”恤勿驱。宛其死矣，他人是愉。宛，又作“死”。宛，死皃。愉，乐也。笺云：愉，读曰偷。偷，取也。补曰：死者，斥忧国之臣，盖自谓也。大夫赴于君，曰：臣某死。是，寔也。旧臣死，则他人实喜。言不可狃目前之盛。

山有栲，隰有杻。栲，山樗。杻，檍也。补曰：栲，许慎书作“柷”。杶，古文作“杻”。皆樗类。樗当作“樗”，作樗者，樗也，今作“桦”，乌臼，子中作油，木不中用。栲、杶皆坚材，可为车轴及輞。檍，梓属者字作“楢”。作檍者，杶也。栲弱于杶，亦不如沃。子有庭内，弗洒弗扫。子有钟鼓，弗鼓弗考。洒，灑也。考，击也。补曰：内，室也。廷，朝中也。扫，坋除也。廷以视朝，内以治事，君出入则奏钟鼓。不视朝，故弗扫叩。宛其死矣，他人是保。保，安也。笺云：保，居也。补曰：保，任也。旧臣死，国势弱，必倚沃以安也，如是则干弱枝强矣。

山有漆，隰有栗。补曰：漆、栗，琴瑟之材，漆为栗饰。言晋反为沃用。子有酒食，何不日鼓瑟？何，《鲁》作“胡”。君子无故，琴瑟不离于侧。补曰：燕射之礼，四瑟升歌，燕以赏功，射以选士也。日，谓择日戒宿也。言日者，示急于进贤。且以喜乐，且以永日。永，引也。补曰：君任贤才，则国人喜乐矣。永日，喻延其国祚也。宛其死矣，他人入室。补曰：入室，谓将据其国而代之。

《山有枢》三章，章八句。

《扬之水》，刺晋昭公也。补曰：刺其暴急无亲，偏任成师。昭公分国以封沃，沃盛强，昭公微弱，国人将叛而归沃焉。封沃者，封叔父桓叔于沃也。沃，曲沃，晋之邑也。补曰：昭公新立大都时不微弱也。刺其专信成师，忠言不得进耳。

扬之水，白石凿凿。扬，《鲁》作“杨”。兴也。凿凿，鲜明皃。笺云：激扬之水，激流湍疾，洗去垢浊，白石凿凿然。兴者，喻桓叔盛强，除民所恶，民得以有礼义也。补曰：扬水迅疾，自谓无不漂矣，反使白石著见，喻昭公自恃强盛，徒张沃势也。素衣朱襮，从子于沃。《说文》引“襮”。襮，领也。诸侯绣黼丹朱中衣。沃，曲沃也。笺云：绣，当为“绡”。中衣以绣黼为领，丹朱为纯也。国人欲进此服，去从桓叔。补曰：素衣、皮弁，邦交之服也。《颂》曰：“素衣其紑。”朱襮，诸侯素衣之领，与大夫异者。子，桓叔也。朝晋者皆朝沃，言其势拟君也。《水经注》云：涑水径左邑故城南，故曲沃也，晋武公自晋阳徙此。涑水自城西注，水流急浚，轻津无缓，故诗人以为激扬之水。服虔曰：土平有溉曰沃。又沃阳有沃水。沃有盐地也。既见君子，云何不乐？笺云：君子，谓桓叔。补曰：君子，邻国诸侯。既见者，桓叔见之也。云何乎，云其不乐之意，不欲终在沃。

扬之水，白石皓皓。皓皓，洁白也。补曰：皓、硞，通用字，石声也。素衣朱绣，从子于鹄。绣，《鲁》作“绡”，又作“宵”。绣，黼也。鹄，曲沃邑也。补曰：绣黻于领，因谓之绣，不必改“宵”也。《左传》说晋有箕、鹄，盖近狄之邑。于鹄者，狄君也，言其结连外夷。既见君子，云何其忧？言无忧也。补曰：见于鹄者，意云何乎？其将为晋国之忧乎。

扬之水，白石粼粼。粼，又作“磷”。粼粼，清彻也。补曰：粼水生涯石间，难行之意。水不能流石，石反足碍水也。我闻有命，不敢以告人。闻曲沃有善政命，不敢以告人。笺云：不敢以告人而去者，畏昭公谓己动民心。补曰：命，君命也。人多为曲沃伺察，言内又有变。

《扬之水》三章，二章章六句，一章四句。

《椒聊》，刺晋昭公也。君子见沃之盛强，能修其政，知其蕃衍盛大，子孙将有晋国焉。

椒聊之实，蕃衍盈升。兴也。椒聊，椒梂也。笺云：椒之性芬香而少实。今一梂之实，蕃衍满升，非其常也。兴者，喻桓叔晋君之支别耳，今日子孙众多，将日以盛也。补曰：椒，茮或体字，檓也。檓，香佩，然味辛有毒，喻成师亲贵任事而怀奸邪。木朻者聊，下垂者也。垂实盈升，必为人取，而欲其蕃衍。喻封之曲沃，不能辅晋国，徒资其力，养成其患而已。升，十龠也。蕃多溢饶也。彼其之子，硕大无朋。朋，比也。笺云：之子，是子也，谓桓叔也。硕，谓状皃佼好也。大，谓德美广博也。无朋，平均不朋党。补曰：彼其子者，邻国之词，言彼将自大，晋不能与比。椒聊且，远条且。条，长也。笺云：椒之气日益远长，似桓叔之德弥广博。补曰：条，小枝也。此椒岂垂朻乎？将远而成条，不可复取，嗟君之不悟也。且、嗟，通用字。

椒聊之实，蕃衍盈匊。匊，又作"掬"。两手曰掬。补曰：言欲其多饶而掬取之，喻晋以曲沃易制。彼其之子，硕大且笃。笃，厚也。补曰：晋且以为笃于亲。椒聊且，远条且。言声之远闻也。

《椒聊》二章，章六句。

《绸缪》，刺晋乱也。补曰：刺王置君不定。国乱，则昏姻不得其时焉。不得其时，谓不及仲春之月。补曰：昏失时而作诗，则非刺乱。乱而失时，当刺其何以乱，不当刺其误昏时也。彼岂好乱而故愆期乎？

绸缪束薪，三星在天。兴也。绸缪，犹缠绵也。三星，参也。在天，谓始见东方也。男女待礼而成，若薪刍待人事而后束也。三星在天，可以嫁娶矣。笺云：三星，谓心星也。心有尊卑，夫妇父子之象，又为二月之合宿，故嫁娶者以为候焉。昏而火星不见，嫁娶之时也。今我束薪于野，乃见其在天，则三月之末，四月之中，见于东方矣，故云“不得其时”。补曰：薪者，诸侯之词。《汉广》曰“翘翘错薪”，《大东》曰“无浸获薪”，《凯风》曰“吹彼棘薪”，皆对王朝言之。束之者，王治晋之乱也。曲沃叛晋，王再定其君，故曰绸缪。心为天王，明堂在天者，言为晋主。**今夕何夕，见此良人？**良人，美室也。笺云：今夕何夕者，言此夕何月之夕乎，而女以见良人。言非其时。补曰：夕，莫，非朝时也。良，首也。《昏礼》曰：“御衽，良席。”夫为妇首，故曰良人。见良人，则以夕时。今此良人非彼良也，何以为夕见之？以明其假婚言之，非言昏礼。曲沃与晋迭立，如妇数易夫。**子兮子兮，如此良人何？**子兮者，嗟兹也。笺云：子兮子兮者，斥嫁取者，子取后阴阳交会之月，当如此良人何？补曰：子，大夫也。大夫无忠贞，虽复置晋君，当如何而能定之？

绸缪束刍，三星在隅。隅，东南隅也。笺云：心星在隅，谓四月之末，五月之中。补曰：刍草微弱，以喻晋君在隅，不能正中，喻王有偏私也。《左传》曰：嘉父逆晋翼侯于随，纳诸鄂，谓之鄂侯。**今夕何夕，见此解觏？**觏，《韩》又作“遘”。各本或作“邂逅”。解觏，解说之皃。补曰：解觏，讲解，使曲沃与晋并为国君。**子兮子兮，如此解觏何？**补曰：王不能讨叛，而又奖之，故大夫益无如何。

绸缪束楚，三星在户。参星正月中直户也。笺云：心星在户，谓五月之末，六月之中。补曰：楚强韧，以喻曲沃。在户，言王私助之。**今夕何夕，见此粲者？**三女为粲。大夫一妻二妾。补曰：敫者，奔妾，喻诸侯贰于沃者。《左传》：王使尹氏、武氏助曲沃伐翼。其年曲沃叛王，又命虢伯立翼侯子。**子兮子兮，如此粲者何？**补曰：言非无君之患，无臣之患。

《绸缪》三章，章六句。

《杕杜》，刺时也。君不能亲其宗族，骨肉离散，独居而无兄弟，将为沃并尔。

有杕之杜，其叶湑湑。《说文》引“杕”。兴也。杕，特皃。杜，赤棠也。湑湑，枝叶不相比也。补曰：杜，赤棠，沙果也。以其赤花名曰花红。《尔雅》又曰：“杜，甘棠。”则不殊赤白。甘者杜，酢者棠，棠则楂也。而林禽、苹果、柰，统于杜，皆小树甘实，人所采摘。故叶湑湑而疏，喻晋孤立而窥伺者多。独行踽踽，岂无他人？不如我同父。《说文》引“踽”。踽踽，无所亲也。笺云：他人，谓异姓也。言昭公远其宗族，独行于国中踽踽然。此岂无异姓之臣乎？顾恩不如同姓亲亲也。补曰：岂无者，述桓叔之言也。自谓母弟叔父之亲而排斥他人。嗟行之人，胡不比焉？人无兄弟，胡不佽焉？佽，助也。笺云：君所与行之人，谓异姓卿大夫也。比，辅也。此人，女何不辅君为政令乎？异姓卿大夫，女见君无兄弟之亲亲者，何不相推次而助之？补曰：行之人，独行之人也。比，犹从也。彼方自谓同父，而嗟其无兄弟，发其阴谋，显斥之也。上“胡不”讽君，下“胡不”责群臣。

有杕之杜，其叶菁菁。菁，又作“青”。菁菁，叶盛也。笺云：菁菁，稀少之皃。补曰：菁菁，叶盛则实不繁也。凡语有相反以成，故盛可云少。独行睘睘，岂无他人？不如我同姓。睘，又作“茕”。《说文》引“睘”。睘睘，无所依也。同姓，同祖也。补曰：同姓，言曲沃子孙。嗟行之人，胡不比焉？人无兄弟，胡不佽焉？

《杕杜》二章，章九句。

《羔裘》，刺时也。补曰：亦刺昭公专任桓叔。晋人刺其在位不恤其民也。

羔裘豹袪，自我人居居。袪，袂也。本末不同，在位与民异心。自，用也。居居，怀恶不相亲比之皃。笺云：羔裘豹袪，在位卿大夫之服也。其役使我之民人，其意居居然有悖恶之心，不恤民之困苦。补曰：凡诗所刺皆密事也。羔裘豹袪，卿大夫行服。自，导也。用此大夫典兵事，导我晋民以恶，居居然傲不从命。**岂无他人？维子之故。**笺云：此民，卿大夫采邑之民也。故云岂无他人可归往者乎？我不去者，乃念子故旧之人。补曰：言君不用异姓，而以此为故旧。

羔裘豹褎，自我人究究。褎，又作“袖”，非。褎，犹袪也。究究，犹居居也。补曰：褎在袪之上，长二尺二寸，袪尺二寸，裼则有袪。言行服者主袪，居唯言袖也。深衣无袪，则朝祭服皆无袪，别施褎耳。唯韦弁、皮弁有袪。究究，纠纠，不驯服也。**岂无他人？维子之好。**笺云：我不去而归往他人者，乃念子而爱好之人也。民之厚如此，亦唐之遗风。补曰：言君亦非亲亲，以私好之耳。

《羔裘》二章，章四句。

《鸨羽》，刺时也。补曰：王师屡助定晋，而晋君微弱，无善政。**昭公之后，大乱五世，君子下从征役，不得养其父母，而作是诗也。**大乱五世者，昭公、孝侯、鄂侯、哀侯、小子侯。补曰：孝侯平，曲沃鱓弑之。平子郗曰翼侯，奔随。子光立，郗复入为鄂侯，六年卒。光九年卒，为哀侯，陉庭人虏之。子小子立四年，曲沃攻杀之。弟缗立，廿八年灭。此诗盖当哀侯之世。《左传》说哀侯侵陉庭田，故诗言“艺黍稷”也。孝侯、鄂侯皆晋人所扶立，王师会之，故曰“王事”、曰“父母”也。臣之事君，义不顾养，乱不辞役，传失之。

肃肃鸨羽，集于苞栩。兴也。肃肃，鸨羽声也。集，止。苞，稹。栩，杼也。鸨之性不树止。笺云：兴者，喻君子当居安平之处，今下从征役，其为危苦，如鸨之树止然。稹者，根相迫迮梱致也。补曰：许慎说：“鸨，鸟。肉出尺胾。”陆德明说：“大如雁，无后趾。”《尔雅》：“骊白杂毛，鸨。”鸨之色黑白杂，今鸨花是也。《说文》在“鴇”“鸔”之间，盖水鸟。段成式说：“鸨遇鸷鸟，激粪御之。”栩，皂斗，多刺，不可栖者。鸨之御鸷，尽其身力，羽翛翛矣，而栖于丛栩，不能安也。以喻晋人再拒曲沃，而得昏暴之君。**王事靡盬，不能艺稷黍，父母何怙？**盬，不攻致也。怙，恃也。笺云：艺，树也。我迫王事，无不攻致，故尽力焉。既则罢倦，不能播种五谷，今我父母将何怙乎？补曰：盬，息也。王事，王助伐曲沃之事。《左传》说：隐五年春，王使尹氏、武氏助曲沃。秋，王命伐曲沃而立哀侯于翼。翼九宗五正逆晋侯郗，纳诸鄂，为鄂侯。是一岁三君，兵役无息也。哀侯侵陉庭田，是使其不得艺也。父母，谓王也。孝侯、翼侯皆王所定，今哀侯若此，王将何以怙之？夏寿田说："父母，天子、方伯之词。"悠悠苍天，曷其有所？苍，《韩》作"仓"。曷，何也。何时我得其所哉？

肃肃鸨翼，集于苞棘。补曰：翼，翅也。棘，刺，以喻急。王事靡盬，不能艺黍稷，父母何食？补曰：言先君将不血食。悠悠苍天，曷其有极？极，已也。补曰：极，至也。王事故诉苍天之远。

肃肃鸨行，集于苞桑。行，翮也。补曰：行，列。强羽所以飞举者，集桑言丧亡也。王事靡盬，不能艺稻粱，父母何尝？补曰：稻，稌，水田嘉谷。粱，稷之糯者。皆贵人之加簋，人君之食膳也。夺陉庭田，失大族贵人之心。尝，祭之盛者，人君亦有尝新。何尝者，言亡不及岁。悠悠苍天，曷其有常？补曰：王置晋君亦无常，或时助曲沃也。

《鸨羽》三章，章七句。

《无衣》，刺晋武公也。《正义》本"刺"作"美"。武公始并晋国，其大夫为之请命乎天子之使，而作是诗也。天子之使，是时使来者。补曰：因使来而诉其不可立，非请命也，请命则党叛矣。《世家》言：曲沃成师子鳣庄伯，孙称为武公，即位卅七年伐晋，灭之，尽以宝器赂釐王，王命为晋君，列为诸侯。《左传》云使虢公命曲沃伯。刺武公，即刺王及虢公也。

岂曰无衣七兮？侯伯之礼七命，冕服七章。笺云：我岂无是七章之衣乎？晋旧有之，非新命之服。补曰：言晋自有当嗣位之君。不如子之衣，安且吉兮。诸侯不命于天子，则不成为君。笺云：武公初并晋国，心不自安，故以得命服为安。补曰：子，谓王使也。新命必赐服。不如者，驳其不当命也。安谓定立安其位。吉，善也。篡弑而命以安之，是以为吉也。晋先公所受命服，则不如今之奖不善。

岂曰无衣六兮？天子之卿六命，车旗、衣服以六为节。笺云：变七言六者，谦也。不敢必当侯伯，得受六命之服，列于天子之卿，犹愈乎不。补曰：六者，唐叔旧命服也。王使正卿亦衣六章，故举以讽焉。言晋见王卿多矣，未见命篡之使也。王卿尊于诸侯，而笺云"谦"，误也。不如子之衣，安且燠兮。燠，又作"奥"。燠，煖也。补曰：燠，热在中也。受赂而赐，故热在中。

《无衣》二章，章三句。

《有杕之杜》，刺晋武公也。武公寡特，兼其宗族，而不求贤以自辅焉。族，又作"国"。补曰：诗言饮食，刺其求贤不诚也。

有杕之杜，生于道左。兴也。道左之阳，人所宜息休也。笺云：道左，（东道）［道东］也。日之热恒在日中之后，道东之杜，人所宜休息也。今人不休息者，以其特生，阴寡也。兴者，喻武公初兼其宗族，不求贤者与之在位，君子不归，似乎特生之杜然。补曰：有，又也。昭公为杕杜，武公又一杕杜，皆不任公族也。道左，言疏之于外。彼君子兮，噬肯适我。噬，《韩》作"逝"。噬，逮也。笺云：肯，可。适，之也。彼君子之人，至于此国，皆可求之我君所。君子之人，义之与比。其不来者，君不求之。补曰：彼者，对此而言。噬、遾，通用字，及也。及晋者，外来贤人也。晋旧臣不肯仕新君，彼及晋者乃肯也。中心好之，曷饮食之？笺云：曷，何也。言中心诚好之，何但饮食之，当尽礼极欢以待之。补曰：饮食，谓爵禄也。人来仕者，非有旧恩，但求禄耳，故言求贤在中心也。盖武公英鸷，好贤之意不足，羁旅之臣亦不足以固根本，故其后有荀息、里克、丕郑、狐突诸臣，犹不能救乱。至文公用异姓为世卿，以代公族，而六卿势成，三家分晋，由心不相好故也。

有杕之杜，生于道周。周，《韩》作“右”。周，曲也。补曰：言其政偏于一隅。彼君子兮，噬肯来游。游，观也。补曰：来游，初来未仕。中心好之，曷饮食之？补曰：游士多求容以干禄，仕不足当好贤也。

《有杕之杜》二章，章六句。

《葛生》，刺晋献公也。好攻战，则国人多丧矣。丧，弃亡也。夫从征役，弃亡不反，则其妻居家而怨思。补曰：此言从亡之人多，则奚齐不能定，而公子归，相争为乱。

葛生蒙楚，蔹蔓于野。兴也。葛生延而蒙楚，蔹生蔓于野，喻妇人外成于他家。补曰：葛者，夫人之事，以喻太子母也。葛生者，太子也。楚多刺，葛生而蒙之，言太子母已死也。蔹，白蔹。《尔雅》作“蘞”。蘞，兔荄，多根，以喻太子兄弟多。今蔓于野，言皆出亡在外。予美亡此，谁与独处？笺云：予，我。亡，无也。言我所美之人无于此，谓其君子也。吾谁与居乎？独处家耳。从军未还，未知死生，其今无如此。补曰：予，谓献公。美，贤人也。献公杀太子及其傅，重耳、夷吾皆出奔，宾客从亡者多贤才，是君之美皆亡此矣。君将谁与处乎？亦独处耳。

葛生蒙棘，蔹蔓于域。域，茔域也。补曰：棘，言遇难也。域，境外也。言公子皆亡出境。予美亡此，谁与独息？息，止也。补曰：言君不能独安。

角枕粲兮，锦衾烂兮。斋则角枕锦衾。礼，夫不在，敛枕箧衾席，韣而藏之。笺云：夫虽不在，不失其祭也。摄主，主妇犹自斋而行事。补曰：《丧大记》：“小敛，君锦衾。”《玉府》：“大丧，共角枕。”角枕、锦衾，君丧所用也。烂、斓，通用字。粲斓，鲜洁有文采，喻骊姬新立未久，不能服众心。予美亡此，谁与独旦？笺云：旦，明也。我君子无于此，吾谁与斋乎？独自洁明。补曰：言爱宠夫人，能共夜，而不能共治。

夏之日，冬之夜。言长也。笺云：思者于昼夜之长时尤甚，故极言之以尽情。补曰：夏日虽长，要必夜。冬夜虽长，要必旦。君虽存，当虑身后。百岁之后，归于其居。笺云：居，坟墓也。言此者，妇人专一，义之至，情之尽。补曰：百岁之后，君亡后也。归，归晋也。其居，公子先所居，即公宫也。言从亡者必奉之以归。

冬之夜，夏之日。补曰：反复言之，欲君深思后患。百岁之后，归于其室。室，犹居也。笺云：室，犹冢圹。补曰：室，谓君正寝也。《山枢》曰："他人入室。"

《葛生》五章，章四句。

《采苓》，刺晋献公也。献公好听谗焉。

采苓采苓，首阳之颠。兴也。苓，大苦也。首阳，山名也。采苓，细事也。首阳，幽僻也。细事喻小行也。幽僻喻无征也。笺云：采苓采苓者，言采苓之人众多，非一也，皆云采此苓于首阳山之上，首阳山之上信有苓矣。然而今之采者未必于此山，然而人必信之。兴者，喻事有似而非。补曰：苓，当作"蘦"，甘草也。苓，卷耳，非此大苦。大苦者，似地黄而大。首阳，夷、齐让国所居之地。《水经注》："河水南径雷首山西，山临大河，北去蒲阪三十里。"山有夷齐庙，喻兄弟当相让也。甘草解毒，采之首阳，言能让则不患谗害矣。言采采者，兄弟非一，皆当让也。申生惧于不立，以此箴之，当在《葛生》前，盖以作者次序而后。人之为言，苟亦无信。舍旃舍旃，苟亦无然。为，又作"伪"。苟，诚也。笺云：苟，且也。为言，谓为人为善言以称荐之，欲使进用也。旃之言焉也。舍之焉，舍之焉，谓谤讪人，欲使见贬退也。此二者且无信受之，且无答然。补曰：为、伪，古字通用。伪言，为太子谋者，戒太子无信之。舍，处也。处之请立奚齐者，谏君无诺之，则谗自息。人之为言，胡得焉？笺云：人以此言来，不信受之，不答然之，从后察之，或时见罪，将何所得？补曰：君在而伪忠于太子，是自要利者也。察其何所得，则知其伪矣。共子职而息浮猜，莫切于此，故特申戒之。

采苦采苦，首阳之下。苦，苦菜也。补曰：苦、苄，通用字。

苄，地黄，小于藷，喻太子之弟也。《淮南子》说：甘草生肉，地黄属骨。故以喻骨肉。人之为言，苟亦无与。无与，勿用也。补曰：戒太子兄弟无相党与也。《左传》说骊姬谮重耳、夷吾皆知太子谋，是当时必相比以自固。舍旃舍旃，苟亦无然。人之为言，胡得焉？

采葑采葑，首阳之东。葑，菜名也。补曰：葑，蔓菁，宿根新叶，喻子依于母。今太子母已死，奚齐之立亦宜。东宫，太子之宫也。人之为言，苟亦无从。补曰：从，随而行之也。若使之居新城及使祭母。舍旃舍旃，苟亦无然。人之为言，胡得焉？

《采苓》三章，章八句。

唐国十二篇，卅三章，二百三句。

秦车邻毛诗诂训传第十一　国风十一

《车邻》，美秦仲也。补曰：《本纪》言：非子邑秦，为秦嬴。子秦侯，子公伯，子秦仲，当宣王时为大夫。盖食采于秦，非附庸。秦仲始大，有车马礼乐侍御之好焉。补曰：诗美秦仲赏功用贤，非夸其富贵宴乐也。

有车邻邻，有马白颠。邻，又作“辚”。《汉书》引“辚”。邻邻，众车声也。白颠，的颡也。补曰：邻邻，大夫车声。自外至阙行坚地，则邻邻有声，《列女传》“闻蘧伯玉车声辚辚”是也。大夫无宫阙，而今闻辚辚，盖受命，比县内诸侯。马之颡白者性傲桀，面颡皆白为駹。白达素县，皆马之疵。白颠，今谓玉顶，毛色之贵者也。此喻秦仲能用臣制强敌，故举而有功。未见君子，寺人之令。寺，又作“侍”。令，《韩》作“伶”。寺人，内小臣也。笺云：欲见国君者，必先令寺人使传告之。时秦仲又始有此臣。补曰：君子，贤臣也。寺人之令，谓小臣纳卿大夫也。《燕礼》：射人告具，小臣纳诸公卿大夫，皆揖，少进，乃请宾。故寺人令时，犹未见君子也。盖大夫伐戎有功，归而燕劳之。必言未见者，闻归则燕，急于赏功。

阪有漆，隰有栗。兴也。陂者曰阪。下湿曰隰。笺云：兴者，喻秦仲之君臣所有各得其宜。补曰：言任材高下得所宜也。漆、栗，琴瑟之材，喻臣之有文理者。**既见君子，并坐鼓瑟。**又见其礼乐焉。笺云：既见，既见秦仲也。并坐鼓瑟，君臣以闲暇燕饮相安乐也。补曰：既见者，已命宾，所燕者为苟敬，不与旅也。并坐者，皆坐也。皆坐乃安，在歌备之后。此并坐乃鼓瑟，则坐谓席耳。既献卿，旅酬乃献大夫。大夫皆升，就席。有坐者，皆在矣。工四人，二瑟，奏正乐《鹿鸣》《四牡》《皇华》。**今者不乐，逝者其耋。**耋，老也。八十曰耋。笺云：今者不于此君之乐，谓仕焉，而去仕他国，其徒自使至老。言将后宠禄也。补曰：逝，往也。往者，微弱时。耋，蹉跌也。言往者国势倾危，今者乃能燕乐耳。劳有功之词。《易》曰："大耋之嗟。"谓大蹉失也。

阪有桑，隰有杨。补曰：桑、杨，邦家之光。桑，宅树之主也。杨以为用器。北之杨，犹南之杉。**既见君子，并坐鼓簧。**簧，笙也。补曰：簧，和也。《燕礼》：既献工，大夫行旅酬，笙入，立于县中，奏《南陔》《白华》《华黍》。三笙一和而成声，自是瑟、笙合奏乡乐也。笙和言鼓者，吹笙则鼓瑟合之，合乐之后，脱屦皆坐，无算爵，无算乐，则谓之燕乐，皆以鼓簧该之。**今者不乐，逝者其亡。**亡，丧弃也。补曰：言往者国几亡也。

《车邻》三章，一章四句，二章章六句。

《驷驖》，美襄公也。补曰：《秦纪》言：秦仲子庄公为西垂大夫，长子世父让其弟襄公，立七年，以兵送平王东徙，遂为诸侯，尽有岐周之地。此美其能习武事。**始命，有田狩之事，园囿之乐焉。**始命，命为诸侯也。秦始附庸也。

驷驖孔阜，六辔在手。《说文》引"四驖"。班固引"四戴"，又作“铁”。驖，骊。阜，大也。笺云：四马六辔。六辔在手，言马之良也。补曰：许慎说：“驖，马赤黑色。”在手，人马相得。**公之媚子，从公于狩**。媚子，能以道媚于上下者。冬猎曰狩。笺云：媚于上下，谓使君臣合和也。此人从公往狩，言襄公亲贤也。补曰：媚，爱也，公之爱子。公所最爱之子，亦使之往狩习战。言既不自逸，且教子无忘武备。盖文公幼而善骑射。

奉时辰牡，辰牡孔硕。时，是。辰，时也。冬献狼，夏献麋，春秋献鹿豕群兽。笺云：奉是时牡者，谓虞人也。时牡甚肥大，言禽兽得其所。补曰：麋，牡麔，牝麎。辰牡，麎之牡，即麔也。奉之者，媚子也。言公子已能徒搏禽生，兼习步战，获大牡麋也。田以搏兽为隽，若郑段献虎，《左传》言郤至奉豕。**公曰左之，舍拔则获**。拔，矢末也。笺云：左之者，从禽之左射之也。拔，括也。舍拔则获，言公善射。补曰：言公车御闲射习也。公曰者，公命御之词。六御有逐旁左，故以左为善御。舍，释也。释矢则必获，公亦善射也。

游于北园，四马既闲。闲，习也。笺云：公所以田则克获者，乃游于北园之时，时则已习其四种之马。补曰：四马，齐、道、田、驽也。邦国六闲。既，尽也。尽出其闲，则驽马亦出，借游以蒐乘耳，意不在田也。北园，北林之园，在渭北，后作林光殿者。《封禅书》言：襄公作西畤。文公四年，至汧、渭之间，作鄜畤。十九年得陈宝于陈仓。**輶车鸾镳，载猃歇骄**。《说文》引“銮镳猲獢”。輶，轻也。猃、歇骄，田犬也。长喙曰猃，短喙曰歇骄。笺云：轻车，驱逆之车也。置鸾于镳，异于乘车也。载，始也。始田犬者，谓达其搏噬，始成之也。此皆游于北园时所为也。补曰：镳，马衔也。人君乘车，镳有鸾铃。君车铃动，已驾出矣。则见田犬，言不以犬马为乐也，正有事于西戎。言二种犬者，皆戎地所出，为服戎之验也。

《驷驖》三章，章四句。

《小戎》，美襄公也。补曰：叙车制之异，弓矢之利，足为御戎法。**备其兵甲，以讨西戎。西戎方强，而征伐不休，国人则矜其车甲，妇人能闵其君子焉。**矜，夸大也。国人夸大其车甲之盛，有乐之意。妇人闵其君子，恩义之至也。作者叙内外之志，所以美君政教之功。补曰：民夸车甲，君乐苑囿，妇思其夫，皆卑陋之见，传义非。

小戎俴收，五楘梁辀。《说文》引“𣝗”。小戎，兵车也。俴，浅。收，轸也。五，五束也。楘，历录也。梁辀，辀上勾衡也。一辀五束，束有历录。笺云：此群臣之兵车，故曰小戎。补曰：小戎，两马车，襄公创为之，以利戎战，故述其制，今犹通用也。兵车之轸四尺四寸，轸之言均也。其制正方，今改而浅之，故易名为收。旧制辀但微曲，今挠之如梁，以省马力，使易进也。曲则易折，故又五束之，曰楘也。**游环胁驱，阴靷鋈续。**《说文》引“鋈”，又引作“沃”。游环，靷环也。游在背上，所以御出也。胁驱，慎驾具，所以止入也。阴，掩軓也。靷，所以引也。鋈，白金也。续，续靷也。笺云：游环在背上无常处，贯骖之外辔，以禁其出。胁驱者，著服马之外胁，以止骖之入。掩軓在轼前垂辀上。鋈续，白金饰续靷之环。补曰：胁，迫也。靷施于轴，其前端系马颈，二索双引，以环总之。欲令骖马急行，则推辔衔，今车犹有之，非禁骖入服出也，服不能出，骖亦不至入辀内。胁驱者，胁二靷以驱马，亦新制也。阴，荫也。旧靷不掩，可射而断，今为掩荫之。旧靷长条，绁则骖止，今分为二而续之，续接之处，以鋈为环，各引端系焉，令力分，则难绝，又易解也。奔车以靷为用，故详其制。必鋈者，铜铁生衣也。**文茵畅毂，驾我骐馵。**文茵，虎皮也。畅毂，长毂也。骐，綦文也。左足白曰馵。笺云：此上六句者，国人所矜。补曰：明君乘小戎之意，故言文茵。我，驾也。君茵用虎皮。骐馵二马，改四为二者，我君之驾也。毂长二尺二寸，大车毂尺五寸，以短为坚，无取太长。畅之言通也，磨使通涗，所以利转骐者。青骊文如博棋，性耐劳，膝上皆白，惟馵，当时贵色。小戎既驾，则君自将。**言念君子，温其如玉。**笺云：言，我也。念君子之性温然如玉，有五德。补曰：君自将，故勤念之。温、韫、蕴，通用字。玉有韫椟，君子亦宜深居，而今暴露不韬藏也。**在其版屋，乱我心曲**。西戎版屋。笺云：心曲，心之委曲也。忧则心乱也。此上四句者，妇人所用闵其君子。补曰：屋、幄，通用字。版屋，屋更加版。汉以后谓之穹庐，今有蒙古包。君行漠碛，无庐舍，以车载版、幕、绳、柱，张之象宫殿房室，行则分散，载以自随。狄戎之制，秦君效焉。《水经注》：上邽，故邽戎国，乡居以版盖屋。误说也。君轻兵深入，故私心忧惧。

四牡孔阜，六辔在手。补曰：上言战，此言守也。四牡，常用兵车。六辔在手，言闲习也。**骐骝是中，騧骊是骖**。黄马黑喙曰騧。笺云：赤身黑鬣曰骝。中，中服也。骖，两骓也。补曰：骐，马青。骊，文如綦也。骊，马深黑色。此选毛亦君车也。**龙盾之合，鋈以觼軜**。《说文》引"渋觼"，又作"鐍"。龙盾，画龙其盾也。合，合而载之。軜，骖内辔也。笺云：鋈以觼軜，軜之觼以白金为饰也。軜系于轼前。补曰：龙盾，蒙伐之大者，龙蒙所以威敌马也。戎长弓矢，故合盾轼前。其系内辔，又觼以代结，而以鋈为觼也。觼，环之有舌者，贯辔，环中以舌锥贯辔，革则系固，且易解，盖亦新制。**言念君子，温其在邑**。在敌邑也。补曰：欲君还守边邑，乃成其温玉也。襄公兄居犬丘，号世父。襄公都于汧二年，戎围犬丘，虏世父，岁余复归之。十二年，世父伐戎，卒于岐。此鉴前事，恐君陷戎，故以在邑为讽。**方何为期？胡然我念之**。笺云：方今以何时为还期乎？何以了然不来？言望之也。补曰：期，调发之期也。为期，与民期也。方，边方也。征伐当有定期，而君深入，不得罢兵，则无止期，使我劳念也。

俴驷孔群，厹矛鋈錞。俴驷，四介马也。孔，甚也。厹，三隅矛。錞，鐏也。笺云：俴，浅也，谓以薄金为介之札。介，甲也。甚群者，言调和也。补曰：俴，谓俴收。驷，谓四牡，总上小戎乘车言之，言战守之兵也皆甚和集，武备修饬也。内，古"蹂"字。蹂，矛，矛杆柔忍者，若今白蜡竿也。矛柲下铜，亦以白金为之，君所自用。**蒙伐有苑，虎韔镂膺**。韔，又作"畅"。蒙，讨也。伐，中干也。苑，文皃。虎，虎皮也。

韔，弓室也。膺，马带也。笺云：蒙，厖也。讨，杂也。画杂羽之文于伐，故曰厖伐。镂膺，有刻金饰也。补曰：言君将亲战也。蒙亦虎文也。野战以盾为阵，故见其苑然。韔，当从或本作“畅”，涉下文“韔”而误。虎者，虎茵。畅者，畅毂。此即承上所谓“文茵畅毂”，君之车也。镂膺，君马饰也。君车马而恃蒙伐为卫，其可危矣。弓室与马膺非类，作“韔”者非。**交韔二弓，竹闭绲縢。**《说文》引“韔”。交韔，交二弓于韔中也。闭，绁。绲，绳。縢，约也。补曰：此谏君出战，欲其修备，不必用兵，但韔弓可矣。闭、閟，通用字。闭，柲也，积竹杖也。殳积竹八觚，今改为杖，但积竹不必八觚，言省便也。縢，榜也，槌之横者。绲，织成带也。以绲缠榜，以代短刀，槌马足，既捷便，且示不杀。箴君留意于利器，不知杖槌可以御敌，无取冒矢石。**言念君子，载寝载兴。厌厌良人，秩秩德音。**厌，《鲁》作“愔”。厌厌，安静也。秩秩，有智也。笺云：此既闵其君子寝起之劳，又思其性与德。补曰：寝兴，不宁之词也。良人，贤臣。德音，君命也。有深静之良臣，奉秩秩之教令，折冲御侮，文治有余，守犹不劳，何所用战？君亦任人而已，无劳心于制器转战之事。

《小戎》三章，章十句。

《蒹葭》，刺襄公也。未能用周礼，将无以固其国焉。秦取周之旧土，其人被周之德教日久矣。今襄公新为诸侯，未习周之礼法，故国人未服焉。

蒹葭苍苍，白露为霜。兴也。蒹，薕。葭，芦也。苍苍，盛也。白露凝戾为霜，然后岁事成，兴国家待礼然后兴。笺云：蒹葭在众草之中苍苍然强盛，至白露凝戾为霜则成而黄。兴者，喻众民之不从襄公政令者，得周礼以教之则服。补曰：蒹，荻也，小而实中。芦，大而虚中。北方以代竹木之用，喻周余民虽无大材，可收而使。今方苍苍待露而霜杀之，喻王泽不降，而秦又任法尚刑也。**所谓伊人，在水一方。**伊，维也。一方，难至也。笺云：伊，当作“繄”。繄，犹是也。所谓是知周礼之贤人，乃在大水之一边。假喻以言远。补曰：所谓者，不满之词。伊人，君所用之人。

水，准也，以喻法令。言其用法偏于一向。**溯洄从之，道阻且长**。逆流而上曰溯洄。逆礼则莫能以至也。笺云：此言不以敬顺往求之，则不能得见。补曰：溯，向。洄，违。阻，难也。长，犹远也。言逆民所向，政令多阻，且远于道。**溯游从之，宛在水中央**。宛，又作“苑”。顺流而涉曰溯游。顺理求济，道来迎之。笺云：宛，坐见皃。以敬顺求之则近耳，易得见也。补曰：央，中也。在中央者，言不偏倚。

蒹葭萋萋，白露未晞。萋，又作“凄”。萋萋，犹苍苍也。晞，干也。笺云：未晞，未为霜。补曰：萋、凄，通用字。凄凄，寒意。不更言霜者，时君亦欲滋养民物，无残杀之意，但其露乃白露，民不得泽耳。未晞，无日煦之。**所谓伊人，在水之湄**。湄，水隒也。补曰：水草交为湄，下湿芜杂之处也。君任法，则臣猥琐。**溯洄从之，道阻且跻**。跻，又作“隮”。跻，升也。笺云：升者，言其难至，如升阪。补曰：不能使民，反为民役也。**溯游从之，宛在水中坻**。《说文》引“坻”，或作“汷”“渚”。坻，小渚也。补曰：言可以小安也。

蒹葭采采，白露未已。采采，犹萋萋也。未已，犹未止也。补曰：采采，楚楚凋落之皃。露犹未已，不能改政也。**所谓伊人，在水之涘**。涘，涯也。补曰：涘之言俟，言待治也。**溯洄从之，道阻且右**。右，出其右也。笺云：右者，言其迂回也。补曰：人在右，则道在左，不相值也。秦承周乱，亟用名法，改尚文之敝，自谓切治，不知其迂远也。君臣劳思数百年，而以强亡。**溯游从之，宛在水中沚**。小渚曰沚。补曰：止，定也。

《蒹葭》三章，章八句。

《终南》，戒襄公也。能取周地，始为诸侯，受显服。大夫美之，故作是诗以戒劝之。

终南何有？有条有梅。有条有梅，本作“宜条宜梅”，下章“纪、堂”同。兴也。终南，周之山名中南也。条，槄。梅，楠也。宜以戒不宜也。笺云：问何有者，意以为名山高大，宜有茂木也。兴者，喻人君有盛德，乃宜有显服，犹山之木有大小也。此之谓戒劝。补曰：襄公七年，以兵送平王东迁，后赐岐周地。《水经》说：终南在武功县西南。是秦内徙也。南山盘亘梁、豫。终南者，南山之终。何有者，新残破，无所有也。柚条与某皆嘉果。槄，山榎，即楸也。梅，楠，似豫章而香。此条、梅宜为果，楸、楠不类，不足特夸之。夏有梅，冬有柚，可和鼎苞贡，言当尊王室。**君子至止，锦衣狐裘。**锦衣，采色也。狐裘，朝廷之服。笺云：至止者，受命服于天子而来也。诸侯狐裘，锦衣以裼之。补曰：素锦，狐白裘，皮弁服，天子朝服也。君子，襄公也。尝为王朝大夫，故服朝服。言亲受王命，有终南地。**颜如渥丹，其君也哉。**丹，《韩》作“沰”。笺云：渥，厚渍也。颜色如厚渍之丹，言赤而泽也。其君也哉，仪皃尊严也。补曰：渥丹，尊养之容。云也哉者，箴词也。秦君当恭王命，岂可自尊养乎？

终南何有？有纪有堂。纪，又作“屺”。纪，基也。堂，毕道平如堂也。笺云：纪也堂也，亦高大之山所宜有也。毕，终南山之道名，边如堂之墙然。补曰：纪、屺，“阤”误字也。阤言广平，有阶阤可登。堂言平坦，可愒息。此山所自有，以喻秦有周地，以条、梅供王，纪、堂自广也。俗儒欲读“纪堂”为“杞棠”，望文似通，失其意矣。《尔雅》：“毕，堂墙。”又：“如堂者，密。”毕即跸道，此当取“密”为义。**君子至止，黻衣绣裳。**黑与青谓之黻，五色备谓之绣。补曰：黻衣，王卿之服。玄冕之衣，绣黻于裳，因以名衣，实玄衣也。秦新受封，觐天子，冠裨冕，亦仍黻绣也。**佩玉将将，寿考不忘。**补曰：将将，玉声。将朝鸣玉，朝则结之。其自视朝，亦鸣玉也。言今为诸侯，虽久老不可忘周室，毋徒利于得地。

《终南》二章，章六句。

《黄鸟》，哀三良也。国人刺穆公以人从死，而作是诗也。三良，三善臣也，谓奄息、仲行、鍼虎也。从死，自杀以从死。补曰：《秦纪》言：襄公子文公，文公孙宁公，子武公，初以人从死。子德公，子宣公，宣公弟成公、穆公相代立。穆公立卅九年卒，葬雍，从死者百七十七人。应劭说：穆公尝饮酒，酒酣，公曰："生共此乐，死共此哀。"奄息等许诺从死。盖厚结勇士，又恐其为变，不敢以遗后人，故激之使殉也。

交交黄鸟，止于棘。兴也。交交，小皃。黄鸟以时往来得所，人以寿命终亦得其所。笺云：黄鸟止于棘，以求安己也。此棘若不安则移。兴者，喻臣之事君亦然。今穆公使臣从死，刺其不得黄鸟止于棘之本意。补曰：黄鸟以喻昏姻之国。交交，往来皃。秦、晋构兵，昏姻仇雠。言止于棘，喻兵事方棘，当须材武之时。谁从穆公？子车奄息。子车，氏。奄息，名。笺云：言谁从穆公者，伤之。补曰：葬而先谥，故举谥也。子，大夫之称。车，盖车右也。未必三良同一氏。维此奄息，百夫之特。乃特百夫之德。笺云：百夫之中最雄俊也。补曰：言非从死百余夫可比。临其穴，惴惴其慄。《说文》引"慄"，而无"慄"字。慄慄，惧也。笺云：穴，谓冢圹中也。秦人哀伤此奄息之死，临视其圹者，为之悼慄。补曰：从死者列葬茔内，故各开穴也。惧其轻士害贤。彼苍者天，歼我良人。歼，尽也。良，善也。笺云：言彼苍者天，诉之。补曰：先君遗命，故欲嗣子以天正之。如可赎兮，人百其身。笺云：如此奄息之死，可以他人赎之者，人皆百其身。谓一身百死犹为之，惜善人之甚。补曰：赎，以财代死也。将葬犹未死，故请赎之。百其身者，愿赎者多也。

交交黄鸟，止于桑。补曰：桑，丧也。言晋将乘丧来伐。谁从穆公？子车仲行。笺云：仲行，字也。补曰：仲行，盖公族。维此仲行，百夫之防。防，比也。笺云：防，犹当也。言使一人当百夫。补曰：防，本作"方"，不知何时误加"阜"，义是字非也。言勇力之臣，用之边防，一可当百，非武臣必不可制也。惜之。临其穴，惴惴其慄。彼苍者天，歼我良人。如可赎兮，人百其身。

交交黄鸟，止于楚。补曰：楚、丛木，一名荆，言楚国也。楚亦秦姻。是时强国三，晋、楚、秦也。谁从穆公？子车鍼虎。维此鍼虎，百夫之御。御，当也。临其穴，惴惴其慄。彼苍者天，歼我良人。如可赎兮，人百其身。

《黄鸟》三章，章十二句。

《晨风》，刺康公也。补曰：《秦纪》言穆公任好，子康公罃。《公羊》说穆公罃，康公无名。忘穆公之业，始弃其贤臣焉。

鴥彼晨风，郁彼北林。《说文》："鴥，鹯飞皃。"引"晨"作"鷐"。兴也。晨风，鹯也。鴥，疾飞皃。郁，积也。北林，林名也。先君招贤人，贤人往之，鴥疾如晨风之飞入北林。笺云：先君，谓穆公。补曰：鹯，鹰一类也。巢木者鹰。穴山石者鹯。鴥，回翔皃。北林，渭北之林。晨风虽见北林之茂美，而回翔不肯集者，非其性也。喻贤人不可以利禄。未见君子，忧心钦钦。思望之，中心钦钦然。笺云：言穆公始未见贤者之时，思望而忧之。补曰：君子，谓康公也。钦钦，欠皃，有所羡也。贤人不来见君，我则忧之钦钦然想望之。如何如何？忘我实多。今则忘之矣。笺云：此以穆公之意责康公。如何如何乎？女忘我之事实多。补曰：《语》云："不曰如之何、如之何者。"言先不谋议，事至乃悔之也。由贤人之忘朝廷，故不肯为君谋。

山有苞栎，隰有六驳。栎，木也。驳如马，倨牙，食虎豹。笺云：山之栎，隰之驳，皆其所宜有也。以言贤者亦国家所宜有之。补曰：山，喻朝廷。隰，喻幽隐。苞，本也。栎，秦地所宜木，亦谓之柞，其叶隆冬不凋，新故相代生，喻嗣君也。秦都栎阳，汉立五柞宫，所谓苞栎矣。六驳，陆玑说以为梓榆，《尔雅》所谓"魄，榽橀"。似檀而不良。里语曰："斫檀不谛，得繫迷。繫迷尚可，得驳马。"如陆所云，喻君求贤，不辨真伪也。《广韵》说：有兽名六驳。上以鹯喻，此以驳喻，言贤人不为用。未见君子，忧心靡乐。补曰：贤者以行道为乐，言不独己忧，贤者亦不乐也。如何如何？忘我实多。

山有苞棣，隰有树檖。《说文》引"樣"，又作"遂""檖"。

棣，唐棣也。椽，赤罗也。补曰：唐棣，今樱桃，亦秦树也。汉有夫椽宫。樱桃柎鄂相承，以喻朝臣姻族相覆为荣华也。椽，罗，黎之圆赤者，涩粗，不中食，而树之隰。喻君臣养士，不精核其名实。未见君子，忧心如醉。补曰：如醉者，亡国之忧，盖微弱之甚。如何如何？忘我实多。

《晨风》三章，章六句。

《无衣》，刺用兵也。补曰：此盖当会温之前，刺其不用兵勤王。秦人刺其君好攻战，亟用兵，而不与民同欲焉。补曰：诗言“与子同仇”，民未必欲兴师。

岂曰无衣？与子同袍。兴也。袍，襺也。上与百姓同欲，则百姓乐致其死。笺云：此责康公之言也。君岂尝曰“女无衣，我与女共袍”乎？言不与民同欲。补曰：岂曰无者，言旧有也。秦以战功得封，岂无戎服乎？君当与大夫同袍，而往定王室也。《左传》说：王子带以狄师攻王，王出居汜，使左鄢父告于秦，秦伯师于河上，将纳王，晋侯辞秦师。是其时也。刘熙说：袍下至跗，似深衣而不殊裳，军中常服也。子，大夫也。与同者君。王于兴师，补曰：王，周王。于，曰也。王曰兴师，王来征兵也。修我戈矛，与子同仇。戈长六尺六寸，矛长二丈。天下有道，则礼乐征伐自天子出。仇，匹也。笺云：于，於也。怨耦曰仇。君不与我同欲，而于王兴师，则云：“修我戈矛，与子同仇。”往伐之。刺其好攻战。补曰：戈矛，守国之兵。同仇者，君臣同行如俦匹，统于天子也。

岂曰无衣？与子同泽。泽，润泽也。笺云：泽，亵衣，近污垢。补曰：泽、襗，古今字。襗，袴也。班固云：“寒不施襗。”军中急装则缚绔，言当急赴难。王于兴师，修我矛戟，笺云：戟，车戟常也。补曰：矛戟，车战兵三等。戟，刀有枝者。与子偕作。作，起也。

岂曰无衣？与子同裳。补曰：有裳者，韦弁服也。缁衣纁裳，在道则以朝见天子。王于兴师，修我甲兵，补曰：甲兵，行阵所用。与子偕行。行，往也。补曰：行，列也。

《无衣》三章，章五句。

《渭阳》，康公念母也。补曰：《左传》说：晋侯谨卒，秦康公送公子雍反于晋。是时秦、晋久绝先君，亲寻干戈，嫌康忘仇，录其诗，许其修好息民。康公之母，晋献公之女。文公遭丽姬之难，未反而秦姬卒。穆公纳文公，康公时为太子，赠送文公于渭之阳，念母之不见也。我见舅氏，如母存焉。及其即位，思而作是诗也。补曰：人子不得以路车赠人，即位又何必思舅，传说失之。

我送舅氏，曰至渭阳。母之昆弟曰舅。笺云：渭，水名也。秦是时都雍，至渭阳者，盖东行送舅氏于咸阳之地。补曰：秦新有终南，故都渭南，华山之阴，与晋分界。渡渭北者，送及其境也。送，以兵送子雍也。舅氏，君称异姓大夫之词。母之昆弟不得加氏，周襄王命管仲曰舅氏、卫命孔悝曰叔舅是也。何以赠之？路车乘黄。赠，送也。乘黄，四马也。补曰：送死曰赠，赠用车马。襄公新丧，秦无吊、赠。既至渭阳，乃谋之，故曰何以也。乘黄，上公所乘，唯赠死乃得通用。《记》曰："上介执圭将命，陈乘黄、大路于中庭。"因送子雍，始遣吊使也，亦讥其利晋而托于修好。

我送舅氏，悠悠我思。补曰：思昔婚姻而仇雠，今俱死亡而渭水如故。何以赠之？琼瑰玉佩。琼瑰，石而次玉。补曰：琼瑰，含玉玉佩，赠玉瑰、火齐、玟瑰、金刚石、晶珀之类。时诸侯相吊，含、赠同使，同日毕事。《左传》鲁声伯梦琼瑰，服虔以为赠死之物，盖因含而从鬼。

《渭阳》二章，章四句。

《权舆》，刺康公也。忘先君之旧臣，与贤者有始而无终也。

於我乎，夏屋渠渠，夏，大也。笺云：屋，具也。渠渠，犹勤勤也。言君始于我厚，设礼食大具以食我，其意勤勤然。补曰：於我，犹如何也。《浮游》曰："於我归处。"夏屋，房俎也，殷曰椇，《尔雅》作"楃"。朔食则五俎四簋。今也每食无余。笺云：此言君今遇我薄，其食我才足耳。补曰：每，盛也。盛食犹昔，而礼意无余也。于嗟乎，不承权舆。又作"胡不承权舆"。承，继也。权舆，始也。补曰：权，犹度也。舆、与，通用字。与，治也。权舆无连文之义。《尔雅》"始""治"同字，因并解为"始"，《周书》《大戴礼》、周秦间博士遂承用之。俗儒乃欲以"蘿蕍"释之，既误断句，蕍、舆绝不相通，谬也。言贤者不以饮食为养，宜相承图治耳。今徒有盛食，是则可吁嗟。

於我乎，每食四簋，四簋，黍稷稻粱。补曰：君朔食、月半食皆少牢，五俎四簋，因召贤亲大臣图事焉。天子则大牢八簋。《伐木》曰"以速诸舅"，亦其事。今也每食不饱。补曰：饱，食厌足也。孔子曰："吾食于少施氏而饱，少施氏食我以礼。"食以礼为饱也。今盛食依然，而礼意无余，故不能饱。于嗟乎，不承权舆。

《权舆》二章，章五句。

秦国十篇，廿七章，百八十一句。

诗卷七

陈宛丘毛诗诂训传第十二　国风十二

《宛丘》，刺幽公也。补曰：《世家》言：陈胡公满，子申公犀侯，犀侯弟相公皋羊，申公子孝侯突，子慎公圉戎，子幽公宁。幽公当周厉王之世。淫荒昏乱，游荡无度焉。

子之汤兮，宛丘之上兮。子，大夫也。汤，荡也。四方高、中央下曰宛丘。笺云：子者，斥幽公也。游荡无所不为。补曰：《水经注》：宛丘在陈城南。《韩诗外传》所谓富人觞韫丘者。大夫以游观为乐，则国人舍业。洵有情兮，而无望兮。洵，信也。笺云：此君信有淫荒之情，其威仪无可观望而则效。补曰：游观非失德，故以有情讽之。托意山川，有遗世之意，信有情也，而不能备威仪、分流品，非式瞻所望。

坎其击鼓，宛丘之下。坎坎，击鼓声。补曰：大夫亟游，则非时出行，托于祈祷，而且用国乐矣。鼓，灵鼓，鼓神祀者。无冬无夏，值其鹭羽。值，持也。鹭鸟之羽，可以为翳。笺云：翳，舞者所持以指麾。补曰：值，当也。鹭羽，析白羽舞四方之祀，祀所望山川。冬，仲冬祈祀大川、名源、渊泽。夏，仲夏祈祀山川百源。夏正仲月，则陈孟月也。陈之望，盖外方明都。

坎其击缶，宛丘之道。盎谓之缶。补曰：缶，所以节歌，盖即土鼓也。于道击之，则非祭山川。《周礼·龠章》："凡国祈年于田祖，及祭蜡，皆击土鼓。"其谓击缶，在冬者与？无冬无夏，值其鹭翿。翿，翳也。补曰：翿，获旌，白羽与朱羽糅。云鹭者，盖皆染鹭羽为之。孟冬蜡祭，孟夏习合礼乐，国子并集，或因习射。又季春大合乐，于陈为孟夏，季秋习吹，于陈为孟冬，皆歌舞之时也。今国子非时聚会，是为游汤。

《宛丘》三章，章四句。

《东门之枌》，刺乱也。补曰：国俗好游，则致淫乱。幽公淫荒，风化之所行，男女弃其旧业，亟会于道路，歌舞于市井尔。

东门之枌，宛丘之栩。枌，白榆也。栩，杼也。国之交会，男女之所聚。补曰：枌、栩，民社之树。榆有荚，皂斗亦有荚，坟衍所宜，陈社地产也。子仲之子，婆娑其下。《说文》引“娑”。子仲，陈大夫氏。婆娑，舞也。笺云：之子，是子也。补曰：子仲盖公族之子，未嫁女之称。直言其事，而防乱之意见矣。

穀旦于差，南方之原。差，《韩》作“嗟”。“旦”又作“且”。穀，善也。原，大夫氏。笺云：旦，明。于，曰。差，择也。朝日善明曰相择矣，以南方原氏之女可以为上处。补曰：穀、穀，古今字。穀，日出之赤也。于差，吁嗟。雩祭请雨，名为吁嗟之祭。原，陈贵族也。《春秋经》有原仲。雩于原氏，盖因其池台，借以游乐。不绩其麻，市也婆娑。笺云：绩麻者，妇人之事也。疾其今不为。补曰：雩则巷市民妇亦皆出游。言绩麻者，言里巷化其俗。

穀旦于逝，越以鬷迈。逝，往。鬷，数。迈，行也。笺云：越，于。鬷，总也。朝旦善明曰往矣，谓之所会处也，于是以总行，欲男女合行。补曰：大雩，国中尽出，故皆往矣。非独往雩，乃曰以届至于所远行之处。言好游观则无防禁也。鬷、艐、届，通用字。艐，至也。视尔如荍，贻我握椒。荍，芘芣也。椒，芬香也。笺云：男女交会而相说，曰：我视女之颜色美如芘芣之花然，女乃遗我一握之椒。交情好也。此本淫乱之所由。补曰：郭璞说：荍，荆葵。今龙船花于芘虾不类。今有荍麦，小白花，红茎，实三棱，可作面，秋收后艺之，花实皆似虬虾。字又从收，其是与？大旱谷后时，唯恃莜代粮。尔者，诗人勉其同志也。因雩以托意，言国俗已荒，唯视尔挽正，如莜之救饥也。椒所以礼神，《楚词》所谓“椒糈”。贻我者，以去薉恶，改民俗。

《东门之枌》三章，章四句。

《衡门》，诱僖公也。补曰：《世家》言：幽公子僖公孝，当宣王之时。诱之者，周室中兴，贤才并进，诸侯会同，韩申作伯，陈以先圣后，自安小弱，欲勉进之。愿而无立志，故作是诗以诱掖其君也。诱，进也。掖，扶持也。

衡门之下，可以栖迟。衡门，衡木为门，言浅陋也。栖迟，游息也。笺云：贤者不以衡门之浅陋则不游息于其下，以喻人君不可以国小则不兴治致政化。补曰：横门，门无堂塾者。可者，驳言不可也。无以自芘，故不可息。泌之洋洋，可以瘵饥。《韩》作“可以疗饥”。蔡邕、束皙并引“泌丘”。泌、瘵又作“柲”“乐”。泌，泉水也。洋洋，广大也。乐饥，可以乐道忘饥。笺云：饥者，不足于食也。泌水之流洋洋然，饥者见之，可饮以疗饥。以喻人君悫愿，任用贤臣，则政教成，亦犹是也。补曰：泌泉始流而见为洋洋，喻其志狭也。虽见为洋，终不可以疗饥。喻陈虽苟安，不可以待变。

岂其食鱼，必河之鲂？补曰：岂其者，承上可以而诱之也。鲂、鲋，通用字，今鳊也。河鲂尤美，俎实之上，然食鱼者，则不必待鲂，凡鱼可矣。岂其取妻，必齐之姜？笺云：此言何必河之鲂然后可食，取其口美而已。何必大国之女然后可妻，亦取贞顺而已。喻君任臣何必圣人，亦取忠孝而已。齐，姜姓。补曰：齐乙公、陈胡公皆武王女夫。取，取妻。以喻王之任诸侯也。时方遣仲山甫城齐，岂王独私齐乎？以陈自安弱小，不能自达，当谋所以立。

岂其食鱼，必河之鲤？补曰：鲤以为脍。燕有功则脍鲤，羞豆之珍也。岂其取妻，必宋之子？笺云：宋，子姓。补曰：宋、陈俱先圣之后，而宋常通于王室。

《衡门》三章，章四句。

《东门之池》，刺时也。疾其君之淫昏，而思贤女以配君子也。

东门之池，可以沤麻。兴也。池，城池也。沤，柔也。笺云：于池中柔麻，使可缉绩作衣服。兴者，喻贤女能柔顺君子，成其德教。补曰：《水经注》：沙水东南径陈城北，城之东门内有池，池水东西七十步，南北八十许步，水至清洁而不耗竭，不生鱼草，水中有台，《诗》所谓“东门之池”也。城池宜洁清，不可沤麻。云可以者，疾时不修妇功，故欲辍城池，使民沤麻。麻为朝祭衣冠所用，喻修政事也。彼美淑姬，可与晤歌。淑，又作“俶”。晤，《韩》《鲁》作“寤”。晤，遇也。笺云：晤，犹对也。言淑姬贤女，君子宜与对歌相切化也。补曰：淑姬，王女，君夫人也。有忧者寤歌。淑姬不可与歌，而云可者，喻君不知忧，或淑女能规切，使知忧耳。

东门之池，可以沤纻。纻，又作“苎”。补曰：苎，苘属。细者为絟，粗者为纻。纻为亵衣之材，夫人来嫁，以裼锦衣者。指言当求贤妃也。彼美淑姬，可与晤语。补曰：语，论也。淑姬不可与论政。疾君不明，与夫人论犹愈。

东门之池，可以沤菅。补曰：菅，麻，野麻也。菅，丧服所用，喻当为危亡之备。彼美淑姬，可与晤言。补曰：直言曰言，大昏谓之直言之礼。

《东门之池》三章，章四句。

《东门之杨》，刺时也。补曰：刺侈于昏礼者。昏姻失时，男女多违。亲迎，女犹有不至者也。补曰：亲迎不至，诸侯邦交反覆，则可有之，士大夫不待迎时始知不至也，亦无容自昏至明星时。

东门之杨，其叶牂牂。兴也。牂牂然，盛皃。言男女失时，不逮秋冬。笺云：杨叶牂牂，三月中也。兴者，喻时晚，已失仲春之月。补曰：杨，空心虚枵，叶则强盛。以喻国家贫乏而务于外饰。**昏以为期，明星煌煌**。期而不至也。笺云：亲迎之礼以昏时，女留他色，不肯时行，乃至大星煌煌然。补曰：盛其仪物，繁其文饰，因以聚会宾客，竞相夸炫，故皆以迟留为侈，虽贫家不能异也。

东门之杨，其叶肺肺。肺肺，犹牂牂也。补曰：肺、宂，古今字。草木盛，宂宂然。**昏以为期，明星哲哲**。哲哲，犹煌煌也。补曰：哲，明也。许慎说："《礼》：哲明行事。"则将旦之明。

《东门之杨》二章，章四句。

《墓门》，刺陈佗也。补曰：刺止其往蔡以取辱。**陈佗无良师傅，以至于不义，恶加于万民焉**。不义者，谓弑君而自立。补曰：《世家》言：釐公子武公灵，子夷公说，说弟平公燮，子文公圉，取蔡女，生佗，十年卒，长子桓公鲍，卅六年卒。蔡人杀五父及免，立佗为厉公。七年，免弟跃及林、杵臼令蔡以好女诱佗，杀之。跃立为利公。林、桓公、杵臼宣公，文公五子迭立也。《左传》说：佗字五父，杀太子免，蔡人杀佗。案《春秋》经：桓五年春，正月，陈侯鲍以甲戌日亡，己丑得尸。明年秋，蔡人杀陈佗。十二年，陈侯跃卒。庄元年，陈侯林卒。佗无杀太子之事，或者鲍亡而佗贼之。鲍立已久，又不得仍谓之太子。据《世家》言，文公即位而取蔡女，则佗即太子，故《春秋》君之，诗人刺之。

墓门有棘，斧以斯之。《说文》引"斯"。兴也。墓门，墓道之门。斯，析也。幽闲希行，用生此棘薪，唯斧可以开析之。笺云：兴者，喻陈佗由不亲贤良师傅之训道，至陷于诛绝之罪。补曰：墓门，陈城门名。《左传》云陈哀公扶太子偃师奔墓，又曰贾获扶母奔墓。陈有兵难，则保于此，以喻防外奸也。棘有刺，以喻蔡谋刺佗也。斧者，君所依，言当析破其谋。**夫也不良，国人知之**。夫，《韩》作"傅"。夫，傅相也。笺云：良，善也。陈佗之师傅不善，群臣皆知之。言其罪恶著也。补曰：夫，群公子之党也。良，首也。不良，不能事太子也。国人知之，言情状章著，非密谋也。旧说盖以夫为傅，盖蔡女之傅，故佗以为可信。**知而不已，谁昔然矣**。昔，久也。笺云：已，犹去也。谁昔，昔也。国人皆知其有罪恶，而不诛退，终致祸难，自古昔之时常然。补曰：已，止也。众知之而不能止君之行，以君昔时为蔡所立，不虞蔡故然。

墓门有梅，有鸮萃止。梅，《韩》《鲁》作"楳"。梅，楠也。鸮，恶声之鸟也。萃，集也。笺云：梅之树善恶自耳，徒以鸮集其上而鸣，人则恶之，性因恶矣。以喻陈佗之性本未必恶，师傅恶，而陈佗从之而恶。补曰：梅、某，字书分二，经传皆不用。某，楳字，亦无以楠为梅者。梅之言媒，喻女诱人也。鸮当为鸺鹠，旧有毛角，所鸣其国有祸。言媒至陈者，祸陈国也。**夫也不良，歌以谇之**。之，又作"止"。谇，《韩》作"讯"。谇，告也。笺云：歌，谓作此诗也。既作，又使工歌之，是谓之谇。补曰：梅鸮之来，乃夫之不良，谓群公子谋陷君也。歌以告谏，其情切也。**谇予不顾，颠到思予**。笺云：予，我也。歌以告之，女不顾念我言，至于破灭颠到之急，乃思我之言。言其晚也。补曰：颠到，失位也。弃位微行，其祸不可防。昏淫之人不顾忠言，而犹欲救之。

《墓门》二章，章六句。

《防有鹊巢》，忧谗贼也。补曰：谗，犹佞也。袁涛涂绐齐师，以求免供亿，是佞以害国。**宣公多信谗，君子忧惧焉**。

防有鹊巢，邛有旨苕。兴也。防，邑也。邛，丘也。苕，草也。笺云：防之有鹊巢，邛之有美苕，处势自然。兴者，喻宣公信多言之人，故致此谗人。补曰：陈宣公卅六年，齐人假途于陈而伐楚。袁涛涂曰："师出于陈、郑之间，国甚病。"请桓公濒海，伐东夷以归齐。桓公还师，大陷于沛泽之中，执涛涂，且伐陈。此谏君无信其言也。防，鲁邑也。鹊巢，国君之所居，喻馆舍也。齐南伐，以鲁为主，鲁为除舍于防矣。邛盖陈邑当军道者。旨苕，鹪鸠所巢。《韩诗传》说：鹪鸠爱养其子，坚固其窠巢，敷之苇蔄，风至，蔄折巢覆。言陈不比鲁，军过邛则苕不能旨。述涛涂辟军道之本意。**谁侜予美？心焉忉忉**。美，《韩》作"娓"。《说文》引"侜"。

侜，张诳也。笺云：谁，谁谗人也。女众谗人，谁侜张诳欺我所美之人乎？使我心忉忉然。所美，谓宣公也。补曰：侜，有壅蔽也。予美，陈国从齐伐楚之功也。战胜师还，陈有美名，而谁欲蔽前美乎？心忉忉忧之。

中唐有甓，邛有旨鹝。中，中庭也。唐，堂涂也。甓，瓴甋也。鹝，绶草也。补曰：庙中路谓之唐。中唐，唐中也。瓴甋，瓮似瓶者，今筒瓦也，所以行水。许慎书引“鹝”为“虉”。鶪，伯劳、鹝鵙也。虉草斑文似伯劳、书带、胡蝶，吉祥之类。种阶砌为文饰者，喻小国有礼文，则军过不至蹂践，如旨鹝之当道也。以甓通水，喻陈无沛泽，雨潦不至陷师也。此劝其不必辟军。谁侜予美？心焉惕惕。惕惕，犹忉忉也。补曰：惕惕然惧祸至也。师未还而见伐矣。

《防有鹊巢》二章，章四句。

《月出》，刺好色也。补曰：好色，好其颜色，中无所有。在位不好德，而说美色焉。补曰：说美色而述其劳心，何以为刺？

月出皎兮，《说文》引“皎”，又作“皦”。兴也。皎，月光也。笺云：兴者，喻妇人有美色之白皙。补曰：月出以喻执政大臣也。皎兮当与日并明，以照一国。佼人僚兮。舒窈纠兮，佼、僚，又作“姣”“嫽”。僚，好皃。舒，迟也。窈纠，舒之姿也。补曰：佼人，大人，谓大臣也。僚之字从人、尞，许慎书在“彬”“佖”之间，威仪明备之皃。舒徐自养，窈纠然深，使人莫能进说。此亡国之臣所恃以保高位者。劳心悄兮。悄，忧也。笺云：思而不见则忧。补曰：大臣养望，自谓镇物，虽切言之，彼若不闻，识者私忧悄然徒劳而已。

月出皓兮，补曰：皓，日出皃。月出而如日出，言君委以政也。佼人懰兮。舒优受兮，懰，又作“刘”“嬼”。优，又作“懮”。补曰：懰、刘，通用字。言大人从容迟留，似持重也。优受，优容，自谓能容物也。优，本当作“忧”，行之和也。时俗以“忧”为忧愁，加“人”作“优”，加“心”作“懮”。唐定本作“懮”。陆德明说：懮，舒皃。劳心慅兮。补曰：慅，动也。言我之心异于尔，尔则舒优，我心实慅动也。

月出照兮，补曰：照言政及于民。佼人燎兮。补曰：燎，火之明也。不照物，望之似光明耳。舒夭绍兮，补曰：夭，少也。绍，读若“瓜绍瓞”之“绍”，弱小也。言日趋于削小。劳心懆兮。懆，又作“惨”。补曰：懆，愁不安也。

《月出》三章，章四句。

《株林》，刺灵公也。补曰：《世家》言宣公子穆公款，子共公朔，子灵公平国。淫乎夏姬，驰驱而往，朝夕不休息焉。夏姬，陈大夫妻，夏徵舒之母，郑女也。徵舒字子南，夫字御叔。

胡为乎株林，从夏南兮？兮，又作“姬”，定本无。株林，夏氏邑也。夏南，夏徵舒也。笺云：陈人责灵公，君何为之株林，从夏氏子南之母，为淫泆之行？补曰：株林，林木已伐，但有根株，车骑行者防颠蹶。喻寡妇有子，足为患也。夏氏之邑曰株，因以托讽。时君臣恣行不讳，故诗亦直言夏南也。胡为乎者，国人怪词。从者，君托言往谋耳。从乃致政老臣之礼，非夏南所当。匪适株林，从夏南兮。笺云：匪，非也。言我非之株林，从夏氏子南之母，为淫泆之行，自之他耳。抵拒之词。补曰：国人皆知其非，欲君无更往也。

驾我乘马，说于株野。乘我乘驹，朝食于株。驹，又作“骄”。大夫乘驹。笺云：我，国人。我，君也。君亲乘君乘马，乘君乘驹，变易车乘，以至株林，或说舍焉，或朝食焉。又责之也。马六尺以下曰驹。补曰：乘马，君驾。乘驹，公孙宁、仪行父从公往之，大夫车也。说野，言野宿无备。朝食有主人，言宁等无所忌也。虽公党与，而不与君祸，故君野宿，而大夫朝食自如，戒其无恃二人。

《株林》二章，章四句。

《泽陂》，刺时也。补曰：泽，盖株邑游观之池沼也。灵公甚无道，犹欲扶持而安全之，忠厚之至。言灵公君臣淫于其国，男女相说，忧思感伤焉。君臣淫于国，谓与孔宁、仪行父也。感伤，谓“涕泗滂沱”。

彼泽之陂，有蒲与荷。樊光引“荷”作“茄”。兴也。陂，泽障也。荷，芙渠也。笺云：蒲，柔滑之物。芙渠之茎曰茄，生而佼大。兴者，蒲以喻所说男之性，荷以喻所说女之容体也。正以陂中二物兴者，喻淫风由同性生。补曰：彼泽，株之泽也。荷出污泥，喻夏姬妖贱。蒲者，君筵簟席之上等，而今与荷俱在陂，言君下通夏姬。有美一人，伤如之何。伤，《韩》作“阳”。伤无礼也。笺云：伤，思也。我思此美人，当如之何而得见之。补曰：一人，君也。不忍言之，故曰有美。言余人不足伤。如何乎，君当修美行而至如此。寤寐无为，涕泗滂沱。自目曰涕，自鼻曰泗。笺云：寤，觉也。补曰：无为，不知所为也。不可显谏，又不可助力防变，唯有涕泣，如子谏父母。

彼泽之陂，有蒲与简。简，又作“蕳”。简，兰也。笺云：简，当作“莲”。莲，芙渠实也。莲以喻女之言性。补曰：简、莲，通用字。莲，夫渠实也。荷已有实，喻夏姬有子。有美一人，硕大且卷。卷，又作“婘”。卷，好皃。补曰：卷，武皃。言有武，无所用也。君为硕人，居大位，有材武而今自辱贱。寤寐无为，中心悁悁。悁悁，犹悒悒也。补曰：悁，忿也。

彼泽之陂，有蒲菡萏。菡萏，又作“萏萏”“荅萏”。菡萏，荷华也。笺云：华以喻女之颜色。补曰：菡萏，含陷。有美一人，硕大且俨。俨，《韩》作“嬐”，《说文》同，又作“曮”。俨，矜庄皃。补曰：人君望之俨然，祸作不能自匿。寤寐无为，展转伏枕。补曰：伏枕，忧惧之甚。

《泽陂》三章，章六句。

陈国十篇，廿六章，百十四句。

郐羔裘毛诗诂训传第十三　国风十三

《羔裘》，大夫以道去其君也。补曰：郐君妘姓，字又作“桧”。祝融后八姓，妘姓后有鄢、桧、路、偪阳。鄢、桧皆入于郑，路、偪阳入于晋。《国语》言郐仲恃险而亡，当幽王之世。《诗谱》云夷、厉之时变风始作，是也。国小而迫，君不用道，好洁其衣服，消摇游燕，而不能自强于政治，故作是诗也。补曰：诗无好服之意。

羔裘逍遥，狐裘以朝。羔裘以游燕，狐裘以适朝。笺云：诸侯之朝服，缁衣羔裘。大蜡而息民，则有黄衣狐裘。今以朝服燕，祭服朝，是其好洁衣服也。先言燕，后言朝，见君之志不能自强于政治。补曰：羔裘，邦交傧聘之服，卿大夫之专称也。锦衣狐裘，君之皮弁服，朔则服焉。朝玄布衣，或衣狐青裘，而无狐裘、羔裘之称。言裘者必弁，冕服也。大夫无交邻国之才，其服韦弁羔裘，但逍遥而已。逍遥，燕居之容。君唯朔日始一视朝。言君臣荒嬉之甚。岂不尔思？劳心忉忉。国无政令，使我心劳。笺云：尔，女也。三谏不从，待放而去。思君如是，心忉忉然。补曰：尔，尔桧也。言思是既去也，岂不思桧逍遥？念将危亡则忧惧忉怛。

羔裘翱翔，狐裘在堂。堂，公堂也。笺云：翱翔，犹逍遥也。补曰：此谓聘使来时也。卿大夫当麑裘，而云羔裘者，据韦弁言之，其意乃显正聘时大夫皆不羔裘也。在堂，在中堂，受玉之地。言桧君时乃一出。岂不尔思？我心忧伤。

羔裘如膏，日出有曜。日出照曜，然后见其如膏。补曰：膏以光发。如膏者，光滑皃。言使出有光华也。日喻君也。臣不能独光，国必君明乃有曜耳。曜、耀，古今字。岂不尔思？中心是悼。悼，动也。笺云：悼，犹哀伤也。补曰：此诗专言羔裘、尔思，盖大夫出使，遂不还，作此以寄谏。

《羔裘》三章，章四句。

《素冠》，刺不能三年也。丧礼，子为父，父卒为母，皆三年。时人恩薄礼废，不能行也。补曰：周改殷制，君以国事为重，逾年成君。诸侯以上，因遂废丧服，而士大夫效之，以至于今日。录此诗者，欲存其服以正之。

庶见素冠兮，棘人栾栾兮，栾，《说文》引作“脔”。庶，幸也。素冠，练冠也。棘，急也。栾栾，瘠皃。笺云：丧礼，既祥祭而缟冠素纰。时人皆解缓，无三年之恩于其父母，而废其丧礼。故觊幸一见素冠急于哀戚之人，形皃栾栾然臞瘠也。补曰：欲服三年，故备陈练、祥、禫冠服之制。以丧服存丧礼，驳心丧及公除之说也。素冠，练冠。谓之素者，以素缟缘湅布为冠，而服湅布之衣，始易齐以功也。棘人，不率教者，屏之远方，西方曰棘。栾栾，拘囚皃。古之太学，王公子有失礼者，犹治以法。刺世子不能丧也。劳心慱慱兮。慱慱，忧劳也。笺云：劳心者，忧不得见。补曰：丧不自勉，无以为治教之本，危亡逆乱皆由此起。

庶见素衣兮，素冠，故素衣也。笺云：除成丧者，其祭也朝服缟冠。朝服缁衣素裳，然则此言素衣者，谓素裳也。补曰：大祥，素缟麻衣。素衣即麻衣也。受小功之服，缟冠玄武而衣素缘。我心伤悲兮，聊与子同归兮。刘向引无二“兮”。愿见有礼之人，与之同归。笺云：聊，犹且也。且与子同归，欲之其家，观其居处。补曰：伤悲，不得见也。子，大夫相谓也。同归，不仕而家居也。以君无礼故。

庶见素韠兮，笺云：祥祭朝服素韠者，韠从裳色。补曰：禫之服玄端素韠，示未遽吉。我心蕴结兮，聊与子如一兮。子夏三年之丧毕，见于夫子，援琴而弦，衎衎而乐，作而曰：“先王制礼，不敢不及。”夫子曰：“君子也。”闵子骞三年之丧毕，见于夫子，援琴而弦，切切而哀，作而曰：“先王制礼，不敢过也。”夫子曰：“君子也。”子路曰：“敢问何谓也？”夫子曰：“子夏哀已尽，能引而致之于礼，故曰君子也。闵子骞哀未尽，能自割以礼，故曰君子也。夫三年之丧，贤者之所轻，不肖者之所勉。”

笺云：聊与子如一，且欲与之居处，观其行事。补曰：如一，俱至于礼也。君虽不能丧，臣当自企勉。

《素冠》三章，章三句。

《隰有苌楚》，疾恣也。恣，谓狡狯淫戏不以礼也。补曰：恣谓受郑寄帑，而纵恣郑人。国人疾其君之淫恣，而思无情欲者也。补曰：传误解，无知而谬说。

隰有苌楚，猗傩其枝。兴也。苌楚，铫弋也。猗傩，柔顺也。笺云：铫弋之性，始生正直，及其长大，则其枝猗傩而柔顺，不妄寻蔓草木。兴者，喻人少而端悫，则长大无情欲。补曰：郭璞说苌楚，羊桃白花；陆玑说花紫赤；郝懿行说为夹竹桃，非也。苌楚，楚之长者。铫弋，似桃而多杙。杙，刺橛也。今蔷薇多刺，茎似楚，花如桃，其是与？《春秋传》云："先郑伯有善于郐公者，通乎夫人，以取其国。"《国语》云：桧仲贪，郑寄帑以饵之。盖郑寄帑，因以妾御守帑，往来桧宫，得见夫人而惑桧君。既得爱幸，故郑人出入无禁，遂纳兵伏众，袭取其国，而反以通帑为郐罪也。苌楚花好有刺，喻郑女不可近也。隰有者，不当有也。下贱，故曰隰。猗傩者，暗相牵引。夭之沃沃，乐子之无知。夭，少也。沃沃，壮佼也。笺云：知，匹也。疾君之恣，故于人年少沃沃之时，乐其无妃匹之意。补曰：沃沃，犹夭夭也。夭、媄，古字同用。媄媄，女子笑皃。子，大夫，斥郐君也。诗不斥君，假大夫以言之。郑女善媚媄媄然，少好以娱乐，君之无匹，当防其刺。

隰有苌楚，猗傩其华。补曰：华，言借女以进，非女之能刺伤人。夭之沃沃，乐子之无家。笺云：无家，谓无夫妇室家之道。补曰：家，谓夫也。子乐郑女之无夫而诱之，则郑亦乐郐之无夫，言将灭亡也。

隰有苌楚，猗傩其实。补曰：后收其利，如花而有实，言郑以女取郐也。夭之沃沃，乐子之无室。补曰：室，言国都也。郑女今以子无室而为子室，他日将有无室之叹也。《山薑》曰："他人入室。"

《隰有苌楚》三章，章四句。

《匪风》，思周道也。补曰：周东迁逼楚，郐在周东南，知申之将为楚并，故思其道。此诗作于幽王之世。国小政乱，忧及祸难，而思周道焉。

匪风发兮，匪车偈兮。偈，《韩》作“揭”。发发飘风，非有道之风。偈偈疾驱，非有道之车。补曰：匪、彼，通用字。发，拨也。偈，掀也。彼风不正，则彼车掀倾，喻政教乖则道路塞也。顾瞻周道，中心怛兮。怛，《韩》作“悬”。怛，伤也。下国之乱，周道灭也。笺云：周道，周之政令也。回首曰顾。补曰：道，路也。郐所瞻者，周京也，回顾则淮夷、荆楚之地，故中心怛然。

匪风飘兮，匪车票兮。《说文》引“票”作“嘌”。回风为飘。票票，无节度也。补曰：票、嘌，古今字。票，火飞也。嘌，疾也。风回旋者，亦急疾也。车票者不胜风。顾瞻周道，中心吊兮。吊，伤也。

谁能烹鱼？溉之釜鬵。《说文》引“溉”作“摡”。本又作“概”。溉，涤也。鬵，釜属。烹鱼烦则碎，治民烦则散，知亨鱼则知治民矣。笺云：谁能者，言人偶能割亨者。补曰：谁者，推择之词。鱼牲，教成之祭，宗室所主，喻王朝之治侯国也。鬸谓之鬵，大釜也，可以蒸者。烹，熟也。熟鱼者，不涤其釜，则鱼损破不完，以喻王室不先自治，则诸侯受其害也。谁将西归？怀之好音。谁将，刘向引作“孰将”。周道在乎西。怀，归也。笺云：谁将者，亦言人偶能辅周道治民者也。郐在周之东，故言西归。有能西仕于周者，我则怀之以好音，谓周之旧政令。补曰：西归，诸侯归王室者，盖谓申也。宣王建申为伯，以南靖徐、楚，兼取其为戎、骆旧昏，能得西戎心，亦以离之也。今幽王以褒姒故，失申以启戎祸，楚因北侵至伊、雒，且以讨申者叛周，王室遂微。郐在申、雒之间，故谏王欲其结申也。怀之好音，怀诸侯以德音，招携赦罪也。申已将叛，傥其自归京师，王当怀之以善，言无使夷狄交而断道。

《匪风》三章，章四句。

郐国四篇，十二章，四十五句。

曹蜉游毛诗诂训传第十四　国风十四

《蜉游》，刺奢也。游，又作“蝣”。国小崔譔本作“昭公国小”。而迫，无法以自守，好奢而任小人，将无所依焉。

蜉游之羽，衣裳楚楚。《说文》引“楚”作“䵄”。兴也。蜉游，渠略也，朝生夕死，犹有羽翼以自修饰。楚楚，鲜明皃。笺云：兴者，喻昭公之朝，其群臣皆小人也，徒整饰其衣裳，不知国之将迫，君臣死亡无日，如渠略然。补曰：蜉、蠹、浮，古今字。蠶蠹，大蚁也。蜉游，蚁之能飞者。有二种，渠略者白蚁所化。白蚁食物尽，化为飞虫，出则自投于水，王褒颂“浮游出以阴”是也。湘楚人谓之鱼食。郭璞误以蛣蜣当之，义无所取。白蚁之食木，榱栋宛然，内既蠹尽，化为蜉游，虽害人覆压，己亦不免。以喻庸臣内蠹其国，无危亡之显迹，终误国以害身也。《春秋》书“曹杀其大夫”，传曰：“不死曹君者。”曹君以敌戎而死，大夫后皆见杀，是其事矣。衣裳同色者，朝聘及戎服也。喻君臣皆亡国。心之忧矣，于我归处。笺云：归，依归。君当于何归依乎？言有危亡之难，将无所就往。补曰：于我者，叹词也。依笺，盖本作“于何”。归，归隐也。归隐乃可以安处，言在位必危。

蜉游之翼，采采衣服。采采，众多也。补曰：弁曰衣，冠冕曰服。凡言服者，必有佩也。采采，事也。言君臣徒事衣服。心之忧矣，于我归息。息，止也。补曰：言在位不可息。

蜉游堀阅，麻衣如雪。《说文》引“堀”，突也。又作“掘”。《说文》：“掘，搰也。”堀阅，容阅也。如雪，言鲜洁。笺云：堀阅，堀地解阅，谓其始生时也。以解说喻君臣朝夕变易衣服也。麻衣，深衣。诸侯之朝朝（朝）[服]，（服）[朝] 夕深衣也。补曰：堀，突。阅，脱也。蜉游突出脱化，喻国亡俱亡也。麻衣，朋友吊服。如雪者，分散四出。言国多丧，吊者相望，去位者与不用之士，坐视在位之死亡，俟吊而已。凡吊，服以小功，布如深衣之制，谓之麻衣也。**心之忧矣，于我归说。**笺云：说，犹舍息也。补曰：说，车休止也。言不归则不知所税驾。

《蜉游》三章，章四句。

《候人》，刺近小人也。共公远君子而好近小人焉。补曰：《世家》言：曹叔振铎传太伯脾、仲君平、宫伯侯、孝伯云、夷伯喜，喜弟幽伯强及戴伯苏，苏子惠伯兕，兕少子穆公武传桓公终生、庄公射姑、僖公夷、昭公般、共公襄。共公十六年，晋公子重耳过，不礼焉。僖负羁谏，不听。《左传》说："不用僖负羁，而乘轩者三百人。"

彼候人兮，何戈与祋。《说文》引"祋"。候人，道路送迎宾客者。何，揭。祋，殳也。言贤者之官，不过候人。笺云：是谓远君子也。补曰：候人，司马之属，掌帅宾客而致于朝，及归送之于竟，上士六人，下士十二人，徒百二十人。侯国盖以下士为之。何戈祋者，其徒也。许慎说：城郭市里，高县羊皮，以惊不当入者之牛马，曰祋。时晋公子过，不见礼，候人不荷戈导之，反下祋惊之，故嗟刺之。**彼其之子，三百赤芾。**彼，彼曹朝也。芾，韠也。一命缊市黝珩，再命赤市黝珩，三命赤市葱珩。大夫以上赤市乘轩。笺云：之子，是子也。佩赤市者三百人。补曰：彼其之子，曹执政也。曹无命大夫。又诗言赤市，皆诸侯也。传附《左传》"乘轩三百人"为说，曹不宜顿置三百，命大夫亦非之子所能主，其误久矣。三百赤市者，八州三百卅六正，主会诸侯者，喻晋当为盟主也。于三百赤市会同之时，必有危祸，以邦交讽之。《车攻》曰"赤市金舄"，《采叔》曰"赤市在股"，与"三命赤市"异义。

维鹈在梁，不濡其翼。鹈，洿泽鸟也。梁，水中之梁。鹈在梁，可谓不濡其翼乎？笺云：鹈在梁，当濡其翼，而不濡者，非其常也。以喻小人在朝亦非其常。补曰：鹈，贪鱼者，而今在梁，有不濡翼者乎？言晋将谋取曹。彼其之子，不称其服。笺云：不称服者，言德薄而服尊。补曰：其服，赤市之服也。不称邦交之服，不可以列盟会。

维鹈在梁，不濡其咮。咮，喙也。补曰：晋公子不得食，故不濡咮。彼其之子，不遂其媾。媾，厚也。笺云：遂，犹久也。不久其厚，言终将薄于君也。补曰：遂，成。媾，讲也，交邻国曰讲。不能成邦交，使君得罪晋公子也。必言其贪者，彼心有所营，故不暇大计。

荟兮蔚兮，南山朝隮。《说文》引“荟”，又引“嬒”。荟、蔚，云兴皃。南山，曹南山也。隮，升云也。笺云：荟蔚之小云，朝升于南山，不能为大雨。以喻小人虽见任于君，终不能成其德教。补曰：荟、蔚，岚嶂气也。南山盖曹丘，曹之望也。朝隮，雨气，以喻君泽。今以荟、蔚为朝隮，言群小贪浊，损君惠泽。婉兮娈兮，季女斯饥。婉，少皃。娈，好皃。季，人之少子也。女，民之弱者。笺云：天无大雨，则岁不熟，而幼弱者饥，犹国之无政令，则下民困病矣。补曰：季女，宗女将嫁者，以喻晋公子同姓将为君也。斯，鲜也，空乏也。委积、饔飧不就，故空饥也。婉、娈，言其顺礼，以刺我之无礼。

《候人》四章，章四句。

《鳲鸠》，刺不壹也。补曰：“壹”，当为“一”。李黼平说：晋文公释卫侯，执曹伯，时以为同罪异罚，是谓不一。在位无君子，用心之不一也。

鳲鸠在桑，其子七兮。刘向引“鳲”作“尸”。兴也。尸鸠，秸鞠也。尸鸠之养其子，朝从上下，暮从（上下）［下上］，平均如一。笺云：兴者，喻人君之德，当均一于下也，以刺今在位之人不如尸鸠。补曰：尸鸠，布谷，夫人之德也。子七者，鸠之孚子，五十日而成，一岁七孚。喻曹、卫同母兄弟，七国并封，蔡、郕、鲁、卫、郜、曹、滕是也。桑者，宅树，言晋亦曹同姓也。时以曹伯畀宋，欲归京师，故推本太姒之恩。淑人君子，其仪一兮。一，本作“壹”，此从《礼记》引。笺云：淑，善。

仪，义也。善人君子，其执义当如一也。补曰：淑人，明法善听讼者。《鲁颂》曰："淑问如皋陶。"君子，属国称其方伯，谓晋侯也。**其仪一兮，心如结兮**。言执义一则用心固。补曰：如结之不可解，忧之也。

鸤鸠在桑，其子在梅。飞在梅也。补曰：梅实主调和，言曹已请平。**淑人君子，其带伊丝**。笺云：谓大带也。大带用素丝，有杂色饰焉。补曰：带、丝，素带、弁端。朝服所用大带用革，命服所用不以丝也。《语》曰："束带与宾客言。"言带，以明为邦交之事。素带无饰，以辟为异。天子朱里终辟，诸侯纯素终辟。故曰伊丝，明非天子之意。**其带伊丝，其弁伊骐**。骐，骐文也。弁，皮弁也。笺云：骐，当作"璂"，以玉为之，言此带、弁者，刺不称其服。补曰：但言带，意不显，故更言弁。唯皮弁有璂，明斥晋、宋也。天子朝服亦皮弁，而诸侯朝王不得用弁服。言晋以邦交故憾曹。

鸤鸠在桑，其子在棘。补曰：棘，听狱讼之位。言曹欲待罪京师。**淑人君子，其仪不忒**。忒，疑也。补曰：服则赦之，无可疑也。**其仪不忒，正是四国**。正，长也。笺云：执义不疑，则可为四国之长。言任为侯伯。补曰：李黼平说：二伯分陕，一伯治四州。故或曰四国，四州之国也。或曰五侯，四州及冀州之侯也。各据半言之，周公、郇伯皆言四国。

鸤鸠在桑，其子在榛。补曰：凡云鸤鸠，言曹国也。其子者，喻曹君也。榛，女贽，所以告虔者。言曹已服于晋。**淑人君子，正是国人**。笺云：正，长也。补曰：正，谓大国之正已也，立君以正之。时曹无君，故欲晋侯早定其君，俾还正国也。**正是国人，胡不万年**。笺云：能长人，则人欲其寿考。补曰：时晋侯有疾，故云万年，因所欲而祈焉。胡、遐，通用字，言胡耇也。

《鸤鸠》四章，章六句。

《下泉》，思治也。补曰：治，谓治诸京师以免其君也。卫侯归而曹伯不释，故讼于王。言思者，实上诗于晋，托言欲治耳。**曹人疾共公**

侵刻，下民不得其所，忧而思明王贤伯也。补曰：《春秋》书“曹伯襄复归于曹”，复归者，归无恶。曹人若疾共公，因晋之怨，可以易主，何为而请归之？

洌彼下泉，浸彼苞稂。浸，又作“寖”。兴也。洌，寒也。下泉，泉下流也。苞，本也。稂，童粱，非溉草，得水而病也。笺云：兴者，喻共公之施政教徒困病其民。稂，当作“凉”，凉草，萧蓍之属。补曰：泉者，王政施及侯国之词。《大东》曰“有洌氿泉”，亦喻王政不和也。许慎书“稂”或作“蓈”。稂莠非嘉草，别有“莨”，在“藡”“蔞”之间。司马相如赋卑湿生藏莨、蒹葭，《易》震为苍莨竹、为萑苇。然则莨似竹而水生，其又谓之凉草与？稂宜泉浸，而不宜寒泉，喻曹仰王泽，而今见病困。忾我寤叹，念彼周京。笺云：忾，叹息之意。寤，觉也。念周京者，思先王之明者。补曰：彼，卫也。念彼卫侯在京师获免，故寤而欲诉于周。

洌彼下泉，浸彼苞萧。补曰：萧，萩。今谓之荻，亦水草也。喻诸侯待治于王，犹水草之当溉于水。忾我寤叹，念彼京周。

洌彼下泉，浸彼苞蓍。蓍，草也。补曰：《龟策传》云：“蓍生满百茎，其下必有神龟守之。”是水草也。许慎说：“蒿属。生千岁，三百茎。天子九尺，诸侯七，大夫五，士三尺。”今所用蓍，生伏羲、孔子陵，乃陆草，又不可为簪。忾我寤叹，念彼京师。

芃芃黍苗，阴雨膏之。《说文》引“芃”。芃芃，美皃。补曰：阴雨，喻和解也。曹、晋和，则黍苗膏矣。四国有王，郇伯劳之。郇伯，郇侯也。诸侯有事，二伯述职。笺云：有王，谓朝聘于天子也。郇侯，文王之子，为州伯，有治诸侯之功。补曰：有，犹亲也。许慎说：“郇在晋地，周武王子所封。”其为侯国，未闻也。盖以王官代周公，为西伯，食采于郇耳。郇在晋地，故欲晋继其业。言方伯当使诸侯亲王，不宜生怨。

《下泉》四章，章四句。

曹国四篇，十五章，六十八句。

诗卷八

豳七月毛诗诂训传第十五　国风十五

《七月》，陈王业也。周公遭变，故陈后稷、先公风化之所由，致王业之艰难也。周公遭变者，管、蔡流言，辟居东都。补曰：豳在邰东北二百余里。岐在邰西百余里，在豳西南三百余里。周公采邑盖在岐，而西伯所居在豳。豳对岐为东都，辟居东都即居豳也。于丰镐为西，本于岐以建，有天下之号，故不从新京言西，而仍曰东耳。不窋曾孙庆节，承公刘馆豳之业，国于其地，传皇仆、（羗）[差弗]、毁隃、公非、高圉、亚圉、公叔祖类、亶父，是为豳公。及为昆夷所逼西南走，止于周原，乃为周国。豳旧京、王新邑并号东都，《诗》皆宜为《雅》。以周公诗无可系，故旧编于《晋①》后，季札观乐其次如此。孔子删《诗》列在《王》前，从二公三监之例也，郑《谱》之次是其证矣。复不知何人，退使近《雅》。《豳风》之先，又有《豳雅》《豳颂》，则先代之诗，当夏、殷之世，故不在三百之编。

七月流火，九月授衣。火，大火也。流，下也。九月霜始降，妇功成，可以授冬衣矣。笺云：大火者，寒暑之候也。火星中而寒暑退，故将言寒，先著火所在。补曰：董仲舒书言：大火廿六星，合房、氐、箕、心、尾、钩钤而名之。服虔说：六月黄昏火正中在南方，故七月西流也。《豳诗》主言女功助农，故以授衣为始。《月令》仲秋“命司服具饬衣裳”，

---

① 晋，疑当作“齐”。

《小正》九月“王始裘”，则授衣者司服，授之司裘也。其官民衣裘，亦从王裘之节，言农事始于女功。**一之日觱发，二之日栗烈。**《说文》引“觱发”作“滭泼”。一（二）之日，十之余也。一之日，周正月也。觱发，风寒也。二之日，殷正月也。栗烈，寒气也。补曰：一即正也。周之正月，非此诗之正月，故改一月为一之日，言今正月之日也。豳用夏正，作诗时已改周正，既不可以建子为豳正月，又不可以建寅月为正月，故曰一二之日。**无衣无褐，何以卒岁？**笺云：褐，毛布也。卒，终也。此二正之月，人之贵者无衣，贱者无褐，将何以终岁乎？是故八月则当绩也。补曰：豳者，射猎之国，不患无裘，但无帛衣，不成衣褐耳。褐，编枲袜也，以护足。**三之日于耜，四之日举趾。**三之日，夏正月也。豳土晚寒。于耜，始修耒耜也。四之日，周四月也，民无不举足而耕矣。补曰：三之日，三正备矣。复言四之日者，著时用周正也。不更言五之日者，义例已明矣。于耜者，往藉田修耒也。承上宜言女功，而先言藉田者，陈诗于王，亦承授衣言之。言农桑皆以王为本也。《小正》曰：“农纬厥耒。”传曰：“初岁祭耒，始用畟。”言使田官往祭耜也。木曰耒，金为耒端曰耜。相、梩、枱、鈶、辝、耜，古今字。耒，牛耕曲木也。古者垂作耒耜。举趾，谓君亲往田也。《左传》曰：“亲举玉趾。”天子三推，诸侯九推，以君而履田用耜，故曰举趾。**同我妇子，馌彼南亩，**馌，馈也。笺云：同，犹俱也。补曰：同，犹劳也。君自耕籍，劳赐农人，因及其妇子。以馌来南亩者，皆有赐也。凡藉田，天子在南郊曰南亩，诸侯在东郊曰东亩。《雅》曰“南东其亩”是也。此云南亩，据天子言之，所谓“陈王业”。下云公子，乃述先公也。**田畯至喜。**田畯，田大夫也。笺云：喜，读为“饎”。饎，酒食也。耕者之妇子，俱以饷来至于南亩之中，其见田大夫，又为设酒食焉。言劝其事，又爱其吏也。此章陈人以衣食为急，余章广而成之。补曰：田畯，农官，以退老卿大夫为之。盖三公曰乡老，大夫曰农夫，士曰田畯，亦或通名焉。至，至田畯家也。谓之饎者，但蒸饭酌酒，不具牲牢设脯醢而已，示与农人同也。别置有农官，曰司啬，则士也。

七月流火，九月授衣。笺云：将言女功之始，故又本于此。补曰：君念授衣，则知寒之当备，故本此以知民疾苦。春日载阳，有鸣仓庚。仓庚，离黄也。笺云：载之言则也。阳，温也。温而仓庚又鸣，可蚕之候也。补曰：载，始也。仓庚，商庚、黧黄、楚雀、商庚，又名长股，一物五名。其色黧黄，其体长股，今青仓也，似鹭。庚，续也，状其长股，飞则熠熠，或以为黄鹂，太小，似非也。夏春交田候。女执懿筐，遵彼微行，爰求柔桑。懿筐，深筐也。微行，墙下径也。五亩之宅，树之以桑。笺云：柔桑，稚桑也。蚕始生，宜稚桑。补曰：懿，壹也。壹从壶，不泄。壹筐，小颈似壶。微行，稚桑成行者。春日迟迟，采蘩祁祁。女心伤悲，殆及公子同归。迟迟，舒缓也。蘩，白蒿也，所以生蚕。祁祁，众多也。伤悲，感事苦也。春女悲，秋士悲，感其物化也。殆，始也。及，与也。豳公子躬率其民，同时归也。笺云：春女感阳气而思家①，秋士感阴气而思归②，是其物化，所以悲也。悲则始有与公子同归之志，欲嫁焉。女感事苦而生此志。是谓《豳风》。补曰：采蘩，所以藉箔生蚕子也。桑之时犹采蘩者，蚕有早晚。公子，豳公女也。归，归其宫也。当采蘩之时，蚕子初生，公女则入桑宫矣。桑宫在郊外，棘墙外闭，献茧乃得出。嫔妇劳苦之事而公女亲之，所以率民家也。凡云伤悲者，兵事也。太王居邠，狄人侵之，至岐立国，而又得还邠。始迁时，姜女初昏，今公女能蚕矣。追念播迁，今乃有家也。

七月流火，八月萑苇。薍为萑。葭为苇。豫畜萑苇，可以为曲也。笺云：将言女功自始至成，故亦又本于此。补曰：新知蚕利，故豫作蚕箔也。蚕月条桑，取彼斧斨，以伐远扬，猗彼女桑。斨，方銎斧也。远，枝远也。扬，条扬也。角而束之曰猗。女桑，荑桑也。笺云：条桑，枝落之，采其叶也。女桑，少枝长条不枝落者，束而采之。补曰：自

① 家，《毛诗正义》作“男”。
② 归，《毛诗正义》作“女”。

萑苇至伐远扬，皆言男功，助民蚕事者。不言三月言蚕月者，蚕视春早晚，或起二月半，或尽四月末，又上以二月为四之日，下言四月，故此不言三月，相起为文也。桑宜采伐，乃有新叶，肥美宜蚕，又可压条分植，捷于种葚，故以未播种时条之伐之，则女桑复荑，猗猗然盛，兼示养桑之宜也。斧，斫斤也。以铁包木为圆銎，以木入铁为方銎。今谓斨为斧，谓斧为刀。**七月鸣鵙，八月载绩。载玄载黄，我朱孔阳，为公子裳。**鵙，伯劳也。载绩，丝事毕而麻事起矣。玄，黑而有赤也。朱，深纁也。阳，明也。祭服玄衣纁裳。笺云：伯劳鸣，将寒之候也，五月则鸣。豳地晚寒，鸟物之候从其气焉。凡染者，春暴练，夏纁玄，秋染夏。为公子裳，厚于其所贵者说也。补曰：博劳、伯赵、鶪鴂、鴂鸠、鵴鸠、鵙，一物六名。《左传》误为鶌鸠，又谓之鹎鵊，字一作"批鵊"。其鸣自呼曰鹎鵊，好集乌桕上，过夏乃鸣。《尔雅》以为鹰则化鸠者。许慎说：化鼢鼠。其飞瞥大，鸟皆畏之。鹰飞回翔，非鵙也，又不善鸣。鵴鸠非鹰，《尔雅》广异说耳。绩，缉也。治麻绩为缕，则玄、黄、朱之，然则先染而后织也。玄端三等，裳曰玄、黄、杂。今云朱者，杂裳之一，诸侯所服也。裳唯玄端，及诸侯朝服用布。朝服素裳无异色，玄端则士玄裳，卿大夫彤，诸侯朱，天子黼。言公子裳者，著公宫亦有绩事也。公子裳分三色者，颂祷之词，正服士服，他日则有大夫、诸侯之位。

四月秀葽，五月鸣蜩。《说文》引"葽"。"蜩"或作"蛧"。不荣而实曰秀。葽，葽草也。蜩，螗也。笺云：《夏小正》"四月，王萯秀"，葽其是与？补曰：葽、芺，通用字。芺，今作"笑"，隶误也。刘向说："葽味苦。"许慎说："芺，味苦，江南食以下气。"今有小木，不荣而四月实，实大如李，可以已痔，即王萯矣。萯、菩一字，花蕊曰菩蕾，实似大蕊，故曰王萯，俗谓之无花果，喜阴畏阳。记其秀者，验阴气将动，麦秋至也。蜩鸣则早禾成，农家书有蝉鸣稻。**八月其获，十月陨萚。**《说文》引"萚"。获，禾可获也。陨，坠。萚，落也。笺云：秀葽也，鸣蜩也，获禾也，陨萚也，四者皆物成而将寒之候，物成自秀葽始。补曰：萚，草木皮叶陊地者，择取供一岁之薪燎。**一之日于貉，取彼狐狸，为公子**

裘。于貉，谓取狐狸皮也。狐貉之厚以居，孟冬天子始裘。笺云：于貉，往抟貉以自为裘也。狐狸以共尊者。言此者，时寒宜助女功。补曰：貉，北方豸种。胡地也与豳接境，往彼猎焉。言貉不南侵，且可游牧其地，故下言武功也。狐狸皮以貉产为佳，得之则以献君。每言公子者，不敢斥尊，兼容公子自往也。狸以为制，今斗篷也。民老者或衣貛，自余皆犬羊裘。"狐貈"字不从"各"写者，误耳。取貈又不得云于往。二之日其同，载缵武功。言私其豵，献豜于公。缵，继。功，事也。豕一岁曰豵，三岁曰豜。大兽公之，小兽私之。笺云：其同者，君臣及民因习兵俱出田也。不用仲冬，亦豳地晚寒也。豕生三日豵。补曰：同君往貉，故颂公。前曰武功，今继其业也。

五月斯螽动股，六月沙鸡振羽。沙，又作"莎"。斯螽，蚣蝑也。沙鸡羽成而振讯之。补曰：螽斯，虴蜢。斯螽，络纬。斯，嘶也。类蚣蝑而善嘶鸣，织妇之候也。沙鸡，雉类，稻将成，隐其中，若雉在麦中，将毕获之候也，今谓之络莎鸡。陆玑以沙鸡如蝗，樊光以为翰。天鸡虫类，不得言振羽。七月在野，八月在宇，九月在户，十月蟋蟀入我床下。笺云：自七月在野，至十月入我床下，皆谓蟋蟀也。言此三物之如此，著将寒有渐，非卒来也。补曰：言在者，皆谓农人所在，不记蟋蟀远近也。在野之蟋蟀，又不移而渐近。在床下者，乃居壁之三尾耳，唯依人不能在野也。宇，屋霤也。户，室户也。在野，刈获之事。在宇，治囷廪、暴簸柴草之事。在户，治盖藏、菹醢、蒸酒、助女功之事。闻床下蟋蟀而农功毕。穹窒熏鼠，塞向墐户。穹，穷。窒，塞也。向，北出牖也。墐，涂也。庶人荜户。笺云：为此四者以备寒。补曰：熏烟窗穹之者，为高突于屋上也。先已有突，冬更穹之，为当闭户，使烟不郁也。鼠穴则窒之。向，里门也。许慎亦用北出之说，皆非也。北出当牖，则不可塞，不必牖，何必先开之？又向皆以南向为义，《记》曰"望乡""望门"，是乡在门外也。塞之者，人皆入室防盗窃，始施门以启闭，余时夜不闭闢，为农功当夜出。墐户者，农人之户上半为棂窗，以便觇望，至冬乃涂之，非皆无木而必用荜也。见将寒，则治此四事。嗟我妇子，曰为改岁，入此室处。《汉书》引“曰”作“聿”。笺云：曰为改岁者，岁终，而“一之日觱发，二之日栗烈”，当避寒气而入所穹室墐户之室而居之。至此而女功止。

六月食郁及薁，七月烹葵及叔。八月剥枣，《说文》引“薁”作“藿”，《韩诗》同。郁，棣属。薁，蘡薁也。剥，击也。补曰：此章记农家之乐也。刘桢记郁大如李，郭璞云燕薁似蒲桃。郁、薁一物也，当作“食薁及藿”。藿、藿，假借通用。藿，豆苗也。《白驹》曰：“食我场藿。”豆苗有家罨而生者，不以种，但作蔬。蒲桃生者谓之薁，干者谓之郁，豳地所宜，与枣皆果之甘而可久者。葵盖爓食其子。叔，鹿豆，亦笾实。烹，谓爓也。农功勤，则有园圃菜果之利。十月获稻。为此春酒，以介眉寿。春酒，冻醪也。眉寿，豪眉也。笺云：介，助也。既以郁下及枣助男功，又获稻而酿酒助其养老之具。是谓《豳雅》。补曰：不但有甘果，又有美酒也。稻酒尤甘，冬为之酿，以待过春，助老者之血气，备甘旨也。七月食瓜，八月断壶，九月叔苴。采荼薪樗，食我农夫。壶，瓠也。叔，拾也。苴，麻子也。樗，恶木也。笺云：瓜瓠之畜，麻实之糁，干荼之菜，恶木之薪，亦所以助男养农夫之具。补曰：此专据藉田农、人畜、聚财，谓将大蜡之事。瓜、壶，《礼记》所谓“瓜、华”，天子所树，《甸师》所谓“果蓏之荐”。《信南山》曰：“中田有庐，畺埸有瓜。”庐、蓏，华、壶，通用字。凡实小于瓜者，皆谓之蓏，以供剥菹也。苴，麻之有蕡者，甸师氏所供蕡烛。荼，《小正》曰：“以为荐蒋。”蒋，即“浆”字，今荼茗也。樗，今字作“桦”，许慎说以其皮裹松脂为烛，薪之以为燎也。《甸师》曰：“帅其徒以薪蒸。”大蜡田烛亦取给焉。藉田丰登，瓜壶繁殖，烹茗为浆，苴樗为烛，天子行大蜡，报司啬，遂飨农夫也。农夫与田畯异者，田畯兼有乡遂之官，不敢当飨礼，农夫专谓致事大夫，天子所父兄事者。

九月筑场圃，春夏为圃，秋冬为场。笺云：场圃同地耳，物生之时，耕治之以种菜茹，至物尽成熟，筑坚以为场。补曰：此章劝农人之勤也。场，治谷田也。筑场圃，筑场于圃。十月纳禾稼。笺云：纳，内也。治于场而纳之囷仓。补曰：纳之甸师氏也。禾稼，禾之可嫁者，所谓种谷，下八谷是也。黍稷重穋，禾麻叔麦。重穋，又作"种稑"。后熟曰重，先熟曰穋。补曰：种、稑从禾，皆稷也。必分先后者，备早晚旱涝。稷、粱为日食之主，故各备二种。禾即粱也，亦稷之糯者。凡糯者后熟。然则禾有重，稷有稑。嗟我农夫，我稼既同，上入执宫功。宫功，又作"公宫"。"执"下，一本有"于"字。入为上，出为下。笺云：既同，言已聚也，可以上入都邑之宅，治宫中之事矣。于是时，男之野功毕。补曰：嗟农夫者，饬之也。入谷时则当辨种，饬其分别八谷之可稼者，分别书名，上入宫中。执功者盖内宰也，受之藏于神仓，明春诏后帅六宫之人生其种，献王而颁之。故特饬农大夫，示重其事，王将亲之也。昼尔于茅，宵尔索绹。宵，夜。绹，绞也。笺云：尔，女也。女当昼日往取茅归，夜作绞索，以待时用。补曰：尔，词也。昼则往茅。茅、苗，通用字，禾秸也。禾毕获则积其苗，干之以待用。索，绳也。绹，犹包也。宵则作绳索包韬之具。亟其乘屋，其始播百谷。乘，升也。笺云：亟，急。乘，治也。十月定星将中，急当治野庐之屋。其始播百谷，谓祈来年百谷于公社。补曰：农民葺屋，待禾秸补易苫盖，故亟治屋，当于获后数日毕功也。播，种也。农家亦以藏种为亟也。

二之日凿冰冲冲，三之日纳于凌阴。《说文》引"凌"作"媵"。冰盛水腹，则命取冰于山林。冲冲，凿冰之意。凌阴，冰室也。补曰：凿，穿也。冲冲，涌摇也。斩冰而取之，其下水则涌摇，言取冰之意也。丧祭用冰，因而缘饰之耳。凡冰凝水面，不凿穴之，则明年雨至皆平岸流溢为害，故必使有孔隙，雨水、温气皆易渗入，而冰易释矣。但告民以其意而不用冰，则民或懈惰，故设掌冰之官，重冰之用，使民劝其事而不自知也。而《左氏传》妄说，以为和阴阳之气。四之日其蚤，献羔祭韭。笺云：古者日在北陆而藏冰，西陆朝觌而出之，祭司寒而藏之，献羔而启之。其出之也，朝之禄位，宾、食、丧、祭，于是乎用之。《月令》：仲春，天子乃献羔开冰，先荐寝庙。《周礼》凌人之职，“夏，颁冰掌事。秋，刷”。上章备寒，故此章备暑。后稷、先公礼教备也。补曰：此章教农民以礼，故陈祭饮之仪。蚤、鼜，古今字。鼜，戒鼓也。盖乡学之礼，中春击土鼓，吹《豳诗》，因以入学释菜。**九月肃霜，十月涤场。朋酒斯飨，曰杀羔羊。**肃，缩也。霜降而收缩万物。涤，扫也。场功毕入矣。两尊曰朋。飨者，乡人饮酒以狗，大夫加以羔羊。笺云：十月，民事男女俱毕，无饥寒之忧，国君闲于政事而飨群臣。补曰：《周官》党正蜡祭之时，“属民饮酒于序”。取肃霜、涤场为始事，正齿位，严肃之意也。朋酒，无玄酒，直设两尊酒而已。盖君飨庶老于下庠，大夫或于序飨农家之老也。《记》曰：“唯飨野人皆酒。”曰杀者，又杀也。先日乡饮用狗，明日息司正遂养老，又特杀羔羊也。凡养老用羊。**跻彼公堂，称彼兕觥，万寿无疆！**公堂，学校也。觥，所以誓众也。疆，竟也。笺云：于飨而正齿位，故因时而誓焉。饮酒既乐，欲大寿无竟。是谓《豳颂》。补曰：跻，升也。公堂，庠也。《礼》曰：“序则由楹内，堂则由楹外。”堂者，庠之专称也。升之者，乡老论秀士，升之司徒，则于庠饮酒宾之。兕觥以罚，敬老崇养用宾礼，则不搢扑而设觥。设觥者，用羊重养，故颂寿也。

《七月》八章，章十一句。

《鸱鸮》，周公救乱也。补曰：周公自述救乱杀兄之意，遗言告成王，欲别葬，不敢祔文王墓。**成王未知周公之志，公乃为诗以遗王，名之曰《鸱鸮》焉。**未知周公之志者，未知其欲摄政之志。补曰：《书·金縢》言周公作诗遗王，王亦未敢训公，“秋，大熟”下，言葬赠周公之事。《大传》曰：“三年之后，周公老于丰，然后周公疾，曰：吾死，必葬于成周。薨，成王葬之于毕。天大雷电以风。”是王未训公而天示变之事也。《春秋传》曰：“封鲁公，以为周公主。周公不之鲁，欲天下之一乎周。”周公既死，则为鲁太祖，当葬于鲁。依王叔父为三公之礼，则当葬于周，祔文王之墓。周公所以作诗者，示己杀兄，不敢葬于毕，以管、蔡不得祔父墓，己亦不敢祔父墓也。又不肯葬鲁，自比诸侯，故欲葬东都成周，同异姓之王卿也。成王不敢顺公者，不敢臣之，仍葬于毕，以周公圣子，故仍祔文王之墓，以荣文王也。如此，则周公谦让之意不见，即圣德不见，而成周之盛美，亦无以章示后世。故风雷示变，邦人大恐，乃启金縢，知周公当天命而不居，乃推以为受命之王，告天追王，别茔甫窀，立鲁为王者后，而仍称周公。鲁侯父子、君臣、兄弟之美善，莫盛于此，乌有如儒生所云动辄得咎者乎？凡说周公事者皆失之，而《金縢》《鸱鸮》尤甚。然《鸱鸮》所以作者，又先见淮夷、徐戎之变，而欲王豫防之。盖封鲁太急，公或亦谏，而王以为谦，致公薨而遂起兵。不然，未有圣人致定太平，丧未终而即有寇戎者，赖此明之。

鸱鸮鸱鸮！既取我子，无毁我室。兴也。鸱鸮，鸋鴂也。无能毁我室者，攻坚之故。宁亡二子，不可以毁我周室。笺云：重言鸱鸮者，将述其意之所欲言，丁宁之也。室，犹巢也。鸱鸮言已取我子者，幸无毁我巢，我巢积日累功，作之甚苦，故爱惜之也。时周公竟武王之丧，欲摄政成周道，致太平之功。管叔、蔡叔等流言云："公将不利于孺子。"成王不知周公意，而多罪其属党。兴者，喻此诸臣乃世臣之子孙，其父祖以勤劳有此官位、土地，今若诛杀之，无绝其位，夺其土地。王意欲诮公，此之由然。补曰：鸱鸮，啼号之鸟，今子规也。春暮鸣号，伤人心。周公临终遗言，故自比啼血送春之声。鸱鸮不自哺子，以喻公忘家之义。我子，鸱鸮子也。取之者，伯禽封鲁，乃成王出其子也。子出，则当迎丧葬鲁，公不得为王朝大夫，是毁其室也。无毁者，依卿士之礼，仍葬成周也。许慎以鸱为雔，以鸮同《尔雅》之训。王逸以为贪鸟，蔡邕以为恶鸟，盖皆同许以为鹰类，不知鸱鸮合名、专名之有殊也。唯陆玑云："似黄雀，以麻紩茅秀为巢，幽州谓之巧妇。"差近之矣，而今所未见。**恩斯勤斯，鬻子之闵斯。**恩，爱。鬻，稚。闵，病也。稚子，成王也。笺云：鸱鸮之意，殷勤于此，稚子当哀闵之。斯取鸱鸮［子］者，指稚子也。以喻诸臣之先臣，亦殷勤于此，成王亦宜哀闵之。补曰：恩勤，谓成王恩念己也。斯指鸱鸮，即自谓也。鬻、育，通用字，俗读粥如育而误耳，字当作"鬻"，鬻乃糜字耳。育子，国子之称。育、孺，又同声通用。孺子谓成王，传义是也。闵，忧也。言死后以此为孺子忧，临终属托葬己成周也。本前师保之职，终身称孺子王。

迨天之未阴雨，彻彼桑土，绸缪牖户。《说文》引“迨”作“隶”。土，《韩》作“杜”，《字林》引作“𢿀”。迨，及。彻，剥也。桑土，桑根也。笺云：绸缪，犹缠绵也。此鸱鸮自说作巢至苦如是，以喻诸臣之先臣，亦及文、武未定天下，积日累功，以固定此官位与土地。补曰：此言淮夷、奄、徐将叛之事，鲁将有忧，盖戒伯禽无临丧也。阴雨，喻己死也。桑土，丧国之余根。彻，除也。牖户，鲁近郊也。《柴誓》曰：“徐戎并兴，东郊不辟。”奄君结连淮、徐，将取其故地，故当及未乱而防之。今女下民，或敢侮予。笺云：我至苦矣，今女我巢下之民，宁有敢侮慢欲毁之者乎？意欲恚怒之，以喻诸臣之先臣固定此官位、土地，亦不欲见其绝夺。补曰：女，女王畿也。下民，殷顽民也。或，有也。侮，恨也。今殷民有恨予者，以封鲁之故，迁奄蒲姑，余民结连，或又扇动，未遽服从也。

予手拮据，予所捋荼，《说文》引“拮”。拮据，撠挶也。荼，萑苕也。补曰：拮据，持也。许慎以“拮”为“手口共有所作”，依此为训耳。圣人不必拮据也，此言己先持国政，不遑治鲁之意。予所，予所封国，谓鲁也。荼性轻扬，方取捋治之，亦未能遽安定也。予所畜租，予口卒瘏。畜租，又作“蓄租”。瘏，又作“屠”。租，为。瘏，病也。手病口病，故能免乎大鸟之难。笺云：此言作之至苦，故能攻坚，人不得取其子。补曰：租、蒩，通用字。畜蒩，畜荼以为藉。言鲁即殷余民，不可更迁，故屡烦告诫，《多士》《多方》言词重复，甚病矣。曰予未有室家。谓我未有室家。笺云：我作之至苦如是者，曰我未有室家之故。补曰：言鲁不可葬。若毁我室，则无可葬也。由公言之，无以示人臣之节，不可私鲁。由私言之，己亦本不愿封鲁。

予羽谯谯，予尾消消。谯、消，又作“燋”“翛”。谯谯，杀也。消消，敝也。笺云：手口既病，羽尾又杀（败）[敝]。言己劳苦甚。补曰：羽翼，喻兄弟也。尾，喻子孙也。谯谯、消消，皆尽也。言己残骨肉后，追念无及，神意俱尽，鲁又将微，故遗言托王，非仅葬成周之事。予室翘翘，风雨所漂摇。翘翘，危也。笺云：巢之翘翘而危，以其所托枝条弱也。以喻今我子孙不肖，故使我家道危也。风雨，喻成王也。补曰：予室，王室也。公以周为室，故以封鲁为未有室。四国并叛，成周不能不危，如风雨暴疾，或能漂浮摇动之。戒王无轻忽。予维音之哓哓。一本无“之”。《说文》引作“唯予”。哓哓，惧也。笺云：音哓哓然，恐惧告诉之意。补曰：言己遗诗之惧，欲王惧也。事未发，不可明言。

《鸱鸮》四章，章五句。

《东山》，周公东征也。补曰：东山，豳也，在周之东。东征之东，即雒鲁之地，二东相去千里。此下周公私臣之诗，附周公诗后。周公东征，三年而归，劳归士，成王既得金縢之书，亲迎周公。周公归摄政，三监及淮夷叛，周公乃东伐之，三年而后归耳。补曰：周公摄王，一年救乱，则四国晓然，叛徒瓦解，管、蔡伏罪，禄父就禽，不待三年也。并居东为三年。大夫美之，故作是诗也。一章言其完也，二章言其思也，三章言其室家之望女也，四章乐男女之得及时也。君子之于人，序其情而闵其劳，所以说也。“说以使民，民忘其死”，其唯《东山》乎？分别章意者，周公于是志申，美而详之。补曰：使民以义，不宜教以怨思也。已将归矣，虽不序情，民自悦也。王者之师无战，千里之内，焉用幸完？传失之。

我徂东山，慆慆不归。我来自东，零雨其蒙。《说文》引“零”作“霝”。慆慆，言久也。蒙，雨皃。笺云：此四句者，序归士之情也。我往之东山既久劳矣，归又道遇雨蒙蒙然，是尤苦也。补曰：我，我周公也。东山，东都，即豳也，在岐周之东北，自太王时号为东都。言山者，公避流言居焉，若退隐也。慆慆，疑也。朝廷危疑，无归相周之理也。来，来还摄王也。自，从也。东，东国雒也。三监叛，自河北至雒，盖欲连关东以复殷，公从镐京更东征之，故来自东。天下晓然于周之未可间，则嫌疑尽释，如阴阳和而甘雨蒙蒙然也。我东曰归，我心西悲。公族有辟，公亲素服，不举乐，如其伦之丧。笺云：我在东山，常曰归也，我心则念西而悲。补曰：曰，聿也。我在东后曰归，西京将致太平，愈悲思骨肉之难。**制彼裳衣，勿士行枚**。行，又作“衔”。士，事。枚，微也。笺云：勿，犹无也。女制彼裳衣而来，谓兵服也。亦初无行陈衔枚之事，言前定也。《春秋传》曰：“善用兵者不陈。”补曰：在军介胄，还军则韦弁、缁衣、纁裳。初出军仓卒，故后制之。始制则还，足知罢兵之速也。勿，州里所建旗以趣民者，字又作“物”。士，盖徒役也。师还更建物，征士办行装也。行枚，以枚授行者。还途当肃静，赴敌则嚣噪也。《周官》有衔枚氏，“军旅、田役，令衔枚”。彼注云：“枚，状如箸，横衔之，为之繣结于项。”**蜎蜎者蠋，烝在桑野**。《说文》引“蜀”。蜎蜎，蠋皃。蠋，桑虫也。烝，窴也。笺云：蠋蜎蜎然特行，久处桑野，有似劳苦者。古者［声］窴、填、尘同也。补曰：蠋生于桑而还食桑，喻兄弟自相伐也。桑野，殷墟也。蠋久在桑而无成茧之功，公劳忧三年而不得致太平，罪二叔也。**敦彼独宿，亦在车下**。笺云：敦敦然独宿于车下，此诚有劳苦之心。补曰：敦、屯，通用字。独宿者，周公也。还师在屯，清夜独宿，静念管、蔡之无亲，使己不得亲亲而今亦独矣。车下，车宫辕门也。方其构乱，但惧不胜，既而平之，诚独感伤。此还师悲感之情，唯圣人能觉之。

我徂东山，慆慆不归。我来自东，零雨其蒙。补曰：章首必言此者，存亡之机所在。**果蠃之实，亦施于宇**。果蠃，栝楼也。补曰：果蠃，细腰瓜，如果蠃蜂者。喻群弟同根，亦为管叔所牵而谤朝政。**伊威在室，蟏蛸在户**。伊，《说文》作“蛜”。伊威，委黍。蟏蛸，长踦也。补曰：委黍，《尔雅》所谓“蟠，鼠负”。生鼠毛间，似蚕而黑，圆若黍，湘潭谓之蟠虫。蟠，读若“藩”。啮人跳虫，捕之则跳，释之扰人，依鼠而来。喻流言入王宫，不知其踪迹，虽不为大害，令公不自安也。蟏蛸，小鼅蛛，长股，缘壁隙为网，旋扫旋生，亦喻群小欲乘间营私者。**町疃鹿场，熠熠宵行**。《说文》引“疃”，引“熠熠”。各本作“熠耀”，同下“仓庚”句。町疃，鹿迹也。熠熠，粦也。粦，萤火也。笺云：此五物者，家无人则然，令人感思。补曰：田践处曰町，禽兽践处曰疃，场筑圃所为也。鹿善奔突，喻禄父称乱也。践町为疃，且至于场，喻三监地并反，且入王畿也。熠熠，不能飞之萤，喻武庚纣子，依末光收余烬，欲乘暗而行乱。**不可畏也，伊可怀也**。笺云：伊，当作“繄”。繄，犹是也。怀，思也。室中久无人，故有此五物，是不足可畏乎，乃可为忧思。补曰：畏，读如“弓畏”之“畏”，字又作“隈”，内也。亲戚称兵，不可偎依矣，而骨肉之恩，又可怀伤也。

我徂东山，慆慆不归。我来自东，零雨其蒙。补曰：此言周公居东复还之事。**鹳鸣于垤，妇欢于室**。雚，又作“鹳”。《说文》引“雚”“垤”。垤，蚁冢也。将阴雨，则穴处先知之矣。雚好水，长鸣而喜也。笺云：雚，水鸟也，将阴雨则鸣。行者于阴雨尤苦，妇念之则叹于室也。补曰：雚，小雀，依人檐宇，朝暮飞鸣者。垤，舍旁小丘丛薄，雚所栖止也。妇，周公私臣自喻也。闻朝议丛杂，无远见，如雚鸣啾唧在垤耳，则私忧而叹己不能与谋也。**洒扫穹窒，我征聿至**。笺云：穹，穷。窒，塞。洒，灑。扫，坋也。穹窒，鼠穴也。我君子行役，述其日月，今且至矣。言妇望也。补曰：洒扫穹窒，喻周公居东治政也。既不自辩，又不自危，日则洒扫，岁终则穹窒，若将终焉，于是我行。曰至，言复见迎也。**有敦瓜苦，烝在栗薪**。栗，《韩》作“蓼”。敦，犹专专也。烝，众也。言我心苦，事又苦也。笺云：此又言妇人思其君子之居处，专专如瓜之系缀焉。瓜之瓣有苦者，以喻其心苦也。烝，尘。栗，析也。言君子又久见使析薪，于事尤苦也。古者声栗、裂同也。补曰：敦然独皃。瓜瓞，子孙之词。苦，萎叶也。《卫诗》曰：“匏有苦叶。”瓜将萎者，兄弟相残也。析薪，继父业也。言公所以讨管、蔡者，乃久念负荷之重。**自我不见，于今三年**。补曰：我，我周公也。不见，不见王也。《大传》曰：“周公摄政，一年救乱，二年克殷，三年践奄，四年建侯卫，五年营成周，六年制礼作乐，七年致政。”此云三年，并居东二年数之，谓救乱还师在克殷前一年也。救乱者，反者皆平。克殷者，治殷民反侧者。践奄，废其君。

我徂东山，慆慆不归。我来自东，零雨其蒙。笺云：凡先著此四句者，皆为序归士之情。补曰：此章送公还京师也。言之重，词之复，有美焉，亦有忧焉。仓庚于飞，熠耀其羽。笺云：仓庚仲春而鸣，嫁取之候也。熠耀其羽，羽鲜明也。归士始行之时，新合昏礼，今还，故极序其情以乐之。补曰：仓庚，蚕候，长股黧黄，似鹭者，春晴映日则羽熠耀。南仲还师亦咏焉，言归途农桑乐业也。之子于归，皇驳其马。黄白曰皇。駵白曰驳。笺云：之子于归，谓始嫁时也。皇驳其马，车服盛也。补曰：之子，周公也。凡之子皆私臣称公之词。归，归京师也。天子马黄朱，上公乘黄。公还摄王，故马色不纯。亲结其缡，九十其仪。缡，妇人之袆也。母戒女，施衿结帨。九十其仪，言多仪也。笺云：女嫁，父母既戒之，庶母又申之。九十其仪，喻丁宁之多。补曰：《尔雅》："妇人之袆谓之缡。"缡，緌也。袆、帏，通用字。许慎以帏为囊，郭璞以缡为香缨，是也。《礼》谓之鞶，庶母及门内施鞶谓之缡，离离然垂也。緌，委也。亲结之者，周公私臣也。周公自东都入摄王，此诗人亲送之，以庶母自命，则文王之旧臣也。闻其师还而喜，本其初入时言之。上公朝位，宾主之间九十步，言周公还与二公相见，仍用上公入朝之仪也。其新孔嘉，其旧如之何？言长久之道也。笺云：嘉，善也。其新来时甚善，至今则久矣，不知其如何也。又极序其情，乐而戏之。补曰：其新，摄王行政，天下更始，耳目一新也。圣人践阼，故甚嘉矣。旧久者，长久致太平也。如之何者，勖望之词。

《东山》四章，章十二句。

《破斧》，美周公也。补曰：美公以晓天下，即公作《大诰》之意。周大夫以恶四国焉。恶四国者，恶其流言毁周公也。

既破我斧，又缺我斨。《说文》引"斨"。椭銎曰斧。斧斨，民之用也。礼义，国家之用也。笺云：四国流言，既破毁我周公，又损伤我成王，以此二者为大罪。补曰：破，犹坏损也。缺，破也。斧扆，天子之位，践阼者负焉。流言坏其事，公遂居东也。斨之言疆也，兵侵王圻，是缺斨也。斧，椭銎，斨器，以金入木。斨，方銎，以木入金。周公东征，四国是皇。皇，《齐》作“匡”。四国，管、蔡、商、奄也。皇，匡也。笺云：周公既反，摄政，东伐此四国，诛其君罪，正其民人而已。补曰：凡云四国者，分陕之词，言公以二伯专征，奉王命。哀我人斯，亦孔之将。将，大也。笺云：此言周公之哀，哀我民人，其德亦大也。补曰：《大诰》曰：“矜寡哀哉！”周公迂其身，以哀斯民，故甚大也。摄王以讨异己者，嫌于自专，因代明其志，以释疑谤。然而必摄王者，事从中制，恐朝议又有变也。

既破我斧，又缺我锜。锜，又作“奇”。凿属曰锜。补曰：锜、踦，通用字。木踦，金刃以凿空者，喻王朝所倚任监殷者也。许慎以锜为钼鉚，锯属。周公东征，四国是吪。吪，又作“讹”。吪，化也。补曰：殷顽民当变其俗。哀我人斯，亦孔之嘉。笺云：嘉，善也。补曰：嘉，美也。言无诛杀之事。

既破我斧，又缺我銶。木属曰銶。补曰：銶，木椎，字不当从金。喻讨之不用兵刃，而亦劳调发也。周公东征，四国是遒。遒，固也。笺云：遒，敛也。补曰：时见管、蔡犹叛，人心疑散，非公莫能揫敛之。哀我人斯，亦孔之休。休，美也。补曰：圣人遭变，美乃愈彰也。

《破斧》三章，章六句。

《伐柯》，美周公也。补曰：美之者，欲朝廷迎还摄政。周大夫刺朝廷之不知也。成王既得雷电大风之变，欲迎周公，而朝廷群臣犹惑于管、蔡之言，不知周公之圣德，疑于王迎之礼，是以刺之。补曰：此及《九罭》皆作于《东山》《破斧》之先。流言至，则当推公摄政，而二公智不及此，故刺之。

伐柯如何？匪斧不克。柯，斧柄也。礼义者，亦治国之柄。笺云：克，能也。伐柯之道，唯斧乃能之。此以类求其类也。以喻成王欲迎周公，当使贤者先往。补曰：柯长三尺，博三寸，首六寸，厚半寸。柯所以使斧，而伐柯者斧也。以喻周公任二公，而用周公者亦在二公。取妻如何？匪媒不得。媒所以用礼也。治国不能用礼，则不安。笺云：媒者，能通二姓之言，定人室家之道。以喻王欲迎周公，当先使晓王与周公之意者又先往。补曰：周公不能自言当摄政，责二公主其议。

伐柯伐柯，其则不远。以其所愿乎上交乎下，以其所愿乎下事乎上，不远求也。笺云：则，法也。伐柯者必用柯，其大小长短近取法于柯，所谓不远求也。王欲迎周公使还，其道亦不远。言人心足以知之。补曰："执柯伐柯，睨而视之，犹以为远。"喻二公与周公同执政，而不相知。我觏之子，笾豆有践。践，行列也。笺云：觏，见也。之子，是子也，斥周公也。王欲迎周公，当以飨燕之馔行，至则欢乐以说之。补曰：言我以驳朝廷也。觏，遇，暂见之词。笾豆，冢宰摄王祭祀所荐彻。言公当摄王，二公不知，我一见则知之也。

《伐柯》二章，章四句。

《九罭》，美周公也。补曰：亦美公以讽朝廷。周大夫刺朝廷之不知也。

九罭之鱼，鳟鲂。兴也。九罭，緵罟，小鱼之网也。鳟鲂，大鱼也。笺云：设九罭之罟，乃后得鳟鲂之鱼。言取物各有器也。兴者，喻王欲迎周公之来，当有其礼。补曰：九罭，密网。《韩诗》说："取虾芘也。"鳟鲋，赤目鱼，今鲫鱼，食鱼，人所不畜者。鲂鲋，俎实。喻管蔡、周公一善一恶，而朝廷拘文法，俱出之于外。我觏之子，衮衣绣裳。衮衣绣裳，所以见周公也。衮衣，卷龙也。笺云：王迎周公，当以上公之服往见之。补曰：我觏者，言不宜于此见也。绣裳，王卿之裳，加衮衣于绣裳，言出相为方伯。

鸿飞遵渚，鸿不宜循渚也。笺云：鸿，大鸟也，不宜与凫鹥之属飞而循渚。以喻周公今与凡人处东都之邑，失其所也。补曰：鸿，野雁也。小洲曰渚，鸿所止也。今以飞而循渚，喻公归豳，乃避流言而来。公归无所，于女信处。周公未得礼也。再宿曰信。笺云：信，诚也。时东都之人欲周公留不去，故晓之云：公西归而无所居，则可就女诚处是东都也。今公当归复其位，不得留也。补曰：归，归京师也。公既不当为方伯，而归朝又无所以位之，谓既避相，不能复相也。女，女王使也。王使来锡命周公，礼成，当去于乎女，且留再宿谋之。此时谋定，治流言，罢二叔，则公执政无嫌，商、奄不叛，惜朝廷之不察机也。凡宾客事毕，留之以信宿为节，故曰“有客信信”，又曰“申伯信迈”。

鸿飞遵陆，陆非鸿所宜止。补曰：阜高平曰陆。鸿循陆渐去水，将远飞也。喻公在东都，亦将谋退，远朝廷。公归不复，补曰：复，复相也。明言其不复，以息纷纭之议。于女信宿。宿，犹处也。补曰：信宿，三宿也。

是以有衮衣兮，补曰：是，是东都也。言因其辟居而就赐之，类于虚文，非所以待公。无以我公归兮，无与公归之道也。笺云：是，是东都也。东都之人欲周公留为之君，故云“是以有衮衣”。谓成王所赍来衮衣，愿其封周公于此。以衮衣命留之，无以公西归。补曰：就册命之，是无迎公之意。无使我心悲兮。笺云：周公西归，而东都之人心悲。恩德之爱至深也。补曰：心悲，不能言也。私臣无议政之道。

《九罭》四章，一章四句，三章章三句。

《狼跋》，美周公也。补曰：美其去就中道。周公摄政，远则四国流言，近则王不知。周大夫美其不失其圣也。不失其圣者，闻流言不惑，王不知不怨，终立其志，成周之王功，致太平，复成王之位，又为之太师，终始无愆，圣德著焉。补曰：此作于公明农之后。

狼跋其胡，载疐其尾。跋、疐，又作“拔”“疌”。《说文》引“载踬”。兴也。跋，躐。疐，跲也。老狼有胡，进则躐其胡，退则跲其尾，进退有难，然而不失其猛。笺云：兴者，喻周公进则躐其胡，犹始欲摄政，四国流言，辟之而居东都也；退则跲其尾，谓后复成王之位而老，成王又留之，其如是圣德无玷缺。补曰：狼者，君左所服裘，喻周公佐王正朝位也。垂胡项下而自践之，则人得引其尾。喻公不去位，则流言似有征。公孙硕肤，赤舄几几。《说文》引“几”作“掔”，又作“已”。公孙，成王也，豳公之孙也。硕，大。肤，美也。赤舄，人君之盛屦也。几几，絇皃。笺云：公，周公也。孙，读当如“公孙于齐”之孙。孙之言逊，遁也。周公摄政，七年致太平，复成王之位，逊遁辟此成功之大美。欲老，成王又留之，以为太师，履赤舄几几然。补曰：公孙，周公也，不敢祢文王，故曰公孙，亦推本古公言之。赤舄，王屦也。诸侯曰金舄。公践阼，履赤舄。几几谨身，所谓退就臣位，匔匔如也。

狼疐其尾，载跋其胡。补曰：狼遇人，引其尾，或自蹎跋其胡。喻公闻流言，处之不得当，或亦失常度。公孙硕肤，德音不瑕。瑕，过也。笺云：不瑕，言不可疵瑕也。补曰：瑕，玉小赤也，或以为玷。公灭亲而人无瑕之者，以其大美。

《狼跋》二章，章四句。

豳国七篇，廿七章，二百三句。

诗卷九

鹿鸣之什毛诗诂训传第十六　小雅一

《鹿鸣》，燕群臣嘉宾也。补曰：有功特宴，嘉宾例宴，燕有二，此为西伯时，列国邦交，后即为天子。燕乐，天子燕亦用之。凡敌不重燕，燕必君臣也。既饮食之，又实币帛筐篚，以将其厚意，然后忠臣嘉宾得尽其心矣。饮之而有币，酬币也。食之而有币，侑币也。

呦呦鹿鸣，食野之苹。兴也。苹，萍也。鹿得萍，呦呦然鸣而相呼，恳诚发乎中。以兴嘉乐宾客，当有恳诚相招呼以成礼也。笺云：苹，藾萧。补曰：苄、蓱大者蘋。荓，马帚，蒲类也。苹，藾萧，蒿类也。皆不中人食，依下蒿、芩，则此萧也。言野者，喻禄位贤者之公器。我有嘉宾，鼓瑟吹笙。补曰：嘉，美也。燕、饮酒皆嘉礼。嘉宾，国聘使也，燕有功亦假称焉。燕礼命大夫为宾，则有功者亦为苟敬。辩献大夫毕，瑟乃入，歌雅诗三章。献公旅酬，笙乃入也。吹笙鼓簧，承筐是将。簧，笙也。吹笙而鼓簧矣。筐，篚属，所以行币帛也。笺云：承，犹奉也。《书》曰："篚厥玄黄。"补曰：簧，礼所谓和也。三笙一和而成声，盖间歌时用之。鼓簧而正歌备，则声成矣。公食礼侑币在三饭之后，燕无币筐。此承将者，盖赐有功之物于请安之后，设之于御俎时，筐随以出，是其节与？人之好我，示我周行。周，至。行，道也。笺云：示，当作"寘"。寘，置也。周行，周之列位也。好，犹善也。人有以德善我者，我则置之于周之列位。言己维贤是用。补曰：为国立功，是好我也，可以示列位，为则效。列位，设席之次也。《记》曰：“席，小卿次上卿，大夫次小卿，士、庶子以次就位于下。”是谓周之列位。

呦呦鹿鸣，食野之蒿。蒿，菣也。补曰：蒿，蓬蒿也。《尔雅》：“荐黍蓬。”黄帝时，神人遗廌，曰食荐。我有嘉宾，德音孔昭。视民不恌，君子是则是效。《说文》引“恌”。恌，愉也。是则是效，言可法效也。笺云：德音，先王道德之教也。孔，甚。昭，明也。视，古示字也。饮酒之礼，于旅也语。嘉宾之语先王德教甚明，可以示天下之民，使之不愉于礼义，是乃君子所法效。言其贤也。补曰：德音，君命也。孔昭，能昭明君美也。君子，诸卿大夫，则效功臣也。我有旨酒，嘉宾式燕以敖。燕，《鲁》作“讌”。敖，游也。补曰：敖，谓《敖夏》，公出入所奏乐。《大射礼》曰：“公入，《骜》。”盖殷之礼，王出入奏《骜夏》与？奏《骜》则燕者毕出，言礼成也。

呦呦鹿鸣，食野之芩。《说文》引“芩”。芩，草也。我有嘉宾，鼓瑟鼓琴。补曰：无算乐之后，歌诗则自鼓琴。鼓瑟鼓琴，和乐且湛。湛，一作“耽”，《韩》同。湛，乐之久。我有旨酒，以燕乐嘉宾之心。燕，安也。夫不能致其乐，则不能得其志；不能得其志，则嘉宾不能竭其力。

《鹿鸣》三章，章八句。

《四牡》，劳使臣之来也。有功而见知，则说矣。文王为西伯之时，三分天下有其二，以服事殷。使臣以王事往来述其职。于其来也，陈其功苦以歌乐之。补曰：三分有二以服事殷，劳聘使之来，告之以大义。

四牡騑騑，周道倭迟。倭，一作“委”，《韩》又作“威”。《鲁》作“郁”。迟，《韩》《鲁》作“夷”。《说文》引“倭”。騑騑，行不止之皃。周道，岐周之道也。倭迟，历远之皃。文王率诸侯抚叛国而朝聘乎纣，故周公作乐歌，以歌文王之道，为后世法。**岂不怀归？王事靡盬，我心伤悲。**盬，不坚固也。思归者，私恩也。靡盬者，公义也。伤悲者，情思也。[笺云]：无私恩，非孝子也。无公义，非忠臣也。君子不以私害公，不以家事辞王事。补曰：王，商王也。

四牡騑騑，啴啴骆马。《说文》引作"痑痑"，又引"啴"。啴啴，喘息之皃。马劳则喘息。白马黑鬣曰骆。补曰：四牡，众介所乘。骆，谓使臣。**岂不怀归？王事靡盬，不遑启处。**遑，暇。启，跪。处，居也。臣受命，舍币于祢乃行。

翩翩者鵻，载飞载下，集于苞栩。鵻，夫不也。笺云：夫不，鸟之悫谨者。人皆爱之，可以不劳，犹则飞则止，集于栩木。喻人虽无事，其可获安乎？感厉之。补曰：鵻，祝鸠，今鸽也。性不树，止以集栩。喻臣之劳。**王事靡盬，不遑将父。**将，养也。补曰：父喻王朝也。不遑者，劳词。已言王，又言父者，告以不解之义。

翩翩者鵻，载飞载止，集于苞杞。杞，枸继也。**王事靡盬，不遑将母。**补曰：母喻方伯国也。已朝王，复从方伯之政，劳其从己之勤。

驾彼四骆，载骤骎骎。《说文》引"骎"。骎骎，骤皃。**岂不怀归？是用作歌，将母来谂。**谂，念也。父兼尊亲之道。母至亲而尊不至。笺云：谂，告也。君劳使臣，述叙其情。女曰：我岂不思归乎？诚思归也。故作此诗之歌，以养父母之志，来告于君也。人之情①恒思亲者，再言将母，亦人情也。补曰：谂之者，既知有母，当知有父。喻既归周，即当事王也。父在，子不从政，臣之义不顾家，不独不将父，亦不可念母，传非。

《四牡》五章，章五句。

---

① 情，《毛诗正义》作"思"。

《皇皇者华》，君遣使臣也。送之以礼乐，言远而有光华也。言臣出使能扬君之美，延其誉于四方，则为不辱命也。补曰：送以礼乐，言以礼乐教之也，聘礼遣使先无他礼。

皇皇者华，于彼原隰。皇皇，犹煌煌也。高平曰原。下湿曰隰。忠臣奉使，能光君命，无远无近，不以高下易其色。笺云：无远无近，维所之则然。駪駪征夫，每怀靡及。駪，《韩》作"莘"。駪駪，众多之皃。征夫，行人也。每，虽。怀，和也。笺云：《春秋外传》曰："怀和为每怀也。"和，当为"私"。众行夫既受君命当速行，每人怀其私相稽留，则于事将无所及。

我马维驹，六辔如濡。驹，一作"驹"。《说文》引"骄"。笺云：如濡，言鲜泽也。补曰：马六尺曰骄，大夫在国所乘。载驰载驱，周爰咨诹。忠信为周。访问于善为咨。咨事为诹。笺云：爰，于也。大夫出使，驰驱而行，见忠信之贤人，则于是访问求善道也。补曰：听政，故聚谋。

我马维骐，骐马有青骊文。补曰：骐马有力，戎事之马也。六辔如丝。《说文》引"辔"。言调忍也。载驰载驱，周爰咨谋。咨事之难易为谋。补曰：戎事，故尚谋。

我马维骆，六辔沃若。补曰：沃若，亦调忍也。骆马善走，出使之马。载驰载驱，周爰咨度。咨礼义所宜为度。补曰：出使，故度其所宜。

我马维骃，（驷）［阴］白杂毛曰骃。补曰：骃马下色，役车驽马，徒役所乘也。六辔既均。均，调也。载驰载驱，周爰咨询。亲戚之谋为询。兼此五者，虽有中和，当自谓无所及，成于六德也。笺云：中和，谓忠信也。五者，咨也、诹也、谋也、度也、询也。虽得此于忠信之［贤］人，犹当云己将无所及于事，则成六德。言慎其事。补曰：询，下问也。

《皇皇者华》五章，章四句。

《常棣》，燕兄弟也。闵管、蔡之失道，故作《常棣》焉。周公吊二叔之不咸，而使兄弟之恩疏。召公为作此诗，而歌之以亲亲。

常棣之华，鄂不韡韡。常棣，《韩》作“夫移”。《说文》引“鄂”作“萼”。兴也。常棣，棣也。鄂犹鄂鄂然，言外发也。韡韡，光明也。笺云：承华者曰鄂，“不”当作“柎”。柎，鄂足也。鄂足得华之光明，则韡韡荣盛。兴者，喻弟以敬事兄，兄以荣覆弟，恩义之显亦韡韡然。古声不、柎同。补曰：常棣，樱桃也。凡今之人，莫如兄弟。闻常棣之言为今也。笺云：闻常棣之言，始闻常棣华鄂之说也。如此，则人之恩亲，无如兄弟之最厚。补曰：大封同姓，事始于此，故曰凡今也。一人为帝，子弟毕封，至私之事，而周公立法，以兄弟与功贤并建，且后异姓焉，诚以人情喜荣，如华萼相承，望同菀枯，骨肉之恩义也。管、蔡觖望于富贵，以致伤恩，故悔悟焉。

死丧之威，兄弟孔怀。威，畏。怀，思也。笺云：死丧，可畏怖之事，维兄弟之亲甚相思念。补曰：此推兄弟之功，明有同尊荣之道也。死丧，人所畏恶，唯兄弟乃甚相怀，至亲也。原隰裒矣，兄弟求矣。裒，聚也。求矣，言求兄弟也。笺云：原也隰也，以相与聚居之故，故能定高下之名，犹兄弟相求，故能立荣显之名。补曰：求，责也。原隰同体，高下相形，喻兄弟一为天子，一为匹夫，不能无责望。

脊令在原，兄弟急难。脊令，一作“即鸰”。脊令，雍渠也，飞则鸣，行则摇，不能自舍耳。急难，言兄弟之相救于急难。笺云：雍渠水鸟，而今在原，失其常处，则飞则鸣，求其类，天性也。犹兄弟之于急难。补曰：脊令不与雌同游，故以喻兄弟急亟也。亟于赴难，常先他人也。每有良朋，况也永叹。况，一作“兄”。况，兹。永，长也。笺云：每有，虽也。良，善也。当急难之时，虽有善同门来，兹对之长叹而已。补曰：周公遭管、蔡之难，召太忧劳而不能定，徒长叹耳。

兄弟阋于墙，外御其务。务，《韩》作“侮”。《说文》引“阋”。阋，很也。笺云：御，禦。务，侮也。兄弟虽内阋而外御侮也。补曰：言兄弟虽内争，愈于生心向外，吊二叔之结商、奄。**每有良朋，烝也无戎。**烝，填。戎，相也。笺云：当急难之时，虽有善同门来，久也犹无相助己者。古者声填、尘、寘同。补曰：庶邦君、庶士、御事，罔不反曰：不可征。

丧乱既平，既安且宁。虽有兄弟，不如友生。兄弟尚恩熙熙然，朋友以义切切节节然。笺云：平，犹正也。安宁之时，以礼义相琢磨，则友生急。补曰：此戒兄弟也。兄弟当平世多骄贵，不知礼法，故不如朋友之同志，而亲亲之恩离矣。言安宁时当守法也。后之王者，丧乱时则猜诛骨肉，安宁则纵恣亲戚，乃以益乱。

傧尔笾豆，饮酒之饫。饫，《韩》作“（饇）[醧]”。《说文》引“饫”。傧，陈。饫，私也。不脱屦升堂谓之饫。笺云：私者，图非常之事。若议大疑于堂，则有饫礼焉。听朝为公。补曰：《周语》言“王公立饫”，祭而饮也。堂下无坐法，助祭之通礼，或者大议亦用此仪。**兄弟既具，和乐且孺。**九族会曰和。孺，属也。王与亲戚燕则尚毛。笺云：九族，从己上至高祖、下及玄孙之亲也。属者，以昭穆相次序。补曰：言自丧乱而致安宁，则饫礼，且为族食之会，而兄弟具乐，谓祭旅酬后复有燕私也。故饫亦谓之私，二者相联。

妻子好合，如鼓瑟琴。笺云：好合，志意合也。合者，如鼓瑟琴之声相应和也。王与族人燕，则宗妇、内宗之属，亦从后于房中。补曰：瑟在堂下，琴在堂上，喻内外尊卑之和好也。劝兄弟为妻子计。**兄弟既翕，和乐且湛。**翕，合也。

宜尔室家，乐尔妻帑。室家，一作“家室”。帑，子也。笺云：族人和，则得保乐其家中之大小。补曰：帑，金帛所藏，言家人生产。**是究是图，亶其然乎！**究，深。图，谋。亶，信也。笺云：女深谋之，信其如是。补曰：言封兄弟非一时苟且之制。

《常棣》八章，章四句。

《伐木》，燕朋友故旧也。补曰：同师曰朋，若太学诸生。同志曰友，己所善者，故谓因事相识及幼时同游处者。旧，久也，上世朋友之子弟。自天子至于庶人，未有不须友以成者。亲亲以睦，友贤不弃，不遗故旧，则民德归厚矣。

伐木丁丁，鸟鸣嘤嘤。兴也。丁丁，伐木声也。嘤嘤，惊惧也。笺云：丁丁、嘤嘤，相切直也。言昔日未居位，在农之时，与友生于山岩伐木，为勤苦之事，犹以道德相切正也。嘤嘤，两鸟声也。其鸣之志，似于有友道然，故连言之。补曰：盖文王自羑里还而受命，功德日盛，仪文日备，恐朋友自隔而不尽言，故以伐木喻众力，以鸟鸣喻相切瑳。出自幽谷，迁于乔木。幽，深。乔，高也。笺云：迁，徙也。谓乡时之鸟出从幽谷，今移处高木。补曰：鸟以惊而得迁，喻切直成善。嘤其鸣矣，求其友声。君子虽迁于高位，不可以忘其朋友。笺云：嘤其鸣矣，迁处高木者。求其友声，求其尚在深谷者。其相得，则复鸣嘤嘤然。

相彼鸟矣，犹求友声。矧伊人矣，不求友生？矧，况也。笺云：相，视也。鸟尚知居高木呼其友，况是人乎，可不求之？补曰：鸟虽居高木，不忘友侣，而以声相和应，人岂以居高位，而不须友乎？神之听之，终和且平。笺云：以可否相增减曰和。平，齐等也。此言心诚求之，神若听之，使得如志，则友终相与和而齐功也。补曰：听，祐也。友之为谊，通于神明，而正谏直言者，神必祐之，以和君德而相齐等，无以分自隔也。

伐木许许，釃酒有藇。许，《说文》引作"所"。许许，柹皃。以筐曰釃，以薮曰湑。藇，美皃。笺云：此言昔者伐木许许之人，今则有酒而釃之，本其故也。补曰：许许，助力，以喻朋友相助。既有肥羜，以速诸父。羜，未成羊也。天子谓同姓诸侯，诸侯谓同姓大夫，皆曰父。异姓则称舅。国君友其贤臣，士、大夫友其宗族之仁者。笺云：速，召也。有酒有羜，今以召族人饮酒。补曰：君与族燕，其牲同于常燕，用狗。天子日食少牢，用羊。侍食而用羜者，八珍熬炰之牲。诸父以该王族。养老之礼，则有八珍。大夫不得称父也。宁适不来，微我弗顾。微，无也。笺云：宁召之，适自不来，无使言我不顾念也。补曰：宁，疑词也。非时而召，容有不来者，其适有事邪？得无以我弗念之而不来邪？自疑简于礼。此殷勤之至。

於粲洒扫，陈馈八簋。粲，鲜明皃。圆曰簋。天子八簋。笺云：粲然已洒扫矣，陈其黍稷矣，谓为食礼。补曰：於，美词也。粲，米之精者。此云八簋，下有牡牛，则朔食也。诸侯少牢四簋，大夫特牲二簋，每加倍之，故天子八簋。其实黍、稷、稻、粱，因朔食而召宾，《权舆》所谓"每食四簋"。既有肥牡，以速诸舅。宁适不来，微我有咎。咎，过也。

伐木于阪，酾酒有衍。衍，美皃。笺云：此言伐木于阪，亦本之也。补曰：于阪者，往上阪也。言求助之甚。笾豆有践，兄弟无远。笺云：践，陈列皃。兄弟，父之党，母之党。民之失德，干糇以愆。糇，食也。笺云：失德，谓见谤讪也。民尚以干糇之失获愆过于人，况天子之馔，反可以恨兄弟乎？故不当远之。补曰：此明无远之义也。干糇，行道之粮。齐景、鲁昭以遇礼致糗，在远益亲，而失德则愆期，不相恤。

有酒湑我，无酒酤我。湑，一作"醑"。《说文》引"湑"。湑，茜之也。酤，一宿酒也。笺云：酤，买也。此族人陈王之恩也。王有酒则泲茜之，王无酒酤买之，要欲厚于族人。补曰：作酒必以仲冬之月，故有无酒时，令新造也。唯王之燕饮酒不会以此。坎坎鼓我，墫墫舞我。墫，一作"蹲"。坎，《说文》引作"竷"。墫墫，舞皃。笺云：为我击鼓坎坎然，为我兴舞墫墫然。补曰：墫墫，士舞也。天子而为士舞，以故旧恩礼之。迨我暇矣，饮此湑矣。笺云：迨，及也。此又述王意也。王曰：

及今我之闲暇，共饮此酒湑。欲其无不醉之意。补曰：云及我暇者，明非常燕。

《伐木》六章，章六句。《正义》本三章，章十二句。

《天保》，下报上也。补曰：天保，受命定都之名。武王克殷，征九牧之君，登豳阜，望商邑曰："我未定天保。"又曰："定天保，依天室，日夜劳来，定我西土。"是也。文王自岐迁丰，群臣归美，受命而王，故曰报上。君能下下以成其政，臣能归美以报其上焉。下下，谓《鹿鸣》至《伐木》皆君所以下臣也。臣亦宜归美于王，以崇君之尊而福禄之，以答其歌。

天保定尔，亦孔之固。固，坚也。笺云：保，安。尔，女也。女，王也。天之安定，女亦甚坚固。补曰：天保，谓受命也。定，定大位也。亦，亦都城也。位既定矣，而都城亦甚固。俾尔单厚，何福不除。王充引"单"作"亶"，"何"作"胡"。俾，使。单，信也。或曰：单，厚也。除，开也。笺云：单，尽也。天使女尽厚天下之民，何福而不开？皆开出以予之。补曰：单，大也。大厚其福，如除道以通之。俾尔多益，以莫不庶。庶，众也。笺云：莫，无也。使女每物益多，以是故无不众也。

天保定尔，俾尔戬穀。罄无不宜，戬，福。穀，禄。罄，尽也。笺云：天使女所福禄之人，谓群臣也。其举事尽得其宜。补曰：戬，践也。穀，禄位也。使王践位为天子，天下之人尽以为宜也。受天百禄。笺云：受天之多福。降尔遐福，维日不足。笺云：遐，远也。天又予女以广远之福，使天下溥蒙之，汲汲然如日且不足也。补曰：汲汲然者，天下方乱，犹救焚拯溺，时不可失。

天保定尔，以莫不兴。笺云：兴，盛也。无不盛者，使万物皆盛，草木畅茂，禽兽硕大。补曰：兴，起也。起诸侯为天子，则莫不兴起者。所谓"周虽旧邦，其命维新"。如山如阜，如冈如陵。言广厚也。高平曰陆。大陆曰阜。大阜曰陵。笺云：此言其福禄委积高大也。补曰：山，宣也，宣布德泽。阜，厚也。冈，广也。陵，乘也。山岳配天，故以喻焉。**如川之方至，以莫不增**。笺云：川之方至，谓其水纵长之时也。万物之收皆增多也。补曰：方，并也。言其德泽旁溥，如水大至。

吉蠲为饎，是用孝享。蠲为，《韩》作"圭惟"。吉，善。蠲，洁也。饎，酒食也。享，献也。笺云：谓将祭祀也。补曰：吉，吉日也。蠲为而荐之，有牲牢。今为饎者，以食为本也。**礿祠烝尝，于公先王**。春曰祠，夏曰礿，秋曰尝，冬曰烝。公，事也。笺云：公，先公，谓后稷至诸盩。补曰：公，先王。谓祀先公皆以王礼，并举四时祭者，言得福多。**君曰卜尔，万寿无疆**。君，先君也。尸所以象神。卜，予也。笺云：君曰卜尔者，尸嘏主人，传神词也。

神之吊矣，诒尔多福。吊，至。诒，遗也。笺云：神至者，宗庙致敬，鬼神著矣，此之谓也。**民之质矣，日用饮食**。质，成也。笺云：成，平也。民事平，以礼饮食相燕乐而已。补曰：民亦务农，足食也。**群黎百姓，遍为尔德**。百姓，百官族姓也。笺云：黎，众也。群众百姓，遍为女之德。言则而象之。补曰：为，助也。

如月之緪，如日之升。緪，一作"恒"。《说文》引"舛"。緪，弦。升，出也。言俱进也。笺云：月上弦而就盈，日始出而就明。**如南山之寿，不骞不崩**。骞，亏也。补曰：南山，终南山也。**如松柏之茂，无不尔或承**。笺云：或之言有也。如松柏之枝叶常茂盛，青青相承，无衰落也。补曰：承，言子孙长相继在位。

《天保》六章，章六句。

《采薇》，遣戍役也。补曰：述文王遣军从南仲。**文王之时，西有昆夷之患，北有猃允之难。以天子之命，命将率，遣戍役，以守卫中国。故歌《采薇》以遣之，《出车》以劳还，《杕杜》以勤归也**。文王为西伯，服事殷之时也。昆夷，西戎也。

天子，殷王也。戍，守也。西伯以殷王之命，命其属为将帅，将戍役御西戎及北狄之难，歌《采薇》以遣之。《杕杜》勤归者，以其勤劳之故，于其归，歌《杕杜》以休息之。

采薇采薇，薇亦作止。薇，菜。作，生也。笺云：西伯将遣戍役，先与之期以采薇之时。今薇生矣，先辈可以行也。重言采薇者，丁宁行期也。曰归曰归，岁亦莫止。笺云：莫，晚也。曰女何时归乎？亦岁晚之时乃得归也。又丁宁归期，定其心也。靡室靡家，玁狁之故。不遑启居，玁狁之故。玁，一作“獵”。玁允，北狄也。笺云：北狄，今匈奴也。靡，无。遑，暇。启，跪也。古者师出不逾时，今薇菜生而行，岁晚乃得归，使女无室家夫妇之道，不遑跪居者，有玁允之难故。晓之也。

采薇采薇，薇亦柔止。曰归曰归，心亦忧止。柔，始生也。笺云：柔，谓脆脕之时。忧止者，忧其归期将晚。忧心烈烈，载饥载渴。笺云：烈烈，忧皃。则饥则渴，言其苦也。我戍未定，靡使归聘。使，一作“所”。聘，问也。笺云：定，止也。我方守于北狄，未得止息，无所使归问。言所以忧也。

采薇采薇，薇亦刚止。少而刚也。笺云：刚，谓少坚忍时。曰归曰归，岁亦阳止。阳，历阳月也。笺云：十月为阳。时坤用事，嫌于无阳，故以名此月为阳。王事靡盬，不遑启处。笺云：盬，不坚固也。处，犹居也。补曰：盬，楛，不良也，通作“沽”。忧心孔疚，我行不来。来，《韩①》作“倈”。疚，病。来，至也。笺云：我，戍役自我也。来，犹反也。据家曰来。补曰：倈，今作“捱”，俟也，言行亟不待。

彼尔维何？维常之华。尔，《说文》作“薾”。尔，华盛皃。常，常棣也。笺云：此言彼尔者乃常棣之华，以兴将率车马服饰之盛。彼路斯何？君子之车。笺云：斯，此也。君子，谓将率。补曰：路，诸

---

① 韩，疑当作“鲁”。

侯之车。南仲为附庸君，受命为将，故乘路车。军将相依，如常棣花萼相覆。**戎车既驾，四牡业业。**业业然，壮也。**岂敢定居？一月三捷。**捷，胜也。笺云：定，止也。将率之志，往至所征之地，不敢止而居处自安也。往则庶乎一月之中三有胜功，谓侵也、伐也、战也。

驾彼四牡，四牡骙骙。《说文》引“骙”。骙骙，强也。**君子所依，小人所腓。**腓，辟也。笺云：腓，当作“芘”。此言戎车者，将率之依乘，戍役之所芘倚。补曰：言徒卒依车为营陈。**四牡翼翼，象弭鱼服。**翼翼，闲也。象弭，弓反末也，所以解紒也。鱼服，鱼皮也。笺云：弭，弓反末彆者，以象骨为之，以助御者解辔紒，宜滑也。服，矢服也。补曰：前四牡戎车，此四牡将车，弓末必缠之。不缠而以角固之，则为弭。戎狄长于骑射，故详弓矢之制。咏矢服者，盖赐弓矢使专征，因以旌显之。**岂不曰戒，猃允孔棘。**曰，一作“日”。笺云：戒，警敕军事也。孔，甚。棘，急也。言君子、小人岂不曰相警戒乎？诚曰相警戒也。猃允之难甚急，豫述其苦以劝之。

昔我往矣，杨柳依依。杨柳，蒲柳也。**今我来思，雨雪霏霏。**霏霏，甚也。笺云：我来，戍止而（来）谓始反时也。上三章言戍役，次二章言将率之行，故此章重叙其往反之时，极言其苦以说之焉。补曰：来思者，豫言其始反之时，其后还乃以蚕月至耳。**行道迟迟，载渴载饥。**迟迟，长远也。笺云：行反在于道路，犹饥渴，言至苦也。**我心伤悲，莫知我哀！**君子能尽人之情，故人忘其死。

《采薇》六章，章八句。

《出车》，劳还率也。遣将率及戍役，同歌同时，欲其同心也。反而劳之，异歌异日，殊尊卑也。《礼记》曰：“赐君子、小人，不同日。”此其义也。

我出我车，于彼牧矣。出车，就马于牧地。笺云：上我，我殷王也。下我，将率自谓也。西伯以天子之命，出我戎车于所牧之地，将使我出征伐。补曰：我车，南仲车也。于，往也。郊外谓之牧。彼，彼周也，就南仲言之曰彼。南仲受命为将，出其车，往周之郊外受誓戒，领师徒。**自天子所，谓我来矣。**笺云：自，从也。有人从王所来。谓我来矣，谓以王命召己，将使为将帅也。先出戎车，乃召将帅，将帅尊也。补曰：言此殷王之命文王，故召我也，谓报也。**召彼仆夫，谓之载矣。**仆夫，御夫也。补曰：彼仆，周之戎仆。彼夫，周之御夫。将至，则将治兵也。**王事多难，维其棘矣。**笺云：棘，急也。王命召己，己即召御夫，使装载物而往。王之事多难，其召我以急，欲疾趋之。此序其忠敬也。补曰：言刻日出师。

我出我车，于彼郊矣。补曰：郊在牧内，言南仲已至周。**设此旐矣，建彼旄矣。**龟蛇曰旐。旄，干旄。笺云：设旐者，属之于干旄，而建之戎车，将率既受命行，乃乘焉。牧地在远郊。补曰：宾至于近郊张旃。此旐，南仲旐也。盖附庸之君，比公邑大夫，故建旐。旄者，属旄牛尾于旐竿之首，亦谓之麾，大将所建也。彼，彼周也。周命之为大将，于是又建彼旄。**彼旟旐斯，胡不旆旆？**鸟隼曰旟。旆旆，旒垂皃。补曰：百官载旟，郊野载旐，周又以旟旐致民，使百官及郊野吏率之，以属南仲，故见彼旟及彼旐也。旆旆，军将行之容。**忧心悄悄，仆夫况瘁。**瘁，一作“悴”。笺云：况，兹也。将率既受命行而忧，临事而惧也。御夫则兹益憔悴，忧其马之正。

王命南仲，往城于方。王，殷王也。南仲，文王之属。方，朔方，近猃允之国也。笺云：王使南仲为将率，往筑城于朔方，为军垒以御北狄之难。补曰：南，国。仲，字也。附庸之君，褒之则称字。《书》有“南宫括”，马融本作“南君适”。仲其名适与？附庸多同姓，则亦诸姬也，故后为文王卿士。**出车彭彭，旂旐央央。**央，一作“英”。车，《鲁》作“舆”。彭彭，四马皃。交龙为旂。央央，鲜明也。补曰：殷制天子建旂。建旂者，示奉王命。又建旐者，南仲本爵。**天子命我，城彼朔方。赫**

赫南仲，猃允于攘。攘，一作“襄”。朔方，北方也。赫赫，盛皃。攘，除也。笺云：此我，我戍役也。戍役筑垒，而美其将帅自此出征也。补曰：《水经注》河水东南径朔方县故城东北，今榆林北地也。猃允，今蒙古地。本但于朔方筑城御狄，南仲以不足除害，遂率众除之，美其利国则专之也。

昔我往矣，黍稷方华。笺云：黍稷方华，朔方之地六月时也。以此时始出垒征伐猃允，因伐西戎。补曰：军行以三月，将行以六月至。今我来思，雨雪载涂。涂，冻释也。笺云：至春冻始释而来反。补曰：前期筑朔方，冬当反，后往伐猃允，故至建寅月反。王事多难，不遑启居。笺云：其间非有休息。岂不怀归？畏此简书。简书，戒命也。邻国有急，以简书相告，则奔命救之。补曰：《司马法》云：“某国为不道，征之。以某年某月某日，师至某国。”此简书之文式也。简长一尺二寸，字有廿二字及廿五字之异，每简一行。此言西方以简书告急，故又伐西戎。

喓喓草虫，趯趯阜螽。笺云：草虫鸣，阜螽跃而从之，天性也。喻近西戎之诸侯，闻南仲既征猃允、将伐西戎之命，则跳跃而乡望之，如阜螽之闻草虫鸣焉。草虫鸣，晚秋之时也。此以其时所见而兴之。补曰：言西方诸侯慕附文王也。草虫，蟋蟀。阜螽，雌者三尾。未见君子，忧心忡忡。既见君子，我心则降。笺云：君子，斥南仲也。降，下也。赫赫南仲，薄伐西戎。

春日迟迟，卉木萋萋。仓庚喈喈，采蘩祁祁。卉，草也。补曰：正月还师，三月罢也。执讯获丑，薄言还归。讯，辞也。笺云：讯，言。丑，众也。伐西戎以冻释时反，朔方之垒息戍役，至此时而归京师。称美时物以及其事，喜而详之也。执其可言问所获之众以归者，当献之也。赫赫南仲，猃允于夷。夷，平也。笺云：平者，平之于王也。此时亦伐西戎，独言平猃允者，猃允大，故以为始以为终。补曰：西戎为北狄间谍，执讯之而情得，故猃允遂平定。

《出车》六章，章八句。

《杕杜》，劳还役也。役，戍役也。

有杕之杜，有睆其实。睆，一作“皖”。兴也。睆，实皃。杕杜犹得其时以蕃滋，役夫劳苦，不得尽其天性。补曰：杜，沙果，苹果类，总名为奈。王事靡盬，继嗣我日。笺云：嗣，续也。王事无不坚固，我行役续嗣其日。言常劳苦无休息。补曰：中伐西戎，故嗣其日。日月阳止，女心伤止，征夫遑止！笺云：十月为阳。遑，暇也。妇人思望其君子，阳月之时已忧伤矣。征夫如今已闲暇且归也，而尚不得归，故序其男女情以说之。阳月而思望之者，以初时云“岁亦莫止”。补曰：女，女戍卒也。女众人心伤，而国家亦念征夫，言上之恤下情也。古者三十而娶，军人未必皆有妻，亦不宜教民以男女之思，笺义非。

有杕之杜，其叶萋萋。补曰：杜特生而叶茂，喻周人以一国捍救西北。王事靡盬，我心伤悲。笺云：悲伤者，念其君子于今劳苦。补曰：悲役之久。卉木萋止，女心悲止，征夫归止！室家逾时则思。补曰：言君念女等之勤也。室家不宜干军事。

陟彼北山，言采其杞。补曰：北山，周北山，往通猃允之道也。杞苦而有刺，以喻危难。王事靡盬，忧我父母。笺云：杞非常菜也，而升北山采之，托有事以望君子。补曰：父母，喻王室为天下根本。檀车幝幝，四牡痯痯，征夫不远！幝，《韩》作“綫”，又作“嘽”。《说文》引“幝”。檀车，役车也。幝幝，敝皃。痯痯，罢皃。笺云：不远者，言其来，喻路近。补曰：四牡，君子之车。言车劳以闵徒也。

匪载匪来，忧心孔疚。笺云：匪，非。疚，病也。君子至期不装载，意不为来，我念之忧心甚病。补曰：载者车，行来者徒也。忧其为狄钞截。期逝不至，而多为恤。逝，往。恤，忧也。远行不必如期，室家之情以期望之。补曰：期，曰归之期。逝者，至春莫也。役久多可忧之端。卜筮偕止，会言近止，征夫迩止！卜之筮之，会人占之。迩，近也。笺云：偕，俱。会，合也。或卜之，或筮之，俱占之。合言于繇为近，征夫如今近耳。补曰：君亲卜者，忧劳之至也。《大卜》“以邦事作龟之八命”，其六曰至。

《杕杜》四章，章七句。

《鱼丽》，美万物盛多，能备礼也。文、武以《天保》以上治内，《采薇》以下治外，始于忧勤，终于逸乐，故美万物盛多，可以告于神明矣。内，谓诸夏也。外，谓夷狄也。告于神明者，于祭祀而歌之。补曰：谓备祭物而美太平。

鱼丽于罶，鲿鲨。鲨，一作“鲨”。丽，历也。罶，曲梁也，寡妇之笱也。鲿，杨也。鲨，鮀也。太平而后微物众多，取之有时，用之有道，则物莫不多矣。古者不风不暴，不行火；草木不折芟，斧斤不入山林；豺祭兽然后杀，獭祭鱼然后渔，鹰隼击然后罻罗设。是以天子不合围，诸侯不掩群，大夫不麛不卵，士不隐塞，庶人不总罟，罟必四寸，然后入泽梁。故山不童，泽不竭，鸟兽鱼鳖皆得其所。补曰：祭之牲养于官，唯鱼取其自产者，故主言焉。鲿，杨，阳鱎，今谓之扬叶，或从陆玑说以为黄骨鱼。鲨，鲇也。别有鲨鱼出乐浪，非此鲨也。杨、鲇皆易得而不美，不中俎实，以充庶羞，或醢材耳。君子有酒旨，补曰：告旨者，燕礼。且多。笺云：酒美而此鱼又多也。补曰：庶羞多也。

鱼丽于罶，鲂鳢。鳢，鲖也。补曰：许慎说：鳢，鳠鲖鱶也。鲖次于鱄，盖即鱄之异名。鱄，今鲫也。鲂，鲋也。俎实鱼用鱄、鲋九。《吕氏春秋》曰：“鱼之美者，洞庭之鱄。”今太湖鲫也。鲋，鳊也。君子有酒多，且旨。笺云：酒多而此鱼又美也。补曰：尸祭铏尝之告旨，酒多者大祭也。

鱼丽于罶，鰋鲤。鰋，鲇也。补曰：郭璞说：鰋，白鱼，味美。非今鲇鲤。鱼珍味，皆加豆之实。君子有酒旨，补曰：公食不告旨，此盖飨礼。飨礼同乡饮，宾告旨。且有。笺云：酒美而此鱼又有。补曰：有者，加豆之词，言备珍味。

物其多矣，维其嘉矣。笺云：物①既多又善。补曰：此下专主祭言，礼以祭为重。物者，谓祭物也。于士礼前夕，主人视濯视牲，即位堂下，宗人告充，其词当云："博硕肥腯，是多又嘉也。"

物其旨矣，维其偕矣。笺云：鱼既美，又齐等。补曰：宗人举兽尾告备，是偕。

物其有矣，维其时矣。笺云：鱼既有，又得其时。补曰：时，善也。谓举鼏告洁。

《鱼丽》六章，三章章四句，三章章二句。

《南陔》，孝子相戒以养也。

《白华》，孝子之洁白也。

《华黍》，时和岁丰，宜黍稷也。

有其义而亡其辞。此三篇者，乡饮酒、燕礼用焉，曰"笙入，立于县中，奏《南陔》《白华》《华黍》"是也。孔子论《诗》，雅、颂各得其所，时俱在耳，篇第当在于此。当②战国及秦之世而亡之，其义则与众篇之义合编，故存。至毛公为《训诂传》，乃分众篇之义，各置于其篇端云，又阙其亡者，以见在为数，故推改什首，遂通耳，以下非孔子之旧。

《鹿鸣之什》十篇，五十五章，三百一十五句。

---

① 物，《毛诗正义》作"鱼"。
② 当，《毛诗正义》作"遭"。

诗卷十

南有嘉鱼之什毛诗诂训传第十七　小雅二

《南有嘉鱼》，乐与贤也。太平之君子至诚，乐与贤者共之也。乐得贤者与共立于朝，相燕乐也。

南有嘉鱼，烝然罩罩。罩，《说文》引作“䲌”。江、汉之间，鱼所产也。罩罩，篧也。笺云：烝，尘也。尘然，犹言久如也。言南方水中有善鱼，人将久如而俱罩之，迟之也。喻天下有贤者，在位之人将久如而并求致之于朝，亦迟之也。迟之者，谓至诚也。补曰：《周官》：“以嘉礼亲万民。”宾射、飨燕、饮食皆嘉礼，故鱼曰嘉鱼，宾曰嘉宾也。文王德广，以及江、汉为盛。曰南有者，言及远也。君子有酒，嘉宾式燕以乐。笺云：君子，斥时在位者也。式，用也。用酒与贤者燕饮而乐也。

南有嘉鱼，烝然汕汕。《说文》引“汕”。汕汕，樔也。笺云：樔者，今之撩罟也。补曰：汕，即椮也。《颂》所谓潜，积柴水中，使鱼避寒暑，所以养之，非撩之也。《尔雅》兼释潜、汕，盖二家异文。上章言与贤，此章言育才。君子有酒，嘉宾式燕以衎。衎，乐也。

南有樛木，甘瓠纍之。纍，一作“累”。兴也。纍，蔓也。笺云：君子下其臣，故贤者归仕也。补曰：瓠叶，学子所以饮燕，言成均俊选，与世臣并升也。君子有酒，嘉宾式燕绥之。绥，安也。与嘉宾燕饮而安之。《乡饮酒》曰：“宾以我安。”

翩翩者鵻，烝然来思。鵻，一作“隹”。鵻，壹宿之鸟。笺云：

壹宿者，壹意于其所宿之木也。喻贤者有专壹之意于我，我将久如而来，迟之也。补曰：此又言侯国贡士。鵻，即隼也。今谓之鸽，驯而识主，又能引类，故以喻贤者择君荐贤也。君子有酒，嘉宾式燕又思。笺云：又，复也。以其壹意，欲复与燕，以加厚之。补曰：又者，燕此贤，复燕彼贤，言贤材众多也。饮酒之礼，明日息司正，宾介不与。燕礼非有功者不得举，无复燕之礼。

《南有嘉鱼》四章，章四句。

《南山有台》，乐得贤也。得贤，则能为邦家立大平之基矣。人君得贤，则其德广大坚固，如南山之有基趾。

南山有台，北山有莱。兴也。台，夫须也。莱，草也。笺云：兴者，山之有草木，以自覆盖，成其高大，喻人君有贤臣，以自尊显。补曰：台，薹也，可为蓑笠。莱，蔓华，《尔雅》作“厘”，蒲类，可为荐。以喻贤臣材足覆藉。乐只君子，邦家之基。基，本也。笺云：只之言是也。人君既得贤者，置之于位，又尊敬之，以礼乐乐之，则能为国家之本。补曰：以贤为国本。乐只君子，万寿无期。笺云：得寿考之福。

南山有桑，北山有杨。补曰：桑、杨，宅树。乐只君子，邦家之光。笺云：光，明也。政教明，有荣曜。乐只君子，万寿无疆。

南山有杞，北山有李。补曰：杞，枸继，实赤而甘。李，木有刺，与杞同，皆甘果也。以喻贤者外御患而内养民。乐只君子，民之父母。补曰：教如父，养如母。乐只君子，德音不已。笺云：已，止也。不止者，言长见称颂也。

南山有栲，栲，山樗。北山有杻。杻，檍也。补曰：杻即杶也，今字作椿。栲，山樗，椿之恶者，皆坚木难长，喻大材晚成，当须之岁月。乐只君子，遐不眉寿。眉寿，秀眉也。笺云：遐，远也。远不眉寿者，言近眉寿也。补曰：遐，胡也，即寿也。寿不寿，犹孝乎孝、固不固，称祝之词。乐只君子，德音是茂。笺云：茂，盛也。

南山有枸，北山有楰。枸，枳枸。楰，鼠梓。补曰：枸，枳枢，摇也。《尔雅》云摇刺。今山中摇木，春时花如雪，所在缘冈。其木纠曲、坚重，中作辕耒。字又作“穦椒”也。鼠梓，小楸，亦木中坚致者。小材以待小用，所谓曲艺皆誓之。乐只君子，遐不黄耇。黄，黄发也。耇，老也。补曰：黄耇，国老，明农造士者。乐只君子，保艾尔后。艾，养。保，安也。

《南山有台》五章，章六句。

《由庚》，万物得由其道也。

《崇丘》，万物得极其高大也。

《由仪》，万物之生各得其宜也。

有其义而亡其辞。此三篇者，乡饮酒、燕礼亦用焉，曰“乃间歌《鱼丽》，笙《由庚》；歌《南有嘉鱼》，笙《崇丘》；歌《南山有台》，笙《由仪》。”亦遭世乱而亡之。燕礼又有“升歌《鹿鸣》，下管《新宫》”。《新宫》亦《诗》篇名也。辞义皆亡，无以知其篇第之处。

《蓼萧》，泽及四海也。九夷、八狄、七戎、六蛮，谓之四海，国在九州之外，虽有大者，爵不过子。《虞书》曰：“州十有二师，外敷四海，咸建五长。”

蓼彼萧斯，零露湑兮。兴也。蓼，长大皃。萧，蒿也。湑湑然，萧上露皃。笺云：兴者，萧，香物之微者，喻四海之诸侯亦国君之贱者。露者，天所以润万物，喻王者恩泽不为远国则不及也。既见君子，我心写兮。输写其心也。笺云：既见君子者，远国之君朝见于天子也。我心写者，舒其情意，无留憾也。燕笑语兮，是以有誉处兮。笺云：天子与之燕而笑语，则远国之君各得其所，是以称扬德美，使声誉常处于天子。补曰：初见即燕，接之以恩也。飨则归矣。

蓼彼萧斯，零露瀼瀼。瀼瀼，露蕃皃。既见君子，为龙为光。龙，宠也。笺云：为龙为光，言天子恩泽光耀，被及己也。补曰：宠光者，天子赐之车服也。其德不爽，寿考不忘。爽，差也。补曰：蕃国世一见，故长久不忘。

蓼彼萧斯，零露泥泥。泥泥，沾濡也。既见君子，孔燕岂弟。岂，一作"恺"。岂，乐。弟，易也。笺云：孔，甚。燕，安也。补曰：燕无定数，主恩，故唯言燕。宜兄宜弟，令德寿岂。为兄亦宜，为弟亦宜。补曰：兄弟以喻大小国。四海之国，大不过子。

蓼彼萧斯，零露浓浓。浓浓，厚皃。既见君子，鞗革冲冲。《说文》"鞗"作"鋚"。鞗，辔首饰也。革，辔首也。冲冲，垂饰皃。笺云：此说天子之车饰者，诸侯燕见天子，天子必迎于门，是以云然。补曰：革路绦缨，以封四卫，举卫以该九服也。觐乘墨车，朝各乘其路，有金、象、革、木四等。子、男立当卫，故见勒冲冲。和鸾雍雍，万福攸同。在轼曰和。在镳曰鸾。笺云：攸，所也。

《蓼萧》四章，章六句。

《湛露》，天子燕诸侯也。燕，谓与之燕饮酒也。诸侯朝觐会同，天子与之燕，所以示慈惠。

湛湛露斯，匪阳不晞。兴也。湛湛，露茂盛皃。阳，日也。晞，干也。露虽湛湛然，见阳则干。笺云：兴者，露之在物湛湛然，使物柯叶低垂。喻诸侯受燕爵，其仪有似醉之皃。诸侯旅酬之则犹然。唯天子赐爵则皃变，肃敬承命，有似露见日而晞也。补曰：露湛湛然，日出犹不干，是匪见阳乎，何为而不晞？泽渥故也。以喻诸侯之燕，匪在天子侧乎，何为而命醉？恩厚故也。厌厌夜饮，不醉无归。厌，《韩》作"愔"，《说文》引作"懕"。厌厌，安也。夜饮，私燕也。宗子将有事，则族人皆侍。不醉而出，是不亲也。醉而不出，是渫宗也。笺云：天子燕诸侯之礼亡，此假宗子与族人燕为说尔。族人犹群臣也，其醉不出，不醉出，犹诸侯之仪也。饮酒至夜，犹云"不醉无归"，此天子于诸侯之仪。燕饮之礼，宵则两阶及庭门皆设大烛焉。

湛湛露斯，在彼丰草。丰，茂也。笺云：丰草，喻同姓诸侯也。厌厌夜饮，在宗载考。夜饮必于宗室。笺云：载之言则也。夜饮之礼，在宗室同姓诸侯则成之，于庶姓其让之则止。昔者陈敬仲饮桓公酒而乐，桓公命以火继之。敬仲曰："臣卜其昼，未卜其夜。"于是乃止。此之谓不成也。补曰：言在宗庙乃成夜燕也。凡燕皆不至夕，祭则至夜矣。言宗者，本为族燕，因及诸侯耳。

湛湛露斯，在彼杞棘。杞，杞柳也。笺云：杞也，棘也，异类，喻庶姓诸侯也。补曰：杞，枸继，棘实如枣，皆甘果也。显允君子，莫不令德。笺云：令，善也。无不善其德，言饮酒不至于乱①。补曰：异姓、庶姓皆与于祭，以德选也。

其桐其椅，其实离离。离离，垂也。笺云：桐也，椅也，同类而异名，喻二王之后也。其实离离，喻其荐俎礼物多于诸侯也。岂弟君子，莫不令仪。笺云：饮酒不至于醉，徒善其威仪而已，谓《陔》节也。补曰：二王后礼文多，故曰令仪。

《湛露》四章，章四句。

《彤弓》，天子锡有功诸侯也。诸侯敌王所忾而献其功，王飨礼之，于是赐彤弓一，彤矢百，旅弓矢千。凡诸侯，赐弓矢然后专征伐。

彤弓弨兮，受言臧之。《说文》引"弨，弓反也"。彤弓，赤弓也，以讲德习射。弨，弛皃。言，我也。笺云：言者，谓王策命也。王赐朱弓，必策其功以命之，受出臧之，乃反入也。补曰：先言臧者，太平以不用弓矢为颂。我有嘉宾，中心贶之。贶，赐也。笺云：贶者，欲加恩惠也。王意殷勤于宾，故歌序之。钟鼓既设，一朝飨之。笺云：大饮宾曰飨。一朝，犹早朝。补曰：言一朝者，盛显其礼，又示无留赏。

---

① 乱，《毛诗正义》作"醉"。

彤弓弨兮，受言载之。载以归也。笺云：出载之车也。补曰：载之，出专征伐赐弓之正典。我有嘉宾，中心喜之。喜，乐也。补曰：喜，兴也。兴之为牧伯。钟鼓既设，一朝右之。右，劝也。笺云：右之者，主人献之，宾受爵奠于荐右，既祭俎，乃席末坐卒爵之谓也。补曰：右，读为“侑”，字又作“宥”。《左传》记晋文公受彤弓之仪，王享醴，命晋侯侑。又曰：晋侯朝王，王飨醴，命晋侯宥。侑必待命，则非右酒及侑币也。飨用醴，则一献也。王飨、燕食之礼，皆宰夫为主人，献宾后当献王。今以功臣加礼，令宾得献王，谓之为侑。孟子言尧飨舜，迭为宾主，是天子友匹夫。侑者，友道也。

丹弓弨兮，受言櫜之。櫜，韬也。补曰：许慎说：“櫜，车上大櫜。”櫜者，凯还之仪。我有嘉宾，中心好之。好，说也。补曰：好，邦交之好。钟鼓既设，一朝酬之。酬，报也。笺云：饮酒之礼，主人献宾，宾酢主人，主人又饮而酌宾，谓之酬。酬，犹厚也，劝也。补曰：亦天子自酬，不令宰夫也。

《彤弓》三章，章六句。

《菁菁者莪》，乐育材也。乐育材者，歌乐人君教学国人，秀士、选士、俊士、造士、进士，养之以渐，至于官之。君子能长育人材，则天下喜乐之矣。

菁菁者莪，在彼中阿。菁，《韩》作“蓁”。兴也。菁菁，盛皃。莪，萝蒿也。中阿，阿中也。大陵曰阿。君子能长育人材，如阿之长莪菁菁然。笺云：长育之者，既教学之，又不征役也。补曰：莪，罗，今因陈也。陈藏器说：莪宿根先百草而发，以喻贤士秀出郊遂，当先长养之也。既见君子，乐且有仪。笺云：既见君子者，官爵之而得见也。见则心既喜乐，又以礼仪相接。补曰：造士、乡人入大学，乃见朝仪。

菁菁者莪，在彼中沚。中沚，沚中也。补曰：喻辟雍也。既见君子，我心则喜。喜，乐也。

菁菁者莪，在彼中陵。中陵，陵中也。补曰：喻入官也。既见君子，锡我百朋。笺云：古者货贝，五贝为朋。锡我百朋，得禄多，言得意也。补曰：五贝，唯大、（牡）［壮］、幺、小四等，以二为朋。其不成贝，单行不朋。百朋者，直百之朋，即大贝也。《易》曰“十朋之龟”，盖直廿贝，用以赐予者。得禄取田入，不以货贝也。百朋当龟十。

泛泛杨舟，载沈载浮。杨木为舟。载沈亦浮，载浮亦浮。笺云：舟者，沈物亦载，浮物亦载。喻人君用人，文亦用，武亦用，于人无所废。补曰：杨舟，轻舟。《采叔》以喻侯国。诸侯贡士有适有不适，在王所用，如人泛舟，有沈有浮，不可不慎。既见君子，我心则休。笺云：休者，休休然。

《菁菁者莪》四章，章四句。

《六月》，宣王北伐也。《六月》言周室微而复兴，美宣王之北伐也。《鹿鸣》废，则和乐缺矣。《四牡》废，则君臣缺矣。《皇皇者华》废，则忠信缺矣。《常棣》废，则兄弟缺矣。《伐木》废，则朋友缺矣。《天保》废，则福禄缺矣。《采薇》废，则征伐缺矣。《出车》废，则功力缺矣。《杕杜》废，则师众缺矣。《鱼丽》废，则法度缺矣。《南陔》废，则孝友缺矣。《白华》废，则廉耻缺矣。《华黍》废，则畜积缺矣。《由庚》废，则阴阳失其道理矣。《南有嘉鱼》废，则贤者不安，下不得其所矣。《崇丘》废，则万物不遂矣。《南山有台》废，则为国之基队矣。《由仪》废，则万物失其道理矣。《蓼萧》废，则恩泽乖矣。《湛露》废，则万物离矣。《彤弓》废，则诸夏衰矣。《菁菁者莪》废，则无礼仪矣。《小雅》尽废，则四夷交侵，中国微矣。补曰：此传明《小雅》正经二十篇之义。其次序颇异所编，疑亦子夏传。

六月栖栖，戎车既饬。栖栖，简阅皃。饬，正也。笺云：记六月者，盛夏出兵，明其急也。戎服，革路之等也，其等有五。四牡骙骙，载是常服。日月为常。服，戎服也。笺云：戎服之常服，韦弁服也。补曰：常服，玄端也。六月大阅，军服未成则常服而莅事，言其急也。凡军事，上下同服，衣裳同色。常服异裳，故《七月》曰“制彼裳衣”。久未出师，军服未备，军吏皆以常服莅事，故下言“既成我服”也。《书》曰：“善穀甲胄。”将出军，必先治戎服。猃允孔炽，我是用急。急，《盐铁论》引作“戒”，谢灵运引作“棘”。炽，盛也。笺云：此序吉甫之意也。北狄来侵甚炽，故王以是急遣我。补曰：言常服即戎之故。王于出征，以匡王国。笺云：于，曰。匡，正也。王曰：令汝出征猃狁，以正王国之封畿。补曰：言出者，在京师二千里外也。时王政久不行，故明所正者为王国。

比物四骊，闲之（为）［维］则。物，毛物也。则，法也。言先教战，然后用师。补曰：闲，天子十二闲。维此六月，既成我服。补曰：既，尽也。于一月内尽成戎服，贵速也。我服既成，于三十里。师行三十里。笺云：王既成我戎服，将遣之，戒之曰：“日行三十里，可以舍息。”补曰：于三十里者，服成即行，每日不顿，以赴急也。军行有朝暮陈垒之烦，故五十里而趋利者，军半至，至速日三十里。王于出征，以佐天子。出征以佐其为天子也。笺云：王曰：令汝出征伐，以佐助我天子之事。御北狄也。补曰：北狄侵边，诸侯当各备其地嫌，不宜劳王自出。曰佐天子者，使知有天子。

四牡修广，其大有颙。《说文》引“颙，大头也”。修，长。广，大也。颙，大皃。薄伐猃允，以奏肤公。奏，为。肤，大。公，功也。补曰：薄，迫也。马壮，故谋直薄之。奏，进。肤，陈。公，事也。进陈其兵事之谋于王。有严有翼，共武之服。严，威严也。翼，敬也。笺云：服，事也。言今师之群帅，有威严者，有翼敬者，而共典是兵事。言文武之人备。补曰：严，犹戒也。翼，助也。将出军袭狄，必中军戒备，左右翼进，乃可共成此武事。**共武之服，以定王国**。笺云：定，安也。

猃允匪茹，整居焦获。焦获，周地，接于猃允者。笺云：匪，非。茹，度也。言猃允之来侵，非其所当度为也，乃自整齐而处周之焦获。补曰：匪茹，不虞周师之出也。齐屯焦获，以休士马。焦获，大泊，在镐北。**侵镐及方，至于泾阳**。笺云：镐也，方也，皆北方地名。来侵自泾水之北。言其大恣也。补曰：汉朔方县，今合剌河、布尔合苏台河间地也。镐在其北，则阿尔坦之南地与？汉泾阳县，今毛甘堡或六盘山之地，在朔方南千余里。言其轻入可败。**织文鸟章，白茷央央**。茷，一作"旆"。鸟章，错革鸟为章也。白茷，继旐者也。央央，鲜明皃。笺云：织，徽帜也。鸟章，鸟隼之文章，将帅以下衣皆著焉。补曰：将帅衣有礼制，不著鸟章。今品服乃织鸟耳。鸟章，旟也。白茷，旐也。凡发兵则言旟、旐，以起民役也。《大司马》曰："郊野载旐，百官载旟。"《司常》曰："县鄙建旐，州里建旟。"州属于乡，乡即郊也。里及县鄙属遂，遂即野也。《司常》车制，《大司马》出军之法，乡遂民兵皆以旟、旐集之。建旟者，其长吏耳。旟亦旆焉。旐亦有章。专言鸟章、白茷者，亦互文也。鸟隼为旟，盖天子鸟而侯国隼。言调发王圻之民也。织文，军中徽识画象之通名，言吉甫所至，就发民兵，授以徽识，自将之而行。**元戎十乘，以先启行**。元，大也。夏后氏曰钩车，先正也。殷曰寅车，先疾也。周曰元戎，先良也。笺云：钩，车钩股，行曲直有正也。寅，进也。二者及元戎，皆可以先前启突敌陈之前行。其制之同异未闻。补曰：十乘，车仆所掌革车之萃也。戎路广车、阙车、苹车、轻车各有萃，凡帅共革车，各以其萃，故十乘也。先者，时王欲亲征，故美其成功之速。

戎车既安，如至如轩。至，岳本作"轾"，非。至，挚也。笺云：戎车之安，从后视之如挚，从前视之如轩，然后适调也。**四牡既佶，**

既佶且闲。佶，正也。笺云：佶，壮健之皃。薄伐猃允，至于大原。言逐出之而已。补曰：太原，大卤沙漠之地，在焦获泽北。吉甫兵迫狄于焦获，疾驰破之，故美其车安御良马壮也。薄，迫也。掩其不备而败之，又不令休息，故遂至太原，入狄境矣。文武吉甫，万邦为宪。吉甫，尹吉甫也。有文有武。宪，法也。笺云：吉甫，此时大将也。补曰：为宪者，留屯边地，更授方略。

吉甫燕喜，既多受祉。祉，福也。笺云：吉甫既伐猃允而归，天子以燕礼乐之，则欢喜矣，又多受赏赐也。补曰：燕喜，军还庆成功之宴。《閟宫》："鲁侯燕喜。"来归自镐，我行永久。补曰：吉甫躬将轻兵，袭狄焦获之屯，狄出不意，不遑接战，出境遁还其国。泾阳之游兵，方镐之屯兵，当早遁矣。其时大众始至镐耳。先云太原者，举帅为重。大军在镐，故此言自镐。饮御诸友，炰鳖脍鲤。御，进也。笺云：御，侍也。王以吉甫远从镐地来，又日月长久，今饮之以酒，使其诸友恩旧者侍之，又加其珍美之馔，所以极劝也。补曰：诸臣皆在，故进诸友，礼诸侯，燕大夫，毕会天子。燕卿宜毕会。此诸友，谓大夫也。吉甫自大夫进为卿，言诸友皆旧日寮友。侯谁在矣，张仲孝友。侯，维也。张仲，贤臣也。善父母为孝，善兄弟为友。使文武之臣征伐，与孝友之臣处内。笺云：张仲，吉甫之友，其性孝友。补曰：在，在燕席也。与卿燕，则大夫为宾，择贤而命。张仲显其人者，盖荣吉甫。《春秋》天子下大夫称名，《诗》则皆称字。

《六月》六章，章八句。

《采芑》，宣王南征也。

薄言采芑，于彼新田，于此菑亩。兴也。芑，菜也。田一岁曰菑，二岁曰新田，三岁曰畬。宣王能新美天下之士，然后用之。笺云：兴者，新美之喻，和治其家，养育其身也。士，军士也。补曰：芑，白苗嘉谷也。采，犹获也。取嘉谷于田中，以喻取将才于战胜之后。必云新田者，言新立功也。**方叔莅止，其车三千，师干之试**。方叔，卿士也，受命而为将也。莅，临。师，众。干，捍。试，用也。笺云：方叔临视此戎车三千乘，其士卒皆有佐师捍敌之用尔。《司马法》："兵车一乘，甲士三人，步卒七十二人。"宣王承乱，羡卒尽起。补曰：莅，莅春蒐也。蒐以简徒而云车者，以蒐时行大阅礼，徒众廿二万五千人，命之为帅，用振旅之礼。**方叔率止，乘其四骐，四骐翼翼**。笺云：率者，率此戎车士卒而行也。翼翼，壮健皃。补曰：率，元帅也。于大阅时命为元帅，以显示士众。四骐者，路车之乘马。言其者，礼当乘墨车，特命乘路车也。**路车有奭，簟茀鱼服，钩膺鞗革**。奭，赤皃。钩膺，樊缨也。笺云：茀之言蔽也。车之蔽饰象席文也。鱼服，矢服也。鞗革，辔首垂也。补曰：象路朱，金路钩，革路鞗。方叔一人而备三路之饰者，盖本异姓诸侯，命为三公，易象而金，及为帅，又以王革路宠之，荣异数也。舆革后曰茀，竹后曰蔽。簟而曰茀，盖在国改革以文簟，与《载驱》同。鱼服，帅车矢服，与《采薇》同也。钩饰马首，樊缨饰马膺，即戎乘革路，故曰鞗革。言革路加金路之钩，以宠异之也。

薄言采芑，于彼新田，于此中乡。乡，所也。笺云：中乡，美地名。补曰：大阅起乡遂徒役，故曰中乡。**方叔莅止，其车三千，旂旐央央**。笺云：交龙为旂。龟蛇为旐。言军众将帅之车皆备。补曰：大阅王亲莅而命方叔者，申其尊也。大阅七旗，此自旂以下至旐唯五旗，百官不备至也。天子自莅，自常以下至旂。**方叔率止，约軧错衡，八鸾玱玱**。玱，一作"鎗"。軧，长毂之（约）［軧］也，朱而约之。错衡，文衡也。玱玱，声也。补曰：约軧，夏篆孤车也。毂以革包者，谓之軧。軧，抵也。两头相抵，加革则固。三公入朝墨车，留相乃乘孤车。错衡，金路之饰。加于孤车，明其兼方伯也。八鸾者，诸侯朝路以孤车而鸣鸾，亦殊礼也。**服其命服**，笺云：命服者，命为将，受王命之服也。补曰：率师当戎服，以在军受新命，故服命服。赐车服，服以拜也，盖于大阅日即军中命为相，故改乘孤车，公服以朝。**朱市斯皇，有玱葱珩。**市，一作“芾”，《白虎通》引作“绋”。玱，一作“鎗”，又作“创”。珩，《韩》作“衡”。朱市，黄朱市也。皇，犹煌煌也。玱，珩声也。葱，苍也。三命葱珩。言周室之强，车服之美也。言其强美，斯劣矣。笺云：天子之戎服，韦弁服，朱衣裳也。补曰：《易》曰“朱绂方来”，《斯干》“朱绂斯皇”，皆天子之市也。命服，三公加一命，得服天子之衮冕，故有朱绂。仍佩赤市之葱珩，言王加宠异，叔益谦谨。玱鸣者，将朝觐玉声也。

鴥彼飞隼，其飞戾天，亦集爰止。戾，至也。笺云：隼，急疾之鸟也，飞乃至天，喻士卒劲勇，能深（入攻）［攻入］敌也。爰，于也。亦集于其所止，喻士卒须命乃行也。补曰：隼，鵻，今鸽也。其飞虽百里，而识故处，喻士卒习战，识部曲，能为方叔效用。**方叔莅止，**补曰：此莅者，至大阅之地。**其车三千，师干之试。**笺云：三称此者，重师也。**方叔率止，钲人伐鼓，陈师鞠旅。**伐，击也。钲以静之，鼓以动之。鞠，告也。笺云：钲也，鼓也，各有人焉。言“钲人伐鼓”，互言尔。二千五百人为师，五百人为旅。此言将战之日，陈列其师旅，誓告之也。陈师、告旅，亦互言之。补曰：《大司马》大阅之礼教，坐作，鸣铙且却，遂以狩田。钲人鸣铙，教战礼毕，遂伐鼓警众，始田也。振旅之制，辨鼓、铎、镯、铙之用，铙为之主，故专言钲人也。群吏各率其车徒出和，左右陈之，有司平之，是陈师也。鞠，告也。斩牲以左右徇陈，是告也。**显允方叔，伐鼓渊渊，振旅阗阗。**阗，《说文》引作“嗔，盛气也”。渊渊，鼓声也。入曰振旅，复长幼也。笺云：伐鼓渊渊，谓战时进士众也。至战止将归，又振旅伐鼓阗阗然。振，犹止也。旅，众也。《春秋传》曰：“出曰治兵，入曰振旅。”其礼一也。补曰：渊渊者，谓中军以鼙令鼓，鼓人皆三鼓。振旅者，境内治兵之礼也。出境曰祠兵。兵者，军器车甲之属，常若见敌，故祠而出之，示将用也。在境内则但振作徒旅，刀矛盖皆韬之，不扬兵于境也。振旅之后乃蒐，则弓矢击刺始用。《春秋传》曰蒐简徒，大蒐简车，大阅简车徒，皆既事而田。四时田皆如振旅之陈。振旅者，选徒之名。其云入者，谓乡遂民入京城听命，非还师也。师役曰罢，军归曰还、曰恺献，军容不入国，还师何用习战乎？且教临战，又不得先钲后鼓。

蠢尔荆蛮，荆蛮，石经版本皆作“蛮荆”，段玉裁依传改。蠢，动也。荆蛮，荆州之蛮也。大邦为雠。笺云：大邦，列国之大也。补曰：大邦，周也。雠，对也。言不奉王命，势若敌国。方叔元老，克壮其犹。元，大也。五官之长，出于诸侯，曰天子之老。壮，大。犹，道也。笺云：犹，谋也。谋，兵谋也。方叔率止，执讯获丑。笺云：方叔率其士众，执其可言问所获敌人之众以还归也。戎车啴啴，啴啴焞焞，如霆如雷。焞，一作“哼”。啴啴，众也。焞焞，盛也。笺云：言戎车既众盛，其威又如雷霆。言虽久在外，无罢劳也。补曰：霆，雷余声。《春秋传》以为电以远声为威。言但大阅选车徒，实未出兵也。显允方叔，征伐猃允，荆蛮来威。笺云：方叔先与吉甫征伐猃允，今特往伐荆蛮，皆使来服于宣王之威。美其功之多也。补曰：《楚世家》言，夷王之时，熊渠称王。厉王之时，畏其伐楚，去王号。熊霜元年，周宣王初立。是时楚微弱，不能御蛮，故荆蛮愈盛。及选用方叔，乃闻风而来服，故来威。

《采芑》四章，章十二句。

《车攻》，宣王复古也。宣王能内修政事，外攘夷狄，复文、武之竟土，修车马，备器械，复会诸侯于东都，因田猎而选车徒焉。东都，王城也。

我车既攻，我马既同。攻，坚。同，齐也。宗庙齐豪，尚纯也。戎事齐力，尚强也。田猎齐足，尚疾也。四牡庞庞，驾言徂东。庞庞，充实也。东，洛邑也。

田车既好，四牡孔阜。补曰：田车，木路。田车犹好，则器械备可知。东有甫草，驾言行狩。甫，《韩》作“圃”。甫，大也。田者，大芟草以为防，或舍其中，褐缠旃以为门，裘缠质以为槸，间容握，驱而入，鳖则不得入，左者之左，右者之右，然后焚而射焉。天子发，然后诸侯发，诸侯发，然后大夫、士发。天子发抗大绥，诸侯发抗小绥，献禽于其下，故战不出顷，田不出防，不逐奔走，古之道也。笺云：甫草者，甫田之草也。郑有圃田。补曰：冬猎为狩，仲冬教大阅。

之子于苗，选徒嚣嚣。之子，有司也。夏猎曰苗。嚣嚣，声也。维数车徒者为有声也。笺云：于，曰也。建旐设旄，搏兽于敖。敖，地名。笺云：兽，田猎搏兽也。敖，郑地，今近荥阳。补曰：仲夏教茇舍，以徒为主，故主言搏郊野。建旐，言乡遂民毕至。设旄，建绥也。

驾彼四牡，四牡奕奕。言诸侯来会也。赤芾金舄，会同有绎。诸侯赤芾金舄。舄，达屦。时见曰会，殷见曰同。绎，陈也。笺云：金舄，黄朱色也。补曰：冬夏讲武，故来者络绎。

决拾既佽，弓矢既调。决，一作“抉”，又作“夬”。《说文》引“佽”。决，钩弦也。拾，遂也。佽，利也。笺云：佽，谓手指相佽比也。调，谓弓强弱与矢轻重相得。补曰：遂射韝，以朱韦为之。其非射时，则谓之拾，内则谓之捍，以约衣袂使小。射夫既同，助我举柴。柴，《说文》引作“𢾅”。柴，积也。笺云：既同，已射同复将射之位也。虽不中，必助中者举积禽也。补曰：射夫，诸公卿也。柴、𢾅，通用字。大射之礼，三耦卒射而公射，公射则袒朱襦、就物。小射正奉决拾，赞设决，赞设拾。大射正执弓，以袂顺左右隈，公亲揉之。小臣师以巾内拂矢，授公。此上所谓佽调也。不言君射即言射夫者，此祝君射之隽，诸公卿仅能助之耳。射中则得禽，唯王中，故诸射夫助王举。

四黄既驾，两骖不倚。补曰：四黄，天子之马。此言射前狩苗之事，不述于前者，欲明以习礼为重，故后言御。倚，觭也。不相值则觭。不失其驰，舍矢如破。言御者之良也。不失其驰，言习于射御法也。笺云：御者之良，得舒疾之中。射者之工，矢发则中，如椎破物也。补曰：如，读为“而”。破谓贯之。

萧萧马鸣，悠悠旆旌。言不讙哗也。徒御不警，警，一作

"惊"。大庖不盈。徒，辇也。御，御马也。不警，警也。不盈，盈也。一曰干豆，二曰宾客，三曰充君之庖。故自左膘而射之，达于右腢为上杀，射右耳本次之，射左髀达于右髂为下杀。面伤不献，践毛不献，不成禽不献。禽虽多，择取三十焉，其余以与大夫、士，以习射于泽宫。田虽得禽，射不中不得取禽，田虽不得禽，射中则得取禽。古者以辞让取，不（得）以勇力取。笺云：不警，警也。不盈，盈也。反其言，美之也。"射右耳本"，"射"当为"达"。三十者，每禽三十也。补曰：徒御，辇者徒行，御车之人，非辇与御也。辇，人挽以载任器，军中之役夫也。不列行伍而能自警，节制之至。君既取十分之一以入大庖，又自多获而射又中，宜再分禽，故庖盈也。

之子于征，有问无声，问，一作"闻"。有善问而无喧哗之声。笺云：晋人伐郑，陈成子救之，舍于柳舒之上，去榖七里，榖人不知。可谓有闻无声。补曰：之子，是子，谓群臣也。于征，谓往征伐也。观其讲武，知其能任征伐事。允矣君子，展也大成。《礼记》引"允也君子"。大成，谓致太平也。笺云：允，信。展，诚也。补曰：君子，斥王也。

《车攻》八章，章四句。

《吉日》，美宣王田也。能慎微接下，无不自尽以奉其上焉。

吉日维戊，既伯既祷。《说文》引"既祃既禂"。禂，或作"禱"。维戊，顺类乘牡也。伯，马祖也。重物慎微，将用马力，必先为之祷其祖。祷，祷获也。笺云：戊，刚日也，故乘牡为顺类也。补曰：伯、祃，通用字。师行所止而祭其神，所谓"祃于所征之地"也。祷者，祷牲。马祭，祭始乘马者，以祈马壮获多。田车既好，四牡孔阜。升彼大阜，从其群丑。笺云：丑，众也。田而升大阜，从禽兽之群众也。补曰：其群，斥马群也。将大田，则先出马于外。六闲皆先纵之于野，而常驾之四马亦出从之，备有不齐，当更易也。乘官马者，皆出升阜，牧地依阜为限也。

吉日庚午，既差我马。外事以刚日。差，择也。兽之所同，麀鹿麌麌。《说文》引“麌”作“噳”，“麋鹿群口相聚也”。鹿牝曰麀。麌麌，众多也。笺云：同，犹聚也。麕牡曰麌。麌复麌，众多也。漆沮之从，天子之所。漆沮之水，麀鹿所生也。从漆沮驱禽，而至天子之所。补曰：漆沮水，《水经》洛水出三危，于华阴入渭。

瞻彼中原，其祁孔有。祁，大也。笺云：祁，当作“麎”。麎，麋牝。中原之野甚有之。儦儦俟俟，或群或友。儦，《韩》作“駓”，《说文》引作“伾”。俟，《韩》作“騃”。趋则儦儦，行则俟俟。兽三曰群，二曰友。悉率左右，以燕天子。驱禽之左右，以安待天子。笺云：率，循也。悉驱禽顺其左右之宜，以安待王之射也。补曰：箴其劳于从禽。

既张我弓，既挟我矢。补曰：我，我王也。发彼小豝，殪此大兕。殪，壹发而死。言能中微而制大也。笺云：豕牝曰豝。补曰：言为讲武，非求得禽。以御宾客，且以酌醴。飨醴，天子之饮酒也。笺云：御宾客者，给宾客之御也。宾客，谓诸侯也。酌醴，酌而醴群臣，以为俎实也。补曰：御，迎也。醴，礼也。待朝聘之使曰醴宾。颂祝其能服诸侯以衣裳，不以兵车会。

《吉日》四章，章六句。

《南有嘉鱼之什》十篇，四十六章，二百七十二句。

诗卷十一

鸿雁之什毛诗诂训传第十八　小雅三

《鸿雁》，美宣王也。万民离散，不安其居，而能劳来还定安集之，至于矜寡，无不得其所焉。宣王承厉王丧乱之敝而起，兴复先王之道，以安集众民为始也。《书》曰："天将有立父母，民之有政有居。"宣王之为是务。

鸿雁于飞，肃肃其羽。兴也。大曰鸿，小曰雁。肃肃，羽声也。笺曰：鸿雁知辟阴阳寒暑。兴者，喻民知去无道，就有道。补曰：野曰鸿，处曰雁。流民所至，土著不安，故相率而往飞，羽而肃肃，俱困惫也。之子于征，劬劳于野。之子，侯伯卿士也。劬劳，病苦也。笺云：侯伯卿士，谓诸侯之伯与天子卿士也。是时民既离散，邦国有坏灭者，侯伯久不述职，王使废于存省诸侯。于是始复之，故美焉。补曰：之子，专谓王使。爰及矜人，哀此鳏寡。鳏，一作"矜"。矜，怜也。老而无妻曰鳏，偏丧曰寡。笺云：爰，曰也。王之意，不徒使此为诸侯之事，与安集万民而已。王曰当及此可怜之人，谓贫穷者欲令赒饩之，鳏寡则哀之，其孤独者收敛之，使有所依附。补曰：矜人，侯伯国大夫能爱民者也。矜，怜抚。掩之及之者，之子也。王使及之，以同赈恤、哀矜寡也。

鸿雁于飞，集于中泽。中泽，泽中也。笺云：鸿雁之性，安居泽中，今飞又集于泽中，犹民去其居而离散，今见还定安集。之子于垣，百堵皆作。一丈为版，五版为堵。笺云：侯伯卿士又于坏灭之国，征民起屋舍，筑墙壁，百堵同时而起。言趋事也。《春秋传》曰：“五版为堵，五堵为雉。”雉长三丈，则版六尺。虽则劬劳，其究安宅。究，穷也。笺云：此劝万民之词。女今虽病劳，终有安居。补曰：劬劳王使。

鸿雁于飞，哀鸣嗷嗷。《说文》引“嗷，众口愁也”。未得所安集，则嗷嗷然。笺云：此之子所未至者。维此哲人，谓我劬劳。笺云：此哲人，谓知王之意及之子之事者。我，之子自我也。维彼愚人，谓我宣骄。宣，示也。笺云：谓我役作众民为骄奢。补曰：赈恤当责之方伯而已。王使四出，则惠有不遍，财有不给，但务于名，故愚人反以为骄，亦以箴之。

《鸿雁》三章，章六句。

《庭燎》，美宣王也。诸侯将朝，宣王以夜未央之时，问夜早晚。美者，美其能自勤以政事。因以箴之。因以箴者，王有鸡人之官，凡国事为期，则告之以时，王不正其官而问夜早晚。

夜如何其？笺云：此宣王以诸侯将朝，夜起曰：“夜如何其？”问早晚之词。夜未央，庭燎之光。央，旦也。庭燎，大烛。笺云：夜未央，犹言夜未渠央也。而于庭设大烛，使诸侯早来朝。补曰：《礼记》郑注说：庭燎，天子百，公五十，侯、伯、子、男皆三十。《周官·司烜》：“共蕡烛庭燎。”燎盖亦用蕡。君子至止，鸾声锵锵。锵，亦作“将”。君子，谓诸侯也。锵锵，鸾镳声。笺云：闻鸾声锵锵然。补曰：有鸾者，路车也。诸侯来朝，故曰至止。朝会有时，所以过早者，将责人之晚，使人不敢议己，而后乃自惰。《列女传》说：姜后谏宣王晏朝，是其不能早起也。

夜如何其？夜未艾，庭燎晢晢。艾，久也。晢晢，明也。笺云：芟末曰艾。以言夜先鸡鸣时。君子至止，鸾声哕哕。《说文》引“銮声钺钺”。哕哕，徐行有节也。

夜如何其？夜乡晨，庭燎有辉。辉，光也。笺云：晨，明也。君子至止，言观其旂。笺云：上二章闻鸾声尔，今夜乡明，我见其旂，是朝之时也。朝礼，别色始入。

《庭燎》三章，章五句。

《沔水》，规宣王也。规者，正圆之器也。规主仁恩也，以恩亲正君曰规。《春秋传》曰："近臣尽规。"

沔彼流水，朝宗于海。兴也。沔，水流满也。水犹有所朝宗。笺云：兴者，水流而入海，小就大也，喻诸侯朝天子亦犹是也。诸侯春见天子曰朝，夏见曰宗。补曰：朝，潮也，海水逆上也。宗，潨也，小水入大水也。江、汉入海，海潮迎之，喻王当恩礼大国也。《禹贡》："江汉朝宗于海。"此规王之词，不责诸侯。鴥彼飞隼，载飞载止。笺云：载之言则也。言隼欲飞则飞，欲止则止。喻诸侯之自骄恣，欲朝不朝，自由无所在心也。补曰：隼，鵻鸧也。远飞知止，由人所使，喻王当制御大国也。嗟我兄弟，邦人诸友，莫肯念乱，谁无父母？邦人诸友，谓诸侯也。兄弟，同姓臣也。京师者，诸侯之父母也。笺云：我，我王也。莫，无也。我同姓异姓之诸侯，女自恣不朝，无肯念此于礼法为乱者。女谁无父母乎？言皆生于父母也。臣之道，资于事父以事君。补曰：兄弟，谓诸侯也。举兄弟，以该甥舅庶姓耳。不敢朝王，故嗟之也。邦人，王朝士也。诸友，卿大夫也。《六月》曰："饮御诸友。"王朝之臣，不肯念乱之所由生也。不修政而专责人，人岂不知君臣之义如父母乎？不朝者，非人情所乐，当有由然，故宜念之。

沔彼流水，其流汤汤。言放纵无所入也。笺云：汤汤，波流盛皃。喻诸侯奢僭，既不朝天子，复不事侯伯。补曰：汤汤然无所往归。鴥彼飞隼，载飞载扬。言无所定止也。笺云：则飞则扬，喻诸侯出兵妄相侵伐。念彼不迹，载起载行。心之忧矣，不可弭忘。不迹，不循道也。弭，止也。笺云：彼，彼诸侯也。诸侯不循法度，妄兴师出兵。我念之，忧不能忘也。补曰：言其激成外衅。

鴥彼飞隼，率彼中陵。笺云：率，循也。隼之性，待鸟雀而食，飞循陵阜者，是其常也。喻诸侯之守职顺法度者，亦是其常也。补曰：隼虽飞扬，终有循陵之时。喻诸侯必有所归。**民之讹言，宁莫之惩。**《说文》引“讹”。惩，止也。笺云：（伪）[讹]，（为）[伪]也。言时不令，小人好诈伪，为交易之言，使见怨咎，安然无禁止。补曰：中外猜疑，故好采浮言。**我友敬矣，谗言其兴。**疾王不能察谗也。笺云：我，我天子也。友，谓诸侯也。言诸侯有敬其职、顺法度者，谗人犹兴其言以毁恶之，王与侯伯不当察之？补曰：敬，肃也，敕也。我友，诗人谓朝臣也。王臣式瞻万国，虽自肃敕，犹有交构之言，况不敬乎？

《沔水》三章，二章章八句，一章六句。

《鹤鸣》，诲宣王也。诲，教也。教宣王求贤人之未仕者。补曰：诲者，师、保之职。周、召二公行政，太子长于召公之家，既即位，述其保护之德。

鹤鸣于九皋，声闻于野。《史记》引“鹤鸣九皋”。诸家引多无“于”。兴也。皋，泽也。言身隐而名著也。笺云：皋，泽中水溢出所为坎，自外数至九，喻深远也。鹤在中鸣焉，而野闻其鸣声。兴者，喻贤者虽隐居，人咸知之。补曰：鹤以喻太子也。《白华》曰：“有鹤在林。”《易》曰：“鸣鹤在阴。”鹤当在宫沼，而今鸣九皋，是太子在外之象。盖厉王迁汾，宣王匿召公之家，国人闻而围之，故声闻于野。皋，或作“睪”，加水为“泽”。皋、泽，古今字。**鱼潜在渊，或在于渚。**良鱼在渊，小鱼在渚。笺云：此言鱼之性，寒则逃于渊，温则见于渚。喻贤者世乱则隐，治平则出，在时君也。补曰：鱼，喻小民也。潜渊者避逃，在渚者暴露。言民犹欲为乱。**乐彼之园，爰有树檀，其下维萚。**何乐于彼园之观乎？萚，落也。尚有树檀而下其萚。笺云：之，往。爰，曰也。言所以之彼园而观者，人曰有树檀，檀下有萚。此犹朝廷之尚贤者而下小人，是以往也。补曰：彼者，非我所有之词，不可乐者。园所以树果者，喻京师也。檀，强木。树之不拔，喻共和也。萚，已落之叶，喻群臣皆亡国臣也。王长于召公家，是乐彼之园耳。二公如树檀，群臣维萚，舍二公不可倚也。**他山之**

石，可以为错。错，《说文》引作"厝"。错，石也，可以琢玉。举贤用滞，则可以治国。笺云：他山，喻异国。补曰：山，喻君位。他山，喻共和行政。石可为错，欲王砥厉自成德。

鹤鸣于九皋，声闻于天。笺云：天高远也。补曰：于天，喻登王位也。鱼在于渚，或潜在渊。笺云：时寒则鱼去渚，潜于渊。补曰：在渚为乱者，或已潜渊。言天下稍定。乐彼之园，爰有树檀，其下维榖。榖，恶木也。补曰：榖，恶木，易生。喻小臣易仕，而非材干。他山之石，可以攻玉。攻，错也。补曰：玉以比君德。言王赖共和成立，欲其不忘纳诲之德。

《鹤鸣》二章，章九句。

《祈父》，刺宣王也。刺其用祈父不得其人也。官非其人，则职废。祈父之职掌六军之事，有九伐之法。祈、圻、畿同。补曰：刺宣王发东都之民，以从征役。

祈父，祈父，司马也，职掌封圻之兵甲。笺云：此司马也，时人以其职号之，故曰祈父。《书》曰"若畴圻父"，谓司马也。司马掌禄士，故司士属焉。又有司右，主勇力之士。补曰：祈父，东都之司马。天子使三大夫佐二伯，故尊之为父，比小国君，时二伯制未废。予王之爪牙。胡转予于恤，靡所止居？恤，忧也。宣王之末，司马职废，羌戎为败。笺云：予，我。转，移也。此勇力之士责司马之词也。我乃王之爪牙，爪牙之士当为王闲守之卫，女何移我于忧，使我无所止居乎？谓见使从军，与羌戎战于千亩而败之时也。六军之士出自六乡，法不取于王之爪牙之士。补曰：爪牙盖东都之守军，专属圻父调发者。爪牙之士以养威重，使之从军，胜亦损威，又每战终有败时，则情见势绌。

祈父，予王之爪士。士，事也。胡转予于恤，靡所厎止？厎，至也。

祈父，亶不聪。亶，诚也。聪，察也。补曰：欲其闻于王。胡转予于恤，有母之尸饔？饔，《韩》作“雍”。尸，陈也。孰食曰饔。笺云：己从军，而母为父陈馔饮食之具。自伤不得供养也。补曰：有母者，言无父也。长子当室，其妇尸饔，而母犹尸之。喻六军及诸侯之师不能战，而令王爪牙士代劳，尊以役卑，如母之代妇职也。宣王注意王师，专欲以威胜天下，知者知其不终，故言东都之军以风焉。礼，父母在，子妇佐馔，舅殁则姑老。然则父在，母宜尸饔，非子不供养。

《祈父》三章，章四句。

《白驹》，大夫刺宣王也。驹，《释文》作“骄”，经文同。刺其不能留贤也。

皎皎白驹，食我场苗。宣王之末，不能用贤，贤者有乘白驹而去者。补曰：白者，殷人所尚。大夫乘驹。言场者，已获之苗。苗即稷之专名也。我者，对客言之。食于王畿，已入仕矣。盖宋大夫入王朝者，或者鲁献公仲子山甫，《烝民》所美者。鲁亦尚白，惜山甫之出于齐也。絷之维之，以永今朝。絷，绊。维，系也。笺云：永，久也。愿此去者，乘其白驹而来，使食我场中之苗，我则绊之系之，以永今朝。爱之，欲留之。补曰：授絷者，待客之典。留客以信宿为节。此言朝夕，盖君臣异节。所谓伊人，于焉消摇？消摇，一作“逍遥”。笺云：伊，当作“繄”。繄，犹是也。所谓是乘白驹而去之贤人，今于何游息乎？思之甚也。补曰：所谓伊人，已去之词。消摇燕居，已去位也。

皎皎白驹，食我场藿。絷之维之，以永今夕。藿，犹苗也。夕，犹朝也。补曰：藿，菽之小者，所以芼牛铏。言当大烹以养，盛礼以飨之。所谓伊人，于焉嘉客？补曰：嘉礼燕食之事，恐其下仕侯国。

皎皎白驹，贲然来思。贲，饰也。笺云：愿其来而得见之。《易》卦曰：“山下有火，贲。”贲，黄白色也。补曰：贲饰读为“颁”。此贲读如“敷贲”之“贲”，奔走也。望其速来。尔公尔侯，逸豫无期。尔公尔侯邪？何为逸乐无期以反也。补曰：宋、鲁皆上公之国，云侯者，仍为诸侯也。言义同休戚，不可逸豫，逸豫则无望矣。慎尔优游，勉尔遯思。遯，一作"遁"。慎，诚也。笺云：诚女优游，使待时也，勉女遯思。度己终不得见，自诀之词。补曰：慎尔者，优游犹有祸。勉遯者，唯遯可以免。刺王之词也。

皎皎白驹，在彼空谷。空，《韩》作"穷"。空，大也。补曰：空谷喻京师也。京师为中谷，无人则空。生刍一束，其人如玉。笺云：此戒之也。女行所舍，主人之饩虽薄，要就贤人，其德如玉然。补曰：客礼，馈米禾，禾三秅为一车，一牢十车。一束者，不馈刍之词。生则青刍，非委积之刍也。如玉者，在外之君子。《秦风》曰："温其如玉。"毋金玉尔音，而有遐心。笺云：毋爱女声音，而有远我之心。以恩责之也。补曰：金玉，钟磬，大乐乃奏之使归，飨礼则闻金玉音。毋之言无也。有遐心者，王也。欲假事以远之，是以作刺。

《白驹》四章，章六句。

《黄鸟》，刺宣王也。刺其以阴礼教亲而不至，联兄弟之不固。补曰：言诸侯之来无恩礼也。黄鸟，后家，盖斥申也。《蓼萧》废而万国离。宣王与申、韩而遗小弱。

黄鸟黄鸟，无集于榖，无啄我粟。兴也。黄鸟，宜集木啄粟者。喻天下室家不以其道而相去，是失其性。补曰：黄鸟，后家之喻，斥申也。彼申非小国乎？何为独遗我也？榖，恶木，易生长者，喻新作庐馆草舍也。宣王乘衰乱之后，亟求富强，务服大国，而不恤弱小，故不欲其来止庐馆，徒烦委积也。凡致积，一牢米十车。米即粟也。此邦之人，不我肯穀。穀，善也。笺云：不肯以善道与我。补曰：此邦，斥京师也。述怨望之词。言旋言归，复我邦族。宣王之末，天下家室离散，妃匹相去有不以礼者。笺云：言，我。复，反也。补曰：族，聚也。还自保聚，不复朝也。

黄鸟黄鸟，无集于桑，无啄我粱。补曰：桑，宅树，喻同姓诸国之公馆也。致飧饔，则有加簠粱稻，公十，侯伯八，子男六。粱为上，故主言之。此邦之人，不可与明。不可与明夫妇之道。笺云：明，当为“盟”。盟，信也。补曰：一厚一薄，礼不可明。言旋言归，复我诸兄。妇人有归宗之义。笺云：宗，谓宗子也。补曰：诸兄，大国。《蓼萧》曰：“宜兄宜弟。”言将自托于大国。

黄鸟黄鸟，无集于栩，无啄我黍。补曰：栩，杍栟栗，似榛，以喻异姓诸国之馆也。王后归，礼致饮医、酏、糟。酏醴，黍酒也。酏、医皆以黍为主。此邦之人，不可与处。处，居也。言旋言归，复我诸父。诸父，犹诸兄也。补曰：诸父，谓方伯、州牧，天子谓之伯父、叔父。言王不收恤，则将折而从霸国，故周衰而桓、文兴。

《黄鸟》三章，章七句。

《我行其野》，刺宣王也。刺其不正嫁娶之数，而有荒政，多淫昏之俗。补曰：亦诸侯怨王之词。盖异姓大国。

我行其野，蔽芾其樗。樗，恶木也。补曰：厉王出走，京邑为墟，故如行野也。《载驰》言卫灭，亦曰“我行其野”。樗易生长，言中兴之易。昏姻之故，言就尔居。笺云：樗之蔽芾始生，谓仲春之时，嫁娶之月。妇之父，婿之父，相谓昏姻。言，我也。此以二父之命故，我就女居，我岂其无礼来乎？责之也。补曰：就，成也。以昏姻之旧义，奉戴宣王，而成其功业。尔不我畜，复我邦家。畜，养也。笺云：宣王之末，男女失道，以求外昏，弃其旧姻而相怨。补曰：强盛而骄暴，则不我畜养，我不复能朝事王。

我行其野，言采其蓄。蓄，一作“蓫”。蓄，恶菜也。笺云：蓄，牛蘈也，亦仲春时生，可采也。补曰：蓄，藜也。可以为糁代饭，今苋也。曹植所谓“霜蓄”，今冬苋也。喻时承饥灾。昏姻之故，言就尔宿。补曰：宿，止也。诸侯来曰朝宿。言诸侯复朝，己之力所成。尔不我畜，言归斯复。复，反也。

我行其野，言采其葍。葍，恶菜也。笺云：葍，蓄也，亦仲春时生，可采也。补曰：葍，堇也。《尔雅》："葍，蔓茅。"许慎说："舜草，楚谓之葍，秦谓之蔓。"蔓，一作"蕣"。蕣，木堇，亦取葍为名。《内则》："堇、荁以滑之。"喻和诸侯，亦己之功。不思旧姻，求尔新特。新特，外昏也。笺云：婿之父曰姻。我采葍之时，以礼来嫁女，女不思女老父之命而弃我，而求女新外昏特来之女。责之也。不以礼嫁，必无肯媵之。补曰：新特，新强大者。宣王新拔用申、韩，以捍南北。成不以富，亦只以异。只，一作"祇"。只，适也。笺云：女不以礼为室家，成事不足以得富也，女亦适以此自异于人道。言可恶也。补曰：富，谓加地进爵。异，离异。成功之后不加以禄赐，而适见离异。言大国不可保，以位极无加、功高震主也。《论语》引以证辨惑。

《我行其野》三章，章六句。

《斯干》，宣王考室也。考，成也。德行国富，人民殷众而皆佼好，骨肉和亲。宣王于是筑宫庙群寝，既成而衅之，歌《斯干》之诗以落之。此之谓成室。宗庙成，则又祭祀先祖。

秩秩斯干，幽幽南山。兴也。秩秩，流行也。干，涧也。幽幽，深远也。笺云：兴者，喻宣王之德，如涧水之原，秩秩流出无极已也。国以饶富，民取足焉，如于深山。补曰：斯，离也。离涧，环宫之水。南山，正殿所望见之山。如竹苞矣，如松茂矣。苞，本也。笺云：言时民殷众，如竹之本生矣，其佼好，又如松柏之畅茂矣。补曰：状宫室之壮丽。兄及弟矣，补曰：兄、弟，昏姻也。宣王成宫室而娶后。式相好矣，无相犹矣。犹，道也。笺云：犹，当作"瘉"。瘉，病也。言时人骨肉用是相爱好，无相诟病也。补曰：祝庆之词。

似续妣祖，似，嗣也。笺云：似，读如"巳午"之"巳"。巳续妣祖者，谓已成其宫庙也。妣，先妣姜嫄也。祖，先祖也。补曰：似，当为

“巳”。古者以“似”为“已然”之“已”，汉时以“巳午”字为“已然”之“已”。巳续妣祖者，已修八庙，继先王之业。姜嫄为郊禖所祠，故本之为新昏之颂词。礼，将营宫室，宗庙为先。筑室百堵，西南其户。西乡户、南乡户也。笺云：此筑室者，谓筑燕寝也。百堵，百堵一时起也。天子之寝有左右房。西其户者，异于一房者之室户也。又云南其户者，宗庙及路寝，制如明堂，每室四户，是室一南户尔。补曰：祝生子之词也。太子，东宫，则西其户。群子，侧室，则南其户。言嫡庶俱有子。爰居爰处，爰笑爰语。笺云：爰，于也。于是居，于是处，于是笑，于是语。言诸寝之中皆可安乐。补曰：主燕寝，故居处笑语。

约之阁阁，椓之橐橐。橐，一作“柝”。约，束也。阁阁，犹历历也。橐橐，用力也。笺云：约，谓缩版也。椓，谓擣土也。补曰：椓，椓墙枳。风雨攸除，鸟鼠攸去，君子攸芋。芋，一作“吁”。芋，大也。笺云：芋，当作“幠”。幠，覆也。寝庙既成，其墙屋弘杀则风雨之所除也，其坚致则鸟鼠之所去也，其堂室相称则君子之所覆盖。补曰：攸，长也。芋、宇，通用字。

如跂斯翼，如人之跂竦翼尔。补曰：斯，尽也。远望曰跂。尽翼然轩举。如矢斯棘，棘，《韩》作“朸”。棘，棱廉也。笺云：棘，戟也。如人挟弓矢戟其肘。补曰：墙壁峻峭，如矢行尽急疾也。如鸟斯革，革，《韩》作“鞆”。革，翼也。笺云：如鸟夏暑希革，张其翼时。补曰：从高望，则群屋如鸟扑地，尽舒翮也。如翚斯飞，《说文》引“翚，大飞也”。笺云：伊、雒而南，素质、五色皆备成章曰翚。此章四“如”者，皆谓廉隅之正，形皃之显也。翚者，鸟之奇异者也，故以成之焉。补曰：仰望檐宇，如鸟之大翚，尽欲飞去也。君子攸跻。跻，升也。笺云：此章主于宗庙，君子所升，祭祀之时。补曰：君子所长升，谓路寝也。

殖殖其庭，有觉其楹。殖殖，言平正也。有觉，言高大也。笺云：觉，直也。补曰：殖殖，脂膏之皃。言庭地加黝也。觉，读若“象谓之岩”，字亦作“鹄”。言楹加磨砻也。皆天子之制。**哙哙其正，哕哕其冥**，正，长也。冥，窈也。笺云：哙哙，犹快快也。正，昼也。哕哕，犹煟煟也。冥，夜也。言居之昼日则快快然，夜则煟煟然，皆宽明之皃。补曰：冥犹哕哕，则室得其制。**君子攸宁**。笺云：此章主于寝，君子所安，燕息之时。补曰：谓五寝，王所燕息也。

下莞上簟，乃安斯寝。笺云：莞，小蒲之席也。竹苇曰簟。寝既成，乃铺席，与群臣安燕为欢以落之。补曰：《司几筵》：王位莞筵，加席二重；国宾莞筵，加缫席一重。莞簟者，布重席，延公卿也。安，燕也。《燕礼》曰：“以我安。”**乃寝乃兴，乃占我梦**。言善之应人也。笺云：兴，夙兴也。有善梦则占之。补曰：梦、寣，古今字。寣者，甘寝所有，以言无忧也。房中之祥，唯有吉寣，故主言之。**吉梦维何？维熊维罴，维虺维蛇**。笺云：熊罴之兽，虺蛇之虫，此四者，梦之吉祥也。补曰：维何者，未有梦，设言之。许慎说：“虺以注鸣，蜥易、蝘蜓、蝾螈之属。”四者皆穴蛰，故于居室为近，盖占梦书所有。

大人占之：维熊维罴，男子之祥；笺云：大人占之，谓以圣人占梦之法占之也。熊罴在山，阳之祥也，故为生男。补曰：大人，谓王也。《易》曰：“大人继明。”盖嗣位者称大人与？王成寝而娶后。初长于召公家，故即位始昏。**维虺维蛇，女子之祥**。笺云：虺蛇穴处，阴之祥也，故为生女。补曰：新昏唯取生育，故兼颂生女。

乃生男子，载寝之床，载衣之裳，载弄之璋。半圭曰璋。裳，下之饰也。璋，臣之职也。笺云：男子初生而卧于床，尊之也。裳，昼日衣也。衣以裳者，明当主于外事也。玩以璋者，欲其比德焉。正以璋者，明成之有渐。补曰：此接子之礼也。接世子，于正寝之室。设床者，明有事也。接世子朝服，此衣裳者，玄端也。盖诸侯朝服、天子玄端以飨后也。璋瓒酌鬯以祼之者，飨礼也。云弄者，盖此礼又曰弄子之礼。“弄”之字从廾、玉，珍重拱持之名。《左传》以为戏弄，非也。**其泣喤喤**，《说文》引“喤，小皃声也”。补曰：必言泣者，明初生。朱市斯皇，家室君王。市，《鲁》作“绋”。家室，石经作“室家”，今从毛刻本。笺云：皇，犹煌煌也。市者，天子纯朱，诸侯黄朱。家室，一家之内。宣王将生之子，或且为诸侯，或且为天子，皆将佩朱市煌煌然。补曰：言朱绂者，明为太子祝也。有此家室，长为君王。颂祷之词。

乃生女子，载寝之地，载衣之裼，裼，《韩》作“禘”，《说文》引同。裼，褓也。笺云：卧于地，卑之也。褓，夜衣也。明当主于内事。补曰：寝地者，见于内寝，设衽于地。不设床，象外成也。裼，皮弁服，天子常朝服也。载弄之瓦。瓦，纺专也。笺云：纺专，习其所有事也。补曰：瓦，瓦甈，燕尊也。以燕礼礼后，则亦未食而见，皆世妇抱子，见而后食。此皆主于后之子女。盖王即位乃娶，娶乃作宫。无非无仪，唯酒食是议，无父母诒离。诒离，一作“贻罹”。妇人质，无威仪也。离，忧也。笺云：仪，善也。妇人无所专于家事，有非非妇人也，有善亦非妇人也。妇人之事，惟议酒食尔，无遗父母之忧。补曰：非，非议人也。仪，谋度事也。皆与政之渐，故戒之。王新取后，故借祝女子以风焉。

《斯干》九章，四章［章］七句，五章章五句。

《无羊》，宣王考牧也。厉王之时，牧人之职废。宣王始兴而复之，至此而成，谓复先王牛羊之数。补曰：谓始成牧室。

谁谓尔无羊？三百维群。谁谓尔无牛？九十其犉。《说文》引“犉”。黄牛黑唇曰犉。笺云：尔，女也，女宣王也。宣王复古之牧法，汲汲于其数，故歌此诗以解之也。谁谓女无羊？今乃三百头为一群。谁谓女无牛？今乃犉者九十头。言其多矣，足如古也。补曰：尔，尔牧人也。《尔雅》曰：“牛七尺曰犉。”九十，数之至多者。尔羊来思，其角戢戢。戢，一作“濈”，又作“䐛”。聚其角而息戢戢然。笺云：言此者，美畜产得其所。尔牛来思，其耳湿湿。呞而动，其耳湿湿然。

或降于阿，或饮于池，或寝或吪。吪，《韩》作“讹”。吪，动也。笺云：言此者，美其无所惊畏也。**尔牧来思，何蓑何笠，或负其糇**。何，揭也。蓑所以备雨，笠所以备暑。笺云：言此者，美牧人寒暑饮食有备。补曰：此饬牧人谨其事也。**三十维物，尔牲则具**。异毛色者三十也。笺云：牛羊之色异者三十，则女之祭祀，索则有之。补曰：三十者，取牲之总数。物，类也。一祭祀，二宾客，三君庖。则具者，饬牧人具以待用。言王不遗小政也。

尔牧来思，以薪以蒸，以雌以雄。笺云：此言牧人有余力，则取薪蒸、捕禽兽以来归。粗曰薪，细曰蒸。补曰：此言蕃育牧牲之法也。薪，采麻中干，以藉牛羊，护其字乳使不病。雌雄、牝牡，通称耳。牧人不宜樵猎。**尔羊来思，矜矜兢兢，不骞不崩**。矜矜兢兢，以言坚强也。骞，亏也。崩，群疾也。补曰：独言羊者，羊子易损也。骞，腹垫陷也。崩，胎堕也。**麾之以肱，毕来既升**。肱，臂也。升，升入牢也。笺云：此言驯扰从人意也。补曰：言羊子驯健。

牧人乃梦，众维鱼矣，旐维旟矣。笺云：牧人乃梦见人众相与捕鱼，及梦见旐与旟。占梦之官得而献之于宣王，将以占国事也。补曰：亦言梦者，考室之通祝也。鱼者，自生之牲，所以配牢俎。旐、旟，乡遂所建旗。乡遂，牧地之所在。**大人占之**：补曰：两言"大人占之"，讽王好禨祥也。宣王后枉杀檿弧箕服之民，死见杜伯，皆訞言之祸，其幾先见，故因以讽焉。**众维鱼矣，实维丰年**。阴阳和则鱼众多矣。笺云：鱼者，庶人之所以养也。今人众相与捕鱼，则是岁熟相供养之祥也。《易·中孚》卦曰："豚鱼吉。"**旐维旟矣，室家溱溱**。溱溱，众也。旐旟所以聚众也。笺云：溱溱，子孙众多也。补曰：旐远旟近，象远方来附。溱溱，蓁蓁，戴也。奉戴天子之仁政。

《无羊》四章，章八句。

《鸿雁之什》十篇，三十二章，二百三十句。

诗卷十二

节南山之什毛诗诂训传第十九　小雅四

《节南山》，家甫刺幽王也。家父，字，周大夫也。

节彼南山，维石严严。严，一作“岩”。兴也。节，高峻皃。严严，积石皃。笺云：兴者，喻三公之位，人所尊严。赫赫师尹，民具尔瞻。忧心如惔，不敢戏谈。惔，一作“惔”，《说文》引同，又作“焱”，《韩》作“炎”。赫赫，显盛皃。师，太师，周之三公也。尹，尹氏，为太师。具，俱。瞻，视。惔，燔也。笺云：此言尹氏，女居三公之位，天下之民俱视女之所为，皆忧心如火灼烂之矣，又畏女之威，不敢相戏而谈语。疾其贪暴，胁下以刑辟也。补曰：天子三公，一相处内，则冢宰也；其二伯，一为太保，一为太师。武王时，召公、太公。成王亲政，召公、太公、周公，其后太师无闻焉。盖或二或三，无定也。厉王时，周公、召公。宣王时，皇甫、申伯、韩侯、尹吉甫、方叔、召虎，其可考者也。尹氏，吉甫之后，出作二伯，入为冢宰，总内外之重。国既卒斩，何用不监？卒，尽。斩，断。监，视也。笺云：天下之诸侯日相侵伐，其国已尽绝灭，女何用为职，不监察之？补曰：用，犹以也。监，三监也。二伯不任职，不足监三监。

节彼南山，有实其猗。实，满。猗，长也。笺云：猗，倚也。言南山既能高峻，又以草木平满其旁倚之畎谷，使之齐均也。赫赫师尹，不平谓何？笺云：责三公之不均平，不如山之为也。谓何，犹云何也。

天方荐瘥，丧乱弘多。《说文》引“瘥”作“嗟”。荐，重。瘥，病。弘，大也。笺云：天气方今又重以疫病，长幼相乱而死丧甚大多也。民言无嘉，憯莫惩嗟。憯，一作“噆”。憯，曾也。笺云：惩，止也。天下之民皆以灾害相吊唁，无一嘉庆之言，曾无以恩德止之者，嗟乎奈何！补曰：嗟，当为“差”，差减，令小损。

尹氏太师，维周之氐。秉国之均，四方是维。天子是毗，俾民不迷。氐，本。均，平。毗，厚也。笺云：氐，当作“桎辖”之“桎”。毗，辅也。言尹氏作太师之官，为周之桎辖，持国政之平，维制四方，上辅天子，下教化天下，使民无迷惑之忧。言任至重。不吊昊天，不宜空我师。吊，至。空，穷也。笺云：至，犹善也。不善乎昊天，诉之也。不宜使此人居尊位，困穷我之众民也。补曰：不吊天者，逢灾乱之词。空，旷也。时方凶危，不宜使尹氏居位，旷我太师之官。

弗躬弗亲，庶民弗信。庶民之言不可信。补曰：信，申也。王不亲政，庶民之情不得申。言尹氏阻格民隐。弗问弗仕，勿罔君子。勿罔上而行也。笺云：仕，察也。勿，当作昧。此言王之政不躬而亲之，则恩泽不信于众民矣；不问而察之，则下民昧罔其上矣。补曰：仕，事也。言当考课问政事。勿，当作“昒”。昒，冥也。君子，贤人未用者。尹氏秉政，不能考察，使君子皆壅蔽不得进。式夷式已，无小人殆。式，用。夷，平也。用平则已，无以小人之言至于危殆也。笺云：殆，近也。为政当用平正之人，用能纪理其事也，无小人近。补曰：已，当为“己”。用平者，在用己。言政当自天子出。《记》曰“议道自己”是也。小人，细民也。《书》“黎民亦曰殆哉”。言不用贤。琐琐姻亚，则无膴仕。琐琐，小皃。两婿相谓曰亚。膴，厚也。笺云：婿之父曰姻。琐琐姻亚，妻党之小人，无厚任用之，置之大位，重其禄也。补曰：尹氏盖连昏王室，因而进用者。膴，俎上覆肤，喻蔽贤之状也。

昊天不傭，降此鞠凶。昊天不惠，降此大戾。傭，《韩》

作“庸”。傭，均。鞠，盈。讻，讼也。笺云：盈，犹多也。戾，乖也。昊天乎，师氏为政不均，乃下此多讼之俗，又为不和顺之行，乃下此乖争之化。疾时民效为之，诉之于天。君子如届，俾民心阕。君子如夷，恶怒是违。届，极。阕，息。夷，易。违，去也。笺云：届，至也。君子，斥在位者。如行至诚之道，则民鞠讻之心息。如行平易之政，则民乖争之情去。言民之失由于上，可反复也。补曰：君子，贤者也。尹氏膴仕，贤者不至。唯贤者能用平也。违，犹远也。

不吊昊天，乱靡有定。式月斯生，笺云：吊，至也。至，犹善也。定，止。式，用也。不善乎昊天，天下之乱，无肯止之者。用月此生，言日月益甚也。补曰：言月者，天乱，故不举日，而久言之，实言速也。俾民不宁。忧心如酲，谁秉国成？病酒曰酲。成，平也。笺云：使民不得安，我今忧之，如病酒之酲矣。观此君臣，谁能持国之平乎？言无有也。不自为政，卒劳百姓。笺云：卒，终也。昊天不自出政教，则终穷苦百姓。欲使昊天出图书，有所授命，民乃得安。补曰：望王自听政，以夺尹氏之权也。百姓，百官也。尽劳望王，为尹氏所蔽。

驾彼四牡，四牡项领。项，大也。笺云：四牡者，人君所乘驾，今但养大其领，不肯为用。喻大臣自恣，王不能使也。补曰：项，读为“鸿”。领，项也。我瞻四方，蹙蹙靡所骋。蹙，一作“戚”。骋，极也。笺云：蹙蹙，缩小之皃。我视四方土地，日见侵削于夷狄，蹙蹙然虽欲驰骋，无所之也。补曰：四方诸侯皆背叛，故无所骋。骋，直驰也。

方茂尔恶，相尔矛矣。茂，勉也。笺云：相，视也。方争讼自勉于恶之时，则视女矛矣。言欲战斗相杀伤也。补曰：茂，盛也。尔，尔王也。矛，守国之兵。言四方盛恶王，王亦省视其矛，为守御之备。既夷既怿，如相醻矣。醻，一作“酬”。怿，服也。笺云：夷，说也。言大臣之乖争，本无大仇，其已相和顺而说怿，则如宾主饮酒相酬酢也。补曰：夷，平也。王既用夷，则诸侯已服。如献必有酬，非四方好乱。

昊天不平，我王不宁。笺云：昊天乎，师尹为政不平，使我王不得安宁。不惩其心，覆怨其正。正，长也。笺云：女不惩止女之邪心，而反怨憎其正也。补曰：其，斥诸侯也。正，诸侯之长，尹氏为三公也。用尹氏，故不能止恶心。

家父作诵，以究王讻。家父，大夫也。笺云：究，穷也。大夫家父作此诗而为王诵之，以穷极王之政所以致多讼之本意。补曰：自显其姓字者，以上言尹氏，实有所指，故证之也。诵者，不合乐，欲其易晓也。于时方鞠讻，故当穷究王朝鞠讻之由，而归咎师尹。式吪尔心，以畜万邦。吪，一作“讹”。笺云：吪，化。畜，养也。补曰：吪，读若“雉”。囮，犹诱也。尔，斥王也。畜，止也。止诸侯之生乱。

《节南山》十章，六章章八句，四章章四句。

《正月》，大夫刺幽王也。补曰：刺王信用女谒，进诗极谏。

正月繁霜，我心忧伤。正月，夏之四月。繁，多也。笺云：夏之四月，建巳之月，纯阳用事而霜多，急恒寒若之异，伤害万物，故心为之忧伤。补曰：正月，周正月。王者布令邦国，大一统之义。而唯有繁霜杀物，喻天子暴虐下国也。以正月为四月者，占家之诡名。大夫陈诗，不遵王政，非正名之礼，传误同《左传》。民之吪言，亦孔之将。将，大也。笺云：吪，伪也。人以伪言相陷入，使王行酷暴之刑，致此灾异，故言亦甚大也。补曰：吪，动也。流言相恐动。许慎引作“讹”，非也。念我独兮，忧心京京。哀我小心，癙忧以痒。京京，忧不去也。癙、痒，皆病也。笺云：念我独兮者，言我独忧此政也。补曰：闻吪言，故自念独也，小心不敢为吪言。

父母生我，胡俾我瘉？不自我先，不自我后。父母，谓文、武也。我，我天下。瘉，病也。笺云：自，从也。天使父母生我，何故不长遂我，而使我遭此暴虐之政而病？此何不出我之前，居我之后？穷苦之情，苟欲免身。补曰：父母，以喻君。君以养育为政，何为反病困我？好言自口，莠言自口。莠，丑也。笺云：自，从也。此疾讹言之人，善言从女口出，恶言亦从女口出，女口一尔，善也恶也，同出其中。谓其可贱。补曰：刺王好听谗也。忧心愈愈，是以有侮。愈愈，忧惧也。笺云：我心忧政如是，是与讹言者殊途，故用是见侵侮也。补曰：忧己好莠在人口。

忧心惸惸，念我无禄。惸，一作"茕"。惸惸，忧意也。笺云：无禄者，言不得天禄。自伤值今生也。民之无辜，并其臣仆。古者有罪，不入于刑，则役之圜土，以为臣仆。笺云：辜，罪也。人之尊卑有十等，仆第九，台第十。言王既刑杀无罪，并及其家之贱者，不止于所罪而

已。《书》曰："越兹丽刑并制。"哀我人斯，于何从禄？笺云：斯，此。于，於也。哀乎，今我民人见遇如此，当于何从得天禄，免于是难？瞻乌爰止，于谁之屋？富人之屋，乌所集也。笺云：视乌集于富人之室，以言今民亦当求明君而归之。补曰：乌反哺，孝鸟。诗人以自喻也。乌不屋止，林木尽伐，将止谁屋乎？言京师破亡，己亦无依，不独人无禄也。

瞻彼中林，侯薪侯蒸。中林，林中也。薪、蒸，言似而非。笺云：侯，维也。林中大木之处，而维有薪蒸尔。喻朝廷宜有贤者，而但聚小人。民今方殆，视天梦梦。王者为乱梦梦然。笺云：方，且也。民今且危亡，视王者所为，反梦梦而乱，无统理安人之意。既克有定，靡人弗胜。胜，乘也。笺云：王既能有所定，尚复事之小者尔，靡人而不胜。言凡人所定皆胜王也。补曰：克，胜也。有，又也。定，犹执也。王务欲胜人，而又坚愎，无人而不乘陵之。言骄狠也。有皇上帝，伊谁云憎？皇，君也。笺云：伊，读当为"繄"。繄，犹是也。有君上帝者，以情告天也。使王暴虐如是，是憎恶谁乎？欲天指害其所憎而已。补曰：以王骄恣，故言更有君之者，上帝也，将必憎恶王。

谓山盖卑，为冈为陵。在位非君子，乃小人也。笺云：此喻为君子贤者之道，人尚谓之卑，况为凡庸小人之行。补曰：山，君位也。盖

卑，将陵夷也。冈、陵广厚，《天保》以颂君福禄者。为之者，臣也。言臣当使君如冈、陵。民之吪言，宁莫之惩。笺云：小人在位，曾无欲止众民之为伪言相陷害也。补曰：崇君德，自止吪言始也。召彼故老，讯之占梦。故老，元老。讯，问也。笺云：君臣在朝，侮慢元老，召之不问政事，但问占梦，不尚道德，而信征祥之甚。补曰：故老，下所谓阪田菀特者。召欲用之，而但讯以占梦，是侮之也。具曰予圣，谁知乌之雌雄？君臣俱自谓圣也。笺云：时君臣贤愚适同，如乌雌雄相似，谁能别异之乎？补曰：予，我，诗人自我也。亦皆曰我圣，而不知我之雌雄。言虽用贤，亦不能雄。盖卫武、郑桓之流相继秉政，而不能胜群小也。

谓天盖高，不敢不局。谓地盖厚，不敢不蹐。《说文》引"蹐"，又引作"趚"。局，曲也。蹐，累足也。笺云：局蹐者，天高而有雷霆，地厚而有陷沦也。此民疾苦王政，上下皆可畏怖之言也。维号斯言，有伦有脊。伦，道。脊，理也。笺云：维民号呼而发此言，皆有道理，所以至然者，非徒苟妄为诬词。哀今之人，胡为虺蜴？《说文》引"蜴"作"蜥"。蜴，螈也。笺云：虺蜴之性，见人则走。哀哉，今之人何为如是？伤时政也。补曰：许慎说："虺以注鸣。"又说："荣蚖、蛇医以注（名）[鸣]。在草曰蜥易。"今之人亦自谓也，在乱朝居高位，唯有忧惧云。

瞻彼阪田，有菀其特。言朝廷曾无杰臣。笺云：阪田，崎岖垸埆之处，而有菀然茂特之苗。喻贤者在闲僻隐居之时。补曰：阪田高瘠，喻高位危苦也。天之扤我，如不我克。扤，动也。笺云：我，我特苗也。天以风雨动摇我，如将不胜我。谓其迅疾。彼求我则，如不我得。笺云：彼，彼王也。王之始征求我，如恐不得我。言其礼命之繁多。补曰：彼，彼当时用事大臣也。我，故老自我也。则，法也。故老特立，如苗在阪田见扤。执我仇仇，亦不我力。仇仇，謷謷也。笺云：王既得我，执留我，其礼待我謷謷然，亦不问我在位之功力。言其有贪贤之名，无用贤之实。补曰：执，犹絷也。力，任也。当维絷我时，已仇仇不相亲，又不任用我。

心之忧矣，如或结之。今兹之正，胡然厉矣？厉，恶也。笺云：兹，此。正，长也。心忧如有结之者，忧今此之君臣，何一然为恶如是？燎之方扬，宁或灭之？灭之以水也。笺云：火田为燎。燎之方盛之时，炎炽熛怒，宁有能灭息之者？言无有也。以无有，喻有之者为甚也。赫赫宗周，褒姒威之！《说文》引"姒"作"似"。宗周，镐京也。褒，国也。姒，姓也。威，灭也。有褒国之女，幽王惑焉而以为后。诗人知其必灭周也。补曰：褒姒初进，未为后，故字称之，显其名以直谏。上言今兹，知非追述之词也。用贤无益，一褒女足亡国矣。

终其永怀，又窘阴雨。窘，困也。笺云：窘，仍也。终王之所行，其长可忧伤矣，又将仍忧于阴雨。阴雨，喻君有泥陷之难。其车既载，乃弃尔辅。大车重载，又弃其辅。笺云：以车之载物，喻王之任国事也。弃辅，喻远贤也。补曰：辅，小木，以揞车辕，息牛马人力者。重载，车止不行，则以辅承之。既载者，既任贤人以政也。弃之者，又不用其言也。载输尔载，将伯助予！将，请也。伯，长也。笺云：输，堕也。弃女车辅而堕女之载，乃请长者见助。以言国危而求贤者已晚矣。补曰：无辅重载，则车卸。人力不胜，故必倾也。伯，二伯也。京师危，而求外援，亦不可得矣。

无弃尔辅，员于尔辐。员，益也。补曰：员，全也。事犹可为，故劝诱之也。娄顾尔仆，不输尔载。笺云：娄，数也。仆，将车者也。顾，犹视也，念也。终逾绝险，曾是不意？笺云：女不弃车之辅，数顾女仆，终用是逾度陷绝之险，女曾不以是为意乎？以商事喻治国也。补曰：绝，道断处也。险，阻难也。车行以道断有阻为易覆。

鱼在于沼，亦匪克乐。沼，池也。笺云：池，鱼之所乐，而非能乐。补曰：鱼者，臣道。喻时贤臣困于职所羁。潜虽伏矣，亦孔之炤。笺云：其潜伏于渊，又不足以逃，甚炤炤易见。以喻时贤者在朝，道不行无所乐，退而穷处，又无所止也。补曰：言忠贤遇乱，不能隐也。**忧心惨惨，念国之为虐**。惨惨，犹戚戚也。补曰：进退俱困，是国之虐我也。

彼有旨酒，又有嘉肴。肴，一作“殽”。言礼物备也。笺云：彼，彼尹氏太师也。补曰：此陈古以刺今。彼，彼古明王也。**洽比其邻，昏姻孔云**。云，一作“员”。洽，合。邻，近。云，旋也。是言王者不能亲亲以及远。笺云：云，犹友也。言尹氏富，与兄弟相亲友为朋党也。补曰：旨酒、嘉肴，《车辖》《頍弁》所再三致意，盖王疏大臣，慢诸侯，以致亡国，故欲其洽之云之。**念我独兮，忧心殷殷**。殷殷然痛也。笺云：此贤者孤特自伤也。补曰：我，我幽王也。不用贤则独。

佌佌彼有屋，蔌蔌方榖。佌，《说文》引作“𠴲”。榖，《鲁》作“穀”。《正义》本作“方有榖”。佌佌，小也。蔌蔌，陋也。笺云：榖，禄也。此言小人富，而窭陋将贵也。补曰：彼，彼明王也。屋，具也。明王时，居虽小，犹有屋，养虽陋，方得禄。言不能亲亲，但令其安居，亦可不乱。**民今之无禄，天夭是椓**。天夭，《韩》《鲁》作“夭夭”。蔡邕引“夭夭是加”，无“椓”字，分“哿”为加、可。君夭之，在位椓之。笺云：民于今而无禄者，天以荐瘥夭杀之，是王者之政又复椓破之。言遇害甚也。补曰：言今不如彼，既夭屈，又破坏也。**哿矣富人，哀此茕独**，茕，一作“惸”。《说文》引“哿”。哿，可。独，单也。笺云：此言王政如是，富人犹可，茕独将困也。补曰：劝王安富息民，以服人心也。亡国但忧贫弱，尤恶富人。哿，加也。加恩富人，无苛敛之，即所以哀茕独。

《正月》十三章，八章章八句，五章章六句。

《十月之交》，大夫刺幽王也。当为刺厉王。作《诂训传》时移其篇第，因改之耳。《节彼》刺师尹不平，乱靡有定。此篇讥皇父擅恣，日月告凶。《正月》恶褒姒灭周。此篇疾艳妻偏方处。又幽王时，司徒乃郑桓公友，非此篇之所云番也。是以知然。补曰：阮元说："皇父即宣王时贤臣，不见用，故其后能成共和之治。"《中候》说："昌受符，厉倡嬖，期十之世权在相。"又曰："剡者配姬以放贤，山崩水溃纳小人，家伯罔主异载震。"言贤臣、家伯等虽在朝位，而政乱无主，以致灾异。当幽时，述厉事以谏。

十月之交，朔月辛卯。日有食之，亦孔之丑。朔月，毛本误作"朔日"。之交，日月之交会。丑，恶也。笺云：周之十月，夏之八月也。八月朔日，日月交会而日食，阴侵阳，臣侵君之象。日辰之义，日为君，辰为臣。辛，金也。卯，木也。又以卯侵辛，故甚恶也。补曰：《春秋传》：某月某日朔，日有食之，食正朔也。推咎灾重日辰，故详于辛卯。孔，甚。丑，匹也。阴敌阳为甚灾。彼月而微，此日而微。月，臣道。日，君道。笺云：微，谓不明也。彼月则有微，今此日反微，非其常，为异尤大也。补曰：朔月，月未生，故微也。此日，朔月之日。日始盛，象王初即位。今此下民，亦孔之哀。笺云：君臣失道，灾害将起，故下民亦甚可哀。

日月告凶，不用其行。告，刘向引作"鞠"。笺云：告凶，告天下以凶亡之征也。行，道度也。不用之者，谓相干犯。补曰：日辛卯，月八月，行五行之序也，以辛金畏卯木，非五行之常性，故尤为告凶。四国无政，不用其良。四方之国无政治者，由天子不用善人也。补曰：四方不用元首之政，故皆无政。彼月而食，则维其常。补曰：月，每六月率一食，附地之行星数当相值，故维常也。此日而食，于何不臧？笺云：臧，善也。补曰：地行因日热力，故有消伏之道。圣人之世，虽入食限，不食也。史官援夏、殷推步之言，以日食为非灾，故正之日不臧。《尧典》首言"光被四表"。文王演《易》，周公制《礼》，孔子作《春秋》，皆以日可不食，食则为灾。《左传》言"辛卯之日，日始有谪"，是可消伏之明证。

烨烨震电，不宁不令。烨烨，震电皃。震，雷也。笺云：雷电过常，天下不安，政教不善之征。百川沸腾，山冢卒崩。卒，一作“崒”。沸，出。腾，乘也。山顶曰冢。笺云：卒者，崔嵬。百川沸出相乘陵者，由贵小人也。山顶崔嵬者崩，君道坏也。高岸为谷，深谷为陵。言易位也。笺云：易位者，君子居下，小人处上之谓也。哀今之人，胡憯莫惩？《说文》引“憯”作“朁”。笺云：憯，曾。惩，止也。变异如此，祸乱方至，哀哉！今在位之人，何曾无以道德止之？补曰：以时人谓日食非灾，故陈诸异而哀其不惩也。《推度灾》曰：“百川沸腾众阴进，山冢崒崩人无仰，高岸为谷贤者退，深谷为陵小临大。”

皇父卿士，番维司徒，家伯维宰，番，《韩》作“繁”，《鲁》作“皮”。补曰：《常武》言南仲为皇父、太祖，疑即南君括也，周同姓附庸君。《春秋经》有南季，盖其后与？皇父至宣王时起为太师，此时方为卿士耳。番氏，盖即樊氏，仲山甫也。家伯，家父之先世。宰，盖宰夫。仲允膳夫，聚子内史，蹶维趣马，楀维师氏，班固书“允”作“衍”，“聚”作“掫”，“楀”作“禹”。笺云：皇父、家伯、仲允，皆字。番、聚、蹶、楀，皆氏。司徒之职，掌天下土地之图、人民之数，冢宰掌建邦之六典，皆卿也。膳夫，上士也，掌王之饮食膳羞。内史，中大夫也，掌爵禄废置、杀生予夺之法。趣马，中士也，掌王马之政。师氏，亦中大夫也，掌司朝得失之事。六人之中，虽官有尊卑，权宠相连，朋党于朝，是以疾焉。皇父则为之端首，兼擅群职，故但目以卿士云。补曰：聚，邹。楀，鄅也。蹶，姞姓。宣王时有卿士蹶父，盖此时为趣马。艳妻煽方处。处，一作“炽”。艳，《鲁》作“阎”，班固引作“剡”。煽，《鲁》作“扇”，《说文》引“偏”。艳妻，褒姒。美色曰艳。煽，炽也。笺云：厉王淫于色，七子皆用后嬖宠方炽之时，并处位。言妻党盛，女谒行之甚也。敌夫曰妻。补曰：艳，鄘国女。妻，御妻也。妻秩视元士。天子女职，夫人当诸侯夫人，妻当士妻，皆因其名，著其等耳。大夫不敢称后为妻也。言一女足以妨七贤。

抑此皇父，岂曰不时？时，是也。笺云：抑之言噫。噫是皇父，疾而呼之，女岂曰我所为不是乎？言其不自知恶也。补曰：抑，懿也，美叹之词。此，内词也。恶之则称彼。时，善也。皇父为卿士，总国政，能用众贤，岂云不善？言善也。**胡为我作，不即我谋？**笺云：女何为役作我，不先就与我谋，使我得迁徙？补曰：上我，我王。下我，我皇父也。作，作都也。使皇父作都者，不欲皇父谋政事。**彻我墙屋，田卒污莱。**下则污，高则莱。笺云：乃反彻毁我墙屋，令我不得趋农，田卒为污莱乎？此皇父所筑邑人之怨词。补曰：我，我皇父也。王假以作都之事，出之于外，乃官之为向臣，则京师之屋空，采田亦还入官，故云彻、云污莱也。亦以喻国无捍蔽而政荒民散。**曰予不戕，礼则然矣。**戕，一作"臧"，非。笺云：戕，残也。言皇父亦不自知不是，反云："我不残败女田业，礼下供上役，其道当然。"言文过也。补曰：此述王意也。王曰："予不戕伤大臣，进退以礼，使之以善道去。"意恨皇父之甚。

皇父孔圣，作都于向。皇父甚自谓圣。向，采邑也。笺云：专权足己，自比圣人。补曰：圣，犹明也。知幾求退，是甚明哲。作都者，于畿内五百里作都，封王子弟也。《春秋经》书："莒人入向。"彼向，姜姓，在东海。《左传》说苏忿生之田有向、盟，此向也。作都者，司空之职，诸侯不得专封，必以王官莅之。**择三有事，亶侯多臧。**有司，国之三卿，信维贪淫多臧之人也。笺云：作都立三卿，皆取聚敛之臣。言不知厌也。礼，畿内诸侯二卿。补曰：都卿，其君所自命，所谓都宗人、都司马，虽列王官，实为家臣。今天子择之，假于重臣，以辅子弟也。臧，善也。三卿皆善，故曰多也。盖番家之徒，皆借此谪出之。**不慭遗一老，俾守我王。**不，《鲁》作"天不"，"守"作"屏"。笺云：慭者，心不欲自强之词也。言尽将旧在位之人与之皆去，无留卫王。补曰：言王重向如此，独不念朝廷乎？**择有车马，以居徂向。**笺云：又择民之富有车马者，以往居于向也。补曰：有车马者，大夫也。王朝命大夫，降为都鄙之卿，王乃择而遣之。

黾勉从事，不敢告劳。黾勉，《韩》《鲁》作"密勿"。笺云：

诗人贤者见时如是，自勉以从王事，虽劳不敢自谓劳，畏刑罚也。补曰：皇父则明哲自保，己则不敢告劳请退也。无罪无辜，谗口嚣嚣。笺云：嚣嚣，众多皃。时人非有辜罪，其被谗口见诼谮嚣嚣然。补曰：惩皇父而自危惧。下民之孽，匪降自天。笺云：孽，妖孽，谓相为灾害也。下民有此，言非从天堕也。噂沓背憎，职竞由人。《说文》引"噂"，又引作"僔"。噂，犹噂噂。沓，犹沓沓。职，主也。笺云：噂噂沓沓，相对谈语，背则相憎逐。为此者，主由人也。

悠悠我里，亦孔之痗。悠，樊光引作"攸"。痗，一作"痗"。悠悠，忧也。里，居也。痗，病也。笺云：悠悠乎，我居今之世，亦甚困病。补曰：我里，谓京师。四方有羡，我独居忧。羡，余也。笺云：四方之人尽有饶余，我独居此而忧。补曰：四方，畿内都家，向亦是也。初惜诸贤之谪，独居思之，又幸其免祸。民莫不逸，我独不敢休。笺云：逸，逸豫也。补曰：民，人也。天命不彻，我不敢效我友自逸。彻，道也。亲属之臣，心不能已。笺云：不道者，言王不循天之政教。补曰：我友，皇父之徒。责其自逸，以讽谏王。

《十月之交》八章，章八句。

《雨无正》，大夫刺幽王也。亦当为刺厉王。补曰：追述共和行政，不能谋反王，刺王使众散如雨。雨自上下者也，众多如雨，而非所以为政也。王之所下教令甚多，而无政也。

浩浩昊天，不骏其德。降丧饥馑，斩伐四国。骏，长也。谷不熟曰饥，蔬不熟曰馑。笺云：此言王不能继长昊天之德，至使昊天下此死丧饥馑之灾，而天下诸侯于是更相侵伐。昊天疾威，弗虑弗图。昊，一作"旻"。笺云：虑、图，皆谋也。王既不骏昊天之德，今昊天又疾其政，以刑罚威恐天下而不虑不图。舍彼有罪，既伏其辜。若此无罪，沦胥以铺。沦、铺，三家作皆"薰""痡"。舍，除。沦，率也。笺云：胥，相。铺，遍也。言王使此无罪者，见牵率相引而遍得罪也。补曰：既，尽。伏，隐也。有罪者尽得容隐，言侫幸挠法。

周宗既灭，靡所止戾。戾，定也。笺云：周宗，镐京也。是时诸侯不朝王，民不堪命，王流于彘，无所安定也。正大夫离居，莫知我勚。《说文》引“勚”。勚，劳也。笺云：正，长也。长官之大夫，于王流于彘而皆散处，无复知我民之见罢劳也。补曰：我，诗人自我也。正大夫，王朝大夫。三事大夫，莫肯夙夜。补曰：三事，共和二公之属，所谓分陕立三监者也。夙夜在公，谓从王定乱。莫肯者，言专政。邦君诸侯，莫肯朝夕。笺云：王流在外，三公及诸侯随王而行者，皆无君臣之礼，不肯晨夜朝暮省王也。补曰：邦君，圻内诸侯。庶曰式臧，覆出为恶。覆，反也。笺云：人见王之失所，则庶几其自改悔而用善人，反出教令，复为恶也。

如何昊天，辟言不信。如彼行迈，则靡所臻。辟，法也。笺云：如何乎昊天，痛而诉之也。为陈法度之言，不信之矣。我之言不见信，如行而无所至也。补曰：王流出不返，如行往无所止。凡百君子，各敬尔身。胡不相畏？不畏于天。笺云：凡百君子，谓众在位者。各敬慎女之身，正君臣之礼。何为上下不相畏乎？上下不相畏，是不畏于天。补曰：王者，天也。民可流王，况王臣乎？是亦可畏。而便自摄政，是不相畏也。民无王，臣亦无王，则是不畏天。

戎成不退，饥成不遂。戎，兵。遂，安也。笺云：戎成而不退，谓王见流于彘，无御止之者。饥成而不安，谓王在彘，乏于饮食之蓄，无输粟归饩者。曾我暬御，憯憯日瘁。暬御，侍御也。瘁，病也。笺云：此二者，曾但侍御左右小臣憯憯忧之，大臣无念之者。补曰：曾，犹宁也。暬，读为“执”。日，日执事者。言王饥困，宁但侍御忧病，王亦日瘁也。凡百君子，莫肯用讯。笺云：讯，告也。众在位者，无肯用此相告语，言不忧王之事也。补曰：讯，犹谏也，正也。《墓门》曰：“歌以讯之。”

言己作诗，谏正群臣，皆不肯听用，专己不顾。听言则答，谮言则退。答，《鲁》作“对”。以言进退人也。笺云：答，犹距也。有可听用之言，则共以词距而违之。有谮毁之言，则共为排退之。群臣并为不忠，恶直丑正。补曰：大臣当国，外示共和同治，凡有善言，无不答也。及其退人，则专用谮。

哀哉不能言，匪舌是出，维躬是瘁。哀贤人不得言，不得出是舌也。笺云：瘁，病也。不能言，言之拙也。言非可出于舌，其身旋见困病。补曰：不能言，诗人自谓也。知言不见听，而必言之，故自哀未出于口，而身先见病。哿矣能言，巧言如流，俾躬处休。哿，可也。可矣，世所谓能言者。巧言从俗，如水转流。笺云：巧，犹善也。谓以事类风切剀微之言，如水之流，忽然而过，故不悖逆，使身居安休休然。乱世之言，顺说为上。补曰：言此者，劝二公之听也。如流者，顺而易从也。善言从，则家国俱蒙其福。哿，即嘉也。嘉己此言为能言，则言巧矣。

维曰于仕，孔棘且殆。于，往也。笺云：棘，急也。居今衰乱之世，云往仕乎？甚急迮且危。补曰：仕，事也。二公欲贤者任事，贤人宜往任，然又有难。云不可使，得罪于天子。笺云：不可使者，不正，不从也。补曰：使者，使贤人仕也。君亡国乱，而贤者犹言不可仕，是绝君臣之义，则已有罪。亦云可使，怨及朋友。笺云：可使者，虽不正，从也。急迮且危，以此二者也。补曰：可使者，共仕也。仕则心非，诸臣之所为必反其行，徒生怨而无益。下所陈迁王都是。

谓尔迁于王都，曰予未有室家。贤者不肯迁于王都也。笺云：王流于彘，正大夫离居，同姓之臣从王，思其友而呼之，谓曰：“女今可迁居王都。”谓彘也。其友辞之云：“我未有室家于王都可居也。”补曰：民叛王走，诸臣因代行政，是与闻乎叛，故必从王迁。王既出走，威权已失，可因而革其政、救其失也，诸臣乃以彘无宫室官府为辞。鼠思泣血，无言不疾。无声曰泣血。无所言而不见疾也。笺云：鼠，忧也。既辞之以无室家，为其意恨，又患不能距止之，故云：我忧思泣血，欲迁王都（女见）［见女］，今我无一言而不道疾者。言己方困于病，故未能也。补曰：泣血者，丧礼也。疾，犹痛也。以己言太切直，故自明私忧，如丧父母。有言则痛疾，伤人心也。**昔尔出居，谁从作尔室？**遭乱世，义不得去。思其友而不肯反者也。笺云：往始离居之时，谁随为女作室？女犹自作之尔，今反以无室家距我。恨之词。补曰：昔，谓民乱时也。昔乱出走时，岂有人从往作室邪？今乃曰无家室不可迁，是以疾之。

《雨无正》七章，二章章十句，二章章八句，三章章六句。

《小旻》，大夫刺幽王也。所刺列于《十月之交》《雨无正》为小，故曰“小旻”，亦当为刺厉王。补曰：凡题小者，宫臣之作也。《小旻》《小宛》《小弁》《小明》，皆刺幽王欲废太子，故目篇曰小。以此例之，则《小雅》之初，起于文、武未灭纣时，对天子而为小。变《小雅》多言内外臣，故曰小政，亦对天子而小之。旧以为所刺义小，未有自谓义小者。

旻天疾威，敷于下土。旻，唐石经作“昊”。敷，布也。笺云：旻天之德，疾王者以刑罚威恐民，其政教乃布于下土。言天下遍知之。补曰：旻天助顺而疾虐，下土宜遍知天意。**谋犹回遹，何日斯沮？**遹，《韩》作“欥”，李善引作“泬”，又引“（迴）［回］穴”。回，邪。遹，辟。沮，坏也。笺云：犹，道。沮，止也。今王谋为政之道回辟，不循旻天之德已甚矣，心犹不悛，何日此恶将止？补曰：谋道邪僻者，谋废太子也。今王政虐，未能固命，而又谋废立，宜沮止此谋也。**谋臧不从，不臧覆用。**笺云：臧，善也。谋之善者不从，其不善者反用之。**我视谋犹，亦孔之邛。**邛，病也。笺云：我视王谋为政之道，亦甚病天下。补曰：邛，穷也。谋废太子，周道必甚穷困。

潝潝訿訿，亦孔之哀。潝，《鲁》作“歙”。《荀子》引“噏呰”，《说文》引“翕訾”。潝潝然患其上，訿訿然思不称其上。笺云：臣不事君，乱之阶也，甚可哀也。补曰：翕翕訿訿，莫供职也。大臣不能救止，故亦可哀。**谋之其臧，则具是违**。补曰：具，俱在位者也。**谋之不臧，则具是依**。补曰：依，倚也。倚其权为重。**我视谋犹，伊于胡底！**笺云：于，往。底，至也。谋之善者俱背违之，其不善者依就之。我视今君臣之谋道，往行之将何所至乎？言必至于乱。补曰：废立乱在君身后，故曰底。

我龟既厌，不我告犹。犹，道也。笺云：犹，图也。卜筮数而渎龟，龟灵厌之，不复告其所图之吉凶。言虽得兆，占繇不中。补曰：龟者，天子之守，喻太子也。厌者，立而不定。**谋夫孔多，是用不集**。集，《韩》作“就”。集，就也。笺云：谋事者众，而非贤者，是非相夺，莫适可从，故所为不成。**发言盈庭，谁敢执其咎？**谋人之国，国危则死之，古之道也。笺云：谋事者众，訩訩盈庭，而无敢决当是非。事若不成，谁云己当其咎责者？言小人争知而让过。补曰：执咎者，境外之事，《左传》“郑公子骓请受咎”是也。有言申、戎相结，太子废，必召戎祸者，故集议。**如匪行迈谋，是用不得于道**。笺云：匪，非也。君臣之谋事如此，与不行而坐图远近，是于道路无进于跬步，何以异乎？补曰：杜预说：“匪，彼也。行迈谋，谋于路人也。不得道，言无所适从。”

哀哉为犹，匪先民是程，匪大猷是经。维迩言是听，维迩言是争。古曰在昔，昔曰先民。程，法也。经，常。犹，道。迩，近也。争为近言。笺云：哀今之君臣，谋事不用古人之法，不循大道之常，徒听顺近言之同者，争近言之异者。言动轫则见泥陷，不至于远也。补曰：迩言，近侍宫妾之言。废立之际，多采听焉。纵有争者，亦不能引正义。**如彼筑室于道谋，是用不溃于成**。溃，遂也。笺云：如当路筑室，得人而与之谋所为，路人之意不同，故不得遂成也。补曰：废正立不正，不可之大者。然苟内断于心，不启嫌疑，则舍嫡树爱，未遽乱亡。唯牵于众论，欲加罪而废之，则君子小人各执所偏，如殷太史之固请立纣，虽正议而致亡也。党羽既分，朝论喧嚣，必无为国之谋。

国虽靡止，或圣或否。民虽靡膴，或哲或谋，或肃或艾。膴，《韩》作“腜”。靡止，言小也。人有通圣者，有不能者，亦有明哲者，有聪谋者。艾，治也。有恭肃者，有治理者。笺云：靡，无。止，礼。膴，法也。言天下诸侯今虽无礼，其心性犹有通圣者，有贤者。民虽无法，其心性犹有知者，有谋者，有肃者，有艾者。王何不择焉置之于位，而任之为治乎？《书》曰：睿作圣，明作哲，聪作谋，恭作肃，从作艾。诗人之意，欲王敬用五事，以明天道，故云然。补曰：否以济可，于《洪范》为王极。《洪范》言天人之际、易代之事，故引以讽王焉。缓其词者，父子之间，人所难言也。止，待也。膴，当作“怃”，抚也。虽无待者，喻立太子非急事也。虽不肯待，犹当察其思心睿与？王极否与？不可轻也。民非无君，虽无抚临之者，犹赖群臣哲谋肃艾以佐治，亦可定也。如彼泉流，无沦胥以败。笺云：沦，率也。王之为政者，如原泉之流，行则清，无相牵率为恶，以自浊败。补曰：沦，小波也。泉雍则无波。

不敢暴虎，不敢冯河。冯，陵也。徒涉曰冯河，徒搏曰暴虎。补曰：言畏王之威，而不敢违旨。人知其一，莫知其它。一，非也。它，不敬小人之危殆也。笺云：人皆知暴虎冯河立至之害，而无知当畏慎小人能危亡也。补曰：它，意外之变，若申侯召戎是也。战战兢兢，如临深渊，如履薄冰。战战，恐也。兢兢，戒也。临深渊，恐坠也。履薄冰，恐陷也。补曰：不言不可，言则致嫌，故危惧之甚。

《小旻》六章，三章章八句，三章章七句。

《小宛》，大夫刺幽王也。亦当为刺厉王。补曰：幽王太子之臣作。

宛彼鸣鸠，翰飞戾天。戾，《韩》作“厉”。兴也。宛，小皃。鸣鸠，鹘鵃。翰，高。戾，至也。行小人之道，责高明之功终不可得。补曰：鸣鸠季春拂羽，宛然驯顺，五月化鹰，干翮疆迅，一飞有至天之势。喻太子宜臼羽翼成，不能保其不生变也。我心忧伤，念昔先人。先人，文、武也。补曰：念先人父子相传，不可不敬子。**明发不寐，有怀二人**。明发，发夕至明。补曰：天子曰一人。二人者，言立嗣不定。

人之齐圣，饮酒温克。齐，正。克，胜也。笺云：中正通知之人，饮酒虽醉，犹能温藉自持以胜。补曰：饮酒以正齿位之礼，故以喻嫡庶之事。郑叔段亦曰："巷无饮酒。"**彼昏不知，壹醉日富**。壹，《韩》作"一"。醉而日富矣。笺云：童昏无知之人，饮酒一于醉，自谓日益富，夸淫自恣，以财骄人。补曰：言昏者知贪位而忘乱。**各敬尔仪，天命不又**。又，复也。笺云：今女君臣，各敬慎威仪，天命所去，不复来也。补曰：各者，谓宜臼、伯服也。废立各有命，俱当尽子道，不必怨望觊觎也。又命者，谓两俱立也。天命所必无者。

中原有叔，庶民采之。叔，今作"菽"。中原，原中也。叔，藿也，力采者则得之。笺云：藿生原中，非有主也，以喻王位无常家也，勤于德者则得之。**螟蛉有子，蜾蠃负之**。螟蛉，《说文》引作"冥蠕"，蜾，或作"蜗"。螟蛉，桑虫也。蜾蠃，蒲卢也。负，持也。笺云：蒲卢取桑虫之子，负持而去，煦妪养之，以成其子。喻有万民不能治，则能治者将得之。补曰：螟，冪。蛉，棂也。此虫无名，以果蠃恒取冪之窗棂隙中，因以为名耳。凡虫皆以气化，取桑虫生气以煦蜂子。喻褒姒杀后之子，以成立己子。**教诲尔子，式穀似之**。笺云：式，用。穀，善也。今有教诲女之万民用善道者，亦似蒲卢。言将得而子也。补曰：似，嗣也。尔，尔王也。王当教子用善以嗣位，今教之夺嫡，岂长久治安之道？

题彼脊令，载飞载鸣。题，《说文》作"题"，同"谍"。题，视也。脊令不能自舍，君子有取节尔。笺云："题"之为言视睇也。"载"之言"则"也。则飞则鸣，翼也口也，不有止息。补曰：脊令兄弟急难。言太子当念兄弟之好。**我日斯迈，而月斯征**。笺云：我，我王也。迈、征，皆行也。王日此行，谓日视朝，而月此行，谓月视朔也。先王制此礼，使君与群臣议政事，日有所决，月有所行，亦无时止息。补曰：日月行政，言为天子非可乐之事。夙兴夜寐，毋忝尔所生。忝，辱也。补曰：夙夜，大夫之职。言王子不患无位，不立非辱亲也。

交交桑扈，率场啄粟。交交，小皃。桑扈，窃脂也。言上为乱政而求下之治，终不可得也。笺云：窃脂肉食，今无肉而循场啄粟，失其天性，不能以自活。补曰：桑扈，以喻诸侯。言伯服王子，自当封国，今循场啄粟，则为众恶。喻夺嫡代立必见逐也。交交然羽有文皃。哀我填寡，宜岸宜狱。填、岸，《韩》作“疹”“犴”。《说文》引“犴”，篆作“豻”，胡地野狗。填，尽。岸，讼也。笺云：仍得曰宜。补曰：我，诗人自我也。填，久也。宜，多也。多与人争讼。握粟出卜，自何能穀？笺

云：自，从。穀，生也。可哀哉，我穷尽寡财之人，仍有讼狱之事，无可以自救，但持粟行卜，求其胜负，从何能得生？补曰：粟，即穀也。握粟，自穀也。出卜当以与卜者，故曰自何能穀。此当时谚隐语耳，犹曰“鼠不容穴衔蒌薮”，言己难自免。

温温恭人，温温，和柔皃。补曰：恭人，太子之称。如集于木。恐队也。惴惴小心，如临于谷。恐陨也。战战兢兢，如履薄冰。笺云：衰乱之世，贤人君子虽无罪，犹恐惧。补曰：以恭惧诲太子也。危疑之际，唯敬慎可以免。

《小宛》六章，章六句。

《小弁》，刺幽王也。太子之傅作焉。以孟子书增之。

弁彼鸒斯，归飞提提。兴也。弁，乐也。鸒，卑居。卑居，鸦（鸟）[乌]。提提，群皃。笺云：乐乎彼鸦（鸟）[乌]，出食在野甚饱，群飞而归提提然。兴者，喻凡人之父子兄弟，出入宫庭，相与饮食，亦提提然乐。伤今太子独不。补曰：慈乌纯黑，反哺，鸦乌腹下白，不反哺。鸒，鸦也，似孝而不如乌，然母子相从提提然。喻太子虽不能孝，犹当有父子恩。民莫不穀，我独于罹。幽王取申女，生太子宜咎，又说褒姒生子伯服，立以为后，而放宜咎，将杀之。笺云：穀，养。于，曰。罹，忧也。天

下之人，无不父子相养者，我太子独不然，曰以忧也。何辜于天，我罪伊何？舜之怨慕，日号泣于旻天、于父母。补曰：教太子自责讼。心之忧矣，云如之何？

踧踧周道，鞫为茂草。《说文》引“踧”。踧踧，平易也。周道，周室之通道。鞫，穷也。笺云：此喻幽王信褒姒之谗，乱其德政，使不通于四方。我心忧伤，惄焉如捣。捣，一作“濤”，《韩》作“疛”。惄，思也。捣，心疾也。假寐永叹，维忧用老。心之忧矣，疢如疾首。笺云：不脱冠衣而寐曰假寐。疢，犹病也。补曰：用，以也。

维桑与梓，必恭敬止。父之所树，己尚不敢不恭敬。补曰：桑，宅树。梓，楸也，又曰槚，墓树也。言见人宅墓，必推恩敬之。靡瞻匪父，靡依匪母。笺云：此言人无不瞻仰其父取法则者，无不依恃其母以长大者。补曰：时太子母废，故言父母虽有尊卑，其恩情一也。不属于毛，不离于里。毛在外阳，以言父。里在内阴，以言母。笺云：今我独不得父皮肤之气乎？独不处母之胞胎乎？何曾无恩于我？补曰：里，读为“理”，腠理也。天之生我，我辰安在？辰，时也。笺云：此言我生所值之辰安所在乎？谓六物之吉凶。

菀彼柳斯，鸣蜩嘒嘒。蜩，蝉也。嘒嘒，声也。补曰：菀柳，喻王也。蜩以喻小人谗言。有漼者渊，萑苇淠淠。萑，《韩》作“藋”，《鲁》作“莞”，《说文》引“漼”。漼，深皃。淠淠，众也。笺云：柳木茂盛则多蝉，渊深而旁生萑苇。言大者之旁，无所不容。补曰：萑苇淠淠然，喻群妾强盛也。深渊不生萑苇，而今有之。言王宠嬖之过。譬彼舟流，不知所届。譬，一作“辟”。笺云：届，至也。言今太子不为王及后所容，而见放逐，状如舟之流行，无制之者，不知终所至也。心之忧矣，不遑假寐。笺云：遑，暇也。补曰：假寐者，早朝之节。不遑者，欲非时进见。

鹿斯之奔，维足跂跂。跂，一作“伎”。伎伎，舒皃。谓鹿之奔走，其足伎伎然舒也。补曰：鹿得食相呼，奔犹待群，以喻申后念其子。**雉之朝雊，尚求其雌**。笺云：雊，雉鸣也。尚，犹也。鹿之奔走，其势宜疾，而足伎伎然舒，留其群也。雉之鸣，犹知求其雌。今太子之放，弃其妃匹，不得与之去，又鸟兽之不如。补曰：尚，庶几也。喻王当念后。**譬彼坏木，疾用无枝**。坏，《说文》引作“瘣”。坏，瘣也，谓伤病也。笺云：太子放逐而不得生子，犹内伤病之木，内有疾，故无枝也。补曰：言母废，故子不立。**心之忧矣，宁莫之知！**笺云：宁，犹曾也。

相彼投兔，尚或先之。行有死人，尚或墐之。墐，《说文》引作“殣”。墐，路冢也。笺云：相，视。投，掩。行，道也。视彼人将掩兔，尚有先驱走之者。道中有死人，尚有覆掩之成其墐者。言此所不知，其心不忍。**君子秉心，维其忍之**。笺云：君子，斥幽王也。秉，执也。言王之执心，不如彼二人。补曰：其，斥谗者。君子未必忍于子，以谗人而至此耳。**心之忧矣，涕既陨之**。陨，队也。

君子信谗，如或酬之。笺云：酬，旅酬也。如酬之者，谓受而行之。**君子不惠，不舒究之**。笺云：惠，爱。究，谋也。王不爱太子，故闻谗言则放之，不舒谋也。**伐木掎矣，析薪杝矣**。杝，一作“扡”。伐木者掎其颠，析薪者随其理。笺云：掎其颠者，不欲妄踣之。杝，谓观其理也。必随其理者，不欲妄挫折之。以言今王之遇太子，不如伐木析薪。补曰：掎，倚也。杝，读为“蓾栗不迤”之“迤”，邪也。伐木析薪，各有当受斧斤之处，而今倚邪，以喻王之威怒旁及太子。**舍彼有罪，予之佗矣**。佗，加也。笺云：予，我也。舍褒姒谗言之罪，而妄加我太子。补曰：欲废太子，必以实有罪者为证，而令引太子狱成，乃反原舍之，时褒姒已为后矣。

莫高匪山，莫浚匪泉。浚，深也。笺云：山高矣，人登其颠。泉深矣，人入其渊。以言人无所不至，虽逃避之，犹有默存者焉。补曰：谏王宜崇高深之德，以弭后患。君子无易由言，耳属于垣。笺云：由，用也。王无轻用谗人之言，人将有属耳于壁而听之者，知王有所受之，知王心不正也。补曰：垣，宫中垣也。属耳者，探候阴事。无逝我梁，无发我笱。笺云：逝，之也。之人梁，发人笱，此必有盗鱼之罪。以言褒姒淫色来嬖于王，盗我太子母子之宠。补曰：我，我申后也。梁、笱，喻妇职也。褒姒代后，无人防护太子。我躬不阅，遑恤我后。念父，孝也。高子曰："《小弁》，小人之诗也。"孟子曰："何以言之?"曰："怨乎。"孟子曰："固哉夫，高叟之为诗也。有越人于此，关弓而射之，我则谈笑而道之，无他，疏之也。兄弟关弓而射之，我则垂涕泣而道，无他，戚之也。然则《小弁》之怨，亲亲也。亲亲，仁也。固哉乎，高叟之为诗也。"曰："《凯风》何以不怨?"曰："《凯风》，亲之过小者也。《小弁》，亲之过大者也。亲之过大而不怨，是愈疏也。亲之过小而怨，是不可矶也。愈疏，不孝也。不可矶，亦不孝也。孔子曰：舜其至孝矣，五十而慕。"念父，孝也。笺云：太子念王将受谗言不止。我死之后，惧复有被谗者，亦无如之何，故自决云："我身尚不能自容，何暇乃忧我死之后也?"补曰：我躬，申后之身。我后，太子也。望王悔悟之词。凡陈诗所以救正国政，高、孟论怨，非也。若云念父词，益不得云我后。

《小弁》八章，章八句。

《巧言》，刺幽王也。大夫伤于谗，故作是诗也。

悠悠昊天，曰父母且。无罪无辜，乱如此幠。幠，大也。笺云：悠悠，思也。幠，敖也。我忧思乎昊天，诉王也。始者言其且为民之父母，今乃刑杀乎无罪无辜之人，为乱如此，甚敖慢无法度也。昊天已威，予慎无罪。威，畏。慎，诚也。昊天大幠，予慎无辜。幠，一作"忯"。大，《新序》引作"太"，唐石经作"泰"。笺云：已、大，皆言甚也。昊天乎，王甚可畏，王甚敖慢，我诚无罪而罪我。

乱之初生，僭始既涵。涵，《韩》作"减"，《说文》引"涵"。僭，数。涵，容也。笺云：僭，不信也。既，尽。涵，同也。王之初生乱萌，群臣之言，不信与信，尽同之，不别也。补曰：僭，拟。既，尽也。僭拟乱人，始尽容之，故令生乱。乱之又生，君子信谗。笺云：君子，斥在位者也。在位者信谗人之言，是复乱之所生。补曰：君子，斥王也。君子如怒，乱庶遄沮。遄，疾。沮，止也。笺云：君子见谗人，如怒责之，则此乱庶几可疾止也。君子如祉，乱庶遄已。祉，福也。笺云：福者，福贤者，谓爵禄之也。如此，则乱亦庶几可疾止也。补曰：言君子喜怒，皆所以已乱，不可以妄用。

君子娄盟，乱是用长。凡国有疑，会同则用盟而相要也。笺云：娄，数也。盟之所以数者，由世衰乱，多相背违。时见曰会，殷见曰同。非此时而盟，谓之数。补曰：言盟，著其为诸侯之政，非一人一事。君子信盗，乱是用暴。盗，逃也。笺云：盗，谓小人也。《春秋传》曰："贱者穷诸盗。"盗言孔甘，乱是用餤。是，《鲁》作"时"。餤，进也。匪其止共，维王之邛。共一作"恭"。笺云：邛，病也。小人好为谗佞，既不共其职事，又为王作病。

奕奕寝庙，君子作之。奕奕，大皃。补曰：寝，路寝，日朝之地。庙，大庙，赐爵之地。君子所作，不可以小人入之。秩秩大猷，圣人莫之。秩，《说文》引作"戴"。秩秩，进知也。莫，谋也。笺云：猷，道也。大道，治国之礼法。补曰：莫，定也。圣人所定谋，不可与小人乱之。它人有心，予寸度之。跃跃毚兔，遇犬获之。寸，一作"忖"。跃，《韩》作"趯"。毚兔，狡兔也。笺云：此四事者，言各有所能也。因己能寸度谗人之心，故列道之尔。遇犬，犬之驯者，谓田犬也。补曰：他人，谓谗人也。予，谓王也。王当察谗人之意，任用才能，如犬搏兔。

荏染柔木，君子树之。荏染，柔意也。柔木，椅、桐、梓、桼也。笺云：此言君子树善木，如人心思数善言而出之。补曰：柔木所以和歌乐，喻言之有文理者，宜扶植长养之。往来行言，心焉数之。笺云：

善言者，往亦可行，来亦可行，于彼亦可，于己亦可，是之谓行也。补曰：行言，行人之言。往来，邦交之事。数，犹虑也。言当内计于王心。蛇蛇硕言，出自口矣。蛇蛇，浅意也。笺云：硕，大也。大言者，言不顾其行，徒从口出，非由心也。补曰：蛇蛇，拒谏之词。硕言，王言。出口者，不心数也。巧言如簧，颜之厚矣。笺云：颜之厚者，出言虚伪而不知惭于人。补曰：巧，犹善也。簧，和也。三笙一和而成声，相应和而已。君拒谏，故纳善者皆同声自惭，无謇谔之效，徒颜厚于唯诺也。

彼何人斯，居河之麋。麋，一作"湄"。水草交谓之麋。笺云：何人者，斥谗人也。贱而恶之，故曰何人。补曰：在河麋者，虢国也。河水东径大阳故城南，城在大河之阳，下阳北虢也。其西南当陕城南，河水径其北，上阳南虢也。幽王以虢石父为卿，专由佞巧，善谀好利，进不以正。当时贱之，目之何人斯。无拳无勇，职为乱阶。拳，力也。笺云：言无力勇者，谓易诛除也。职，主也。此人主为乱作阶。言乱由之来也。补曰：石父主废申后，智者知其必启戎患，故责其无拳勇以御乱。既微且尰，尔勇伊何？《说文》引"瘇"。骭疡为微，肿足为尰。笺云：此人居下湿之地，故生微肿之疾。人憎恶之，故言女勇伊何，何所能也？补曰：言不能自立。为犹将多，尔居徒几何？笺云：犹，谋。将，大也。女作谗佞之谋大多，女所与居之众几何人素能然乎？补曰：谋废后、太子，故曰大多也。国家有变，女岂豫储徒众以防寇乎？所以悚惮之。

《巧言》六章，章八句。

《何人斯》，苏公刺暴公也。暴也，苏也，皆畿内国名。补曰：时虢石父入为三公，构罢苏公，故陈先后同寮，以要暴公而自解也。暴公为卿士而谮苏公焉，故苏公作是诗以绝之。

彼何人斯？补曰：何人，斥虢石父。其心孔艰。胡逝我梁，不入我门？笺云：孔，甚。艰，难。逝，之也。梁，鱼梁也，在苏国之门外。彼何人乎？谓与暴公俱见于王者也。其持心甚难知，言其性坚固，似不妄也。暴公谮己之时，汝与之乎？今过我国，何故近之我梁，而不入见我乎？疑其与之而未察，斥其姓名为大切，故言何人。补曰：逝梁者，去妇之词。喻己去位也。石父新入执政，不与得罪者往来，故不入门。伊谁云从？维暴之云。云，言也。笺云：谮我者，是言从谁生乎？乃暴公之所言也。由己情而本之，以解何人意。补曰：云，旋也。石父不入我门，是谁与之周旋相从？维暴公得见耳。

二人从行，谁为此祸？笺云：二人者，谓暴公与其侣也。女相随而行见王，谁作我是祸乎？时苏公已得谴让也。补曰：二人，虢、暴也。暴新从石父耳，其先固与苏同寮，何以己独得祸？胡逝我梁，不入唁我？笺云：女即不为，何故近之我梁，而不入吊唁我乎？补曰：逝梁者，暴公也。代其位，则曰逝梁。不肯入唁，故知有祸。始者不如今，云不我可。笺云：女始者于我甚厚，不如今日也。今日云我所行有何不可者乎？何更于己薄也？补曰：言始者，暴公以为可，而今独为我祸，何也？盖苏公以论救太子见诬陷。

彼何人斯？胡逝我陈？陈，堂涂也。笺云：堂涂者，公馆之堂涂也。补曰：石父入朝，当修礼诸公卿，故至苏公门。我闻其声，不见其身。笺云：女即不为，何故近之我馆庭，使我得闻女之音声，不得睹女之身乎？补曰：摈者礼辞则退，故闻声，不见身也。不愧于人，不畏于天。笺云：女今不入唁我，何所愧畏乎？皆疑之未察之词。补曰：此责石父故不相见也。言己直道无所愧畏，何不可见？

彼何人斯？其为飘风。飘风，暴起之风。补曰：飘风卒起，喻石父撼太子，危大臣。胡不自北，胡不自南？补曰：虢分南北，欲斥之还其国。胡逝我梁，只搅我心？搅，乱也。笺云：只，适也。何人乎，女行来而去，疾如飘风，不欲入见我。何不乃从我国之南，不则乃从我国之北？何近之我梁，适乱我之心，使我疑女？补曰：忧其代己位而谋陷己。

尔之安行，亦不遑舍。补曰：尔者，对彼之词，谓暴公也。石父既不暇，尔亦不遑舍，何邪？尔之亟行，遑脂尔车。壹者之来，云何其盱？笺云：遑，暇。亟，疾。盱，病也。女可安行乎，则何不暇舍息乎？女当疾行乎，则又何暇脂女车乎？极其情，求其意，终不得。壹者之来见我，於女亦何病乎？补曰：脂车者，言为时不必久，一脂车之顷而可矣。虽亟行，无妨于事也。壹，专也。专为我来，则祸可解也。同寮旧交相见有情，必不能加无端之词，可纾家国之难，非为己失位惧死。

尔还而入，我心易也。还而不入，否难知也。壹者之来，俾我祇也。易，《韩》作“施”。易，说。祇，病也。笺云：还，行反也。否，不通也。祇，安也。女行反入见我，我则解说也。反又不入见我，则我与女情不通，女与于谮我与否，复难知也。壹者之来见我，我则知之，是使我心安也。补曰：还，复也。望其改悔，要其必来。

伯氏吹埙，仲氏吹篪。土曰埙，竹曰篪。笺云：伯仲，喻兄弟也。我与女恩如兄弟，其相应和如埙篪。以言俱为王臣，宜相亲爱。补曰：许慎说：埙以土为之，六孔。篪，管乐也。郑众说：七孔。张揖说：八孔。郭璞说：篪长尺四寸，围三寸，横吹之。埙、篪，土竹异类，以喻苏暴异位也。兄弟吹以相和，喻二公行事，众所共闻也。及尔如贯，谅不我知。笺云：及，与。谅，信也。我与女俱为王臣，共相比次，如物之在绳索之贯也。今女心诚信，而我不知。补曰：谅不我知，谅否，我皆知之也。二人相贯引，暴公与己同谋事，无不相知。出此三物，以诅尔斯。三物，犬、豕、鸡也。民不相信，则盟诅之，君以豕，臣以犬，民以鸡。笺云：且共出此三物，以诅女之此事。为其情之难知，己又不欲长怨，故设之以此言。补曰：诅者，设誓以盟之也。尔，暴也。斯，虢也。出三物，率臣民与盟也。言己无他意，但为尔斯所疑耳。

为鬼为蜮，则不可得。蜮，短狐也。笺云：使女为鬼为蜮也，则女诚不可得见也。补曰：鬼，家所祀也。蜮，行鬼也。张衡赋：“魃蜮毕方。”言苏、暴本一家，而今为蜮还害家。人情深险，不可得知也。**有靦面目，视人罔极**。靦，姡也。笺云：姡然有面目，女乃人也。人相视无有极时，终必与女相见。补曰：靦，好皃。极，中也。言己自爱好惜面目，视人无中正者辄恶之，岂肯为邪谋。**作此好歌，以极反侧**。反侧，不正直也。笺云：好，犹善也。反侧，展转也。作八章之歌，求女之情，反侧极于是也。补曰：好，读若“式相好”之“好”。好歌，与暴公修好之歌。欲其保明己也。极，中也。归反侧于中道，故其后苏氏不绝。

《何人斯》八章，章六句。

《巷伯》，刺幽王也。巷伯，内小臣也。奄上士四人，掌王后之命，于宫中为近，故谓之巷伯，与寺人之官相近。补曰：王后宫官不通外庭，不齿于士大夫。今自题寺人，则掌王之正内者，又卑于内小臣，无职位。嘉其不恤杀身，以保明申后、太子，故褒题为《巷伯》。**寺人伤于谗，故作是诗也。巷伯，奄官兮**。兮，古也字。谗人谮寺人，寺人又伤其将及巷伯，故以名篇。补曰：谗及寺人，事之小小者，虽流言伤周公，亦不至骂诅之，且专为己私，何云恶恶？笺非。

萋兮菲兮，成是贝锦。菲，一作“斐”。《说文》引“萋”作“緀”。兴也。萋菲，文章相错也。贝锦，锦文也。笺云：锦文者，文如余蚳、余泉之贝文也。兴者，喻谗人集作己过以成于罪，犹女工之集采色以成锦文。补曰：萋菲，私隐之意。锦，后、夫人之衣也。一色者为玉锦，五色者为贝锦与？言小人萋菲，将构成谮后之计。**彼谮人者，亦已太甚！** 笺云：大甚者，谓使己得重罪也。补曰：及王夫妇之间，故惊其大甚。

哆兮侈兮，成是南箕。哆，郭璞引作“誃”。《说文》引“侈兮哆兮”。哆，大皃。南箕，箕星也。侈之言是必有因也。斯人自谓辟嫌之，不审也。昔者颜叔子独处于室，邻之嫠妇又独处于室，夜暴风雨至而室坏，妇人趋而至，颜叔子纳之，而使执烛，放乎旦而蒸尽，缩屋而继之，自以为辟嫌之，不审矣。若其审者，宜若鲁人然。鲁人有男子独处于室，邻之嫠妇又独处于室，夜暴风雨至而室坏，妇人趋而托之，男子闭户而不纳，妇人自牖与之言曰："子何为不纳我乎？"男子曰："吾闻之也，男子不六十不间居。今子幼，吾亦幼，不可以纳子。"妇人曰："子何不若柳下惠然？妪不逮门之女，国人不称其乱。"男子曰："柳下惠固可，吾固不可。吾将以吾不可，学柳下惠之可。"孔子曰："欲学柳下惠者，未有似于是也。"笺云：箕星哆然踵狭而舌广。今谗人之因寺人之近嫌而成言其罪，犹因箕星之哆而侈大之。补曰：誃，离也。张守节引《星经》说："箕主八风，后妃之府。"南箕，斥申后也。因其间而离之，遂侈大而成王后之祸。彼谮人者，谁适与谋？笺云：适，往也。谁往就女谋乎？怪其言多且巧。补曰：适，往也。内外交通，往来有迹，故请究主谋以破之。

缉缉翩翩，谋欲谮人。翩，一作"扁"。《说文》引"咠咠幡幡"。缉缉，口舌声。翩翩，往来皃。补曰：褒姒谋夺嫡，先遣招诱外廷能行谮之人也。慎尔言也，谓尔不信。也，《韩》作"矣"。笺云：慎，诚也。女诚心而后言，王将谓女不信而不受。欲其诚者，恶其不诚也。补曰：离间骨肉，其事行否不可测，故以不信恐止之。

捷捷幡幡，谋欲谮言。捷捷，犹缉缉也。幡幡，犹翩翩也。补曰：捷、幡，状其疾也。已得谮人，但谋其巧诬之言耳，其势当迅疾。岂不尔受，既其女迁。迁，去也。笺云：迁之言讪也。王仓卒岂将不受女言乎？已则亦将复讪诽女。补曰：内外交通，构非常之变，虽明者无不信受也。然事定之后，互相胁持，还自残灭，将迁而及己。

骄人好好，劳人草草。好好，喜也。草草，劳心也。笺云：好好者，喜谗言之人也。草草者，忧将妄得罪也。补曰：骄人，褒姒宫奄也。好好，《尔雅》作"旭旭"，憍也；草草作"慅慅"，劳也。劳人，孟子自谓也。苍天苍天！补曰：无所诉，故呼天。视彼骄人，矜此劳人！补曰：言正直必蒙天助，以坚外廷之心。

彼谮人者，谁适与谋？补曰：重言此者，交通往来，必有实状，欲外廷捕发之。取彼谮人，投畀豺虎。投，弃也。补曰：豺、虎，以喻卫士也。《牧誓》曰“如虎如豺”，谓虎贲士也。谮人出入宫掖，欲卫士捕之。**豺虎不食，投畀有北。**北方寒凉而不毛。补曰：不食，喻不能制也。北，谓市也，刑人之处，刑曹在焉。卫士不肯治，则令送之刑官。**有北不受，投畀有昊。**昊，昊天也。笺云：付与昊天，制其罪也。补曰：不受者，刑官不敢治宫狱。有昊，欲请王亲讯。

杨园之道，猗于亩丘。杨园，园名。猗，加也。亩丘，丘名。笺云：欲之杨园之道，当先历亩丘。以言此谗人欲谮大臣，故从近小者始。补曰：猗猗然盛密之荫也。杨园之阴荫路，而猗猗及于亩丘。亩丘，已治之丘，不宜荫也。喻己有芘覆太子之才，兼安天下，但非所职耳。**寺人孟子，作而作诗。**唐石经误作“作为此诗”。寺人而曰孟子者，罪已定矣，而将践刑，作此诗也。笺云：寺人，王之正内五人。作，起也。孟子起而为此诗。补曰：自显其官字者，恐诸臣不敢发，使引己以为证也。宫禁事秘，王如问安从得此，则对曰得之寺人孟子之诗。不惜犯难以明冤，忠之至也。古作诗者，皆自称字，如家父、吉甫。**凡百君子，敬而听之。**笺云：欲使众在位者慎而知之。既言寺人，复自著孟子者，自伤将去此官也。补曰：呼百官者，明此非谏王作。

《巷伯》七章，四章章四句，一章五句，一章八句，一章六句。

《节南山之什》十篇，七十九章，五百五十二句。

诗卷十三

谷风之什毛诗诂训传第廿　小雅五

《谷风》，刺幽王也。补曰：此刺幽王废申后之诗。天下俗薄，朋友道绝焉。补曰：圣王时有不睦之刑，俗薄不宜刺王。

习习谷风，维风及雨。兴也。风雨相感，朋友相须。笺云：习习，和调之皃。东风谓之谷风。兴者，风而有雨则润泽行，喻朋友同志则恩爱成。补曰：谷风，夫妇之词。雨以喻和。将恐将惧，维予与女。笺云：将，且也。恐、惧，喻遭厄难勤苦之事也。当此之时，独我与女尔。谓同其忧务。补曰：恐惧，谓戎难。予，申。女，王也。将安将乐，女转弃予。言朋友趋利，穷达相弃。笺云：朋友无大故，则不相遗弃。今女以志达而安乐，弃恩忘旧，薄之甚。补曰：安乐，喻为天子也。幽王立三年而嬖褒姒，遂黜后。

习习谷风，维风及颓。颓，风之焚轮者也。风挎相扶而上，喻朋友相须而成。补曰：焚轮，犹纷纶。风回旋如欲队，喻后将废。将恐将惧，寘予于怀。笺云：寘，置也。置我于怀，言至亲己也。将安将乐，弃予如遗。予，《新序》引作“我”。遗，《韩》作“隤”。笺云：如遗者，如人行道遗忘物。忽然不省存也。

习习谷风，维山崔嵬。嵬，一作“嵔”。崔嵬，山颠也。补曰：崔嵬，翠微。山，君位也。风及翠微，喻后配王也。无草不死，无木不萎。虽盛夏万物茂壮，草木无有不死叶萎枝者。笺云：此言东风生长之风也，山颠之上草木犹及之，然而盛夏养万物之时，草木枝叶犹有萎槁者。以喻朋友虽以恩相养，亦安能不时有小讼乎？补曰：喻后虽育群妾，亦有见疾害者。忘我大德，思我小怨。笺云：大德，切磋以道相成之谓也。补曰：大德，申伯佐中兴之德。小怨，谓申后妒忌。

《谷风》三章，章六句。

《蓼莪》，刺幽王也。补曰：托于宜咎之词。民人劳苦，孝子不得终养尔。不得终养者，二亲病亡之时在役所，不得见也。补曰：大夫以君命出，闻丧徐行而不反。君子不以家事辞王事，况告劳以终养乎？传非。

蓼蓼者莪，匪莪伊蒿。莪，汉碑或作“仪”。兴也。蓼蓼，长大皃。笺云：莪已蓼蓼长大，我视之以为非莪，故谓之蒿。兴者，喻忧思虽在役中，心不精识其事。补曰：莪生先于百草，喻申后立在先也。蒿亦莪类，喻褒姒亦为后，居位不称。哀哀父母，生我劬劳。笺云：哀哀者，恨不得终养父母，报其劬劳之苦。补曰：太子入见母，而非己母，故哀哀于生我者。

蓼蓼者莪，匪莪伊蔚。蔚，牡蒿也。补曰：牡蒿无子，喻太子非褒所生，伯服不可为嗣。哀哀父母，生我劳瘁。笺云：瘁，病也。

缾之罄矣，维罍之耻。《说文》引“瓶窒”，又引“缾罄”。缾小而罍大。罄，尽也。笺云：缾小而尽，罍大而盈。言为罍耻者，刺王不使富分贫、众恤寡。补曰：罍以受水，由缾往汲之来，喻母以子贵也。缾空而罍空，非罍之咎，乃缾之耻及于罍，喻子无宠而母废也。鲜民之生，不如死之久矣。鲜，寡也。笺云：此言供养日寡矣，而我尚不得终养。恨之言也。补曰：鲜民，未成人之称。《左传》曰：“葬鲜者自西门。”鲜民，太子自谓也。生不如死，恨不能救母也。久矣者，其失爱非一朝。无父何怙？无母何恃？补曰：此诉父之词。无父无母，皆人子之至痛，不得以父而忘母。**出则衔恤，入则靡至**。笺云：恤，忧。靡，无也。孝子之心，怙恃父母，依依然以为不可斯须无也。出门则思之而忧，旋入门又不见，如入无所至。补曰：入，入宫也。母去，故靡至。

父兮生我，笺云：本其气也。补曰：父尊于母，以父母并列，校量其恩者，人子之私情，冀以感父。**母兮鞠我。拊我畜我，长我育我。顾我复我，出入腹我**。鞠，养。腹，厚也。笺云：畜，起也。育，覆育也。顾，旋视也。复，反复也。腹，怀抱也。补曰：此专述母恩深于父者也。极言子之念母，以感王。**欲报之德，昊天罔极**。昊，《汉书》引作"皞"。笺云：之，犹是也。我欲报父母是德，昊天乎，我心无极。补曰：伤不能报母也。昊天，诉父词也。极，中也。言父无中道。

南山烈烈，飘风发发。飘，一作"票"。烈烈然至难也。发发，疾皃。笺云：民人自苦见役，视南山则烈烈然，飘风发发然。寒且疾也。补曰：南山高位，烈烈然寒，喻君无恩也。飘风暴起，言变不及防。**民莫不穀，我独何害**？笺云：穀，养也。言民皆得养其父母，我独何故睹此寒苦之害？补曰：穀，善也。父母相怨，非常之害。

南山律律，飘风弗弗。律律，犹烈烈也。弗弗，犹发发也。补曰：律律，犹崒律，高皃。弗弗，犹拂拂，风力也。**民莫不穀，我独不卒**。笺云：卒，终也。我独不得终养父母。重自哀伤也。补曰：独不终事母。

《蓼莪》六章，四章章四句，二章章八句。

《大东》，刺乱也。补曰：此平王东迁后之诗。盖因《蓼莪》而编于此。**东国困于役而伤于财，谭大夫作是诗以告病焉**。谭国在东，故其大夫尤苦征役之事也。鲁庄公十年，齐师灭谭。补曰：谭大夫，未闻。小国困征，不得为《雅》。王政已乱，告病无益。诸侯之国，皆在周东。东国，中国也。《后汉书·郡国志》：东平陵有谭城。《寰宇记》：在历城县东南十五里，地界齐鲁。齐鲁皆伯国，故谭多王政。

有饛簋飧，有捄棘匕。《说文》引“饛”。兴也。饛，满簋皃。飧，熟食，谓黍稷也。捄，长皃。匕所以载鼎实。棘，赤心也。笺云：飧者，客始至，主人所致之礼也。凡飧、饔、饩，以其爵等，为之牢礼之陈数。兴者，喻古者天子施予之恩于天下厚。补曰：言王使之来飧，牢有数。据初至言，故不言饔。匕以棘心，长三尺。周道如砥，其直如矢。如砥，贡赋平均也。如矢，赏罚不偏也。补曰：如砥，未乱。直者，讥平立不直。君子所履，小人所视。笺云：此言古者天子之恩厚也，君子皆法效而履行之。其如砥矢之平，小人又皆视之，共之无怨。补曰：君子，王使也。民皆视之，不可不正。眷言顾之，潸焉出涕。眷，一作“睠”。《说文》引“潸”。眷，反顾也。潸，涕下皃。笺云：言，我也。此二事者，在乎前世，过而去矣。我从今顾视之，为之出涕。伤今不如古。补曰：西周已亡，故顾而出涕。

小东大东，杼轴其空。轴，一作“柚”。空，尽也。笺云：小也，大也，谓赋敛之多少也。小亦于东，大亦于东，言其政偏，失砥矢之道。谭无他货，维丝麻尔，今尽杼轴不作也。补曰：小大，侯国也。西周已亡，故唯有东。杼，机之持纬者；轴，持经者。以喻往来。其空者，其将空劳而无益。纠纠葛屦，可以履霜。佻佻公子，行彼周行。佻，《韩》作“嬥”。佻佻，独行皃。公子，谭公子也。笺云：葛屦，夏屦也。周行，周之列位也。言时财货尽，虽公子衣屦不能顺时，乃夏之葛屦，今以履霜送转餫，因见使行周之列位者而发币焉。言虽困乏，犹不得止。补曰：葛屦，君屦。佻佻，远意。君以夏月出，至霜降犹不归。可以者，可用也。其公子大夫，佻佻然行王官之役事。言君臣奔命。既往既来，使我心疚。笺云：既，尽。疚，病也。言谭人自虚竭餫送而往，周人则空尽受之，曾无反币复礼之惠，是使我心伤病也。补曰：既，词也。往来奔命无益，故心疚也。

有洌氿泉，无浸获薪！氿、浸，一作“晷”“寖”。洌，寒意也。侧出曰氿泉。获，艾也。笺云：获，落木名也。既伐而析之以为薪，不欲使氿泉浸之，浸之则将湿腐不中用也。补曰：泉，喻王室。氿泉侧出，言东迁也。薪者，父子之事。檴不任材用，虽浸之无益，况又无耶。契契寤叹，哀我惮人。契契，忧苦也。惮，劳也。笺云：今谭大夫契契忧苦而寤叹，哀其民人之劳苦者，亦不欲使周之赋敛小东大东极尽之，极尽之则将困病，亦犹是也。补曰：佻佻、契契，愈遑急也。寤叹，不敢言。惮，病也。心疚故病。薪是檴薪，尚可载也。载，载乎意也。笺云：薪是檴薪者，析是檴薪也。尚，庶几也。庶几析是檴薪，可载而归，蓄之以为家用。补曰：尚，庶几。载，犹积也。积之言王立亦可望治。哀我惮人，亦可息也。笺云：哀我劳人，亦可休息，养之以待国事。补曰：息东国，以辅王室。

东人之子，职劳不来。东人，谭人也。来，勤也。笺云：职，主也。东人劳苦，而不见谓勤。补曰：东人，东伯所治诸侯国也。之子，谓在位者。来，当为“饬”。但能服劳，不能饬王政也。西人之子，粲粲衣服。粲，《韩》作“采”。西人，京师人也。粲粲，鲜盛皃。笺云：京师人衣服鲜洁而逸豫。言王政偏甚也。自此章以下，言周道衰，其不言政偏，则言众官废职，如是而已。补曰：西人，从王来东者。毳衣如菼璊，故粲粲也。舟人之子，熊罴是裘。舟人，舟楫之人。熊罴是裘，言富也。笺云：舟，当作“周”。裘，当作“求”。声相近故也。周人之子，谓周世臣之子孙，退在贱官，使搏熊罴，在冥氏、穴氏之职。补曰：古无“裘”字，“裘”即“求”也。熊、罴，虎贲士也。《书》曰：“如熊如罴。”宗周已灭，故以对东西而曰周人。以虎贲为大夫，赏军役之劳也。私人之子，百僚是试。私人，私家人也。是试，用于百官也。笺云：此言周衰，群小得志。补曰：私人，大夫之臣。百僚，王官也。大夫不足供给，故家臣见用于百僚，此世变之始。言周大夫有此三种人。

或以其酒，不以其浆。或醉于酒，或不得浆。补曰：酒，饔饩所陈。浆，夫人归礼所往。不以者，不供浆也。或以者，不可必得之词也。

《王风》曰："苟无饥渴。"言东人有不供王命者。**鞙鞙佩璲，不以其长**。鞙，一作"琄"。鞙鞙，玉皃。璲，瑞也。笺云：佩璲者，以瑞玉为佩。佩鞙鞙然，居其官职，非其才之所长也，徒美其佩，而无其德。刺其素餐。补曰：琄琄，刺素食也。以，用也。聘客佩玉者，皆不用长，言无才能。璲、縌，通用字。縌，绶也。瑞不可珮。**维天有汉，监亦有光**。汉，天河也。有光而无所明。笺云：监，视也。喻王开置官司，而无督察之实。补曰：天汉界天，以喻二伯分陕也。眂祲掌十辉，四曰监。郑众说："云气临日也。"监亦似云。以喻王臣与诸侯之事，而二伯职废。**跂彼织女，终日七襄**。跂，《说文》引作"歧"。跂，隅皃。襄，反也。笺云：襄，驾也。驾，谓更其肆也。从旦至暮七辰，一移，因谓之七襄。补曰：织女，随天河夜见者也，以喻东人职劳者。终日七襄，以应躔度，望织女者，但见其跂彼而已，所谓不来也。

虽则七襄，不成报章。不能反报成章也。笺云：织女有织名耳，驾则有西无东，不如人织相反报成文章。补曰：承上申言不来之意。**睆彼牵牛，不以服箱**。睆，明星皃。(何)［河］鼓谓之牵牛。服，牝服也。箱，大车之箱也。笺云：以，用也。牵牛不可用于牝服之箱。补曰：《天官书》"牵牛其北河鼓"。孙炎说：河鼓之旗十二星。张守节说：牵牛五星。苗为说：三星。郝懿行说：牛六星，牵牛三星。服，轭也。因织女而及牵牛，当时已有牛女之说。女喻臣，牛喻君也。诸侯亦无服箱之用，不能代王治政也。**东有启明，西有长庚**。日旦出，谓明星为启明。日既入，谓明星为长庚。庚，续也。笺云：启明、长庚皆有助日之名，而无实光也。补曰：《天官书》：岁星"以五月与胃、毕、昴晨出，曰开明，不利治兵"。又曰："长庚，如一匹布著天。此星见，兵起。"又曰：太白"始出东方，行迟。其庳近日，曰明星"。《尔雅》"明星谓之启明"，以为太白变也。长庚，彗棓之类，实非恒星，东不利兵。西方兵起，犬戎入周之祥也。太白失行，有破军篡国。言东有，则不宜有，指岁星也。东西分陕之地，有大星拟日。言诸侯渐强也。《韩诗传》说：太白，晨为启明，昏为长庚，则因太白所变。**有**

捄天毕，载施之行。捄，毕皃。毕所以掩兔也，何尝见其可用乎？笺云：祭器有毕者，所以助载鼎实。今天毕则施于行列而已。补曰：毕长五尺，以载牲体，三公象也。言当任一相，以治内政，且无求于外。

维南有箕，不可以簸扬。维北有斗，不可以挹酒浆。挹，𣂏也。补曰：以宣王立申、韩为南北二伯，故改东西言南北也。箕四星，斗六星，在天汉之尾。不可簸扬，不能使诸侯以申与弑也。北伯太远，不可挹酒浆，不复通朝聘也。维南有箕，载翕其舌。维北有斗，西柄之揭。翕，合也。笺云：翕，犹引也。引舌者，谓上星相近。补曰：翕舌者不能言，揭者空有其形。言西柄，则韩尚在余臣朝也。

《大东》七章，章八句。

《四月》，大夫刺幽王也。补曰：刺其将废申后。在位贪残，下国构祸，怨乱并兴焉。

四月维夏，六月徂暑。徂，往也。六月火星中，暑盛而往矣。笺云：徂，犹始也。四月立夏矣，至六月乃始盛暑。兴人为恶亦有渐，非一朝。补曰：凡陈诗，皆周正。四月，夏二月也，有夏名耳。至六月，夏四月，始欲暑。喻凡事有渐，不宜一旦骤发。先祖匪人，胡宁忍予？笺云：匪，非也。宁，犹曾也。我先祖非人乎？人则当知患难，何为曾使我当此难世乎？补曰：申先祖有大功，今王不念旧恩，岂以为非贤人功臣乎？

秋日栖栖，百卉具痱。栖，一作“凄”。具痱，《韩》作“俱腓”。栖栖，凉风也。卉，草也。痱，病也。笺云：具，犹皆也。凉风用事而众草皆病。兴贪残之政行，而万民困病。补曰：周秋，夏夏也。夏日炎盛，栖栖不安之意具待也。乱离瘼矣，爰其适归？瘼矣，《韩》作“斯莫”。离，忧。瘼，病。适，之也。笺云：爰，曰也。今政乱，国将有忧病者矣。曰此祸其所之归乎？言忧病之祸，必自之归于乱。补曰：政乱民离，而又弃后，曰：“使后何所归？”刺王不知乱至。

冬日烈烈，飘风发发。笺云：烈烈，犹栗烈也。发发，疾皃。

言王为酷虐惨毒之政，如冬日之烈烈矣，其亟急行于天下，如飘风之疾也。补曰：周冬，夏秋也。烈烈，日旸盛皃。飘风，言事出非常也。无春者，刺王不能正始。**民莫不穀，我独何害？**笺云：穀，养也。民莫不得养其父母者，我独何故睹此寒苦之害？补曰：民皆得夫妇相养，故《小弁》《蓼莪》皆言此。

山有嘉卉，侯栗侯梅。笺云：嘉，善。侯，维也。山有美善之草，生于梅栗之下，人取其实，蹂践而害之，令不得蕃茂。喻上多赋敛，富人财尽，而弱民与受困穷。补曰：栗，妇贽。梅，鼎和也。梅之言媒，摽梅以喻婚姻。言后初来时，居高显之位，如山得嘉卉也。**废为残贼，莫知其尤。**废，忕也。笺云：尤，过也。言在位者贪残，为民之害，无自知其行之过者。言忕于恶。补曰：为，读为"相为"之"为"。掩贼为残。言申后之废，为暗昧奸宄所害，被诬而莫知其罪也。盖因后失宠，遂谮及其宫臣。

相彼泉水，载清载浊。笺云：相，视也。我视彼泉水之流，一则清，一则浊。刺诸侯并为恶，曾无一善。补曰：泉水清浊，以喻女色盛衰也。言王谓褒姒美，申后衰。《谷风》曰："泾以渭浊。"**我日构祸，曷云能穀？**构，成。曷，逮也。笺云：构，犹合集也。"曷"之言"何"也。穀，善也。言诸侯日作祸乱之行，何者可谓能善？补曰：我，我王也。王听谗，故日益交扇嫡妾之祸，夫妇不能相养。

滔滔江汉，南国之纪。滔滔，大水皃。其神足以纲纪一方。笺云：江也，汉也，南国之大水，纪理众川，使不壅滞。喻吴、楚之君能长理旁侧小国，使得其所。补曰：此述申之前功也。申伯式是南邦，有纪理江汉之功。**尽瘁以仕，宁莫我有。**笺云：瘁，病。仕，事也。今王尽病其封畿之内，以兵役之事，使群臣有土地曾无自保有者，皆惧于危亡也。吴、楚旧名贪残，今周之政乃反不如。补曰：有，亲有之也。言忘功弃亲。

匪鷻匪鸢，翰飞戾天。匪鳣匪鲔，潜逃于渊。《说文》引"鷻"。鷻，雕也。雕、鸢，贪残之鸟也。大鱼能逃处渊。笺云：翰，高。

戾，至。鳣，鲤也。言雕、鸢之高飞，鲤、鲔之处渊，性自然也。非雕、鸢能高飞，非鲤、鲔能处渊，皆惊骇辟害尔。喻民性安土重迁，今而逃走，亦畏乱政故。补曰：鷻、鹑，鹗、鸢，隶变字。鷻大，鹗小，鹗即王雎也。鳣、鲔，荐庙之鱼，皆王后之喻。飞喻叛，逃喻去也。王后不能归宗，故无所逃，又无叛理，其无二心易明，欲王察明之。

山有蕨薇，隰有杞桋。桋，一作“荑”。杞，枸继也。桋，赤楝也。笺云：此言草木尚各得其所，人反不得其所，伤之也。补曰：蕨薇，《召南》新昏以自喻。杞桋，《湛露》以喻异姓诸侯也。山有蕨薇，言申后配尊。隰有杞桋，言申侯在国。欲王念昏姻，联大国，以终恩礼。君子作歌，维以告哀。笺云：告哀，言劳病而诉之。补曰：君子，呼王也。君臣、夫妇无自绝之道，唯作歌以告哀而已，至情也。

《四月》八章，章四句。

《北山》，大夫刺幽王也。役使不均，己劳于从事，而不得养其父母焉。补曰：刺群臣不同心，非欲归养。

陟彼北山，言采其杞。笺云：言，我也。登山而采杞，非可食之物，喻己行役不得其事。补曰：北山，喻暗君也。杞，小木，喻无贤能臣。偕偕士子，朝夕从事。《说文》引“偕”。偕偕，强壮皃。士子，有王事者也。笺云：朝夕从事，言不得休止。补曰：士子，小臣也。使士摄大夫，故曰士子。朝夕，诸侯王事之词，从事会盟、征伐之事。王事靡盬，忧我父母。笺云：靡，无也。盬，不坚固。故我当尽力勤劳于役，久不得归，父母思己而忧。补曰：父母，王及二伯也。使小臣出，不足抚诸侯，忧列国之轻朝廷。

溥天之下，莫非王土。率土之滨，莫非王臣。溥，《礼记》《孟子》书引作“普”。滨，《白虎通》引作“宾”。溥，大。率，循。滨，涯也。笺云：此言王之土地广矣，王之臣又众矣，何求而不得，何使而不行！补曰：诸侯不朝事王，而此臣能和之，故言事犹可为也。大夫不均，我从事独贤。贤，劳也。笺云：王不均大夫之使，而专以我有贤才之故，独使我从事于役。自苦之词。补曰：贤，读为“坚”。言诸侯果不可令，何为我从事独能靡盬乎？故知由大夫之不均平，非天下叛乱。

四牡彭彭，王事傍傍。彭，《说文》引作“騯”。彭彭然不得息，傍傍然不得已。嘉我未老，鲜我方将？旅力方刚，经营四方？将，壮也。旅，众也。笺云：嘉、鲜，皆善也。王善我年未老乎？善我方壮乎？何独久使我也？王谓此事众之气力方盛乎？何乃劳苦使之经营四方？补曰：我，我王臣也。未老者，未致仕之老臣。方将者，方进用之大夫刚强也。合群力以谋四方，则国势强。

或燕燕居息，燕燕，《尔雅》作“宴宴”。燕燕，安息皃。补曰：居息，以姑息为政。或尽瘁事国。尽瘁，《左传》引作“憔悴”。尽力劳病，以从国事。补曰：尽瘁者，劳于簿书。或息偃在床，或不已于行。笺云：不已，犹不止也。补曰：此下十二或者，刺三公、三孤、六卿心不同，不合旅力。息偃，不问政也。行者，欲致诸侯。亡国之臣，有此十二种也。

或不知叫号，或惨惨劬劳。叫，一作“訆”。惨，一作“懆”。叫，呼。号，召也。或栖迟偃卬，或王事鞅掌。卬，一作“仰”。鞅掌，失容也。笺云：鞅，犹何也。掌，谓捧之也。负何捧持以趋走，言促遽也。

或湛乐饮酒，或惨惨畏咎。笺云：咎，犹罪过也。或出入风议，或靡事不为。议，一作“仪”。笺云：风，犹放也。补曰：议，读为“俄”，邪也。风议者，务诋时政。靡事不为，多所兴作也。

《北山》六章，三章章六句，三章章四句。

《无将大车》，大夫悔将小人也。补曰：将，助也。助小人治事。时无贤才可任，故悔仕也。

无将大车，只自尘兮。大车，小人之所将也。笺云：将，犹扶进也。只，适也。鄙事者，贱者之所为也，君子为之，不堪其劳。以喻大夫而进举小人，适自忧累，故悔之。补曰：君子亲庶务，徒自敝困，即“王事鞅掌”“靡事不为”之人也。**无思百忧，只自疧兮**。疧，病也。笺云：百忧者，众小事之忧也。进举小人，使得居位，不任其职，愆负及己，故以众小事为忧，适自病也。

无将大车，维尘冥冥。笺云：冥冥者，蔽人目明，令无所见也。犹进举小人，蔽伤己之功德也。**无思百忧，不出于颎**。颎，光也。笺云：思众小事以为忧，使人蔽暗不得出于光明之道。

无将大车，维尘雍兮。雍，一作“壅”。笺云：雍，犹蔽也。**无思百忧，只自重兮**。笺云：重，犹累也。

《无将大车》三章，章四句。

《小明》，大夫悔仕于乱世也。名篇曰《小明》者，言幽王如日小其明，损其政事，以至于乱。补曰：题小者，太子宫臣之作。而云大夫者，此大夫盖以废申后、太子，召戎祸之机，谏止幽王，王因令使戎谕意焉。辞则不可，不辞则太子由此废，进退不可，故悔仕也。

明明上天，照临下土。笺云：明明上天，喻王者当光明如日之中也。照临下土，喻王者当察理天下之事也。据时幽王不能然，故举以刺之。补曰：明照及下土，而骨肉有不照，欲王明以察谗。**我征徂西，至于艽野**。《说文》引“艽”。艽野，远荒之地。笺云：征，行。徂，往也。我行往之西方，至于远荒之地。补曰：西，西戎也。艽野，沙漠之地。周畿西方五百里外为朱圉、西倾，汉陇西天水郡地，今秦、洮诸州县，又西则近青海矣。宣王时，秦仲为西垂大夫。今巩昌清水县，有故秦城，正周西野也。秦仲子庄公立四十四年，子襄公嗣，皆当幽王之世。申、秦世婚，西戎则和申而仇秦。大夫往西野者，盖以申罪喻秦，兼使防戎与？其后申果召戎，秦襄公战甚力，此大夫之谋也。**二月初吉，载离寒暑**。初吉，朔日也。笺云：乃以二月朔日始行，至今则更夏暑冬寒矣，尚未得归。诗人，牧伯之大夫，使述其方之事，遭乱世劳苦而悔仕。补曰：二月朔者，记当时密事也。前诗言四月、六月。《蓼莪》言飘风，《四月》诗以飘风在冬日，《小弁》言柳、蜩，然则申后事以冬月起，四月废，而太子以六月废。二月之朔，始命此大夫出使与？离，分也。周二月，夏正十二月。寒极于此，喻申、褒爱憎判冰炭。心之忧矣，其毒太苦。笺云：忧之甚，心中如有药毒也。补曰：毒苦者，自知之，而人不知也。此行由己发，意本以谏止王，而王即使领其事，还毒于己身也。念彼共人，涕零如雨。共，《韩》作"恭"。笺云：共人，靖共尔位以待贤者之君。补曰：共人，恭人也，太子之称。念约秦事成，则太子定废，本欲救之，适以此谋害之，故不知涕之自下。岂不怀归？畏此罪罟。罟，网也。笺云：怀，思也。我诚思归，畏此刑罪罗网我，故不敢归尔。补曰：罪，误国启戎之罪也。若不尽心，无成而遽归，秦、申合戎，周室必亡。故如设罟以驱，不得不入。

昔我往矣，日月方除。除，除陈生新也。笺云：四月为除。昔我往至于艽野以四月，自谓其时将即归。补曰：往，谓出使也。除，《尔雅》作"涂"。十二月为涂。涂，除也，岁除也。或《尔雅》字误耳。日月，喻王及后。方除者，始欲改立也。此大夫以二月奉使至秦，故本时月以托喻。曷云其还？岁聿云暮。笺云：何言其还，乃至岁晚尚不得归。补曰：岁，周天之星，喻太子也。暮者，言将更代。念我独兮，我事孔庶。笺云：孔，甚。庶，众也。补曰：我，我王也。独，言亲众叛离。庶，言变乱日多也。心之忧矣，惮我不暇。惮，劳也。笺云：我事独甚众，劳我不暇，皆言王政不均，臣事不同也。补曰：惮，当作"瘅"。本亦作"瘅"，病也。病我不暇，言患不胜防，故可忧也，未有奉使而怨劳者。念彼共人，眷眷怀顾。眷，一作"睠"。笺云：眷眷，有往仕之志也。补曰：身在外，不知太子之全否。岂不怀归？畏此谴怒。

昔我往矣，日月方奥。奥，暖也。补曰：奥以喻恩亲也。曷云其还？政事愈蹙。蹙，促也。笺云：愈，犹益也。何言其还，乃至于政事更益促急。补曰：蹙，读为“操之已蹙”之“蹙”。言治太子甚急。**岁聿云暮，采萧获叔。**笺云：岁晚乃至采萧获叔，尚不得归。补曰：萧者，祭祀所供。叔者，喻君位也。《小宛》曰：“中原有叔。”喻王更易嫡长，无以承祀守位。**心之忧矣，自诒伊戚。**戚，忧也。笺云：诒，遗也。我冒乱世而仕，自遗此忧。悔仕之词。补曰：己进谋而已出使，故曰自诒。**念彼共人，兴言出宿。**笺云：兴，起也。夜卧起宿于外，忧不能宿于内也。补曰：出宿者，用丧礼。**岂不怀归？畏此反覆。**笺云：反覆，谓不以正罪见罪。补曰：反覆，谓结秦不固，而合申、戎也。

嗟尔君子，无恒安处。笺云：恒，常也。嗟女君子，谓其友未仕者也。人之居无常安之处，谓当安安而能迁。孔子曰：“鸟则择木。”补曰：嗟君子者，呼朝臣也。己不在朝，故寄语朝臣无阿谀以保位也。以位求安，未必恒安。**靖共尔位，正直是与。神之听之，式穀以女。**靖，谋也。正直为正，能正人之曲曰直。笺云：共，具。式，用。穀，善也。有明君谋具女之爵位，其志在于与正直之人为治。神明若祐而听之，其用善人，则必用女。是使听天任命，不汲汲求仕之词。言女位者，位无常主，贤人则是。补曰：共位者，不出位也。穀，禄也。王臣当谋各守其位，不必以拥戴为功。阿私徇旨，神所不佑，宜与正直者同心。王虽怒，神用福禄女。

嗟尔君子，无恒安息。息，犹处也。补曰：息，默尔自息也。守正者或畏祸，则闭门自保，以息为安。**靖共尔位，好是正直。**笺云：好，犹与也。补曰：好，谓调和也。**神之听之，介尔景福。**介、景，皆大也。笺云：介，助也。神明听之，则将助女以大福。谓遭是明君，道施行也。补曰：言不得王宠，必不获罪，且有神助也。大福者，因中兴之业，延文、武之泽，使谗慝消，天位安。时王初立也。

《小明》五章，三章章十二句，二章章六句。

《鼓钟》，刺幽王也。补曰：《左传》说：“周幽为大室之盟，戎狄叛之。”大室外方，地近桐柏。诗咏淮水，是因会大室而游行淮浦，因至涂山。

鼓钟将将，淮水汤汤，忧心且伤。幽王用乐，不与德比，会诸侯于淮上，鼓其淫乐以示诸侯，贤者为之忧伤。笺云：为之忧伤者，嘉乐不野合，牺象不出门，今乃于淮水之上，作先王之乐，失礼尤甚。补曰：将，将盛也。《大传》言巡守修五乐，《传记》言黄帝张乐洞庭之野，会同大礼，宜有盛乐。今鼓钟犹盛，而淮上诸侯强盛自恣，故忧伤也。刘昭说淮出于荆山之左，当涂之右，平阿县有涂山，禹会诸侯之地。郦道元说以为周穆王所会，则淮上古会同地。淑人君子，怀允不忘。笺云：淑，善。怀，至也。古者善人君子，其用礼乐，各得其宜，至信不可忘。

鼓钟喈喈，淮水湝湝，忧心且悲。喈喈，犹将将。湝湝，犹汤汤。悲，犹伤也。补曰：喈喈，和也。湝湝，疾也。刘昭说："淮水奔流二山之间，扬涛北注。”淑人君子，其德不回。回，邪也。

鼓钟伐鼛，淮有三州，鼛，大鼓也。三州，淮上地。补曰：鼛鼓寻有四尺，以鼓役事，非合乐所用。盖于行所更起宫室也。三州，荆、徐、扬也。淮、浦分界于此三州。凡夷狄不服，以州举。言淮旁诸夷将叛乱。忧心且妯。妯，《韩》作“陶”，《说文》引作“怞”。妯，动也。笺云：妯之言悼也。淑人君子，其德不犹。犹，若也。笺云：犹，当作“瘉”。瘉，病也。补曰：君子之德，不使夷狄病中国。

鼓钟钦钦，鼓瑟鼓琴，笙磬同音。钦钦，言使人乐进也。笙磬，东方之乐也。同音，四县皆同也。笺云：同音者，谓堂上堂下八音克谐。补曰：钦钦，忧也。闻钟鼓而忧，因思昔之鼓瑟琴者。鼓琴者，登歌以咏，瑟在堂下，琴在堂上。笙磬县于阼阶东，主人之象。同，犹和也。磬所以节八音。言堂上以琴和瑟，堂下以笙磬节音，犹王者君臣修德，以和诸侯之志。以雅以南，以籥不僭。为雅为南也。舞四夷之乐，大德所及也。东夷之乐曰昧，南夷之乐曰任，西夷之乐曰株离，北夷之乐曰禁。以为籥舞，若是为和而不僭矣。笺云：雅，万舞也。万也，南也，籥也，三舞不僭。言进退之旅也。周乐尚武，故谓万舞为雅。雅，正也。籥舞，文乐也。补曰：淮在南方，故四夷之乐唯举南也。《周官》立象胥以统诸夷，亦以南为主。南为夷，则雅为正，非大、小《雅》之雅也。二《南》为乡乐，朝会不用。

《鼓钟》四章，章五句。

《楚茨》，刺幽王也。政烦赋重，田莱多荒，饥馑降丧，民卒流亡，祭祀不飨，故君子思古焉。田莱多荒，茨棘不除也。饥馑，仓庾不盈也。降丧，神不与福助也。

楚楚者茨，言抽其棘。自昔何为？我艺黍稷。楚楚，茨棘皃。抽，除也。笺云：茨，蒺藜也。伐除蒺藜与棘，自古之人何乃勤苦为此事乎？我将树黍稷焉。言古者先王之政，以农为本。茨言楚楚，棘言抽，互词也。我黍与与，我稷翼翼。我仓既盈，我庾维亿。露积曰庾。万万曰亿。笺云：黍与与，稷翼翼，蕃庑皃。阴阳和，风雨时，则万物成。万物成，则仓庾充满矣。仓言盈，庾言亿，亦互词，喻多也。十万曰亿。补曰：我，我先王也。庾，有盖无垣者。藉田千仓，故云十万庾。以为酒食，以享以祀。以妥以侑，以介景福。妥，安坐也。侑，劝也。笺云：享，献。介，助。景，大也。以黍稷为酒食，献之以祀先祖。既又迎尸，使处神坐而食之。为其嫌不饱，祝以主人之词劝之，所以助孝子受大福也。补曰：幽王废礼，故本先王所以制祭祀之意，言今所食皆先祖之赐也。专言妥侑者，主于绎宾尸也。以王怠于鬼神，故唯陈事尸之礼。昔圣制礼，设祭未有见其飨之者，故召宗族宴焉。又恶其重宴轻祭，则为之尸。王当知礼不可废。

济济跄跄，洁尔牛羊，以往烝尝。济济跄跄，言有容也。笺云：有容，言威仪敬慎也。冬祭曰烝，秋祭曰尝。补曰：大夫济济，士跄跄。尔，尔后王也。或剥或亨，或肆或将。亨，饪之也。肆，陈。将，齐也。或陈于牙，或齐其肉。笺云：祭祀之礼，各有其事，有解剥其皮者，有煮熟之者，有肆其骨体于俎者，有奉持而进之者。祝祭于祊，祀事孔明。祊，《韩》作“鬃”，《说文》引同。祊，门内也。笺云：孔，甚也。明，犹备也，洁也。孝子不知神之所在，故使祝博求之平生门内之旁，待宾客之处，祀礼于是甚明。补曰：祊，绎之日，先设祭灵星门也，谓之索祭。祭于是毕矣，故曰孔明。先祖是皇，神保是飨。皇，大。保，安也。笺云：皇，暀也。先祖以孝子祀礼甚明之故，精气归暀之，其鬼神又安而享其祭祀。补曰：神保，尸号也。孝孙有庆，报以介福，万寿无疆！笺云：庆，赐也。疆，竟界也。

执爨踖踖，爨，饔爨、廪爨也。踖踖，言爨灶有容也。补曰：大夫礼，餕尸俎，天子绎祭。盖既祭于门内，乃餕俎、宾尸于门外，故记执爨者。士礼，饎爨在门内，大夫礼在门外。诸侯、大夫礼同天子，则王后不视爨也，盖有司主之。饎人，奄二人，掌凡祭祀共盛。于女官，《世妇》：“帅女官，为齍盛。”《外饔》：“中士，掌祭祀割亨。”《亨人》：“下士，掌爨亨煮。”则执饎爨者，世妇矣。《大传》曰“爨者有容”，然则门外之饎，妇人主之，亦必有屏蔽也。为俎孔硕，或燔或炙。燔，取膟膋。炙，炙肉也。笺云：燔，燔肉也。炙，炙肝也。皆从献之俎也。其为之于爨，必取肉也、肝也肥硕美者。君妇莫莫，为豆孔庶，为宾为客。莫莫，言清静而敬至也。豆，谓内羞、庶羞也。绎而宾尸及宾客。笺云：君妇，谓后也。凡適妻称君妇，事舅姑之称也。庶，胗也。祭祀之礼，后、夫人主共笾豆，必取肉物胗美者也。献酬交错，礼仪卒度，笑语卒获。仪，《韩》作“义”。东西为交，邪行为错。度，法度也。获，得时也。笺云：始主人酌宾为献。宾既酌主人，主人又自饮酌宾曰酬。至旅而爵交错以遍。卒，尽也，古者于旅也语。补曰：交，谓宾、主人正东西位。错，佐食众宾。神保是格，报以介福，万寿攸酢！格，来。酢，报也。补曰：此嘏词也。尸酢，主人乃嘏。

我孔熯矣，式礼莫愆。工祝致告，徂赉孝孙。《说文》引“㷀”。熯，敬也。善其事曰工。赉，予也。笺云：我，我孝孙也。式，法。莫，无。愆，过。徂，往也。孝孙甚敬矣，于礼法无过者。祝以此故，致神意，造主人使受嘏，既而以嘏之物，往予主人。补曰：工，官也。《礼·特牲篇》："尸亲嘏主人。"《少牢篇》："祝受尸。"抟黍以东，于户西北面，曰："皇尸命工祝，承致多福无疆，赉女孝孙。"此言祝，往赉则天子同大夫礼。苾芬孝祀，神嗜饮食。卜尔百福，如几如式。苾，《韩》作"馥"。几，期。式，法也。笺云：卜，予也。苾苾芬芬，有馨香矣。女之以孝敬享祀也，神乃歆嗜女之饮食。今予女之百福，其来如有期矣，多少如有法矣。此皆嘏词之意。既齐既稷，既匡既敕。永锡尔极，时万时亿。匡，一作"筐"。稷，疾。敕，固也。笺云：齐，减取也。"稷"之言"即"也。永，长。极，中也。嘏之礼，祝遍取黍稷牢肉鱼，擩于醢以授尸，孝孙前就尸受之。天子使宰夫受之以筐，祝则释嘏词以敕之。又曰：（长）长赐女以中和之福，是万是亿。言多无数。

礼仪既备，钟鼓既戒。孝孙徂位，工祝致告。致告，告利成也。笺云：钟鼓既戒，戒诸在庙中者以祭礼毕。孝孙往位，堂下西面位也。祝于是致孝孙之意，告尸以利成。补曰：钟鼓戒者，尸将出，奏《肆夏》。神具醉止，皇尸载起。鼓钟送尸，神保聿归。皇，大也。笺云：具，皆也。皇，君也。载之言则也。尸，节神者也。神醉而尸谡，送尸而神归。尸出入奏《肆夏》。尸称君，尊之也。神安归者，归于天也。补曰：神保曰归，尸谡而出也。诸宰君妇，废彻不迟。笺云：废，去也。尸出而可彻，诸宰彻去诸馔，君妇笾豆而已。不迟，以疾为敬也。诸父兄弟，备言燕私。燕而尽其私恩。笺云：祭祀毕，归宾客俎豆，同姓则留与之燕，所以尊宾客，亲骨肉也。

乐具入奏，以绥后禄。尔殽既将，莫怨具庆。绥，安也。安然受福禄也。将，行也。笺云：燕而祭时之乐复皆入奏，以安后日之福禄。骨肉欢而君之福禄安。女之殽羞已行，同姓之臣无有怨者，而皆庆君，是其欢也。补曰：既，尽。将，进也。殽将，殽胥也。士大夫礼众宾及众兄弟，内宾宗妇，公有司私臣，皆殽胥。既醉既饱，小大稽首。神嗜饮食，使君寿考。笺云：小大，犹长幼也。同姓之臣，燕已醉饱，皆再拜稽首曰：神乃歆嗜君之饮食，使君寿且考。此其庆同。补曰：燕私犹归福于神，以砭王简慢。孔惠孔时，维其尽之。子子孙孙，勿替引之。替，废。引，长也。笺云：惠，顺也。甚顺于礼，甚得其时，维君德能尽之，愿子孙勿废而长行之。补曰：礼，时为大，顺次之。

《楚茨》六章，章十二句。

《信南山》，刺幽王也。不能修成王之业，疆理天下，以奉禹功，故君子思古焉。

信彼南山，维禹甸之。畇畇原隰，曾孙田之。甸，《韩》作"敶"。畇，《韩》作"畇"。甸，治也。畇畇，垦辟皃。曾孙，成王也。笺云：信乎彼南山之野，禹治而丘甸之。今原隰垦辟，则又成王之所佃。言成王乃远修禹之功，今王反不修其业乎？六十四井为甸，甸方八里，居一成之中，成方十里，出兵车一乘，以为赋法。补曰：信，读为"申"，平展之皃。甸南山者，后稷也。曾孙，对稷而言。云禹者，禹命之。我疆我理，疆，画经界也。理，分地理也。补曰：我者，曾孙亲耕之词也。南东其亩。或南或东。补曰：天子藉田在南郊，曰南亩。诸侯藉田在东郊，曰东亩。此主天子而兼言东者，所以教诸侯之养，使之亲之。

上天同云，雨雪雰雰。雰雰，雪皃。丰年之冬，必有积雪。补曰：必言雪者，北方恃麦，冬积雪，则春销为田泽。益之以霢霂，既优既渥。《说文》引"优"作"瀀"，水泽多也。小雨曰霢霂。笺云：成王之时，阴阳和，风雨时，冬有积雪，春而益之以小雨，润泽则饶洽。既沾既足，生我百谷。

疆埸翼翼，黍稷彧彧。埸，一作"场"。埸，畔也。翼翼，让畔也。彧彧，茂盛皃。曾孙之穑，以为酒食。畀我尸宾，笺云：敛税曰穑。畀，予也。成王以黍稷之税为酒食，至祭祀斋戒，则以赐尸与宾。尊尸与宾，所以敬神也。补曰：穑，藉田所收也。斋十日，则官供尸宾酒食。祭祀时尸馔鬼神之余，则不可言畀。**寿考万年**。笺云：敬神则得寿考万年。

中田有庐，疆埸有瓜，是剥是菹。剥瓜为菹也。笺云：中田，田中也。农人作庐焉，以便其田事。于畔上种瓜，瓜成又入其税，天子剥削淹渍以为菹。贵四时之异物。补曰：庐，读为“蓏”。在木曰果，在地曰蓏。《易》曰：“小人剥庐。”甸师氏岁时“共野果蓏之荐”，谓此也。冬田间则艺焉，故曰中田。盖芦、葩、薯、茄之属。田中庐舍不足记也。**献之皇祖，曾孙寿考，受天之祜**。笺云：皇，君。祜，福也。献瓜菹于先祖者，顺孝子之心也。孝子则获福。补曰：皇祖祭太庙。

祭以清酒，从以骍牡，周尚赤也。笺云：清，谓玄酒也。酒，郁鬯五齐三酒也。祭之礼，先以郁鬯降神，然后迎牲。补曰：清酒，朝事酒名也。《周官》郁鬯、秬鬯皆不名酒，别有清酒在三酒中，非此清酒也。此与《大雅》“清酒既载”，皆用先代之名。**享于祖考**。笺云：纳烹时。补曰：祖考，四亲庙，用馈食礼。此荐毛血。清酒则毛炰，朝事时祭太祖庙及祫禘乃用焉。骍牡，特牛，不用牢。而词云祖考，是禘祭也。**执其鸾刀，以启其毛，取其血膋**。膋，《说文》引作“膫”。鸾刀，刀有鸾者，言割中节也。笺云：毛以告纯也。膋，脂膏也。血以告杀，膋以升臭，合之黍稷，实之于萧，合馨香也。补曰：天子牲纯毛荐毛血，诸侯牲全荐血，以下唯荐熟。

是烝是享，苾苾芬芬，祀事孔明。烝，进也。笺云：既有牲物而进献之，苾苾芬芬然香，祀礼于是则甚明也。补曰：烝，大烝明堂。享，大享。**先祖是皇，报以介福，万寿无疆**。笺云：皇之言暀也。先祖之灵归暀是孝孙，而报之以福。补曰：先祖，后稷也。虽不馈食，而必福我。

《信南山》六章，章六句。

《谷风之什》十篇，五十四章，三百五十六句。

诗卷十四

甫田之什毛诗诂训传第廿一　小雅六

《莆田》，刺幽王也。君子伤今而思古焉。刺者，刺其仓廪空虚，政烦赋重，农人失职。

倬彼甫田，岁取十千。倬，《韩》作“菿”。倬，明皃。甫田，谓天下田也。十千，言多也。笺云：甫之言丈夫也。明乎彼太古之时，以丈夫税田也。岁取十千，于井田之法，则一成之数也。九夫为井，井税一夫，其田百亩。井十为通，通税十夫，其田千亩。通十为成，成方十里，成税百夫，其田万亩。欲见其数从井、通起，故言十千。上地谷亩一钟。补曰：甫，始也。一田畯统万夫，兼彻助之法，倬然著明，是周公法，后稷始定田亩之制也。《噫嘻》曰：“终三十里”“十千为耦”，谓一川之间万夫，故取十千。周制，一乡万二千五百家，家率一夫，则一田畯领一乡也。我取其陈，食我农人，自古有年。尊者食新，农夫食陈。笺云：仓廪有余，民得赊贳取食之，所以纾官之蓄滞，亦使民爱存新谷。自古者丰年之法如此。补曰：制十一之法，嫌于重敛，故明其意也。我之取十千者，非为积敛，乃欲以其陈谷于农人乏食之月贷予之，此自古后稷所以备歉。今适南亩，或耘或耔，黍稷薿薿。耘，一作“芸”。《说文》引“薿”。耘，除草也。耔，雍本也。笺云：今者，今成王之法也。使农人之南亩，治其禾稼，功至力尽，则薿薿然而茂盛。于古言税法，于今言治田，互词。补曰：农为君民之本，故今设农官也。适，谓田官遣吏督课也。南亩，天子藉田也。禾美恶在耘耔时。**攸介攸止，烝我髦士。**烝，进也。髦，俊也。治田得谷，俊士以进。笺云：介，舍也。礼，使民耡作耘耔，闲暇则于庐舍及所止息之处，以道艺相讲肄，以进其为俊士之行。补曰：髦士，官也。既立田畯统万夫，兼令兴学于所舍止之处，选而进之，于是立造士之制，以归老三公为乡老，卿大夫为田畯，教农子弟，其良秀成学者，进之大学而官之，是则治天下之本也。《王制》曰：乡之秀士升司徒，再乃升学，谓之造士，与王太子及士之適子齿，其后乃升司马，为进士，而论授以官。其天子及士之子，皆適长代父位，故不为进士，唯农民之子乃进耳。谓之髦士者，本其始也。髦士者，致仕老臣所选升。髦，选也，亦老也。

以我齐明，与我牺羊，以社以方。齐，一作"赍""齍"。器实曰齐，在器曰盛。社，后土也。方，迎四方气于郊也。笺云：以洁齐丰盛，与我纯色之羊，秋祭社与四方，为五谷成熟，报其功也。补曰：齐，醴齐。明，明酌。《记》曰："缩酌用茅，明酌也。"《周官》："醴齐缩酌。"《记》又曰："明水涚齐。"少牢不用鬯，故用明水涚醴齐，谓之齐明也。用羊者，珥祭也。小子之职，掌以羊珥于社稷，祈于五祀。《羊人》："凡祈珥，共羊牲。"方祀候禳用羊牲，不用太牢也。云牺者，本可用厖，此重其事耳。**我田既臧，农夫之庆。**笺云：臧，善也。我田事已善，则庆赐农夫。谓大蜡之时，劳农以休息之也。年不顺成，则八蜡不通。补曰：臧，收也。农夫，田畯也。田既毕收，又有庆赐之典，言天子重农，礼义殷勤也。**琴瑟击鼓，以御田祖。以祈甘雨，以介我稷黍，以穀我士女。**田祖，先啬也。穀，善也。笺云：御，迎。介，助。穀，养也。设乐以迎祭先啬，谓郊后始耕也。以求甘雨，佑助我禾稼，我当以养士女也。《周礼》曰："凡国祈年于田祖，吹《豳雅》，击土鼓，以乐田畯。"补曰：祈年在蜡先，俱于夏正十月。此先言庆农者，王于劳农故也。田祖盖后稷也，前代为先啬，周以其为祖而改称焉。种艺始于神农，收种始于后稷，故曰先啬。蜡祭又有司啬，则其方田神，未有主名。

曾孙来止，以其妇子，馌彼南亩。笺云：曾孙，谓成王也。

成王来止，谓出观农事也。亲与后、世子行，使知稼穑之艰难也。为农人之在南亩者，设馈以劝之。补曰：凡周嗣王，于事稷皆称曾孙。后稷，周之先祖也。以，与也。其，斥农人也。馌赐南郊籍田农人酒食，因及其妇子也。**田畯至喜，攘其左右，尝其旨否。**畯，一作"俊"。笺云：攘，读当为"饷"。馌，饷，馈也。田畯，司啬，今之啬夫也。喜，读为"饎"。饎，酒食也。司啬至，则又加之以酒食，饷其左右从行者。成王亲为尝其馈之美否，示亲之也。补曰：左右，田畯之私臣也。田畯尊矣，可以为三老五更，天子所父兄事者。至饎者，至田畯之室而设酒食，谓不飧燕以珍从也。尝旨否者，侍食之礼。**禾易长亩，终善且有。曾孙不怒，农夫克敏。**易，治也。长亩，竟亩也。敏，疾也。笺云：禾治而竟亩，成王则无所责怒，谓此农夫能且敏也。补曰：此田畯告王词也。长亩，言沟洫治、疆界正也。怒，读为"努"，勉也。王虽不亲戒农，大夫敕之，犹克使农民赴疾于功。言田畯知王意。

曾孙之稼，如茨如梁。曾孙之庾，如坻如京。茨，积也。梁，车梁也。京，高丘也。笺云：稼，禾也，谓有稿者也。茨，屋盖也。上古之税法，近者纳总，远者纳粟米。庾，露积谷也。坻，水中之高地也。补曰：专言曾孙者，藉田所收也。稼，种谷也。分别穜稑，臧于神仓，积之如茨梁，甚言其多。**乃求千斯仓，乃求万斯箱。**笺云：成王见禾谷之税，委积之多，于是求千仓以处之，万车以载之。言是年收逾前也。补曰：千亩，故求千仓也。**黍稷稻粱，农夫之庆。**笺云：庆，赐也。年丰则劳赐农夫益厚，既有黍稷，加以稻粱。补曰：稻粱者，待宾客之加簠也。农夫，农大夫也。以庆之者，盖又归之食。**报以介福，万寿无疆。**笺云：报者为之求福助于八蜡之神，万寿无疆竟也。补曰：报，下报上也。农大夫得赐，无所为报，唯祝王福寿耳。

《甫田》四章，章十句。

《大田》，刺幽王也。言矜寡不能自存焉。幽王之时，政烦赋重，而不务农事，虫灾害谷，风雨不时，万民饥馑，矜寡无所取活，故时臣思古以刺之。

大田多稼，既种既戒，既备乃事。笺云：大田，谓地肥美可垦耕，多为稼，可以授民者也。将稼者，必先相地之宜，而择其种。季冬，命民出五种，计耦耕事，修耒耜，具田器，此之谓戒，是既备矣。至孟春，土长冒橛，陈根可拔而耕之。补曰：大田，天子藉田也。多稼，谓九谷之种备。以我覃耜，俶载南亩。覃，利也。笺云：俶，读为"炽"。载，读为"菑栗"之"菑"。时至，民以其利耜炽菑，发所受之地，趋农急也。田一岁曰菑。补曰：覃，读为"镡"，《三苍》说剑口也，言耜利如剑。南亩，天子藉田之称。播厥百谷，既庭且硕，曾孙是若。庭，直也。笺云：硕，大。若，顺也。民既炽菑，则种其众谷。众谷生，尽条直茂大。成王于是则止力役，以顺民事，不夺其时。

既方既皂，既坚既好，不稂不莠。实未坚者曰皂。稂，童粱也。莠，似苗也。笺云：方，房也，谓孚甲始生而未合时也。尽生房矣，尽成实矣，尽坚熟矣，尽齐好矣，而无稂莠，择种之善，民力之专，时气之和所致之。去其螟螣，及其蟊贼，无害我田稚。螣，《韩》作"螣"，《说文》引作"蟘"。食心曰螟，食叶曰螣，食根曰蟊，食节曰贼。笺云：此四虫者，恒害我田中之稚禾，故明君以正己而去之。田祖有神，秉畀炎火。秉，《韩》作"卜"。炎火，盛阳也。笺云：螟螣之属，盛阳气赢则生之。今明君为政，田祖之神不受此害，持之付与炎火，使自消亡。补曰：四虫在禾，如人有虮虱，由阴雨得日光而生，烈日照之，则灾弭而虫死。

有渰萋萋，兴云祁祁。渰、云、祁，一作"弇""雨""祈"。渰，《汉书》引作"黤"。萋，《韩》作"凄"。渰，云兴皃。萋萋，云行皃。祁祁，徐也。笺云：古者阴阳和，风雨时，其来祁祁然而不暴疾。雨我公田，遂及我私。笺云：其民之心，先公后私。今天主雨于公田，因及私田尔。此言民怙君德，蒙其余惠。彼有不获稚，此有不敛穧。彼有遗秉，此有滞穗，伊寡妇之利。秉，把也。笺云：成王之时，百谷既多，种同齐熟，收刈促遽，力皆不足，而有不获不敛，遗秉滞穗，故听矜寡取之以为利。补曰：穉，未获谷。穧，已获穗。秉，把持将还者。穗，禾穗离秸落地者。四者遗滞则不取。

曾孙来止，以其妇子，馌彼南亩，田畯至喜。笺云：喜，读为“饎”。饎，酒食也。成王出观农事，馈食耕者以劝之也。司啬至，则又加之以酒食，劳劝之尔。补曰：以，与也。馌赐南郊农人，并赐其妇子。此与《甫田》分二时。盖藉田，农人岁有二赐。春秋省田时馌焉，因皆至田畯家，设酒食，所以优老念旧，重道劝贤，先王之大典。来方禋祀，以其骍黑，与其黍稷。骍，牛也。黑，羊、豕也。笺云：成王之来，则又禋祀四方之神，祈报焉。阳祀用骍牲，阴祀用黝牲。补曰：方，乡也。藉田在南郊，祭天之方。禋祀昊天上帝，用骍犊。祀北郊北极大帝，用黑牛。饭用稷，酒用黍。盖后稷肇祀用黍稷，故后恒用焉。郊用三微之月。以享以祀，以介景福。

《大田》四章，二章章八句，二章章九句。

《瞻彼洛矣》，刺幽王也。思古明王能爵命诸侯，赏善罚恶焉。补曰：洛，当为“雒”。雒邑，会同之地。洛水，雍州漆、沮。

瞻彼洛矣，维水泱泱。君子至止，兴也。洛，宗周溉浸水也。泱泱，深广皃。笺云：瞻，视也。我视彼洛水，灌溉以时，其泽浸润，以成嘉谷。兴者，喻古明王恩泽加于天下，爵命赏赐以成贤者。君子至止者，谓来受爵命者也。福禄如茨。爵命为福，赏赐为禄。茨，屋盖也。如屋盖，喻多也。韎韐有奭，以作六师。奭，《白虎通》引作“赩”。韎，染韦也。一入曰韎韐，所以代韠也。天子六军。笺云：此诸侯世子也。除三年之丧，服士服而来，未遇爵命之时，时有征伐之事，天子以其贤，任为军将，使代卿士，将六军而出。韎韐者，茅蒐染也。茅蒐，韎声也。韐，祭服之韠，合韦为之。其服爵弁，纯衣纁裳也。补曰：李黼平说：“幽王元年，晋侯仇嗣立。明年，会王子多父伐桧。”此盖刺其除丧出军。

瞻彼洛矣，维水泱泱。君子至止，鞞琫有珌。鞞，容刀饰也。琫，上饰。珌，下饰。天子玉琫而珧珌，诸侯璗琫而璆珌，大夫镣琫而镣珌，士珕琫而珕珌。笺云：此人世子之贤者也。既受爵命赏赐，而加赐容刀有饰，显其能制断。补曰：鞞琫容刀，盖特赐将帅之佩。朝不佩剑，故赐容刀。琫而有珌，皆饰以玉，天子刀饰也。君子万年，保其家室。笺云：德如是，则能长安其家室。家室亲，安之尤难，安则无篡杀之祸也。补曰：刺王所命不能自安。

瞻彼洛矣，维水泱泱。君子至止，福禄既同。笺云：此人世子之能继世位者也。其爵命赏赐，尽与其先君受命者同而已，无所加也。君子万年，保其家邦。

《瞻彼洛矣》三章，章六句。

《裳裳者华》，刺幽王也。古之仕者世禄。小人在位，则谗谄并进，弃贤者之类，绝功臣之世焉。古者，古昔明王时也。小人，斥今幽王也。补曰：《瞻洛》言外，此篇言内。

裳裳者华，其叶湑兮。兴也。裳裳，犹堂堂也。湑，盛皃。笺云：兴者，华堂堂于上，喻君也；叶湑然于下，喻臣也。明王贤臣，以德相承而治道兴，则谗谄远矣。补曰：裳华即皇华，喻臣出使者。叶，谓其后世也。湑然苓落，言此臣死，子孙不复在位也。我觏之子，我心写兮。我心写兮，是以有誉处兮。笺云：觏，见也。之子，是子也，谓古之明王也。言我得见古之明王，则我心所忧写而去矣。我心所忧既写，是则君臣相与，声誉常处也。忧者，忧谗谄并进。补曰：我，我王也。之子，世臣之子也。写者，倾心亲爱之。故臣子尽心，诸侯有誉也。

裳裳者华，芸其黄矣。芸，黄盛也。笺云：华芸然而黄，兴明王德之盛也。不言叶，微见无贤臣也。补曰：言此臣能光国也。古谓华盛为黄。《书大传》说：“华爔黄也。”《记》：“大夫玄华。”玄黄也。我觏之子，维其有章矣。维其有章矣，是以有庆矣。笺云：章，礼文也。言我得见古之明王，虽无贤臣，犹能使其政有礼文法度。政有礼文法度，是则我有庆赐之荣也。补曰：庆，谓赐贤者子孙也。庆赐之典，非以为惠，乃国家治隆粲秩之典章。章，典常也。

裳裳者华，或黄或白。笺云：华或有黄者，或有白者。兴明王之德，时有驳而不纯。补曰：华久则白。华白喻历久而犹甚。我觏之子，乘其四骆。言世禄也。补曰：四骆，出使所乘，言世臣子孙名通远国。乘其四骆，六辔沃若。笺云：我得见明王德之驳者，虽无庆誉，犹能免于谗谄之害，守我先人之禄位，乘其四骆之马，六辔沃若然。补曰：言禄用世臣，乃君驭下之方。

左之左之，君子宜之。右之右之，君子有之。左，阳道，朝祀之事。右，阴道，丧戎之事。笺云：君子，斥其先人也。多才多艺，有礼于朝，有功于国。补曰：左、右，助也。言交侯国，唯赖诸臣也。维其有之，是以似之。维，刘向引作“唯”。似，嗣也。笺云：维我先人有是二德，故先王使之世禄，子孙嗣之。今遇谗谄并进而见绝也。

《裳裳者华》四章，章六句。

《桑扈》，刺幽王也。君臣上下，动无礼文焉。动无礼文，举事而不用先王礼法、威仪也。

交交桑扈，有莺其羽。《说文》引“䓨”。兴也。莺然有文章。笺云：交交，犹佼佼，飞往来皃。桑扈，窃脂也。兴者，窃脂飞而往来有文章，人观视而爱之。喻君臣以礼法、威仪升降于朝廷，则天下亦观视而仰乐之。补曰：扈，小鸟，雀类也。桑扈有文章，喻小国亦能助王。君子乐胥，受天之祜。胥，皆也。笺云：胥，有才知之名也。祜，福也。王者乐臣下有才知文章，则贤人在位，庶官不旷，政和而民安，天予之以福禄。补曰：胥，相也，助也。乐贤臣之助。

交交桑扈，有莺其领。领，颈也。补曰：喻望礼也。君子乐胥，万邦之屏。屏，蔽也。笺云：王者之德，乐贤知在位，则能为天下蔽捍四表患难矣。蔽捍之者，谓蛮夷率服，不侵畔。补曰：王能乐育小国，则万邦咸为王屏蔽也。

之屏之翰，百辟为宪。翰，干。宪，法也。笺云：辟，君也。王者之德，外能捍蔽四表之患难，内能立功立事为之桢干，则百辟卿士，莫不修职而法象之。补曰：百辟，侯国命卿多，故言百。不戢不难，受福不那。那，《说文》引作"傩"。戢，聚也。不戢，戢也。不难，难也。那，多也。不多，多也。笺云：王者位至尊，天所子也。然而不自敛以先王之法，不自难以亡国之戒，则其受福禄亦不多也。补曰：戢，合。难，却也。诸侯能合与国，却四夷，则王多福。

兕觥其觩，旨酒思柔。觩，一作"觓"。笺云：兕觥，罚爵也。古之王者与群臣燕饮，上下无失礼者，其罚爵徒觩然陈设而已。其饮美酒，思得柔顺中和，与共其乐，言不忱敖自淫恣也。补曰：兕觥，学宫饮酒之所设，言求贡士以为诸侯也。旨酒，醴也。入学养老则设醴，言尊贤教士。彼交匪敖，万福来求。彼，《左传》引一作"匪"。《汉书》引"匪侥匪傲"。笺云：彼，彼贤者也。贤者居处恭，执事敬，与人交必以礼，则万福之禄就而求之。谓登用爵命，加以赏赐。补曰：交，邦交也。彼明王之邦交，不敢敖惰，以求天下士。

《桑扈》四章，章四句。

《鸳鸯》，刺幽王也。补曰：刺不亲迎。思古明王交于万物有道，自奉养有节焉。交于万物有道，谓顺其性，取之以时，不暴夭也。

鸳鸯于飞，毕之罗之。兴也。鸳鸯，匹鸟。太平之时，交于万物有道，取之以时，于其飞乃毕掩而罗之。笺云：匹鸟，言其止则相耦，飞则为双，性驯偶也。此交万物之实也，而言兴者，广其义也。獭祭鱼而后渔，豺祭兽而后田，此亦皆其将纵散时也。补曰：鸳鸯双飞，喻后匹王也。

毕罗以礼取，言王者不渔色，当以礼迎。君子万年，福禄宜之。笺云：君子，谓明王也。交于万物，其德如是，则宜寿考受福禄也。

鸳鸯在梁，戢其左翼。言休息也。笺云：梁，石绝水之梁。戢，敛也。鸳鸯休息于梁，明王之时，人不惊骇，敛其左翼，以右翼掩之，自若无恐惧。补曰：在梁，喻已入宫也。别鸟之雌雄视其翼，戢左翼者雄也。雄以覆雌为义。言既娶，当犹覆翼相让。君子万年，宜其遐福。笺云：遐，远也。远，犹久也。

乘马在厩，摧之秣之。摧，《韩》作"莝"。摧，莝也。秣，粟也。笺云：摧，今"莝"字也。古者明王所乘之马系于厩，无事则喂之以莝，有事乃与之谷。言爱国用也。以兴于其身亦犹然，斋而后三举，设盛馔，恒日则减焉。此之谓有节也。补曰：秣马，亲迎之词。今在厩，故劝其摧秣以往。马不常秣，凶年之礼，非明盛事。君子万年，福禄艾之。艾，养也。笺云：明王爱国用，自奉养之节如此，故宜久为福禄所养也。

乘马在厩，秣之摧之。君子万年，福禄绥之。笺云：绥，安也。补曰：夫妇之词。

《鸳鸯》四章，章四句。

《頍弁》，诸公刺幽王也。补曰：诸公，侯国孤卿。《礼》曰："若有诸公。"诸公，天子命卿，有和诸侯之职。今王不接见诸侯，故作刺也。暴戾无亲，不能宴乐同姓，亲睦九族，孤危将亡，故作是诗也。戾，虐也。暴虐，谓其政教如雨雪也。

有頍者弁，实维伊何？《说文》引"頍，举头也"。兴也。頍，弁皃。弁，皮弁也。笺云：实，犹是也。言幽王服是皮弁之冠，是维何为乎？言其宜以宴而弗为也。礼，天子、诸侯朝服以燕。天子之朝，皮弁以日视朝。尔酒既旨，尔殽既嘉。笺云：旨、嘉，皆美也。女酒既美矣，女殽已美矣，何以不用与族人燕也？言其知具其礼而弗为也。补曰：既，尽也。燕必告旨，言君赐无不美。岂伊异人？兄弟匪他。笺云：此言王当所与燕者，岂有异人疏远者乎？皆兄弟，与王无他，言至亲。又刺其弗为也。补曰：兄弟，友邦之称，兼同异庶姓大小国也。礼，诸侯见劳之，曰天子。曰非他，嘉之。茑与女萝，施于松柏。《说文》引“茑”，或作“樢”。茑，寄生也。女萝，兔丝，松萝也。喻诸公非自有尊，托王之尊。笺云：托王之尊者，王明则荣，王衰则微。刺王不亲九族，孤特自恃，不知己之将危亡也。补曰：女萝施于茑，以延登于松柏，犹诸公和诸侯，以接于王。未见君子，忧心奕奕。既见君子，庶几说怿。怿，一作“怿”。奕奕然无所薄也。笺云：君子，斥幽王也。幽王久不与诸公燕，诸公未得见幽王之时，惧其将危亡，己无所依怙，故忧而心奕奕然。故言我若已得见幽王，谏正之，则庶几其变改，意解释也。补曰：君子，来朝诸侯也。诸侯皆不欲朝，故忧之。既见则情通，可解其猜怨，而怿其情礼也。《论语》曰：“说而不怿。”

有頍者弁，实维何其？其，一作“期”。笺云：何其，犹伊何也。其，词也。尔酒既旨，尔殽既时。时，善也。岂伊异人？兄弟具来。笺云：具，犹皆也。补曰：具来，言六服皆朝。茑与女萝，施于松上。未见君子，忧心怲怲。既见君子，庶几有臧。《说文》引“怲”。怲怲，忧盛满也。臧，善也。

有頍者弁，实维在首。补曰：在首，言在天子。尔酒既旨，尔殽既阜。笺云：阜，犹多也。岂伊异人？兄弟甥舅。笺云：谓我舅者，吾谓之甥。补曰：异姓大邦，天子谓之伯舅，小邦曰叔舅。言甥者，通言之，谓之甥舅之好。如彼雨雪，先集维霰。霰，一作“霓”。霰，暴雪也。笺云：将大雨雪，始必微温。雪自上下，遇温气而抟，谓之霰，久而寒盛，则大雪矣。喻幽王之不亲九族亦有渐，自微至甚，如先霰后大雪。补曰：霰，散也。初雪时，地犹温，故及地而散。《尔雅》谓之霄雪。霄，消也。喻君臣虽猜疑，初时易消散，如雪不遽凝矣。许慎以霰为积雪。积雪坚凝，于引喻无所取。死丧无日，无几相见。笺云：王政既衰，我无所依怙，死亡无有日数，能复几何与王相见也。补曰：无日，不知期日也。几，冀也。国危则将亡，虽欲相见，不可几冀。乐酒今夕，君子维宴。笺云：且今夕喜乐此酒，此乃王之燕礼也。刺幽王将丧亡，哀之也。补曰：当死丧而乐，又以夕宴，是叛王也。言诸侯皆以不朝为乐。仍称君子者，与上相起，其意乃明。

《頍弁》三章，章十二句。

《车舝》，大夫刺幽王也。补曰：言虽废申后，不可立褒姒。褒姒疾妒，无道并进，谗巧败国，德泽不加于民。周人思得贤女以配君子，故作是诗也。

间关车之舝兮，思娈季女逝兮。兴也。间关，设舝也。娈，美皃。季女，谓有斋季女也。笺云：逝，往也。大夫疾褒姒之为恶，故严车设其舝，思得娈然美好之少女有斋庄之德者，往迎之配幽王，代褒姒也。既幼而美，又斋庄，庶其当王意。补曰：初设舝者，喻尚未立后也。王令有司具礼，备五路设舝间关然，知王思彼美好未嫁之女，故将以车往也。季女，教成在宗室之称。言妾不可为妻。匪饥匪渴，德音来括。括，一作“佸”。括，会也。笺云：时谗巧败国，下民离散，故大夫汲汲欲迎季女，行道虽饥不饥，虽渴不渴，觊得之而来，使我王更修德教，合会离散之人。补曰：非饥渴而如饥渴，忧思之至也。闻王当更立后，则思其当求德音者来会嘉礼。若奉使逆女，不至有饥渴时。虽无好友，式燕且喜。笺云：式，用也。我得德音而来，虽无同好之贤友，我犹用是燕饮，相庆且喜。补曰：友，犹匹也。新逆女虽未必知其为好匹，能用礼则安喜。极言褒姒之非匹，不可立。

依彼平林，有集维鷮。辰彼硕女，令德来教。依，刘向引作“扆”。依，茂木皃。平林，林木之在平地者也。鷮，雉也。辰，时也。笺云：平林之木茂，则耿介之鸟往集焉。喻王若有茂美之德，则其时贤女来配之，与相训告，改修德教。补曰：此追思申后之词也。平林，喻太子未为王时。鷮，喻翟衣。翟，茀车也。硕女，硕人，后、夫人之尊称，本其初嫁，故称女。初以其有令德，可以修阴教。**式燕且誉，好尔无射**。笺云：尔，女，女王也。射，厌也。我于硕女来教，则用是燕饮酒，且称王之声誉，我爱好王，无有厌也。补曰：燕、誉者，女嫁之词也。《大雅》曰："韩姞燕誉。"言申女来嫁，结昏姻之好，不宜厌弃。

虽无旨酒，式饮庶几。虽无嘉殽，式食庶几。补曰：旨酒、嘉殽，君臣酒食之词。虽无者，王娶申女时，犹未即位也。庶几，尚也。尚与合卺饮、同牢食。**虽无德与女，式歌且舞**。笺云：诸大夫觊得贤女以配王，于是酒虽不美，犹用之燕饮，殽虽不美，犹食之。人皆庶几于王之变改，得辅佐之。虽无其德，我与女用是歌舞相乐，喜之至也。补曰：歌舞者，备燕乐也。申女虽无德，已为后，与王燕。

陟彼高冈，析其柞薪。析其柞薪，其叶湑兮。笺云：陟，登也。登高冈者，必析其木以为薪。析其木以为薪者，为其叶茂盛，蔽冈之高也。此喻贤女得在王后之位，则必辟除疾妒之女，亦为其蔽君之明。补曰：柞，栎也，其叶相续而生。高冈，君位。析薪，父子之事。喻申女配尊有嗣子，而见分析也。湑，零落之皃。柞且为薪，何爱其叶？喻后废，太子亦废，申愈疏也。**鲜我觏尔，我心写兮**。笺云：鲜，善。觏，见也。善乎，我得见女如是，则我心中之忧除去也。补曰：善我者，欲王复善申女也。

高山仰之，景行行之。之，一作"止"。《说文》引"印止"。景，大也。笺云：景，明也。诸大夫以为，贤女既进，则王亦庶几古人有高德者则慕仰之，有明行者则而行之。补曰：高山，君位。其行事众所仰，当依大道乃可行。极言立后之当审也。**四牡騑騑，六辔如琴**。笺云：其御群臣，使之有礼，如御四马騑騑然，持其教令，使之调均，亦如六辔缓急有和也。补曰：四牡以亲迎，知王意不可转。**觏尔新昏，以慰我心**。慰，《韩》作"愠"。慰，宛也。笺云：我得见女之新昏如是，则以慰除我心之忧也。新昏，谓季女也。补曰：言新昏者，极谏立褒姒也。臣民心不平，别求贤女，或可以熨伏之。

《车辖》五章，章六句。

《青蝇》，大夫刺幽王也。

营营青蝇，止于樊。营，《说文》引又作“謍”；“樊”作“棥”，《史记》作“蕃”，《汉书》引“至于藩”。兴也。营营，往来皃。樊，藩也。笺云：兴者，蝇之为虫，污白使黑，污黑使白，喻佞人变乱善恶也。言止于樊，欲外之，令远物也。岂弟君子，无信谗言。笺云：岂弟，乐易也。

营营青蝇，止于棘。补曰：棘，九卿之朝位，喻佞人将为卿，盖虢石父也。谗人罔极，交乱四国。笺云：极，犹已也。补曰：极，中也。乱诸侯之邦交。

营营青蝇，止于榛。榛所以为藩也。补曰：榛，女贽。止榛者，在妃妾之班，盖褒姒也。谗人罔极，构我二人。笺云：构，合也。合，犹交乱也。补曰：二人，夫妇也。王及申后将为所间。

《青蝇》三章，章四句。

《宾之初筵》，卫武公刺时也。幽王荒废，媟近小人，饮酒无度，天下化之，君臣上下，沈湎淫液。武公既入，而作是诗也。淫液者，饮酒时情态也。武公入者，入为王卿士。

宾之初筵，左右秩秩。秩秩然肃敬也。笺云：筵，席也。左右，谓折旋揖让也。秩秩，知也。先王将祭，必射以择士。大射之礼，宾初入门，登堂即席，其趋翔威仪甚审知。言不失礼也。射礼有三，有大射，有宾射，有燕射。补曰：宾筵者，所谓筵国宾也。上言宾，下言大侯，明此为诸侯助祭而择贡士也。左右，主宾之党也。大射于射宫，在西郊虞庠之学。笾豆有楚，殽核维旅。楚，列皃。殽，豆实也。核，加笾也。旅，陈也。笺云：豆实，菹醢也。笾实，有桃梅之属。凡非谷而食之，曰殽。补曰：笾，脯也。射荐笾脯五挺。豆，醢也。殽升折俎，则有牲矣。覈，骨也。折俎体仪贵贱各有骨，故谓为覈。蔡邕说：“肉为殽，骨为覈。”是也。

字又作“骸”，又作“胲”。果核似骨，故亦名“核”。骨分贵贱，故又为考核。《书·吕刑》：“其审核之。”今以“覈”为正字。许慎又以“胲”为足毛，皆非也。宾各有俎，故曰维旅，盖用牛牲。**酒既和旨，饮酒孔偕**。笺云：和旨，酒调美也。孔，甚也。王之酒已调美，众宾之饮酒又威仪齐一。言主人敬其事，而众宾肃慎。补曰：酒言和者，齐也，亦天子异礼。**钟鼓既设，举酬逸逸**。逸逸，往来次序也。笺云：钟鼓于是言既设者，将射改县也。补曰：逸逸，秩秩也。古者逸失①同字。**大侯既抗，弓矢斯张**。大侯，君侯也。抗，举也。有燕射之礼。笺云：举鹄而栖之于侯也。《周礼·梓人》：“张皮侯而栖鹄。”天子、诸侯之射，皆张三侯，故君侯谓之大侯。大侯张，而弓矢亦张，节也。将祭而射，谓之大射。下章言“烝衎烈祖”，其非祭乎？补曰：大侯，虎侯，其二则熊、豹也。抗者，系侯左下纲。**射夫既同，献尔发功**。笺云：射夫，众射者也。献，犹奏也。既比众耦，乃诱射，射者乃登射，各奏其发矢中的之功。补曰：射夫，诸侯也。尔，尔王也。功，贡士也。得与于祭，而君有庆。**发彼有的，以祈尔爵**。尔，《礼记》引作“有”。的，质也。祈，求也。笺云：发，发矢也。射者与其耦拾发，发矢之时，各心竞云：“我以此求爵女。”爵，射爵也。射之礼，胜者饮不胜，所以养病也。故《论语》曰：“升下而饮，其争也君子。”补曰：尔，当作“有”。求中以辞爵，已不欲有此爵也。言古之君臣求不饮酒，今之君臣乃求饮酒。

籥舞笙鼓，乐既和奏。烝衎烈祖，以洽百礼。秉籥而舞，与笙鼓相应。笺云：籥，管也。殷人先求诸阳，故祭祀先奏乐，涤荡其声也。烝，进。衎，乐。烈，美。洽，合也。奏乐和，必进乐其先祖，于是又合见天下诸侯所献之礼。补曰：籥舞，文王之盛德，故特言焉。烈祖，盖大王庙。**百礼既至，有壬有林**。壬，大。林，君也。笺云：壬，任也，谓卿大夫也。诸侯所献之礼，既陈于庭，有卿大夫，又有国君。言天下

---

① 据上文，疑作“秩”。

礼至，得万国之欢心。补曰：壬，《禹贡》所谓任国，字一作“男”。卿大夫以王官受采邑者，为县内诸侯。《左传》曰：“郑伯男也。”林，群也，外诸侯之称。**锡尔纯嘏，子孙其湛。**嘏，大也。笺云：纯，大也。嘏，谓尸与主人以福也。湛，乐也。王受神之福于尸，则王之子孙皆喜乐也。补曰：谓上嗣登馂受爵。湛，渐渍也。渐渍于大福，习于礼也。**其湛曰乐，各奏尔能。**笺云：子孙各奏尔能者，谓既湛之后，各酌献尸，尸酢而卒爵也。士之祭礼，上嗣举奠，因而酌尸。天子则有子孙献尸之礼。《文王世子》曰“其登馂献受爵，则以上嗣”是也。补曰：湛于礼即合于乐，故其湛曰乐，所谓无声之乐也。人得自进，故合于乐。各进者，谓长兄弟众宾长，

各加爵于尸，侑主人、主妇也。能，贤也，亦长也。**宾载手仇，室人入又。**手，取也。室人，主人也。主人请射于宾，宾许诺，自取其匹而射。主人亦入于次，又射以耦宾也。笺云：仇，读曰“斞”。室人，有室中之事者，谓佐食也。又，复也。宾手挹酒，室人复酌为加爵。补曰：宾，次宾也。次宾一人，又举爵遂之于下，爵无算，故曰手斞。言任酌者，自酌之也。室人，妇赞者也。入，入房也。房中又行旅酬，如堂下也。**酌彼康爵，以奏尔时。**酒所以安体也。时，中者也。笺云：康，虚也。时，谓心所尊者也。加爵之间，宾与兄弟交错相酬。卒爵者，酌之以献其所尊，亦交错而已，又无次也。补曰：酌康爵者，主人洗爵于户内，以授馔者也。士礼取爵于篚，天子则措篚于坫，故曰康。《记》曰“崇坫康圭”，亦是也。奏，进。时，承也。进上嗣，承神惠，祭礼终，宾出矣。大夫使官馂诸侯，自与卿四人馂天子，盖使上嗣与公卿馂与？

宾之初筵，温温其恭。笺云：此复言初筵者，既祭，王与族人燕之筵也。王与族人燕，以异姓为宾。温温，柔和也。补曰：言今者待贡士及诸侯助祭者，礼犹未改。**其未醉止，威仪反反。曰既醉止，威仪幡幡。**反，《韩》作“昄”。反反，言重慎也。幡幡，失威仪也。**舍其坐迁，娄舞仙仙。**迁，徙。娄，数也。仙仙然。笺云：此言宾初即筵

之时，能自敕戒以礼，至于旅酬而小人之态出。言王既不得君子以为宾，又不得有恒之人，所以败乱天下，率如此也。其未醉止，威仪抑抑。曰既醉止，威仪怭怭。怭，《说文》引作“佖”。抑抑，慎密也。怭怭，媟嫚也。是曰既醉，不知其秩。秩，常也。

宾既醉止，载号载呶。乱我笾豆，娄舞僛僛。《说文》引“呶”“僛”。号、呶，号呼、讙呶也。僛僛，舞不能自正也。笺云：此更言宾既醉，而异章者，著为无算爵以后也。是曰既醉，不知其邮。侧弁之俄，娄舞傞傞。《说文》引“俄”“傞”，“侧”作“仄”，又引“娄舞㛗㛗”。傞傞，不正也。笺云：邮，过。侧，倾也。俄，倾皃。既醉而出，并受其福。醉而不出，是谓伐德。笺云：出，犹去也。宾醉则出，与主人俱有美誉。醉至若此，是诛伐其德也。补曰：伐，败也。饮必于祭，以荐明德而神降福，故既醉既饱，小大稽首而出也。若以醉乱之，是伤败王之明德。饮酒孔嘉，维其令仪。笺云：孔，甚。令，善也。饮酒而诚美，则于礼有善威仪。武公见王之失礼，故以此言箴之。

凡此饮酒，或醉或否。笺云：凡此者，凡此时天下之人也。补曰：凡，最括之词。此，诸臣侍饮者。言诸臣亦有守礼不醉者，以明由王之过。不醉者，武公即是。既立之监，或佐之史。彼醉不臧，不醉反耻。立酒之监，佐酒之史。笺云：饮酒于有醉者，有不醉者，则立监使视之，又助以史，使督酒，欲令皆醉也。彼醉则已不善，人所非恶，反复取未醉者耻罚之。言此者，疾之也。补曰：监，礼所谓司正也。史，左右史，记王言动者，本非为饮酒立，故言佐也。今虽立监、史，醉不知耻，反以不醉者为耻。式勿从谓，无俾大怠。笺云：式，读曰“忒”。勿，犹无也。俾，使也。武公见时人多说醉者之状，或以取怨致仇，故为设禁。醉者有过恶，女无就而谓之也，当防护之，无使颠仆，至于怠慢也。补曰：此自明不面谏而陈诗之意也。既以不醉为可耻，用此故不可从而谏之，无使乘醉，怒而大慢，戮辱忠直，而两伤也。匪言勿言，勿由勿语。勿由，唐石经以后均误为“匪由”。笺云：由，从也。其所陈说，非所当说，无为人说之也，亦无从而行之也，亦无以语人也，皆为其闻之将恚怒也。补曰：君臣媟慢，不可传于四方，故勿言，勿从，勿语。**由醉之言，俾出童羖**。羖，羊不童也。笺云：女从行醉者之言，使女出无角之羖羊，胁以无然之物，使戒深也。羖羊之性，牝牡有角。补曰：夏羊牡羭牝羖。童羖，犹牝鸡也。《抑》曰：“彼童而角，实虹小子。”谓褒姒也。王所以用醉言者，其使之出于童羖。褒姒时未为后，故云然。**三爵不识，矧敢多又**。笺云：矧，况。又，复也。当言我于此醉者，饮三爵之不知，况能知其多复饮乎？三爵者，献也，酢也，酬也。补曰：凡举爵三作，侍君饮之节也。《记》曰：“三爵而油油，以退。”谓二大夫媵爵，君取一以酬宾，二以赐大夫之长，或仍赐宾，三唯所赐，皆旅酬。于是乃立司正，命安而脱屦升坐，始可以饮酒。命安之时，臣可以退。武公见时无礼，于命安辄退，故以此自明其异趣也。不识者若曰：“非臣所敢知。”

《宾之初筵》五章，章十四句。

《甫田之什》十篇，卅九章，二百九十六句。

诗卷十五

鱼藻之什毛诗诂训传第廿二　小雅七

《鱼藻》，刺幽王也。言万物失其性，王居镐京，将不能以自乐，故君子思古之武王焉。万物失其性者，政教衰，阴阳不和，群生不得其所也。将不能以自乐，言必自是有危亡之祸。

鱼在在藻，有颁其首。《说文》引"颁"。颁，大首皃。鱼以依蒲藻为得其性。笺云：藻，水草也。鱼之依水草，犹人之依明王也。明王之时，鱼何所处乎？处于藻，既得其性，则肥充，其首颁然。此时人物皆得其所，正言鱼者，以潜逃之类，信其著见。王在在镐，岂乐饮酒。岂，一作"恺"。笺云：岂，亦乐也。天下平安，万物得其性，武王何所处乎？处于镐京，乐八音之乐，与群臣饮酒而已。今幽王惑于褒姒，万物失其性，方有危亡之祸，而亦岂乐饮酒于镐京，而无悛心，故以此刺焉。补曰：《水经注》："渭水于槐里县东流，又东北与鄗水合。鄗池在昆明池北，周武王之所都也。"上言鱼，故此言镐。岂乐者，军捷之乐。饮酒，则饮至也。武王伐纣，还休于镐。今王用兵而召乱。

鱼在在藻，有莘其尾。莘，长皃。王在在镐，饮酒乐岂。

鱼在在藻，依于其蒲。补曰：鱼依蒲以自荫，喻诸侯依王室为重。王在在镐，有那其居。笺云：那，安皃。天下平安，王无四方之虞，故其居处那然安也。补曰：那居者，所谓定天保、依天室。

《鱼藻》三章，章四句。

《采叔》，刺幽王也。侮慢诸侯，诸侯来朝，不能锡命以礼，数征会之，而无信义。君子见微而思古焉。幽王征会诸侯，为合义兵，征讨有罪。既往而无之，是于义事不信也。君子见其如此，知其后必见攻伐，将无救也。

采叔采叔，筐之筥之。叔，一作“菽”。兴也。叔，所以芼太牢而待君子也，羊则苄，豕则薇。笺云：叔，大豆也。采之者，采其叶以为藿。三牲，牛、羊、豕，牛芼以藿。王飨宾客有（生）［牛］俎，乃用铏羹，故使采之。补曰：筐筥者，归饔饩米器也。盖二代之后用筐，诸侯用筥。牲物先备，唯叔芼时采，故丁宁言之。君子来朝，何锡予之？虽无予之，路车乘马。予，《白虎通》引作“与”。君子，谓诸侯也。笺云：赐诸侯以车马。言“虽无予之”，尚以为薄。补曰：车马常赐，故自谓其无予。又何予之？玄衮及黼。玄衮，卷龙也。白与黑谓之黼。笺云：及，与也。玄衮，玄衣而画以卷龙也。黼，黼黻，谓绨衣也。诸公之服自衮冕而下，侯伯自鷩冕而下，子男自毳冕而下。王之赐，维用有文章者。补曰：及，逮也。特言玄衮，则凡衮不玄也。诸侯青赤色以下为章衮，盖主于青，故曰山龙青也。五等皆赐衮，谓之褒衣。《春秋》：葬子男，皆称公。《记》曰“公袭衮衣”是也。二王后及一相二伯乃有玄衮。天子之衮也，黼裳绨冕。绣黼之裳，孤卿之服。《秦风》所谓绣裳。言五等及三监皆有赐。《觐礼》：“天子赐侯氏以车服。诸公奉箧服，加命书上。”

觱沸槛泉，言采其芹。《说文》引“觱”，又引作“滭”；“槛”作“滥”。觱沸，泉出皃。槛泉，正出。笺云：言，我也。芹，菜也，可以为菹，亦所用待君子也。我使采其水中芹者，尚洁清也。《周礼》：芹菹，雁醢。补曰：将飨之。君子来朝，言观其旂。笺云：诸侯来朝，王使人迎之，因观其衣服车乘之威仪，所以为敬，且省祸福也。补曰：诸侯朝，车载龙旂。我观之者，王亲逆之。言于朝日，设飨醴之。其旂淠淠，鸾声嘒嘒。载骖载驷，君子所届。淠淠，动也。嘒嘒，中节也。笺云：届，极也。诸侯将朝王则骖乘，乘四马而往。此之服饰，君子法制之极也。言其尊，而王今不尊也。补曰：鸾声，王之路也。骖，谓齐仆、齐右与王而三也。朝覲宗遇飨食，王皆乘金路送逆。届，至也。有礼，故至。

赤市在股，邪幅在下。市，《白虎通》引作“绋”。诸侯赤市、邪幅。幅，偪也，所以自偪束也。笺云：市，太古蔽膝之象也。冕服谓之市，其他服谓之韠。以韦为之，其制上广一尺，下广二尺，长三尺，其颈五寸，肩革带博二寸。胫本曰股。邪幅，如今行縢也，偪束其胫，自足至膝，故曰“在下”。补曰：赤市在裳，而必言股，示褰裳趋事，军容也。古者不绔不袜，军士则绔而不裳。优尊者，以邪幅缠足耳。车中不舄，单履施邪幅，故见其在下也。邪，余也。盖以裳帛余幅为之。彼交匪纾，天子所予。彼，《荀子》引作“匪”。纾，缓也。笺云：彼与人交接，自偪束如此，则非有解怠舒缓之心，天子以是故赐予之。补曰：交，邦交朝王也。乐只君子，天子命之。乐只君子，福禄申之。申，重也。笺云：只之言是也。古者天子赐诸侯也，以礼乐乐之，乃后命予之也。天子赐之，神则以福禄申重之，所谓“人谋鬼谋”也。刺今王不然。

维柞之枝，其叶蓬蓬。蓬蓬，盛皃。笺云：此兴也。柞之干，犹先祖也。枝，犹子孙也。其叶蓬蓬，喻贤才也。正以柞为兴者，柞之叶，新叶将生，故乃落于地，以喻继世以德相承者明也。乐只君子，殿天子之邦。殿，填也。补曰：填，今“镇”字。乐只君子，万福攸同。平平左右，亦是率从。平，《韩》作“便”。《左传》引作“便蕃”。平平，辩治也。笺云：率，循也。诸侯之有贤才之德，能辩治其连属之国，使得其所，则连属之国亦循顺之。

泛泛杨舟，绋𫄨维之。绋，𦆌也。𫄨，緌也。明王能维持诸侯也。笺云：杨木之舟，浮于水上，泛泛然东西无所定。舟人以绋系其緌，以制行之，犹诸侯之治民，御之以礼法。补曰：言诸侯叛服无常，当相联络。

乐只君子，天子葵之。葵，揆也。补曰：揆度其宜，故加厚于来者。乐只君子，福禄膍之。膍，《韩》作“肶”。膍，厚也。优哉游哉，亦是戾矣。游，《韩》作“柔”。戾，至也。笺云：戾，止也。诸侯有盛德者，亦优游自安止于是。言思不出位。补曰：言厚于来者，则不来者亦将至也。

《采叔》五章，章八句。

《角弓》，父兄刺幽王也。补曰：父兄，领宗室者。《礼》曰："诸父诸兄守贵室，子弟守下宫下室。"不亲九族而好谗佞，骨肉相怨，故作是诗也。

骍骍角弓，翩其反矣。骍，《说文》引作“觲”，陆德明云《说文》作“弲”。兴也。骍骍，调和也。不善绁檠巧用，则翩然而反。笺云：兴者，喻王与九族，不以恩礼御待之，则使之多怨也。兄弟昏姻，无胥远矣。笺云：胥，相也。骨肉之亲，当相亲信，无相疏远。相疏远，则以亲亲之望，易以成怨。

尔之远矣，民胥然矣。笺云：尔，女，女幽王也。胥，皆也。言女不亲骨肉，则天下之人皆如之。补曰：民，谓族人。尔之教矣，民胥效矣。《白虎通》引“欲民斯效”。笺云：（凡）［见］女之教令，无善无恶，所尚者，天下之人皆学之。言上之化下，不可不慎。补曰：效，见也。王用善教，则族人皆自见诚。

此令兄弟，绰绰有裕。不令兄弟，交相为瘉。绰绰，宽也。裕，饶也。瘉，病也。笺云：令，善也。

民之无良，相怨一方。民，《韩》作“人”。刘向引“人而不良”。笺云：良，善也。民之意不获，当反责之于身，思彼所以然者而恕之。无善心之人，则徒居一处怨恚之。补曰：方，偏也。言族人怨王，虽不善，亦有一偏之理。受爵不让，至于已斯亡。爵禄不以相让，故怨祸及之。比周而党愈少，鄙争而名愈辱，求安而身愈危。笺云：斯，此也。补曰：王族亲各以为当富贵，虽封爵犹受不让，故怨望生乱，至亡身而不恤。甚言族之当用恩也。

老马反为驹，不顾其后。已老矣，而孩童慢之。笺云：此喻幽王见老人反侮慢之，遇之如幼稚，不自顾念，后至年老，人之遇己亦将然。补曰：老马，父兄自喻也。反，车在马前也。《记》曰："始驾马者反之。"使驹反在后者，为调率此驹也。今不能顾后，言老马不能教驹，喻父兄不能收族。如食宜饇，如酌孔取。宜，一作"仪"，《韩》同。饇，《说文》引"饇"。饇，饱也。笺云：王如食老者，则宜令之饱；如饮老者，则当孔取。孔取，谓度其所胜多少。凡器之孔，其量大小不同。老者气力弱，故取义焉。王者有族食、族燕之礼。补曰：食、酌言如者，刺王不与族人食、燕也。族食则有饇，如燕之无算爵，凡劝其饱以恩之。酌，谓燕而旅酬，令自酌也。孔，甚也。甚，猒也。各令猒其意以取。

毋教猱升木，如涂涂附。猱，猿属。涂，泥。附，著也。笺云：毋，禁词。猱之性善登木，若教使其为之，必能也。附，木桴也。涂之性善著，若以涂附，其著亦必也。以喻人之心皆有仁义，教之则进。补曰：毋，无也。猱升木不待教，亦不能教，非如驹之可反。以喻族人怨叛，则不待父兄教也。涂，印泥也。附，当为"符"。符、印，散文通耳。印泥之印符玺，此印彼显，如族人之应王心。君子有徽猷，小人与属。徽，美也。笺云：猷，道也。君子有美道，以得声誉，则小人亦乐与之，而自连属焉。今无良之人相怨，王不教之。补曰：小人，父兄自谓也。族人唯应王心，故冀王有美道，则吾等小人亦得用恩意与之相连属。

雨雪瀌瀌，见晛曰消。瀌、见，《韩》作"麃""曣"，"曰"作"聿"。《说文》引"瀌""晛"。晛，日气也。笺云：雨雪之盛瀌瀌然，至日将出，其气始见，人则皆称曰：雪今消释矣。喻小人虽多，王若欲兴善政，则天下闻之，莫不曰小人今诛灭矣。其所以然者，人心皆乐善，王不启教之。补曰：雨雪，《頍弁》以喻疑阻。彼始集，此已盛，皆可散。莫肯下遗，式居娄骄。笺云：莫，无也。遗，读曰“随”。式，用也。娄，敛也。今王不以善政启小人之心，则无肯谦虚，以礼相卑下，先人而后己，用此自居处，敛其骄慢之过者。补曰：遗，读为“遂”。下遂，言王恩下遂于族人也。居，倨。娄，数也。族人式倨而数骄。

雨雪浮浮，见晛曰流。浮浮，犹瀌瀌也。流，流而去也。补曰：浮浮，积雪皃。如蛮如髦，我是用忧。蛮，南蛮也。髦，夷髦也。笺云：今小人之行如夷狄，而王不能变化之，我用是为大忧也。髦，西夷别名。武王伐纣，其等有八国从焉。补曰：宗族如仇敌，言族人怨恨甚。

《角弓》八章，章四句。

《菀柳》，刺幽王也。暴虐无亲，而刑罚不中，诸侯皆不欲朝。言王者之不可朝事也。

有菀者柳，不尚息焉。兴也。菀，茂木也。笺云：尚，庶几也。有菀然枝叶茂盛之柳，行路之人，岂有不庶几欲就之止息乎？兴者，喻王有盛德，则天下皆庶几愿往朝焉。忧今不然。上帝甚蹈，无自昵焉。蹈，《韩》作“慆”，又作“陶”。蹈，动。昵，近也。笺云：蹈，读曰“悼”。上帝乎者，诉之也。今幽王暴虐，不可以朝事，使我心中悼病，是以不从而近之。释己所以不朝之意。补曰：上帝，明堂帝也。呼而诉今王。蹈，当为“滔”，过也，疑也。

俾予靖之，后予极焉。靖，治。极，至也。笺云：靖，谋。俾，使。极，诛也。假使我朝王，王留我，使我谋政事。王信谗，不察功考绩，后反诛放我。是言王刑罚不中，不可朝事也。补曰：极，穷也。予，诗人自我也。王见诸侯不朝，亦使贤臣谋之，及与期约，而复反复，使我穷也。人主之过，莫大乎使忠良不相保，而无以自立，诛戮未为伤也。

有菀者柳，不尚愒焉。愒，息也。上帝甚蹈，无自瘵焉。瘵，病也。笺云：瘵，接也。补曰：瘵，依郑作“际”。俾予靖之，后予迈焉。笺云：迈，行也。行，亦放也。《春秋传》曰：“子将行之。”

补曰：迈，更有他往及行相过之词也。后不从予谋所行。《离骚》所谓“后悔遁而有他”。

有鸟高飞，亦傅于天。补曰：鸟，喻诸侯也。高飞，远叛不朝也，《沔水》所谓“载扬”。天，喻朝廷也。傅，附著也。鸟虽飞，不能出天外，诸侯亦不能无主。彼人之心，于何其臻？笺云：傅、臻，皆至也。彼人，斥幽王也。鸟之高飞，极至于天耳。幽王之心，于何所至乎？言其转侧无常，人不知其所届。补曰：彼人，谓诸侯也。诸侯不朝，当服其心。曷予靖之，居以凶矜？曷，害。矜，危也。笺云：王何为使我谋之，随而罪我，居我以凶危之地？谓四裔也。补曰：曷，何不也。何不与我谋之，而使诸侯居然成凶祸乎？矜，孑也。诸侯叛，则王孤立如鳏。

《菀柳》三章，章六句。

《都人士》，周人刺衣服无常也。补曰：刺贵人不能教子女。古者长民，衣服不贰，从容有常，以齐其民，则民德归壹。伤今不复见古人也。服，谓冠弁衣裳也。古者，明王时也。长民，谓凡在民上倡率者。变易无常谓之贰。从容，谓休燕也。休燕犹有常，则朝夕明矣。壹者，专也，同也。补曰：贰，读为“忒”。从容，犹动容，容止有常。

彼都人士，狐裘黄黄。彼，彼明王也。笺云：城郭之域曰都。古明王时，都人之有士行者，冬则衣狐裘黄黄然，取温裕而已。补曰：都，王子弟所封邑。人，群吏。士，未仕者。蜡则狐裘黄衣。言黄黄者，自王以下同服也。明农教乡子弟，于此选士，故推本其时之典。其容不改，出言有章。笺云：其动作、容皃既有常，口吐言语又有法度文章。疾今奢淫，不自责以过差。补曰：养老乞言，惇史记之，故有章也。行归于周，万民所望。周，忠信也。笺云：于，於也。都人之士所行，要归于忠信。其余万民寡识者，咸瞻望而法效之。又疾今不然。补曰：行，长民者之行也。诸侯曰万民。采邑诸侯修教，饬行于忠信，诸侯观法也。

彼都人士，台笠缁撮。台所以御暑，笠所以御雨也。缁撮，缁布冠也。笺云：台，夫须也。都人之士以台皮为笠，缁布为冠。古明王之时，俭且节也。补曰：台，簦也。此章言冠笄之男女也。学子入大学，不以车马，则担簦戴笠。缁布，始冠之冠。撮，会也，郑众说"以五采束发"。童子锦束发，谓之紒。言始冠者缁，未冠者撮，皆卿、大夫、士之子入学者。台笠，造士入学者。太学之子，唯此二者。彼君子女，绸直如发。密直如发也。笺云：彼君子女者，谓都人之家女也。其情性密致，操行正直，如发之本末无隆杀也。补曰：君子，长民者也。于士言都人，于女言君子，男贵质，女贵文也。绸，韬也，韬发缅也。直，盖揥也。笄横揥直，男言笄，故女言揥，揥盖唯贵女乃有耳。如，顺也。以缅笄顺发，明女初笄也。我不见兮，我心不说。笺云：疾时皆奢淫，我不复见今士女之然者，心思之而忧也。补曰：说，释也。言此非难见。

彼都人士，充耳琇实。琇，美石也。笺云：言以美石为瑱。瑱，塞耳。补曰：此言成人男女已仕、嫁者也。亦曰士女者，推本言之。充耳以石，大夫。皮弁，天子之朝服。彼君子女，谓之尹吉。尹，正也。笺云：吉，读为"姞"。尹氏、姞氏，周室昏姻之旧姓也。人见都人之家女，咸谓之尹氏、姞氏之女。言有礼法。补曰：谓之者，议昏也。《摽梅》曰："迨其谓之。"言可以配贵卿世族。我不见兮，我心苑结。笺云：苑结，屈也，积也。补曰：刺今已仕、嫁者，不任其职事。

彼都人士，垂带而厉。厉，带之垂者。笺云：而，亦"如"也。而厉，如鞶厉也。鞶必垂厉以为饰。"厉"字当作"裂"。补曰：此言幼男女也。垂厉，幼男佩鞶革者。彼君子女，卷发如虿。笺云：虿，螫虫也，尾末揵然，似妇人发末曲上卷然。补曰：卷发，幼女未笄者。《记》曰："燕则鬈首。"谓依童女饰。我不见兮，言从之迈。笺云：言，亦我也。迈，行也。我今不见士女此饰，心思之，欲从之行。言已忧闷，欲自杀，求从古人。补曰：之，是也。将从此行，言无礼之国不可居也。幼而失教，长必无忠信行。

匪伊垂之，带则有余。笺云：伊，词也。此言士非故垂此带也，带于礼自当有余也。补曰：丁宁于幼男女者，见教之当裕也。伊，维也。非唯垂之鞶厉，又教之以其垂之之故。言人胜带，则礼当有余，故加佩也。匪伊卷之，发则有旟。旟，扬也。笺云：女非故卷此发也，发于礼自当有旟也。旟，枝旟扬起也。补曰：旟之言容与。我不见兮，云何盱矣。笺云：盱，病。思之甚，云何乎，我今已病也。

《都人士》五章，章六句。

《采绿》，刺怨旷也。幽王之时，多怨旷者也。怨旷者，君子行役过时之所由。而刺之者，讥其不但忧思而已，欲从君子于外，非礼也。

终朝采绿，不盈一匊。兴也。自旦及食时为终朝。两手曰匊。笺云：绿，王刍也，易得之菜也。终朝采之，而不满一手，怨旷之深，忧思不专于事。补曰：绿，当为"菉"。菉草可以染留黄，喻采择女色也。终朝采之，而谓不盈匊，言选进无厌。予发曲局，薄言归沐。局，卷也。妇人，夫不在则不容饰。笺云：言，我也。礼，妇人在夫家，笄象笄。今曲卷其发，忧思之甚也。有云君子将归者，我则沐以待之。补曰：发曲鬈首，犹处子也。归，馈也。王采进嫔御多不得幸，女犹鬈首，勉相与馈遗膏沐，以待进御耳。

终朝采蓝，不盈一襜。衣蔽前谓之襜。笺云：蓝，染草也。补曰：蓝，妇官染采之上色，喻已备嫔御者也。襜无袖背，执事之服。五日为期，六日不詹。詹，至也。妇人五日一御。笺云：妇人过于时乃怨旷。五日、六日者，五月之日、六月之日也。期至五月而归，今六月犹不至，是以忧思。补曰：天子九九而御，十五日而遍。云五日者，御女之日期，大数也。妃妾有名位，乃有五日之期。詹，读为"赡"，给也。王舍正礼，别求艳色，岂不足五日之御乎？乃虽更分之，展至六日，犹不遍给。言妇官亦多。

之子于狩，言韔其弓。之子于钓，言纶之绳。笺云：之子，是子也，谓其君子也。于，往也。纶，钓缴也。君子往狩与，我当从之，为之韔弓；其往钓与，我当从之，为之绳缴。今怨旷，自恨初行时不然。补曰：狩、钓，以喻采进外女也。言，我也。韔，弢也。纶，读为"綒"，以杼贯丝也。谏王不宜渔色，譬将往狩，我则韬其弓，使不得狩；将往钓，我则綒其绳，使不得钓。

其钓维何？维鲂及鱮。补曰：专言钓者，鱼阴类，于意尤显。《易》曰："贯鱼，宫人宠。"维鲂及鱮，薄言观者。者，《韩》作"睹"。笺云：观，多也。此美其君子之有技艺也。钓必得鲂、鱮，鲂、鱮是云其多者耳。其众杂鱼，乃众多矣。补曰：言，我也。者，当为"睹"。鲂、鱮，从嫁之贵妾。言王自有正数，从嫁来者，我睹之已为多矣。

《采绿》四章，章四句。

《黍苗》，刺幽王也。不能膏润天下，卿士不能行召伯之职焉。陈宣王之德、召伯之功，以刺幽王及其群臣废此恩泽事业也。补曰：刺王开怨于申，以失南伯，废宣王疆理之意。

芃芃黍苗，阴雨膏之。兴也。芃芃，长大皃。笺云：兴者，喻天下之民如黍苗然，宣王能以恩泽育养之，亦如天之有阴雨之润。补曰：黍，今高粱也。大暑时种，待雨尤切。悠悠南行，召伯劳之。悠悠，行皃。笺云：宣王之时，使召伯营谢邑，以定申伯之国。将徒役南行，众多悠悠然，召伯则能劳来劝说以先之。补曰：南行者，申伯也。召伯犹劳之者，三公勤王事，封申凡以为国计。今虢石父为卿，乃阿意废申，故刺之。

我任我辇，我车我牛。任者，辇者，车者，牛者。笺云：营谢转餫之役，有负任者，有挽辇者，有将车者，有牵傍牛者。补曰：我，我王朝也。言先王封申，劳费不易。我行既集，盖云归哉！笺云：集，犹成也。盖，犹皆也。其所为南行之事既成，召伯则皆告之云："可归哉。"刺今王使民行役，曾无休止时。补曰：盖云者，推其意也。王遣役行已集事，特使申伯如归耳。极陈封申非以为申也。

我徒我御，我师我旅。徒行者，御车者，师者，旅者。笺云：步行曰徒。召伯营谢邑，以兵众行，其士卒有步行者，有御兵车者。五百人为旅，五旅为师。《春秋传》曰：诸侯之制，“君行师从，卿行旅从”。补曰：言非独发徒役，又劳王师。我行既集，盖云归处！补曰：言令申伯处申，以屏王室。

肃肃谢功，召伯营之。烈烈征师，召伯成之。谢，邑也。笺云：肃肃，严正之皃。营，治也。烈烈，威武皃。征，行也。美召伯治谢邑，则使之严正，将师旅行，则有威武也。补曰：征师，申伯入谢之师，多从王卒，故召伯成其行也。言废申堕先业。原隰既平，泉流既清。土治曰平，水治曰清。笺云：召伯营谢邑，相其原隰之宜，通其水泉之利。补曰：言申镇南土，国富安。召伯有成，王心则宁。笺云：此功既成，宣王之心则安也。又刺今王，臣无功而亦心安。补曰：言王室将危。

《黍苗》五章，章四句。

《隰桑》，刺幽王也。小人在位，君子在野，思见君子，尽心以事之。

隰桑有阿，其叶有难。兴也。阿然美皃。难然盛皃。有以利人也。笺云：隰中之桑，枝条阿阿然长美，其叶又茂盛可以庇荫人。兴者，喻时贤人君子不用而野处，有覆养之德也。正以隰桑兴者，反求此义，则原上之桑，枝叶不能然，以刺时小人在位，无德于民。补曰：曲陵曰阿。林木茂密似阿也。桑者，宅树。今令在隰如阿，而叶空盛无用。既见君子，其乐如何！笺云：思在野之君子，而得见其在位，喜乐无度。

隰桑有阿，其叶有沃。沃，柔也。补曰：少长时沃沃然。既见君子，云何不乐！补曰：重言得贤则乐，以诱劝王。

隰桑有阿，其叶有幽。幽，黑色也。补曰：将老，黝黝然。既见君子，德音孔胶。胶，固也。笺云：君子在位，民附仰之，其教令之行甚坚固也。

心乎爱矣，遐不谓矣？补曰：爱，隐也。力不能荐达，但隐思之，见其远而益勤于望。中心藏之，何日忘之？笺云：遐，远。谓，勤。臧，善也。我心爱此君子，君子虽远在野，岂能不勤思之乎？宜思之也。我心善此君子，又诚不能忘也。孔子曰："爱之能勿劳乎？忠焉能勿诲乎？"补曰：王不知其善，故忘之。

《隰桑》四章，章四句。

《白华》，周人刺幽后也。补曰：幽后，申后也。幽王即位，始得褒姒，三年而后废，盖以妒也。刺其始不能御，又不能容。言人伦之变，非独君父与夫之过，小人贱妾尤不足责也。幽王取申女以为后，又得褒姒而黜申后，故下国化之，以妾为妻，以孽代宗，而王弗能治。周人为之作是诗也。申，姜姓之国也。褒姒，褒人所入之女，姒其字也，是谓幽后。孽，支庶也。宗，適子也。王不能治，己不正故也。补曰：即欲治下国，当刺王耳。如传意，岂欲褒姒自贬退乎？有是迂也。

白华菅兮，白茅束兮。兴也。白华，野菅也。已沤为菅。笺云：白华于野，已沤，名之为菅。菅柔忍中用矣，而更取白茅收束之。茅比于白华为脆。兴者，喻王取于申，申后礼仪备，任妃后之事，而更纳褒姒，褒姒为孽，将至灭国。补曰：菅，茅类也，而茅用可重以奉宗庙鬼神，喻后也。菅供服用而已，喻妾也。野菅，喻外来之妾。菅兮者，言已入宫也，是乃白茅之所约束，言褒姒初入，后当训化。之子之远，俾我独兮！笺云：之子，斥幽王也。俾，使也。王之远外我，不复答耦我，意欲使我独也。老而无子曰独。后褒姒谮申后之子宜咎，宜咎奔申。补曰：夫宠之，而已妒之，则王必远后矣。后之敢妒者，恃当尊且有子也。远而废之，则使之无子。

英英白云，露彼菅茅。英，《韩》作"泱"。英英，白云皃。露亦有云。言天地之气，无微不著，无不覆养。笺云：白云下露，养彼可以为菅之茅，使与白华之菅相乱易，犹天下妖气生褒姒，使申后见黜。补曰：有云之露，雾类也。菅亦露，茅亦露，且先菅焉。喻王不明，亦爱后，亦爱妾，以为由己所宠，或且先妾。**天步艰难，之子不犹**。步，行。犹，可也。笺云：犹，图也。天行此艰难之妖久矣，王不图其变之所由尔。昔夏之衰，有二龙之妖，卜藏其漦。周厉王发而观之，化为玄鼋。童女遇之，当宣王时而生女，惧而弃之。后褒人有献而入之幽王，幽王嬖之，是谓褒姒。补曰：天，喻夫也。天行难阻，降灾祸，寻常之所有。夫若去妻，亦未为大异也。犹，若也。之子岂不犹天乎？所以怵劝之。

滮池北流，浸彼稻田。《说文》引"淲沱"。滮，流皃。笺云：池水之泽，浸润稻田，使之生殖。喻王无恩意于申后，滮池之不如也。丰、镐之间，水北流。补曰：《水经注》："滮池水出鄗池，西北流入于镐。"又云："王氏五侯引他水入长安城。"李黼平说："他水，今本作沇水。"沇即他也。池水余波可溉稻田，不为水损也。喻后无妨容一妾。**啸歌伤怀，念彼硕人**。笺云：硕，大也。妖大之人，谓褒姒也。申后见黜，褒姒之所为，故忧伤而念之。补曰：硕人，后夫人之称。念褒姒不见容，伤后大德。

樵彼桑薪，卬烘于煁。卬，我。烘，燎也。煁，烓灶也。桑薪，宜以养人者也。笺云：人之樵取彼桑薪，宜以炊饔饎之爨，以养食人。桑薪，薪之善者也，我反以燎于烓灶，用炤事物而已。喻王始以礼取申后，礼仪备，今反黜之，使为卑贱之事，亦犹是。补曰：许慎说："烘，尞也。"尞，祭天之柴。则桑薪，贵薪也。煁，行灶。我樵桑薪以尞，今用于行灶，贵贱亦由人意。**维彼硕人，实劳我心**。补曰：劳，伤后之将废。

鼓钟于宫，声闻于外。鼓钟，《韩》作"钟鼓"。有诸宫中，必形于外。笺云：王失礼于内，而下国闻知而化之，王弗能治。如鸣鼓钟于宫中，而欲外人不闻，亦不可止。补曰：鼓钟者，立三夫人之礼也。言王欲贵褒姒，外廷皆知之。**念子懆懆，视我迈迈**。迈，《韩》作"怖"，《说文》引同。迈迈，不说也。笺云：此言申后之忠于王也。念之懆懆然，欲谏正之，王反不说于其所言。补曰：子，子王也。我，申后也。懆懆，愁不安。迈迈、怖怖，恨怒也。后之妒妾，王先未敢思废之，则愁思不安。妒者以为畏己，乃益恨怒，于是激而成废立矣。

有鹙在梁，有鹤在林。鹙，秃鹙也。笺云：鹙也，鹤也，皆以鱼为美食者也。鹙之性贪恶，而今在梁。鹤洁白，而反在林。兴王养褒姒而馁申后，近恶而远善。补曰：鹤鸣子和，喻太子也。鹙喻（白）［伯］服，在梁倚母宠，在林当见放废。维彼硕人，实劳我心。补曰：丁宁以警劝后。我心由申后妒故，故念之而实劳。

鸳鸯在梁，戢其左翼。笺云：戢，敛也。敛左翼者，谓右掩左也。鸟之雌雄不可别者，以翼右掩左，雄；左掩右，雌。阴阳相下之义也。夫妇之道，亦以礼义相下，以成家道。补曰：凡云梁者，嫡妻之位。言王非无恩于后。之子无良，二三其德。笺云：良，善也。王无答耦己之善意，而变易其心志，令我怨旷。补曰：良，首也。太子未定，则后位亦可二三。

有扁斯石，履之卑兮。扁扁，乘石皃。王乘车履石。笺云：王后出入之礼与王同，其行登车亦履石。申后始时亦然，今也黜而卑贱。补曰：正言石者，明后将见出，乃自此而卑，非常出所履。之子之远，俾我疷兮。疷，病也。笺云：王之远外我，欲使我困病。补曰：后出则无所能妒，但自病。

《白华》八章，章四句。

《绵蛮》，微臣刺乱也。大臣不用仁心，遗忘微贱，不肯饮食教载之，故作是诗也。微臣，谓士也。古者卿大夫出行，士为末介。士之禄薄，或困乏于资财，则当赒赡之。幽王之时，国乱礼废恩薄，大不念小，尊不恤贱，故本其乱而刺之。

绵蛮黄鸟，止于丘阿。绵，《礼记》引作“缗”。兴也。绵蛮，小鸟皃。丘阿，曲阿也。鸟止于阿，人止于仁。笺云：止，谓飞行所止托也。兴者，小鸟知止于丘之曲阿静安之处而托息焉，喻小臣择卿大夫有仁厚之德者而依属焉。补曰：黄鸟皆喻昏姻。此盖亦出使昏姻之国，疑为申，而使小鸟不能远飞，但止于丘阿，以喻小臣不宜远出，但供官府乡遂小职事耳。世乱国危，朝廷势轻，大臣惮远行，则遣士往，以为不足损国体，而远方疑沮骄倨，反益生事，故明所止。道之云远，我劳如何？笺云：在国依属于卿大夫之仁者，至于为末介从而行，道路远矣，我罢劳，则卿大夫之恩宜如何乎？补曰：曰道远者，奉使列国也。我劳云者，为正使。王臣无聘礼，而有出会。《春秋》系子突于王人，明王人不可总列国。饮之食之，教之诲之。命彼后车，谓之载之。笺云：渴则予之饮，饥则予之食。事未至则豫教之，临事则诲之，车败则命后车载之。后车，倅车也。补曰：此言士但能为众介也。礼，归饔饩至赠贿皆统于卿，故出使饮食，皆卿赐也。众介皆从行，故所载亦卿后车也。今乃使小臣专使，将委积、馆舍有时不具，疑事无所禀命，而无宾介、众介之等，无后车之威仪。

绵蛮黄鸟，止于丘隅。笺云：丘隅，丘角也。补曰：隅，喻一曲之事。岂敢惮行？畏不能趋。笺云：惮，难也。我罢劳，车又败，岂敢难徒行乎？畏不能及时疾至也。补曰：趋，读为“趣”。不能趣诸侯之事。饮之食之，教之诲之。命彼后车，谓之载之。

绵蛮黄鸟，止于丘侧。笺云：丘侧，丘旁也。补曰：侧，言卑不当尊。岂敢惮行？畏不能极。笺云：极，至也。补曰：两言惮行者，刺大臣之惮也。畏不能使诸侯至。饮之食之，教之诲之。命彼后车，谓之载之。

《绵蛮》三章，章八句。

《瓠叶》，大夫刺幽王也。补曰：刺王废学。上弃礼而不能行，虽有牲牢饔饩，不肯用也。故思古之人，不以微薄废礼焉。牛、羊、豕为牲，系养者曰牢，熟曰饔，胜曰饩，生曰牵。不肯用者，自养厚，而薄于宾客。

幡幡瓠叶，采之亨之。幡幡，瓠叶皃。庶人之菜也。笺云：亨，熟也。熟瓠叶者，以为饮酒之菹也。补曰：一献之礼用牲，则有铏。瓠叶，盖铏芼也。烹者，羹定。**君子有酒，酌言尝之。**笺云：此君子谓庶人之有贤行者也。其农功毕，乃为酒浆，以合朋友，习礼讲道艺也。酒既成，先与父兄室人烹瓠叶而饮之，所以急和亲亲也。饮食而曰尝者，以其为之主于宾客，宾客则加之以羞。《易·兑》象曰："君子以朋友讲习。"补曰：君子，盖学子也。贵人之子，以其家酒与朋友习礼，为将行乡饮肄焉。初试行礼，故曰尝也。瓠叶可采，孟夏时也。乐师习合礼乐，天子饮酎，故此时有酒。

有兔斯首，炮之燔之。毛曰炮，加火曰燔。笺云：斯，白也。今俗语，斯、白之字作"鲜"，齐、鲁之间声近"斯"。有兔白首者，兔之小者也。炮之燔之者，将以为饮酒之羞也。补曰：兔盖所以代狗也。有之者，分田禽也。试习礼，故不杀，以瓠叶为羹，以燔兔为牲而已。言斯首，则用全也。用全者，当用俎，盖人各一兔焉。**君子有酒，酌言献之。**献，奏也。笺云：饮酒之礼，既奏酒于宾，乃荐羞。每酌言"言"者，礼不下庶人，庶人依士礼，立宾主为酌名。补曰：献，献宾也。一献之礼文自明。

有兔斯首，燔之炙之。抗火曰炙。笺云：凡治兔之宜，鲜者毛炮之，柔者炙之，干者燔之。补曰：炙，亦炮也。以主人俎，谦言炙。**君子有酒，酌言酢之。**酢，报也。笺云：报者，宾既卒爵，洗而酌主人也。补曰：酢时进主人俎。

有兔斯首，燔之炮之。补曰：众宾俎也。**君子有酒，酌言酬之。**酬，道饮也。笺云：主人既卒酢爵，又酌自饮，卒爵复酌进宾，犹今俗之劝酒。补曰：宾受酬行之，于是进众宾俎。极言此者，无学则无礼，贤者不复进用。

《瓠叶》四章，章四句。

《渐渐之石》，下国刺幽王也。戎狄叛之，荆、舒不至，乃命将率东征。役久病于外，故作是诗也。荆，谓楚也。

舒，舒鸠、舒鄝、舒庸之属。役，谓士卒也。

渐渐之石，维其高矣。渐渐，山石高峻。笺云：山石渐渐然高峻，不可登而上。喻戎狄众强而无礼义，不可得而伐也。山川悠远，维其劳矣。笺云：山川者，荆、舒之国所处也。其道里长远，邦域又劳劳广阔。言不可卒服。武人东征，不皇朝矣。笺云：武人，谓将率也。皇，正也。将率受王命，东行而征伐，役人罢病，必不能正荆、舒，使之朝于王。补曰：刺王师之不武也。虽武人不能正之使朝，言当修德，非用兵之事。今以庸将将罢军，徒辱国损威。

渐渐之石，维其卒矣。山川悠远，曷其没矣？卒，竟。没，尽也。笺云：卒者，崔嵬也，谓山颠之末也。曷，何也。广阔之处，何时其可尽服？补曰：言不能深入。武人东征，不皇出矣。笺云：不能正之，令出使聘问于王。

有豕白蹢，烝涉波矣。豕，猪也。蹢，蹄也。将久雨，则豕进涉水波。笺云：烝，众也。豕之性能水，又唐突难禁制。四蹄皆白曰骇，则白蹄其尤躁疾者。今离其橧牧之处，与众豕涉入水之波澜矣。喻荆、舒之人勇悍捷疾，其君犹白蹄之豕也，乃率民去礼义之安，而居乱亡之危。贱之，故比方于豕。补曰：豕，野彘也，其性善登山。波，水涌流也。豕虽不能水，若迫之众涉，亦有使水涌波起。喻戎狄虽逃窜，有时能犯顺，败王师。月离于毕，俾滂沱矣。沱，《史记》引作“池”。毕，噣也。月离阴星则雨。笺云：将有大雨，征气先见于天，以言荆、舒之叛，萌渐亦由王出也。豕既涉波，今又雨，使之滂沱，疾王甚也。补曰：离，次也。月次于毕，谓建巳之月，日在毕，东南卑湿。入夏多雨，师人役厉将起。武人东征，不皇他矣。笺云：不能正之，令其守职，不干王命。补曰：不能正之，且将有他变也。言师宜早罢。

《渐渐之石》三章，章六句。

《苕之华》，大夫闵时也。补曰：闵君臣不知将危亡。幽王之时，西戎、东夷交侵中国，师旅并起，因之以饥馑。君子闵周室之将亡，伤己逢之，故作是诗也。师旅并起者，诸侯或出师，或出旅，以助王距戎与夷也。大夫将师出，见戎夷之侵周而闵之。今当其难，自伤近危亡。

苕之华，芸其黄矣。兴也。苕，陵苕也。将落则黄。笺云：陵苕之华，紫赤而繁。兴者，陵苕之干喻如京师也，其华犹诸夏也，故或谓诸夏为诸华。华衰则黄，犹诸夏之师罢病将败，则京师孤弱。补曰：苕黄华，蔈白华。茇蔈尤易高茂，然草本不坚实也。芸然盛皃。喻周虽尊盛，其实空虚。心之忧矣，维其伤矣！笺云：伤者，谓国日见侵削。补曰：君怙其威，臣狃于安，故独忧伤心。

苕之华，其叶青青。华落，叶青青然。笺云：京师以诸夏为障蔽。今陵苕之华衰而叶见青青然，喻诸侯微弱，而王之臣当出见也。补曰：喻王臣不知忧，尚自谓荣。知我如此，不如无生。无，蔡邕引作"勿"。笺云：我，我王也。知王之为政如此，则己之生不如不生也。自伤逢今世之难，忧闷之甚。补曰：我，大夫自我。此，此苕叶无生者，危乱之至。

牂羊坟首，三星在罶。牂羊，牝羊也。坟，大也。罶，曲梁，寡妇之笱也。牂羊坟首，言无是道也。三星在罶，言不可久也。笺云：无是道者，喻周已衰，求其复兴，不可得也。不可久者，喻周将亡，如心星之光耀，见于鱼笱之中，其去须臾也。补曰：坟，当为"羒"。牡羊为羒，牝羊为牂。牧羊者以老牡羊为率，所谓首也。以牝牂率牡羒，则不能行。喻王臣庸暗，不可以率诸侯也。心为天王明堂。罶，柳也，鹑火，周之分野。言明堂布政之三星，仅守其分野，同于列国。人可以食，鲜可以饱。治日少，而乱日多。笺云：今者，士卒人人于晏早皆可以食矣。时饥馑，军兴乏少，无可以饱之者。补曰：人，谓侯国朝聘者。不饱者，不能长享之，讥诸臣但贪禄。

《苕之华》三章，章四句。

《何草不黄》，下国刺幽王也。四夷交侵，中国背叛，用兵不息，视民如禽兽。君子忧之，故作是诗也。补曰：诗无视民禽兽之词。

何草不黄，何日不行？笺云：用兵不息，军旅自岁始草生而出，至岁晚矣，何草而不黄乎？言草皆黄也。于是之间，将帅何日不行乎？言常行，劳苦之甚。补曰：草为人践则黄，言征役之遍。何人不将？经营四方。言万民无不从役。补曰：刺其专务于外。

何草不玄，何人不矜？矜，《韩》作“鳏”。笺云：玄，赤黑色。始春之时，草芽孽者，将生必玄。于此时也，兵犹复行。无妻曰矜。从役者皆过时不得归，故谓之矜。补曰：玄即幽也。野旷无人，但见深草，言田莱农荒，居人寥落，不保室家，故皆矜矣。哀我征夫，独为匪民。笺云：征夫，从役者也。古者师出不逾时，所以厚民之性也。今则草玄至于黄，黄至于玄，此岂非民乎？补曰：天下之乱，民乱也。不恤民，而重役民，则民愈思叛。

匪兕匪虎，率彼旷野。兕、虎，野兽也。旷，空也。补曰：兕、虎，猛兽。喻民不堪战，而驱之空旷，奔亡之道也。哀我征夫，朝夕不暇。补曰：朝夕，侯国之职。不暇者，不能成邦交。

有芃者狐，率彼幽草。芃，小兽皃。笺云：狐草行草止，故以比栈车辇者。补曰：狐以喻贵人。今毛芃戎而入幽草，言大夫唯自免。有栈之车，行彼周道。栈车，役车也。补曰：士乘栈车。大夫不出使，士奉使而行。言周道者，亵王室也。

《何草不黄》四章，章四句。

《鱼藻之什》十四篇，六十二章，三百二句。

诗卷十六

文王之什毛诗诂训传第廿三　大雅一

《文王》，文王受命作周也。受命，受天命而王天下，制立周邦。补曰：言封诸侯，新旧并用之意。

文王在上，於昭于天。在上，在民上也。於，叹词。昭，见也。笺云：文王初为西伯，有功于民，其德著见于天，故天命之以为王，使君天下也。崩，谥曰文。补曰：周自不窋以来，与中国隔绝，至王季，殷朝以州伯遥封之，羁縻而已。文王乃受西伯之命而入朝，纣以为三公，而欲杀之，得归，遂与纣绝，以其本长西戎，故遂称王焉。上，谓明堂也。周虽旧邦，其命维新。乃新在文王也。笺云：大王聿来胥宇而国于周，王迹起矣，而未有天命，至文王而受命。言新者，美之也。有周不显，帝命不时。有周，周也。不显，显也。显，光也。不时，时也。时，是也。笺云：周之德不光明乎？光明矣。天命之不是乎？又是矣。补曰：不，词也，字亦作“丕”。时，承也。《君奭》曰：“后人于不时。”孟子引《书》曰：“丕显哉！文王谟。丕承哉！武王烈。”帝，谓殷帝乙也。受命代殷，若承帝乙。文王陟降，在帝左右。言文王升接天、下接人也。笺云：在，察也。文王能观知天意，顺其所为，从而行之。补曰：陟文为天子，降纣为独夫。是非革命，乃察殷帝而助之耳。

亹亹文王，令闻不已。亹，隶“虋”字。亹亹，勉也。笺云：令，善也。勉勉乎文王之勤用明德也，其善声闻，日见称歌，无止时也。

陈锡哉周，侯文王孙子。哉，一作“载”，非。哉，载。侯，维也。笺云：哉，始。侯，君也。乃由能敷恩惠之施以受命，造始周国，故天下君之。文王孙子，本支百世。本，本宗也。支，支子也。笺云：其子孙，適为天子，庶为诸侯，皆百世。凡周之士，不显亦世。不世显德乎！仕者，世禄也。笺云：凡周之士，谓其臣有光明之德者，亦得世世在位，重其功也。补曰：谓功臣与同姓并封。

世之不显，厥犹翼翼。思皇多士，生此王国。翼翼，恭敬。思，词也。皇，天。笺云：犹，谋。思，愿也。周之臣既世世光明，其为君之谋事忠敬翼翼然，又愿天多生贤人于此邦。补曰：言大封功臣，文王之谋甚敬慎也。皇，美也。生，犹立也。思美士，乃立国之基、王业之本。兼殷、周，故多。王国克生，维周之桢。桢，干也。笺云：此邦能生之，则是我周家干事之臣。补曰：立王国，则周家亦立，亦利私也。济济多士，文王以宁。济济，多威仪也。补曰：言任人则逸也。诱劝后王，以利私家，便身图。

穆穆文王，於缉熙敬止。穆穆，美也。缉熙，光明也。笺云：穆穆乎文王！有天子之容。於美乎！又能敬其光明之德。补曰：《礼记》说：“为人臣止于敬。”言德虽光明，敬守其臣礼。假哉天命，有商孙子。假，固也。笺云：坚固哉！天为此命之，使臣有殷之子孙。补曰：言不用贤，则子孙不能百世。商之孙子，其丽不亿。上帝既命，侯于周服。丽，数也。盛德不可为众也。笺云：于，於也。商之孙子，其数不徒亿，多言之也。至天已命文王之后，乃为君于周之九服之中。言众之不如德也。补曰：上帝，明堂五帝。侯者亦服周之服，是王孙子反为周之桢也。

侯服于周，天命靡常。则见天命之无常也。笺云：无常者，善则就之，恶则去之。殷士肤敏，祼将于京。殷士，殷侯也。肤，美。敏，疾也。祼，灌鬯也。周人尚臭。将，行。京，大也。笺云：殷之臣壮美而敏，来助周祭。补曰：殷士非无贤，乃甚美智，以殷不能用，反为周用也。祼京者，事周宗庙，王子孙乃同于人子孙。改商言殷者，凡汤子孙不在商邑者，及其先贤臣之后，皆来助祭。**厥作祼将，常服黼吁**。吁，一作“冔”。黼，白与黑也。吁，殷冠也。夏后氏曰收，周曰冕。笺云：其助祭，自服殷之服，明文王以德不以强。补曰：常服，玄端也。玄端三裳，故谓之裳服。诸侯以上黼裳，《礼》谓之杂裳，《书》亦谓之黼裳。吁，殷弁也。周弁，殷吁，夏收。殷子弟未爵者服士服，当玄端，冠章甫。今俱玄端而用士弁之吁，盖特制也。《论语》曰：“端章甫。”斋衣朝冠，殷士助祭，侯国之制。此吁端命冠，斋衣助祭，天子之制。《玉藻》所谓“诸侯玄端以祭”，亦助祭天子也。盖殷子弟有先封今未爵者，则服黼裳。其本未封者冠冔，则服士裳。**王之荩臣，无念尔祖**。荩，进也。无念，念也。笺云：今王之进用臣，当念女祖为之法。王，斥成王。补曰：无，读为“谟”。不用贤则亡，故当谋念文王任贤之法。

无念尔祖，聿修厥德。永言配命，自求多福。聿，述。永，长。言，我也。我长配天命而行，尔庶国亦当自求多福。笺云：长，犹常也。王既述修祖德，常言当配天命而行，则福禄自来。**殷之未丧师，克配上帝**。帝乙已上也。笺云：师，众也。殷自纣父之前，未丧天下之时，皆能配天而行，故不亡也。**宜鉴于殷，骏命不易**。宜，《礼记》引作“仪”。鉴，《汉书》引作“监”。骏，大也。笺云：宜以殷王贤愚为镜，天之大命，不可改易。补曰：鉴其丧师，则大命不改。《礼记》说：得众则得，失众则失也。

命之不易，无遏尔躬。宣昭义问，有虞殷自天。遏，一作“谒”。遏，止。义，善。虞，度也。笺云：宣，遍。有，又也。天之大命，已不可改易矣，当使子孙长行之，无终女身则止。遍明以礼义问老成人，又度殷所以顺天之事而施行之。补曰：以上极言用贤，故更责王躬也。自，从也。度殷从天之往事而问之。**上天之载，无声无臭。仪刑文王，万邦作孚**。载，杨雄引作“縡”。邦，《礼记》引作“国”。载，事。刑，法。孚，信也。笺云：天之道难知也，耳不闻声音，鼻不闻香臭。

仪法文王之事，则天下咸信而顺之。补曰：殷人尚声，周人尚臭。然事上天不在此，但拟法文王，则可作孚万国也。孚，抱子之名。翼覆万国，如大鸡孚卵，王能刑之，乃可抚天下。

《文王》七章，章八句。

《大明》，文王有明德，故天复命武王也。二圣相承，其明德日以广大，故曰“大明”。

明明在下，赫赫在上。明明，察也。文王之德，明明于下，故赫赫然著见于天。笺云：明明者，文王、武王施明德于天下。其征应炤晳见于天，谓三辰效验。补曰：下谓侯国，上谓明堂。天难忱斯，不易维王。天位殷適，使不挟四方。忱，《韩》作“谌”，“位”作“谓”，“挟”作“侠”。忱，信也。纣居天位，而殷之正適也。挟，达也。笺云：天之意难信矣，不可改易者，天子也。今纣居天位，而又殷之正適也，以其为恶，乃弃绝之，使教令不行于四方，四方共叛之。是天命无常，维德是予耳。言此者，厚美周也。补曰：不易者易，是可忱者难忱。

挚仲氏任，自彼殷商。来嫁于周，挚国任姓之中女也。补曰：挚，太皞之后。云自商来者，大王以前，与中国阻绝，王季受命作伯，故殷王命挚与结昏。此篇主言適嗣，因述母德。殷商者，殷已迁都，商之后。曰嫔于京。乃及王季，维德之行。嫔，妇。京，大也。王季，大王之子、文王之父也。笺云：京，周国之地小别名也。及，与也。挚国中女曰大任，从殷商之畿内，嫁为妇于周之京，配王季，而与之共行仁义之德，同志意也。补曰：京，公刘所居邑也。大王时，没于狄，后乃取而都焉。言曰嫔者，明太任之来在王季即位后。

大任有身，生此文王。大任，仲任也。身，重也。笺云：重，谓怀孕也。补曰：改仲称大，王季即位，当尊也。有，又也。又重之以德，言非独佐王季，已又实有母德，非咏有孕也。维此文王，小心翼翼。昭事上帝，聿怀多福。笺云：小心翼翼，恭慎皃。昭，明。聿，述。怀，思也。补曰：上帝，明堂五帝。多福，谓爵位也。文王生当受命，以小心故，乃服事殷，受其多福，是诚不回也。厥德不回，以受方国。回，违也。笺云：方国，四方来附者。此言文王之有德，亦由父母也。补曰：方，西方。言作西伯。

天监在下，有命既集。文王初载，天作之合。集，就。载，识。合，配也。笺云：天监视善恶于下，其命将有所依就，则豫福助之。于文王生，适有所识，则为之生配于气势之处，使必有贤才。谓生太姒。补曰：下，下国。有，又也。又已就命，谓再世结昏于上国也。初载，初即位之年也。天喻殷王也。命有莘与周结昏，以和西垂，是谓作合。在洽之阳，在渭之涘。洽，《说文》引作"郃"。洽，水也。渭，水也。涘，涯也。补曰：《水经注》："河水径郃阳城东。"应劭说：郃水之阳故有莘邑，太姒之国，城南有瀵水，东流注河，去城十五里，即郃水也。渭在邠地，相去辽远，中隔漆、沮，言二国绝不相通。

文王嘉止，大邦有子。嘉，美也。笺云：文王闻太姒之贤，则美之曰："大邦有女子，可以为妃。"乃求昏。补曰：嘉，嘉礼。言文王即位，当立夫人也。殷帝命云："大邦有子。"言可昏也。莘，夏后之后，爵盖上公，故曰大邦。女贤不闻邻国，昏礼不称主人，笺非。大邦有子，伣天之妹。伣，《韩》作"磬"。《说文》引"伣"。伣，譬也。笺云：既使问名，还则卜之，又知太姒之贤，尊之如天之有女弟。补曰：王主其昏，故如天妹也。昏姻曰兄弟，故不曰天女。后世和亲，取贵臣女，名之公主，此其始与？文定厥祥，言太姒之有文德也。祥，善也。笺云：问名之后，卜而得吉，则文王以礼定其吉祥。谓纳币也。补曰：文，礼文。祥，详也。文王始重亲迎，其仪文详审。亲迎于渭。言贤圣之配也。笺云：贤女配圣人，得其宜，故备礼也。补曰：渭，周东界。言俟于境上。造舟为梁，不显其光。言受命之宜，王基乃始于是也。天子造舟，诸侯维舟，大夫方舟，士特舟。造舟然后可以显其光辉。笺云：迎大姒而更为梁者，欲其昭著，示后世敬昏礼也。不明乎其礼之有光辉，美之也。天子造舟，周制也，殷时未有等制。补曰：莘女，王者后，备天子礼，故造舟也。周人久居西戎，初见中国王礼，故美盛之。韩侯居百蛮，取王卿女，亦曰“不显其光”。

有命自天，命此文王，于周于京。笺云：天为将命文王，君天下于周京之地，故亦为作合。补曰：有，又也。殷王已命文王为西伯，又命西伯作京于周，乃成王业也。豳之有京，地名耳，文王乃真于周而为京。缵女维莘，长子维行，缵，继也。莘，太姒国也。长子，长女也。维行大任之德焉。笺云：使继大任之女事于［莘国］。莘国之长女太姒，则配文王，维德之行。补曰：女，正妻，昏词也。自周以前，世及不常，贤亲并嗣，故公子不昏他国之君女。文王元妃生伯邑考，不为贵嫡也。继娶莘女，所生虽非长子，而有长子之行。行，道也。子以母贵之道。笃生武王。笃，厚。笺云：天降气于太姒，厚生圣子武王。补曰：贵嫡相承受命，是厚也。保右命尔，燮伐大商。右，助。燮，和也。笺云：安而助之，又遂命之，使尔协和伐殷之事。协和伐殷之事，谓合位三五也。补曰：云尔者，推天意也。世嫡相承以代，殷嫡终，言天难忱。

殷商之旅，其会如林。会，《说文》引作“旝，建大木，置石其上，发以机以槌敌”。旅，众也。如林，言众而不为用也。补曰：八百诸侯会师盟津，亦殷旅也。加殷者，纣又征外兵也。矢于牧野，维予侯兴。矢，陈。兴，起也。言天下之望周也。笺云：殷盛合其兵众，陈于商郊之牧野，而天乃予诸侯有德者当起为天子。言天去纣，周师胜也。补曰：矢，誓。予，与也。作《牧誓》，与诸侯兴师伐纣，是时周已称王，不得云侯起。上帝临女，无贰尔心！言无敢怀贰心也。笺云：临，视也。女，女武王也。天护视女，伐纣必克，无有疑心。补曰：上帝，明堂五帝。言当受命无疑。

牧野洋洋，檀车煌煌，驷騵彭彭。煌，《韩》作“皇”。洋洋，广也。煌煌，明也。骝马白腹曰騵。言上周下殷也。笺云：言其战地宽广，明不用权诈也。兵车鲜明，马又强，则暇且整。维师尚父，时维

鹰扬，凉彼武王。凉，一作“谅”，《韩》作“亮”。师，大师也。尚父，可尚可父。鹰扬，如鹰之飞扬也。凉，佐也。笺云：尚父，吕望也，尊称焉。鹰，挚鸟也。佐武王者，为之上将也。补曰：鹰之扬，盘旋审重，如周师之止齐，待纣自溃也。王照圆说：“扬，亦鸟名。《尔雅》所谓‘扬，白鷢。’今鹞也。”说似是而非。言尚父者，武王娶邑姜，亦本后家之助。不显言者，作诗时姜后存。**肆伐大商，会朝清明。**肆，疾也。会，甲也。不崇朝而天下清明。笺云：肆，故今也。会，合也。以天期已至，兵甲之强，师帅之武，故今伐殷，合兵以清明。《书·牧誓》曰：“时甲子昧爽，武王朝至于商郊牧野，乃誓。”补曰：肆，遂也。会，读若“发旦”之“发”。哙哙明时而往，遂定天下，除昏暴焉。

《大明》八章，四章章六句，四章章八句。

《绵》，文王之兴，本大王也。一作“本由大王”。

绵绵瓜瓞，民之初生，自土漆沮。漆沮，一作“沮漆”。土，《汉书》引作“杜”。兴也。绵绵，不绝皃。瓜瓞，瓜，绍也。瓞，瓝也。民，周民也。自，用。土，居也。漆沮，水也。笺云：瓜之本实，继先岁之瓜必小，状似瓝，故谓之瓞。绵绵然若将无长大时。兴者，喻后稷乃帝喾之胄，封于邰，其后公刘失职，迁于豳，居漆沮之地，历世亦绵绵然。至大王而德益盛，得其民心而生王业。故本周之兴，云于漆沮也。补曰：漆沮，一水名，或亦以所合水分名之，今朝邑南入河者也。自不窋窜庆阳，公刘居京，兼取豳地，古公先失豳，后弃京，益南徙，失其故民。故其初生，自土于漆沮始也。土，度也。度荒土而垦居之。**古公亶父，陶复陶穴，未有家室。**复，《说文》引作“寝”。古公，豳公也。古，言久也。亶父，字。或殷以名言，质也。古公处豳，狄人侵之，事之以皮币，不得免焉；事之以犬马，不得免焉；事之以珠玉，不得免焉。乃属其耆老而告之曰：“狄人之所欲，吾土地。吾闻之，君子不以其所养人而害人。二三子何患无君？”去之，逾梁山，邑于岐山之下。豳人曰：“仁人之君，不可失也。”从之如归市。陶其土而复之，陶其壤而穴之。室内曰家。未有寝庙，亦未敢有家室。笺云：古公，据文王本其祖也。诸侯之臣，称君曰公。复者，复于土上也，凿地曰穴，皆如陶然。本其在豳时。传自“古公处豳”而下，为二章发。补曰：此言绵绵之状也。古公初时，国频被狄寇，京庐旅毁矣。民仅凿坯以栖，未有家室之乐。古公此时未成国，比于附庸，故称字。必字之者，言古公无家则不词。

古公亶父，来朝走马。笺云：来朝走马，言其辟恶早且疾也。补曰：来，邠民来也。朝，朝其耆老也。朝臣民而告之，遂走马而去，言不再计。率西水浒，至于岐下。爰及姜女，聿来胥宇。胥，《新序》引作“相”。率，循也。浒，水涯也。姜女，大姜也。胥，相。宇，居也。笺云：循西水涯，漆沮水侧也。爰，于。及，与。聿，自也。于是与其妃大姜自来相可居者，著大姜之贤知也。补曰：循水以限狄马，依岐山下，求平广之地，得周原也。女者，初嫁之称。及姜女者，初昏而仓皇出走，仅得携妻也。

周原膴膴，堇荼如饴。膴，《韩》作“腜”。周原，漆、沮之间也。膴膴，美也。堇，菜也。荼，苦菜也。笺云：广平曰原。周之原，地在岐山之南，膴膴然肥美。其所生菜，虽有性苦者，甘如饴也。补曰：膴膴，平广皃。堇根如荠，粉而食之。苦菜糜而食之。言谷食不足，采野菜为粮，民从者甘之如饴饧，无去志。爰始爰谋，爰契我龟。契，一作“挈”，《汉书》引同。契，开也。笺云：此地将可居，故于是始与豳人之从己者谋，谋从，又于是契灼其龟而卜之，卜之则又从矣。补曰：有国而弃之，无更立国之志。今民从至日众，故于是又始谋建国也。古有龟，如后有玺，言龟则成君。曰止曰时，筑室于兹。笺云：时，是。兹，此也。卜从，则曰可止居于是，可作室家于此。定民心也。

乃慰乃止，乃左乃右。慰，安。笺云：民心定，乃安隐其居，乃左右而处之。补曰：慰，慰从来旧民。止，安定岐周土著之民也。左，豳也。右，京地，芮阮之西也。岐山正当周旧国之中，故东西旧民叛狄而左右来。乃疆乃理，乃宣乃亩。笺云：时耕曰宣。乃疆理其经界，乃时耕其田亩。补曰：疆理，授田之法。宣，读为“畇”，垦作之。**自西徂东，周爰执事**。爰，于也。笺云：徂，往也。于是从西方而往东之人，皆于周执事，竞出力也。豳与周原不能为西东，据至时从水浒言也。补曰：西，狄。东，周也。忠信为周旧臣，不从狄，自拔来归，故褒之也。执事，执政也。迁民执事，自其常役耳。

乃召司空，乃召司徒，俾立室家。笺云：俾，使也。司徒、司空，卿官也。司空掌营国邑，司徒掌徒役之事，故召之，使立室家之位处。补曰：二卿，执事者也。室家，民居也。言周有贤材，有旧典。**其绳则直，缩版以载，作庙翼翼**。言不失绳直也。乘谓之缩。君子将营宫室，宗庙为先，厩库为次，居室为后。笺云：绳者，营其广轮方直之正也。既正，则以索缩其筑版，上下相承而起，庙成则严显翼翼然。乘，声之误，当为“绳”也。补曰：始改复穴为宫室，故详其制。宫制以庙为大，美其工也。

捄之陾陾，度之薨薨。筑之登登，削娄冯冯。《说文》引“捄”。捄，蔂也。陾陾，众也。度，居也。言百姓之劝勉也。登登，用力也。削墙锻娄之声冯冯然。笺云：捄，捊也。度，犹投也。筑墙者捊聚壤土，盛之以蔂而投之版中。**百堵皆兴，鼛鼓弗胜**。皆，俱也。鼛，大鼓也，长一丈二尺。或鼛或鼓，言劝事乐功也。笺云：五版为堵。兴，起也。百堵同时，鼛鼓不能止之使休息也。凡大鼓之侧有小鼓，谓之应鼙、朔鼙。《周礼》曰：“以鼛鼓鼓役事。”补曰：行国改为城郭之国，故专记工作。

乃立皋门，皋门有伉。乃立应门，应门将将。伉，一作“亢”，《韩》作“阌”。王之郭门曰皋门。伉，高皃。王之正门曰应门。将将，严正也。美太王作郭门以致皋门，作正门以致应门焉。笺云：诸侯之宫，外门曰皋门，朝门曰应门，内有路门。天子之宫，加以库、雉。补曰：皋、应，诸侯所无，以后稷王者后，用天子礼，故因立之，亦翦商之证。**乃立冢土，戎丑攸行**。冢，大。戎，大。丑，众也。冢土，大社也。起大事，动大众，必先有事乎社而后出，谓之宜。美太王之社遂为大社也。

笺云：大社者，出大众，将所告而行也。《春秋传》曰："蜃，宜社之肉。"补曰：言教民习戎，以谋复故土。

肆不殄厥愠，亦不陨厥问。肆，故今也。愠，恚。陨，队也。笺云：小聘曰问。文王见太王立冢土，有用大众之义，故不绝去其恚怒恶人之心，亦不废其聘问邻国之礼。补曰：愠，侮也。狄来侵侮不绝，而不废聘问。《春秋》曰："输平，犹隓成也。"隓则陨矣。言太王谋狄之方也。**柞棫拔矣，行道兑矣。混夷駾矣，维其喙矣。**《说文》引"駾"，又引"犬夷呬矣"。张载引"駾"作"突"。《广韵》引"喙"作"瘃""殩"。兑，成蹊也。駾，突。喙，困也。笺云：柞，栎也。棫，白桵也。今以柞棫生柯叶之时，使大夫将师旅出聘问，其行道士众兑然不有征伐之意。混夷，夷狄国也。见文王之使者将士众过己国，则惶怖惊走，奔突入此柞棫之中而逃，甚困剧也。是之谓一年伐混夷。太王辟狄，文王伐混夷，成道兴国，其志一也。补曰：混夷，即狄也。狄与邠、京、岐俱相邻，岐又与邠近，其先林木阻深，山谷荒绝，不知也。及邠民归周，乃知辟狄益南，反通故国。于是伐山通道，拔柞棫而潜袭之，行道疾锐，步径开通。昆夷恃马，而周阻山，彼不能来，我则能往，故駾突而走，甚困病矣。《晋语》曰："余病喙。"此所谓大王荒高山也。文王伐昆夷，其事异此。

虞芮质厥成，文王蹶厥生。质，成也。成，平也。蹶，动也。虞、芮之君，相与争田，久而不平，乃相谓曰："西伯仁人也，盍往质焉？"乃相与朝周。入其境，则耕者让畔，行者让路。入其邑，男女异路，班白不提挈。入其朝，士让为大夫，大夫让为卿。二国之君，感而相谓曰："我等小人，不可以履君子之庭。"乃相让，以所争田为间田而退。天下闻之而归者四十国。笺云：虞、芮之质平，而文王动其绵绵民初生之道，谓广其德而王业大。补曰：言文王称王者，以当时强陵弱，大役小，苦天下之民，如周昔被患时，感天下之无王，故动念也。《水经注》："颠軨阪有虞原。"虞城，今平陆地，河北东有芮城，今县也。二国盖争河濒壅沙之田。**予曰有疏附，予曰有先后，予曰有本奏，予曰有御侮。**本奏，一作

"奔走"。御，一作"禦"。率下亲上曰疏附。相道前后曰先后。喻德宣誉曰本奏。武臣折冲曰御侮。笺云：予，我也，诗人自我也。文王之德所以至然者，我念之曰：此亦由有疏附、先后、本奏、御侮之臣力也。疏附，使疏者亲也。本奏，使人归趋之。补曰：本，当为"夲"，进趣也。师或读为"奔"，误作"本"耳。此四臣以接邻国，皆感民生之难。

《绵》九章，章六句。

《棫朴》，文王能官人也。补曰：美其立学造士，后妃能辅佐之，以求贤审官。

芃芃棫朴，薪之槱之。槱，《说文》引或作"禉"。兴也。芃芃，木盛皃。棫，白桵也。朴，枹木也。槱，积也。山木茂盛，万民得而薪之。贤人众多，国家得用蕃兴。笺云：白桵相朴属而生者，枝条芃芃然，豫斫以为薪，至祭皇天上帝及三辰，则聚积以燎。补曰：择白桵而薪之，取其洁也。喻进用凡民俊秀。棫，今白蜡树，似桂。济济辟王，左右趣之。趣，趋也。笺云：辟，君也。君王，谓文王也。文王临祭祀，其容济济然敬，左右之诸臣，皆促疾于事。谓相助积薪。补曰：辟王，自侯而王也。趣其郊烟受命。

济济辟王，左右奉璋。半圭曰璋。笺云：璋，璋瓒也。祭祀之礼，王祼以圭瓒，诸臣助之，亚祼以璋瓒。补曰：此祭宗庙也。助奉璋者，后也。文王受命，初立后，记其盛礼。奉璋峨峨，髦士攸宜。峨，一作"俄"。峨峨，盛壮也。髦，俊也。笺云：士，卿士也。奉璋之仪峨峨然，故今俊士之所宜。补曰：峨峨，祭容。髦士，贡士助祭者，王后所宜。言能辅佐文王，求贤审官。

淠彼泾舟，烝徒楫之。淠，舟行皃。楫，棹也。笺云：烝，众也。淠淠然泾水中之舟，顺流而行者，乃众徒船人以楫棹之故也。兴众臣之贤者行君政令。补曰：泾水浊流，喻世乱也。文王将济之，则众争助其力。周王于迈，六师及之。天子六军。笺云：于，往。迈，行。及，与也。周王往行，谓出兵征伐也。二千五百人为师。今王兴师行者，殷末之制，未有《周礼》。《周礼》"五师为军，军万二千五百人"。补曰：称周王者，以对殷王也。称王，则有六师。言行舟、行师皆赖众力，故于凡民中拔用髦士。

倬彼云汉，为章于天。《说文》引"倬"。倬，大也。云汉，天河也。笺云：云汉之在天，其为文章，譬犹天子为法度于天下。补曰：云汉，二伯之象。言周王为西伯，功德已章。周王寿考，遐不作人。遐，远也。远不作人也。笺云：周王，文王也。文王是时九十余矣，故云寿考。远不作人者，其政变化纣之恶俗，近如新作人也。补曰：言寿考者，时不可再让也。作人，兴学之典。遐者，更祝其远及纣畿也。

追琢其章，金玉其相。追，《说苑》引作"雕"。追，雕也。金曰彫，玉曰琢。相，质也。笺云：《周礼》追师"掌追衡、笄"，则追亦治玉也。相，视也，犹观示也。追琢玉使成文章。喻文王为政，先以心研精，合于礼义，然后施之。万民视而观之，其好而乐之，如睹金玉然。言其政可乐也。补曰：章，质也。相，助也，饰也，今字作"镶"。既槌琢成章，又饰以金玉，喻先武功，后文治。勉勉我王，纲纪四方。勉，《韩》作"亹"，《荀子》引同。我，《韩》作"文"。笺云：我王，谓文王也。以网罟喻为政，张之为纲，理之为纪。补曰：勉其戡乱济民，非虚奉以尊号。

《棫朴》五章，章四句。

《旱麓》，受祖也。补曰：祖，谓太王。受之者，文王也。文王受命，而立明堂于辟雍。《书》曰："受终于文祖。"文祖即明堂也。受命曰文。周之先祖，世修后稷、公刘之业。太王、王季，申以百福干禄焉。

瞻彼旱鹿，榛楛济济。鹿，一作"麓"。《说文》引"楛"。旱，山名也。鹿，山足也。济济，众多也。笺云：旱山之足，林木茂盛者，得山云雨之润泽也。喻周邦之民独丰乐者，被其君德教。补曰：《水经注》池水、涝水皆出旱山，入汉。山在今南郑、城固间。《汉广》颂周德，王季时已南有汉中矣。榛楛，矢材。喻武略及远，本王季为西伯之功，故瞻旱麓也。

岂弟君子，干禄岂弟。岂，一作“凯”“恺”。干，求也。言阴阳和，山薮殖，故君子得以干禄乐易。笺云：君子，谓太王、王季。以有乐易之德施于民，故其求禄亦得乐易。补曰：干禄，言不求而至也。孔子曰：“禄在其中。”王季强盛，而殷命作伯，因而受命。岂弟君子，世子之称。文王嗣位，仍为西伯，是曰“干禄岂弟”。

瑟彼玉瓒，黄流在中。瑟，一作“瑟”。《说文》引“璱”。玉瓒，圭瓒也。黄金所以饰流鬯也。九命然后锡以秬鬯、圭瓒。笺云：瑟，洁鲜皃。黄流，秬鬯也。圭瓒之状，以圭为柄，黄金为勺，青金为外，朱中央矣。殷王帝乙之时，王季为西伯，以功德受此赐。补曰：中，中尊卣也。赐以作成之酒，以中尊盛而致之。王季为西伯，文王继之，盖又以武功赐鬯。岂弟君子，福禄攸降。笺云：攸，所。降，下也。补曰：言自王所降赐之。

鸢飞戾天，鱼跃于渊。言上下察也。笺云：鸢，鸱之类，鸟之贪恶者也。飞而至天，喻恶人远去，不为民害也。鱼跳跃于渊中，喻民喜得所。补曰：鸢，“鶚”隶变字，即王雎也，能食鱼。戾天远去，则鱼得跃。岂弟君子，遐不作人。笺云：遐，远也。言太王、王季之德，近于变化，使如新作人。补曰：文王立学，颂其远作人者，欲其教化及殷国。

清酒既载，骍牡既备。言年丰畜硕也。笺云：既载，谓已在尊中也。祭祀之事，先为清酒，其次择牲，故举二者。补曰：清酒，朝事所酌。骍牡，周所尚也。备者，牢也。《信南山》曰：“祭以清酒，从以骍牡。”彼谓禘祭。此言既者，立明堂于辟雍也。始受命，禘祭明堂。以享以祀，以介景福。言祀所以得福也。笺云：介，助。景，大也。

瑟彼柞棫，民所燎矣。瑟，众皃。笺云：柞棫之所以茂盛者，乃人熂燎除其旁草，养治之使无害也。补曰：明堂禋祭，故咏燎也。民所者，民所乐推，非嗣王即位之常。岂弟君子，神所劳矣。笺云：劳，劳来，犹言佑助。补曰：嘉其能尊中国。

莫莫葛藟，施于条枚。藟，一作“虆”，《说文》引“藟”，刘向引作“累”。施，《韩》作“延”。《说文》引“枚”。笺云：葛也，藟也，延蔓于木之条枚而茂盛。喻子孙依缘先人之功而起。补曰：葛藟，言周承后稷以来旧封也。条枚，王室之词。条，槄也。岂弟君子，求福不回。笺云：不回者，不违先祖之道。补曰：不回，服事之词。受命仍事殷，故曰求福。

《旱麓》六章，章四句。

《思齐》，文王所以圣也。言非但天性，德有所由成。补曰：因三母贤而子孙圣，知教由少成，益重国子之学。

思齐大任，文王之母。思媚周姜，京室之妇。齐，庄。媚，爱也。周姜，大姜也。京室，王室也。笺云：京，周地名也。常思庄敬者，太任也，乃为文王之母。又常思爱大姜之配太王之礼，故能为京室之妇。言其德行纯备，故生圣子也。大姜言周，大任言京，见其谦恭，自卑小也。补曰：京，公刘旧邑，王季复还居之。妇者，有姑之词。文王即位，大任犹有姑，则周姜近百岁矣。美大任老贵而不懈于妇礼。述母德者，明教子之当豫。大姒嗣徽音，则百斯男。大姒，文王之妃也。大姒十子，众妾则宜百子也。笺云：徽，美也。嗣大任之美音，谓续行其善教令。补曰：文王备九女之制。言百男者，记其盛也。公子多，则国学重，故下专言辟雍。

惠于宗公，神罔时怨，神罔时恫。恫，《说文》引作“侗”，大皃。宗公，宗神也。恫，痛也。笺云：惠，顺也。宗公，大臣也。文王为政，咨于大臣，顺而行之，故能当于神明。神明无是怨恚其所行者，无是痛伤。其将无有凶祸。补曰：宗，宗室。公，公宫，统公族者。神，先祖也。言恫者，盖无后者从祖祔食，礼始于此。刑于寡妻，至于兄弟，以御于家邦。刑，法也。寡妻，適妻也。御，迎也。笺云：寡有之妻，言贤也。御，治也。文王以礼法接待其妻，至于宗族，以此又能为政治于家邦也。《书》曰：“乃寡兄勖。”又曰：“越乃御事。”补曰：寡妻，未备媵御之妻。盖公子可以早娶。早娶者，媵待年也。教公子自妻推兄弟以治家邦，皆接人之道，不待从政而知治。

雍雍在宫，肃肃在庙。雍雍，和也。肃肃，敬也。笺云：宫，谓辟雍宫也。群臣助文王养老则尚和，助祭于庙则尚敬。言得礼之宜。补曰：肃、雍，妇德也。言群公子化母教，在学宫及宗庙咸会习礼也。不显亦临，无射亦保。以显临之，保安无厌也。笺云：临，视也。保，犹居也。文王之在辟雍也，有贤才之质而不明者，亦得观于礼；于六艺无射才者，亦得居于位。言养善，使之积小致高大。补曰：显，助祭之名。《清庙》曰："肃雍显相。"临，如鬼神之临也。射，习射于辟雍也。保氏掌谏恶，言非在庙时，亦肃若有临，无射礼亦若对师保，不失礼。肆戎疾不殄，烈假不瑕。肆，故今也。戎，大也。故今大疾害人者，不绝之而自绝也。烈，业。假，大也。笺云：烈假，当为"疠瘕"，皆病也。瑕，已也。文王于辟雍德如此，故大［疾］害人者，不绝之而自绝；为疠瘕之行者，不已之而自已。言化之深也。补曰：不，词也。戎，兵。疾，病也。在庙敬受神福，故国无兵疫。在宫和，故人不疠瘕。言教成之效，王化之美。

不闻亦式，不谏亦入。言性与天合也。笺云：式，用也。文王之祀于宗庙，有仁义之行而不闻达者，亦用之助祭；有孝弟之行而不能谏争者，亦得入。言其使人器之，不求备也。补曰：此专论辟雍也。立学不独教公子，凡造士，虽有未贡、不闻于朝者，亦式其闾而礼之。言求遗逸也。谏，当为"柬"，择也。凡视学，必简不帅教者，以三年为期，君乃亲入。今文王重学，虽不简之时，亦复亲入。言督劝也。肆成人有德，小子有造。造，为也。笺云：成人，谓大夫、士也。小子，其弟子也。文王在于宗庙，德如此，故大夫、士皆有①所造成。补曰：成人，成学者，九年大成，谓之成人。有德者，不但求仕进也，以文王式不闻者，故皆务于德。小子，民弟子也，谓之造士，言其家初无士，此乃新造成也。以文王亲勤入学

① "有"下，《毛诗正义》有"德，子弟皆有"。

故。古之人无择，誉髦斯士。择，一作“斁”。笺云：古之人，谓圣王明君也。口无择言，身无择行，以身化其臣下，故令此士皆有名誉于天下，成其俊乂之美也。补曰：言古之人者，教王子之词也。誉，举也。髦，选也。公子无择行，乃能选举。当以古人为法，知身教之道。

《思齐》四章，章六句。故言五章，二章章六句，三章章四句。

《皇矣》，美周也。补曰：美，谓上帝嗜之。天监代殷，莫若周。周世世修德，莫若文王。监，视也。天视四方，可以代殷王天下者，维有周尔。世世修行道德，维有文王盛尔。

皇矣上帝，临下有赫。监观四方，求民之莫。监，《汉书》引作“鉴”。皇，大。莫，定也。笺云：临，视也。大矣，天之视天下，赫然甚明。殷纣之暴乱，乃监察天下之众国，求民之定。谓所归就也。补曰：上帝，明堂五帝。下，谓侯国也。维此二国，其正不获。二国，殷、夏也。笺云：二国，谓今殷纣及崇侯也。正，长。获，得也。补曰：此者，内词。二国，王国及周也。正，读若“大国正己”之正。殷不能正崇，周不得正崇。维彼四国，爰究爰度。彼，彼有道也。四国，四方也。究，谋。度，居也。笺云：四国，谓密也、阮也、徂也、共也。度，亦谋也。殷、崇之君，其行暴乱，不得于天心。密、阮、徂、共之君，于是又助之谋。言同于恶也。补曰：彼者，外词。四国，二伯所统，文王受命所伐。邗、密、夷、耆，盖皆崇属也。文王二年伐邗，三年伐密须，四年伐犬夷，五年伐耆，六年伐崇。此下言伐崇，故唯四国耳。究，纠也。度，正也。纠正其君，度正其民，是民莫。上帝耆之，憎其式廓。廓，一作“郭”。耆，恶也。廓，大也。憎其用大位，行大政。笺云：耆，老也。天须假此二国，养之至老，犹不变改，憎其所用为恶者浸大也。补曰：耆，今“嗜”字，旨也，美也。上帝美周，而憎殷之大用者，谓崇侯与西伯同位。乃眷西顾，此维与宅。眷，一作“睠”，《说文》引“眷”。乃、与，谷永、匡衡引作“迺”“予”。顾，顾西土也。宅，居也。笺云：乃眷然运视西顾，见文王之德而与之居。言天意常在文王所。

作之屏之，其菑其翳。修之平之，其灌其栵。启之辟之，其柽其椐。攘之剔之，其檿其柘。菑、剔，一作“菑”“鬄”。剔，又作“捌”。翳，《韩》作“殪”。《说文》引“柘”。木立死曰菑，自毙为翳。灌，丛生也。栵，栭也。柽，河柳。椐，樻。檿，山桑也。笺云：天既顾文王，四方之民则大归往。岐周之地险隘，多树木，乃竞刊除而自居处。言乐就有德之甚。补曰：言文王以垦辟荒旷为功，而伐昆夷，亦由于此。帝迁明德，串夷载路。串，一作“患”。徙就文王之德也。串，习。夷，常。路，大也。笺云：串夷即混夷，西戎国名也。路，应也。天意去殷之恶，就周之德，文王则侵伐混夷以应之。补曰：帝，太王也。迁，迁岐也。路，道也。周先在梁山北，为串夷东境，迁于岐山，当串夷南境。从山未辟，串夷但西防耳。及由间道袭其王庭，东收故地，串夷臣服，是天之迁周，为通串夷之道也。则路者，言来朝无阻。天立厥妃，受命既固。妃，一作“配”。妃，媲也。笺云：天既顾文王，又为之生贤妃，谓太姒也。其受命之道，已坚固也。补曰：有莘之国近京，亦与串夷相接。既为昏姻，倚以镇抚，则周无东北之忧，四境尽完固也。传曰有妇人，谓此与？

帝省其山，柞棫斯拔，松柏斯兑。兑，易直也。笺云：省，善也。天既顾文王，乃和其国之风雨，使其山树木茂盛，言非徒养其民人而已。补曰：所谓“天作高山”，言作屏以下之功，非独文王之业。帝作邦作对，自太伯、王季。对，配也。从大伯之见王季也。笺云：作，为也。天为邦，谓兴周国也。作配，谓为生明君也。是乃自大伯、王季时则然矣。太伯让于王季，而文王起。补曰：对，答也。所谓以对于天下，言受命之征，太伯不肯当，故让王季也。圣各有志，有以拯济为心者，有以释位为乐者，然其知微同耳。太伯知周当代殷，而不欲对之，因托而去，非欲立文王也。太伯立，自可传文王，尤可传仲雍、王季以及文王。假令文王非同姓，而当受命，亦可传之，何必让乎？言此者，周之当王，其端著见。维此王季，因心则友。则友其兄，则笃其庆，载锡之光。因，亲也。善兄弟曰友。庆，善。光，大也。笺云：笃，厚。载，始也。王季之心，亲亲而又善于宗族，又尤善于兄太伯，乃厚明其功美，始使之显著也。太伯以让为功美，王季乃能厚明之，使传世称之，亦其德也。补曰：因心，犹称心也。友，顺也。王季知兄志坦然，受国称心，而无嫌疑，不强兄以所不欲，斯乃顺兄之至也。庆，赐也。大伯赐王季以国，王季能厚之，则亦赐大伯以光显，与夷、齐异行而同美。**受禄无丧，奄有四方**。丧，亡。奄，大也。笺云：王季以有"因心则友"之德，故世世受福禄，至于覆有天下。

维此王季，帝度其心。王季，《韩》作"文王"。心能制义曰度。**貊其德音，其德克明。克明克类，克长克君**。貊，静也。笺云：德正应和曰貊。照临四方曰明。类，善也。勤施无私曰类。教诲不倦曰长。赏庆刑威曰君。补曰：貊，莫也，《韩诗》字本作"莫"。貊，静，犹隐也。王季不让兄而代立，嫌于非次，故其声闻不显，而其实乃为明太伯之让，克为父之肖子，非长而克长、不当君而克君也。**王此大邦，克顺克比**。比，《礼记》《史记》引作"俾"。下同。慈和遍服曰顺。择善而从曰比。笺云：王，君也。王季称王，追王也。补曰：自大王已翦商，故王大邦，顺于王朝，比于邻国。**比于文王，其德靡悔**。经纬天地曰文。笺云：靡，无也。王季之德，比于文王，无有所悔也。必比于文王者，德以圣人为匹。补曰：比，及也。悔，恨也。**既受帝祉，施于孙子**。笺云：帝，天也。祉，福也。施，犹易也、延也。

帝谓文王，无然畔援，无然歆羡，诞先登于岸。无是畔道，无是援取，无是贪羡。岸，高位也。笺云：畔援，犹跋扈也。诞，大。登，成。岸，讼也。天语文王曰："女无如是跋扈者，妄出兵也；无如是贪羡者，侵人土地也。欲广大德美者，当先平狱讼，正曲直也。"补曰：此言太王授文之意也。然，犹许也。无然，不以为然也。登，谓即位也。未灭殷即称王，故曰先登。于，往。岸，捍也。天不许有国者跋扈贪涎，妄相侵伐，故命文王大受命，先即尊位，往捍遏之，如水妄行，御之以岸也。**密**

人不共，敢距大邦，侵阮徂共。不共，一作“不恭”。国有密须氏，侵阮，遂往侵共。笺云：阮也、徂也、共也，三国犯周，而文王伐之。密须之人，乃敢距其义兵，违正道，是不直也。补曰：此言伐邢、密之事也。班固说：“安定郡阴密，故密须国。”今灵台，去豳百里，去京将千里。阮，周属国，盖在周、密之间。共，邢也，字亦作“邔”，在降水之地，入纣畿矣，距周二千里。徂，当为“沮挠”之“沮”。文王二年伐邢，即伐共也。密人欲救邢，乃兴兵袭阮，以沮伐共之师。周强而密敢侵阮，故曰“敢距大邦”。许慎说阮为代郡五阮关。今宣化大同之口非此阮。王赫斯怒，爰整其旅，以按徂旅。按、旅，《孟子》引作“遏”“莒”。旅，师。按，止也。旅，地名也。笺云：赫，怒意。斯，尽也。五百人为旅。文王赫然与其群臣尽怒曰：整其军旅而出，以却止徂国之兵众。补曰：“徂旅”之“旅”，即莒也。莒，即共矣。《韩非子》说：“文王侵孟、克莒。”孟亦即邢也。今孟、邢俱在河内，则旅为邢邑明矣。伐邢、克莒，邢未降，而阮请救，于是还师。本密人之意，谓之沮共。纪其实，谓之沮莒。以笃于周祜，以对于天下。对，遂也。笺云：以厚周当王之福，以答天下向周之望。补曰：阮属周，当受安平之福，今救之，故祜笃也。天下知服于周者，无兵患，故可对之。

依其在京，侵自阮疆，陟我高冈。京，大阜也。笺云：京，周地名。陟，登也。文王但发其依居京地之众，以往侵阮国之疆，登其山脊而望阮之兵。补曰：京，公刘所居邑。依之者，密人之师也。密人侵阮，及疆而退，以为不如袭周，遂依京而屯焉，已踞周境之高冈连营。言兵盛也。无矢我陵，我陵我阿。无饮我泉，我泉我池。矢，陈也。笺云：矢，犹当也。大陵曰阿。兵无敢当其陵及阿者，又无敢饮食于其泉及池水者。小出兵而令惊怖如此，此以德攻，不以众也。陵、泉重言者，美之也。每言我者，据后得而有之而言。补曰：无，毋也，亦无有也。密兵盛，而京备少，故仓卒被寇，及闻王师至，守御争奋，民自为守，绝其樵汲，密人处处为敌，遂遁出竟。度其鲜原，居岐之阳，在渭之将。小山别大山曰鲜。将，侧也。笺云：度，谋。鲜，善也。文王见侵阮而兵不见敌，知己德盛而威行，可以迁居，定天下之心，乃始谋居善原广平之地，亦在岐山之南，居渭水之侧。补曰：文王以京、岐相去远，故作丰也。丰在岐山东南四百余里，在京西南五百余里，地居二都之中，依渭水为固，是为别原。**万邦之方，下民之王**。方，则也。笺云：方，犹乡也。为万国之所乡，作下民之君。后竟徙都于丰。

帝谓文王，予怀明德，不大声以色，不长夏以革。怀，归也。不大声见于色。革，更也。不以长大有所更。笺云：夏，诸夏也。天之言云：我归人君有光明之德，而不虚广言语，以外作容皃，不长诸夏，以变更王法者。补曰：言太王翦商，非声色化民之是大，非用夏革夷之是长也。声色，犹仪文也。文王起西夷，而制礼乐，故明其不重在此。**不识不知，顺帝之则**。笺云：其为人不识古，不知今，顺天之法而行之者。此言天之道尚诚实，贵性自然。补曰：不识不知，谓串夷、邢、密也。以服三国，使不知天命者顺法此之为大。亦言帝者，太王始有事昆夷。**帝谓文王，询尔仇方，同尔兄弟**。兄弟，《齐》作“弟兄”。仇，匹也。笺云：询，谋也。怨耦曰仇。仇方，谓旁国诸侯为暴乱大恶者。女当谋征讨之，以和协女兄弟之国，率与之往，亲亲则方志齐心一也。当此之时，崇侯虎倡纣为无道，罪尤大也。补曰：询同仇方、兄弟，谓率西伯所属，往伐东伯也。仇方、兄弟，皆太王所经画，故亦曰帝谓。**以尔钩援，与尔临冲，以伐崇墉**。临，《韩》作“隆”。墉，《齐》作“庸”。钩，钩梯也，所以钩引上城者。临，临车也。冲，冲车也。墉，城也。补曰：崇，不识知之尤甚者。

临冲闲闲，崇墉言言。执讯连连，攸馘安安。闲闲，动摇也。言言，高大也。连连，徐也。攸，所也。馘，获也。不服者，杀而献其左耳，曰馘。笺云：言言，犹孽孽，将坏皃。讯，言也。执所生得者而言问之。及献所馘，皆徐徐以礼为之，不尚促速也。补曰：连连，车进之皃。安安，谓全师而还，无凶危。馘不可安，安者不馘也。**是类是祃，是**

致是附，四方以无侮。于内曰类，于野曰祃。致，致其社稷群神。附，附其先祖，为之立后。尊其尊而亲其亲。笺云：类也，祃也，师祭也。无侮者，文王伐崇，而无复敢侮慢周者。补曰：类，祭天告出师。祃，师行所止，祀其方神。四方，二伯所统。致，《春秋》所谓至自师还，饮至之礼。传曰："其会不致。"附则未闻。此时取成而还，不得附其先祖也。《记》曰："凡附五刑。"又曰："附从轻。"或者附为讯馘之事。**临冲茀茀，崇墉仡仡。是伐是肆，是绝是忽，四方以无拂。**仡，《说文》引作"圪"。茀茀，强盛也。仡仡，犹言言也。肆，疾也。忽，灭也。笺云：伐，谓击刺之。肆，犯突也，《春秋传》曰："使勇而无刚者肆之。"拂，犹佹也。言无复佹戾文王者。补曰：伐崇凡再举，前城已将坏，取平而还，乃又叛盟，故再伐焉。茀茀然自蔽未施攻具也，仡仡然墙高未坏也。肆，遂也。伐而遂入之，绝而灭之，崇罪大也。绝，绝其世也。《左传》曰："亡也忽焉。"

《皇矣》八章，章十二句。

《灵台》，民始附也。补曰：文王之国，太平已洽，兴学作乐。**文王受命，而民乐其有灵德，以及鸟兽昆虫焉。**民者，冥也。其见仁道迟，故于是乃附也。天子有灵台者，所以观祲象，察气之妖祥也。文王受命而作邑于丰，立灵台。《春秋传》曰："公既视朔，遂登观台，而书云物，为备故也。"

经始灵台，经之营之。神之精明者称灵。四方而高曰台。经，度之也。笺云：文王应天命，度始灵台之基趾，营表其位。**庶民攻之，不日成之。**攻，作也。不日成之，不日有成也。笺云：不设期日而成之。言说文王之德，劝其事，忘其劳也。观台而曰灵者，文王化行，似神之精明，故以名也。补曰：不日者，不必一日也。凡使民作，丰年用三日。今功简，民众每人不待一日而办矣。上有所作，不料民赋功，而曰不设期日，乖于政体，且民之当役，如弟子之服劳，亦不可姑息而已。

经始勿亟，庶民子来。笺云：亟，急也。度始灵台之基趾，非有急成之意，众民各以子成父事而来攻之。补曰：勿，州里所建旗，以趣事者也。亟，数也。方经始，而数见建物致民者来，何也？以民来附者众也。官作有程，无庸戒以勿亟，工久愈妨民也。王在灵囿，麀鹿攸伏。囿，所以域养禽兽也，天子百里，诸侯四十里。灵囿，言灵道行于囿也。麀，牝也。笺云：攸，所也。文王亲至灵囿，视牝鹿所游伏之处，言爱物也。补曰：鹿，野兽，喻他国来附之民也。伏，胎孕也。言新民襁负而来，且日滋生于王土。

麀鹿濯濯，白鸟翯翯。《说文》引“翯”。濯濯，娱游也。翯翯，肥泽也。笺云：鸟兽肥盛喜乐，言得其所。补曰：白鸟，鹤也，与鹿皆长年之禽。王在灵沼，於牣鱼跃。《说文》引“牣”。沼，池也。灵沼，言灵道行于沼也。牣，满也。笺云：灵沼之水，鱼盈满其中皆跃，亦言得其所。补曰：亦喻民蕃滋。

虡业维枞，贲鼓维镛。贲，一作“鼖”“鞼”。虡，《说文》引作“巨”。植者曰虡，横者曰栒。业，大版也。枞，崇牙也。贲，大鼓也。镛，大钟也。笺云：虡也，栒也，所以县钟鼓也。设大版于上，刻画以为饰。补曰：虡业，周所创制县鼓者。入学宿县，故详其虡业。枞，从木、从从，对横而言之。崇牙竖羽，以县应田者。於论鼓钟，於乐辟雍。论，思也。水旋丘如璧曰辟雍，以节观者。笺云：“论”之言“伦”也。文王立灵台而知民之归附，作灵囿、灵沼而知鸟兽之得其所，以为音声之道与政通，故合乐以详之。於得其伦理乎？鼓与钟也。於喜乐乎？诸在辟雍中者。言感于中和之至。补曰：民庶富，故修教立学。鼓钟者，击钟也。天子将出，撞黄钟，右五钟皆应；入，撞蕤宾，左五钟皆应。钟师奏《九夏》，皆金奏也。王出入奏《肆夏》。论乎其有和理乎？乐辟雍者，奏乐辟雍，以与学子习合礼乐，养老而简士。此文王之学耳。文王受命，因立明堂于辟雍。

於论鼓钟，於乐辟雍。补曰：重言者，观者美之之词。鼍鼓逢逢，蒙瞍奏公。鼍，鱼属。逢逢，和也。有眸子而无见曰蒙，无眸子曰瞍。公，事也。笺云：凡声，使瞽蒙为之。补曰：鼍鼓，晨鼓也。大昕鼓征，所以警众。奏，进也。公，公堂，学校也。遂发咏焉。

《灵台》五章，章四句。

《下武》，继文也。继文者，继文王之王业而成之。武王有圣德，复受天命，能昭先人之功焉。昭，明也。

下武维周，世有哲王。武，继也。笺云：下，犹后也。哲，知也。后人能继先祖者，维有周家最大，世世益有明知之王，谓太王、王季、文王稍就盛也。补曰：下，谓侯国。武，武功也。汤伐桀曰："吾甚武。"伐天子曰武。三后在天，王配于京。三后，太王、王季、文王也。王，武王也。笺云：此三后既没登假，精气在天矣。武王又能配行其道于京，谓镐京也。补曰：在，察也。京，大也。武王兴而益大。

王配于京，世德作求。笺云：作，为。求，终也。武王配行三后之道于镐京者，以其世世积德，庶为终成其大功。永言配命，成王之孚。笺云：永，长。言，我也。命，犹教令也。孚，信也。此为武王言也。今长我之配行三后之教令者，欲成我周家王道之信也。王德之道成于信，《论语》曰："民无信不立。"补曰：孚，孚子也。王孚育天下。

成王之孚，下土之式。式，法也。笺云：王道尚信，则天下以为法，勤行之。补曰：欲孚成之，必以教法也。永言孝思，孝思维则。则其先人也。笺云：长我孝心之所思。所思者，其维则三后之所行。以顺祖考为孝。

媚兹一人，应侯顺德。一人，天子也。应，当。侯，维也。笺云：媚，爱。兹，此也。可爱乎武王，能当此顺德！谓能成其祖考之功也。《易》曰："君子以顺德，积小以高大。"补曰：八百会盟津，是爱顺此一人也。武王当诸侯之来归顺。永言孝思，昭哉嗣服。笺云：服，事也。明哉武王之嗣行祖考之事。谓伐纣定天下。

昭兹来许，绳其祖武。许，《东观汉记》引作"御"。许，进。绳，戒。武，迹也。笺云：兹，此。来，勤也。武王能明此勤行，进于善道，戒慎其祖考所履践之迹，美其终成之。於万斯年，受天之祜。笺云：祜，福也。天下乐仰武王之德，欲其寿考之言也。

受天之祜，四方来贺。补曰：贺，以礼币相庆也。四方，蕃服，以贵宝为挚。於万斯年，不遐有佐。远夷来佐也。笺云：武王受此万年之寿，不远有佐。言其辅佐之臣，亦宜蒙其余福也。《书》曰“公其以予万亿年”，亦君臣同福禄也。

《下武》六章，章四句。

《文王有声》，继伐也。补曰：伐，当为“武”。古文“武”从戈、止，有似“伐”耳。此与继文相对，上继文德，此继武功也。武王能广文王之声，卒其伐功也。继伐者，文王伐崇，而武王伐纣。

文王有声，遹骏有声。遹求厥宁，遹观厥成。遹求，《说文》引作“欥求”。笺云：遹，述。骏，大。求，终。观，多也。文王有令闻之声者，乃述行有令闻之声之道所致也。所述者，谓太王、王季也。又述行终其安民之道，又述行多其成民之德。言周德之世益盛。文王烝哉！烝，君也。笺云：君哉者，言其诚得人君之道。补曰：烝，久也，进也。

文王受命，有此武功。补曰：此，此后伐纣功。既伐于崇，作邑于丰。笺云：武功，谓伐四国及崇之功也。作邑者，徙都于丰，以应天命。补曰：既，犹终也。文王当伐纣而不欲，乃作邑，示其安于西土。文王烝哉！补曰：每言烝哉者，叹其迟久而不利天下也。烝，进也。进西方君为天下君。

筑城伊淢，作丰伊匹。淢，一作“洫”，《韩》同。淢，成沟也。匹，配也。笺云：方十里曰成。淢，其沟也，广、深各八尺。文王受命而犹不自足，筑丰邑之城，大小适与成耦，大于诸侯，小于天子之制。匪棘其欲，遹追来孝。棘、欲、遹，《韩》作“革”“犹”“聿”，《礼记》引同。革，又作“亟”。笺云：棘，急。来，勤也。此非以急成从己之欲，欲广都邑，乃述追王季勤孝之行，进其业也。补曰：此下言武王之事。武王即位，而不急伐纣者，追述父意，示来世以孝道。王后烝哉！后，君也。笺云：变谥言“王后”者，非其盛事，不以义谥。补曰：后，继体君，谓武王也。不显其谥者，武王本欲继父志。

王公伊濯，维丰之垣。濯，大。笺云：公，事也。文王述行大王、王季之王业，其事益大。作邑于丰，城之既成，又垣之，立宫室。补曰：武王亦不欲伐纣，以城丰知之也。文王始作丰，但开洫耳。武王立，乃大兴功而垣之，无东伐之意。四方攸同，王后维翰。翰，干也。笺云：乃为天下所同心而归之。王后为之干者，正其政教，定其法度。补曰：翰，西伯之职。天下乱，但欲为四国之屏翰，无伐纣意。王后烝哉！

丰水东注，维禹之绩。补曰：此言作邑名丰之义也。丰水、汧水，弦蒲薮也。汧出不流，故禹道之东注。公刘汭阮，在其旁地。言禹绩者，周故夏所封也，子孙相承守侯服。文王作丰，在咸阳、渭南之地，取故国水名焉。旧并指丰溪入昆明池者为丰水，谬也。四方攸同，皇王维辟。绩，业。皇，大也。笺云：绩，功。辟，君也。昔尧时洪水，而丰水亦泛滥为害。禹治之，使入渭，东注于河，禹之功也。文王、武王今得作邑于其旁地，为天下所同心而归。大王为之君，乃由禹之功，故引美之。丰邑在丰水之西，镐京在丰水之东。补曰：辟者，三公之称。言周称王，但以绝殷，实仍西伯。皇王烝哉！笺云：变“王后”言大王者，武王之事又益大。

镐京辟雍，武王作邑于镐京。补曰：既作镐京，又别立学，因丰学辟雍以为明堂也。《公羊》说：“辟雍在郊外二十五里。”丰、镐相去之数，谓前辟雍也。自西自东，自南自北，无思不服。笺云：自，由也。武王于镐京行辟雍之礼，自四方来观者，皆感化其德，心无不归服者。补曰：思，词也。无所不来服事，言天下归往，丰邑狭小，故作镐耳。丰辟雍，诸侯之学。此乃天子太学，故兼有四方远人。皇王烝哉！

考卜维王，宅是镐京。维龟正之，笺云：考，犹稽也。宅，居也。稽疑之法，必契灼龟而卜之。武王卜居是镐京之地，龟则正之，谓得吉兆。补曰：王，文王也。文始卜丰，则有宅镐之兆。正，贞也。国有大事，则贞龟。**武王成之。武王烝哉！**武王遂居之，修三后之德，以伐纣定天下，成龟兆之吉。功莫大于此。补曰：成其祯祥也。若武王自卜，不得云成之。

丰水有芑，武王岂不仕？芑，草也。仕，事。笺云：丰水犹以其润泽生草，武王岂不以其功业为事乎？补曰：芑，白苗，嘉谷也。仕，嗣也。谷种岁种而嗣生，如公刘居京，大王居岐，王季还都京，文王作丰，徙宅不常，如谷岁种，武王岂敢不嗣业乎？**诒厥孙谋，以燕翼子。**燕，安。翼，敬也。笺云：诒，犹传也。孙，顺也。以之为事，故传其所以顺天下之谋，以安其敬事之子孙。谓使行之也。《书》曰："厥考翼，其肯曰：我有后，弗弃基？"补曰：诒孙者，太王也。孙又翼子，文复传武也。**武王烝哉！**笺云：上言"皇王"而变言"武王"者，皇，大也，始大其业，至武王伐纣成之，故言武王也。

《文王有声》八章，章五句。

《文王之什》十篇，六十六章，四百十四句。

诗卷十七

生民之什毛诗诂训传第廿四　大雅二

《生民》，尊祖也。补曰：祖，谓喾也。尊之于明堂，配苍帝。后稷生于姜嫄，文、武之功起于后稷，故推以配天焉。补曰：非夫而孕，故曰生于姜嫄。然而周禘喾者，本为喾妃，宜系之喾。

厥初生民，时维姜嫄。生民，本后稷也。姜，姓也。后稷之母，配高辛氏帝焉。笺云：厥，其。初，始。时，是也。言周之始祖，其生之者，是姜嫄也。姜姓者，炎帝之后。有女名嫄，当尧之时，为高辛氏之世妃。本后稷之始生，故谓之"生民"。补曰：本帝子，而不得为帝子，故谓之民也。司马迁说："姜嫄，帝喾之元妃。"是始为帝妃，以孕见出弃，不得以喾为父。生民如何？克禋克祀，以弗无子。履帝武敏，禋，敬。弗，去也。去无子，求有子，古者必立郊禖焉。玄鸟至之日，以大牢祠于郊禖，天子亲往，后妃率九嫔御，乃礼天子所御，带以弓韣，授以弓矢，于郊禖之前。履，践也。帝，高辛氏之帝也。武，迹。敏，疾也。从于帝而见于天，将事齐敏也。笺云：克，能也。弗之言"祓"也。姜嫄之生后稷何如乎？乃禋祀上帝于郊禖，以祓除其无子之疾，而得其福也。能者，言齐肃当神明意也。二王之后，得用天子之礼。帝，上帝也。敏，拇也。祀郊禖之时，时则有大神之迹，姜嫄履之，足不能满其拇指之处。补曰：帝子而曰民，故设问如何，以神异之。克禋祀者，不禋祀之词也。帝子嗣立，则克禋。不为天子，亦克承祀，乃以违拂，而无子道。谓母见出也。履帝者，从喾也。因从喾而见大迹之拇于郊，故后因立郊禖请子焉。请子起于有娀，事在尧以后，非禋祭之类也。其日以玄鸟至，则又因契母。**歆攸介攸止。载震载夙，载生载育，时维后稷**。歆，飨。介，大也。止，福禄所止也。震，动。夙，早。育，长也。后稷播百谷以利民。笺云：介，左右也。夙之言"肃"也。心体歆歆然，其左右所止住，如有人道感己者也。于是遂有身，而肃戒不复御。后则生子而养长之，名曰弃。舜臣尧而举之，是为后稷。补曰：歆，惊觉之词。《礼》曰："噫歆。"攸介攸止，髦士之词。既觉其孕，而遂出之，不得居宫中也。还其先所舍止，谓归母家，则震动夙戒，惧其不宁，而乃生后稷，为育子焉。

诞弥厥月，先生如达。诞，大。弥，终。达，生也。姜嫄之子先生者也。笺云：达，羊子也。大矣后稷之在其母，终人道十月而生。生如达之生，言易也。补曰：大终其月，过十月之期也。达，滑达也。如，读为"而"。人之生，胞后下，今滑达不坼，与胞同生也。**不坼不副，无菑无害**。《说文》引"㾿"。言易也。凡人在母，母则病。生则坼副，菑害其母，横逆人道。补曰：不坼，胞未坼也。副，判也。不副，全然一胞也。菑，读为"剚刃"之"剚"。"害""割"一字。若常孕，则有割胞之法，今知其异，故无菑割之者。**以赫厥灵，上帝不宁。不康禋祀，居然生子**。赫，显也。不宁，宁也。不康，康也。笺云：康、宁，皆安也。姜嫄以赫然显著之征，其有神灵审矣。此乃天帝之气也，心犹不安之。又不安徒以禋祀而无人道，居默然自生子，惧时人不信也。补曰：以，读若"熙"，叹词也。《书》曰："已！予惟小子。"熙，赫哉，其灵怪也，岂上帝之不安与？帝子而不得禋祀，是不康之。《记》曰："康周公。"居然生子，不坼胞之子也。

诞寘之隘巷，牛羊腓字之。诞，大。寘，置。腓，辟。字，爱也。天生后稷，异之于人，欲以显其灵也。帝不顺天，是不明也，故承天意而异之于天下。笺云：天异之，故姜嫄置后稷于牛羊之径，亦所以异之。补曰：初弃之近宫城僻道而已，既至隘巷，见牛羊径过，乃不忍其践踏，而辟以爱之。此寘者自然之恻隐。每云诞者，其事本神异，可怪大也。诞寘之平林，会伐平林。牛羊而辟人者，理也，置之平林，又为人收取之。补曰：远送林中，而逢伐木者，恐取厌恶，故不果寘。诞寘之寒冰，鸟覆翼之。鸟乃去矣，后稷呱矣。《说文》引"呱"。大鸟来，一翼覆之，一翼藉之。人而收取之，又其理也，故置之于寒冰。于是知有天意，往取之矣。后稷呱呱然而泣。补曰：寒冰，林外涧中也。鸟见胞，则群飞覆盖，而啄破之，胞破儿啼，乃闻呱然。

实覃实訏，厥声载路。覃，一作"谭"，《说文》引"覃"。覃，长。訏，大。路，大也。笺云：实之言"适"也。覃，谓始能坐也。訏，谓张口乌呼也。是时声音则已大矣。补曰：闻呱而还收取，则体气长大，啼声甚壮。诞实匍匐，克岐克嶷，以就口食。嶷，《说文》引作"凝"。匍匐，一作"扶服"。岐，知意也。嶷，识也。笺云：能匍匐，则岐岐然意有所知也，其皃则嶷嶷然有所识别也。以此至于能就众人口自食，谓六七岁时。补曰：岐，当为"跂"，立也。嶷立，定立也。就，成也。弃虽收还，姜嫄未必自哺之，邰侯亦不以为外孙，听其自成立，而稷遂能自成口食，种菜谷也。艺之荏叔，荏叔旆旆。禾役穟穟，麻麦幪幪，瓜瓞唪唪。役，《说文》两引作"颖"，"唪"作"菶"。荏叔，戎叔也。旆旆然长也。役，列也。穟穟，苗好美也。幪幪然盛茂也。唪唪然多实也。笺云：艺，树也。戎叔，大豆也。就口食之时，则有种植之志，言天性也。补曰：艺先从荏叔始，百谷种最易辨者。主叔言者，明非禄田，其禾役麻麦，则姜嫄私邑，同大夫采地与？

诞后稷之穑，有相之道。相，助也。笺云：大矣后稷之掌稼穑，有见助之道。谓若神助之力也。补曰：古者百谷旅生，人但知采食，不知收种。后稷始穑之，有助天生物之道。此则从邰言有百谷矣。茀厥丰草，种之黄茂。实方实苞，实种实褎，实发实秀，实坚实好，实颖实栗。茀，《韩》作"拂"。茀，治也。黄，嘉谷也。茂，美也。方，极亩也。苞，本也。种，杂种也。褎，长也。发，尽发也。不荣而实曰秀。颖，垂颖也。栗，其实栗栗然。笺云：丰、苞，亦茂也。方，齐等也。种，生不杂也。褎，枝叶长也。发，发管之时也。栗，成就也。后稷教民除治茂草，使种黍稷。黍稷生则茂好，熟则大成。补曰：此记穑之法，以为后法也。宜待其黄时乃美，其辨之又当择其房稃苞裹、童秃褎大者，明年种之，乃发而秀，坚好垂颖。栗，实也。**即有邰家室。**《说文》引无"即"。邰，姜嫄之国也。尧见天因邰而生后稷，故国后稷于邰，命使事天，以显神顺天命耳。笺云：以此成功，尧改封于邰，就其成国之家室，无变更也。补曰：上古未立九族，多以外孙女夫奉国祀者。后稷从母在邰，因就封之，使有其国。姜嫄别庙亦以此。

诞降嘉种，维秬维秠，维穈维芑。种，《说文》引作"穀"。天降嘉种。秬，黑黍也。秠，一稃二米也。穈，赤苗也。芑，白苗也。笺云：天应尧之显后稷，故为之下嘉种。补曰：一稃二米者，嘉谷之瑞，秬、穈、芑皆有之。《思文》又言："贻我来牟。"一来二缝，盖其时五谷皆有瑞。**恒之秬秠，是获是亩。恒之穈芑，是任是负，以归肇祀。**恒，一作"亘"。恒，遍。肇，始也。始归郊祀也。笺云：任，犹抱也。肇，郊之神位也。后稷以天为己下此四谷之故，则遍种之，成熟则获而亩计之，抱负以归，于郊祀天。得祀天者，二王之后也。补曰：恒，常也。嘉谷之种不变也，获之而有一亩，负任之不胜，极言多也。归，天子归之也。以献于帝，帝仍赐之，若成王归周公禾也。始以秬为酒，以穈芑为粢盛，以祀其后。赐鬯盖本于此。

诞我祀如何？笺云：大矣，我后稷之祀天如何乎？美而将说其事也。补曰：以谷食祀始于此，故设问也。**或舂或揄，或簸或蹂。释之叟叟，烝之浮浮。**叟，一作"溲"。揄，《韩》作"抌"，"浮"作"烰"。《说文》引"烰"。叟，樊光引作"溞"。揄，《说文》引作"舀"。揄，抒臼也。或簸糠者，或蹂黍者。释，（淅）［淅］米也。叟叟，声也。浮浮，气也。笺云：蹂之言"润"也。舂而抒出之，簸之又润湿之，将复舂之，趣于凿也，释之烝之，以为酒及簠簋之实。补曰：此记造酒饭之法。**载谋载惟，**尝之日莅卜来岁之芟，狝之日莅卜来岁之戒，社之日莅卜来岁之稼，所以兴来而继往也。谷熟而谋，陈祭而卜矣。笺云：惟，思也。后稷既为郊祀之酒及其米，则诹谋其日，思念其礼。补曰：谋，读为“媒”，以曲蘖作酒也。惟，凡也。凡作五齐三酒之法。酒始于此时。**取萧祭脂，取羝以軷，载燔载烈，**《说文》引“軷”。取萧合黍稷，臭达墙屋，既奠而后爇萧，合馨香也。羝，牡羊也。軷，道祭也。傅火曰燔，贯加于火曰烈。笺云：烈之言“烂”也。取萧草与祭牲之脂，爇之于行神之位。馨香既闻，取羝羊之体以祭神，又燔烈其肉，为尸羞焉。自此而往郊。补曰：此又记黍稷燔烈之用也。大祀，则合萧脂而燔焉。将出犯軷，亦以黍稷合羝而烈焉。盖先燎黍稷以报嘉禾，故后人神莫不用。**以兴嗣岁。**兴来岁，继往岁也。笺云：嗣岁，今新岁也。以先岁之物，齐敬祀軷而祀天者，将求新岁之丰年也。孟春之月令曰：“乃择元日，祈谷于上帝。”补曰：言自穑事兴，以后相嗣有岁者，皆后稷之所兴。

卬盛于豆，于豆于登，其香始升。香，一作“馨”。卬，我也。木曰豆，瓦曰登。豆，荐菹醢也。登，大羹也。补曰：卬，我，今成王时也。此谓特牛之祭，先燔黍捭豚，反古复始之义也。特牲有葴四豆，大羹一登，用牢则无，故特咏之。言其义本于后稷。**上帝居歆，胡臭亶时。**笺云：胡之言“何”也。亶，诚也。我后稷盛菹醢之属，当于豆者、于登者，其馨香始上升，上帝则安而歆飨之，何芳臭之诚得其时乎？美之也。祀天用瓦豆，陶器质也。补曰：上帝，明堂五帝也。初疑上帝之不宁，既推稷配天，以喾配感生帝，帝祚弥昌，故知上帝居之而歆也。《郊特牲》无拍豚，明堂祭用太牢。此盖夏殷祀大祖之礼。胡，遐。时，事也。周人尚臭，其来遐远，信由于是。**后稷肇祀，庶无罪悔，以迄于今。**迄，至也。笺云：庶，众也。后稷肇祀上帝于郊，而天下众民咸得其所，无有罪过也，子孙蒙其福，以至于今，故推以配天焉。补曰：后稷以黍稷祀，但依农事，求自食而已。《记》曰：“其辞恭，其欲俭。”悔，恨也。毋以罪出，父以疑悔，推后稷而祀譬，则无罪悔矣。

《生民》八章，四章章十句，四章章八句。

《行苇》，忠厚也。补曰：厚，亯也。古文为“㫗”，文从倒“亯”。自下献上为亯，若“亯以亯上帝”。自上亯下为“㫗”，若“大亯以养圣贤”。忠，诚也。天子养三老、五更，具八珍，执馈酳。其礼如祭，故曰忠㫗。周家忠厚，仁及草木，故能内睦九族，外尊事黄耇，养老乞言，以成其福禄焉。九族，自己上至高祖、下至玄孙之亲也。黄，黄发也。耇，冻梨也。乞言，从求善言以为政，敦史受之。补曰：班彪赋“美公刘之仁厚，及行苇之不伤”，以此为咏公刘。

敦彼行苇，牛羊勿践履。敦，聚也。行，道也。笺云：敦敦然道旁之苇，牧牛羊者毋使躐履折伤之。补曰：敦，积也。勿践履者，致洁也。八珍之鼎，编苇萑，布炮熬。所谓鼎，实维苇者也。唯养老有八珍，则敦苇藉鼎，故以兴咏焉。方苞方体，维叶泥泥。叶初生泥泥。笺云：苞，茂也。体，成形也。草物方茂盛，以其将终为人用，故周之先王为此爱之，况于人乎？补曰：苞，裹也。熬用切肉，则苞之。体，牲体也。炮用全体。泥泥，编苇比密之皃。若实爱行苇，不当用之。下方杀牲以供醓臄，而曰仁及草木，谬也。

戚戚兄弟，莫远具尔。戚戚，内相亲也。笺云：莫，无也。具，犹俱也。尔，谓进之也。王与族人燕，兄弟无远，俱揖而进之。补曰：兄弟，群臣也。既告具，君即位，乃纳公卿大夫，君降阼阶，南乡，尔之皆进。或肆之筵，或授之几。肆，陈也。或陈筵者，或授几者。笺云：年稚者为设筵而已，老者加之以几。补曰：具尔而始筵几，为老者以宾礼礼之也。司宫设筵，主人授几，有定人，而云或者，盖尊异老，更别命大夫肆授之。凡燕，宾筵公席先设，诸公卿席于献宾后设。几，彤几。

肆筵设席，授几有缉御。设席，重席也。缉御，踧踖之容也。笺云：缉，犹续也。御，侍也。兄弟之老者，既为设重席授几，又有相续代而侍者，谓敦史也。补曰：御，《礼经》字为“梧”。凡授几梧，受之有缉者，盖扶侍老更之人。**或献或酢，洗爵奠斝**。斝，爵也。夏曰盏，殷曰斝，周曰爵。笺云：进酒于客曰献，客答之曰酢。主人又洗爵酬客，客受而奠之，不举也。用殷爵者，尊兄弟也。补曰：或者，谓众宾也。众卿献酢，二大夫洗角觯，奠于君之荐南，君取以酬宾，宾奠不举，是为洗爵奠斝。斝，即角觯也。《记》曰："举斝角。"奠斝者，为当射也。于此之时，遵者入，则老更亦于此入。此泽宫之礼。

醓醢以荐，或燔或炙。以肉曰醓醢。笺云：荐之礼，韭菹则醓醢也。燔用肉，炙用肝。补曰：韭菹醓醢，朝事之豆，深苻醓醢，则为加豆，皆常礼，不必记也。凡燕饮之礼，豆重于俎，重在荐也。荐豆用脯，老不宜脯，以醓醢代之。馈食礼，初献肝从，再献、三献皆燔从。言老更分宾

介也。**嘉殽脾臄，或歌或咢**。臄，函也。歌者，比于琴瑟也。徒歌曰咢。笺云：以脾函为加，故谓之嘉。补曰：脾，百叶也。臄，谷也，口上阿也。嘉殽，殽脀。凡燕，唯宾主有俎，苟敬亦有脀，故曰嘉也。此又天子所优异者。养老牲用羊，故以脾臄为异。燕无脾臄也。脾，析馈食之豆，臄则未闻。彭瑞龄说："臄即腒。脾者，宛脾兔也。上大夫加豆雉、兔、鹑、翟，故以脾臄统之。"或曰："春祭先脾，夏祭先心，则有舌。"谓春夏合礼乐时有俎祭，异于燕飨，亦所以博用前代之礼。徒击鼓谓之咢。或歌者，不射则遂合乐，主于燕也。或咢者，射则立司正，司正升降，徒击鼓以警观听也。此选士之射，而容不射者，优老更，为之先成燕，辞焉遂射。

敦弓既坚，四鍭既钧。敦弓，画弓也。天子敦弓。鍭，矢参亭。补曰：此司射告具之词。鍭矢用诸近射，以配敦弓，射椹质，则敦弓非天子弓也。天子射，弓矢后奉之。此谓众射者之弓矢。**舍矢既均**，已均中槸。笺云：舍之言"释"也。槸，质也。周之先王将养老，先与群臣行射礼，以择其可与者以为宾。补曰：此舍矢在序宾前，谓射者之矢毕入也，各视其弓人之安危以授矢，故均和也。**序宾以贤**。言宾客次第皆贤。孔子射于矍相之圃，观者如堵墙。射至于司马，使子路执弓矢出延射，曰："奔军之将，亡国之大夫，与为人后者，不入。其余皆入。"盖去者半，入者半。又使公

罔之裘、序点扬觯而语，曰："幼壮孝弟，耆耋好礼，不从流俗，修身以俟死，者不？在此位。"盖去者半，处者半。序点又扬觯而语，曰："好学不倦，好礼不变，耄勤称道不乱者，不在此位也。"盖仅有存焉。笺云：序宾以贤，谓以射中多少为次弟。补曰：序宾，比众耦也。大夫与大夫，士御于大夫。选贤者，进其等。

敦弓既句，既挟四鍭。天子之弓，合九而成规。笺云：《射礼》："搢三挟一个。"言已挟四鍭，则已遍释之。补曰：此司射诱射之节也。钩弦谓之句。司射执弓，挟乘矢于弓外，右巨指钩弦，故句而挟四鍭。**四鍭如树**，言皆中也。补曰：司射射三侯，始射豹，又射熊、虎。侯再发，以示射者志的也，如树于侯，中隽也。**序宾以不侮**。言其皆有贤才也。笺云：不侮，敬也。其人敬于礼，则射多中。补曰：不侮，以尊卑各射其侯也。大夫射参，士射干。射者非其侯，中之不获。

曾孙维主，酒醴维醹。《说文》引"醹"。曾孙，成王也。醹，厚也。补曰：王与三老射，王为下射，维主于宾之礼也。祭侯之词曰："诒女曾孙，诸侯百福。"为祭而射，故王自称曾孙。醴，一宿甘酒，射饮清酒。为老者故，别设醴。**酌以大斗，以祈黄耇**。斗，一作"枓"。大斗长三尺也。祈，报也。笺云：祈，告也。今我成王承先王之法度，为主人，亦既序宾矣，有醇厚之酒醴，以大斗酌而尝之而美，故以告黄耇之人，征而养之也。饮酒之礼曰："告于先生君子可也。"补曰：大斗，兕觥也。学校之燕饮则设焉。祈，求也。求中以辞养也。老者与王皆不以中为隽。

黄耇台背，以引以翼。台背，大老也。引，长。翼，敬也。笺云：台之言"鲐"也。大老则背有鲐文。既告老人，及其来也，以礼引之，以礼翼之。在前曰引，在旁曰翼。补曰：台背，寿也，以双声为文，无意义也。《庄子》书有"哀骀它"。台，其曲背与？老者能射，故见其台背。引，开弓。翼，设决也。君射，则射正执弓，小臣正赞袒。老者亦然。**寿考维祺，以介景福**。祺，吉也。笺云：介，助也。养老人而得吉，所以助大福也。补曰：老犹能射，是国之吉祥也。此所以劝王优老。

《行苇》八章，章四句。故言七章，二章章六句，五章章四句。

《既醉》，大平也。补曰：大平，既祭而燕。醉酒饱德，人有士君子之行焉。成王祭宗庙，旅酬下遍群臣，至于无算爵，故云醉焉。乃见十伦之义，志意充满，是谓之“饱德”。

既醉以酒，既饱以德。既者，尽其礼，终其事。笺云：礼，谓旅酬之属。事，谓施惠先后及归俎之类。补曰：无算爵，故尽醉也。贵贱取骨，百官馂而畀辉庖狄阍，虽不能饱，尽以德饱。君子万年，介尔景福。笺云：君子，斥成王也。介，助。景，大也。成王，女有万年之寿，天又助女以大福，谓五福也。

既醉以酒，尔殽既将。将，行也。笺云：尔，女也。殽，谓牲体也。成王之为群臣俎实，以尊卑差次行之。补曰：将，谓归俎也。士大夫之绎，寻俎而已。天子绎于明日盛暑，牲或败，或助祭之俎皆将以归，而绎又特杀。君子万年，介尔昭明。笺云：昭，光也。补曰：其礼光著。

昭明有融，高朗令终。融，长。朗，明也。始于飨燕，终于享祀。笺云：有，又。令，善也。天既与女以光明之道，又使之长。有高明之誉，而以善名终，是其长也。补曰：融，肜也。商曰肜，周曰绎。祭礼，明而又绎，是居高明而善终大礼。令终有俶，公尸嘉告。《说文》引“俶，善也”。俶，始也。公尸，天子以卿，言视诸侯也。笺云：俶，犹厚也。既始有善，令终又厚之。公尸以善言告之，谓嘏辞也。诸侯有功德者，入为天子卿大夫，故云“公尸”。公，君也。补曰：昨日祭终，今日绎始，故终又始也。公尸，先公之尸，主祭亲庙，故并王尸而公之。《记》曰：“士大夫将为尸于公。”嘉告者，尸卒爵告旨。

其告维何？笾豆静嘉。恒豆之菹，水草之和也。其醢，陆产之物也。加豆，陆产也，其醢，水物也。笾豆之荐，水土之品也。不敢用常亵味而贵多品，所以交于神明者。言道之遍至也。笺云：公尸所以善言告之，是何故乎？乃用笾豆之物洁清而美，政平气和所致故也。补曰：其告，谓尸告旨也。维何，问事尸之礼。笾豆，王后所主。言夫妇亲之。静，审也。**朋友攸摄，摄以威仪**。言相摄佐者，以威仪也。笺云：朋友，谓群臣同志好者也。言成王之臣，皆有仁孝士君子之行，其所以相摄佐威仪之事。补曰：朋友，侑也。议侑于宾以异姓，令相尸也。尸谦言己威仪乃侑所摄，美主人，且为献侑词。

威仪孔时，君子有孝子。笺云：孔，甚也。言成王之臣威仪甚得其宜，皆君子之人，有孝子之行。补曰：礼，时为大，故美孔时。凡言君子，皆谓王也。孝子，上嗣举奠时入礼尸，示受重。**孝子不匮，永锡尔类**。匮，竭。类，善也。笺云：永，长也。孝子之行，非有竭极之时，长以与女之族类，谓广之以教道天下也。《春秋传》曰：“颖考叔，纯孝也，施及庄公。”补曰：王又有子，故不匮也。又永锡之，祝其传无穷。

其类维何？室家之壸。《说文》引“𡙇”。壸，广也。笺云：壸之言“梱”也。其与女之族类云何乎？室家先以相梱致，已乃及于天下。补曰：上嗣贤，则王族各修宫中之教。**君子万年，永锡祚胤**。胤，嗣也。笺云：永，长也。成王，女有万年之寿，天又长予女福祚，至于子孙。补曰：“祚”非古字，字当作“阼”。阼，阶主也。言长有適长贤子。

其胤维何？天被尔禄。禄，福也。笺云：天予女福祚，至于子孙，云何乎？天覆被女以禄位，使禄福天下。**君子万年，景命有仆**。仆，附也。笺云：成王，女既有万年之寿，天之大命又附着于女。谓使为政教也。补曰：仆，谓自外来附。

其仆维何？厘尔女士。厘，予也。笺云：天之大命附著于女，云何乎？予女以女而有士行者。谓生淑媛，使为之妃。补曰：士，婿也。女士，新婚之词，谓太子妃也。**厘尔女士，从以孙子**。笺云：从，随也。天既予女而有士行者，又使生贤知之子孙以随之。谓传世也。

《既醉》八章，章四句。

《凫鹥》，守成也。补曰：言谨奉祭祀，无所更不足。**大平之**

君子，能持盈守成，神祇祖考安乐之也。君子，斥成王也。言君子者，大平之时则皆然，非独成王也。

凫鹥在泾，公尸来燕来宁。泾，《说文》引作“梁”。凫，水鸟也。鹥，凫属。大平则万物众多。笺云：泾，水名也。水鸟而居水中，犹人为公尸之在宗庙也，故以喻焉。祭祀既毕，明日又设礼而与尸燕。成王之时，尸来燕也，其心安，不以己实臣之故自嫌。言此者，美成王事尸之礼备。补曰：鹥，鸥也。凫、鸥，水鸟之谨愿者。天子车，凫旌阴羽。王后安车，鹥总。以凫鹥之在，见先王、先后皆降监也。泾，邠地大川，公刘馆之，而太王居焉。后迁于岐，则在渭，以邠为东都，周公所居也。公尸，为尸于公者，太祖庙故主邠。尔酒既清，尔殽既馨。公尸燕饮，福禄来成。馨，香之远闻也。笺云：尔者，女成王也。女酒殽清美，以与公尸燕乐饮之故，祖考以福禄来成女。补曰：清，盎酒涚清也。祭太祖，朝事时则荐清酒。殽馨，谓荐熟时。

凫鹥在沙，公尸来燕来宜。沙，水旁也。宜，宜其事也。笺云：水鸟以居水中为常，今出在水旁，喻祭四方百物之尸也。其来燕也，心自以为宜，亦不以己实臣自嫌也。补曰：在泾之沙也。祫祭于大祖，合群庙旅酬六尸。承禘言，故审其宜，序昭穆。尔酒既多，尔殽既嘉。言酒品齐多而殽备美。补曰：神多，故酒多也。公尸燕饮，福禄来为。厚为孝子也。笺云：为，犹助也。助成王也。

凫鹥在渚，公尸来燕来处。渚，沚也。处，止也。笺云：水中之有渚，犹平地之有丘也，喻祭天地之尸也。以配至尊之故，其来燕似若止得其处。补曰：在泾渚也。祔祭曰：“夙兴夜处不宁。”尔酒既湑，尔殽伊脯。笺云：湑，酒之泲者也。天地之尸尊，事尊不以亵味，泲酒脯而已。补曰：湑，清也。殽脯者，祔用尹祭、溲酒，不言牲号，以脯为重。仍设醴而主用酒，故曰湑脯。公尸燕饮，福禄来下。

凫鹥在潨，公尸来燕来宗。《说文》引“潨”。潨，水会也。

宗，尊也。笺云：潨，水外之高者也，有瘗狸之象，喻祭社稷山川之尸，其来燕也，有尊主人之意。补曰：祭四亲庙，各有宗也。潨，汭水入泾之处。**既燕于宗，福禄攸降**。笺云：既，尽也。宗，社宗也。群臣下及民，尽有祭社之礼而燕饮焉，为福禄所下也。补曰：族食世降一等，唯亲者得与也。**公尸燕饮，福禄来崇**。崇，重也。笺云：今王祭社，又以尸燕，福禄之来乃重厚也。天子以下，其社神同，故云然。

凫鹥在亹，公尸来止熏熏。止熏，《说文》引作"燕醺"。亹，山绝水也。熏熏，和说也。笺云：亹之言"门"也。燕七祀之尸于门户之外，故以喻。其来也，不敢当王之燕礼，故变言"来止熏熏"，坐不安之意。补曰：门者，绎祭之地。亹，盖邠郊近泾之地。**旨酒欣欣，燔炙芬芬。公尸燕饮，无有后艰**。欣欣然乐也。芬芬，香也。无有后艰，言不敢多祈也。笺云：艰，难也。小神之尸卑，用美酒，有燔炙，可用亵味也。又不能致福禄，但令王自安，无有后艰而已。补曰：专主燕尸，故言旨芬。祭于此终，故曰后也。

《凫鹥》五章，章六句。

《假乐》，嘉成王也。补曰：假，嘉，嘉礼也，盖冠词。成王抗世子法，故有冠礼。

假乐君子，显显令德。假、显，三家并作"嘉""宪"，《礼记》引同。假，嘉也。笺云：显，光也。天嘉乐成王，有光光之善德。**宜民宜人，受禄于天**。宜民宜人，宜安民、宜官人也。笺云：安民、官人皆得其宜，以受福禄于天。**保右命之，自天申之**。申，重也。笺云：成王之官人也，群臣保右而举之，乃后命用之，又用天意申敕之，如舜之敕伯禹、伯夷之属。

干禄百福，子孙千亿。笺云：干，求也。十万曰亿。补曰：干禄者，王季也。武王祔于王季，冠于祢庙，故本言之。王季干禄，而福及子孙。**穆穆皇皇，宜君宜王**。宜，一作"且"。宜君王天下也。笺云：

天子穆穆，诸侯皇皇。成王行显显之令德，求禄得百福，其子孙亦勤行而求之，得禄千亿，故或为诸侯，或为天子。言皆相勖以道。补曰：宜王者，未王也，时周公摄位。不愆不忘，率由旧章。衍，董仲舒引作“骞”，刘向作“僁”，“忘”作“亡”。笺云：愆，过。率，循也。成王之令德，不过误，不遗失，循用旧典之文章，谓周公之礼法。补曰：旧章，殷法也。本王季之为殷臣，以戒王即位，服殷御事。

威仪抑抑，德音秩秩。抑抑，美也。秩秩，有常也。笺云：抑抑，密也。秩秩，清也。成王立朝之威仪，致密无所失，教令又清明。补曰：抑抑谦下，秩秩进智，治殷民之道。无怨无恶，率由群匹。笺云：天下皆乐仰之，无有怨恶。循用群臣之贤者，其行能匹耦己之心。补曰：无，毋也。毋怨恶殷民娄不靖也。《书》曰：“我其不怨。”匹，比也。殷御事比尔于周者，当循大公进用之。受福无疆，四方之纲。

之纲之纪，燕及朋友。朋友，群臣也。笺云：成王能为天下之纲纪，谓立法度以理治之也。其燕饮常与群臣，非徒乐族人而已。补曰：燕，安也。王能安反侧，殷人、周臣皆相和乐。百辟卿士，媚于天子。笺云：百辟，畿内诸侯也。卿士，卿之有事者也。媚，爱也。成王以恩意及群臣，群臣故皆爱之。补曰：百辟，诸侯命卿。卿士，王卿执政者。言大臣顺王意好恶，不可不慎。不解于位，民之攸塈。不解，蔡邕引作“匪懈”。塈，息也。笺云：不解于其职位，民之所以休息，由此也。补曰：言殷民思乱，以王不解之故，所以息止也。

《假乐》四章，章六句。

《公刘》，召康公戒成王也。成王将莅政，戒以民事，美公刘之厚于民，而献是诗也。公刘者，后稷之曾孙也。夏之始衰，见迫逐，迁于豳，而有居民之道。成王始幼少，周公居摄政，反归之。成王将莅政，召公与周公相成王为左右。召公惧成王尚幼稚，不留意于治民之事，故作诗美公刘，以深戒之也。

笃公刘，匪居匪康。笃，厚也。公刘居于邰，而遭夏人乱，迫逐公刘。公刘乃辟中国之难，遂平西戎，而迁其民邑于豳焉。笺云：厚乎公刘之为君也，不以所居为居，不以所安为安。补曰：匪居，言戎狄不可居也。公刘大父不窋，窜于戎狄，国于今庆阳，犹修田事。至此戎狄强钞，田作与游牧不能相持，非所宜居，故不安土而议东徙依中国。乃埸迺疆，乃积迺仓。乃裹糇粮，于橐于囊，乃埸乃疆，言修其疆埸也。乃积乃仓，言民事时和，国有积仓也。小曰橐，大曰囊。笺云：邰国乃有疆埸也，乃有积委及仓也。安安而能迁，积而能散。为夏人迫逐己之故，不忍斗其民，乃裹粮食于囊橐之中，弃其余而去。补曰：修疆埸，积仓于戎狄之中，召寇无宁岁，故裹粮而迁民。思辑用光。言民相与和睦，以显于时也。笺云：思在和其人民，用光大其道，为今子孙之基。补曰：辑，戢也。思戢兵，存中国之仪典。弓矢斯张，干戈戚扬，爰方启行。戚，斧也。扬，钺也。张其弓矢，秉其干戈戚扬，以方开道路，去之豳。盖诸侯之从者，十有八国焉。笺云：干，盾也。戈，句矛戟也。爰，曰也。公刘之去邰，整其师旅，设其兵器，告其士卒曰："为女方开道而行。"明己之迁，非为迫逐之故，乃欲全民也。补曰：方，方阵也。弓矢持满，干戚辅之，结为方阵而启行。言力能敌戎而不战。

笃公刘，于胥斯原。既庶既繁，既顺乃宣，胥，相。宣，遍也。笺云：于，於也。广平曰原。厚乎公刘之于相此原地以居民。既众矣，既多矣，既顺其事矣，乃使之时耕。补曰：于，往也。斯，斯迁众也。斯众田作，宜有平原。民既庶繁，必顺其土宜，乃可遍耕也。追言其先择地之事。而无永叹。叹，一作"歎"。民无长叹，犹文王之无悔也。笺云：民皆安今之居，而无长叹，思其旧时也。陟则在巘，复降在原。巘，一作"𪩘"。巘，小山别于大山也。笺云：陟，升。降，下也。公刘之相此原地也，由原而升巘，复下在原，言反复之，重居民也。何以舟之？维玉及瑶，鞞琫容刀。舟，带也。瑶，言有美德也。下曰鞞，上曰琫，言德有度数也。容刀，言有武事也。笺云：民亦爱公刘之如是，故进玉瑶、容刀之佩。补曰：舟，酬也。公刘勤民，何以酬之乎？唯是玉佩、容刀，不用兵也。玉瑶，诸侯山玄玉之佩。容刀，盖专征之赐。言将受九赐也。

笃公刘，逝彼百泉，瞻彼溥原，溥，大。笺云：逝，往。瞻，视。溥，广也。厚乎公刘之相此原地也，往之彼百泉之间，视其广原可居之处。补曰：百泉，汉汾阴、临汾间地，唐置万泉县，东谷中有井泉百余区是也。溥原，盖汉蒲子地，今隰州。万泉，今解州县。乃陟南冈，乃觏于京。觏，见也。笺云：山脊曰冈。绝高谓之京。乃升其南山之脊，乃见其可居者于京，谓可营立都邑之处。补曰：觏，遇也。不期而见之曰觏。陟溥原南冈而见京。京，今襄陵蒲之地，在梁山之北。京师之野，于时处处，于时庐旅，是京乃大众所宜居之地。庐，寄也。笺云：于，於。时，是也。京地乃众民所宜居之野也，于是处其所当处者，庐舍其宾旅。补曰：京师之野，言王都、称京师，始于此野也。处其处者，安其土著。庐其旅者，宅其迁众。于时言言，于时语语。直言曰言，论难曰语。笺云：言其所当言，语其所当语。谓安民馆客，施教令也。补曰：言言，訚訚。语语，衙衙。言民客相安和。

笃公刘，于京斯依。补曰：依，扆也。言立朝位于新邑。跄跄济济，俾筵俾几。笺云：跄跄济济，士大夫之威仪也。俾，使也。厚乎公刘之居于此京，依而筑宫室。其既成也，与群臣士大夫饮酒以乐之，群臣则相使为公刘设几筵，使之升坐。补曰：言初立朝仪，变狄俗也。既登乃依，乃造其曹。宾已登席坐矣，乃依几矣。曹，群也。笺云：公刘既登堂负扆而立，群臣适其牧群。补曰：造，为也。曹，两曹在廷治事，群臣之位也。公刘既正朝位，又为诸臣定位。执豕于牢，酌之用匏。执豕于牢，新国则杀礼也。酌之用匏，俭以质也。笺云：搏豕于牢中，以为饮酒之殽，酌酒以匏为爵。言忠敬也。补曰：牢豕食谷，牢有豕，农事兴也。匏出圃中，酌用匏，园圃治也。新国用俭，不足多异。臣往搏豕，何忠敬乎？食之饮之，补曰：美其重农，为民久计。君之宗之。为之君，为之大宗也。笺云：宗，尊也。公刘虽去邰国来迁，群臣从而君之，犹在邰也。补曰：臣民自此长子孙，由公刘宗之。

笃公刘，既溥既长，笺云：厚乎公刘之居豳也，既广其地之东西，又长其南北。**既景乃冈，相其阴阳，**考于日景，参之高冈。笺云：既以日景定其经界于山之脊，观相其阴阳寒暖所宜。补曰：言善因地。**观其流泉。**笺云：观其流泉浸润所及。皆为利民富国。**其军三单，度其隰原，彻田为粮。**三单，相袭也。彻，治也。笺云：邰，后稷上公之封。大国之制三军，以其余卒为羡。今公刘迁于豳，民始从之，丁夫适满三军之数。单者，无羡卒也。度其隰与原田之多少，彻之使出税以为国用。什一而税谓之彻。鲁哀公曰："二，吾犹不足，如之何其彻也？"补曰：此屯田之法也。单，尽也。三军尽出，所谓竭作也。度隰原高下之地，而开垦焉。此时夏制用贡法，以屯田故，改为彻法，官但什收一以为粮，民田不贡也。**度其夕阳，豳居允荒。**山西曰夕阳。荒，大也。笺云：允，信也。夕阳者，豳之所处也。度其广轮，豳之所处，信宽大也。补曰：夕阳，梁山之西也。兵力有余，屯田遂至于豳，距京西七百里矣，信为荒远也。

笃公刘，于豳斯馆。《白虎通》引"于邠斯观"。馆，舍也。笺云：厚乎公刘，于豳地作此宫室。补曰：馆，客舍也。豳去京远，虽得其地，不能有也。又守国有制，无取远略，以其慕化，置邮通使，故作馆也。盖所谓从之者，十八国之地。**涉渭为乱，取厉取锻。**锻，一作"碫"。正绝流曰乱。锻，石也。笺云：锻石所以为锻质也。乃使人渡渭水，为舟绝流而南，取锻厉斧斤之石，可以利器用，伐取材木，给筑事。补曰：为乱，为石濿，以绝流而渡也，言渡渭之易。若不烦桥船，非必大川，可以履石径渡。渭南又非豳地，亦可往开治伐石。言威德及远。**止基乃理，爰众爰有。**笺云：爰，曰也。止基，作宫室之功也。而后疆理其田野，校其夫家人数日益多矣，器物有足矣。补曰：基，经也。豳地从化，公刘止留经理之，于是民日众，国日富有，其后遂有豳。**夹其皇涧，遡其过

涧。皇，涧名也。过，涧名也。笺云：皆布居涧水之旁。补曰：二涧皆泾水北地。《水经注》："大陵小陵水西南流，过宁阳城。"故《豳诗》曰："夹其皇涧。"陵水即皇涧也。今正宁南罗水入泾者。遡者，自流溯源则过涧，盖今大小延川，出合水县南，过宁州北，西南流入泾者。**止旅迺密，芮鞫之即**。芮，一作"汭"。鞫，《韩》作"阮"。《周官注》引"汭泦"。密，安也。芮，水厓也。鞫，究也。笺云：芮之言"内"也。水之内曰隩，水之外曰鞫。公刘居豳既安，军旅之役止，士卒乃安，亦就涧水之内外而居，修田事也。补曰：旅，客民也。山如堂者密。《地理志》云："芮水出汧县西北。"今芮水过华亭、崇信，东流入泾。在二涧之西，自二涧以即芮隈，方百余里，皆在邠西北。公刘止流民客寓者，使依山为阻，就水而屯，以避戎马侵突，便兴农事也。此时公刘居京，或后乃居豳耳。豳、邰相去百里，邰盖为夏所收，以封他国，故曰"弃稷不务"也。狄人后强，先取豳，后侵京，大王乃迁于岐，皆南入中国。旧误以豳为戎狄，又误以公刘去邰而居豳，大王去豳而居岐，今随文正之。

《公刘》六章，章十句。

《泂酌》，召康公戒成王也。补曰：盖王新昏，而进戒之。**言皇天亲有德、飨有道也**。补曰：诗无皇天亲、飨之意。

泂酌彼行潦，挹彼注兹，可以餴饎。餴，《说文》引作"饙"。泂，远也。行潦，流潦也。餴，馏也。饎，酒食也。笺云：流潦，水之薄者也。远酌取之，投大器之中，又挹之注之于此小器，而可以沃酒食之餴者。以有忠信之德，齐洁之诚，以荐之故也。《春秋传》曰："人不易物，唯德繄物。"补曰：泂，远也，明也。言酌者，酒齐类也。行潦盖以为玄酒。不用明水者，用行潦，取其自天降洁清之意。必先取行潦为玄酒，乃可以言祭祀，故必远酌之也。彼，彼行也。兹，谓主人供之。饎爨，主妇所主，盖戒王新昏之词。**岂弟君子，民之父母**。乐以强教之，易以说安之。民皆有父之尊，有母之亲。补曰：新昏犹士，故称岂弟君子。兼后言，故云母。

洞酌彼行潦，挹彼注兹，可以濯罍。濯，涤也。罍，祭器。补曰：夫人酌罍，尊朝事之荐，与君交献礼也。岂弟君子，民之攸归。补曰：后初来，故曰归。

洞酌彼行潦，挹彼注兹，可以濯溉。溉，清也。补曰："溉濯"之字当为"摡"。《礼》曰"濯摡"。于祭祀，妇职通词。岂弟君子，民之攸塈。樊光引"塈"作"呬"。笺云：塈，息也。补曰：《风》曰："伊余来塈。"《召南》："顷筐塈之。"皆取女之词。

《洞酌》三章，章五句。

《卷阿》，召康公戒成王也。言求贤用吉士也。吉，犹善也。

有卷者阿，飘风自南。兴也。卷，曲也。飘风，回风也。恶人被德教而消，犹飘风之入曲阿也。笺云：大陵曰阿。有大陵卷然而曲，回风从长养之方来入之。兴者，喻王当屈体以待贤者，贤者则猥来就之，如飘风之入曲阿，其来也为长养民。补曰：飘风非善风，自南则凯风，有行爵颁禄之典。言大学能化不肖为贤士。岂弟君子，来游来歌，以矢其音。矢，陈也。笺云：王能待贤者如是，则乐易之君子，来就王游而歌，以陈出其声音。言其将以乐王，感王之善心也。补曰：来游者，游太学也。歌其士风，以陈其音，谓陈诗也，欲王纳言。君子，世子之称，未仕则称岂弟，因以为学士通称。

伴奂尔游矣，优游尔休矣。伴奂，广大有文章也。笺云：伴奂，自纵弛之意也。贤者既来，王以才官秩之，各任其职，[女则得伴奂而优]游自休息也。孔子曰："无为而治者，其舜也与?"恭己正南面而已。言任贤故逸也。补曰：尔游，谓王亦游太学也。优而游之，养造士也，是王之美德也。岂弟君子，俾尔弥尔性，似先公酋矣。弥，终也。似，嗣也。酋，终也。笺云：俾，使也。乐易之君子来在位，乃使女终女之性命，无困病之忧，嗣先君之功而终成之。补曰：此言学子能佐王成德也。

弥，读为“弥纶”之“弥”，犹满也。天命之谓性，率性之谓道。以王尊，不敢言率其性，谦但言满其性量而已。大学之教也。先公，盖周公。

尔土宇昄章，亦孔之厚矣。昄，大也。笺云：土宇，谓居民以土地屋宅也。孔，甚也。女得贤者，与之为治，使居宅大得其法，则王恩惠亦甚厚矣。劝之使然。补曰：土宇，谓分居殷民田宅也。明大有章，待殷士甚厚。谓作雒后。岂弟君子，俾尔弥尔性，百神尔主矣。笺云：使女为百神主，谓群神受飨而佐之。补曰：百神，外事。

尔受命长矣，茀禄尔康矣。茀，小也。笺云：茀，福。康，安也。女得贤者，与之承顺天地，则受长久之命，福禄又安女。补曰：成王幼即位，故受命长于文、武也。茀，犹依也。依于尊位，以安其身。岂弟君子，俾尔弥尔性，纯嘏尔常矣。嘏，大也。笺云：纯，大也。予福曰嘏。使女大受神之福以为常。补曰：纯嘏，内祭事。

有冯有翼，有孝有德，有冯有翼，道可冯依，以为辅翼也。笺云：冯，冯几也。翼，助也。有孝，斥成王也。有德，谓群臣也。王之祭祀，择贤者以为尸，尊之，豫撰几，择佐食。庙中有孝子，有群臣。补曰：此言太学养老之礼。翼之者，谓杖也。食三老五更，所以教孝贵德。养老，太学之正典。以引以翼。引，长。翼，敬也。笺云：尸之入也，使祝赞道之，扶翼之。尸至设几，佐食又助之。尸者神象，故事之如祖考。补曰：此翼者，人也。引翼，事老更之礼，更使二大夫相之。岂弟君子，四方为则。笺云：则，法也。王之臣，有是乐易之君子，则天下莫不放效以为法。补曰：四方，来辟雍观礼者。

颙颙卬卬，如圭如璋，卬，《韩》作“盎”，班固、蔡邕引作“昂”。颙颙，温皃。卬卬，盛皃。笺云：王有贤臣，与之以礼义相切瑳，体皃则颙颙然敬顺，志气则卬卬然高朗，如玉之圭璋也。补曰：此言学子可出为诸侯。颙颙卬卬，君之德也。贡士射中，则得为诸侯，谓有庆也。圭璋，朝聘之重器。贡士得人，如得重宝。令闻令望。笺云：令，善也。人闻之则有善声誉，人望之则有善威仪，德行相副。岂弟君子，四方为纲。笺云：纲者，能张众目。补曰：纲，侯下纲，所以持侯也。

凤皇于飞，翙翙其羽，亦集爰止。《说文》引“翙”，《说苑》引作“哕”。凤皇，灵鸟，仁瑞也。雄曰凤，雌曰皇。翙翙，众多也。笺云：翙翙，羽声也。亦，亦众鸟也。爰，于也。凤皇往飞翙翙然，亦与众鸟集于所止。众鸟慕凤皇而来，喻贤者所在，群士皆慕而往仕也。因时凤皇至，故以喻焉。补曰：凤皇，凡民俊秀之称。凤，即朋也。《语》曰：“有朋自远方来。”此言学子可为大夫。蔼蔼王多吉士，维君子使，媚于天子。《说文》引“蔼”。蔼蔼，犹济济也。笺云：媚，爱也。王之朝多善士，蔼蔼然，君子在上位者率化之，使之亲爱天子，奉职尽力。补曰：吉士，凡民。君子，贵人子也。使之相观而善。

凤凰于飞，翙翙其羽，亦傅于天。笺云：傅，犹戾也。补曰：天喻王朝。傅之，言有所系属之词。言远方士得入王朝也。蔼蔼王多吉人，补曰：此言学子为士。王之元士称人，《春秋》所谓王人。维君子命，媚于庶人。笺云：命，犹使也。善士亲爱庶人，谓无扰之，令不失职。补曰：庶人，在官府史、工贾之属也。士所主治，以守其官府。

凤皇鸣矣，于彼高冈。梧桐生矣，于彼朝阳。梧桐，柔木也。山东曰朝阳。梧桐不生山冈，太平而后生朝阳。笺云：凤皇鸣于山脊之上者，居高视下，观可集止。喻贤者待礼乃行，翔而后集。梧桐生者，犹明君出也。生于朝阳者，被温仁之气，亦君德也。凤皇之性，非梧桐不栖，非竹实不食。补曰：高冈，喻方伯。鸣高冈，佐治天下也。梧桐，喻国子也。《小雅》曰：“其实离离。”于朝阳者，本在王朝也。菶菶萋萋，雝雝喈喈。梧桐盛也，凤皇鸣也。臣竭其力，则地极其化；天下和洽，则凤皇乐德。笺云：菶菶萋萋，喻君德盛也。雝雝喈喈，喻臣民和协。补曰：国子俱贤，故深赞之。

君子之车，既庶且多。君子之马，既闲且驰。上能锡以车马，行中节，驰中法也。笺云：庶，众。闲，习也。今贤者在位，王锡其车众多矣，其马又闲习于威仪能驰矣。大夫有乘马，有贰车。补曰：言学子多卿大夫之材也。车喻入仕，马喻初入学者。《记》曰："始驾马者反之。"大夫之长子曰能御，幼曰未能御。若赐大夫，不能多，又不可多也。此戒王宜进用学子，以自赞助。矢诗不多，维以遂歌。不多，多也。明王使公卿献诗，以陈其志，遂为工师之歌焉。笺云：矢，陈也。我陈作此诗不复多也，欲令遂为乐歌，王日听之，则不损今之成功也。补曰：矢诗，即矢音也。来矢音者，岂不多乎？言多士也。遂歌者，皆《雅》《颂》之材。遂，成也。成王治而颂声作。

《卷阿》十章，六章章五句，四章章六句。

《民劳》，召穆公刺厉王也。厉王，成王七世孙也。时赋敛重数，繇役烦多，人民劳苦，轻为奸宄，强陵弱，众暴寡，作寇害，故穆公以刺之。

民亦劳止，汔可小康。惠此中国，以绥四方。《说文》引"汽"。汔，危也。中国，京师也。四方，诸夏也。笺云：汔，几也。康、绥，皆安也。惠，爱也。今周民罢劳矣，王几可以小安之乎？爱京师之人，以安天下。京师者，诸夏之根本。补曰：民功曰劳。盖王之立民有功也。亦，亦王也。汔、几、冀，通用字。冀新王可小康之。康，广也。饶裕使乐，以报其劳，后所谓"无弃"。言小者，民易于酬报，但惠于王圻，而可推及四方矣。无纵诡随，以谨无良。式遏寇虐，憯不畏明。憯，一作"憯"，《说文》引"朁"。诡随，诡人之善、随人之恶者。以谨无良，慎小以惩大也。憯，曾也。笺云：谨，犹慎也。良，善。式，用。遏，止也。王为政，无听于诡人之善不行而随人之恶者，以此敕慎无善之人，又用此止为寇虐、曾不畏敬明白之刑罪者。疾时有之。补曰：诡，戾。谨，诘也。良，首，谓君也。诡随之人，自谓唯知有君，而实无君。畏，读为"威"。专用刑者，但寇害不威明，故当遏之。柔远能迩，以定我王。柔，一作"揉"。柔，安也。笺云：能，犹伽也。迩，近也。安远方之国，顺伽其近者，当以此定我国家为王之功。言“我”者，同姓亲也。补曰：又推言王政，不但小康而已。我王，王朝也。我，内词。

民亦劳止，汔可小休。惠此中国，以为民逑。休，定也。逑，合也。笺云：休，止息也。合，聚也。补曰：休，兴也。无纵诡随，以谨惽怓。式遏寇虐，无俾民忧。《说文》引“怓”。惽怓，大乱也。笺云：惽怓，讙哗也，谓好争者也。俾，使也。补曰：臣不诡随，则自无昏怓也。无弃尔劳，以为王休。休，美也。笺云：劳，犹功也。无弃女始时勤政事之功，以为王之美。述其始时者，诱掖之也。补曰：尔劳，尔民之劳，即民劳也。弃之者，不康之。

民亦劳止，汔可小息。惠此京师，以绥四国。息，止也。补曰：但息事，而民已康休也。四国，二伯之职。无纵诡随，以谨罔极。式遏寇虐，无俾作慝。慝，恶也。笺云：罔，无。极，中也。无中，所行不得中正。补曰：二伯取中于内相。敬慎威仪，以近有德。求近德也。补曰：戒王宜加礼二伯，常亲近于有德者。

民亦劳止，汔可小愒。惠此中国，俾民忧泄。愒，息。泄，去也。笺云：泄，犹出也，发也。补曰：愒，暂息也。无纵诡随，以谨丑厉。丑，众。厉，危也。笺云：厉，恶也。《春秋传》曰：“其父为厉。”式遏寇虐，无俾正败。笺云：败，坏也。无使先王之正道坏。补曰：正，政也。戎虽小子，而式弘大。戎，大也。笺云：戎，犹女也。式，用也。弘，犹广也。今王女虽小子自遇，而女用事于天下甚广大也。《易》曰：“君子出其言善，则千里之外应之，况其迩者乎？出其言不善，则千里之外违之，况其迩者乎？”以此戒之。补曰：小子，未除丧之称。言大政当谨始。

民亦劳止，汔可小安。惠此中国，国无有残。贼义曰残。笺云：王爱此京师之人，则天下邦国之人不为残酷。补曰：国，诸侯国也。王惠民，则天下不相残也。放弑其君，则残之。言残以警王。无纵诡随，以谨缱绻。缱绻，反覆也。补曰：《左传》："缱绻从公。"私相亲昵之词。式遏寇虐，无俾正反。补曰：政不正则反。王欲玉女，是用大谏。笺云：玉者，君子比德焉。王乎！我欲令女如玉然，故作是诗，用大谏正女。此穆公至言。补曰：女，女王也。玉，读若"畜"，好也。《孟子书》："畜君者，好君也。"大谏者，遍戒群臣。盖陈诗有此大谏之典，非常制，而特大之。

《民劳》五章，章十句。

《板》，凡伯刺厉王也。凡伯，周同姓，周公之胤也，入为王卿士。

上帝板板，下民卒瘅。瘅，一作"僤""癉"。板板，反也。上帝，以称王者也。瘅，病也。笺云：王为政反先王与天之道，天下之民尽病。补曰：板，当为"扳"，从手、从木易相乱而误耳。攀、樊，通用字，乱皃。《尔雅》："僻也。"上帝，感生帝。以子孙将队命，故樊樊然乱也。出话不然，为犹不远。话，善言也。犹，道也。笺云：犹，谋也。其出善言而行之也，不然，为谋不能远图，不知祸之将至。补曰：话即远犹也，臣出之，王不然之。靡圣管管，不实于亶。管管，无所系。亶，诚也。笺云：王无圣人之法度，管管然以心自恣，不能用实于诚信之言，言行相违也。犹之未远，是用大谏。犹，图也。笺云：王之谋不能图远，用是故我大谏王也。补曰：大谏者，遍戒公卿大夫。或者公卿陈诗，则曰大谏。

天之方难，无然宪宪。天之方蹶，无然泄泄。泄，《说文》引作"詍"。宪宪，犹欣欣也。蹶，动也。泄泄，犹沓沓也。笺云：天，斥王也。王方欲艰难天下之民，又方变更先王之道。臣乎，女无宪宪然，无沓沓然，为之制法度，达其意，以成其恶。补曰：宪宪、詍詍，制法则也。新进多改旧典，以阿王意者。泄，当为"詍"，多言也。辞之辑矣，民之洽矣。辞之释矣，民之莫矣。释，一作"怿"。辑，《说文》引作“咠”，刘向引作“集”，“洽”作“协”，“释”作“绎”。笺云：辞，辞气，谓政教也。王者政教和说，顺于民，则民心合定。此戒语时之大臣。补曰：辞，谓邦交之辞。辑之者王朝，释之者王使也。

我虽异事，及尔同寮。我即尔谋，听我嚣嚣。寮，一作“僚”。寮，官也。嚣嚣，犹謷謷也。笺云：及，与。即，就也。我虽与尔职事异者，乃与女同官，俱为卿士。我就女而谋，及忠告以善道，女反听我言謷謷然不肯受。补曰：以其不能辑而谋之。《聘礼》：“君与卿图事。”六卿咸在，是同寮也。使事有专属，故异事也。致仕老臣，有大事则在朝位。我言维服，勿以为笑。笺云：服，事也。我所言乃今之急事，女无笑之。补曰：大臣以国事为事，故维服。先民有言，询于刍荛。刍荛，薪采者。笺云：古之贤者有言，有疑事当与薪采者谋之，匹夫匹妇或知及之，况于我乎？补曰：明农，故譬刍荛。

天之方虐，无然谑谑。谑谑然喜乐。笺云：今王方为酷虐之政，女无谑谑然以谗慝助之。老夫灌灌，小子蹻蹻。灌灌，犹款款也。蹻蹻，骄皃。笺云：老夫谏女款款然，自谓也。女反蹻蹻然如小子，不听我言。补曰：大夫七十赐几杖，自称老夫。灌灌，忧无告也。天子未除丧，曰小子王。旭旭蹻蹻，憍也。匪我言耄，尔用忧谑。八十曰耄。笺云：今我言非老耄有失误，乃告女用可忧之事，而女反如戏谑。补曰：忧、优，古今字。优，倡也。优谑，犹戏谑。传曰：“老将知而耄及之。”多将熇熇，不可救药。《说文》引“熇”。熇熇然炽盛也。笺云：将，行也。多行熇熇惨毒之恶，谁能止其祸？

天之方懠，无为夸毗。懠，怒也。夸毗，体柔人也。笺云：王方行酷虐之政怒，女无夸毗以形体柔顺从之。威仪卒迷，善人载尸。笺云：君臣之威仪尽迷乱，贤人君子则如尸矣，不复言语。时厉王虐而弭谤。补曰：人之所以自持者，威仪也。若为夸毗，则善人与小人无异，徒令人迷惑，有尸位之谤。民之方殿屎，则莫我敢葵。殿屎，《说文》

引作“唸呎”。屎，古文“徙”。殿屎，呻吟也。笺云：葵，揆也。民方愁苦而呻吟，则无有揆度知其然者。补曰：我，我王朝也。《孟子书》：“上无道揆。”丧乱蔑资，曾莫惠我师。丧，《说苑》引作“相”。蔑，无。资，财也。笺云：其遭丧祸，又素以赋敛空虚，无财货以共其事。穷困如此，又曾不肯惠施以赒赡众民。言无恩也。

天之牖民，如埙如篪，如璋如圭，如取如携。牖，《韩》作“诱”，《史记》引同。牖，道也。如埙如篪，言相和也。如璋如圭，言相合也。如取如携，言必从也。笺云：王之道民以礼义，则民和合而从之如此。携无曰益，牖民孔易。笺云：易，易也。女携掣民，东与西与，民皆从女所为，无曰是何益为？道民在己，甚易也。补曰：言王驭诸侯唯有二道，或征或聘，或战或和耳。如欲取物而携之，当量其力所胜，无漫曰益之而已，则治民不难也。民，谓诸侯也。言民者，隐其辞。民之多辟，无自立辟。辟，法也。笺云：民之行多为邪僻者，乃女君臣之过，无自谓所建为法也。补曰：多辟者，多邪谋，诸侯亦谋叛也。无自为邪谋，使得借口。

价人维藩，大师维垣，大邦维屏，大宗维翰。《说文》引“价”。价，善也。藩，屏也。垣，墙也。王者天下之大宗。翰，干也。笺云：价，甲也。被甲之人，谓卿士掌军事者。大师，三公也。大邦，成国诸侯也。大宗，王之同姓之適子也。王当用公卿、诸侯及宗室之贵者，为藩屏垣干，为辅弼，无疏远之。补曰：价非古字，当为“介”，大也。王人之大者，盖三监也。二伯即于大邦中立之，故主言其佐。大师，王公官，所谓处内之一相。大邦，诸侯。大宗，都邑之封也。与外诸侯并为屏翰，欲王收中国，以御四夷。怀德维宁，宗子维城。怀，和也。笺云：和女德，无行酷虐之政，以安女国，以是为宗子之城，使免于难。补曰：宗子，以斥王身。城者，藩垣屏翰。所容盛也，故皆归德，以自宁无恐。无俾城坏，无独斯畏。笺云：斯，离也。遂行酷虐，则祸及宗子，是谓城坏。城坏则乖离，而女独居而畏矣。宗子，谓王之適子。补曰：畏，威也。独用威虐，则内外解体。

敬天之怒，无敢戏豫。敬天之渝，无敢驰驱。蔡邕引“敬”作“畏”，“无”作“不”。戏豫，逸豫也。驰驱，自恣也。笺云：渝，变也。补曰：渝变者，国将灭亡，外驰内驱，无可行之地。昊天曰明，及尔出王。昊天曰旦，及尔游衍。王，往。旦，明。游，行。衍，溢也。笺云：及，与也。昊天在上，人仰之皆谓之明。常与女出入往来，游溢相从，视女所行善恶，可不慎乎！补曰：昊天，郊祭日光天。明者，朝事之时。出王，朝王也。旦者，日出时。游衍，朝退归私家也。及尔者，言与同休戚。两言昊天，明国将亡。

《板》八章，章八句。

《生民之什》十篇，六十五章，四百三十三句。

诗卷十八

荡之什毛诗诂训传第廿五　大雅三

《荡》，召穆公伤周室大坏也。厉王无道，天下荡荡，无纲纪文章，故作是诗也。

荡荡上帝，下民之辟。上帝，以托君王也。辟，君也。笺云：荡荡，法度废坏之皃。厉王乃以此居人上，为天下之君。言其无可则象之甚。补曰：上帝，明堂五帝。受终之词。荡荡，广大也。《语》曰："尧荡荡乎。"言上帝德广，下民所当法。以刺王，故泛言民耳。疾威上帝，其命多辟。疾病人矣，威罪人矣。笺云：疾病人者，重赋敛也。威罪人者，峻刑法也。其政教又多邪僻，不由旧章。补曰：疾威，言急暴也。辟，亦法也。上帝今急暴，而不荡荡者，由其务法制而多政令。天生烝民，其命匪谌。靡不有初，鲜克有终。谌，《韩》作"訦"，《说文》引作"忱"。谌，诚也。笺云：烝，众。鲜，寡。克，能也。天之生此众民，其教道之，非当以诚信使之忠厚乎？今则不然。民始皆庶几于善道，后更化于恶俗。补曰：匪、棐，通用字。棐，辅也。《大诰》曰："若天棐谌尔时罔敢易法。"言王无恃多辟之命，天更有命也。民少能终，言将易主，危亡之甚也。

文王曰咨，咨女殷商！咨，嗟也。笺云：厉王弭谤，穆公朝廷之臣，不敢斥言王之恶，故上陈文王，咨嗟殷纣，以切刺之。补曰：见国将亡，故陈亡国之君、受命之王。曾是强御，曾是掊克，曾是在位，曾是在服。御，《汉书》引作“圉”。强御，强梁御善也。掊克，自伐而好胜人也。服，服政事也。笺云：女曾任用是恶人，使之处位执职事也。补曰：此言所用非人。亡国之臣，唯有强御、掊克二政，似切于时用也。天降滔德，女兴是力。天，君。滔，慢也。笺云：厉王施倨慢之化，女群臣又相与而力为之。言竞于恶。

文王曰咨，咨女殷商！而秉义类，强御多怼。流言以对，寇攘式内。对，遂也。笺云：义之言“宜”也。类，善。式，用也。女执事之臣，宜用善人，反任强御众怼为恶者，皆流言谤毁贤者。王若问之，则又以对。寇盗攘窃为奸宄者，而王信之，使用事于内。补曰：而女，女王也。此言非强御小人之咎，由王之咎。掊克害犹易知，故专言强御也。其人多所怼很，复自用也。怼，讨也。《书》曰：“唯朕怼。”《尔雅》：“怼，怨也。”对，答也，犹仇敌也。《雨无正》曰：“听言则答。”《桑柔》作“则对”。言王不用善言，与之为仇。此云“流言以对”，言采流言以仇善类，故如用寇盗于内也。侯作侯祝，靡届靡究。作，一作“诅”。作、祝，诅也。届，极。究，穷也。笺云：侯，维也。王与群臣乖争而相疑，日祝诅求其凶咎无极已。补曰：作祝者无极，言谤终不能弭也。

文王曰咨，咨女殷商！女炰烋于中国，敛怨以为德。炰烋，犹彭享也。笺云：炰烋，自矜气健之皃。敛聚群不逞作怨之人，谓之有德而任用之。补曰：中国，京师。言乱将及外也。不明尔德，时无背无侧。时，《韩》作“以”，“背”作“倍”。《汉书》引此二句，在“卿”句下。背无臣，侧无人也。笺云：无臣无人，谓贤者不用。补曰：背，北堂。侧，侧室也。君乱，则宫中亦乱，故无贤妃妾。尔德不明，以无陪无卿。陪，亦作“培”。《汉书》引“无”并作“亡”。无陪贰也，无卿士也。补曰：陪臣，诸侯臣。《尔雅》：“陪，朝也。”卿，天子所命侯国之卿。王德不明，则侯国化之。《汉书》盖以陪卿重于背侧，故倒其词。

文王曰咨，咨女殷商！天不湎尔以酒，不义从式。义，宜也。笺云：式，法也。天不同女颜色以酒，有沈湎于酒者，是乃过也，不宜从而法行之。补曰：推其故，本于酒。**既愆尔止，靡明靡晦。式号式呼，俾昼作夜。**愆、呼、式、俾，一作“𠍺”“謼”“或”“卑”。使昼为夜也。笺云：愆，过也。女既过沈湎矣，又不为明晦，无有止息也，醉则号呼相效，用昼日作夜，不视政事。

文王曰咨，咨女殷商！如蜩如螗，如沸如羹。蜩，蝉也。螗，蝘也。笺云：饮酒呼号之声，如蜩螗之鸣。其笑语沓沓，又如汤之沸、羹之方熟。补曰：《尔雅》：“蜋蜩，螗蜩。”蜩、螗声相似，喻臣雷同。沸羹，喻民不安。**小大近丧，人尚乎由行。**言居人上，欲用行是道也。笺云：殷纣之时，君臣失道如此，且丧亡矣。时人化之甚，尚欲从而行之，不知其非。补曰：人，斥王也。尚，犹贵也。贵其从行者，唯其莫予违。小国、大国以王政乱，皆不能自立，虽不丧，亦近丧也。**内奰于中国，覃及鬼方。**《说文》引“䨲”。奰，怒也，不醉而怒曰奰。鬼方，远方也。笺云：此言时人忕于恶，虽有不醉，犹好怒也。补曰：言京师怒之，鬼方亦怒之也。鬼方，高宗新服之国。

文王曰咨，咨女殷商！匪上帝不时，殷不用旧。笺云：此言纣之乱，非其生不得其时，乃不用先王之故法之所致。补曰：言非无可救急，宜用老臣也。**虽无老成人，尚有典刑。**笺云：老成人，谓若伊尹、伊陟、臣扈之属。虽无此臣，犹有常事故法可按用也。补曰：无老成可用，犹有常法可循，但当急改治也。**曾是莫听，大命以倾。**笺云：莫，无也。朝廷君臣皆任喜怒，曾无用典刑治事者，以至诛灭。补曰：大命，天命也。

文王曰咨，咨女殷商！人亦有言，颠沛之揭，颠，仆。沛，拔也。揭，见根皃。笺云：揭，蹶皃。补曰：揭，举也。言人颠仆于地，犹似揭举。时未见危亡，而作危语，故更譬之。**枝叶未有害，本实先拨。**笺云：拨，犹绝也。言大木揭然将蹶，枝叶未有折伤，其根本实先绝，乃相随俱颠拔。喻纣之官职虽俱存，纣诛亦皆死。殷鉴不远，在夏后之世。鉴，《韩》作“监”，《汉书》引同。笺云：此言殷之明镜不远也，近在夏后之世。谓汤诛桀也。后武王诛纣。今之王者，何以不用为戒？

《荡》八章，章八句。

《抑》，卫武公刺厉王，亦以自警也。自警者，“如彼泉流，无沦胥以亡”。补曰：自警者，责躬之类。刺厉者，拟古之类。编次于此，从其本题耳。初征入朝，而辞位，故上此诗。《楚语》言：“武公年九十有五，乃作《懿》。”记述之言，各从意说之。

抑抑威仪，维德之隅。抑抑，密也。隅，廉也。笺云：人密审于威仪抑抑然，是其德必严正也。古之贤者，道行心平，可外占而知内。如宫室之制，内有绳直，则外有廉隅。人亦有言，靡哲不愚。国有道则知，国无道则愚。笺云：今王政暴虐，贤者皆佯愚不为，容皃如不肖然。补曰：人不常知，亦有愚时，所以切磋执政。言知者千虑，必有一失也。凡难正言者，则引人言，不与正意相附。庶人之愚，亦职为疾。哲人之愚，亦维斯戾。职，主。戾，罪也。笺云：庶，众也。众人性无知，以愚为主。是其常也。贤者而为愚，畏惧于罪也。补曰：言庶人愚，犹谓之疾。哲人则不可愚，愚则乖戾矣。《语》曰：“古之民有三疾，愚也直。”庶人，盖自喻也。

无竞维人，四方其训之。维，蔡邕引作“伊”。无竞，竞也。训，教。笺云：竞，强也。人君为政，无强于得贤人，得贤人则天下教化于其俗。补曰：言哲人所以训四方，故不可愚。有觉德行，四国顺之。觉，直也。笺云：有大德行，则天下顺从其政。言在上所以倡道。讦谟定命，远犹辰告。谟，一作“漠”。讦，大。谟，谋。犹，道。辰，时也。笺云：犹，图也。大谟定命，谓正月始和，布政于邦国都鄙也。为天下远图庶事，而以岁时告施之。敬慎威仪，维民之则。笺云：则，法也。补曰：无威仪，则愚也。

其在于今，兴迷乱于政。颠覆厥德，笺云：于今，谓今厉王也。兴，犹尊尚也。王尊尚小人迷乱于政事者，以倾败其功德。补曰：兴，谓初立也。荒湛于酒。湛，《韩》作“愖”，班固引作“沈”。笺云：荒废其政事，又湛乐于酒。言爱小人之甚。女虽湛乐从，弗念厥绍。绍，继。补曰：女，王也。虽，当作“唯”。古者虽、唯通用。言唯纵湛乐，不思先业。纵湛乐者，谓听用此荒湛之人。罔敷求先王，克共明刑？共，执。刑，法也。笺云：罔，无也。女君臣虽好乐嗜酒而相从，不当念继女之后人将效女所为，无广索先王之道与能执法度之人乎？切责之也。补曰：共，具也。

肆皇天弗尚，如彼泉流，无沦胥以亡。沦，率也。笺云：肆，故今也。胥，皆也。王为政如是，故今皇天不高尚之，所谓仍下灾异也。王自绝于天，如泉水之流，稍就虚竭，无自率引为恶，皆与之以亡。戒群臣不中行者，将并诛之。补曰：皇天，北极大帝，圜丘所祭天。唐虞祀上帝于郊，禋六宗于明堂，周更增天地为二丘，而谓上帝为昊天，五帝为上帝。初即位，故本于皇天。沦，小波也。泉不流则无沦波，终必涸亡。喻无臣则政不行也。夙兴夜寐，洒扫庭内，维民之章。洒，《韩》作“灑”。洒，灑。章，表也。笺云：章，文章法度也。厉王之时，不恤政事，故戒群臣掌事者以此也。补曰：言救亡之道，唯在庭内。修尔车马，弓矢戎兵，用戒戎作，用逷蛮方。逷，远也。笺云：逷，当作“剔”。剔，治也。蛮方，蛮畿之外也。此时中国微弱，故复戒将帅之臣以治军实。女当用此备兵事之起，用此治九州之外不服者。补曰：尔，三公执政者，下所谓辟尔也。二伯分陕，故专主兵，又在廷内。

质尔人民，谨尔侯度，用戒不虞。质，《韩》《鲁》并作“告”。人民，刘向引作“民人”。质，成也。不虞，非度也。笺云：侯，君也。此时万民失职，亦不肯趋公事，故又戒乡邑之大夫，及邦国之君，平女万民之事，慎女为君之法度，用备不亿度而至之事。补曰：此又自警而自尔也。武公以卫侯入相，亦位三公。慎尔出话，敬尔威仪，无不柔嘉。话，善言也。笺云：言，谓教令也。柔，安。嘉，善也。补曰：此言己言不见从，但以敬自持，以柔善免祸。白圭之玷，尚可磨也；斯言之玷，不可为也！玷，《说文》引作“刮”。尚，《史记》引作“犹”，刘向同。玷，缺也。笺云：斯，此也。玉之缺，尚可磨鑢而平，人君政教一失，谁能反覆之？补曰：诸侯见天子用圭，故引圭自喻。言已若出善言，则必降黜。祸之来，不可为也。“南容三复白圭”，邦无道，免于刑僇也。

无易由言，无曰苟矣。莫扪朕舌，言不可逝矣。《说文》引“扪”。莫，无。扪，持也。笺云：由，于。逝，往也。女无轻易于教令，无曰苟且如是。今人无持我舌者而曰轻恣也，教令一往行于下，其过误可得而已之乎？补曰：王与诸侯唯以教令相接，故专戒言也。由，从也。苟，当为茍，自茍饬也。戒王无易从言，又无曰已饬慎也。舌非人所能持，不可妄发。无言不雠，无德不报。雠，《韩》作“酬”，刘向引作“醻”。雠，用也。笺云：教令之出如卖物，物善则其售价贵，物恶则其售价贱。德加于民，民则以义报之。惠于朋友，庶民小子。子孙绳绳，万民是不承。是，一作“靡”。绳，《韩》作“承”。笺云：惠，顺也。王又当施顺道于诸侯，下及庶民之子弟。绳绳，戒也。王之子孙，敬戒行王之教令。天下之民，不承顺之乎？言承顺也。补曰：小子，未除丧之王。言惠顺诸侯，乃可为庶民王也。庶民，侯国之民。《皇矣》曰：“下民之王。”言小子者，初立即有君天下之职。子孙，即谓小子也。言厉王为人子孙，当敬戒也。

视尔友君子，辑柔尔颜，不遐有愆。辑，和也。笺云：柔，安。遐，远也。今视女诸侯及卿大夫，皆胁肩（謟）[谄]笑，以和安女颜色，是于正道不远有罪乎？言其近也。补曰：辑，聚也。言已以柔嘉自勉，视尔诸侯公卿，皆尚柔媚，岂不远于礼而有愆乎？因上言朋友，而并戒诸侯。相在尔室，尚不愧于屋漏。西北隅谓之屋漏。笺云：相，助也。诸侯卿大夫助祭，在女宗庙之室，尚无肃敬之心，不惭愧于屋漏有神见人之为也。补曰：天子新立，诸侯皆见于祢。今阿意阳愚，以顺新王，无以对先王，故愧于室白送神时。尔室，王太室也。言尔室者，亦当助祭时。其词太切，使若泛言托谕耳。**无曰不显，莫予云觏。神之格思，不可度思，矧可射思？**觏，见也。格，至也。笺云：显，明也。女无谓是幽昧不明，无见我者，神见女矣。屋，小帐也。漏，隐也。礼，祭于奥既毕，改设馔于西北隅而厞隐之处。此祭之末也。矧，况。射，厌也。神之来至去止，不可度知，况可于祭末而有厌倦乎？补曰：矧，词也。射，当为"豫"，亦度也。不可度，不可豫，以神警之，欲其正直。古字序、谢、豫同。

辟尔为德，俾臧俾嘉。女为善，则民为善矣。笺云：辟，法也。当审法度女之施德，使之为民臣所善所美。补曰：辟三公执政者，亦自警也。为，助也。能使诸侯皆善。**淑慎尔止，不愆于仪。不僭不贼，鲜不为则。**僭，一作"谮"。止，至也。为人君止于仁，为人臣止于敬，为人子止于孝，为人父止于慈，与国人交止于信。僭，差也。笺云：止，容止也。又当善慎女之容止，不可过差于威仪。女所行不僭不残贼者，少矣其不为人所法。补曰：言助祭无失礼也。**投我以桃，报之以李。**笺云：此言善往则善来，人无行而不得其报也。投，犹掷也。补曰：因祭而燕，故有桃李笾实也。桃为加笾之实，李唯燕食用之。言王待诸侯甚厚，诸侯报之甚薄，不能直谏也。**彼童而角，实虹小子。**童，羊之无角者也。而角，自用也。虹，溃也。笺云：童羊，譬皇后也。而角者，喻与政事有所害也。此人实溃乱小子之政。礼，天子未除丧称小子。补曰：童，羔。卿挚角，喻干政也。以此人虹王，故俱无直言。

荏染柔木，言缗之丝。温温共人，维德之基。共，一作"恭"。缗，被也。温温，宽柔也。笺云：柔忍之木荏染然，人则被之弦以为弓。宽柔之人温温然，则能为德之基阯。言内有其性，乃可以为德也。补曰：此乃以己意进谏也。柔木，椅桐之属。我被之丝，则成音合乐，以喻人听话言则善也。共人，太子之称。盖武公为幽王傅，如召穆公为厉王傅，故其词忠质。**其维哲人，告之话言，顺德之行。**《说文》引“话”。话言，古之善言也。补曰：哲人、愚人，以譬晓此执政者，欲其听此话言。**其维愚人，覆谓我僭，民各有心。**笺云：覆，犹反也。僭，不信也。语贤智之人以善言，则顺行之。告愚人，反谓我不信。民各有心，二者意不同。补曰：僭下拟上也。越执政而献议，有似于僭，以己初入朝也。民各有心者，自明其非僭，乃愚耳。

於乎小子，未知臧否。笺云：臧，善也。於乎，伤王不知善否。补曰：未知臧否，言己未知王之政善否也。王初即位，嫌其言切，故依违之。此盖假召公戒厉王之词，自以旧恩感王。**匪手携之，言示之事。匪面命之，言提其耳。**笺云：我非但以手携掣之，亲示以其事之是非。我非但对面语之，亲提撕其耳。此言已教道之孰，不可启觉。补曰：示事者，以近事为验。提耳者，以古事为证。言王幼时，我尝提携，今言非僭也。**借曰未知，亦既抱子。**借，假也。笺云：假令人云王尚幼少，未有所知，亦已抱子长大矣。不幼小也。补曰：借曰，犹“即曰”也。即曰予未知王臧否，然予经事多，已抱子，有老成之见也。抱子者，为尸之事。君子不抱子，子不可为父尸，亦以讽王不负荷。**民之靡盈，谁夙知而莫成？**莫，晚也。笺云：万民之意，皆持不满于王，谁早有所知而反晚成与？言王之无成，本无知故也。补曰：言王政不满人望，初尝提撕，是夙知也。即位无善政，晚必无成也。

昊天孔昭，我生靡乐。笺云：孔，甚。昭，明也。昊天乎，乃甚明察，我生无可乐也。补曰：昊天，郊祭之天。以日为主，故孔昭也。自伤辅导无成，故呼天鉴之。**视尔梦梦，我心惨惨。**惨，一作“惨”。梦梦，乱也。惨惨，忧不乐也。笺云：视王之意梦梦然，我心之忧闷惨惨然。诉其自恣，不用忠臣。补曰：尔，尔辟也。**诲尔谆谆，听我藐藐。匪用为教，覆用为虐。**谆，一作“訰”，《尔雅》同。藐藐然不入也。笺云：我教告王，口语谆谆然，王听聆之藐藐然。忽略不用我所言为政令，反谓之有妨害于事。不受忠言。补曰：藐藐，闷也。不用我言为教，反以为虐，嫌初入即示异同也。**借曰未知，亦聿既耄！**耄，老也。补曰：言今已知王臧否，故致事而老。

於乎小子，告尔旧止。听用我谋，庶无大悔。笺云：旧，久也。止，词也。庶，幸。悔，恨也。补曰：去国不忘君，故以故恩感之。**天方艰难，曰丧厥国。**曰，《韩》作"聿"。笺云：天以王为恶如是，故出艰难之事。谓下灾异，生兵寇，将以灭亡。补曰：宣王末年，多兵役灾异，故曰方艰也。**取譬不远，昊天不忒。**譬，刘向引作"辟"。笺云：今我为王取譬喻不及远也，维近耳。王当如昊天之德有常，不差忒也。补曰：王若能近取譬，则昊天不降难也。**回遹其德，俾民大棘。**笺云：王反为无常，维邪其行，为贪暴，使民之财匮尽而大困急。补曰：回，邪也。遹，读为"獝"，狂也。

《抑》十二章，三章章八句，九章章十句。

《桑柔》，芮伯刺厉王也。芮伯，畿内诸侯，王卿士也，字良夫。补曰：厉王居彘，无所用刺。上诗召公，以救太子，从旧典谓之刺王耳。

菀彼桑柔，其下侯旬。捋采其刘，瘼此下民。旬，樊光引作"洵"。兴也。菀，茂皃。旬，言荫均也。刘，爆烁而希也。瘼，病也。笺云：桑之柔濡，其叶菀然茂盛，谓蚕始生时也。人芘荫其下者，均得其所。及已捋采之，则叶爆烁而疏，人息其下，则病于爆烁。兴者，喻民当被王之恩惠，群臣恣放，损王之德。补曰：旬，读如"畇"。畇，原隰之畇。桑，丧也。厉王失国，故以桑言之。柔言初生时，喻太子幼少也。其阴菀然，则下土畇畇和善，喻太子当赖二公之荫，以定王国。就枝捋之，则爆烁不能菀，喻王已逐，如捋大枝而柔桑亦刘也。下不旬，则民亦瘼，言无君亦无臣矣。**不殄心忧，仓兄填兮。倬彼昊天，宁不我矜！**仓，丧也。兄，滋也。填，久也。昊天，斥王者也。笺云：殄，绝也。民心之忧无绝已，丧亡之道滋久长。倬，明大皃。昊天乃倬然明大，而不矜哀下民。

怨诉之言。补曰：忧无可解，故不能绝。仓兄、怆怳，古今字。昊天，郊祭之天。王易位，故诉于郊天。倬彼者，言事理彰著，当求太子追述王奔之事也。

四牡骙骙，旟旐有翩。乱生不夷，靡国不泯。翩，一作“偏”。骙骙，不息也。鸟隼曰旟，龟蛇曰旐。翩翩，在路不息也。夷，平。泯，灭也。笺云：军旅久出征伐，而乱日生不平，无国而不见残灭也。言王之用兵不得其所，适长寇虐。补曰：骙骙，强壮皃。旟旐，起徒役之旗。言民乱逐王也。四牡，军帅所乘，骙骙强壮，三公用事也。民逐其君，则侯国亦自危，故靡国不可泯也。民靡有黎，具祸以烬。黎，齐也。笺云：黎，不齐也。具，犹俱也。灾余曰烬。言时民无有不齐被兵寇之害者，俱遇此祸，以为烬者。言害所及广。补曰：黎民，侯国之民，或为祸乱，或被兵害，故无平民。於乎有哀，国步斯频！频，《说文》引作“矉”。步，行。频，急也。笺云：频，犹比也。哀哉，国家之政，行此祸害比比然。补曰：颦蹙于国家所行也。频、矉，通用字。频，蹙不前也。矉，恨张目也。斯，此也。国步，嗣国统者，斥太子也。《白华》曰：“天步艰难。”於乎，有能哀乱者乎，今太子在此，而频蹙不能救。

国步蔑资，天不我将。靡所止疑，云徂何往？疑，《齐》作“凝”。疑，定也。笺云：蔑，犹轻也。将，犹养也。徂，行也。国家为政，行此轻蔑民之资用，是天不养我也。我从兵役，无有止息时，今复云行，当何之往也？补曰：蔑，无也。资，犹赖也。将，亦资也。太子无所赖，则天亦不我助。言无君者，必不合天意也。君子实维，秉心无竞。谁生厉阶？至今为梗。竞，强。厉，恶。梗，病也。笺云：君子，谓诸侯及卿大夫也。其执心不强于善，而好以力争。谁始生此祸者？乃至今日相梗不止。补曰：君子，斥共和也。维持朝政，当先息争竞，民之逐王，是三公阶乱，而何以至今王出而犹梗命乎？

忧心殷殷，念我土宇。我生不辰，逢天僤怒。僤，一作“亶”。宇，居。僤，厚也。笺云：辰，时也。此士卒从军久，劳苦自伤之言。补曰：我，我王也。土，读若“土齐”之“土”。王居于彘，是土于边境。自西徂东，靡所定处。多我觏痻，孔棘我圉。圉，垂也。笺云：痻，病也。圉，当作“御”。多矣，我之遇困病。甚急矣，我之御寇之事。补曰：西，镐京。东，谓彘也。今霍州在镐东北。言王奔无所处也。圉，亦“宇”也。王在边境，故棘言厉王已无可辅也。

为谋为毖，乱况斯削。毖，慎也。笺云：女为军旅之谋，为重慎兵事也，而乱滋甚，于此日见侵削。言其所任非贤。补曰：毖、谧，通用字，安也。三公谋国欲安之，而乱益甚，国削小也。告尔忧恤，诲尔序爵。《墨子》书引“序”作“予”。笺云：恤，亦忧也。我语女以忧天下之忧，教女以次序贤能之爵。补曰：恤者，居丧之词。《书》曰：“恤宅宗。”王出，故恤。序爵，言当更立王也。《白虎通》引《书》曰：“天子，爵。”谁能执热，逝不以濯？《墨子书》引“鲜不用濯”。其何能淑？载胥及溺。濯所以救热也，礼亦所以救乱也。笺云：逝，犹去也。其为之当如手持热物之用濯，谓治国之道当用贤者。淑，善。胥，相。及，与也。女若云此于政事何能善乎？则女君臣皆相与陷溺于祸难。补曰：濯以执热者，作八珍炮豚牂之法也。炮涂干，将去其皽，必濯手以摩之，为初出火，热不可执，又不可待冷也。喻序爵为救乱之要。逝，当依《墨子》作“鲜”。古者鲜、析声同通用，传写误为“折”，又为“逝”耳。

如彼溯风，亦孔之僾。民有肃心，荓云不逮。溯，唐石经作“诉”。荓，一作“拼”“迸”。溯，乡。僾，唈。荓，使也。笺云：肃，进。逮，及也。今王之为政，见之使人唈然，如乡疾风，不能息也。王为政，民有进于善道之心，当任用之，反却退之，使不及门。补曰：肃，持事振敬也。《洪范》：“貌恭作肃。”言民本有振敬之心，而二公使之不及肃，非民之罪。好是家啬，力民代食。家啬维宝，代食维好。家啬，《正义》本作“稼啬”。力民代食，无功者食天禄也。笺云：但好任用是居家吝啬，于聚敛作力之人，令代贤者处位食禄。夫明王之法，能治人者食于人，不能治人者食人。《礼记》曰：“与其有聚敛之臣，宁有盗臣。”聚敛之臣害民，盗臣害财。此言王不尚贤，但贵吝啬之人，与爱代食者而已。补曰：家，二公私家也。啬，畜聚也。唯顾己私，不恤王室。力，即“职竞用力”之力。治功曰力。代，读为“貣”，谓黩货也。食，侵蚀也。治民而代食，不恤民也。维宝、维好，自以为得计也。

天降丧乱，灭我立王。降此蟊贼，稼穑卒痒。笺云：灭，尽也。虫食苗根曰蟊，食节曰贼。耕种曰稼，收敛曰穑。卒，尽。痒，病也。天下丧乱，国家之灾，以穷尽我王所恃而立者，谓虫孽为害，五谷尽病。补曰：立王，在位之王。灭之者，流王于彘。哀恫中国，具赘卒荒。赘，属。荒，虚也。笺云：恫，痛也。哀痛乎！中国之人，皆见系属于兵役，家家空虚。补曰：中国，京师也。赘，若赘旒然，具以王为赘，而京师亦尽荒。逐王则国乱也。靡有旅力，以念穹苍。穹苍，苍天。笺云：曾无同力谏诤，念天所为下此灾。补曰：旅力，众力。言二公当合众力以救乱。苍天，父子之词。《黍离》曰：“悠悠苍天。”

维此惠君，民人所瞻。秉心宣犹，考慎其相。相，质也。笺云：惠，顺。宣，遍。犹，谋。慎，戒。相，助也。维至德顺民之君，为百姓所瞻仰者，乃执正心，举事遍谋于众，又考诫其辅相之行，然后用之。言择贤之审。补曰：顺君，民亦顺之，乃可成其慎相之猷，不虚三公之职也。维彼不顺，自独俾臧。自有肺肠，俾民卒狂。笺云：臧，善也。彼不施顺道之君，自多足，独谓贤，言其所任之臣皆善人也。不复考慎，自有肺肠行其心中之所欲，乃使民尽迷惑如狂。是又不宣犹。补曰：不顺君而自用，则不能臧也。俾臧，辟德也。肺肠，祭祖当从其牢牲。自有者，异于牲，喻与君离异也。民尽狂惑，不知所从矣。

瞻彼中林，甡甡其鹿。朋友已谮，不胥以穀。《说文》引“甡”。甡甡，众多也。笺云：谮，不信也。胥，相也。以，犹与也。穀，善也。视彼林中，其鹿相辈耦行，甡甡然众多。今朝廷群臣皆相欺背，不相与以善道。言其鹿之不如。补曰：中林，大夫退居之地。鹿，亦喻大夫也。甡甡，角皃，不与二公同心者。朋友，在朝者，亦不信二公，俱不相善也。

人亦有言，进退维谷。谷，穷也。笺云：前无明君，却迫罪役，故穷也。补曰：进者，朋友。退者，中林。皆不相善，故诉己穷也。

维此圣人，瞻言百里。维彼愚人，覆狂以喜。瞻言百里，远虑也。笺云：圣人所视而言者百里，言见事远而王不用。有愚暗之人为王言，其事浅且近耳，王反迷惑信用之而喜。补曰：百里，王国远郊。瞻之者，已去国也。圣人远见，故引而去。愚人喜其去，而己得狂，是颠倒之见也。匪言不能，胡斯畏忌？笺云：胡之言“何”也。贤者见此事之是非，非不能分别皂白，言之于王也。然不言之何也？此畏惧犯颜得罪罚。补曰：匪言，逆耳之言。不能者，不能从也。何所畏忌，言己不畏忌。

维此良人，弗求弗迪。维彼忍心，是顾是复。迪，进也。笺云：良，善也。国有善人，王不求索，不进用之。有忍为恶之心者，王反顾念而重复之。言其忽贤者而爱小人。补曰：良人，太子也。逃匿，故当求。幼少，故言迪。顾复，养子之事。不顾复太子，而反顾复忍心者，忍心之欲废太子之人。《小弁》曰：“维其忍之。”民之贪乱，宁为荼毒。笺云：贪，犹欲也。天下之民，苦王之政，欲其乱，故安为苦毒之行相侵暴。愠恚使之然。补曰：宁，愿词也。二公亦为荼毒，非但民乱。

太风有隧，有空大谷。太，郭璞引作“泰”。隧，道也。笺云：西风谓之太风。太风之行，有所从而来，必从大空谷之中。喻贤愚之所行，各有其性。补曰：西风，喻西伯，斥召公也。隧、隊，古今字。有，又也。西风落木，又能空大谷。言既废王，又乱诸侯也。谷，他国之词。维此良人，作为式穀。维彼不顺，征以中垢。征，《韩》作“往”。中垢，言暗冥也。笺云：作，起。式，用。征，行也。贤者在朝，则用其善道。不顺之人，则行暗冥。受性于天，不可变也。补曰：中垢，中国之垢，言辱国也。作良人为太子，则用善矣。不顺王，则行垢浊，莫能自白。谏召公宜求太子也。其后太子匿召公家，国人围之，以己子代，盖感此诗之言。

太风有隧，贪人败类。听言则对，诵言如醉。类，善也。笺云：类，等夷也。对，答也。贪恶之人，见道听之言则应答之，见诵

《诗》《书》之言则冥卧如醉。居上位而行此，人或效之。补曰：听言，犹迩言，道路之言也。贪人，贪乱之人。败二公之善以答和。听言，谓宜从民意废太子者。《雨无正》曰："听言则答。"诵言，公言。言宜求太子者。如醉，不置可否，如醉不闻也。**匪用其良，覆俾我悖**。覆，反也。笺云：居上位而不用善，反使我为悖逆之行，是形其败类之验。补曰：不求太子，是不用良。反欲俾我，亦为悖逆。言戒己勿妄言取祸，故下反复嗟之。

嗟尔朋友，予岂不知而作？笺云：嗟尔朋友者，亲而切磋之也。而，犹女也。我岂不知女所行者恶欤？直知之。补曰：不知，不知太子所在也。盖知其在召公家。**如彼飞虫，时亦弋获。既之阴女，反予来赫**。赫，吓也。笺云：女所行如是，犹鸟飞行，自恣东西南北，时亦为弋射者所得。言放纵久，无所拘制，则将遇伺女之间者，得诛女也。之，往也。口距人谓之吓。我恐女见弋获，既往覆阴女，谓启告之以患难也。女反赫我，出言悖怒，不受忠告。补曰：飞虫，桃虫飞为鸟者，本依人，而今拚飞，人则弋获之矣。恐召公惧祸而出太子也。既托荫于汝，而反吓拒予言，是谓俾我悖。

民之罔极，职凉善背。凉，薄也。笺云：职，主。凉，信也。民之行失其中者，主由为政者信用小人，互相欺违。补曰：谅、𣄍、亮，古今字，信也。民无所取中，当主于信，而今善背。言助叛逆也。**为民不利，如云不克**。笺云：克，胜也。为政者害民，如恐不得其胜。言至酷也。补曰：如、而，通用字。不利者，叛乱之词。为，谓也。谓民叛，而我不能克，力不胜也。**民之回遹，职竞用力**。笺云：竞，逐也。言民之行维邪者，主由为政者逐用强力相尚故也。言民愁困，用生多端。补曰：《小雅》曰："职竞由人。"力，谓治民者。治民者竞，故民回遹，无诿罪于民。

民之未戾，职盗为寇。戾，定也。笺云：为政者主作盗贼为寇害，令民心动摇不安定也。补曰：未戾，王已奔，而周仍未定也。盗，窃位者。寇，逐王者。二公在位，民乱逐王，是谓以盗为寇。**凉曰不可，覆**

背善詈。笺云：善，犹大也。我谏止之以信，言女所行者不可，反背我而大詈。言拒己谏之甚。补曰：凉曰不可，谅者以为不可。言己忠告也。詈，犹谏也。《书》曰："怨女詈女。"谤上之词。当覆背而善詈，反其所行，以从谏也。虽曰匪予，既作尔歌。笺云：予，我也。女虽抵拒己，言此政非我所为，我已作女所作之歌，女当受之而改悔。补曰：匪予，如云不克，非力所能制也。作歌，陈诗之典。既，尽也。尽作歌于二公，言二公专政也。

《桑柔》十六章，八章章八句，八章章六句。

《云汉》，仍叔美宣王也。仍叔，周大夫也。《春秋》：鲁桓公五年夏，"天王使仍叔之子来聘"。补曰：共和还政，美王推功念乱。宣王承厉王之烈，内有拨乱之志，遇灾而惧，侧身修行，欲销去之。天下喜于王化复行，百姓见忧，故作是诗也。烈，余也。

倬彼云汉，昭回于天。倬，《韩》作"菿"。回，转也。笺云：云汉，谓天河也。昭，光也。倬然天河水气也，精光转运于天。时旱渴雨，故宣王夜仰视天河，望其候焉。补曰：云汉，分陕之象。昭回，言已还政也。王曰於乎，何辜今之人？笺云：辜，罪也。王忧旱而嗟叹云：何罪与今时天下之人？补曰：王初受政，但当忧惧罪己，以为中兴之本。天降丧乱，饥馑荐臻。荐，重。臻，至也。笺云：天仍下旱灾，亡乱之道，饥馑之害，复重至也。靡神不举，靡爱斯牲。圭璧既卒，宁莫我听？笺云：靡、莫，皆无也。言王为旱之故，求于群神，无不祭也。无所爱于三牲，礼神之圭璧又已尽矣，曾无听聆我之精（神）［诚］而兴云雨。补曰：王初即位，故举群神之祀，而皆用牲也。圭璧，三公祷请之礼。《书》所谓"植璧秉珪"也。卒，卒事也。言二公已卒事，则责专在王。云爱牲者，祷不皆用牲，今皆以牲告祭。

旱既大甚，煴隆虫虫。煴，一作"蕴"，《韩》作"郁"，"虫"

作“烔”，《尔雅》作“爞”。煴煴而暑，隆隆而雷，虫虫而热。笺云：隆隆而雷，非雨雷也，雷声尚殷殷然。不殄禋祀，自郊徂宫。笺云：宫，宗庙也。为旱故洁祀不绝，从郊而至宗庙。补曰：郊禋不绝周统。徂宫者，告即位，乃入宫受朝也。上下奠瘗，靡神不宗。上祭天，下祭地，奠其礼，瘗其物。宗，尊也。国有凶荒，则索鬼神而祭之。笺云：奠瘗天地之神，无不齐肃而尊敬之。言遍至也。补曰：新王立，上奠明堂，下瘗方丘，遍于群神，皆依宗祀之礼也。后稷不克，上帝不临。耗斁下土，宁丁我躬！丁，当也。笺云：克，当作“刻”。刻，识也。斁，败也。奠瘗群神而不得雨，是我先祖后稷不识知我之所困与？天不视我之精诚与？犹以旱耗败天下为害，曾使当我之身有此乎？先后稷，后上帝，亦从宫之郊。补曰：克，肩也。上帝，明堂感生帝。初即位，自疑不克，恐更不如共和。

旱既大甚，则不可推。兢兢业业，如霆如雷。兢，一作“矜”。推，去也。兢兢，恐也。业业，危也。笺云：旱既不可移去，天下困于饥馑，皆心动意惧，兢兢然，业业然，状有如雷霆近发于上。补曰：推，排也。在位不可推让，故自兢业，以治万几也。霆、雷，二伯之政教。如之者，不改其法制。周余黎民，靡有孑遗。孑，孑然遗失也。笺云：黎，众也。周之众民，多有死亡者矣，今其余无有孑遗者。言又饿病也。补曰：黎民，侯国之民。周，谓京师也。孑无右臂，自喻无助也。周京既灭，所望者，黎民之助。昊天上帝，则不我遗。补曰：昊天上帝，郊祭及明堂所禋祀。遗，忘也。不忘我周，故我得立。胡不相畏？先祖于摧。摧，至也。笺云：摧，当作“嗺”。嗺，嗟也。天将遂旱，饿杀我与？先祖何不助我恐惧，使天雨也？先祖之神于嗟乎！告困之词。补曰：摧，挤也。相畏，君臣相警，则先祖之业不至于摧挤。

旱既大甚，则不可沮。赫赫炎炎，云我无所。沮，止也。赫赫，旱气也。炎炎，热气也。笺云：旱既不可却止，热气大盛，人皆不堪，言我无所芘荫处。大命近止，靡瞻靡顾。大命近止，民将死亡也。笺云：众民之命近将死亡，天曾无所视、无所顾于此国中而哀闵之。补曰：大命，天子之命。近止，当有所归也。靡瞻匪父，父则顾我。靡瞻故靡顾也。言厉王不能顾命。群公先正，则不我助。父母先祖，胡宁忍予？先正，百辟卿士也。先祖，文、武，为民父母也。笺云：百辟卿士，雩祀所及者，今曾无肯助我忧旱。先祖文、武，又何为施忍于我，不使天雨？补曰：群公，二公所率诸侯也。《顾命》曰："群公既皆听命。"先正，正大夫也。离居，是不我助。诉其忍于我，乃忍于我父母及先祖。厉王君臣相仇，故假先祖责望之。

旱既大甚，涤涤山川。旱魃为虐，如惔如焚。涤，《说文》引作"蔋"。惔，《韩》作"炎"。焚，本作"樊"。《说文》引"魃旱，鬼也。"涤涤，旱气也。山无木，川无水。魃，旱神也。惔，燎之也。笺云：旱既害于山川矣，其气生魃而害益甚，草木焦枯，如见焚燎然。补曰：魃、祓，古今字。祓，除禳之祭也。祓之而仍为虐，故心如焚。旱鬼不足咏也。我心惮暑，忧心如熏。群公先正，则不我闻。昊天上帝，宁俾我遁？惮，劳。熏，灼也。笺云：惮，犹"畏"也。王心又畏难此热气，如灼烂于火。言热气至极。不我闻者，忽然不听我之所言也。天曾将使我心逊遁惭愧于天下，以无德也。补曰：遁，逃也。受天祖之重，义不可避位。

旱既大甚，黾勉畏去。胡宁瘨我以旱，憯不知其故。瘨，《韩》作"疹"。笺云：黾勉，急祷请也。欲使所尤畏者去。所尤畏者，魃也。瘨，病也。天何曾病我以旱，曾不知为政所失而致此害。补曰：畏去，不敢遁也。臣黾勉，君畏去，以求致旱之故。祈年孔夙，方社不莫。补曰：祈年、方社，天子祀典也。夙，早。不暮，言二公不贪政，立王甚早，无猜嫌也。昊天上帝，则不我虞。笺云：虞，度也。我祈丰年甚早，祭四方与社又不晚，天曾不度知我心。补曰：虞，安也。岂受命天祖，犹不我安与？敬恭明神，宜无悔怒。神，一作"祀"。悔，恨也。笺云：肃事明神如是，明神宜不恨怒于我，我何由当遭此旱也？补曰：

言君臣皆能敬也。

旱既大甚，散无友纪。笺云：人君以群臣为友，散无其纪者，凶年禄饩不足，人无赏赐也。补曰：既释猜嫌，因收离散。昔之不从共和者，皆借此以招之。托于因旱以去，则还无嫌也。友，谓百官。纪之者，其长也。**鞫哉庶正，疚哉冢宰！**疚，一作“究”“宄”。笺云：鞫，(躬)［穷］也。庶正，众官之长也。疚，病也。穷哉病哉者，念此诸臣勤于事而困于食，以此言劳倦也。补曰：庶正，在京师居位者。冢宰，盖皇父也。述其穷病望助之意。**趣马师氏，膳夫左右。靡人不周，无不能止。**岁凶，年谷不登，则趣马不秣，师氏弛其兵，驰道不除，祭事不县，膳夫彻膳，左右布而不修，大夫不食粱，士饮酒不乐。周，救也。无不能止，言无止不能也。笺云：周，当作“赒”。王以诸臣困于食，人人赒给之，权救其急，后日乏无，不能豫止。补曰：此述王左右小臣，以安大臣之心也。忠信为周。止，救也。趣马，下士。师氏，中大夫。膳夫，上士。尊卑异，而亲近同。《十月》刺王，亦举此三官。盖蹶为趣马，楀为师氏，仲允膳夫，三臣皆人望所归。**瞻卬昊天，云如何里！**笺云：里，忧也。王愁闷于不雨，但仰天曰：“当如我之忧何！”补曰：始郊，故专诉昊天。里，病也。

瞻卬昊天，有嘒其星。大夫君子，昭假无赢。嘒，众星皃。假，至也。笺云：假，升也。王仰天，见众星顺天而行嘒嘒然，意感，故谓其卿大夫曰：天之光曜升行不休，无自赢缓之时。补曰：赢，余也。嘒然从日之星，喻大夫当从王政。昭假于天，无自余其力。**大命近止，无弃尔成。何求为我，以戾庶正。**戾，定也。笺云：今众民之命近将死亡，勉之助我，无弃女之成功者。若其当存，复无几何，以劝之也。使女无弃成功者，何但求为我身乎？乃欲以安定众官之长，忧其职事。补曰：大命，天子之命。近止，谓新立王也。成者，立王之成功。言大夫昭假，乃足以定庶正。**瞻卬昊天，曷惠其宁？**笺云：曷，何也。王仰天曰：当何时顺我之求，令我心安乎？渴雨之至也，得雨则心安。补曰：顺王则国安也。

《云汉》八章，章十句。

《崧高》，尹吉甫美宣王也。天下复平，能建国亲诸侯，褒赏申伯焉。尹吉甫、申伯，皆周之卿士也。尹，官氏。申，国名。补曰：宣王灭徐而建申，以捍南蕃。述其经画，非美其褒赏之事。

崧高维岳，骏极于天。维岳降神，生甫及申。崧、骏，《韩》作“嵩”“峻”。崧，高皃。山大而高曰崧。岳，四岳也。东岳岱，南岳衡，西岳华，北岳恒。尧之时，姜氏为四伯，掌四岳之祀，述诸侯之职。于周，则有甫，有申，有齐，有许也。骏，大。极，至也。岳降神灵和气，以生申、甫之大功。笺云：降，下也。四岳，卿士之官，掌四时者也，因主方岳巡守之事。在尧时，姜姓为之，德当岳神之意，而福兴其子孙，历虞、夏、商，世有国土。周之甫也、申也、齐也、许也，皆其苗胄。补曰：崧、崇，古今字。唐虞四岳，后世二伯职也。申伯以卿士出为牧伯，故推本其先，亦假祥符以悚南夷。维申及甫，维周之翰。翰，干也。笺云：申，申伯也。甫，甫侯也。皆以贤知，入为周之桢干之臣。补曰：时甫国尚存，而复封申，本其俱功臣之胤。四国于蕃，四方于宣。蕃，《韩》作“藩”。笺云：四国有难，则往捍御之，为之蕃屏。四方恩泽不至，则往宣畅之。甫侯相穆王，训夏赎刑。美此俱出四岳，故连言之。补曰：二伯，言四国。一相，言四方。

亹亹申伯，王缵之事。于邑于谢，南国是式。缵，《韩》作“践”。谢，周之南国也。笺云：亹亹，勉也。缵，继。于，往。于，於。式，法也。亹亹然勉于德不倦之臣，有申伯，以贤入为王之卿士，佐王有功。王又欲使继其故诸侯之事，往作邑于谢，南方之国，皆统理施其法度。时改大其邑，使为侯伯，故云然。补曰：刘向《七谏》云，偃王行仁义，而荆亡徐。王逸说以“于邑于徐”。徐、谢，古字通用。周穆王命楚灭徐，而楚后弱，南方无强国，故封申伯，缵四岳之事。王命召伯，定申伯之宅。登是南邦，世执其功。召伯，召公也。登，成也。功，事也。

笺云：之，往也。申伯忠臣，不欲离王室，故王使召公定其宅，令往居谢，成法度于南邦，世世持其政事，传子孙也。补曰：王立方伯，故以上公主其事。召分陕西，此主陕东者，因改制，迁召公为相。徐未服，故当定。

王命申伯，式是南邦。因是谢人，以作尔庸。庸，城也。笺云：庸，功也。召公既定申伯之居，王乃亲命之，使为法度于南邦。令因是故谢邑之人而为国，以起女之功劳。言尤章显也。补曰：重申，故复言王命式也。以兵力胁之，故因徐人以作城。王命召伯，彻申伯土田。彻，治也。笺云：治者，正其井牧，定其赋税。补曰：彻土田者，公国之制也。《鲁颂》曰："锡之山川，土田附庸。"其制则未闻。彻，通也，犹广也。王命傅御，迁其私人。御，治事之官也。私人，家臣也。笺云：傅御者，贰王治事，谓冢宰也。补曰：策命侯伯，必有傅，以相其礼。言御者，尊之，不敢斥言傅，傅之御耳。《左传》说：命晋文公，"郑伯傅王"。私人，大夫家臣。迁为申国卿大夫，亦殊礼也。

申伯之功，召伯是营。有俶其城，俶，作也。补曰：美王威之远畅。寝庙既成。既成藐藐，王锡申伯。藐藐，美皃。笺云：申伯居谢之事，召公营其位，而作城郭及寝庙，定其人神所处。召公营位，筑之已成，以形皃告于王。王乃赐申伯，为将遣之。四牡蹻蹻，钩膺濯濯。蹻蹻，壮皃。钩膺，樊缨也。濯濯，光明也。补曰：此九锡之一，以重申之封也。钩，车饰也。金路钩，以封同姓。申异姓，而赐金路，故记之。路钩，则马鞶缨也。

王遣申伯，路车乘马。我图尔居，莫如南土。乘马，四马也。笺云：王以正礼遣申伯之国，故复有车马之赐，因告之曰：我谋女之所处，无如南土之最善。补曰：封申，王国之谋，而云谋申居者，不欲显其意。锡尔介圭，以作尔宝。往迈王舅，南土是保。迈，今本误作"近"。宝，瑞也。迈，已也。申伯，宣王之舅也。笺云：圭长尺二寸谓之介。非诸侯之圭，故以为宝。诸侯之瑞圭，自九寸而下。迈，辞也，声如"彼记之子"之"记"。保，守也，安也。补曰：《典瑞》《玉人》皆无介圭。此言“锡尔”,《韩弈》言“以其”,则申无介圭,韩自有介圭也。或以尺二寸同天子,避“大”为“介”与?盖州牧别有此赐,以宠异之。若二伯始有,韩侯不得“以其”也。改南国言南土者,时徐已入天子。

申伯信迈,王饯于郿。申伯还南,谢于诚归。郿,地名。笺云:迈,行也。申伯之意不欲离王室,王告语之复重,于是意解而信行。饯,送行饮酒也。时王盖省岐周,故于郿云。还南者,北就王命于岐周而还反也。“谢于诚归”,诚归于谢。补曰:信,再宿也。申初封即用诸侯之礼,宠之也。《有客》曰:“有客信信。”《郡国志》:“郿有邵亭。”《水经注》:“亭,召公采邑也。”召伯初还,王就之议政焉。南即申也。言还者,申、徐俱四岳之后,封申犹还徐耳。于,爰也。言徐人必归诚。王命召伯,彻申伯土疆。笺云:王使召公治申伯土界之所至。补曰:又命者,时新改东西伯为南北伯,故通其统帅属国之所及。四言召伯,盖以召伯有功,宜为伯。申伯特以世贵王戚得封,因讽之也。以峙其粻,式遄其行。峙,一作“峙”。笺云:粻,粮。式,用。遄,速也。峙其粮者,令庐市有止宿之委积,用是速申伯之行。补曰:委积有定,此所峙者,师徒之粮也。凡申伯所统,皆令供军,则其行速。

申伯番番,既入于谢,徒御啴啴。番番,勇武皃。诸侯有大功,则赐虎贲。徒行者、御车者啴啴,喜乐也。笺云:申伯之皃有威武番番然,其入谢国,车徒之行啴啴安舒。言得礼也。礼,入国不驰。补曰:入者,难词。恐徐人反复也。徒御,王师骑步从申伯者。《黍苗》曰:“我徒我御。”啴啴,无所用战。周邦咸喜,戎有良翰。笺云:周,遍也。戎,犹女也。翰,干也。申伯入谢,遍邦内皆喜曰:“女乎有善君也!”相庆之言。补曰:申为周南藩,故喜其得入为良翰。周邦,王室也。不显申伯,王之元舅,文武是宪。不显申伯,显矣申伯也。文武是宪,言有文有武也。笺云:宪,表也。言为文武之表式。补曰:凡王朝之仪至于下国,则曰不显。《大明》《韩奕》皆曰“不显其光”是也。申伯无功而封,再言王舅,亦以切瑳王。

申伯之德，柔惠且直。柔此万邦，闻于四国。柔此，一作“揉此”。笺云：柔，顺也。四国，犹言四方也。补曰：申伯先为卿士，故柔万邦。今为伯，故闻四国。吉甫作颂，其诗孔硕，其风肆好，以增申伯。增，各本皆作“赠”，今改正。吉甫，尹吉甫也。作是工师之诵也。肆，长也。增，赠也。笺云：硕，大也。吉甫为此诵也，言其诗之意甚美大，风切申伯，又使之长行善道。以此赠申伯者，送之令以为乐。补曰：美成功是颂礼，非庙歌，故仍为《雅》诗。硕，大也。大，雅也。词虽《雅》《颂》，意实《风》诗，讽申伯当让也。

《崧高》八章，章八句。

《烝民》，尹吉甫美宣王也。补曰：美王先任仲山甫，以风其不当出之于外。任贤使能，周室中兴焉。

天生烝民，有物有则。民之秉彝，好是懿德。烝民，蔡邕引作“烝人”。烝，众。物，事。则，法。彝，常。懿，美也。笺云：秉，执也。天之生众民，其性有物象，谓五行仁义礼智信也；其情有所法，谓喜怒哀乐好恶也。然而民所执持有常道，莫不好有美德之人。补曰：将讽王远直臣，故先言好德乃人心之同，而事必有法，人必有规，亦天性自然。天监有周，昭假于下。保兹天子，生仲山甫。仲山甫，樊侯也。笺云：监，视。假，至也。天视周王之政教，其光明乃至于下，谓及众民也。天安爱此天子宣王，故生樊侯仲山甫，使佐之。言天亦好是懿德也。《书》曰：“天聪明，自我民聪明。”补曰：昭假于下，言天之光明至于下也。仲山甫，天之所生，非王所得私荣辱也。

仲山甫之德，柔嘉维则。令仪令色，小心翼翼。笺云：嘉，美。令，善也。善威仪，善颜色容皃，翼翼然恭敬。补曰：山甫以风采见惮，故推其柔嘉。言其有威仪，乃所以为敬。古训是式，威仪是力。天子是若，明命使赋。古，刘向引作“故”。古，故。训，道。若，顺。赋，布也。笺云：故训，先王之遗典也。式，法也。力，犹勤也。

勤威仪者，恪居官次，不解于位也。是顺从行其所为也，显明王之政教，使群臣施布之。补曰：力，读为“饬”。

王命仲山甫，式是百辟。补曰：述其初任之重。缵戎祖考，王躬是保。戎，大也。笺云：戎，犹女也。躬，身也。王曰：女施行法度于是百君，继女先祖先父始见命者之功德，王身是安。使尽心力于王室。补曰：祖考，未闻。杜钦说以为异姓之臣，孟郁说周之遗苗，王充说姓樊，权德舆说鲁献公仲子山甫。出纳王命，王之喉舌。赋政于外，四方爰发。喉舌，冢宰也。笺云：出王命者，王口所自言，承而施之也。纳王命者，时之所宜，复于王也。其行之也，皆奉顺其意，如王口喉舌亲所言也。以布政于畿外，天下诸侯于是莫不发应。补曰：喉，咽也，以喻纳。舌，以喻出也。冢宰掌施政，盖又兼掌诸侯邦交。

肃肃王命，仲山甫将之。邦国若否，仲山甫明之。肃，郎颤引作“赫”。将，行也。笺云：肃肃，敬也。言王之政教甚严敬也，仲山甫则能奉行之。若，顺也。顺否犹臧否，谓善恶也。补曰：宣王威大国而简小国，山甫盖以主柔惠，不合旨，故言邦国顺命与否，唯山甫明之。既明且哲，以保其身。补曰：山甫亦知己不合旨，故求使以安身。夙夜匪解，以事一人。笺云：夙，早。夜，暮。匪，非也。一人，斥天子也。补曰：言一人者，时为同列所忌，下言“强御”是。

人亦有言，柔则茹之，刚则吐之。维仲山甫，柔亦不茹，刚亦不吐，笺云：柔，犹濡毳也。刚，坚强也。刚柔之在口，或茹之，或吐之，喻人之于敌强弱。不侮矜寡，不畏强御。补曰：言其所以不容，以得罪强御。

人亦有言，德輶如毛，民鲜克举之，我仪图之。仪，宜也。笺云：輶，轻。仪，匹也。人之言云：德甚轻，然而众人寡能独举之以行者。言政事易耳，而人不能行者，无其志也。我与伦匹图之，而未能为也。我，吉甫自我也。补曰：言朝臣鲜有德。维仲山甫举之，爱莫助之。爱，隐也。笺云：爱，惜也。仲山甫能独举此德而行之，惜乎莫能助之者。多仲山甫之德，归功言耳。补曰：言众臣爱蔽，山甫无党援之助也。衮职有阙，维仲山甫补之。有衮冕者，君之上服也。仲山甫补之，善补过也。笺云：衮职者，不敢斥王之言也。王之职有阙，辄能补之者，仲山甫也。补曰：衮职，三公职也。三公一命衮，则为二伯。言山甫城齐非其职，由二伯阙职，使补之耳。

仲山甫出祖，四牡业业，征夫捷捷，每怀靡及。言述职也。业业，言高大也。捷捷，言乐事也。笺云：祖者，将行犯軷之祭也。怀私为每怀。仲山甫犯軷而将行，车马业业然动，众征夫捷捷然至，仲山甫则戒之曰："既受君命，当速行。每人怀其私而相稽留，将无所及于事。"补曰：戒其无怨于远出。四牡彭彭，八鸾将将。王命仲山甫，城彼东方。东方，齐也。古者诸侯之居逼隘，则王者迁其邑而定其居。盖去薄姑而迁于临菑也。笺云：彭彭，行皃。将将，鸣声。以此车马，命仲山甫使行。言其盛也。补曰：有鸾者，路车也。以卿士摄方伯，假事以远之。

四牡骙骙，八鸾喈喈。仲山甫徂齐，式遄其归。骙骙，犹彭彭也。喈喈，犹将将也。遄，疾也。言周之望仲山甫也。笺云：望之，故欲其用是疾归。补曰：骙骙、喈喈，皆缓意。忧其久役，或外封之，故欲遄归。吉甫作诵，穆如清风。清微之风，化养万物者也。笺云：穆，和也。吉甫作此工歌之诵，其调和人之性，如清风之养万物然。补曰：下以风刺上，明此非美山甫而作。仲山甫永怀，以慰其心。笺云：仲山甫述职，多所思而劳，故述其美，以慰安其心。补曰：永怀者，悲去国，忧谗间也。不平，故慰之。

《烝民》八章，章八句。

《韩奕》，尹吉甫美宣王也。补曰：美其封韩，以捍北狄。能锡命诸侯。梁山于韩国之山最高大，为国之镇，（所）［祈］望祀焉，故美大其皃奕奕然，谓之"韩奕"也。梁山，今左冯翊夏阳西北。韩，姬姓之国也，后为晋所灭，故大夫韩氏以为邑名焉。幽王九年，王室始骚，郑桓公问于史伯曰："周衰，其孰兴乎？"对曰："武实昭文之功，文之祚尽，武其嗣乎？武王之子，应、韩不在，其晋乎！"

奕奕梁山，维禹甸之。有倬其道，倬，《韩》作"晫"。奕奕，大也。甸，治也。禹治梁山，除水灾。宣王平大乱，命诸侯。有倬其道，有倬然之道者也。笺云：梁山之野，尧时俱遭洪水。禹甸之者，决除其灾，使成平田，定贡赋于天子。周有厉王之乱，天下失职。今有倬然著明复禹之功者韩侯，受王命为侯伯。补曰：韩国，禹都安邑之地，时以为荒远，故言其道路明大。韩侯受命，王亲命之：缵戎祖考，受命，受命为侯伯也。戎，大。笺云：戎，犹女也。补曰：亲命者，因巡守而命之。韩祖未闻。无废朕命；夙夜匪解，虔共尔位。朕命不易，虔，固。共，执也。笺云：朕，我也。古之"恭"字或作"共"。我之所命者，勿改易不行。干不庭方，以佐戎辟。庭，直也。笺云：当为不直违失法度之方，作桢干而正之，以佐助女君。女君，王自谓也。补曰：干，正也。庭，朝也。方，方岳也。辟，二伯之称。正不朝不方者，以成女伯功。

四牡奕奕，孔修且张。韩侯入觐，修，长。张，大。觐，见也。笺云：诸侯秋见天子曰觐。韩侯乘长大之四牡奕奕然，以时觐于宣王。补曰：韩远国，初朝，故见其马长大。韩地多马也。觐者，二伯之盛礼。以其介圭，入觐于王。笺云：觐于宣王而奉享礼，贡国所出之宝。善其尊宣王，以常职来也。《书》曰："黑水西河，其贡璆、琳、琅玕。"此觐乃受命，先言受命者，显其美也。补曰：其介圭者，本为州牧，今作伯也。王锡韩侯，淑旂绥章，簟茀错衡，淑，善也。交龙为旂。绥，大绥也。错衡，文衡也。笺云：王为韩侯以常职来朝享之故，故多锡以厚之。善旂，旂之善色者也。绥，所引以登车，有采章也。簟茀，漆簟以为车蔽，今之藩也。补曰：淑，始也。始旂，先代之旂，谓绥章也。韩在夏都，故用夏后氏之大绥。黑旂，正色。无饰谓之因章也。簟茀施于路车。错衡，夏篆孤车也。韩侯来朝，乘墨车，王赐以侯伯之金路，乘以拜赐，则施簟茀，在王国，不敢专尊自显也。又赐以三公之乘车，则有错衡。**玄衮赤舄，钩膺镂锡，鞹鞃浅幭，鞗革金厄。**《说文》引“鞃”。镂锡，有金镂其锡也。鞹，革也。鞃，轼中也。浅，虎皮浅毛也。幭，覆式也。厄，乌噣也。笺云：钩膺，樊缨也。眉上曰锡，刻金饰之，今当卢也。鞗革，谓辔也，以金为小环，往往缠厄之。补曰：玄衮赤舄，天子之服，唯二伯得赐焉。钩，钩膺金路之饰。镂锡，玉路之饰，施于金路，加等也。鞹鞃，文茵。浅幭，虎犆。赐路兼备冯茵，优之也。辔，首饰。金厄，盖亦玉路之制。

韩侯出祖，出宿于屠。显父饯之，清酒百壶。《说文》引“饯”。屠，地名也。显父，有显德者也。笺云：祖，将去而犯軷也。既觐而反国，必祖者，尊其所往，去则如始行焉。祖于国外，毕乃出宿，示行不留于是也。显父，周之公卿也。饯送之，故有酒。补曰：祖而出宿，以王官出使礼待之，不以郊赠示亲也。屠，杜也。杜在鄠北，盖韩汤沐邑也，在周南百余里。还朝当北行，而更南宿，为迎娶于蹶也。诸侯还国，无祖宿。显父，达官之长。公卿大夫皆出饯，亦王官礼也。饯则其先不致饩，于此乃致之。一牢八壶，三公三牢，三八二十四；六卿六牢，六八四十八，并上介四十八，百壶矣。凡酒皆清，醴则有清、醴二种。清亦谓之酏，掌之浆人。酒掌之酒人。此清酒，即《酒正》三酒之一。聘礼，君致酒，夫人致醴，大夫饩，无酒醴。此言酒，亦特礼也。**其殽维何？炰鳖鲜鱼。其蔌维何？维笋及蒲。**蔌，菜殽也。笋，竹也。蒲，蒲蒻也。笺云：炰鳖，以火熟之也。鲜鱼，中脍者也。笋，竹萌也。蒲，深蒲也。补曰：殽，加羞也。鲜，析也。许慎书“蔌”字作“鬻”，或作“餗”。鼎实惟苇及蒲。《易》曰：“覆公餗。”礼，八珍之鼎，编萑以苴炮豚牂，或编萑布牛肉，为熬以当煮，如鬻，恐烧焦，故藉之也。用萑藉，则曰苇。用竹箨藉，则曰笋。用蒲藉，则曰蒲。非以菜为鼎实也。深蒲、笋菹，皆加豆之常实，非此所咏明矣。维何者，非常礼也。《六月》曰：“饮御诸友，炰鳖脍鲤。”此鲜鱼即脍鲤也。饯而饮，以将厚意，又用八珍，则食礼矣。**其赠维何？乘**

马路车。笾豆有且，侯氏燕胥。笺云：赠，送也。王既使显父饯之，又使送以车马，所以赠厚意也。人君之车曰路车，所驾之马曰乘马。且，多皃。胥，皆也。诸侯在京师未去者，于显父饯之时，皆来相与燕，其笾豆且然。荣其多也。补曰：聘礼无赠，故又问之。赠，王送行之礼也。复赐车马者，先以王官受封之礼，此依诸侯正赐也。上公四十豆，笾十有二，故且然多也。侯氏，觐礼将命之正词。

韩侯取妻，补曰：天子命朝臣结昏蕃国，故记其取妻。言妻，则无姑矣。周昏挚莘，秦昏申，是其例。汾王之甥，蹶父之子。汾，大也。蹶父，卿士也。笺云：汾王，厉王也。厉王流于彘，彘在汾水之上，时人因以号之，犹言莒郊公、黎比公也。姊妹之子为甥。王之甥，卿士之子，言尊贵也。补曰：厉非嘉名，故不举谥。不言夷王外孙者，盖妃妾所出，不敢系于尊。韩侯迎止，于蹶之里。百两彭彭，八鸾将将，不显其光。里，邑也。笺云：于蹶之里，蹶父之里。百两，百乘。不显，显也。光，犹荣也。气有荣光也。补曰：亲迎，故乘路车八鸾。不显者，美王朝之仪。诸娣从之，祁祁如云。韩侯顾之，烂其盈门。诸，《白虎通》引作“侄”。祁祁，徐靓也。如云，言众多也。诸侯一娶九女，二国媵之。诸娣，众妾也。顾之，曲顾道义也。笺云：媵者必娣、侄从之，独言“娣”者，举其贵者。烂烂，粲然鲜明且众多之皃。补曰：言从者，卿士嫁女，依外诸侯，二国媵之，亦记礼之异也。常法，侯国媵侯女，卿大夫媵卿大夫女。娣者，妾之统号。侄贵于娣。

蹶父孔武，靡国不到。为韩姞相攸，莫如韩乐。姞，蹶父姓也。笺云：相，视。攸，所也。蹶父甚武健，为王使于天下，国国皆至，为其女韩侯夫人姞氏视其所居，韩国最乐。补曰：慰韩姞远嫁。孔乐韩土，川泽訏訏，鲂鱮甫甫，麀鹿噳噳，有熊有罴，有苗有虎。噳、苗，一作“麌”“猫”。《说文》引“噳”。訏訏，大也。甫甫然大也。噳噳然众也。苗似虎，浅毛者也。笺云：甚乐矣韩之国土也，川泽宽大，众鱼禽兽备有。言饶富也。补曰：熊、罴、猫、虎，山兽之猛者。言韩地阻固。**庆既令居，韩姞燕誉**。笺云：庆，善也。蹶父既善韩之国土，使韩姞嫁焉而居之，韩姞则安之，尽其妇道，有显誉。补曰：庆，谓赐昏也。既，塈也。“伊余来塈”，得昏之词。誉，亦安也。以安韩侯，讥王和亲也。嫁女不宜与鱼兽群。

溥彼韩城，燕师所完。师，众也。笺云：溥，大。燕，安也。大矣彼韩国之城，乃古平安时，众民之所筑完。补曰：二伯所居，必大其城。天子遣城之，此不更城，故明其故。韩先祖曾为伯，故因之耳。盖天子曰京师，伯曰燕师。**以先祖受命，因时百蛮**。韩侯之先祖，武王之子也。因时百蛮，长是蛮服之百国也。笺云：韩侯先祖有功德者，受先王之命，封为韩侯，居韩城，为侯伯。其州界外接蛮服，因见使时节百蛮贡献之往来。后君微弱，用失其业。补曰：时，承也。承命总蛮服。蛮服，畿外三千里。**王锡韩侯，其追其貊，奄受北国，因以其伯**。追、貊，戎狄国也。奄，抚也。笺云：今王以韩侯先祖之事如是，而韩侯贤，故于入觐，使复其先祖之旧职，赐之蛮服追、貊之戎狄，令抚柔其所受王畿北面之国，因以其先祖侯伯之事尽予之。皆美其为人子孙，能兴复先祖之功。其后追也、貊也为猃允所逼，稍稍东迁。补曰：伯，分陕之伯也。始召公主陕西，周衰，而南夷与北狄交中国，不绝若线，宣王以召虎为相，立韩为北伯，建申为南伯，以捍中国。其后韩亡于幽王之初，申以召戎杀王为天下咎，楚侵之，而亡于桓王之世。宣王之略不胜天意，韩、申亡，而桓、文自兴，周遂不振。**实墉实壑，实亩实籍**。实墉实壑，言高其城、深其壑也。笺云：实，当作“寔”，赵、魏之东，实、寔同声。寔，是也。籍，税也。韩侯之先祖微弱，所受之国多灭绝。今复旧职，兴灭国，继绝世，故筑治是城，浚修是壑，井牧是田亩，收敛是赋税，使如故常。补曰：实之言实力也。亩其田，以捍戎马。籍其民，以供征役。墉壑而自固，御狄之长策。**献其貔皮，赤豹黄罴**。貔，猛兽也。追、貊之国来贡，而侯伯总领之。补曰：言王无所贪，取朝贡而已。熊、罴、狐狸，梁州之贡。祝其兼安西域也。貔，白狐，今舍利孙，其别种曰吉祥豹、艾叶豹、赤豹，其类与俗所谓豹不中服御。

《韩奕》六章，章十二句。

《江汉》，尹吉甫美宣王也。能兴衰拨乱，命召公平淮夷。召公，召穆公也，名虎。补曰：诗述命召公为相，兼改封国。

江汉浮浮，武夫滔滔。匪安匪游，淮夷来求。浮浮，众强皃。滔滔，广大皃。淮夷，东国，在淮浦而夷行也。笺云：匪，非也。江、汉之水，合而东流浮浮然，宣王于是水上，命将率，遣士众，使循流而下滔滔然。共顺王命而行，非敢斯须自安也，非敢斯须游止也，主为来求淮夷所处。据至其境，故言"来"。补曰：王亲至江、汉视师也。出京师，故不安。非省方，故不游。游豫，巡守之词。求，责也。责其不朝。来者，来江、汉也。盖自申至楚。言江，则至江夏矣。既出我车，既设我旟。匪安匪舒，淮夷来铺。铺，病也。笺云：车，戎车也。鸟隼曰旟。兵至竟而期战地，其日出戎车建旟。又不自安不舒行者，主为来伐讨淮夷也。据至战地，故又言"来"。补曰：于此言"既出"，则就发江、汉师徒也。旟者，致民兵之旗。不言旐者，主远乡言也。舒、豫，通用字。《孟子书》引"一游一豫"。铺，陈兵也。《常武》曰："铺敦淮濆。"

江汉汤汤，武夫洸洸。经营四方，告成于王。洸洸，武皃。笺云：召公既受命伐淮夷，服之，复经营四方之叛国，从而伐之，克胜，则使传遽告功于王。补曰：四方，王国之词。言非黩兵经营四方耳。四方既平，王国庶定。时靡有争，王心载宁。笺云：庶，幸。时，是也。载之言"则"也。召公忠臣，顺于王命。此述其志也。

江汉之浒，王命召虎。召，汉碑引并作"邵"。召虎，召穆公也。笺云：浒，水涯也。补曰：述其能命将也。召虎名，则下大夫也，拔用为帅。召公于军中受三公之命，故在江、汉浒。式辟四方，彻我疆土。匪疚匪棘，王国来极。笺云：式，法。疚，病。棘，急。极，中也。王于江、汉之水上，命召公使以王法征伐，开辟四方，治我疆界于天下。非可以兵病害之也，非可以兵操切之也，使来于王国受政教之中正而已。齐桓公经陈、郑之间，及伐北戎，则违此言者。补曰：式辟者，专征伐之词。通疆土者，通达九服为王土。匪疚匪棘，美虎功也。疚、棘者，兵事之词。《采薇》曰："忧心孔疚。"《六月》曰："我是用棘。"极，至也。至于京师。**于疆于理，至于南海**。笺云：于，往也。于，於也。召公于有叛戾之国，则往正其境界，修其分理。周行四方，至于南海，而功大成。事终也。

王命召虎，来旬来宣。文武受命，召公维翰。旬，遍也。召公，召康公也。笺云：来，勤也。旬，当作"营"。宣，遍也。召康公名奭，召虎之始祖也。王命召虎：女勤劳于经营四方，勤劳于遍疆理众国。昔文王、武王受命，召康公为之桢干之臣，以正天下。为虎之勤劳，故述其祖之功以劝之。补曰：来，来周也。旬、均、钧，通用字。秉国之钧，四方于宣，入相之词。**无曰予小子，召公是似。肇敏戎公，用锡尔祉**。似，嗣。肇，谋。敏，疾。戎，大。公，事也。笺云：戎，犹女也。女无自减损曰我小子耳，女之所为，乃嗣女先祖召康公之功。今谋女之事，乃有敏德，我用是故，将赐女福庆也。王为虎之志大谦，故进之云尔。补曰：予小子，王自谓也。上引文、武用召公，故言予小子不及文、武，虎是能嗣召公也。锡祉者，下所厘锡。

厘尔圭瓒，秬鬯一卣，告于文人。卣，一作"攸"。厘，赐也。秬，黑黍也。鬯，香草也。筑煮合而郁之曰鬯。卣，器也。九命锡圭瓒、秬鬯。文人，文德之人也。笺云：秬鬯，黑黍酒也。谓之鬯者，芬香条鬯也。王锡召虎以鬯酒一尊，使以祭其宗庙，告其先祖诸有德美见记者。补曰：卣，中尊也。赐鬯用卣。文人，召公始祖也。《书》曰："追孝于前文人。"**锡山土田，于周受命，自召祖命**。诸侯有大功德，赐之名山、土田、附庸。笺云：周，岐周也。自，用也。宣王欲尊显召虎，故如岐周，使虎受山川、土田之赐，命用其祖召康公受封之礼。岐周，周之所起，为其先祖之灵，故就之。补曰：锡山土田，封公之制也。前云召虎，则虎非燕伯。又云似召公，则虎先未嗣为卿，今始封之耳。自下大夫擢为相，以其功大耳。周，镐京也。受命于周，召入朝也。用其祖命，亦封燕也。燕时未绝。《春秋经》有北燕，其以此与？别有召邑，在王畿。虎盖其邑人，而后之召伯，疑承虎爵位者。虎拜稽首，天子万年。笺云：拜稽首者，受王命策书也。臣受恩无可以报谢者，称言使君寿考而已。

虎拜稽首，对扬王休。作召公考，对，遂。考，成。笺云：对，答。休，美。作，为也。虎既拜而答王策命之时，称扬王之德美，君臣之言宜相成也。王命召虎，用召祖命，故虎对王，亦为召康公受王命之时，对成王命之辞，谓如其所言也。如其所言者，“天子万寿”以下是也。补曰：作考者，以诸侯为三公，成其先位。前宣王匿于召公之家，思其功德，以虎功大，可显荣共和之美，命为之子，作考庙于京师也。前云召祖，此云召考，二召公自明。天子万寿。补曰：凡言万年、万寿者，受命之谢词。明明天子，令闻不已。矢其文德，洽此四国。矢，施也。补曰：四国，方伯之词。言召虎可为伯也。

《江汉》六章，章八句。

《常武》，召穆公美宣王也。补曰：召穆公，即召虎也。此篇名，作者所自制，谏王罢兵也。兵者不祥，胜必有败。善为国者不师，则常武矣。召公既定淮夷，王复亲征，故谏之。有常德以立武事，因以为戒然。戒者，“王舒保作，匪绍匪游，徐方绎骚”。

赫赫明明，王命卿士。南仲太祖，大师皇父。赫，一作“爀”。赫赫然盛也。明明然察也。王命南仲于太祖，皇父为大师。笺云：南仲，文王时武臣也。显著乎，昭察乎，宣王之命卿士为大将也！乃用其以南仲为大祖者，今大师皇父是也。命将必本其祖者，因有世功，于是尤显。大师者，公兼官也。补曰：卿士，六卿也。将亲征，故大命诸卿。《书》曰：“乃召六卿。”皇父为大师，于命卿时，因命为帅。皇父，厉王时为卿士，此时为二伯。大师，二伯官也。周尚西，则皇父西伯。整我六师，以修我戎。既敬既戒，惠此南国。笺云：使之整齐六军之众，治其兵甲之事。敬之言“警”也。警戒六军之众，以惠淮浦之旁国，谓敕以无暴掠为民之害也。每军各有将，中军之将尊也。补曰：出军而曰惠，明不宜用兵也。

王谓尹氏，命程伯休父。尹氏掌命卿士。程伯休父始命为大司马。笺云：尹氏，天子世大夫也。王使大夫尹氏，策命程伯休父于军。补曰：尹氏世史官，今为卿，而仍掌策命，荣程伯也。程，畿内国，所谓文王葬毕程之地。临征而易大司马，或皇父本官与？迁为大师，使作伯，以休父代之治军，与王俱行。盖分三道并进。述二命者，箴大举也。左右陈行，戒我师旅，补曰：皇父将左，休父将右。率彼淮浦，省此徐土。浦，涯也。笺云：率，循也。将行治兵之时，使其士众左右陈列而敕戒之，使循彼淮浦之旁，省视徐国之土地叛逆者。军礼，司马掌其誓戒。补曰：此王亲率师之命也。省，省方也。徐土，夏徐州之地，因旧名称焉。不留不处，三事就绪。诛其君，吊其民，为之立三有事之臣。笺云：绪，业也。王又使军将豫告淮浦、徐土之民云：不久处于是也，女三农之事皆就其业。为其惊怖，先以言安之。补曰：三事，二伯之大夫也。言此方伯之事，可使三事大夫就而次序之，不足劳王留处，以箴之也。

赫赫业业，有严天子。王舒保作，赫赫然盛也。业业然动也。严然而威。舒，徐也。保，安也。笺云：作，行也。王之军行，其皃赫赫业业然，有尊严于天子之威，谓闻见者莫不惮之。王舒安，谓军行三十里。补曰：舒，豫也。王但巡守，则远方安作。言军行不夺农功。匪绍匪游。徐方绎骚，震惊徐方。匪绍匪游，不敢继以敖游也。绎，陈。骚，动也。笺云：绍，缓也。绎，当作“驿”。亦非解缓也，亦非敖游也。徐国传遽之驿见之，知王兵必克，驰走以相恐动。震，动也。驿驰走相恐惧，以惊动徐国。补曰：绍，继也。先已征徐，今又继之，岂非绍耶？以兵巡守，是又匪游，故徐方传告，骚动震惊矣。如雷如霆，徐方震惊。笺云：如雷霆之恐怖人然，徐国则惊恐而将服罪。补曰：再言震惊者，箴其扰动。

王奋厥武，而震而怒。进厥虎臣，阚如虓虎。而，一作“如”。虎之自怒虓然。笺云：进，前也。王奋扬其威武，而震雷其声，而勃怒其色。前其虎臣之将，阚然如虎之怒。补曰：虎臣，谓程伯皇父。铺敦淮濆，仍执丑虏。截彼淮浦，王师之所。仍，一作“扔”。铺，《韩》作“敷”。《说文》引“敦彼淮濆”。濆，涯。仍，就。虏，服也。截，治也。笺云：敦，当作“屯”。丑，众也。陈屯其兵于淮水大防之上以临敌，就执其众之降服者也。治淮之旁国有罪者，就王师而断之。补曰：仍，因。虏，获也。皇父陈兵而敌溃，若因而执之者然。截，犹齐也。齐淮浦为王师之所。言徐方拒淮请和，王师未宜深入。

王旅啴啴，如飞如翰，如江如汉，如山之苞，如川之流。旅啴，《汉书》引作“师驒”。啴啴然盛也。疾如飞，鸷如翰。苞，本也。笺云：啴啴，闲暇有余力之皃。其行疾自发举，如鸟之飞也。翰，其中豪俊也。江、汉以喻盛大也，山本以喻不可惊动也，川流以喻不可御也。补曰：不言六师，言王旅者，明当陈师不进。绵绵翼翼，不测不克，濯征徐国。绵，《韩》作“民”。绵绵，靓也。翼翼，敬也。濯，大也。笺云：王兵安靓且皆敬，其势不可测度，不可攻胜。既服淮浦矣，今又以大征徐国。言必胜也。补曰：言兵动则可测，测则可克。

王犹允塞，徐方既来。来，《汉书》引作“徕”。犹，谋也。笺云：犹，尚。允，信也。王重兵，兵虽临之，尚守信自实满，兵未陈而徐方已来告服，所谓“善战者不陈”。补曰：言徐先已服。徐方既同，天子之功。补曰：箴王与帅竞一将之功。四方既平，徐方来庭。来王庭也。徐方不回，王曰还归。笺云：回，犹违也。还归，振旅也。补曰：曰，于也。于是可还师。

《常武》六章，章八句。

《瞻卬》，凡伯刺幽王大坏也。凡伯，天子大夫也。《春秋》：

鲁隐公七年，“冬，天王使凡伯来聘”。

瞻卬昊天，则不我惠。孔填不宁，降此大厉。昊天，斥王也。填，久。厉，恶也。笺云：惠，爱也。仰视幽王为政，则不爱我下民。甚久矣天下不安，王乃下此大恶，以败乱之。补曰：言天不佑周久矣。厉，灾疫也。邦靡有定，士民其瘵。蟊贼蟊疾，靡有夷届。罪罟不收，靡有夷瘳。蟊，一作“蛑”。瘵，病。夷，常也。罪罟，设罪以为罟。瘳，愈也。笺云：届，极也。天下骚扰，邦国无有安定者，士卒与民皆劳病。其为残酷痛病于民，如蟊贼之害禾稼然，为之无常，亦无止息时。施刑罪以罗网天下而不收敛，为之亦无常，无止息时。此目王所下大恶。补曰：蟊贼食苗根节，甚瞀病也。邦无定，政无定也。言士民者，刺卿大夫。下“蟊”当作“瞀”，涉上而误。鳌、蟊异读，不可借用于一句之内。夷，平也。

人有土田，女反有之。人有民人，女覆夺之。笺云：此言王削黜诸侯及卿大夫无罪者。覆，犹反也。补曰：乱世贪，故多削夺人邑田，以土入天子。此宜无罪，女反收之。彼宜有罪，女覆说之。收，拘收也。说，赦也。补曰：言政失平。哲夫成城，哲妇倾城。哲，智也。笺云：哲，谓多谋虑也。城，犹国也。丈夫阳也，阳动，故多谋虑则成国。妇人阴也，阴静，故多谋虑乃乱国。补曰：城，土田，民人所属治也。哲夫，先受封者。哲妇，谗人倾谮，有妇人之智。

懿厥哲妇，为枭为鸱。懿，《韩》作“嬿”。笺云：懿，有所痛伤之声也。厥，其也。其，幽王也。枭鸱，恶声之鸟，则褒姒之言无善。补曰：厥其者，本非妇人，其性如妇耳。若实刺王后，不得斥言也。妇有长舌，维厉之阶。乱匪降自天，生自妇人。笺云：长舌，喻多言语。是王降大厉之阶。阶，所由上下也。今王之有此乱政，非从天而下，但从妇人出耳。补曰：极言妇人之败，以悚切王。匪教匪诲，时维妇寺。寺，近也。笺云：又非有人教王为乱，语王为恶者，是维近爱妇人，用其言故也。补曰：教诲王者，大臣也。大臣不能纳诲，亦与妇人无异。

鞫人忮忒，僭始竟背。岂曰不极，伊胡为慝？僭，一作“谮”。《说文》引籥人伎忒。伎，与也。忮，害。忒，变也。笺云：鞫，穷也。僭，不信也。竟，犹终也。胡，何。慝，恶也。妇人之长舌者多谋虑，好穷竟人之语，忮害转化，其言无常，始于不信，终于背违人。岂谓其是不得中乎？反云维我言何用为恶，不信也。补曰：鞫人，穷理罪人也。忮害人，又贪忒，故以削夺士民为政。其始谮人耳，其竟且将叛背王，王岂不知刑罚当中，胡为任其为恶乎？言为利所惑也。如贾三倍，君子是识。笺云：识，知也。贾物而有三倍之利者，小人所宜知也，君子反知之，非其宜也。今妇人休其蚕桑织纴之职，而与朝廷之事，其为非宜，亦犹是也。孔子曰：“君子喻于义，小人喻于利。”补曰：刺王好利，如小人也。贾市倍反也。三反者，假如以谷买丝，丝复买谷，三反之间，谷若无多赢，即为无利，恃贾以赡者坐困矣。若君子本不以赢为利，虽卖谷一石，十年还买得一石，无害也。今君子而欲取赢，其鄙已甚。如王有天下，而利人民土田。妇无公事，休其蚕织。休，息也。妇人无与外政，虽王后，犹以蚕织为事。古者天子为藉千亩，冕而朱纮，躬秉耒。诸侯为藉百亩，冕而青纮，躬秉耒。以事天地、山川、社稷、先古，敬之至也。天子、诸侯必有公桑蚕室，近川而为之，筑宫仞有三尺，棘墙而外闭之。及大昕之朝，君皮弁素积，卜三宫之夫人、世妇之吉者，使入蚕于蚕室，奉种浴于川，桑于公桑，风戾以食之。岁既单矣，世妇卒蚕，奉茧以示于君，遂献茧于夫人。夫人曰：此所以为君服与？遂副袆而受之，少牢以礼之。及良日，后、夫人缫三盆手，遂布于三宫夫人、世妇之吉者使缫，遂朱绿之，玄黄之，以为黼黻文章。服既成矣，君服之以祀先王先公，敬之至也。补曰：言谗人不事定邦，而专削夺人。如妇人不执公宫之事，反休止其家蚕织，不利之甚。

天何以刺，何神不富？舍尔介狄，维予胥忌。刺，责。富，福。狄，远。忌，怨也。笺云：介，甲也。王之为政既无过恶，天何以责王见变异乎？神何以不福王而有灾害也？王不念此而改修德，乃舍女被甲夷狄来侵犯中国者，反与我相怨。谓其疾恶群臣叛违也。补曰：刺，当为刺戾也。以王好利，故言不富。介，界也。边界戎狄日侵中国，不忧忌己土之日蹙，而维忌人之有土田人民，而削夺之。此天之所以刺戾，而神不富王之故。不吊不祥，威仪不类。人之云亡，邦国殄悴。悴，《汉书》引作“顇”。类，善。殄，尽。瘁，病也。笺云：吊，至也。王之为政，德不至于天矣，不能致征祥于神矣，威仪又不善于朝廷。贤人皆言奔亡，则天下邦国将尽困穷。补曰：此极言削夺人之不可。不吊于天，不祥于神，于观听亦不美，且使士民人人愁叹，而言死亡，则国家之尽病可知。疾乱世言利之臣不知生财，而但忌人之富饶。

天之降罔，维其优矣。人之云亡，心之忧矣。优，渥也。笺云：优，宽也。天下罗网以取有罪亦甚宽，谓但以灾异谴告之，不指加罚于其身。疾王为恶之甚，贤者奔亡，则人心无不忧。补曰：王不知天命，故言天罔犹宽，当验之于人也。人皆曰将亡，是岂不可忧？天之降罔，维其几矣。人之云亡，心之悲矣。几，危也。笺云：几，近也。言灾异谴告离人身近，愚者不能觉。补曰：几，微也。言天罔微而难察，闻人言则悲。

觱沸槛泉，维其深矣。心之忧矣，宁自今矣？觱，《说文》引作“滭”，“槛”作“滥”。笺云：槛泉正出，涌出也。觱沸，出皃。涌泉之原，所由者深，喻己忧所从来久也。补曰：正泉，以喻王泽。维深则润广，今久不能然。不自我先，不自我后。笺云：恶政不先己，不后己，怪何故正当之。藐藐昊天，无不克巩。无忝皇祖，式救尔后。皇、后，刘向引作“尔”“讹”。藐藐，大皃。巩，固也。笺云：藐藐，美也。王者有美德藐藐然，无不能自坚固于其位者。微箴之也。式，用也。后，谓子孙也。补曰：言必亡，则王心愈沮，故又诱劝之。

《瞻卬》七章，三章章十句，四章章八句。

《召旻》，凡伯刺幽王大坏也。旻，闵也，闵天下无如召公之臣也。旻，病也。补曰：闵二伯之职废。

旻天疾威，天笃降丧。笺云：天，斥王也。疾，犹急也。病乎幽王之为政也，急行暴虐之法，厚下丧乱之教。谓重赋税也。补曰：旻天，与天对文，则旻天，上天也。旻天乎，今时疾威。瘨我饥馑，民卒流亡，我居圉卒荒。圉，《韩》作"御"。圉，垂也。笺云：瘨，病也。病国中以饥馑，令民尽流移。荒，虚也。国中至边竟，以此故尽空虚。

天降罪罟，蟊贼内讧。《说文》引"讧"。讧，溃也。笺云：讧，争讼相陷人之言也。王施刑罪以罗网天下，众为残酷之人，虽外以害人，又自内争相谗恶。昏椓靡共，溃溃回遹，实靖夷我邦。椓，夭椓也。溃溃，乱也。靖，谋。夷，平也。笺云：昏、椓皆奄人也。昏，其官名也。椓，椓毁阴者也。王远贤者而近任刑奄之人，无肯共其职事者，皆溃溃然维邪是行，皆谋夷灭王之国。补曰：昏椓，阍寺。椓，害政者。幽王嬖褒姒，故以昏椓谋平邦政。

皋皋訿訿，曾不知其玷。皋皋，顽不知道也。訿訿，窳不供事也。笺云：玷，缺也。王政已大坏，小人在位，曾不知大道之缺。补曰：皋皋，素食也。訿訿，莫供职也。政已缺，而不知。言不谙治事。兢兢业业，孔填不宁，我位孔贬。贬，队也。笺云：兢兢，戒也。业业，危也。天下之人戒惧危怖，甚久矣其不安也，我王之位又甚队矣。言见侵侮，政教不行。后犬戎伐之，而周与诸侯无异。补曰：兢兢业业，万机之政。我，诗人自我也。与小人共事，虽戒惧王政，而己之位亦甚贬黜矣。时天下轻朝廷，谓位不足贵，故天位贬也。

如彼岁旱，草不溃茂，如彼栖苴。溃，遂也。苴，水中浮草也。笺云："溃茂"之溃，当作"汇"。汇，茂皃。王无恩惠于天下，天下之人如旱岁之草，皆枯槁无润泽，如树上之栖苴。补曰：栖，巢也。苴，履中草也。被蹂践，尤辱乱。我相此邦，无不溃止。笺云：溃，乱也。无不乱者，言皆乱也。《春秋传》曰："国乱曰溃，邑乱曰叛。"

维昔之富，不如时。维今之疚，不如兹。疚，一作“疚”。往者富仁贤，今也富谗佞。今则病贤也。笺云：富，福也。时，今时也。兹，此也。此者，此古昔明王。补曰：时，是。兹，此。皆自谓也。疚，贫病也。富，谓禄仕也。明时可仕，今仕则疚矣。彼疏斯粺，胡不自替？职兄斯引。彼宜食疏，今反食精粺。替，废也。兄，滋也。引，长也。笺云：疏，粗也，谓粝米也。职，主也。彼贤者禄薄食粗，而此昏椓之党反食精粺。女小人耳，何不自废退，使贤者得进，乃兹复主长此为乱之事乎？责之也。米之率，粝十、粺九、凿八、侍御七。补曰：不仕者疏食，仕者粺食。粺，畀也，官所赋予者。彼贤者已去，己犹食禄，何不自替而去乎？主益此长忧益长也。

池之竭矣，不云自濒？泉之竭矣，不云自中？频，刘向引作“宾”。频，涯也。泉，水从中以益者也。笺云：频，当作“滨”。涯，犹外也。自，由也。池水之溢，由外灌焉。今池竭，人不言由外无益者与？言由之也。喻王犹池也，政之乱，由外无贤臣益之。泉者，中水生则益深，水不生则竭。喻王犹泉也，政之乱，又由内无贤妃益之。溥斯害矣，职兄斯弘，不灾我躬？笺云：溥，犹遍也。今时遍有此内外之害矣，乃兹复主大此为乱之事，是不灾王之身乎？责王也。灾，谓见诛伐。补曰：水竭有二象，今则溥害矣。主益此则害益大，灾将及躬也。悔仕之词。

昔先王受命，有如召公之臣，日辟国百里，今也日蹙国百里。唐石经诸版本并无“之臣”，从《释文》《正义》补。辟，开。蹙，促也。笺云：先王受命，谓文王、武王时也。召公，召康公也。言“有如”，昔时贤臣多，非独召公也。今，今幽王臣。补曰：百里，侯封之极小，男所受地。言诸侯渐叛，弱小者亦不朝也。召公，方伯典诸侯者。不言周公、太公，周、太皆入为相。辟之者，进夷狄，同内诸侯。於乎哀哉！维今之人，不尚有旧。笺云：哀哉，哀其不高尚贤者，尊任有旧德之臣，将以丧亡其国。补曰：欲王委任方伯，不宜使群小出政，损朝廷之威重也。

《召旻》七章，四章章五句，三章章七句。

《荡之什》十一篇，九十二章，七百六十九句。

诗卷十九

清庙之什毛诗诂训传第廿六　颂一

《清庙》，祀文王也。周公既成雒邑，朝诸侯，率以祀文王焉。清庙者，祭有清明之德者之宫也，谓祭文王也。天德清明，文王象焉，故祭之而歌此诗也。庙之言“皃”也，死者精神不可得而见，但以生时之居，立宫室象貌为之耳。成洛邑，居摄五年时。

於穆清庙，肃雍显相。於，叹词也。穆，美。肃，敬。雍，和。相，助也。笺云：显，光也，见也。於乎美哉，周公之祭清庙也。其礼仪敬且和，又诸侯有光明著见之德者来助祭。补曰：肃雍，妇容。显相，妇入夫庙之称。《礼》曰：“孝显相。”美姒氏也。礼，母不入庙。此及《雍》俱诵文母者，以其老寿见孙太平，特记其盛。《大传》以“於穆清庙”为古帝歌词，说曰：“於者，叹之也。穆者，敬也。清者，欲其遍闻之也。”太庙助祭者多，故颂其清。文王为亲祖，庙告当立为世室，故依太庙词颂之。周公摄王，宗伯摄后，文母在事，盖率内外宗立房中，不献尸也，于荐时或荐豆笾耳。济济多士，秉文之德，对越在天。“秉文之德”，执文德之人也。笺云：对，配。越，于也。济济之众士，皆执行文王之德。文王精神已在天矣，犹配顺其素如在生存。补曰：越，扬也。古字通用。骏奔走在庙，不显不承，无射于人斯。骏，长也。显于天矣，见承于人矣，不见厌于人矣。笺云：骏，大也。诸侯与众士，于周公祭文王，俱奔走而来，在庙中助祭，是不光明文王之德与？言其光明之也。是不承顺文王志意与？言其承顺之也。此文王之德，人无厌之。补曰：不，读为“丕”，词也。有周丕显，帝命丕承，言文王谋之，武王业之，神之格不可射。无射者，无豫度也。於乎人斯，叹助祭者，欲其遍闻之。德不令人厌而已，非至德也。《书》曰“厌于乃德”，则德宜厌。

《清庙》一章，八句。

《维天之命》，太平告文王也。告太平者，居摄五年之末也。文王受命，不卒而崩。今天下太平，故承其意而告之，明六年制礼作乐。补曰：告者，告祭也。奉文王以配上帝，歌于明堂，宜在作礼乐之后。

维天之命，於穆不已。维，《韩》作“惟”。孟仲子曰：“大哉！天命之无极，而美周之礼也。”笺云：命，犹道也。天之道於乎美哉！动而不止，行而不已。於乎不显，文王之德之纯！纯，大。笺云：纯，亦不已也。於乎不光明与？文王之施德教之无倦已。美其与天同功也。补曰：言人可配天，以德配也，故文王显。假以溢我，我其收之。骏惠我文王，假，《说文》引作“誐”。《左传》引“何以恤我”。假，嘉。溢，慎。收，聚也。笺云：溢，盈溢之言也。以嘉美之道，饶衍与我，我其聚敛之，以制法度，大顺我文王之意。谓为《周礼》六官之职也。《书》曰：“考朕昭子刑，乃单文［祖］德。”补曰：此言配天之意也。收，谓狭小也。其收，言不可收也。嘉美以饶溢后世，我其可敛抑之，而谦不配天乎？大惠后人者，惟我文王。曾孙笃之。成王能厚行之也。笺云：曾，犹重也。自孙之子而下，事先祖皆称曾孙。是言曾孙，欲使后王皆厚行之，非维今也。补曰：厚报之，以配天也。

《维天之命》一章，八句。

《维清》，奏《象舞》也。《象舞》，象用兵时刺伐之舞，武王制焉。补曰：《象舞》，即《大武》也。时初成而奏之庙，未立“大武”之名。《记》曰：“下管《象》，舞《大武》。”歌曰《象》，舞曰《武》也。又曰：“成童舞《象》。”则《象》《武》通称。

维清缉熙，文王之典。典，法也。笺云：缉熙，光明也。天下之所以无败乱之政而清明者，乃文王有征伐之法故也。文王受命，七年五伐也。补曰：缉，绩。熙，广也。广其绩曰“缉熙”。《诗》言“缉熙”多矣，有光明之义，而非光明也。言武王清天下，乃缉熙文王之法。肇禋，肇，始。禋，祀也。笺云：文王受命，始祭天而枝伐也。《周礼》：“以禋祀，祀昊天上帝。”补曰：奉武王以配五人帝，始于此。迄用有成，维周之祺。祺，一作“祯”。迄，至。祺，祥也。笺云：文王造此征伐之法，至今用之而有成功。谓伐纣克胜也。征伐之法，乃周家得天下之吉祥。补曰：迄，止也。用，用《象舞》也。成乐节之名，《大武》七成也。止兵用乐，以象成功，乃周之能用武为吉祥也。兵者凶事，惟《大武》乃吉也。

《维清》一章，五句。

《烈文》，成王即政，诸侯助祭也。新王即政，必以朝享之礼祭于祖考，告嗣位也。补曰：《书·雒诰》言：“惟告周公其后。”“王入太室祼。”故作此美周公。

烈文辟公，锡兹祉福。惠我无疆，子孙保之。烈，光也。文王锡之。笺云：惠，爱也。光文百辟卿士及天下诸侯者，天锡之以此祉福也，又长爱之无有期竟，子孙得传世，安而居之。谓文王、武王以纯德受命，定天位。补曰：辟公，周公也。分陕之公为辟公。《荀子》说：“广教化，美风俗，兼覆而调一之，辟公之事也。”序在冢宰之上，是矣。周公能光文王之德，摄政定天下，锡此成王福禄，施惠无竟，安其子孙。美其太平之功。无封靡于尔邦，维王其崇之。念兹戎功，继序其皇之。无，《白虎通》引作“毋”。封，大也。靡，累也。崇，立也。戎，大。皇，美也。笺云：崇，厚也。皇，君也。无大累于女国，谓［诸］侯治国无罪恶也。王其厚之，增其爵土也。念此大功，勤事不废。谓卿大夫能守其职，得继世在位，以其次序。其君之者，谓有大功，王则出而封之。补曰：靡，当为“縻”，依传、笺，字本为“縻”，后之传写误耳。封縻，犹封殖也。继序者，成王以后嗣位者也。周公不自封殖，故无国土，王其充之，广以七百里也。皇之者，同于先代王也。云其者，述王谦意。无竞维人，四方其训之。不显维德，百辟其刑之。竞，强。训，道也。笺云：无强乎维得贤人也，得贤人则国家强矣，故天下诸侯顺其所为也。不勤明其德乎？勤明之也，故卿大夫法其所为也。补曰：言周公辅王、鲁公就封之意。亦言其者，此以后之事。於乎，前王不忘！乎，《礼记》引作“戏”。前王，武王也。笺云：於乎，先王文王、武王，其于此道，人称颂之不忘。补曰：前王，前代二王也。鲁封七百里，同于二王后。以周公德同前王，不可忘也。其后感金縢，则绌杞、故宋而王鲁。

《烈文》一章，十三句。

《天作》，祀先王、先公也。先王，谓太王以下。先公，诸盩至不窋。补曰：先公即先王，经师旁注字误入正文耳，谓太王也。诸盩以上以亲祀，不为之作颂，至成王时祧矣。

天作高山，大王荒之。作，生。荒，大也。天生万物于高山，大王行道，能安天之所作也。笺云：高山，谓岐山也。《书》曰：“道岍及岐，至于荆山。”天生此高山，使兴云雨，以利万物。大王自豳迁焉，则能尊大之，广其德泽，居之一年成邑，二年成都，三年五倍其初。补曰：古公迁岐，非殷羁縻之地，故曰天作其山也。言追王非僭。彼作矣，文王康之。笺云：彼，彼万民也。彼万民居岐邦者，皆筑作宫室，以为常居，文王则能安之。补曰：彼，彼高山也。对镐而言，故曰彼。康，犹广也。广之而成王业。彼徂者，岐有夷之行，夷，易也。笺云：徂，往。行，道也。后之往者，又以岐邦之君有佼易之道故也。《易》曰：“乾以易知，坤以简能。易则易知，简则易从。易知则有亲，易从则有功。有亲则可久，有功则可大。可久则贤人之德，可大则贤人之业。”以此订太王、文王之道，卓尔与天地合其德。补曰：行，路也。大王开通柞棫为后世利，以此为功。子孙保之！保之，刘向引作“其保之”。补曰：推本所以有天下，为追王之由。

《天作》一章，七句。

《昊天有成命》，郊祀天地也。补曰：郊祀天地，谓冬日至祭圜丘，夏日至祭方丘也。禘祭感生帝亦谓之郊者，不于明堂而在圜丘也。北辰耀魄宝，则地之号。二代以前，盖列于六宗，周文，故特立方丘。其祈谷用辛之郊，祀感生帝，鲁礼也。正郊各用其正月，配以稷。

昊天有成命，二后受之，成王不敢康夙夜。二后，文、武也。笺云：昊天，天大号也。有成命者，言周自后稷之生而已有王命也。文王、武王受其业，施行道德，成此王功，不敢自安逸早夜。补曰：昊天，郊天丘本于郊，故推本昊天也。郊祭天，天无质，故主曰丘，祭运行之天，实即地耳。又别祭有质之地，为方丘，推感生为禘主，故述成命。姜嫄从郊而生稷，是天所成之命也。文、武为帝，受稷而成王业。云后者，继体君也。康夙夜，犹夙夜康。其命宥密，於缉熙，单厥心，肆其靖之。其命，一作"基命"。其，始。命，信。宥，宽。密，靖也。缉，明。熙，广。单，厚。肆，固。靖，和也。笺云：始顺天命，不敢解倦，行宽仁安静之政，以定天下。宽仁所以止苛刻也，安静所以息暴乱也。广，当为"光"。固，当为"故"。字之误也。於美乎，此成王之德也！既光明矣，又能厚其心矣，为之不解倦，故于其功终能和安之。谓夙夜自勤，至于天下太平。补曰：宥、侑，通用字。密，閟。单，尽也。其命，周所受命之命。天也佑之甚密，不易知也。无夫而孕，故曰宥密。二后乃能缉其熙，尽心事天祖，谋以配丘，为感生人帝。嫄见出而仍祖訾，是为事祖之心尽也。

《昊天有成命》一章，七句。

《我将》，祀文王于明堂也。补曰：明堂，郊宫，其祀感生及大飨也。

我将我享，维牛维羊，维天其右之。各本作"维羊维牛"，今改正。将，大。享，献也。笺云：将，犹奉也。我奉养我享祭之牛羊，皆充盛肥腯，有天气之力助。言神飨其德而右助之。补曰：明堂用特牛。此用太牢，盖始立明堂，祭苍帝，以文王配也。主为文王，故用宗庙之礼。我，我文王也。进文王而享苍帝，宜为天所右。明堂祭宗始于周。云其者，谦也。周以太王为太祖，则厌文王，因别奉文王为太宗。**仪式刑文王之典，日靖四方**。仪，善。刑，法。典，常。靖，谋也。笺云：靖，治也。我仪则式象法行文王之常道，以日施政于天下。补曰：此言所以祀于明堂之意也。明堂，五时迎气之堂，故曰日治四方。**伊嘏文王，既右飨之**。笺云：受福曰嘏。维受福于文王，文王既右而飨之。言受而福之。补曰：伊，伊苍帝也。苍帝嘏文王，故今以文王助苍帝飨后之福。**我其夙夜，畏天之威，于时保之**。笺云：于，於。时，是也。早夜敬天，于是得安文王之道。补曰：时，承。保，守也。观于明堂而知天之助有德，故畏命承守之。

《我将》一章，十句。

《时迈》，巡守告祭柴望也。巡守告祭者，天子巡行邦国，至于方岳之下而封禅也。《书》曰："岁二月，东巡守，至于岱宗，柴。望秩于山川""遍于群神"。迈，行也。补曰：《书序》："武王克殷，往伐归狩。"谓从商还镐，因省方岳，用天子之礼，非常时巡守。

时迈其邦，昊天其子之，实右序有周。迈，行。笺云：武王既定天下，时出行其邦国，谓巡守也。天其子爱之，右助次序其事。谓多生贤知，使为之臣也。补曰：君天下，曰天子。初即位，故云其也。甫克殷而太平，知天之助序之，谓应五德之序也。有周，新建有天下之号。**薄言震之，莫不震叠**。震，《韩》作"振"。震，动。叠，惧。笺云：薄，犹"甫"也。甫，始也。其兵所征伐，甫动之以威，则莫不动惧而服者。言其威武，又见畏也。补曰：言，我也。不服之国以王自至，皆请服也。叠，读为"慑"。**怀柔百神，及河乔岳，允王维后。明昭有周，式序在位**。柔，一作"濡"。怀，来。柔，安。乔，高也。高岳，岱宗也。明矣知未然也。昭然不疑也。笺云：允，信也。王行巡守，其至方岳之下，来安群神，望于山川，皆以尊卑祭之。信哉！武王之宜为君。美之也。昭，见也。王巡守，而明见天之子有周家也。以其有俊乂，用次第处位。言此者，著天其子爱之、右序之效也。补曰：此巡守之正礼也。乔，庋也，祭山曰庋。岳，华岳也。至河祭华，还涂所经。信新王为继文王之后，明昭乎天下，皆知周之当王在位，诸侯莫不来朝，但用而叙之。**载戢干戈，载櫜弓矢。**《说文》引“戢”“櫜”。戢，聚。櫜，韬也。笺云：载之言“则”也。王巡守而天下咸服，兵不复用。此又著震叠之效也。**我求懿德，肆于时夏。**夏，大也。笺云：懿，美也。肆，陈也。我武王求有美德之士而任用之，故陈其功，于是夏而歌之。乐歌大者称“夏”。补曰：求，终。肆，故。时，承也。夏，中国也。武王终文王之美德，故于是承中国。**允王保之。**笺云：允，信也。信哉，武王之德，能长保此时夏之美。补曰：保，安也。信为王所安也。

《时迈》一章，十五句。

《执竞》，祀武王也。补曰：立武王庙为世室，以祭武王。时周公与燕私，故盛其礼。

执竞武王，无竞维烈。不显成康，上帝是皇。无竞，竞也。烈，业也。不显乎！其成大功而安之也。显，光也。皇，美也。笺云：竞，强也。能持强道者，维有武王也。不强乎，其克商之功业。言其强也。不显乎！其成安祖考之道。言其又显也。天以是故美之，予之福禄。补曰：上帝，感生帝。世室，明堂之辅，故推本于上帝。**自彼成康，奄有四方，斤斤其明。**自彼成康，用彼成安之道也。奄，同也。斤斤，明察也。笺云：四方，谓天下也。武王用成安祖考之道，故受命伐纣，定天下，为周明察之君斤斤如也。补曰：斤斤察者，于禘祭审其功德，其为受命王明。**钟鼓喤喤，磬管将将，降福穰穰。**管，一作“筦”。喤，《说文》引作“锽”，引“管磬跄跄”。喤喤，和也。将将，集也。穰穰，众也。笺云：武王既定天下，祭祖考之庙，奏乐而八音克谐，神与之福又众大。谓如嘏词也。补曰：乐具入奏者，将燕私也。降福周公，盖成王受嘏，以归周公。穰穰，黍稷之皃，搏黍授之，故曰穰。**降福简简，威仪反反。**

既醉既饱，福禄来反。简简，大也。反反，难也。反，复也。笺云：反反，顺习之皃。君臣醉饱，礼无违者，以重得福禄也。补曰：简简，鼓声。入奏而鼓，成王迎周公也，故又降福。两天子在燕寝，故威仪反反。既醉既饱，燕私后也。既醉而出，福禄专在成王。反者，反政也。醉饱，言太平也。反，当为“眅”。

《执竞》一章，十四句。

《思文》，后稷配天也。补曰：天，昊天也。以始祖配正月郊祭。

思文后稷，克配彼天。笺云：克，能也。周公思先祖有文德者，后稷之功能配天。补曰：思文，犹文思也。道德纯备曰思。彼，彼后稷也。后稷肇祀，已郊天，今乃配也。以人臣而配至尊，故曰克配，言以德，不以位。立我烝民，莫匪尔极。烝，《史记》引作“蒸”。极，中也。笺云：立，当作“粒”。烝，众也。昔尧遭洪水，黎民阻饥，后稷播殖百谷，烝民乃粒，万邦作乂，天下之人无不于女时得中者。言反其性。补曰：立，定也。《书》“乃粒”本作“乃立”，非“粒”也。民肉食者暴，草木食者罢羸，故谷食为立中也。诒我来牟，帝命率育。牟，《韩》作“麰”。刘向引“饴我厘粹”，李善引“贻我嘉麰”。牟，麦。率，用也。笺云：诒，遗。率，循。育，养也。武王渡孟津，白鱼跃入于舟，出涘以燎。后五日，火流为乌，五至，以谷俱来。此谓诒我来牟。天命以是循存后稷养天下之功，而广大其子孙之国。补曰：言后稷受瑞谷，武王复有谷瑞。帝，谓尧也。尧命以立烝民，今率之以育民。无此疆尔介，陈常于时夏。介，各本作“界”，今改正。笺云：无此封境于女今之经界，乃大有天下也。用是故陈其久常之功，于是夏而歌之。夏之属有九。《书说》乌以谷俱来，云谷，记后稷之德。补曰：此疆，周有天下之疆也。后稷国君，故无此疆。介，大也。后稷虽无此天下，今有之者，乃天大尔之功，于是陈其常道而承中国。言克配之义。《九夏》禹乐，三代承用，《周颂》不必美夏。

《思文》一章，八句。

《清庙之什》十篇，十章，九十五句。

《周颂》一。

臣工之什毛诗诂训传第廿七

《臣工》，诸侯助祭遣于庙也。补曰：庙，成王庙。此下皆颂成王。

嗟嗟臣工，敬尔在公，王厘尔成。嗟嗟，敕之也。工，官也。公，君也。笺云：臣，谓诸侯也。厘，理也。诸侯来朝，天子有不纯臣之义，于其将归，故于庙中正君臣之礼，敕其诸官卿大夫云：敬汝在君之事，王乃平理女之成功。补曰：成王以作雒宅殷为盛，故述其事。臣，周臣也。工，周公作雒，诸臣以摄王谦不命大夫，皆谓之工。工，官也，事也。《书》曰："齐百工，伻从王周。"公饬其敬事，待王理女之成。来咨来茹，嗟嗟保介，笺云：咨，谋。茹，度也。女有事，当来谋之、来度之于王之朝，无自专。保介，车右也。《月令》：孟春，"天子亲载耒耜，措之于参保介御之间"。介，甲也。车右勇力之士，被甲执兵也。补曰：来，来雒邑也。访问于善为咨。茹度迁民之田宅，咨问百工之和见事也。藉田，故敕保介于新邑，开藉田千亩，用京师之制。维暮之春，亦又何求，如何新畬？田二岁曰新，三岁曰畬。笺云：暮，晚也。周之季春，于夏为孟春。诸侯朝周之春，故晚春遣之，敕其车右以时事，女归当何求于民？将如新田、畬田何？急其教农趋时也。补曰：暮春为麦祈实。特言麦者，藉田初开，先种麦也。初田，故有新、畬。王至雒烝，殷民受田一岁矣，故但课二岁、三岁之田作。於皇来牟，将受厥明。明昭上帝，迄用康年。康，乐也。笺云：将，大。迄，至也。於美乎！赤乌以牟麦俱来，故我周家大受其光明。谓为珍瑞，天下所休庆也。此瑞乃明见于天，至今用之有乐岁，五谷丰熟。补曰：承上麦而言之。雒唯有明堂，故言上帝。以藉田供明堂粢盛也。雒邑外即盟津，武王得赤乌五谷之瑞。独言来牟，本之后稷也。周有谷瑞，故知其至于此竟康年。**命我众人，庤乃钱镈，奄观铚艾。**《说文》引“钱镈”。庤，具。钱，铫。镈，耨。铚，获也。笺云：奄，久。观，多也。教我庶民，具女田器，终久必多铚艾。劝之也。补曰：众人，庶殷也。非臣非民，[故]谓之人，亦谓之士。言甸师即用殷人。钱，刬。镈，锄。皆以槈莜者，以明初开之田。艾，艾麦也。初田而大获，亦庆词。

《臣工》一章，十五句。

《噫嘻》，春夏祈谷于上帝也。祈，犹祷也，求也。《月令》

孟春“祈谷于上帝”，夏则“龙见而雩”，是与？补曰：此颂成王祈谷之事，非歌此以祈谷也。

噫嘻成王，既昭假尔。噫，一作“意”。噫，叹也。嘻，敕也。成王，成是王事也。笺云：噫嘻，有所多大之声也。假，至也。噫嘻乎！能成周王之功之成王，其德已著至也。谓光被四表、格于上下也。补曰：祈者，叫请也，故噫嘻觉神。噫嘻，《礼》作“噫歆”，警觉之声。尔，尔成王也。天既昭察，升行精气，使无水旱灾。**率时农夫，播厥百谷。**率，《韩》作“帅”。笺云：又能率是主田之吏农夫，使民耕田而种百谷也。补曰：农夫，田大夫也。致仕公卿为之，于《周官》为乡老。周公曰“兹予明农”，致政后老于毕，而为之率循。时，承也。循承周公之法，立农夫，统万夫之田，行殷助法，定公田，播种以代税。**骏发尔私，终三十里。**骏，一作“浚”。私，民田也。言上欲富其民而让于下，欲民之大发其私田耳。终三十里，言各极其望也。笺云：骏，疾也。发，伐也。使民疾耕，发其私田，竟三十里者，一部一吏主之。《周礼》曰：“凡治野田，夫间有遂，遂上有径；十夫有沟，沟上有畛；百夫有洫，洫上有涂；千夫有浍，浍上有道；万夫有川，川上有路。”计此万夫之地，方三十三里，少半里也。补曰：新定田制，以彻田受百亩之法，赋民以助法，公田入税，故颂其田畯所领三十里。**亦服尔耕，十千维耦。**笺云：亦，大。服，事也。于是民大事耕其私田，万耦同时举也。耜广五寸，二耜为耦。一川之间万夫，故言万耦耕。言三十里者，举其成数。补曰：万夫兼治公田、私田，故曰大服也。凡课农，先教之亲上尊长，不得但欲其耕发私田以骄之。

《噫嘻》一章，八句。

《振鹭》，二王之后来助祭也。二王，夏、殷也。其后，杞也。宋也。补曰：颂成王能立微子，以备二王后。继绝之盛典，莫隆乎此。来者，来雒邑。

振鹭于飞，于彼西雝。我客戾止，亦有斯容。兴也。振振，群飞皃。鹭，白鸟也。雝，泽也。客，二王之后。笺云：白鸟集于西雝之泽，言所集得其处也。兴者，喻杞、宋之君有洁白之德，来助祭于周之庙，得礼之宜也。其至止亦有此容，言威仪之善如鹭然。补曰：大射以鹭羽为获旌，故以鹭喻客也。西雝，西都辟雝，选士助祭之地。彼者，据雒，彼西也。亦有者，先已戾西，今又至雒。《记》曰："容体比于礼。"在彼无恶，在此无斁。庶几夙夜，以永终誉。斁，《韩》作"射"。《礼记》及董仲舒、班固引并同。笺云：在彼，谓居其国，无怨恶之者；在此，谓其来朝，人皆爱敬之，无厌之者。永，长也。誉，声美也。补曰：斁，当为"射"，豫也。彼谓西，此谓雒。

《振鹭》一章，八句。

《丰年》，秋冬报也。报者，谓尝也、烝也。补曰：李黼平说："报，祭名。"《周语》云："高圉、大王，能帅稷者，周人报焉。凡禘、郊、祖、宗、报五者，国之典祀也。"于《祭法》所谓"坛墠，有祷焉"，则祭之者，谓有功德宜祷也。大王，周大祖，不当云报。报盖在常祀之外，如社稷也。《良耜序》曰："秋冬报社稷。"《礼》于祭社稷皆连文。《月令》唯有祭社，无祭稷，则社稷同日一祀也。盖以稷配社，至周稷配天，而配社如故。周公主扬先祖，因以高圉配社，大王配稷，又增稷一祀于冬，以大王配，盖蜡之日祭焉。于郊为坛，其秋报则于社，春祈仍旧不祈先祖，以不待祈也。《纪年》说成王七年，立高圉庙。事违经典，近不知而妄说。此与下

"秋冬报社稷"异者，彼主社稷，此主高廪，则神仓之祭也。大飨不祈，故但言报。《月令》于季秋，当周之冬。秋冬者，秋尝在冬，非秋冬二祭。尝于明堂，其飨尝之颂与？

丰年多黍多稌。亦有高廪，万亿及秭。丰，大。稌，稻也。廪，所以藏齍盛之穗也。数万至万曰亿，数亿至亿曰秭。笺云：丰年，大有年也。亦，大也。万亿及秭，以言谷数多。补曰：专言黍稻者，著水陆田皆熟，又主为酒醴尤美者。为酒为醴，烝畀祖妣，以洽百礼，降福孔皆。烝，《韩》作"蒸"。洽，一作"袷"。皆，刘向引作"偕"。皆，（偏）［遍］也。笺云：烝，进。畀，予也。补曰：报祭不以妣配，言赖其功以祀宗庙。籍田、神仓，天子私田，故必言祖妣也。

《丰年》一章，七句。

《有瞽》，始作乐而合乎祖也。祖，一作"大祖"。王者治定制礼，功成作乐。合者，大合诸乐而奏之。补曰：祖，文王庙，盖奏之于明堂，奏《象舞》。已有颂，此更颂者，明堂、太庙不相袭也。

有瞽有瞽，在周之庭。设业设虡，瞽，乐官也。业，大版也，所以饰栒为县也。捷业如锯齿，或曰画之。植者为虡，衡者为栒。笺云：瞽，蒙也。以为乐官者，目无所见，于声音审也。《周礼》："上瞽四十人，中瞽百人，下瞽百六十人。"有视瞭者相之。补曰：瞽宗，殷学也。殷掌礼乐、教国子之官名瞽，因瞽叟旧官名耳。乐以鼓为节，故名官曰鼓，非必无目者。其后无目者习乐而通，则为之耳。云"有瞽有瞽"者，殷之乐官也。必云周庭，时作雒邑，新建明堂也。宿县，故详于设业。虡，周文王所新作，以县贲鼓者也。《明堂位》曰："夏后簨虡，殷崇牙，周璧翣。"《灵台》曰："虡业维枞，贲鼓维镛。"盖古者唯有金县，周作鼓县，改簨为业，加羽于牙。业虡以县大鼓，羽牙以县小鼓。崇牙树羽。应田县鼓，鞉磬柷圉。鞉，一作"鼗"。田，《周官注》引作"朄"。崇牙，上饰卷然，可以县也。树羽，置羽也。应，小鞞也。田，大鼓也。县鼓，周鼓也。鞉，鞉鼓。柷，木椌也。圉，楬也。笺云：又设县鼓。田，当作"朄"。朄，小鼓，在大鼓旁，应、鞞之属，声转字误，变而作“田”。补曰：《大射》曰：建鼓，一在阼阶西，一西阶西，一阶东。阼阶则有应鼙，西阶有朔鼙，此殷制楹鼓，诸侯三面之制也。天子盖四大鼓、二小鼓。小师所鼓，小鼓为应；大师所鼓，小鼓为田。《周官·大师》云：“下管，鼓朄。”注引《诗》“应朄县鼓”是也。《小师》云：“下管，击应。”足明应、田之分矣。应、田二鼓，专为下管起乐制之，故此篇专言下管之声。鞉磬，视瞭所掌。掌柷敔者，未闻。鞉磬、柷圉，堂上下主乐之器。柷，今以拍版代之。圉，今以怀鼓代之。既备乃奏，箫管备举。笺云：既备者，县也、朄也皆毕已也。乃奏，谓乐作也。箫，编小竹管，如今卖饧者所吹也。管如笛，并而吹之。补曰：既备乐成也，乃奏大合之也。周乐曰《象箾》《南籥》，盖以箫管为主。箫管以舞，故在备奏之后也。喤喤厥声，肃雍和鸣，先祖是听。补曰：先祖，成王之祖文王。肃雍，后妃之容。王后亚献，故颂和鸣。我客戾止，永观厥成。笺云：我客，二王之后也。长多其成功，谓深感于和乐，遂入善道，终无愆过。补曰：二公皆宜助祭，此歌我客者，周公还政，“王宾杀烟，咸假，王入大室”。《虞传》曰：“尚考大室之仪，唐为虞宾。”以客戾有合于古也。新广鲁，以周公为客。《书》曰：“万年其永观。”

《有瞽》一章，十三句。

《潜》，季冬荐鱼，春荐鲔也。冬鱼之性定，春鲔新来，荐献之者，谓于宗庙也。补曰：周起西戎，故重鱼，盛其礼而特为制颂。

猗与漆沮，潜有多鱼。有鳣有鲔，鲦鲿鰋鲤。潜，《韩》作“涔”。漆、沮，岐周之二水也。潜，椮也。笺云：猗与，叹美之言也。鳣，大鲤也。鲔，鮥也。鲦，白鲦也。鰋，鲇也。补曰：漆、沮、洛水，古公之所土。大鲤，冬尤美。鲔，时鱼，季春始出。荐鱼者，以此为主也。鲦，儵，字亦作“鲴”。鲴黑者为鰦，白者或谓之白小鲿、黄颡，皆所在有之，农庶以为常食，不足荐之品也。鰋、鲤中腊稿，亦常食。言与庶民同其物产，非以有鳣、鲔而异之也。此大王亲民之遗教，畜鱼亦富民之一政，故颂之以为后法。以享以祀，以介景福。笺云：介，助。景，大也。

《潜》一章，八句。

《雍》，禘大祖也。禘，大祭也，大于四时，而小于祫。大祖，谓文王。补曰：周公追王大王，以为大祖，宗祀文王于明堂，又以文王不为大祖而宗之也。此禘，在大王庙。禘于明堂，周所独也。唯雒邑方岳乃有明堂，丰之辟雍亦号明堂，宗周镐京无明堂也。明堂岁一祭，谓之大飨，不在时祭内。庙禘，三年丧除始一行，又三年一行，则谓之祫，故曰“不王不禘”，言除先王丧乃有禘也。初无三禘五祫之常例，成王亲政娶后，始祭大庙，仿朝享之礼，因谓之禘，非常禘也。

有来雍雍，至止肃肃。相维辟公，天子穆穆。於荐广牡，相予肆祀。相，助。广，大也。笺云：雍雍，和也。肃肃，敬也。有是来时雍雍然，既至止而肃肃然者，乃助王禘祭，百辟与诸侯也。天子是时则穆穆然，于进大牡之牲，百辟诸侯又助我陈祭祀之馔。言得天下之欢心。补曰：来者，来妇，谓新后。雍、肃，妇容也。辟公，周公。天子，成王也。广牡，特牛。肆，鬄也。《周礼》：“以肆献祼飨先王。”《郊特牲》论祭有腥、肆、爓、腍之次。大飨腥用全体，肆则解而陈之。大飨用太牢，此用特牛，见庙依告、礼用特也。俎而曰荐者，礼主于后也。周公初还政，太子初立太姒，犹依夫初没禘祭为主妇之礼，亦以率新妇执事。周之盛礼，莫隆于此。假哉皇考，绥予孝子。假，嘉也。笺云：嘉哉君考，斥文王也。文王之德，乃安我孝子，谓受命定其基业也。补曰：《祭法》以曾祖庙为皇考庙。皇考，太王。周之太祖，周公曾祖也。孝子，对文王之称，言太王德大，故文王能安祐周公，成太平之业。宣哲维人，文武维后。燕及皇天，克昌厥后。燕，安也。笺云：宣，遍也。又遍使天下之人有才知，以文德武功为之君故。文王之德，安及皇天，谓降瑞应，无变异也。又能昌大其子孙。补曰：宣，犹布也。哲，哲命也。天有哲命，不能自宣，维人能宣之，言文王可配天也。后，继体君也。文王文武之德宜为太祖，维以为后之故，厌于太王，当别祀于明堂也。配天，故可安天。太王名孙曰昌，今果克昌也。此时未定讳礼，引之以证受命之符。**绥我眉寿，介以繁祉。既右烈考，亦右文母。**烈考，武王也。文母，太姒也。笺云：繁，多也。安助之以寿考，与多福禄。烈，光也。子孙所以得寿考与多福者，乃以见右助于光明之考与文德之母，归美焉。补曰：右烈考者，武王配五人帝也。右文母者，成王新昏，文母犹在。祀于太庙，以成盛礼，周之瑞也，王之福也，故曰繁祉。鲁僖禘于太庙，用致夫人，放此礼而失之者。

《雍》一章，十六句。

《载见》，诸侯始见乎武王庙也。补曰：诸侯朝王，受币于祢。

载见辟王，曰求厥章。载，始也。笺云：诸侯始见君王，谓成王也。曰求其章，求车服礼仪之文章制度也。补曰：辟王，摄王周公也。摄王受朝，故求其典章。此摄政元年事，今追述之。**龙旂阳阳，和铃央央。鞗革有枪，休有烈光。**枪，一作"鸧"，《说文》引作"玱"。龙旂阳阳，言有文章也。和在轼前，铃在旂上。鞗革有枪，言有法度也。笺云：交龙为旂。鞗革，辔首也。枪，金饰皃。休者，休然盛壮。补曰：此所求之章也。诸侯来朝而王迎之门，盖始于此。见旂闻铃，迎之节也。鞗革，龙勒鞗也。革路，四卫之路车。凡大朝会，举卫服以该九服。《康王诰》曰："一二臣卫。"**率见昭考，以孝以享，以介眉寿。永言保之，思皇多祜。**昭考，武王也。享，献也。笺云：言，我。皇，君也。诸侯既以朝礼见于成王，至祭时，伯又率之见于武王庙，使助祭也，以致孝子之事，以献祭祀之礼，以助寿考之福。长我安行此道，思成王之多福。补曰：率之者，摄王不可直受朝，故就昭考而见焉，盖布几筵。**烈文辟公，绥以多福，俾缉熙于纯嘏。**笺云：俾，使。纯，大也。祭有十伦之义，成王乃光文百辟与诸侯，安之以多福，使光明于大嘏之意。天子受福曰大嘏，词有福祚之言。补曰：辟公，即辟王也。颂其还政受福。

《载见》一章，十四句。

《有客》，微子来见祖庙也。成王既黜殷命，杀武庚，命微子代殷后。既受命，来朝而见也。补曰：《振鹭》已颂微子，此专颂黜殷存宋之盛典。

有客有客，亦白其马。殷尚白也。亦，亦周也。笺云：有客有客，重言之者，异之也。亦，亦武庚也。武庚为二王后，乘殷之马，乃叛而诛，不肖之甚也。今微子代之，亦乘殷之马，独贤而见尊异，故言亦。驳而美之。有萋有且，敦琢其旅。萋、且，敬慎皃。笺云：其来威仪萋萋且且，尽心力于其事。又选择众臣卿大夫之贤者，与之朝王。言"敦琢"者，贤美之，故以玉言之。补曰：萋萋，臣尽力也。且，藉也。重复以礼，自荐也。旅，众介，诸摈也。举旅下士，以明皆贤。有客宿宿，有客信信。言授之絷，以絷其马。一宿曰宿，再宿曰信。欲絷其马而留之。笺云：絷，绊也。周之君臣皆爱微子，其所馆宿，可以去矣，而言绊其马，意各殷勤。补曰：宿宿，再宿。信信，四宿也。朝聘礼成，旬而稍致其留，以信为节。信，申也，展其期也。《崧高》云"信迈"，《九罭》云"信处"，是矣。之，客也。既留过信，又复授絷，待客之殊礼。薄言追之，左右绥之。既有淫威，降福孔夷。淫，大。威，则。夷，易也。笺云：追，送也。于微子去，王始言饯送之，左右之臣又欲从而安乐之。厚之无已。既有大则，谓用殷正朔行其礼乐，如天子也。神与之福，又甚易也。言动作而有度。补曰：薄，词也。言，我也。我，王也。追之，盖亦客礼之优者。左右，公卿大夫。绥之者，又燕饯之。微子谦不敢当受絷，王于是送之去。

《有客》一章，十二句。

《武》，奏《大武》也。《大武》，周公作乐所为舞也。

於皇武王，无竞维烈。烈，业也。笺云：皇，君也。於乎君哉！武王也，无强乎其克商之功业，言其强也。允文文王，克开厥后。

嗣武受之，胜殷遏刘，耆定尔功。武，迹。刘，杀。耆，致也。笺云：遏，止。耆，老也。信有文德哉文王也，能开其子孙之基绪。嗣子武王，受文王之业，举兵伐殷而胜之，以止天下之暴虐而杀人者，年老乃定女之此功。言不汲汲于诛纣，须暇五年。

《武》一章，七句。

《臣工之什》十篇，十章，百六句。

《周颂》二。

闵予小子之什毛诗诂训传第廿八

《闵予小子》，嗣王朝于庙也。嗣王者，谓成王也。除武王之丧，将始即政，朝于庙也。补曰：庙，太王庙。朝庙返，周公始命居摄也。此下四篇当为成王庙之颂。诗不称谥者，本述其自抑损，委任周公之意。

闵予小子，遭家不造，嬛嬛在疚。《韩》作“惸惸余在疚”，《说文》引“嬛”作“茕”。匡衡同。闵，蔡邕引作“愍”。闵，病。造，为。疚，病也。笺云：闵，悼伤之言也。造，犹成也。可悼伤乎！我小子耳，遭武王崩，家道未成，嬛嬛然孤特在忧病之中。补曰：群叔流言，周公居东，故王孤病。於乎皇考，永世克孝！笺云：於乎！我君考武王，长世能孝。谓能以孝行为子孙法度，使长见行也。补曰：皇考庙，武王时太王庙也。以亲庙为太祖庙，言天子以永世为孝，义不顾群叔。念兹皇祖，陟降庭止。维予小子，夙夜敬止。兹、庭，匡衡引作“我”“廷”。庭，直也。笺云：兹，此也。陟降，上下也。念此君祖文王，上以直道事天，下以直道治民，(信)［言］无私枉。夙，早。敬，慎也。我小子早夜慎行祖考之道。言不敢懈倦。补曰：皇祖，成王谓文王也。陟，周公摄王。降，管、蔡为戮。乃文王之直道，成王敬行之，以此为念祖。於乎皇王，继序思不忘！序，绪也。笺云：於乎君王！叹文王、武王也。我继其绪，思其所行不忘也。补曰：皇王，美成王也。上继先绪，敬其陟降，功德至今见思，不可忘，宜为宗也。

《闵予小子》一章，十一句。

《访落》，嗣王谋于庙也。谋者，谋政事也。补曰：谋退位，委政周公。

访予落止，率时昭考。於乎悠哉！访，谋。落，始。时，是。率，循。悠，远也。笺云：昭，明也。成王始即政，自以承圣父之业，惧不能遵其道德，故于庙中与群臣谋我始即政之事。群臣曰：当循是明德之考所施行。故答之以谦曰：於乎远哉！朕未有艾。将予就之，笺云：艾，数也。我于是未有数。言远不可及也。女扶将我，就其典法而行之。补曰：艾，历也。王年幼，历事少，赖周公将率王以成其政。继犹判涣。维予小子，未堪家多难。犹，道。判，分。涣，散也。笺云：犹，图也。继续其业，图我所失，分散者收敛之。多，众也。我小子耳，未任统理国家众难成之事，必有任贤待年长大之志。难成之事，谓诸政业有未平者。补曰：继，谋，谓继访落而谋之也。判涣，畔援，跋扈也。谓三监四国作乱。家多难，所谓难大在王宫。绍庭上下，陟降厥家。笺云：绍，继也。厥家，谓群臣也。继文王陟降庭止之道，上下群臣之职以次序者。补曰：上下，天人也。家，群叔也。陟周公于王位，降二叔为叛人。休矣皇考，以保明其身。笺云：美矣，我君考武王，能以此道尊安其身。谓定天下，居天子之位。补曰：皇考，大王也。周公美太祖之道，以安勉成王之身，谓盛养之。

《访落》一章，十二句。

《敬之》，群臣进戒嗣王也。一本无“之”字。补曰：此抗世子法于宫中之词，美成王明学术。

敬之敬之，天维显思，命不易哉！显，见。笺云：显，光。群臣见王谋即政之事，故因时戒之曰：“敬之哉，敬之哉！天乃光明，去恶与善，其命吉凶，不变易也。”补曰：显，代也。天维使周公摄代王位，嗣王之命仍不改易。**无曰高高在上，陟降厥士，日监在兹。**无，班固、匡衡引作“毋”。士，事也。笺云：监，视也。无谓天高又高在上，远人而不畏也。上下其事，谓转运日月，施其所行，日月瞻视，近在此也。补曰：王既退位，贵而无位，高而无民，徒高在上也。陟周公，降管、蔡者，其事唯欲王监察，此不可自暇逸。此谓朝廷政事。**维予小子，不聪敬止。日就月将，**小子，嗣王也。将，行也。笺云：群臣戒成王以“敬之敬之”，故承之以谦云：我小子耳，不聪达于敬之之意。日就月行，言当习之以积渐也。补曰：不聪，言当聪也。聪，察听也。就，成。将，养也。日月成养，仍为世子就学。**学有缉熙于光明。佛时仔肩，示我显德行。**佛，《韩》作“弗”。仔，刘向引作“孜”。光，广也。佛，大也。仔肩，克也。笺云：缉熙，光明也。佛，辅也。时，是也。仔肩，任也。且欲学于有光明之光明者，谓贤中之贤也。辅佛是任，示道我以显明之德行。是时自知未能成文、武之功，周公始有居摄之志。补曰：光明者，周公也。《书》曰：“惟公德明，光于上下。”时，承也。周公大承王业，克堪其任，示成王以明德。美王虚心受学。

《敬之》一章，十二句。

《小毖》，嗣王求助也。毖，慎也。天下之事，当慎其小。小时而不慎，后为祸大，故成王求忠臣早辅助己为政，以救患难。补曰：成王抗世子法，故题篇加“小”。

予其惩，而毖后患。莫予荓夆，自求辛螫。夆，一作“蜂”。螫，《韩》作“赦”。毖，慎也。荓夆，摩曳也。笺云：惩，艾也。始者管叔及其群弟流言于国，成王信之而疑周公也。至后三监叛而作乱，周公以王命举兵诛之，历年乃已。故今周公归政，成王受之，而求贤臣以自辅助也。曰：“我其创艾于往时矣，畏慎后复有祸难。群臣、小人无敢我掣曳，谓为谲诈诳欺，不可信也。女于是徒自求辛苦毒螫之害耳。”谓将有刑诛。补曰：惩，惩流言也。毖，闭也。成王为世子，禁饬左右无生嫌隙，使摄王不安。**肇允彼桃虫，拚飞维鸟**。拚，《韩》作“翻”。桃虫，鷦也，鸟之始小终大者。笺云：肇，始。允，信也。始者信以彼管、蔡之属，虽有流言之罪，如鷦鸟之小，不登诛之，后反叛而作乱，犹鷦之翻飞为大鸟也。鷦之所为鸟，题肩也，或曰鸱者，恶声之鸟。补曰：桃虫，郭璞以为巧妇，今麻雀，依人檐宇者。鸟则不驯者，故以喻宗亲生心外向也。管、蔡监商，本卫王室，乃反兴兵反周，是户雀为野鸟也。诗但言“维鸟”，不言为鸟，更不言其所为之鸟，不必言其为大鸟及何鸟也。又无桃虫为题肩、鸱雕之事。**未堪家多难，予又集于蓼**。堪，任。予，我也。我又集于蓼，言辛苦也。笺云：集，会也。未任统理我国家众难成之事，谓使周公居摄时也。我又会于辛苦，遇三监及淮夷之难。补曰：又，又流言时也。许慎说：“蓼，辛菜。”食蓼者以辛为甘，喻受谗者不觉其毒害。

《小毖》一章，八句。

《载芟》，春藉田而祈社稷也。藉田，甸师氏所掌，王载耒耜所耕之田，天子千亩，诸侯百亩。藉之言“借”也，借民力治之，故谓之藉田。

载芟载柞，其耕泽泽。千耦其芸，芸，一作“耘”。泽，《尔雅》作“郝”。除草曰芟。除木曰柞。笺云：载，始也。成王之时，万民乐治田业。将耕，先始芟柞其草木，土气蒸达而和，耕之泽泽然解散。于是芸除其根株，辈作者千耦，言趋时也。补曰：天子藉田，不宜更有草木可除。芟，谓刈也。刈获之后，则以棘薪柞鄂其田，使土恒坟和，故耕之泽泽然易释壤也。《周礼》曰：“狝之日，卜芟。”千耦，千夫，十倍藉田之数，谓农田也。不卅里，不主乡制。**徂隰徂畛。侯主侯伯，侯亚侯旅，侯强侯以**。畛，埸也。主，家长也。伯，长子也。亚，仲叔也。旅，子弟也。强，强力也。以，用也。笺云：隰，谓新发田也。畛，谓旧田有径路者。强，有余力者。《周礼》曰：“以强予任民。”以，谓闲民，今时佣赁也。《春秋》之义，能东西之曰以。或往之隰，或往之畛。父子、余夫俱行，强有余力者相助，又取佣赁，务疾毕已，当种也。补曰：徂之者，天子也。天子亲耕，于农田芸时复亲往馌，则田官皆至。祈谷不在芸时，先言芸者，课农以芸为急。隰，水田。畛，陆田。主、伯、亚、旅，田官之制也。古受田之制，成丁者百亩，无父子共行之家也。大夫称主。五官之长曰伯，谓乡老、乡大夫也。亚旅，其佐也。田官备设以督课。农维以强予之政用之。**有嗿其馌，思媚其妇，有依其士。**《说文》引“嗿”。嗿，众皃。士，子弟也。笺云：馌，馈饷也。依之言“爱”也。妇子来馈饷其农人于田野，乃逆而媚爱之。言劝其事，劳不自苦。补曰：馌，赐藉田农人妇子酒食也。其斥农人也，凡藉田必言妇，以有同妇子之典也。思媚者，宜家之词。《思齐》曰：“思媚周姜。”士，髦士也。依者，所谓介止。凡明农，立学于塾，藉田农子弟，盖于甸师所居立塾焉。何人莅之则未闻。**有略其耜，俶载南亩。播厥百谷，实函斯活。**略，利也。笺云：俶载，当作“炽菑”。播，犹种也。实，种子也。函，含也。活，生也。农夫既芸除草木根株，乃更以利耜炽菑之而后种，其种皆成，好含生气。补曰：略，当为“挈”，籀文“剔”字，刀剑刃也。其耜，甸徒三百人之耜，所谓“庶人终亩”者。言藉田有馌，则同其妇，有依则选其士，耕之则略其耜。兼言甸徒家政修举，非但勤力。南亩，南郊藉田千亩。斯，尽也。函，当为“马”，覃也。草木华未发马然。斯活，言沟洫通利，水活活流也。**驿驿其达，有厌其杰。厌厌其苗，绵绵其麃。**驿，《韩》作“绎”，《尔雅》同。绵，《韩》作“民”。达，射也。有厌其杰，言杰苗厌然特美也。麃，耘也。笺云：达，出地也。杰，先长者。厌厌其苗，众齐等也。补曰：绵绵，亹亹，勉也。绵、亹，声转耳。驿驿然自达者，稷麦类也。又有当厌之者，分秧种之，以指擪其长杰者，令根固植，稻叔类也。百谷有此二种法。**载获济济，有实其积，万亿及秭。**济济，难也。笺云：难者，穗众难进也。有实，实成也。其积之乃万亿及秭，言得多也。**为酒为醴，烝畀祖妣，以洽百礼。**笺云：烝，进。畀，予。洽，合也。进予祖妣，谓祭先祖先妣也。以洽百礼，谓飨燕之属。补曰：言不为私祈也。**有飶其**

香，邦家之光。《说文》引“飶”。飶，芬香也。笺云：芬香之酒醴，飨燕宾客，则多得其欢心，于国家有荣誉。补曰：藉田之谷，以供斋食食助祭者，故香能光邦家。有叔其馨，胡考之宁。叔，沈重读为“俶”，诸家并读为“椒”。叔，犹飶也。胡，寿也。考，成也。笺云：宁，安也。以芬香之酒醴，祭于祖妣，则多得其福佑。补曰：叔，读为“条”，畅也。藉田之稻以为酒养老，故宁胡考。宁者，酒食之词。匪且有且，匪今斯今，振古如兹。且，此也。振，自也。笺云：匪，非也。振，亦古也。飨燕祭祀，心非云且而有且，谓将有嘉庆，祯祥先来见也。心非云今而有此今，谓嘉庆之事不闻而至也。言修德行礼，莫不获报，乃古古而如此，所由来者久，非适今时。补曰：且，藉也。今，当为“躳”。古者今、躳通用。《般庚》“女悔身”，石经作“女悔今”。匪藉又藉，言藉田王自耕，非藉民赋，而又藉民力也。匪躳斯躳，言王不躳耕，而此藉田则躳耕也。振，当为“祇”。祇，词也。自古后稷亲田事，故藉田以事祖妣。

《载芟》一章，卅一句。

《良耜》，秋冬报社稷也。冬，《正义》本依定本无，此从《释文》。

畟畟良耜，俶载南亩。播厥百谷，实函斯活。《说文》作“畟”。畟畟，犹测测也。笺云：良，善也。农人测测以利善之耜，炽菑是南亩也。种此百谷，其种皆成，好含生气。言得其时。补曰：此天子自置之王社，故主言南郊。藉田必言函活者，明畦亩、沟洫同制，播种放水，稼事乃成。或来瞻女，载筐及莒。其饷伊黍，其笠伊纠。其镈斯赵，以薅荼蓼。赵，《考工注》引作“捎”。以薅，《说文》引作“既茠”。笠，所以御暑雨也。赵，刺也。蓼，水草也。笺云：瞻，视也。有来视女，谓妇子来馌者也。筐莒，所以盛黍也。丰年之时，虽贱者犹食黍。馌者见戴纠然之笠，以田器刺地，薅去荼蓼之事。言闵其勤苦。补曰：或来者，省耕者也。言或者，官不敢主藉田，王或时遣人来耳。女，女农人也。筐莒，劳赐农人之酒食，先时已载之，至种黍时又有馌也。兼有筐莒者，盖西都用筐，东都用筥。伊黍，种黍者也。黍大暑而种。谷既播，又种黍，备荒也。赵，当为“铫”，今字为“锹”，用以捆土去草根者。镈，迫也，迫地刈草者。其镈者、斯锹者皆戴笠薅荼蓼。藉田有荼蓼者，亦备三易，以验农功也。夏暑烧薙，故戴笠而薅。**荼蓼朽止，黍稷茂止。获之挃挃，积之栗栗。其崇如墉，其比如栉，以开百室。**《说文》引“挃”，两引“穦之秩秩”。挃挃，获声也。栗栗，众多也。墉，城也。笺云：百室，一族也。草蔹既除而禾稼茂，禾稼茂而谷成熟，谷成熟而积聚多。如墉也，如栉也，以言积之高大，且相比迫也。其已治之，则百家开户纳之。千耦其芸，辈作尚众也。一族同时纳谷，亲亲也。百室者，出必共洫间而耕，入必共族中而居，又有祭酺合醵之欢。补曰：甸师徒三百人，故言百室。**百室盈止，妇子宁止。杀时犉牡，有捄其角。以似以续，续古之人。**黄牛黑唇曰犉。社稷之牛角尺。以似以续，嗣前岁，续往事也。笺云：捄，角皃。五谷毕入，妇子则安，无行馌之事，于是杀牲报祭社稷。嗣前岁者，复求有丰年也。续往事者，复以养人也。续古之人，求有良司啬也。补曰：宁妇子者，赐甸徒家牲酒也。馌赐食，宁赐酒。春曰馌，秋亦曰馌，以用酒，改言宁也。杀犉者，社稷之牛角尺，故用七尺犉也。有，又也。捄，拘也。已杀社牛，又拘稷牛之角，以将郊祀后稷也。新以高圉、太王配报祭，故曰嗣续。自子孙言，先祖之嗣也。古之人，古之以人配社稷者，谓句龙也，柱也。续之者，弃也，高圉也，太王也。

《良耜》一章，廿三句。

《丝衣》，绎宾尸也。绎，又祭也。天子、诸侯曰绎，以祭之明日。卿大夫曰宾尸，与祭同日。周曰绎，商谓之融。**高子曰：“灵星之尸也。”**补曰：绎于库门外，宾尸于庙门外。天子疏屏，盖庙门外墙如棂，故曰灵星门。高子以当时无绎，唯有宾尸灵星，因举以晓学者。

丝衣其紑，载弁俅俅。丝，《说文》引作“素”，“载弁”作“弁服”。丝衣，祭服也。紑，洁鲜皃。俅俅，恭顺皃。笺云：载，犹“戴”也。弁，爵弁也。爵弁而祭于王，士服也。绎礼轻，使士升门堂，视壶濯及豆笾之属。补曰：凡绎，用朝服。天子朝服皆皮弁素衣。必言弁者，明为绎祭。**自堂徂基，自羊徂牛。鼐鼎及鼒，**徂，《韩》作“来”。《说文》引“鼒”，俗作“镃”，《史记》引作“哉”。基，门塾之基。自羊徂牛，言先小后大也。大鼎谓之鼐，小鼎谓之鼒。笺云：降往于基，告濯具，又视牲，从羊之牛，反告充已，乃举鼎幂告洁，礼之次也。鼎圜弇上谓之鼒。补曰：正祭坐尸于堂，绎在门外，故徂基也。绎设尸，俎唯载牛，体以羊、豕、鱼加于牛俎，故徂牛也。言羊，以该豕、鱼。鼐，牛鼎。鼎，羊、豕、鱼腊八鼎。镃，则陪鼎也。**兕觥其觩，旨酒思柔。不娱不敖，胡考之休。**觩，一作“觓”。娱，唐定本作“吴”，何承天作“吴”。敖，一作“傲”。《史记》引作“虞”“骜”。娱，哗也。考，成也。笺云：柔，安也。绎之旅，士用兕觥，变于祭也。饮美酒者，皆思自安，不讙哗，不敖慢也。此得寿考之休征。补曰：兕觥，学宫养老之礼，凡养老皆设焉，此族燕也。觥、觚，一声之转，用木、用兕异耳。自大夫以下谓之觯，君爵谓之觚，《礼》所谓象觚、膳觯者。其实酒，养老则实醴，所容加至一斗，故又谓之大斗。旨酒，醴也。不娱不敖，投壶礼也。盖养老则不射而投壶。胡，遐也。休，息也。祭之明日而燕，燕之意主于休息。《礼记》曰：“明日乃息司正。”

《丝衣》一章，九句。

《酌》，告成大武也。酌，一作“汋”。周公居摄六年，制礼作乐，归政成王，乃后祭于庙而奏之。其始成，告之而已。**言能酌先祖之道，以养天下也。**

於铄王师，遵养时晦。时纯熙矣，是用大介。铄，美。遵，率。养，取。晦，昧也。笺云：纯，大。熙，兴。介，助也。於美乎！文王之用师，率殷之叛国以事纣，养是暗昧之君，以老其恶。是周道大兴，而天下归往矣，故有致死之士助之。补曰：王，武王也。率遵天命，取是暗主，于是大兴师矣。诸侯是用大助之。**我龙受之，蹻蹻王之造。**龙，和也。蹻蹻，武皃。造，为也。笺云：龙，宠也。来助我者，我宠而受用之。蹻蹻之士，皆争来造王。补曰：龙，读如“农用八政”之“农”。和受之者，戒以桓桓，无深入追奔。凡超腾之士被王教，如新造成也。**载用有嗣，实维尔公，**公，事也。笺云：王则用之。有嗣，传相致。补曰：用武而可嗣文，实武王之功。**允师。**笺云：允，信也。王之事所以举兵克胜者，实维女之事信得用师之道。补曰：信可为王师。

《酌》一章，九句。

《桓》，讲武类祃也。类也，祃也，皆师祭也。**桓，武志也。**或本以此句为注。

绥万邦，娄丰年。娄，一作“屡”。笺云：绥，安也。娄，亟也。诛无道，安天下，则亟有丰熟之年，阴阳和也。**天命匪解，桓桓武王，保有厥士。**士，事也。笺云：天命为善不解倦者，以为天子，我桓桓有威武之武王，则能安有天下之事。此言其当天意也。补曰：武能安万邦，故讲武以保其事。**于以四方，克定厥家。於昭于天，皇以间之。**间，代也。笺云：于是用武事于四方，能定其家先王之业，遂有天下。于，曰也。皇，君也。於明乎曰天也，纣为天下之君，但由为恶，天以武王代之。补曰：言家者，以武为志，自周始也。武之功昭于天，如文王之昭天，故美其以武代文，而作乐象之，出征歌之，讲武习之。此篇首言“娄丰年”，不得末始言伐纣也。

《桓》一章，九句。

《赉》，大封于庙也。大封，武王伐纣时，封诸臣有功者。**赉，予也，言所以锡予善人也。**补曰：周灭国多，因大封功臣，亦创制。

文王既勤止，我应受之。敷时绎思，我徂维求定。勤，劳。应，当。绎，陈也。笺云：敷，犹遍也。文王既劳心于政事，以有天下之业，我当而受之。敷是文王之劳心，能陈绎而行之，今我往以此求定。谓安天下也。补曰：绎，继。求，终也。文王既勤劳诸臣，以成王业，我武王当此受命为天子，有封国之权，故敷普封是功臣子孙继世，自今以往，终助王定天下。时周之命，於绎思。笺云：劳心者，是周之所以受天命而王之所由也。於女诸臣受封者，陈绎而思行之。以文王之功业敕劝之。补曰：时，承也。此诸国承周新命，於美乎！使子孙继世。

《赉》一章，六句。

《般》，巡守而祀四岳河海也。般，乐也。补曰：般，当为“班”。班、般，古字同也。巡游班政，因以为凡游乐之称。诗无乐意。

於皇时周，陟其高山。时，《白虎通》引作“明”。高山，四岳也。笺云：皇，君也。於乎美哉！君是周邦而巡守，其所至则登其高山而祭之。补曰：陟高山者，因名山升中于天也。太平乃封禅，则此成王巡守。嶞山乔岳，允犹翕河。嶞，一作“堕”。嶞山，山之嶞嶞小者也。翕，合也。笺云：乔，高。犹，图也。望秩于山川。小山及高岳，皆信按山川之图而次序祭之。河言合者，河自大陆之北敷为九，祭者合为一。补曰：嶞，当为“褚”，古文“柴”字，谓烟燎祭天于山也。乔，读为“桥”，庋也。祭山曰庋县。徐树铭说：成王封太山，禅社首。祭山无取言嶞。嶞，小也。翕河，九河合为一也。武丁时，河水大均，至成王而合。河不两行，合乃无患，故以应符瑞而信图之。敷天之下，裒时之对，时周之命。三家并有“於绎思”句，在篇末。裒，今作“裒”。裒，聚也。笺云：裒，众。对，配也。遍天之下，众山川之神，皆如是配而祭之，是周之所以受天命而王也。补曰：敷，溥也。普天下诸侯皆聚方岳下，是见天子，承周王之政令，无不服也。古字裒、袌、捊、抱同用。裒，即“捊”也，引进之意。

《般》一章，七句。

《闵予小子》之什，十一篇，十一章，百四十七句。

《周颂》三。

诗卷廿

駉之什毛诗诂训传第廿九　颂二

《駉》，颂僖公也。补曰：鲁于康王时，始定祖庙世室之制。文王为出祖，不立主，祀于周公之太庙，唯禘祭则行事。以鲁公为世室，亦如太祖百世不迁，大禘尝则有事太庙。其礼乐如天子，歌《诗》仍用《周颂》，郊《思文》，禘歌《雍》，不别为周公颂，如宋不为微子颂。此王后之通礼也。然既为客，得自作颂，故推僖公功德而诗之。此时始立武宫，僖为亲庙，以其功亦不祧，为后立僖宫张本。僖公能遵伯禽之法，俭以足用，宽以爱民，务农重谷，牧于坰野，鲁人尊之，于是季孙行父请命于周，而史克作是颂。季孙行父，季文子也。史克，鲁史也。补曰：除僖公之丧，将禘于太庙而跻之，故特作颂也。必请命者，谦不为客。

駉駉牧马，在坰之野。牧，一作“牡”。坰，《说文》引作“駉”。《释文》云：《说文》“駉駉”作“駫駫”，字又作“骁”。駉駉，良马腹干肥张也。坰，远野也。邑外曰郊，郊外曰野，野外曰林，林外曰坰。笺云：必牧于坰野者，避民居与良田也。《周礼》曰：“以官田、牛田、赏田、牧田任远郊之地。”补曰：主言牧马者，以征伐有武功。薄言駉者，有驈有皇，有骊有黄，以车彭彭。《说文》引“驈”。牧之坰野则駉駉然。骊马白跨曰驈，黄白曰皇，纯黑曰骊，黄骍曰黄。诸侯六闲，马四种，有良马，有戎马，有田马，有驽马。彭彭，有力有容也。笺云：坰之牧地，水草既美，牧人又良，饮食得其时，则自肥健耳。补曰：此主言朝祀之马。驾玉、金、象路者，夏后氏骆马黑鬣，殷人白马黑首，周人黄马蕃鬣，鲁兼用之。驈、骊黑，先代所尚。黄、皇皆黄类，周所尚也。必兼三代者，周公无改色。思无疆，思马斯臧。笺云：臧，善也。僖公之思遵伯禽之法，反覆思之，无有竟已，乃至于思马斯善。多其所及广博。补曰：斯，尽也。

驷驷牧马，在坰之野。薄言驷者，有骓有駓，有骍有骐，以车伾伾。《说文》引"伾"。苍白杂毛曰骓，黄白杂毛曰駓，赤黄曰骍，苍綦曰骐。伾伾，有力也。补曰：此章主言戎马。骓、駓、骐，先代色。骍，周色也。思无期，思马斯才。才，多材也。

驷驷牧马，在坰之野。薄言驷者，有驒有骆，有駵有雒，雒，一作"骆"。青骊驎曰驒，白马黑鬣曰骆，赤身黑鬣曰駵，黑身白鬣曰雒。补曰：雒，当为"鴒"。郭璞说："鴒，忌鶮。"为乌鷃。乌鷃色苍白，鴒马盖以色为名。驒、骆、雒，先代色；骝，周色也。以车绎绎。绎，一作"驿"。绎绎，善走也。补曰：此章主言田马。思无斁，思马斯作。作，始也。笺云：斁，厌也。思遵伯禽之法，无厌倦也。作，谓牧之，使可乘驾也。

驷驷牧马，在坰之野。薄言驷者，有骃有騢，有驔有鱼，以车祛祛。《说文》引"騢"。阴白杂毛曰骃，彤白杂毛曰騢，豪骭白曰驔，二目白曰鱼。祛祛，强健也。补曰：驔，《尔雅》作"騽"，骊马黄脊似剑镡，骭毛长白亦似剑镡。许慎读若"簟"，非也，读当若"镡"。骃、騢、驔、鱼皆下色。此章主言驽马，驾役车者。思无邪，思马斯徂。笺云：徂，行也。思遵伯禽之法，专心无复邪意也，牧马使可走行。补曰：邪，读为"余"。无余，言周密也。奇邪不思事理，当然不假称述也。尽行，言足于用。

《驷》四章，章八句。补曰：颂不分章，分章者以别于先王。

《有駜》，颂僖公君臣之有道也。有道者，以礼义相与之谓。

有駜有駜，駜彼乘黄。《说文》引“驳”。駜，马肥强皃。马肥强则能升高致远，臣强力则能安国。笺云：此喻僖公之用臣，必先致其禄食。禄食足，而臣莫不尽其忠。补曰：乘黄，上公所乘，鲁侯车也，乘之以出郊射耳。养马不可喻贤臣，传义非也。夙夜在公，在公明明。笺云：夙，早也。言时臣忧念君事，早起夜寐，在于公之所。在于公之所，但明义明德也。《礼记》曰：“大学之道，在明明德。”补曰：公，学宫也。明明，察也。言视学考校。振振鹭，鹭于下。鼓渊渊，醉言舞。于胥乐兮。渊，一作“咽”。振振，群飞皃。鹭，白鸟也，以兴洁白之士。渊渊，鼓节也。笺云：于，於。胥，皆也。僖公之时，君臣无事，则相与明义明德而已。洁白之士，群集于君之朝，君以礼乐与之饮酒，以鼓节之渊渊然，至于无算爵，则又舞，燕乐以尽其欢。君臣于是则皆喜乐也。补曰：鹭羽，郊射获旌也。射以鼓为节，故主言鼓。醉者，射毕而燕，命曰众无不醉。

有駜有駜，駜彼乘牡。补曰：乘牡，大夫所乘。夙夜在公，在公饮酒。言臣有余敬，而君有余惠。补曰：大夫之射，必先行乡饮酒之礼于庠序。振振鹭，鹭于飞。鼓渊渊，醉言归。于胥乐兮。笺云：飞，喻群臣饮酒醉欲退也。补曰：飞者，自官府来入学之象。归者，各还其所居。

有駜有駜，駜彼乘駽。《说文》引“駽”。青骊曰駽。补曰：駽，驳色，士初入官所乘。夙夜在公，在公载燕。笺云：载之言“则”也。补曰：燕，盖初仕为大夫，始与燕也。士之礼，燕不与。自今以始，岁其有。一作“岁其有矣”。唐石经作“岁其有年”。岁其有丰年也。补曰：岁，三岁之期也。《记》曰：“天子之制，诸侯岁献而贡士。”《书传》说：“三年而贡士。”岁其有者，祝多士也。有年，不得云今始。邹汉勋说：“以僖公致三旱，三年乃澍雨。”（兴）［与］诗意不相比附。君子有穀，诒孙子。于胥乐兮。一作“诒厥孙子”，又作“诒于孙子”。笺云：穀，善。诒，遗也。君臣安乐，则阴阳和而有丰年，兴善道，则可以遗子孙也。补曰：时大夫多世，故入官者皆君子之孙子，所谓“君臣有道”。

《有駜》三章，章九句。

《泮水》，颂僖公能修泮宫也。补曰：泮宫，贡士之大学。

思乐泮水，薄采其芹。泮，一作“頖”。泮水，泮宫之水也。天子辟雍，诸侯泮宫。言水则采取其芹，宫则采取其化。笺云：芹，水菜也。言己思乐僖公之修泮宫之水，复伯禽之法，而往观之，采其芹也。辟雍者，筑土雍水外，圆如璧，四方来观者均也。泮之言“半”也。半水者，盖东西门以南通水，北无也。天子、诸侯宫异制，因形然。鲁侯戾止，言观其旂。戾，来。止，至也。言观其旂，言法则其文章也。补曰：观旂者，车送逆之仪也。谓于泮宫飨燕来朝聘之君。其旂茷茷，鸾声哕哕。无小无大，从公于迈。茷，一作“伐”。茷茷，言有法度也。哕哕，言有声也。笺云：于，往。迈，行也。我采水之芹，见僖公来至于泮宫。我则观其旂茷茷然，和鸾之声哕哕然。臣无尊卑，皆从君行而来。称言此者，僖公贤君，人乐见之。补曰：小大，谓小国、大国也。往征者，将出征，受成于学。诸国君臣或有会者，因以其从公美之。

思乐泮水，薄采其藻。鲁侯戾止，其马蹻蹻。言强盛。补曰：既受成，因讲武于学。其马蹻蹻，其音昭昭。笺云：僖公之德音。载色载笑，匪怒伊教。伊，刘向引作“匪”。色温润也。笺云：僖公之至泮宫，和颜色而笑语，非有所怒，于是有所教化也。补曰：色，怒皃。笑，喜也。出征则色然而怒，匪怒也，是欲行其文教，归于笑喜。

思乐泮水，薄采其茆。《说文》引“薄”作“言”。《白虎通》引“茆”作“荇”。刘向引“采”作“捋”。茆，凫葵。补曰：茆，莼。鲁侯戾止，在泮饮酒。笺云：在泮饮酒者，征先生君子，与之行饮酒之礼，而因以谋事也。补曰：君不亲乡饮之礼，此盖受成日之飨礼也。既饮旨酒，永锡难老。笺云：已饮美酒，而长赐其难使老。难使老，最寿老也。长赐之者，如《王制》所云“八十月告存，九十日有秩”者与？补曰：难，读为“那”，安也。安老者之长赐，谓乞言也。然则所谓受成者，飨国老于泮宫，听其谋议咨询，以为军谋。顺彼长道，屈此群丑。屈，樊光引作“淈”。屈，收。丑，众也。笺云：顺，从。长，远。屈，治。丑，恶也。是时淮夷叛逆，既谋之于泮宫，则从彼远道往伐之，治此群为恶之人。补曰：彼，彼老者。此，此鲁侯也。顺国老所谋之长道，以治鲁侯所征之群丑。言好谋而成。

穆穆鲁侯，敬明其德。敬慎威仪，维民之则。笺云：则，法也。僖公之行，民之所法效也。允文允武，昭假烈祖。靡有不孝，自求伊祜。假，至也。笺云：祜，福也。僖公信文矣，为修泮宫也；信武矣，为伐淮夷也。其聪明乃至于美祖之德，谓遵伯禽之法也。国人无不法效之者，皆庶几力行，自求福禄。补曰：孝，本作“𡥉”，依义当为孝弟之“孝”。以假祖为孝也。自求维福，言僖公得神助。

明明鲁侯，克明其德。既作泮宫，淮夷攸服。笺云：克，能。攸，所也。言僖公能明其德，修泮宫而德化行，于是伐淮夷，所以能服也。补曰：攸，长也。言不用兵而边竟无事。矫矫虎臣，在泮献馘。淑问如皋陶，在泮献囚。矫，一作“蟜”。囚，拘也。笺云：矫矫，武皃。馘，所格者之左耳。淑，善也。囚，所虏获者。僖公既伐淮夷，而反在泮宫，使武臣献馘，又使善听狱之吏如皋陶者谳囚。言伐有功，所任得其人。补曰：《礼》：“出征，执有罪。反，舍奠于学，以讯馘告。”献馘，论首虏之功也。古者军获，不以入国。泮宫在郊外，有囚，因令居焉，示以礼也。献囚，当为“瀌囚”。瀌，议罪也。鲁为方伯，受群小国之讼，故就泮听之。

济济多士，克广德心。桓桓于征，狄彼东南。狄，《韩》作“鬄”。桓桓，威武皃。笺云：多士，谓虎臣及如皋陶之属。征，征伐也。狄，当作“剔”。剔，治也。东南，斥淮夷。补曰：狄，夷狄之也。东，淮夷。南，楚。以狄之者，绝之。烝烝皇皇，不娱不扬。不告于讻，在泮献功。娱，唐定本作“吴”，汉碑引作“虞”。扬，一作“疡”，汉碑作“阳”。烝烝，厚也。皇皇，美也。扬，伤也。笺云：烝烝，犹进进也。皇皇，当作“暀暀”，犹往往也。娱，哗也。讻，讼也。言多士之于伐淮夷，皆劝之有进进往往之心，不讙哗，不大声。僖公还在泮宫，又无以争讼之事告于治讼之官者，皆自献其功。补曰：告，谓邻国之使及疆吏。

角弓其觩，束矢其搜。戎车孔博，徒御无斁。既克淮夷，孔淑不逆。斁，一作“绎射”。《说文》引“搜”。觩，弛皃。五十矢为束。搜，众意也。笺云：角弓觩然，言持弦急也。束矢搜然，言劲疾也。博，当作“傅”。甚傅致者，言安利也。徒行者，御车者，皆敬其事，又无厌倦也。僖公以此兵众伐淮夷而胜之，其士卒甚顺军法而善，无有为逆者，谓堙井刊木之类。补曰：觩，当为“綠”。博，读为“薄”。薄，比附也。僖公无征淮之事。十六年，与齐侯等会淮。《左传》说：“齐人止公。”此云“既克”，谓克楚也。作诗时，鲁属于楚，故讳以为淮夷。逆，逆命不从鲁者。式固尔犹，淮夷卒获。笺云：式，用。犹，谋也。用坚固女军谋之故，故淮夷尽可获服也。谋为度己之德，虑彼之罪，以出兵也。补曰：犹，道。卒，终。获，得也。僖公固守善道，终得淮夷之心。言伐楚，兵不再用。

翩彼飞鸮，集于泮林。食我桑葚，怀我好音。翩，飞皃。鸮，恶声之鸟也。葚，桑实也。笺云：怀，归也。言鸮恒恶鸣，今来止于泮水之木上，食其桑葚，为此之故，故改其鸣，归就我以善音。喻人感于恩则化也。补曰：鸮，鴟鸮、鶗鴂，子规也。以翩飞喻强国叛，以集喻来朝聘也。其改音与否，未闻。以鸮为鸺，则非。憬彼淮夷，来献其琛。元龟象齿，大赂南金。憬，《韩》作“犷”。《说文》引“憬”，又引作“穬”。憬，远行皃。琛，宝也。元龟尺二寸。赂，遗也。南，谓荆、扬也。笺云：大，犹广也。广赂者，赂君及卿大夫也。荆、扬之州，贡金三品。补曰：许慎说：“憬，觉寤也。”赂，道路所用财，今外夷谓之兵费，败者与胜者。元龟出江汇，象齿出南越，皆楚土物。

《泮水》八章，章八句。

《閟宫》，颂僖公能复周公之宇也。宇，居也。

閟宫有侐，实实枚枚。《说文》引“侐”。閟，闭也。先妣姜嫄之庙在周，常闭而无事。孟仲子曰：是禖宫也。侐，清净也。实实，广大也。枚枚，砻密也。笺云：閟，神也。姜嫄神所依，故庙曰神宫。补曰：宫，垣也。郊坛围之，故但有宫。实实、枚枚，坛地皃。《记》曰：“扫地而祭。”坛必砻致也。《记》曰：“鲁人将有事于上帝，必先有事于郊宫。”将郊祀稷而颂其母，非姜嫄有庙也。周所以必立先妣庙者，本非喾子，嫌于禘喾，故必祀喾妃。鲁禘文王，可不祀出帝之母，无姜嫄宫也。赫赫姜嫄，其德不回，上帝是依。无菑无害，弥月不迟。上帝是依，依其子孙也。笺云：依，冯依其身也。弥，终也。赫赫乎显著，姜嫄也，其德贞正不回邪！天用是冯依而降精气。其妊之又无菑害，不坼不副，终人道十月而生子，不迟晚。补曰：鲁僖祀太庙，以致夫人，故颂姜嫄生子之祥。嫄本以妊见出而生稷，云不回、不迟者，仍系之于喾也。菑，读为“剚”，或为“灾”，非也。害，读为“割”。言生卵无剚割之者，记神异也。是生后稷，降之百福。黍稷种稑，稙稚叔麦。奄有下国，俾民稼穑。种稑、俾，一作“重穋”“卑”。叔，《说文》引作“尗”。先种曰稙，后种曰稚。笺云：奄，犹覆也。姜嫄用是而生子后稷，天神多与之福，以五谷终覆盖天下，使民知稼穑之道。言其不空生也。后稷生而名弃，长大，尧登用之，使居稷官，民赖其功。后虽作司马，天下犹以后稷称焉。补曰：奄，抚也。下国，邰也。黍、稷、叔、麦有穜稑、稙稚异。种言稷能尽性。“种稑”“稙稚”一也。稷有种稑，余谷异其名曰稙稚。程瑶田说：“种稑之中，又自有稙稚。”有稷有黍，有稻有秬。奄有下土，缵禹之绪。绪，业也。笺云：秬，黑黍也。绪，事也。尧时洪水为灾，民不粒食，天神多予后稷以五谷。禹平水土，乃教民播种之，于是天下大有，故云继禹之事也。美之，故申说以明之。补曰：秬，神黍也。此言所有不及叔、麦者，主祭祀所用也。稷为王官，故抚有下土，继禹为上相。

后稷之孙，实维大王。居岐之阳，实始翦商。翦，齐也。笺云：翦，断也。大王自豳徙居岐阳，四方之民咸归往之，于时而有王迹，故云是始断商。补曰：颂大王者，本太祖功德也。太王初为商诸侯，至避狄居岐，乃自辟土宇，与商隔绝。此追王之由。至于文武，缵大王之绪。致天之届，于牧之野。无贰无虞，上帝临女。敦商之旅，克咸厥功。虞，误也。笺云：届，殛。虞，度也。文王、武王继大王之事，至受命致大平，天所以罚殛纣于商郊牧野。其时之民，皆乐武王之如是，故戒之云：无有二心也，无复计度也。天视护女，至则克胜。敦，治。旅，众。咸，同也。武王克殷，而治商之臣民，使得其所，能同其功于先祖也。后稷、太王、文王，亦周公之祖考也。伐纣，周公又与焉。故述之，以美大鲁。补曰：无贰虞者，戒诸侯无差误多杀也。治商众者，迁顽民也。能同文、武之功，谓周公定太平，成王道。不颂摄王者，因伐管、蔡而居摄，不以践阼为美。

王曰叔父，建尔元子，俾侯于鲁。大启尔宇，为周室辅。王，成王也。元，首。宇，居也。笺云：叔父，谓周公也。成王告周公曰："叔父，我立女首子，使为君于鲁。"谓欲封伯禽也。封鲁公以为周公后，故云大开女居，以为我周家之辅。谓封以方七百里，欲其强于众国。补曰：二伯当曰伯父，云叔父者，本其亲也。鲁不公而侯，亦以亲之。乃命鲁公，俾侯于东，锡之山川，土田附庸。笺云：东，东藩，鲁国也。既告周公以封伯禽之意，乃策命伯禽，使为君于东，加赐之以山川、土田及附庸，令专统之。《王制》曰："名山大川不以封。"诸侯附庸则不得专臣也。补曰：东，东伯，分陕者。土田，盖汤沐之邑。庸，城也。其余地，以待封其子弟。《大司（马）[徒]》注说："侯附庸九同，伯七同，子五，男三。"此三者，唯二伯国乃有之。宣王封申，亦备土田，封召伯锡山土田，皆无附庸也。周公之孙，庄公之子。龙旂承祀，六辔耳耳。春秋匪解，享祀不忒。周公之孙，庄公之子，谓僖公也。耳耳然至盛也。笺云：交龙为旂。承祀，谓视祭事也。四马，故六辔。春秋，犹言四时也。忒，变也。补曰：《郊特牲》云："鲁公郊，乘素车，旂十有二斿，龙章而设日月。"承祀，谓郊也。春禘秋尝，祀大庙之盛祭，皆鲁所独用，故云不差。**皇皇后帝，皇祖后稷。享以骍牺，是飨是宜，降福既多。**骍，赤。牺，纯也。笺云：皇皇后帝，谓天也。成王以周公功大，命鲁郊祭天，亦配之以君祖后稷。其牲用赤牛纯色，与天子同也。天亦飨之宜之，多予之福。补曰：后帝继世为天子者，谓周王也。鲁与周同祖，故不用白牲而用骍，飨之宜也，周、鲁同福，故降者多。**周公皇祖，亦其福女。秋而载尝，夏而楅衡。白牡骍刚，**诸侯夏禘则不礿，秋祫则不尝，唯天子兼之。楅衡，设木牛角以楅之也。白牡，周公牲也。骍刚，鲁公牲也。笺云：此皇祖，谓伯禽也。载，始也。秋将尝祭，于夏则养牲，楅衡其牛角，为其触抵人也。秋尝而言始者，秋物新成，尚之也。补曰：《明堂位》记鲁礼，夏礿、秋尝、冬烝，谓三祭，下天子之礼。尝，时祭耳，不得在太庙。此尝谓大尝，祭世室也。六月已祭太庙，九月又祭世室，是曰载尝，亦以特牛。凡养牲者，皆特牛也。刚，《春秋传》作"犅"。许慎说："犅，特牛也。"太庙用夏六月，取岁之中。宗用春秋季月，昭春穆秋也。其一宗则再祭之，三宗以上各以其昭穆，同庙异室，故不曰庙而曰室也。宗不过二，亲不过四，与太庙共，不过七。**牺尊将将。毛炰胾羹，笾豆大房。《万舞》洋洋，孝孙有庆。**牺尊，有沙饰也。毛炰，豚也。胾，肉也。羹，大羹、铏羹也。大房，半体之俎也。洋洋，众多也。笺云：大房，玉饰俎也，其制，足间有横，下有跗，似乎堂后有房然。《万舞》，干舞也。补曰：牺，当为"羲"，气也，和郁鬯之尊也。《明堂位》曰："山櫑，夏后氏之尊。著，殷尊。牺象，周尊。"又曰："尊用羲象、山櫑，郁尊用黄目。"谓鲁以诸侯之羲尊盛郁者，为酒尊也。《礼器》曰："君西酌羲象，夫人东酌櫑尊。"象者，君尊之名。羲象者，以羲为象尊。山櫑者，以山为櫑尊。皆鲁所独也。其余诸侯郁尊用羲，酒尊用象。夏制有山尊，周制有櫑尊，各以宜分用焉。天子郁尊有黄目，鲁亦有之，唯以羲盛酒为异，故专言羲尊也。将将，交错之容。羲字，《司尊彝》作“献”，王肃谬以牺象为兽形，妄之甚也。毛炰，《大祝》谓之“隋衅”，许慎说：“隋，裂肉。”谓并毛炰之裂见肉也。衅，薰也。合黍稷烧之，故曰薰。隋衅时用明水，以象太古燔黍捭豚。萧合黍稷，以达馨香，反古复始，重于太牢也。用特牲者，菹四豆，泰羹湆一登，皆设于门外。用牢则无矣。此天子祭太庙之礼，诸侯所无。《封人》云：“歌舞牲，及毛炰之豚。”注以为备八珍，非也。凡天子祭太庙，于迎牲之前，先炰特豚，其入与迎牲同，故用舞迎之。大房，《明堂位》所谓房俎。次于笾豆者，燔俎也。主妇亚献尸，乃设笾，燔从焉。正俎用梡、嶡，燔俎用房俎，亦鲁所独，故大之。《明堂位》说鲁王礼：“以朱干玉戚，冕而舞《大武》。”故曰孝孙《万舞》。俾尔炽而昌，俾尔寿而臧。保彼东方，鲁邦是常。不亏不崩，不震不腾。三寿作朋，如冈如陵。震，动也。腾，乘也。寿，老也。笺云：此皆庆孝孙之辞也。俾，使。臧，善。保，安。常，守也。亏、崩，皆谓毁坏也。震、腾，皆谓僭逾相侵犯也。三寿，三卿也。冈、陵，取坚固也。补曰：俾尔，嘏词也，常岁祭太祖庙之词。常，尚也。为东伯，故东方皆尊鲁。《商颂》曰：“曰商是常。”君与三卿四人同馔，故曰“作朋”。僖卿公子友、公孙慈、臧孙辰。友年六十内外，辰在位六十一年。

公车千乘，朱英绿縢，二矛重弓。大国之赋千乘。朱英，矛饰。縢，绳也。重弓，重于鬯中也。笺云：二矛重弓，备折坏也。兵车之法，左人持弓，右人持矛，中人御。补曰：公车，公自置之军也。鲁为伯国，不同大国之制，其出军用天子命，发诸侯，得将六军，而其本国止二军，盖寰内侯制耳。僖公始自同大国，以鲁赋从二伯，故有千乘之制。若本千乘，则不足颂也。二矛，酋矛、夷矛，并建车上，见其朱英焉。交韔二弓，绿绲縢者，君车弓縢用绿也。公徒三万，贝胄朱綅，烝徒增增。贝胄，贝饰也。朱綅，以朱綅缀之。增增，众也。笺云：万二千五百人为军。大国三军，合三万七千五百人。言三万者，举成数也。烝，进也。徒进行增增然。补曰：许慎说：“綅，缝线。”贝胄朱缝，盖人君之胄饰。千乘则徒四万，又不待更言也。此别云公徒而著贝胄，则公在徒兵中，不在车中。鲁为西伯，本止二军，二万五千人，故举大数言三万。公既以大国之赋具车，仍以二伯之仪具徒，车千乘，徒四万，二军徒又三万，故见其溱溱然。二伯所以但有徒兵者，其车征之于经行之国。《采芑》云车三千，方叔莅之，《出车》云仆夫谓载旐旐旆旆，皆其证也。戎狄是膺，荆舒是惩，则莫我敢承。膺，当。承，止也。笺云：惩，艾也。僖公与齐桓举义兵，北当戎与狄，南艾荆及群舒，天下无敢御也。俾尔昌而炽，俾尔寿而富。黄发台背，寿胥与试。笺云：此庆僖公勇于用兵，讨有罪也。黄发、台背，皆寿征也。胥，相也。寿而相与试，谓讲气力，不衰倦。补曰：再称嘏词者，为告捷太祖，别撰之也。试，用也。黄发老臣相与效用，言僖公幼冲，能任老成也。《世家》言：庄公娶齐女哀姜，无子。娣叔姜生子开，为湣公。湣公弟申为釐公。则僖公立时十岁。《左传》说僖公母成风，《公羊传》同。《左传》以僖为闵庶兄，若与子般俱庄公年十五所生，则僖立时年三十六，伐楚时年四十，亦不得云黄发。又其时母存，尤不可颂寿。俾尔昌而大，俾尔耆而艾。万有千岁，眉寿无有害。笺云：此又庆僖公勇于用兵，讨有罪也。中时鲁微弱，为邻国所侵削。今乃复其故，故喜而重庆之。俾尔，犹使女也。眉寿，秀眉亦寿征。补曰：三称嘏词者，前二太祖庙，此则四亲庙。同词使尔耆艾者，言君虽幼少，使如五六十时人。

大山岩岩，鲁邦所詹。奄有龟蒙，遂荒大东。大山，一作“泰山”。詹，至也。龟，山也。蒙，山也。荒，有也。笺云：奄，覆。荒，奄也。大东，极东。补曰：蒙山，羽山，在今赣榆。李黼平说：即夹谷。至于海邦，淮夷来同。莫不率从，鲁侯之功。笺云：海邦，近海之国也。来同，为同盟也。率从，相率从于中国也。鲁侯，谓僖公。补曰：海邦，莒、郯、鄅之属。

保有凫绎，遂荒徐宅。至于海邦，淮夷蛮貊。绎、貊，一作“峄”“貉”。凫，山也。绎，山也。宅，居也。淮夷蛮貊，而夷行也。

补曰：凫绎，鲁南界邾境之地，近在百里，故言保焉。徐在鲁南四百里。**及彼南夷，莫不率从。莫敢不诺，鲁侯是若。**南夷，荆楚也。若，顺也。笺云：诺，应词也。是若者，是僖公所谓顺也。补曰：僖公从伯主奖王室，再言鲁侯以美之。

天锡公纯嘏，眉寿保鲁。笺云：纯，大也。受福曰嘏。补曰：以上颂武功为嘏词，故祝眉寿。**居常与许，复周公之宇。**常、许，鲁南鄙、西鄙。笺云：许，许田也，鲁朝宿之邑也。常，或作“尝”，在薛之旁。《春秋》鲁庄公三十一年“筑台于薛”，是与？周公有常邑，所由未闻也。六国时，齐有孟尝君，食邑于薛。补曰：常、许，盖周公为东伯时所统国。常盖成也，庄公取之。许即许男之国。隐公入许而得其田。**鲁侯燕喜，令妻寿母，宜大夫庶士，**笺云：燕，燕饮也。令，善也。僖公燕饮于内寝，则善其妻，寿其母，谓为之祝庆也。与群臣燕，则欲与之相宜，亦祝庆也。补曰：燕喜，功成师还之宴，《六月》曰“吉甫燕喜”是也。僖公八年，郑伯乞盟，是时楚服五年矣。八年七月，禘于太庙，用致夫人，废楚女而立齐女，妄依成王禘礼，然当时以为盛事，故颂令妻也。僖母犹在，于致夫人亦入庙，故颂寿母也。对姑不称妇者，诗、史异例。大夫庶士，助祭者也。**邦国是有。既多受祉，黄发儿齿。**笺云：是有，犹常有也。儿齿，亦寿征。补曰：邦国，邻国。有之言“亲”也。儿，当为“齯”，老人齿不相值之皃。以上皆奚斯所作祭嘏之词。

徂来之松，新甫之柏，是断是度，是寻是尺。松桷有舄，路寝孔硕，新庙奕奕。徂来，山也。新甫，山也。八尺曰寻。桷，榱也。舄，大皃。路寝，正寝也。新庙，闵公庙也。笺云：孔，甚。硕，大也。奕奕，姣美也。修旧曰新。新者，姜嫄庙也。僖公承衰乱之政，修周公、伯禽之教，故治正寝，上新姜嫄之庙。姜嫄之庙，庙之先也。补曰：新庙，僖公庙也。文公禘太庙，跻僖公而作此诗。言徂来、新甫之松柏，美僖公奄龟、蒙也。路寝，新庙之寝。《诗》不颂闵公。**奚斯所作，**有大夫公子奚斯者，作是庙也。笺云：奚斯作者，教护属功课章程也。至文公之时，太室屋坏。补曰：班固说“奚斯颂鲁”，作是篇也。史克全用其词，故显作诗之人。诗不美奚斯，无容颂其作庙，既无所刺，亦不宜自显作诗人名。孔曼且硕，万民是若。曼，长也。笺云：曼，修也，广也。是，然也。国人谓之顺。补曰：言颂声甚长延且大，万民皆顺，奚斯称美不虚也。

《閟宫》八章，二章章十七句，一章十二句，一章卅八句，二章章八句，二章章十句。

《駉之什》四篇，二十三章，二百四十三句。

《鲁颂》。

那之什毛诗诂训传第三十

《那》，祀成汤也。微子至于戴公，其间礼乐废坏。有正考甫者，得《商颂》十二篇于周之大师，以《那》为首。礼乐废坏者，君怠慢于为政，不修祭祀、朝聘、养贤、待宾之事，有司忘其礼之仪制，乐师失其声之曲折，由是散亡也。自正考甫至孔子之时，又无七篇矣。正考甫，孔子之先也，其祖弗甫何，以有宋而授厉公。补曰：《世家》言：微子开，弟微仲衍，衍子宋公稽，子丁公申，子湣公共，共弟炀公熙，共子厉公鲋祀，子釐公举，子惠公覸，子哀公，哀公子戴公。二公并佚其名。不知诗亡之时，故统言“至于”。

猗与那与，置我鞉鼓。猗，叹词。那，多也。鞉鼓，乐之所成也。夏后氏足鼓，殷人置鼓，周人县鼓。笺云：置，读曰“植”。植鞉鼓者，为楹，贯而树之。美汤受命伐桀，定天下而作《濩》乐，故叹之。多其改夏之制，乃始植我殷家之乐鞉与鼓也。鞉虽不植，贯而摇之，亦植之类。补曰：鞉者，堂下乐节，与磬之用同。鼓者，礼乐之大节。殷人先下管，故重鼗也。那，安也。美其安定天下，功成作乐。奏鼓简简，衎我列祖。

衎，乐也。烈祖，汤，有功烈之祖也。笺云：奏鼓，奏堂下之乐也。烈祖，汤也。以金奏堂下诸县，其声和大简简然，以乐我功烈之祖成汤。补曰：烈，业也。烈祖，创业之祖。**汤孙奏假，绥我思成**。假，大也。笺云：汤孙，太甲也。假，升。绥，安也。汤孙太甲又奏升堂之乐，弦歌之，乃安我心所思而成之。谓神明来格也。《礼记》曰："齐之日，思其居处，思其笑语，思其志意，思其所乐，思其所嗜。齐三日，乃见其所为齐者。祭之日，入室，僾然必有见乎其位；周旋出户，肃然必有闻乎其容声；出户而听，忾然必有闻乎其叹息之声。"此之谓"思成"。补曰：汤孙，犹曾孙，殷后王之通称，周曰文孙也。奏，凑也。《烈祖》曰："鬷假无言。"《礼记》亦作"奏"。假，假至也。助祭者总至，安我利成之事。言受福。**鞉鼓渊渊，嘒嘒管声。既和且平，依我磬声**。嘒嘒然和也。平，正平也。依，倚也。磬，声之清者也，以象万物之成。周尚臭，殷尚声。笺云：磬，玉磬也。堂下诸县与诸管声皆和平，不相夺伦，又与玉磬之声相依，亦谓和平也。玉磬尊，故异言之。补曰：殷之乐先下管，后升歌。鞉节管，磬节琴瑟，故先鞉管，后磬。和平依声，谓琴瑟也。**於赫汤孙，穆穆厥声。庸鼓有斁，《万舞》有奕**。於赫汤孙，盛矣，汤为人子孙也。大钟曰庸。斁斁然盛也。奕奕然闲也。笺云：穆穆，美也。於，盛矣，汤孙！呼太甲也。此乐之美其声，钟鼓则斁斁然有次序，其干舞又闲习。补曰：穆穆，天子之容，言感于和声也。庸鼓、《万舞》，言笙颂间歌而舞行并进。睪、皋，通用字。斁，即"皋"也。皋鼓，大鼓。庸鼓，颂鼓。礼，东笙西颂，西有二建鼓，一东面，一南面。东面者谓之颂鼓，以为乐主，其声如皋鼓大壮也。**我有嘉客，亦不夷怿？自古在昔，先民有作。温恭朝夕，执事有恪**。夷，说也。先王称之曰自古，古曰在昔，昔曰先民。有作，有所作也。恪，敬也。笺云：嘉客，谓二王后及诸侯来助祭者。我客之来助祭者，亦不说怿乎？言说怿也。乃太古而有此助祭之礼，非专于今也。其礼仪温温然恭敬，执事荐馔则又敬也。补曰：嘉客，二王后也。古、昔、先三等，三恪也。《国语》以古后于昔，昔后于先。恪，字本作“窸”，亦客也。二王后为宾，三圣后为客，客小于宾，或通称焉。殷之三恪，则高阳、高辛、陶唐之后也。周初犹有三恪，其后黜杞、王鲁，罢三恪。顾予烝尝，汤孙之将。笺云：顾，犹念也。将，犹扶助也。嘉客念我殷家有时祭之事而来者，乃太甲之扶助也。序助者之来意也。补曰：烝尝，祭太祖庙之名，故主言焉。言烈祖顾念后王而福助之。

《那》一章，二十二句。

《烈祖》，祀中宗也。中宗，殷王大戊，汤之玄孙也。有桑谷之异，惧而修德，殷道复兴，故表显之，号为中宗。

嗟嗟烈祖，有秩斯祜。申锡无疆，及尔斯所。既载清酤，赉我思成。秩，常。申，重。酤，酒。赉，赐也。笺云：祜，福也。赉，读如“往来”之“来”。嗟嗟乎！我功烈之祖成汤，既有此王天下之常福，天又重赐之以无竟界之期，其福乃及女之此所。女，女中宗也。言承汤之业，能兴之也。既载清酤于尊，酌以裸献，而神灵来至我致齐之所，思则用成。重言嗟嗟，美叹之深。补曰：常福，谓不祧也，所斥宗庙也。尔大戊为中宗庙，亦不祧，是重锡及尔也。清酤，清酒，所谓盏酒涗清。周则用鬯。一宿成曰酤。赐我思利成之福，言功德宜宗。亦有和羹，既戒既平。戒，至。笺云：和羹者，五味调，腥熟得节，食之于人性安和。喻诸侯有和顺之德也。我既裸献，神灵来至，亦复由有和顺之诸侯来助祭也。其在庙中既恭肃敬戒矣，既齐立平列矣。补曰：亦者，亦太祖也。太祖之庙则特牲馈食，而有太羹不祧之庙，礼亦同之。既设太羹，别设铏羹也。不言太羹者，盖文家贵太，质家贵和。戒，戒百官也。平，读为“辩”。鬷假无言，时靡有争。绥我眉寿，黄耇无疆。鬷，《礼记》引作“奏”。鬷，总。假，大也。总大无言，无争也。笺云：至于设荐进俎，又总升堂而齐一，皆服其职，劝其事，寂然无言语者，无争讼者。此由其心平性和，神灵用之，故安我以寿考之福。归美焉。补曰：鬷，至。假，大。助祭者大至也。无言者，皆以为宜宗。靡争者，言时太平也。眉寿，嘏词。约軝错衡，八鸾鸧鸧。以假以享，我受命溥将。八鸾鸧鸧，言文德之有声也。假，大也。笺云：约軝，毂饰也。鸾在镳，四马则八鸾。假，升也。享，献也。将，犹助也。诸侯来助祭者，乘篆毂金饰错衡之车，驾四牡，其鸾鸧鸧然声和。言车服之得其正也。以此来朝，升堂献其国之所有，于我受政教，至祭祀又溥助我。言得万国之欢心也。补曰：约错，周卿之车。殷诸侯入王朝盖乘卿车，如周乘墨车也。鸾声，天子迎宾之节。诸侯至享，言当人心也。自天降康，丰年穰穰。来假来飨，降福无疆。飨，从唐石经版，本作“享”。笺云：天于是下平安之福，使年丰。飨，谓献酒使神飨之也。诸侯助祭者来升堂，来献酒，神灵又下与我久长之福也。补曰：宗配上帝。自天来者，谓上帝也。飨，飨此祀也。顾予烝尝，汤孙之将。笺云：此祭中宗，诸侯来助之。所言汤孙之将者，中宗之享此祭，由汤之功，故本言之。补曰：不祧之庙，故词同太祖。烝，岁祭也。尝，大飨也。名与时祭同，而大于时祭，又不同时。

《烈祖》一章，二十二句。

《玄鸟》，祀高宗也。祀，当为“祫”。祫，合也。高宗，殷王武丁，中宗玄孙之孙也。有雊雉之异，又惧而修德，殷道复兴，故亦表显之，号为高宗云。崩而始合祭于契之庙，歌是诗焉。古者君丧，三年既毕，祫于太祖。明年，禘于群庙。自此之后，五年而再殷祭。一禘一祫，《春秋》谓之“大事”。

天命玄鸟，降而生商，宅殷土芒芒。玄鸟，鳦也。春分，玄鸟降。汤之先祖，有娀氏女简狄，配高辛氏帝，帝率与之祈于郊禖而生契，故本其为天所命，以玄鸟至而生焉。芒芒，大皃。笺云：降，下也。天使鳦下而生商者，谓鳦遗卵，娀氏之女简狄吞之而生契，为尧司徒，有功，封商。尧知其后将兴，又锡其姓焉。自契至汤八迁，始居亳之殷地而受命，国日以广大芒芒然。汤之受命，由契之功，故本其天意。补曰：本符瑞以致诸侯。古帝命武汤，正域彼四方。方命厥后，奄有九有。正，长。域，有也。九有，九州也。笺云：古帝，天也。天帝命有威武之德者成汤，使之长有邦域，为政于天下。方命其君，谓遍告诸侯也。汤有是德，故覆有九州，为之主也。补曰：古帝，夏后也。契封始夏，后乃有汤。汤亦古帝所命，非桀诸侯也。**商之先后，受命不殆，在武丁孙子**。武丁，高宗也。笺云：后，君也。商之先君受天命而行之不解殆者，在高宗之孙子。言高宗兴汤之功，法度明也。补曰：殆，危也。殷衰而复兴，故喜其不殆焉。武丁孙子，孙子武丁也。合食太祖，其词曰尔孙某甫。**武丁孙子，武王靡不胜。龙旂十乘，大糦是承**。胜，任也。笺云：交龙为旂。糦，黍稷也。高宗之孙子有武功、有王德于天下，无所不胜服，乃有诸侯建龙旂者十乘，奉承黍稷而进之者，亦言得诸侯之欢心。十乘者，二王后、八州之大国。补曰：武王，汤也。汤之事，武丁无所不堪，故可为宗，同不祧也。助祭言约軧，不言龙旂。十乘，兵车之制也。五车皆有萃，合为十乘。龙旂者，王亲征所建也，言凯还而祭庙。《六月》曰："元戎十乘。"《车仆》："凡师，共革车，各以其萃。会同，亦如之。"盖武丁既克鬼方，而遂会诸侯，率以助祭，诸侯咸来，故下又颂民止也。**邦畿千里，维民所止，肇域彼四海**。畿，疆也。笺云：止，犹居也。肇，当作"兆"。王畿千里之内，其民居安，乃后兆域正天下之经界。言其为政自内及外。补曰：始迁朝歌，招流亡，故颂千里民止也。肇，始也。域，犹限也。限九州三千里之域，以遏绝四夷。**四海来假，来假祁祁。景员维河，殷受命咸宜，百禄是何**。河，一作"何"。是何，一作"是苛"。景，大。员，均。何，任也。笺云：假，至也。祁祁，众多也。员，古文作"云"。河之言"何"也。天下既蒙王之政令，皆得其所，而来朝觐贡献，其至也祁祁然众多，其所贡于殷大至。所云维言何乎？言殷王之受命皆其宜也。百禄是何，谓当担负天之多福。补曰：虽限内外，四海犹慕义来至，故祁祁安舒，无战争也。大均维河，河水太平也。河决为殷患，至武丁而平，于是拓王畿，徙都朝歌。殷家水德，故以为受命之宜。至周初而河合。《般》曰："允犹翕河。"齐桓因塞八流，河自此无患。至定王，河徙，又灾也。自此定都，改国号，如更受命。

《玄鸟》一章，二十二句。

《长发》，大禘也。大禘，郊祭天也。《礼记》曰："王者禘其祖之所自出，以其祖配之。"是谓也。补曰：除丧祭明堂，曰大禘。奉新主配天，因祫祭先王也。殷郊汁光纪，以冥配。此禘汤之词。殷质家，祖契，宗相土。其四亲庙主，合食于契。

浚哲维商，长发其祥。洪水芒芒，禹敷下土方。外大国是疆，幅陨既长。浚，深。洪，大也。诸夏为外。幅，广也。陨，均也。笺云：长，犹久也。陨，当作"圆"。圆，谓周也。深知乎维商家之德也，久发见其祯祥矣。乃用洪水，禹敷下土，正四方，定诸夏，广大其竟界之时，始有王天下之萌兆。历虞、夏之世，故为久也。补曰：浚，通也。契为司徒，掌敷教，故曰通明。商契也身未王，故长久乃发其祥。方，正也。敷土而方之，谓画井分州也。外者，四海之外。外大国，夷狄戎蛮也。契是疆之，佐禹敷教，其教广布均降于下民，既长远矣。言契功今犹在民也。有娀方将，帝立子生商。《吕览》、刘向引并无"帝"。有娀，契母也。将，大也。契生商也。笺云：帝，黑帝也。禹敷下土之时，有娀氏之国亦始广大。有女简狄，吞鳦卵而生契，尧封之于商，后汤王，因以为天下号，故云"帝立子生商"。补曰：言契因母家之封而改娀为商也。稷即有邰。商生于娀，其事则未闻。

玄王桓拨，受小国是达，受大国是达。率履不越，遂视既发。拨，《韩》作"发"，"履"作"礼"。玄王，契也。桓，大。拨，治。履，礼也。笺云：承黑帝而立子，故谓契为玄王。遂，犹遍也。发，行也。玄王广大其政治，始尧封之商，为小国，舜之末年，乃益其土地为大国。皆能达其教令，使其民循礼，不得逾越，乃遍省视之，教令则尽行也。补曰：玄，犹远也。契称王，盖追王也。《考河命》说益契土地。《握河纪》注云契为上公。盖益地为伯，分陕也。履，所治也。《左传》曰："赐我先君履。"遂，成也。既，尽也。教成而考视之，尽行其教也。相土烈烈，海外有截。相土，契孙也。烈烈，威也。笺云：截，整齐也。相土居夏后之世，承契之业，入为王官之伯，出长诸侯，其威武之盛烈烈然，四海之外率服截尔整齐。补曰：《本纪》言契子昭明，昭明子相土。盖有武功定海外，故言“烈烈”“有截”。

帝命不违，至于汤齐。齐，三家作“跻”。至汤与天心齐。笺云：帝命不违者，天之所以命契之事，世世行之。其德浸大，至于汤而当天心。汤降不迟，圣敬日跻。昭假迟迟，上帝是祗，帝命式于九围。不迟，言疾也。跻，升也。九围，九州也。笺云：降，下。假，暇。祗，敬。式，用也。汤之下士尊贤甚疾，其圣敬之德日进，然而以其德聪明，宽暇天下之人迟迟然。言急于己而缓于人。天命是故爱敬之也。天于是又命之，使用事于天下。言王之也。补曰：舜、禹及身而王，契十世乃王，故嫌其迟也。下又言迟迟者，以“迟”为“佗”。昭假，言精明升格于天也。《云汉》曰：“昭假无赢。”《烝民》曰：“昭假于下。”“迟迟”当为“佗佗”，行可从迹也。倭迟，或为“委佗”，是古字通。上帝，古圣帝也。敬是古圣之道，故有天子之位。九围者，四海之内九州也。

受小球大球，为下国缀旒，何天之休！缀旒，《鲁》作“畷邮”。球，玉。缀，表。旒，章也。笺云：缀，犹“结”也。旒，旌旗之垂者也。休，美也。汤既为天所命，则受小玉，谓尺二寸圭也；受大玉，谓珽也，长三尺。执圭搢珽，以与诸侯会同，结定其心，如旌旗之旒縿著焉。担负天之美誉，为众所归乡。补曰：球，天球。美玉小者，诸侯圭；大者，天子圭。言汤起诸侯为天子也。缀旒，旒所缀。《春秋传》曰：“君若赘流。”不竞不絿，不刚不柔，敷政优优，百禄是遒。絿，急也。优优，和也。遒，聚也。笺云：竞，逐也。不逐，不与人争前后。补曰：不，词也，字又作“丕”。下国竞絿附汤者，以汤有刚柔之德也。絿，犹固也。

受小共大共，为下国骏厖，何天之龙！厖，《韩》作“駹”。共，法。骏，大。厖，厚。龙，和也。笺云：共，执也。小共、大共，犹所执搢小球、大球也。骏之言“俊”也。龙，当作“宠”。宠，荣名之谓。补曰：共，供也，贡也。小贡，国中之贡。大贡，天下之贡。骏厖，奔走之皃。言诸侯来附。**敷奏其勇，不震不动，不戁不竦，百禄是总。**敷，一作“孚”。总，一作“鬷”。戁，恐。竦，惧也。笺云：不震不动，不可惊惮也。补曰：下国震竦，是汤勇也。

武王载旆，有虔秉钺。如火烈烈，则莫我敢曷。旆，《韩》作“发”，《说文》引作“坺”。曷，《汉书》引作“遏”。武王，汤也。旆，旗也。虔，固。曷，害也。笺云：有之言“又”也。上既美其刚柔得中，勇敢不惧，于是有武功，有王德。及建旆兴师出伐，又固持其钺，志在诛有罪也。其威势如猛火之炎炽，谁敢御害我？补曰：载，始也。《书》曰：“汤始征，自葛载。”虔，武皃。**苞有三蘖，莫遂莫达，九有有截。**蘖，《汉书》注引作“枿”，“苞”作“包”。苞，本。蘖，余也。笺云：苞，丰也。天丰大先三正之后世，谓居以大国，行天子之礼乐。然而无有能以德自遂达于天者，故天下归乡汤，九州齐一截然。补曰：三蘖，韦、顾、昆吾也。苞，包也。汤能包举三国，使其恶不遂达，故能治九域。**韦顾既伐，昆吾夏桀。**顾，《汉书》引作“鼓”。有韦国者，有顾国者，有昆吾国者。笺云：韦，豕韦，彭姓也。顾、昆吾，皆己姓也。三国党于桀恶。汤先伐韦、顾，克之。昆吾、夏桀则同时诛也。补曰：夷夏于昆夷，亦质家言也。周则曰大商。

昔在中叶，有震且业。允也天子，降予卿士。叶，世也。业，危也。笺云：中世，谓相土也。震，犹威也。相土始有征伐之威，以为子孙讨恶之业，汤遵而兴之。信也，天命而子之，下予之卿士。谓生贤佐也。《春秋传》曰：“畏君之震，师徒挠败。”补曰：中叶，冥也。冥上距契五世，下至汤七世。业，功也。冥有声震，且成功业，是佐命之贤臣。今汤信为天子，天又下与以如冥之卿士。伊尹盖出自冥，故云。**实维阿衡，实左右商王。**阿衡，伊尹也。左右，助也。笺云：阿，倚。衡，平也。伊尹，汤所依倚而取平，故以为官名。商王，汤也。补曰：阿衡复立太甲，故颂其能助王，如《雍》颂周公也。马昭说宋禘所歌，非。

《长发》七章，一章八句，四章章七句，一章九句，一章六句。补曰：分章者，以别于先王。

《殷武》，祀高宗也。补曰：此武丁庙之颂歌。

挞彼殷武，奋伐荆楚。罙入其阻，裒荆之旅。罙，传读为“突”，《说文》引作“罙”。挞，疾意也。殷武，殷王武丁也。荆楚，荆州之楚国也。罙，深。裒，聚也。笺云：有钟鼓曰伐。罙，冒也。殷道衰而楚人叛，高宗挞然奋扬威武，出兵伐之。冒入其险阻，谓逾方城之隘，克其军率，而俘虏其士众。补曰：裒、捊，通用字。捊，即“俘”也。有截其所，汤孙之绪。笺云：绪，业也。所，犹处也。高宗所伐之处，国邑皆服其罪，更自敕整，截然齐壹，是乃汤孙太甲之等功业。补曰：汤孙，谓武丁也。

维女荆楚，居国南乡。昔有成汤，自彼氐羌。莫敢不来享，莫敢不来王，曰商是常。乡，所也。笺云：氐羌，夷狄国，在西方者也。享，献也。世见曰王。维女楚国，近在荆州之域，居中国之南方，而背叛乎？成汤之时，乃氐羌远夷之国来献来见，曰商王是吾常君也。此所用责楚之义，女乃远夷之不如。补曰：南乡，以郊外六乡为喻，言近也。氐羌在九州之外。常，读为“尚”。

天命多辟，设都于禹之绩。辟，君。笺云：多，众也。天命乃令天下众君诸侯，立都于禹所治之功。补曰：天，斥武丁也。多辟、设都，皆在九州内，是禹功之所旧治。岁事来辟，勿予祸适，稼穑匪解。适，过也。笺云：来辟，犹来王也。以岁时来朝觐于我殷王者，勿罪过与之祸适，徒敕以劝民稼穑，非可懈倦。时楚不修诸侯之职，此所用告晓楚之义也。禹平水土，弼成五服，而诸侯之国定，是以云然。补曰：予，当为“与”。与祸适者，与作祸者同党相倡和也。戒诸侯无效楚所为。

天命降监，下民有严。不僭不滥，不敢怠遑。命于下国，封建厥福。严，敬也。不僭不滥，赏不僭、刑不滥也。封，大也。笺云：降，下。遑，暇也。天命乃下视，下民有严明之君，能明德慎罚，不敢怠惰自暇于政事者，则命之于小国，以为天子，大立其福。谓命汤使由七十里王天下也。时楚僭号王位，此又所用告晓楚之义。补曰：天，武丁也。言武丁命行于下国，邦国皆立福。

商邑翼翼，四方之极。商邑，京师也。笺云：极，中也。商邑之礼俗翼翼然可则效，乃四方之中正也。补曰：言武丁迁京定治。赫赫厥声，濯濯厥灵。寿考且宁，以保我后生。笺云：赫赫乎其出政教也，濯濯乎其见尊敬也。王乃寿考且安，以此全守我子孙。此又用商德重告晓楚之义。

陟彼景山，松柏丸丸。是断是迁，方斫是虔。丸丸，易直也。迁，徙。虔，敬也。笺云：椹谓之虔。升景山，抡材木，取松柏易直者，断而迁之，正斫于椹上，以为桷与众楹。补曰：景山在帝丘，《定中》所谓“景山与京”者。武丁迁朝歌未久，而材木已可用，言政事修举。松桷有梴，旅楹有闲，寝成孔安。梴，长皃。旅，陈也。寝，路寝也。笺云：路寝既成，王居之甚安。谓施政教得其所也。高宗之前王有废政教不修寝（朝）［庙］者，高宗复成汤之道，故新路寝焉。补曰：武丁祔于祖，则改涂易檐，故见桷梴然也。旅，读为“栌”，柱上柎也。寝，武丁庙，路寝也。庙当不祧，故寝成而见其甚安固。

《殷武》六章，三章章六句，二章章七句，一章五句。

《那》五篇，十六章，百五十四句。

《商颂》。